을 유 세 계 문 학 전 집 · 8 4

재능

THE GIFT

을유세계문학전집 · 84

재능

ДАР

블라디미르 나보코프 지음 · 박소연 옮김

을유문화사

옮긴이 박소연

서울대학교 노어노문학과와 동 대학원을 졸업하고 러시아 모스크바국립대학에서 F. 튜체프의 약강4보격 리듬 연구로 박사 학위를 받았다. 현재 서울대학교 인문학연구원에서 연구원으로 재직 중이다. 주요 논문으로는 「語間境界(словораздел)에 의한 리듬 연구: **Ф. И. Тютчев**의 약강4보격을 중심으로」, 「네끄라소프의 5보강약격에서의 운율과 의미의 상호관계: **'Семантический ореол'** 개념의 검증과 확립」 등이 있다.

을유세계문학전집 84

재능

발행일·2016년 9월 5일 초판 1쇄 | 2020년 12월 25일 초판 3쇄

지은이·블라디미르 나보코프 | 옮긴이·박소연

펴낸이·정무영 | 펴낸곳·(주)을유문화사

창립일·1945년 12월 1일 | 주소·서울시 마포구 서교동 469-48

전화·02-733-8153 | FAX·02-732-9154 | 홈페이지·www.eulyoo.co.kr

ISBN 978-89-324-0466-0 04890 978-89-324-0330-4(세트)

• 값은 뒤표지에 표시되어 있습니다.

• 옮긴이와의 협의하에 인지를 붙이지 않습니다.

차례

일러두기

1. 본문의 각주는 모두 저자의 주이며, 후주는 번역 대본으로 삼은 원서의 주와 역자의 주이다.
2. 화자나 시제, 시점, 공간 등이 아무런 사전 정보 없이 갑자기 교차하거나 본문에 보이는 말장난, 의도적인 비문 등은 모두 나보코프가 의도적으로 연출한 기법이다. 본서는 그런 나보코프의 문체를 최대한 살리려 했다.

어머니께 바칩니다.

독자가 보고 있는 이 소설은 1930년대 초에 집필되어 (하나의 형용구와 제4장 전체를 생략한 채) 당시 파리에서 간행되던 잡지 『현대의 수기』에 게재되었다.*

* 러시아에서 인쇄할 당시의 표기를 따른 것으로 본 책은 4장을 포함하여 『재능』 전체가 완역된 완성본이다. — 편집자 주

참나무는 나무. 장미는 꽃.
사슴은 동물. 참새는 새.
러시아는 우리의 조국. 죽음은 필연.

— P. 스미르놉스키, 『러시아 문법 교과서』*

제1장

192×년 4월 1일(언젠가 한 외국 비평가는 전체 독일 소설을 위시해 많은 소설들이 날짜로 시작하는 데, 오직 러시아 작가들만 — 우리 문학 본연의 정직함으로 인해 — 마지막 숫자*까지는 쓰지 않는다고 지적한 바 있다), 구름이 자욱하나 환하게 밝은 어느 한낮, 4시 즈음에 베를린 서부 지역의 타넨베르크 거리 7번지 근방에 아주 길고 샛노란 이삿짐 트럭이 멈춰 섰다. 트럭은, 역시 샛노랗고 뒷바퀴가 굉장히 거대한 데다 골격이 그대로 드러난 트랙터에 매달려 있었다. 트럭 정면에는 별 모양의 환풍기가 보였고, 옆면 전체에는 운송 회사 상호가 1아르신* 크기의 청색 글자로 쓰여 있었는데, 각각의 글자들은(네모 모양의 점도 포함하여) 좌측으로부터 검은색 페인트로 음영 처리가 되어 있었다 — 이는 상위 단계로 나아가려는 부정직한 시도다. 바로 이 집(이제부터 내가 살게 될) 앞에는 역시 자신의 가구를 맞으러 나온 것이 확실해 보이는 두 귀인이 서 있었다(내 트렁크 안에는 옷가지보다 원고가 더 많긴 하지만). 바람으로 조금 더풀더풀해진 카키색 펠트 외투를 입은 남자는 키가 크고 눈썹이 짙은 노인으로 콧수염과 턱수염은 새하얀데 입 주변만 불그스레했고, 입에는 반쯤 날아간 차가운 궐

련 꽁초가 무감각하게 물려 있었다. 중국풍의 제법 아름다운 얼굴에 다리가 휘고 땅딸막한 젊지 않은 여인은 아스트라한 가죽* 재킷을 입고 있었다. 바람이 그녀를 휘감자 나쁘진 않으나 해묵은 향수 냄새가 실려 왔다. 둘 다 부동자세로, 마치 속임수 저울질에 넘어가지 않으려는 사람들처럼 청색 앞치마를 두른 세 명의 청년이 목이 빨갛게 달아오른 채 가구와 씨름하는 모습을 예의 주시하고 있었다.

'언젠가는 바로 이런 장면으로, 관례에 따라 대작(大作)을 시작해야지'라고, 그는 별 뜻 없이 야유하며 스치듯 생각했다 — 그런데 이러한 야유는 전혀 불필요한 것이었으니, 그 안에 있는 누군가가 그를 대신해 그와는 별개로 이 모든 것을 이미 포착해서 메모한 다음, 간직해 놓았던 것이다. 바로 그 자신은 막 이사하여 이제 처음으로 동네 주민이라는 아직 낯선 자격으로, 가벼운 옷차림을 하고 뭔가를 사려고 뛰쳐나왔다. 그는 이 거리는 물론 주변도 잘 알고 있었다. 그가 이사 나온 하숙집이 그리 멀지 않은 곳에 있었던 것이다. 그럼에도 불구하고 이 거리는 이제껏 그와 전혀 무관하게 회전하고 흘러갔었는데, 오늘 갑자기 멈추더니, 이미 그의 새 주거지의 설계도 형태로 굳어졌다.

촘촘한 검은 가지마다 미래의 잎의 도식에 따라 빗방울이 안배된(내일이면 방울방울 초록 눈이 피어나리라) 중키의 보리수나무가 줄지어 서 있고, 5사젠* 정도 폭의 매끄러운 아스팔트로 마감되고 알록달록한 보도가 수작업으로 깔린 이 거리는(발이 호강한다), 거의 느껴지지 않을 만큼 경사지면서 마치 서간체 소설처럼 우체국에서 시작하여 교회로 끝났다. 그는 노련한 시선으로 그의 감각에 일상적인 자극이나 일상적인 고민이 될 만한 것을 찾았으나 그런 것은 전혀 눈에 띄지 않는 듯했고, 잿빛 봄날의 산광(散

光)은 의심에서 벗어났을 뿐만 아니라 날씨가 화창해지면 불가피하게 드러날 다른 사소한 것들도 완화시키겠다는 약속까지 했다. 이 사소한 것에는 모든 것이 다 포함될 수 있었다. 예컨대 입에서 곧장 불쾌한 귀리 맛이나 혹은 할바* 맛을 풍기는 건물의 색깔, 매번 요란스럽게 이목을 끄는 건축물의 디테일, 조그마한 하중에도 이내 회반죽 가루로 스러질 듯한 여인상 기둥 — 버팀목이 아니라 객식구인 — 의 초조한 허풍, 혹은 나무줄기 위 녹슨 압정 아래 시효를 다했지만 완전히 찢어지지는 않은 자필 공고문 — 푸르스름한 개의 실종에 관한 — 의 무상하게 영원히 남겨질 조각, 혹은 창가의 물건, 아니면 추억에 대해 소리쳐 말할 듯하다가 최후의 순간에 발설을 거부하고 대신 길모퉁이에서 자신 안으로 재빨리 숨어 버리는 비밀로 남겨진 향기 등등이. 아니다, 그런 것은 없었다(적어도 아직은 없었다). 그렇지만 언젠가 한가할 때 서너 종류의 상점의 배열 순서를 연구하고 이 순서에는 고유한 구성 법칙이 존재한다는 가설이 정확한지 검증해서, 그 결과 가장 빈번한 결합을 찾아내어 이 도시 거리들의 평균 리듬 — 예컨대 담배 가게, 약국, 청과물 가게 식의 — 을 산출할 수 있다면 좋겠다고 그는 생각했다. 타넨베르크 거리에서 이 세 가게는 각기 다른 길모퉁이를 차지하며 흩어져 있었으나 이는 아마도 리듬 증식이 아직 정착되지 않은 것일 뿐, 차후 이들은 점차 대위법에 준하여 (소유주가 파산하거나 이주함에 따라) 규합하기 시작하리라. 청과물 가게는 눈치를 보며 길을 건너 약국에서 일곱 번째가 되고, 그곳에서 다시 약국에서 세 번째가 되리라(광고 영상에서 뒤섞인 글자들이 제자리를 찾는 것처럼). 이때 그중 하나는 결국 추가로 공중제비를 하여 서둘러 직립 자세를 취하기도 할 것이다(신병 대열에 필수적인 희극적 인물 야슈카 메쇽*이다). 그리하여 그들은 옆자리가 비기를 기다렸다가 이후 둘이 함께 담배 가게에게 '이리 뛰어와' 하는 듯 싱긋 윙크하고, 그렇게 하여 모두가 이미 전형적 대열을 이루며 일렬로 서게 되는 것이다. 세상에, 나는 이 모든 것 — 상점, 유리창 너머의 물건들, 상품의 둔탁한 얼굴, 그리고 특히 거래 의식, 느끼한 인사치레의 교환, 전과 후 — 을 얼마나 증오하는지! 소박한 가격의 낮게 드리운 속눈썹……, 할인의 고상함……, 상업 광고의 인류애…… 이 모든 것은 선의 역겨운 모방으로, 선량한 이들을 교묘하게 유인하려는 것이다. 예컨대 알렉산드라 야코블레브나가 내게 고백한 바에 의하면, 단골 가게에 물건을 사러 가면 정직함의 포도주, 상호 호의라는 달콤함에 취하는 독특한 세계에 정신적으로 전이되어, 상인의 불그스레한 미소에 빛나는 황홀한 미소로 화답할 수밖에 없게 된다는 것이다.

그가 들어간 상점의 종류는 구석의 탁자 위에 전화와 전화번호부, 수선화가 꽂힌 꽃병, 커다란 재떨이가 놓인 것만으로도 충분히 규정될 수 있었다. 그가 즐겨 피우는 러시아산 필터가 있는 궐련은 거기 없어서, 담배 가게 주인의 자개 단추가 달린 얼룩덜룩한 조끼나 호박 빛깔의 대머리만 아니었으면 그는 빈손으로 나왔으리라. 그렇다, 내게 억지로 맡겨진 상품으로 인한 지속적인 초과 지출의 은밀한 보상 형태로 나는 자연으로부터 평생에 걸쳐 뭔가를 받으리라.

길모퉁이에 있는 약국으로 건너가면서, 그는 무심결에 고개를 돌려(관자놀이에 반사된 빛 때문에) 무지개나 장미를 맞이할 때나 지을 법한 싱긋 미소를 지으며, 눈부시게 하얀 하늘의 평행 육면체, 거울 달린 옷장이 이삿짐 트럭에서 내려지는 것을 바라보았다. 거울에는 마치 영화 스크린에서처럼 완전무결하게 선명한 나뭇가지들의 영상이 나무의 방식이 아니라, 이 하늘과 이 나뭇가지들과 이 미끄러지는 건물의 정면을 운반하는 사람들의 본성에 따른 인간적 동요를 지니고 미끄러지듯 흔들리며 흘러가고 있었다.

그는 상점을 향해 계속 걸어갔다. 그러나 방금 본 영상은 — 동질의 만족감을 주어서인지, 아니면 불현듯 다가와 마음을 흔들어서인지 모르지만(건초간에서 아이들이 대들보로부터 낭창낭창한 어둠 속으로 떨어지듯) — 미세한 자극에도 그를 점령하여 벌써 며칠째 그의 모든 사고의 어두운 저변에 머물러 있던 어떤 유쾌한 생각("나의 전집이 출간되었다!")을 그 안에서 해방시켰다. 그가 지금처럼 돌연 상념에 빠질 때면, 즉 이제 막 출간된 이 50편의 시를 회상할 때면, 그는 생각으로 순식간에 책 전체를 훑고 지나가, 그 결과 미친 듯이 빨라진 음악의 찰나적 안개 속에서 스쳐 지나가는 시들의 판별 가능한 의미를 감지할 수 없었고, 익숙한 단어들은 질주하여 급속도의 포말 — 언젠가 물레방아의 흔들리는 다리에서, 다리가 배의 선미로 변할 때까지("안녕!") 포말을 바라보곤 했던 것처럼, 포말에 시선을 고정하면 거품을 전력 질주로 교체시키는 — 속에서 소용돌이쳤다. 그러면 이 포말도, 이 스쳐 지나감도, 따로따로 질주하며 열띤 황홀경 속에 멀리서 소리치는, 마치 그를 집으로 부르고 있는 듯한 행(行)도, 이 모든 것들이 화이트 크림색 표지와 함께 지순(至純)한 행복감으로 결합되었다……. '내가, 정말, 뭐하고 있는 거야!' 그는 문득 정신을 차렸다. 다음 가게에 들어와 그가 제일 먼저 한 일이 바로 전에 담배 가게에서 받은 잔돈을 유리로 된 계산대 한가운데 있는 고무 섬에 떨어뜨리는 것임을 알아차렸던 것이다. 유리판 아래에는 납작한 유리병들이 수몰된 금처럼 반짝이고 있었다. 그사이 그의 기괴한 행동을 너그러이 바라보던 점원의 호기심 어린 시선은, 아직 어떤 물건인지 말하기도 전에 돈부터 지불하는 이 얼빠진 손으로 향했다.

"아몬드 향 비누 하나 주세요." 그는 당당하게 말했다.

그 후, 역시 붕 떠 있는 듯한 발걸음으로 집에 돌아왔다. 그곳 보도에는 이제 아이들이 붙여 놓은 듯한 하늘색 의자 세 개 외에는 아무도 없었다. 이삿짐 트럭 안에는 크지 않은 갈색 피아노가 등판이 세워지지 못하도록 꼭 묶여 눕혀져 있었고, 두 개의 작은 금속 페달은 위로 올려진 채로 놓여 있었다. 그는 층계에서 양 무릎을 벌리고 아래로 마구 몰려드는 짐꾼들을 만났다. 새 아파트 현관의 초인종을 누르는 동안 그는 위에서 타협하는 소리와 망치질하는 소리를 들었다. 아파트 여주인이 그를 들여보내며 열쇠는 그의 방에 두었다고 말했다. 이 건장하고 욕심 많아 보이는 독일 여자의 이름은 다소 생경했다. 그녀의 이름은 Clara Stoboy*로 러시아인들의 귀에는 '클라라는 당신과 함께'라는, 왠지 감상적인 울림이 추가되었던 것이다.

자, 이곳은 기다란 방이고, 여기 인내심 많은 트렁크가 있다…… 그러자 한순간 모든 것이 달라졌다. 제발 그 누구도 이 끔찍하고 비참한 지겨움 — 정기적 집들이라는 넌더리 나는 부담을 떠안기를 매번 거절하는 것, 전혀 낯선 물건들 틈에서 맘 편히 사는 것은 불가능하다는 것, 이 소파 베드에서는 불면증을 피할 수 없다는 것 — 을 모르기를!

잠깐 동안 그는 창가에 서 있었다. 하늘은 응유 같았고 눈먼 태양이 떠다니는 곳에서는 군데군데 오팔색 구멍이 생겨났다. 그러자 저 아래 보리수나무 가지의 호리호리한 그림자는 이삿짐 트럭의 동그란 잿빛 지붕 위에서 실체가 되고자 황급히 서둘렀지만 온전한 형체가 되지 못하고 해체되었다. 맞은편 집은 거의 절반이 비계로 에워싸여 있었고, 벽돌 건물 전면의 튼튼한 부분은 창문까지 파고 들어가는 담쟁이덩굴로 뒤덮여 있었다. 정원을 둘로 가르는 통로 끝자락에는 석탄 지하 저장고의 팻말이 까맣게 보였다.

이 모든 것은, 이 방이 그 자체로 독립적인 존재인 것처럼, 그 자체로 독립적인 풍경이었다. 그런데 중개자가 끼어들면서 그 풍경은 바로 이 방에서 바라본 풍경이 되었다. 제대로 다 살펴본 후에도 이 방은 별로 나아지지 않았다. 회청색 튤립 무늬가 있는 미색 벽지를 만리타향의 초원으로 상상하기는 힘들리라. 책상의 황무지는 그곳에서 첫 시행(詩行)이 싹틀 때까지 오랫동안 개간해야 하리라. 또한 안락의자를 여행에 용이하게 만들기 위해서는 의자와 팔걸이 아래로 담뱃재를 오랫동안 뿌려야겠지.

여주인이 전화가 왔다며 그를 부르러 왔다. 그러자 그는 예의 바르게 등을 굽히고 그녀를 따라 식당으로 갔다. "우선." 알렉산드르 야코블레비치가 말했다. "선생, 왜 당신의 이전 하숙집에서는 당신의 새 번호를 그토록 마지못해 가르쳐 주는 거죠? 아마 한바탕 하고 떠난 모양이지요? 그리고 다음으로, 당신을 축하해야겠군요……. 뭐예요, 당신은 아직 모르고 있었나요? 정말이에요?" ("그는 아직 아무것도 모르는데." 알렉산드르 야코블레비치가 수화기 저편에 대고 누군가에게 말했다.) "그렇다면 정신 차리고 잘 들어요, 내가 읽을 테니. '아직 잘 알려지지 않은 작가 표도르 고두노프 체르딘체프의 신간 시집은 너무나 눈부신 현상이며, 작가의 시적 재능은 너무나 분명해 보여서…….' 자, 이쯤에서 그만하고 당신이 저녁때 우리 집에 오면 기사 전문을 드리지요. 안 돼요, 친애하는 표도르 콘스탄티노비치, 지금은 아무 말도 안 할 겁니다, 뭐라 썼는지도, 어디에 실렸는지도. 만약 내 개인적 소견이 궁금하다면, 화내지 말아요, 당신을 과찬하는 듯하군요. 그럼 오는 거지요? 좋아요. 기다리죠."

수화기를 내려놓으며 그는 탁자에 연필을 매달고 있는 철사 줄을 쳐서 거의 떨어뜨릴 뻔했다. 서둘러 줄을 잡으려 하다가, 오히려 완전히 떨어뜨리고 말았다. 그러고는 찬장 모서리에 엉덩이를 찧고, 다음에는 걸어가며 궐련갑에서 궐련을 꺼내다 떨어뜨렸고, 급기야는 문의 진폭을 계산하지 못하고 쾅 소리 나게 식당 문을 닫아, 마침 그때 우유 잔을 들고 복도를 지나가던 프라우* 스토보이는 차갑게 "웁스!" 하고 말했다. 그는 그녀에게, 회청색 튤립 무늬가 있는 미색 원피스가 멋지며, 파마머리의 가르마와 떨리는 볼살이 그녀에게 조르주 상드풍의 위엄을 더해 주고, 그녀의 식당은 완벽 그 이상이라고 말해 주고 싶었지만 그저 환한 미소로 끝냈고, 뛰어 비키는 고양이를 미처 못 쫓아가는 호랑이 줄무늬에 걸려 넘어질 뻔했다. 그러나 어찌 되었든 페테르부르크와 모스크바와 키예프를 떠난 몇백 명의 문학 애호가들이 주축이 된 세계가 그의 재능을 즉각 인정할 것임을, 그리될 것임을, 그는 추호도 의심하지 않았다.

우리 앞에 놓인 '시(詩)'라는 제목의 — 이 제목은 '달의 몽상'에서부터 상징적 라틴어에 이르는 근래의 금몰 장식처럼, 최근 몇 년간 관례가 되어 버린* 평범한 연미복풍의 제복이다 — 약 50편의 12행시로 이루어진 자그마한 책은 오로지 단 하나의 주제, 유년 시절에 바쳐졌다. 작가는 시들을 경건하게 집필하면서 한편으로는 모든 다복한 유년 시절 본연의 특성들을 우선적으로 선별하여 추억의 일반화를 시도했고(바로 여기서 허위의 명료성이 나온다), 다른 한편으로는 오로지 그 자신 본연의 것만 순수한 형태로 완벽하게 시에 침투하도록 허용했다(바로 여기서 허위의 세련미가 나온다). 동시에 그는 오락에 대한 통제력을 지니기 위해서, 그리고 게임이라는 시각을 견지하기 위해서 굉장히 노력해야 했다. 영감의 전략과 지성의 전술, 시의 육체와 투명한 산문의 유령, 바로 이러한 정의가 젊은 시인의 작품 성격을 꽤 정확히 규정하는 듯하다. 그리하여 그는 열쇠로 문을 잠그고 자신의 책을 꺼내 들고는 책과 함께 소파로 쓰러졌다. 흥분이 가라앉기 전에, 이 시들의 우월성을 점검하는 동시에 아직 이름도 모르는 지혜롭고 다정한 판관이 높이 평가한 모든 세부 사항을 예측하기 위해 당장 책을 다시 읽어야 했던 것이다. 이제 그는 시들을 음미하고 검토하면서 바로 조금 전에 찰나적 생각으로 책을 훑어 내려갔던 것과 정반대되는 작업을 했다. 이제 그는 마치 3차원인 양, 사방에서 경이롭고 부드러운 시골 공기의 내음—이런 공기를 맡으면 밤에는 너무나 노곤해지기 마련이다—을 풍기며 솟아 나온 모든 행을 꼼꼼히 읽어 나갔다. 즉 그는 시를 읽으면서, 언젠가 이 시들을 유출하기 위해 기억에 의해 수집된 모든 자료들을 이제는 달리 사용하여 모든 것, 모든 것을 복구했던 것이다, 마치 귀향한 나그네가 고아의 눈에서 젊었을 적 알고 지내던 그녀의 엄마가 짓는 미소뿐만 아니라, 노란빛으로 끝나는 오솔길과 벤치 위의 갈색 잎, 그리고 모든 것, 모든 것을 보는 것처럼. 시집은 「사라진 공」이라는 시로 시작되었다—비가 흩뿌리기 시작했다. 우리의 북방 전나무에 잘 어울리는 것 중 하나인, 구름에 덮여 무거워진 저녁이 집 주변으로 응결되었다. 오솔길은 밤을 지내러 공원에서 돌아왔고 출구는 어스름으로 뒤덮였다. 하얀 덧창은 방을 외부의 어둠으로부터 격리시켰다. 가재도구 중 가장 밝은 부분들은 무기력하게 깜깜해지는 정원의 다양한 높이에 임시 거처를 마련하기 위해 외부의 어둠으로 막 건너갈 찰나였다. 이제 꿈까지는 멀지 않았다. 게임은 시들시들, 무정해진다. 그녀는 늙어서 3단계에 걸쳐 서서히 꿇어앉을 때 고통스럽게 신음한다.

내 공이 유모의 서랍장 아래로 굴러 들어갔다,
초의 그림자는 그 끝을 끌어안고
바닥을 이리저리 누비지만,
공은 없다.
뒤이어 갈고리 달린 부지깽이가 쑤셔 대며
공연히 까부르다,
단추를 치고,
잠시 후 건빵 조각을 낚아챈다.
그러자 공은 스스로 튀어나와
온 방을 가로지르며 곧장
떨고 있는 어둠 속으로,
난공불락의 소파 밑으로 사라진다.

그런데 왜 이 '떨고 있는'이라는 형용사가 썩 내키지 않는 거지? 아니면 여기서 인형 조종술사의 거대한 손이 존재들 — 눈이 그 키를 믿으려는 찰나(그 결과 극의 종료와 함께 관객에게 떠오르는 첫 느낌은 "난 얼마나 불쑥 커 버렸는지!"이다) — 사이에 불쑥 나타난 걸까? 하지만 방은 실제로 떨지 않았던가! 그리고 빛이 멀어질 때면 벽을 따라 아른거리며 회전목마처럼 도는 그림자, 혹은 유모가 굽이굽이 휘청대는 갈대 병풍과 싸울 때면(그 신장성은 안정성에 반비례한다) 천장을 따라 기괴하게 혹을 움직이는 그림자 낙타, 이 모든 것들은 회상 중에서 가장 초기의, 원전에 가장 근접한 것들이었다. 나의 탐구적 사고는 자주 이 원전, 즉 회귀(回歸)의 무(無)에 끌린다. 그리하여 유아기의 몽롱한 상태는 내게 늘 끔찍한 투병 이후의 더딘 회복으로, 원초적 공(空)으로부터의 유리(遊離)로 느껴지고, 이 암흑을 체감하고 그 교훈을 미래의 암흑을 대비하는 데 이용하기 위해 내가 최대한 기억을 짜낼 때 이 원초적 공에 점차 근접하는 것으로 느껴진다. 그러나 내 삶을 물구나무 세워 나의 탄생이 죽음이 될 때 나는 이 역행(逆行)의 죽음 가장자리에서, 심지어 백 세 노인조차 긍정적 최후를 앞두고 느낀다고 하는 한없는 공포에 상응하는 그 어떤 것도 볼 수 없고, 단지 앞서 언급한 그림자만 본다. 방을 나서기 위해 초를 들면, 그림자는 어딘가 밑으로부터 올라와(특히 내 침대 발치 왼쪽 놋쇠 봉의 그림자는 걸어가면 부풀어 오르는 검은 머리처럼 휙 지나간다) 내 유아용 침대 위에 늘 똑같은 자리를 차지하고,

> 밤에는 구석에서 뻔뻔스러워진다,
> 자신의 합법적 원형을
> 대충 흉내만 내며.

진실로써 환심을 사려 하는 일련의 시들에서…… 아니야, 헛소리야, 대관절 누구를 매수한단 말인가? 이 매수된 독자는 누구란 말인가? 그런 독자는 필요 없다. 일련의 탁월한 시들에서…… 혹은 더 나아가, 우수한 시들에서 작가는 흠칫 놀라게 하는 이 그림자뿐만 아니라 밝은 순간도 예찬하고 있다. 헛소리, 내가 헛소리를 지껄이고 있구나! 나의 무명의, 익명의 예찬자여, 그는 그런 식으로 쓰고 있지 않다오. 내가 두 개의 소중한, 오래된 듯한 장난감에 관한 기억을 시로 엮은 것은 오로지 그만을 위해서였다오. 첫 번째 장난감은 인조 열대 식물이 심어진, 그림이 그려진 넓적한 화분으로, 그 식물 위에는 자줏빛 가슴에 깃털이 검은 열대 박제 새 한 마리가 금방이라도 후루룩 날아갈 듯 신기한 모습으로 앉아 있었다. 이본나 이바노브나에게 간청하여 얻은 커다란 열쇠를 화

분 벽면에 끼워 넣고 몇 번을 팽팽하게, 활기차게 돌리면 작은 말레이 나이팅게일은 활짝 열고…… 아니다, 새는 부리조차 열지 않았으니, 태엽에, 용수철 부분에 이상이 생겼던 것이다. 그러나 이는 훗날을 기약하기 위해 작동을 비축한 것이었다. 즉 새는 노래하기를 거부했지만, 새에 대해 잊고 일주일가량 지난 후 우연히 그 높은 찬장 옆을 지나가노라면 비밀스러운 진동에 의해 갑자기 마법 같은 새의 지저귐이 생겨났던 것이다. 새는 얼마나 경이롭게, 얼마나 오랫동안 헝클어진 작은 가슴을 불룩 내밀고 울어 댔는지! 이윽고 울음을 멈추어, 가던 길을 가려고 다른 마루청을 밟으려 하면 새는 마지막으로 또다시 휘파람 소리를 별도로 내다가 음조 중간쯤에서 굳어 버리리라. 다른 방에, 역시 높은 선반 위에 있던 두 번째 시화(詩化)된 장난감은 이와 유사한 방식으로, 다만 모방이라는 어릿광대적 음영을 가미한 채 작동했다 — 진정한 시에는 늘 패러디가 따르기 마련인 것이다. 그것은 공단 핫바지를 입은 광대로 손을 두 개의 흰색 평행봉에 기대고 있다가 우연한 자극에도 갑자기 움직이기 시작해, 받침대 밑 어딘가에서 울려 퍼지는

미니 음악에 맞추어
우스꽝스럽게 소리 내며

흰 양말과 방울 달린 신발을 신은 발을 거의 눈에 띄지 않게 흔들며 높이, 더 높이 올렸다. 그러다 갑자기 모든 것이 중단되고 그는 어색하게 굳어 버렸다. 내 시도 그런 것은 아닐까……? 그러나 대조와 추론의 진실은 때로는 언어의 이면(裏面)에 더 잘 간직되어 있는 법이다.

점차 소작품(小作品)이 축적되면서, 지극히 순탄한 환경에서 살

고 있는 지극히 감수성 풍부한 소년의 형상이 구축된다. 우리의 시인은 고두노프 체르딘체프가(家)의 영지인 레시노에서 1900년 7월 12일*에 태어났다. 소년은 학교에 들어가기 전에 이미 아버지의 서재에 있는 책을 적잖이 읽었다. 혹자는 자신의 흥미로운 회고록에서 어린 페댜*와 두 살 많은 그의 누나는 아동극에 매료되어 상연하기 위해 직접 희곡을 쓰기도 했다고 회상한다……. 나의 친애하는 이여, 이것은 거짓이라오. 나는 늘 희곡에는 별 관심이 없었소. 다만 기억나는 거라곤 우리에게 마분지로 된 작은 나무들이 있었다는 것과, 톱니 모양의 성이 있었는데 그 내부에 촛불을 켜서, 결국 이 촛불로 인해, 우리의 개입이 없지는 않았지만, 건물 전체가 타 버렸을 때 성의 산딸기색 셀룰로이드 창이 베레샤긴*의 화염처럼 빛났다는 것 정도다. 오, 타냐와 나는 장난감에 관한 한 얼마나 까다로웠는지! 외부의 무심한 증여자들로부터 우리는 종종 정말이지 초라한 물건들을 받기도 했다. 덮개에 삽화가 그려진 평범한 마분지 상자에 담겨 온 것들은 모두 불길한 징조였다. 그런 덮개들 중 하나에 나는 예정된 3연(聯)을 헌정하려 했었는데, 웬일인지 시로 완결되지는 못했다. 램프 불이 비치는 둥근 식탁에 일가족이 있다. 소년은 빨간 넥타이를 매고 견디기 힘든 세일러복을 입고 있고, 소녀는 끈 매는 빨간 장화를 신고 있는데, 둘 다 감각적 즐거움을 표현하며 알록달록한 구슬을 짚에 끼워 바구니와 새장, 상자 등을 만들고 있다. 그들의 얼빠진 부모도 아이들 못지않게 매료되어 이 일에 동참하는데, 아빠는 흡족해하는 얼굴에 멋진 수염을 달고 있고, 엄마는 위엄 있는 가슴을 하고 있다. 개 또한 식탁을 바라보고 있고, 안락의자에 앉아 있는 질투심 많은 할머니도 배경으로 보인다. 바로 이 아이들이 오늘날 성장하여 나는 자주 그들을 광고에서 보곤 한다. 그는 번지르르 기름기 도는 그을린 빰을 하고 궐련을 향락적으로 빨거나, 혹은 식탐에 젖어 히죽 웃으며 뭔가 빨간 것이 든 샌드위치를 건장한 손에 들고 있고("고기를 좀 더 드세요!"), 그녀는 자기 발의 스타킹을 보며 미소 짓거나 혹은 음탕한 기쁨을 느끼며 과일 통조림에 인공 생크림을 붓고 있다. 그리고 시간이 흐르면서 그들은 혈기 왕성하고 불그스레한 식탐 많은 노인이 될 것이다. 그러고는 바로 진열창 안에 있는 종려나무로 치장한 참나무 관들의 지옥의 검은 아름다움이 있으리라……. 이렇듯 멋진 악마들의 세계는 우리와 나란히, 우리 일상의 존재와 불길하고도 신명 나게 조응하며 발전한다. 그러나 멋진 악마에게는 항상 비밀스러운 결함이 있고 완벽한 외관의 뒷덜미에는 수치스러운 사마귀가 있다. 젤라틴을 폭식하고 있는 광고의 번지르르한 대식가는 결코 미식가의 고요한 환희를 알 수 없으며, 그의 패션은 (우리는 이미 거쳐 갔는데 광고판에서 주춤거려) 늘 현실보다 조금씩 뒤처진다. 언젠가 나는 이러한 인과응보에 대해, 공격당하는 존재의 의미와 힘이 집약된 것으로 보이는 바로 그 지점에서 정확히 공격을 위한 허점을 발견하는 인과응보에 대해 좀 더 말하게 되리라.

대체로 타냐와 나는 얌전한 놀이보다는 땀나는 놀이 — 달리기, 숨바꼭질, 전쟁놀이 — 를 선호했다. '전투'나 '딱총' 같은 단어는 소총에 색깔 막대기(좀 더 과격하게 하려고 고무 흡착판을 제거한)를 밀어 넣을 때 나는 탁 소리를 얼마나 멋지게 표현하는지! 이 막대기는 나중에 금도금한 양철 갑옷(흉갑 기병과 인디언의 잡탕 정도로 상상하면 된다)에 탁 하고 명중하며 영예의 상처를 남긴다.

그리고 또다시 나무줄기를 끝까지 장전하려
용수철을 찍찍거리며
탄력적인 바닥에 대고 꾹 누른다.
그러면 거울 속으로
문 뒤에 숨어 있는 다른 사람이 보인다.
그러자 두건의 무지개 깃털이
쭈뼛 곤두선다.

작가는 (이제 영국 강변도로*에 위치한, 현존하는 고두노프 체르딘체프가의 저택에 대해 이야기될 것이다) 두꺼운 커튼 사이나 식탁 아래 혹은 비단 장의자의 등 쿠션 뒤로 숨어야 할 때도 있었다. 때로는 옷장 속에 숨기도 했는데, 거기서는 발아래로 나프탈렌이 바삭바삭 부서졌고, 안에서 문틈을 통해, 기이할 정도로 새롭게 살아 숨 쉬는 차향, 사과 향이 되어 유유히 지나가는 하인들을 들키지 않고 관찰할 수 있었다. 그리고 또한,

텅 빈 방 안,
나선형 계단 밑
홀로 잊혀진 외로운 찬장 뒤에,

찬장의 먼지 쌓인 선반 위에는 많은 물건들이 하는 일 없이 빈둥거리고 있었다. 늑대 이로 만든 목걸이, 배를 드러낸 조그만 석류석 우상(偶像), 민족의 인사 관습에 따라 검은 혀를 쑥 내밀고 있는 또 다른 도자기 우상, 비숍 대신 낙타가 있는 체스 세트, 관절로 연결된 나무 용(龍), 소요트족*의 불투명 유리로 만든 궐련 케이스, 마노(瑪瑙)*로 된 또 다른 궐련 케이스, 샤먼의 북과 그 옆의

토끼 발, 하늘색 인동덩굴 껍질로 깔창을 댄 마랄사슴 다리 가죽으로 만든 장화, 칼 모양의 티베트 동전, 케리야*산(産) 비취로 만든 찻잔, 터키옥이 달린 은브로치, 라마승의 불등(佛燈) 등, 이런 유형의 잡동사니들이 좀 더 많았다. 이것들은—먼지처럼, 그리고 독일 온천에서 가져온, 자개 빛깔로 Gruss[1]라고 새겨진 우편엽서처럼—민속학이라면 질색했던 아버지가 우연히 자신의 전설적인 여행에서 가져온 것들이다. 반면 그의 수집품들, 그의 박물관이 자리한, 열쇠로 굳게 닫힌 세 개의 홀은…… 그러나 이것들은 이 시집에서는 전혀 언급되지 않고 있다. 젊은 작가는 특별한 직관력으로 언젠가는 완전히 다른 방식으로, 즉 장식이나 반복이 있는 시가 아니라, 전혀, 전혀 다른 씩씩한 어휘로 자신의 유명한 아버지에 관해 말할 때가 올 것임을 예견했던 것이다.

또다시 뭔가 잘못되었고, 비평가의(어쩌면 여성일지도 모르지만) 날조된 친근한 목소리가 들려온다. 시인은 어린 시절을 보냈던 고향 집의 방들을 부드러운 애정으로 회상한다. 그는 어린 시절을 함께했던 물건들을 시화(詩化)하면서 풍부한 서정성을 고취시킬 줄 알았다. 귀 기울여 경청하면……. 우리 모두는 섬세하고도 정성스럽게……. 과거의 멜로디는……. 예컨대 그는 램프 갓, 벽의 석판화, 자신의 책걸상, 마루 청소부의 방문(떠나면서 '한기, 땀, 접착제'가 뒤섞인 냄새를 남기는), 시계의 점검 등을 묘사하고 있다.

목요일이면 시계점에서
정중한 노인이 찾아와,
느긋한 손놀림으로

1 안녕!

집 안의 모든 시계의 태엽을 감는다.
자기 시계를 흘낏 보고는
벽시계를 맞춘다.
그리고 의자 위에 서서는,
시계가 정오를 완전히 토해 내기를 기다린다.
그렇게 자신의 홍겨운 노동을
무사히 마치고
소리 없이 의자를 제자리에 놓으면,
약간 윙윙거리다, 시계는 간다.

때로는 혀를 차기도 하고, 종을 치기 전에 이상하게 숨을 몰아 쉬기도 하면서. 시계의 똑딱 소리는 1센티미터씩 횡단면으로 줄이 있는 테이프처럼, 끝없이 나의 불면을 재고 있다. 나는 잠들기가 너무 힘들었는데, 그것은 콧구멍 안에 뭔가 간질거리는 것도 없는데 재채기하는 것이나, 자기 몸을 수단으로 자살하는 것과(혀를 삼켜서라도) 매한가지였다. 고난의 밤 초입에는 옆방 침대 속의 타냐와 수다를 떠는 것으로 간신히 버틸 수 있었다. 우리는 금지되어 있었음에도 불구하고 문을 약간 열어 놓았다가, 가정 교사가 타냐의 바로 옆방인 자기 방 쪽으로 오면 우리 둘 중 아무나 문을 슬그머니 닫았다. 맨발로 번개처럼 뛰어가 단번에 다시 침대로 날아오기. 우리는 방에서 방으로 오랫동안 서로에게 셔레이드 게임* 문제를 낸 다음 그녀는 내 문제를 풀기 위해, 나는 새 문제를 구상하기 위해 침묵했다(지금도 내게는 이 어둠 속 이중 침묵의 음조가 들린다). 내 것이 항상 보다 기괴하고 어리석은 편이었다면, 타냐는 항상 고전적 전범을 고수했다.

Mon premier est un métal précieux,
mon second est un habitant des cieux,
et mon tout est un fruit délicieux.[2]

타냐가 나의 수수께끼를 푸느라 애쓰고 있을 거라 믿으며 내가 기다리는 동안, 때로 그녀는 잠들기도 했는데, 이럴 경우 이미 나는 애원으로도 저주로도 그녀를 깨울 수 없었다. 이후로도 한 시간 이상 나는 침대의 암흑 속을 여행했다. 시트와 요를 아치 모양으로 내 위에 씌워 동굴이 만들어지면, 멀리, 저 멀리 동굴의 출구에는 내 방이나 네바 강의 밤, 그리고 어두운 커튼의 화려하고 반투명한 주름 장식과는 전혀 상관없는 푸르스름한 빛이 비스듬히 새어 들어왔다. 내가 탐험하고 있는 동굴은 습곡과 균열 속에 너무나 애련한 현실을 담고 있고, 너무나 숨 막히는 신비로 가득 차 있어서 내 가슴과 귀는 소리 없이 둥둥 울리기 시작했다. 그러면 그곳, 아버지가 신종(新種) 박쥐를 발견한 오지에서, 나는 바위에 새겨진 우상의 광대뼈를 식별했고, 마침내 내가 잠이 들면 열 개의 손이 나를 쓰러뜨리고, 누군가가 끔찍한 비단 뜯는 소리를 내며 위에서 아래로 나의 솔기를 뜯은 다음, 민첩한 손으로 내 안으로 파고들어 내 심장을 강하게 움켜쥐었다. 때로 나는 몽골 소리로 외치는 말(馬)로 변하곤 했다. 샤먼이 올가미를 던져 나의 네 발굽을 잡아당기자 내 다리들은 우지직 찢어져, 가슴을 노란 땅에 대고 있는 몸통과 직각이 되어 늘어졌고, 단말마의 고통의 징표인 꼬리는 깃털 장식처럼 서 있었다. 그 꼬리가 내려가자 나는

2 나의 첫 음절은 — 귀금속,
둘째 음절은 — 하늘의 거주자,
그리고 전체 단어는 — 맛 좋은 과일
셔레이드의 해답: orange = or + ange(오렌지 = 금 + 천사).

깨어났다.

일어나야지,
보일러공의 손바닥은
난로 타일을 여기저기 매만지며,
불이 완전히 피어났는지 살핀다.
피어났구나.
그 뜨거운 신음에 낮은 화답한다,
고요와, 핑크빛으로 그림자 진 하늘빛과
완전무결한 순백으로.

어떻게 추억이 밀랍처럼 굳어질 수 있는지, 또 어떻게 성상의 천개(天蓋)가 가무스름해지면서 지품(智品)천사가 의아할 정도로 예뻐질 수 있는지 참 이상하다. 이상한, 이상한 일이 기억에서 일어난 것이다. 나는 7년 전에 떠났는데, 고국이 지리적 관성이기를 그친 것처럼, 타국 역시 해외라는 느낌을 상실했다. 어언 7년. 제국의 방랑하는 유령은, 언젠가 건강한 프랑스 시민이 신생(新生)의 자유를 기념하여 도입했던 것과 유사한 이 역법 체계를 곧장 받아들였다.* 그러나 햇수는 늘어만 가고 명예는 위로가 되지 않는다. 추억은 녹아서 사라지거나 시들한 광택을 얻어, 결국 경이로운 환영 대신 그림엽서들의 부채만 우리에게 남은 것이다. 그 어떤 시(詩)도, 그 어떤 입체경도 여기선 도움이 되지 못하는데, 이 입체경은 통방울눈으로 위협적일 정도로 소리없이 둥근 지붕을 지나치게 불룩하게 부각시키고, 칼스바트* 컵을 들고 산책하는 사람들 주변을 너무나 악마 같은 의사(擬似) 공간으로 에워싸서, 결국 이러한 광학적 오락 후에 꾼 꿈은 샤먼의 주술 이야기를 듣고 나서

꾼 꿈보다 더 심하게 나를 괴롭혔다. 카메라는 미국인 치과 의사 *Lawson*[3]의 접견실에 있었는데, 그의 동거녀인 은발의 하피* *Mme Ducamp*(마담 뒤캉)은 자신의 책상에, 피처럼 빨간 로슨 가글액 병들 사이에 앉아, 입술을 오므리고 머리를 신경질적으로 긁적이며 나와 타냐를 어디에 기입하면 좋을지 부산하게 가늠한 다음, 마침내 힘들여 찍찍 소리를 내며, 잉크를 튀기는 펜을, 끝부분이 얼룩진 *la Princesse Toumanoff*(투마노바 공작부인)와 첫 부분이 얼룩진 *Monsieur Danzas**(단자스 씨) 사이에 가까스로 끼워 넣었다. 다음은 바로 전날 "That one will have to come out..."[4]이라고 경고했던, 바로 이 치과 의사에게 가던 길의 묘사다.

어떻게 난 또다시 30분 후
이 마차에 타고 있을까?
어떻게 난 이 눈송이와
검은 가지를 바라보고 있을까?
어떻게 또다시 이 솜모자를 쓴 갓돌을
시선으로 배웅하지?
어떻게 돌아오는 길에
그리로 갔던 길을 기억하지?
(꺼림칙해하면서도 다정하게
손수건을 연신 만진다,
마치 뺀 장신구라도
소중히 싸고 있는 양.)

---

3 로슨.
4 "이 이는 빼야 됩니다……."

'솜모자'는 애매모호한 표현일 뿐만 아니라 의도한 바를 전혀 표현하지 못했다. 나는 표트르 대제* 동상 근처, 고리로 이어진 갓돌 위에 푹 눌러 씌워진 눈을 염두에 두었던 것이다. 어디에선가 말이다! 세상에, 내게는 과거의 파편을 모으는 일이 **이미** 어렵고, 내 기억 속에 아직 건재한 대상들 사이의 연결과 관계를 **이미** 잊어버리기 시작하여, 결국 나는 이 대상들의 사멸을 조장하고 있다. 그러할 때,

그렇게 과거의 인상은
조화의 얼음 속에 살리라……

믿었던 자기 확신은 얼마나 모욕적인 조롱을 받게 되는지! 만약 그런데도 여전히 내가 공연히 시를 써서, 내 어휘들이 과녁을 벗어나거나 혹은 '정확한' 형용구의 폭발탄으로 표범도 사슴도 동시에 죽인다면, 도대체 무슨 연유로 내가 어린 시절에 대한 시를 쓴단 말인가? 그러나 낙심하지는 말자. 그는 내가 진정한 시인이라 말하고 있다. 즉 사냥하러 나갈 가치가 있었던 것이다.

여기 또 한 편의, 소년을 괴롭혔던 것을 다룬 12행시가 있다. 여기서는 도시 겨울의 수난, 예컨대 긴 양말이 무릎의 힘줄을 자극할 때나, 혹은 여점원이 말도 안 되게 납작한 장갑을 판매대의 단두대에 놓인 손에 끼울 때의 이야기를 하고 있다. 좀 더 언급해 보자. 털 칼라를 여밀 수 있도록 두 팔을 벌리고 있을 때 두 번 꼬집는 호크(첫 번째는 미끄러졌다), 대신 깃이 세워졌을 때 음향의 변화와 음역(音域)의 확대는 얼마나 흥미로운지! 기왕 귀에 대해 말이 나왔으니 덧붙이자면, 모자 귀마개의 리본을 묶을 때("턱을 올리렴") 비단의 팽팽하게 조이던 음악이 얼마나 새록새록 기억나는지!

아이들은 혹한에 뛰어다니는 것이 즐거웠다. 눈 덮인 정원 입구에는 한 사건, 풍선 장수가 있었다. 풍선 장수 위로 그보다 세 배는 큰, 거대한 풍선 다발이 사각거리고 있었다. 얘들아, 보렴, 빨간색, 파란색, 초록색, 신(神)의 태양을 품은 풍선들이 오색찬란하게 서로 비벼 대는 광경을! 얼마나 아름답니! 아저씨, 저는 가장 큰 걸로 주세요(그것은 옆에 수탉이 그려지고 안에는 빨간 병아리가 떠다니는 하얀색 풍선으로, 병아리는 모태가 파괴되면 천장으로 올라갔다가 하루가 지나면 쭈글쭈글 완전히 길들여져 내려오리라). 여기 행복한 아이들은 풍선을 1루블에 사고 선량한 풍선 장수는 촘촘한 다발에서 하나를 꺼낸다. 잠깐만, 이 녀석아, 잡아채지 마, 잘라 줄게. 그런 다음에 그는 다시 벙어리장갑을 끼고 가위를 매단 줄이 잘 조여졌는지 점검하고 발바닥을 굴러, 직립 자세로 푸른 하늘을 향해 조용히 올라가기 시작했다, 점점 더 높이, 더 높이 올라 이제 그의 풍선 다발은 포도송이보다 작아졌으며, 그의 밑으로, 아아, 우리의 국민 화가들이 그린 최고의 그림을 따라 여기저기 복원된 상트페테르부르크의 아지랑이, 금장, 성에가 보였다.

농담은 그만두더라도, 그곳은 정말이지 무척 아름답고 고요했다. 공원의 나무들은 자신의 환영을 모사하고 있었고, 이에 무한한 재능을 지닌 것으로 밝혀졌다. 나와 타냐는 또래 아이들의 썰매를 비웃었다. 특히 썰매에 장식 술이 치렁치렁한 융단 소재가 깔리고, 높은 좌석(심지어 등받이까지 갖춘)과 승객이 부츠로 제동을 걸 때 붙잡는 고삐가 갖추어져 있을 때 야유는 더 심해졌다. 그런 썰매로는 결코 최후의 눈구덩이까지 닿을 수 없을뿐더러, 썰매는 거의 맨 처음부터 직선 코스에서 벗어나, 하강하는 내내 빙글빙글 돌았다. 파리해지고 심각해진 아이는 썰매가 멈추면 빙판

길 끝까지 가기 위해 앉아서 자신의 발바닥을 직접 굴러 직진해야 된다. 나와 타냐는 산갈리*제(製)의 엎드려 타는 육중한 썰매가 있었는데, 이것은 괄호 모양의 철제 활주부와 사각 벨벳 쿠션으로 단순하게 구성되었다. 그것은 직접 끌 필요가 없었고 헛되이 모래를 뿌려 놓은 눈을 따라 거리낌 없이 가볍게 질주하여 발뒤꿈치에 부딪혔다. 이제 우리는 언덕에 와 있다.

반짝반짝 빛나는 무대에 오른다…….

(경사면을 **빛내기** 위해 양동이에 담아 온 물을 쏟아부어, 층계는 **반짝이는** 살얼음으로 뒤덮였다. 그러나 여전히 선의의 두운(頭韻)은 이 모든 것을 밝혀낼 수 없었다.)

반짝반짝 빛나는 무대에 오른다,
힘차게 배를 엎드려
편평한 썰매에 벌렁 쓰러진다,
그러고는 쉭쉭 푸른빛을 따라…….
그러나 이후, 장면이 바뀌어
아이 방에서 어스레하게
성탄절의 성홍열이나
부활절의 디프테리아가 불타오르면,
부서질 듯 빛나는
비대한 빙판을 타고 내려온다,
어떤 반(半)열대 지방의
반(半)타브리체스키* 공원에서……

우리의 알렉산드롭스키 정원*을 떠나 이 공원에 이르기까지 열병 같은 꿈의 의지로 충만한 니콜라이 미하일로비치 프르제발스키* 장군은 자신의 석상 낙타와 함께 이동했다. 그러고는 곧장 나의 아버지 — 이즈음에는 어딘가, 대략 코칸트*와 아슈하바트* 사이 혹은 시닌스키 알프스*의 비탈길에 계실 법한 — 의 동상으로 변했다. 타냐와 나는 얼마나 아팠는지! 때로는 함께, 때로는 번갈아 가며! 그리고 멀리서 쾅 닫히는 문과 숨죽인 듯 조용한 또 다른 문 사이에서 터져 나오는 그녀의 발소리와 높은 웃음소리를 듣는 것이 내게는 얼마나 끔찍했었는지. 그녀의 웃음소리는 나에게 무관심한 천상의 것으로 울렸고, 나의 노란 방수포로 채워진 두툼한 압박 붕대나 쑤시는 발, 육체의 무게나 제약과는 무한히 거리가 먼, 천국의 건강함으로 울렸다. 그러나 아픈 사람이 그녀였을 때는, 저세상을 향한 듯 멍하니, 내게는 시든 안감만 보여 주며 침대에 누워 있는 그녀를 보았을 때, 난 스스로를 얼마나 이승의 지상적인 존재로, 얼마나 축구공과 같은 존재로 느꼈는지! 투항 직전의 마지막 방어에 대해 묘사해 보자. 나는 아직 일과에서 벗어나지 않은 채, 나 자신에게까지 열과 통증을 숨기며 오한의 요구를 게임의 요건인 양 가장하여 멕시코식으로 몸을 돌돌 쌌다. 그러나 30분 뒤 항복하고 침대에 쓰러지자, 몸은 바로 전에 자신을 속이며 놀았다는 것, 홀 바닥과 양탄자를 네 발로 기어 다녔다는 것을 이미 믿지 못한다. 방금 전 내 겨드랑이에 체온계를 꽂은 어머니의 미심쩍은 듯 불안한 미소에 대해서도 묘사해 보자(웬일인지 어머니는 이 일을 하인에게도, 가정 교사에게도 믿고 맡기지 못하셨다). "너 완전히 끝장났구나"라고 어머니는 여전히 농담을 시도하며 말씀하셨다. 그리고 잠깐 후에, "난 이미 어제부터 너 열 있다는 걸 알고 있었어, 속일 생각 하지 마" 하고 말씀하셨다. 그리고 잠시 후에 또다시, "네 생각엔 몇 도나 될 것 같니?"라고 물으셨다. 그리고 마침내 "이제 꺼내도 될 것 같구나"라고 말하며, 달궈진 체온계를 불빛 가까이로 가져가더니, 매력적인 물개 눈썹을 — 타냐도 이 눈썹을 물려받았다 — 모으고 오랫동안 쳐다보셨다……. 그런 다음 아무 말 없이 천천히 체온계를 흔들어 케이스에 집어넣고 멍하니 나를 쳐다보셨다. 그사이 아버지는 생각에 잠긴 채 붓꽃으로 한없이 푸르른 봄의 평원을 말을 타고 지나고 계셨다. 이제 비몽사몽의 상태도 묘사해 보자. 어떤 거대한 숫자들이 뇌를 뚫고 나와, 쉴 새 없이 저세상의 것인 듯한 잰 말 놀이를 수반한 채 계속 커져 간다. 마치 수학 문제집에 나오는 정신병원 부속의 어두운 뜰에서, 이자가 계속 늘어나는 이 끔찍한 세계로부터 밖으로 반쯤(정확히 111분의 57만큼) 나온, 이 세계의 거주자로 표상되는 사과 장수, 네 명의 토역꾼, 그리고 아이들에게 분수(分數)의 카라반(隊商)을 유산으로 남겨 준 아무개 씨가, 밤에 나뭇잎 스치는 소리에 맞추어 극히 어리석은 집안일 — 그래서 더욱 끔찍하고, 더욱 불가피하게 갑자기 바로 이 숫자들, 이 무제한으로 팽창하는 우주로 판명되는 일 — 에 대해 이야기하는 듯했다(이러한 사실은 내가 현대 물리학자들의 대우주 이론을 이해하는 데 기이한 조명을 던진다). 그리고 회복에 대해서도 묘사해 보자. 이제는 이미 수은주를 흔들어 내릴 필요가 없고 체온계는 방치된 채 책상 위에서 나뒹굴고 있으며, 책상 위에는 축하하기 위해 온 책 더미들과 그야말로 흥미로운 장난감 몇 개가, 반쯤 비어 있는 흐린 물약병을 밀쳐 내고 있었다.

가장 눈에 확 띄는 것은
편지지철이다,

편자와 내 이니셜로
장식되어 있는.
이니셜, 인장,
니스의 소녀가 보낸 압화,
선홍빛, 구릿빛 봉랍에 관한 한,
난 이미 일가견이 있었다.

유난히 심하게 폐렴을 앓은 후 어느 날 내게 일어난 놀라운 사건은 시로 형상화되지 못했다. 모두가 거실로 건너가고 한 남자만 저녁 내내 말없이……. 밤사이 열은 떨어지고 나는 뭍으로 상륙했다. 고백하자면, 나는 약하고 변덕스러웠고 투명했다, 마치 크리스털 달걀처럼 투명했던 것이다. 어머니가 내게 뭔가를 사 주러 나가셨는데…… 뭔지는 모르지만 아마도, 내가 임산부의 욕망으로 종종 요구했던 별난 물건들 중 하나였으리라. 그 후 나는 그것에 대해 까맣게 잊어버렸는데, 어머니는 이 *desiderata*[5]를 기록해 놓으셨던 것이다. 방 안에 드리운 땅거미의 푸르스름한 층 사이, 몸져누워 있을 때, 나는 내 안에 믿을 수 없을 정도로 명료한 의식을 지녀, 황혼의 구름 사이로 눈부시게 빛나는 연한 빛깔의 하늘의 머나먼 줄이 길게 펼쳐지고, 거기에서는 얼마나 먼지는 신(神)만이 알고 있는 머나먼 섬의 곶과 여울 같은 것이 보이는 듯했다. 그리하여 내 가벼운 동공을 조금만 더 멀리로 향하면 축축한 모래에 정박한 빛나는 배와, 반짝이는 물로 가득 찬 떠나가는 발자국도 식별할 수 있을 것 같았다. 그 순간 나는 인간의 건강이 이를 수 있는 최고봉에 도달했다고 생각한다. 나의 생각은 바로 전에 위

5 열망.

험하고 초지상적으로 순수한 암흑에 담구어 헹구어졌던 것이다. 그리하여 이제 나는 미동도 않고 누워, 심지어 미간도 찌푸리지 않은 채 생각만으로, 친칠라 모피 코트를 입고 점무늬 베일을 쓴 어머니가 썰매(당대 러시아 마부의 지나치게 뚱뚱한 엉덩이에 비해는 너무나 작아 보이는)에 타시는 것, 회청색 털토시를 얼굴에 대고 있는 그녀를 파란 덮개 아래 흑마 한 쌍이 태우고 가는 것을 본다. 거리는 내가 별다른 수고를 하지 않아도 계속해서 펼쳐지고, 커피빛 눈덩이가 썰매 앞부분을 친다. 마침내 썰매가 멈췄다. 하인 바실리가 하인석에서 뛰어 내려와 곧장 곰 가죽 무릎 덮개를 풀자, 나의 어머니는 재빨리 상점으로 들어가시는데, 나는 미처 그 간판과 진열창을 보지 못한다. 바로 이 순간 나의 삼촌, 어머니의 동생이 지나가며 어머니를 부르시는데(그러나 어머니는 이미 사라졌다), 나는 나도 모르게 몇 걸음 삼촌을 쫓아가며, 삼촌과 이야기하면서 멀어지는 신사분의 얼굴을 유심히 보기 때문이다. 그러나 곧 정신을 차린 나는 뒤로 돌아 서둘러 상점으로 흘러든다. 그곳에서 어머니는 벌써 지극히 평범한 초록색 파베르 연필에 10루블을 지불하고 계시다. 점원 둘이 갈색 종이에 연필을 조심스럽게 포장하여 바실리에게 전한다. 그러자 바실리는 벌써 그것을 들고 곧장 어머니를 따라 썰매에 올라타고, 썰매는 집을 향해 이런저런 거리를 질주하여 마침내 집에 거의 다다를 찰나였다. 그런데 여기서 나의 투시의 수정 같은 흐름은 이본나 이바노브나가 고깃국 한 그릇과 구운 빵 몇 조각을 가져오면서 중단되었다. 나는 너무나 쇠약해져서 침대에 앉는 데도 그녀의 도움이 필요했던 것이다. 그녀는 베개를 주먹으로 한 번 두드리고, 내 앞으로 난쟁이 다리의 침대용 식탁(남서쪽 끝자락이 오래전부터 끈적끈적한)을 살아 움직이는 담요 위에 갖다 댔다. 갑자기 문이 열리고 도끼처럼 기다란 갈색 꾸러미를 들고 어머니가 웃으며 들어오셨다. 그 안에서 1.5아르신 길이의, 그리고 그 길이에 걸맞게 두꺼운 파베르 연필이 나왔다. 진열창에 가로로 길게 걸려, 언젠가 내게 변덕스러운 탐욕을 불러일으켰던 광고용 거인이었다. 분명 반신반인(半神半人)과 같은 그 어떤 기이한 존재가 일요일의 군중과 은밀히 섞이기 위해 우리에게 내려왔을 때 나는 아직 삼매경에 있었음이 틀림없다. 왜냐하면 그때 나 자신에게 일어난 일에 대해 전혀 당황하지 않고 단지 물건의 크기를 착각한 것만 속으로 살짝 주목했던 것이다. 하지만 나중에 건강해지고, 빵으로 틈을 메운 뒤에는 나는 미신적 고통에 사로잡혀 나의 투시력의 발현(결코 다시는 반복되지 않았던)에 대해 번민했다. 나는 그것이 너무 창피하여 타냐에게조차 숨겼다. 그리하여 거의 나의 첫 외출 때 어머니의 먼 친척뻘 되는 가이두코프 씨라는 분과 마주쳤을 때, 그가 어머니에게 "바로 얼마 전에 저와 당신 동생은 트레이만* 근처에서 당신을 보았답니다"라고 했을 때 나는 너무 당혹스러워 하마터면 울 뻔했다.

그사이 시(詩)의 공기는 따뜻해졌고, 내가 학교에 들어가기 전까지(난 열두 살이 되어서야 입학했다) 종종 4월이면 벌써 가곤 했던 시골로 우리는 돌아갈 채비를 하고 있다.

> 눈은 비탈길에서 운하로 잦아들고,
> 페테르부르크의 봄은
> 흥분과 아네모네와
> 첫 나비들로 채워진다.
> 그러나 내게는 작년의,
> 겨우내 시들어 버린 큰멋쟁이나비나

투명한 숲을 활보하는 무가치한
멧노랑나비는 필요 없다.
대신 난 이미
하얀 가지의 얼룩 사이로
세상에서 가장 사랑스러운 자벌레나방의
매력적인 거즈 날개 넷을 찾아낸다.

이 시는 작가 자신이 가장 좋아하는 시였으나, 작가는 이 시를 시집에 포함시키지 않았다. 왜냐하면 이 테마는 아버지의 테마와 관련되기 때문에 한동안은 이 테마를 다루지 말라고 창작의 경제학이 또다시 충고했던 것이다. 이 테마 대신, 역에서 나온 직후의 첫 단상 — 땅의 부드러움, 발바닥에 느껴지는 친숙함, 머리 위로 거칠 것 없이 자유롭게 흐르는 대기 — 과 같은 봄의 인상이 재현되었다. 앞다투어 싸우듯 호객하며, 마부석에서 일어나 자유로운 손을 흔들고 고의적인 워워 소리로 왁자지껄한 웅성거림을 제압하면서, 마부들은 때 이른 별장 주민들을 줄기차게 불러 댔다. 좀 더 떨어진 곳에 안도 겉도 새빨간 개폐식 자동차가 우리를 기다리고 있었다. 속도 관념은 이미 핸들에 기울기를 부여했지만(해변의 나무들은 나를 이해하리라), 그러나 전체 외관은 아직 — 그릇된 예절 감각에서 비롯되었을까 — 사륜마차 형태와의 비굴한 연결고리를 유지했다. 그러나 만약 이것이 모방의 시도였다면, 이 시도는 소음기(消音器)가 열렸을 때 모터의 굉음으로 인해 완전히 망쳐진 것이었다. 그 소음이 너무나 요란해서 우리가 나타나기 훨씬 전부터 맞은편 마차의 농부는 마차에서 뛰어내려 말을 돌릴 정도였다. 그러다 일동 모두가 곧장 도랑이나 논밭에 떨어지기도 했다. 하지만 잠시 후 그곳에서는 우리도, 우리의 먼지도 이미 잊혀지고,

종달새의 노래에만 미세한 틈을 허용하는 신선하고 부드러운 고요가 다시 응축된다.

아마도 나는 언젠가 외제 밑창과 이미 오래전에 닳은 뒤축이 있는 신발을 신고, 절연체의 바보 같은 물성(物性)에도 불구하고 자신을 혼령이라 느끼며, 가시적(可視的)인 동행 없이, 이 역에서 나와 레시노까지 10베르스타*가량 대로변 오솔길을 따라 걸으리라. 내가 다가가면 전신주는 차례차례 윙윙거리고, 까마귀는 표석(標石)으로 날아와 앉았다가 잘못 접은 날개를 다시 펴리라. 날씨는 아마도 희끄무레하겠지. 나로서는 상상하기 힘든 주변의 외관상 변화나, 웬일인지 내가 잊고 있던 고색창연한 흔적들이 교대로, 때로는 뒤섞여 나를 맞이하리라. 나는 걸어가면서 전신주 가락에 맞춰 신음 비슷한 소리를 내겠지. 내가 자란 그곳에 이르면 이것저것을 보게 되리라. 혹은 화재나 재건축, 벌채나 자연의 방치로 인해 이도 저도 못 보게 될지라도(그럼에도 불구하고 내 눈이 그곳의 잿빛, 밝음, 습기로 형성되었다는 이유만으로도 나는 뭔가 영원토록 변함없이 내게 충실한 그 무엇을 발견하게 될 것이다), 모든 흥분이 가라앉은 뒤, 내가 알기에는 아직 이른 행복(내가 아는 것이라곤 단지 행복은 손안의 펜대와 함께하리라는 것이다)으로 가는 분수령에서, 나는 뭔가 고통스러운 만족감을 맛보게 되리라. 그러나 아마 단 하나, 추방이라는 악수(惡手)를 가치 있게 했던, 나의 어린 시절과 그 어린 시절의 열매는 만나지 못하리라. 그 열매는 바로 여기 있다, 오늘, 이미 농익은 채로. 반면 어린 시절 자체는 먼 곳으로, 북방 러시아보다 한참 더 먼 곳으로 사라졌다.

작가는 시골 환경으로 옮길 때의 느낌을 묘사하는 데 가장 적절한 어휘들을 찾았다. 그는 얼마나 유쾌하게 말하고 있는지,

모자를 쓸 필요도,
단화를 바꿀 필요도 없지,
또다시 봄의 뜰에서
벽돌빛 모래 위로 내달리기 위해서는.

바로 여기에 열 살이 되자 새로운 오락거리가 추가되었다. 그것은 이미 도시에 있을 때부터 내게로 왔고, 처음에 나는 그 핸들을 잡고 이 방 저 방 오랫동안 끌고 다녔다. 압정에 찔릴 때까지 그것은 얼마나 수줍은 듯 우아하게 세공 마루 위를 다녔는지! 바퀴가 작아 뜰의 놀이터의 모래에도 빠지던, 달그닥거리고 볼품없는 아동용 세발자전거에 비해 새것은 천상의 가벼움으로 움직였다. 이것을 시인은 다음의 시에서 잘 표현했다.

오, 첫 자전거의
웅장함과 높이!
차체에 새겨진 '둑스'*와 '승리'와,
팽팽한 타이어의 침묵.
얼룩이 손목 사이로 미끄러지고
새까만 두더지 구멍이
뒤집겠다 위협하는 오솔길에 남겨진
흔들림과 구불구불.
그러나 내일이면 쾌속 질주하며,
꿈에서 그랬던 것처럼 붙드는 이 없어도,
단순하다 믿어
자전거는 넘어지지 않으리라.

그리고 모레는 불가피하게 '프리휠링'에 대한 염원이 발전하기 시작한다 — 지금까지도 나는 이 표현을 들으면 겨우 포착되는 고무의 사각거림과 경쾌하기 그지없는 바퀴살의 살랑거림에 맞추어 스쳐 지나가는, 비스듬히 달리는 매끈매끈하고 끈적끈적한 땅의 줄이 보인다.

자전거와 보트 타기, 승마, 론테니스와 고로드키* 경기, '크로켓, 수영, 피크닉', 물레방아와 건초간의 매력 등 대략 이 정도가 우리의 작가가 관심을 보이는 주제들이다. 그의 시의 형식적 측면에 대해서는 무슨 말을 할 수 있을까? 이것은 물론 소품(小品)이지만 경이로우리만치 섬세한 기교로 쓰여 머리카락 한 올 한 올이 선명할 정도였는데, 이는 모든 것이 지극히 세밀한 필치로 묘사되어서라기보다는, 세밀성의 존재 자체가 독자에게는 부지불식간에 작가가 예술 규약의 모든 항목을 준수하고 있음을 보증하는 재능의 성실함, 견실함으로 감지되기 때문이다. 무릇 앨범 형식의 시를 소생시킬 가치가 있는지, 혹은 우리의 영예로운 4음보 시의 혈관에 아직 피가 남아 있는지는(이 4음보 율격에 산책을 허용했던 푸시킨 스스로도 이미 창 너머로 학생들에게 오락거리로 넘기겠다고 소리치며 이 율격에 엄포를 놓는다*) 논란의 여지가 있지만, 그러나 고두노프 체르딘체프가 자신이 정한 한계 내에서 시적 과제를 정확히 해결했음은 결코 부정할 수 없다. 그의 남성 운*의 깐깐함은 여성 운*의 자유로운 의상을 멋지게 부각시키고 그의 약강격은 온갖 리듬 이탈의 섬세함을 사용하면서도 결코 자신을 배반하지 않는다.* 그의 모든 시는 각각 알록달록 변색한다. 시에서 회화풍의 장르를 좋아하는 사람은 이 소책자를 좋아하게 되리라. 이 책은 교회 입구의 맹인에게는 아무것도 말해 줄 수 없다. 아, 작가의 시력은 얼마나 탁월한지! 아침 일찍 잠에서 깨어 덧창의 틈새로 관찰하는 것만으로도 그는 이미 오늘 하루가 어떻게 전개될지 알 수 있다.

틈은 푸른 하늘보다 더 푸르게 푸르러진다.
푸르름에 관한 한,
푸르름에 얽힌 나의 추억에 거의 버금가며.

그리고 똑같은 실눈으로 그는 저녁 들판을 응시한다. 한쪽 들판은 이미 그림자로 뒤덮였지만, 머나먼 다른 쪽은

들판 한가운데 표석에서
숲 언저리까지는
아직 한낮처럼 환하다.

심지어 문학이 아닌 회화가 어려서부터 그의 숙명이었다고 생각될 정도이다. 그래서 작가의 현재 용모에 대해 전혀 모름에도 불구하고 우리는 밀짚모자를 눌러쓴 채 유난히 불편한 자세로 수채화 도구를 들고 뜰의 벤치에 앉아 선조가 물려준 세상을 그리고 있는 아이를 선명하게 떠올릴 수 있다.

도자기 벌집은 파랑,
초록, 빨강 꿀을 담았다.
맨 먼저 연필 선으로
뜰이 거칠거칠 생겨난다.
자작나무, 결채의 발코니,
모두가 햇빛에 아롱져 있다.

난 붓 끝을 주황빛 노랑에 적셔
좀 더 진하게 돌려 묻힌다.
그사이 가득 찬 술잔의
크리스털 빛에는 —
어떤 색깔이 반짝이는지,
어떤 환희가 피어나는지!

바로 이것이 고두노프 체르딘체프의 책이다. 마지막으로 첨언하자면……. 또 뭐가 있었더라? 또 뭔가가 있었는데? 상상이여, 내게 일러 다오! 과연 진정으로 나의 시를 통해 내가 꿈꾸었고 또 지금도 꿈꾸고 있는 이 모든 황홀하게 고동치는 것들이 이 시집에 간직되어, 이것을 독자가 주목하였고 그 서평을 오늘이 가기 전에 내가 읽게 된단 말인가? 과연 진실로 그는 그 안의 모든 것을 이해하고, 허명 높은 '회화성' 외에 또 하나, 거기에는 특별한 시적 의미(이성을 벗어난 사고가 음악과 함께 돌아올 때의)가 내재하며, 그 의미 하나만으로도 진정한 시를 도출할 수 있음을 이해했단 말인가? 그는 시를 읽을 때 의당 그래야 하듯 행간을 읽었을까? 아니면 단순히 시들을 훑어보고 마음에 들자, 시간이 유행하는 현시대에 유행할 만한 자질로서 시집에 나타난 순환의 가치를 주목하고 칭찬하게 된 것일까? 그도 그럴 것이, 시집은 「잃어버린 공」이라는 시로 시작하여 「되찾은 공」이라는 시로 완결되는 것이다.

우리의 유년 시절이 끝나 가던 그해,
단지 그림과 성상만
제자리에 남겨지고,
집에 무슨 일인가 일어났다.

모든 방이 서둘러
서로서로 가구를 바꾸었다.
옷장, 병풍,
육중한 물건들 더미.
바로 그때, 장의자 아래,
드러난 마룻바닥에
믿을 수 없으리만치 예쁜 공이
살아서 구석에서 발견되었다.

책의 외관은 만족스러웠다.

표도르 콘스탄티노비치는 책에서 마지막 한 방울의 달콤함까지 짜낸 뒤 기지개를 켜고는 소파 베드에서 일어났다. 그는 너무 시장했다. 그의 시곗바늘은 얼마 전부터 왠지 발칙해져서 갑자기 시간에 역행하여 움직였기 때문에 시계에 의지할 수는 없었다. 그러나 빛으로 판단하건대 낮은 막 여행을 떠나기 위해 식솔들과 묵상하는 듯했다.* 표도르 콘스탄티노비치가 거리로 나오자 축축한 한기가 그를 파고들었다(외투를 입고 오길 잘했구나). 그가 자신의 시에 대해 숙고하는 동안 아마 비가 온 듯, 거리는 이 끝에서 저 끝까지 반질반질했다. 이삿짐 트럭은 어느새 사라졌고, 바로 전 그의 트랙터가 있던 자리, 보도 바로 옆에는 선홍색을 중심으로 깃털 모양으로 회전하는 무지갯빛 석유 얼룩 — 아스팔트의 앵무새 — 이 남아 있었다. 운송 회사 이름이 뭐였더라? *Max Lux*(맥스 룩스)였지. 동화 속 채소밭지기여, 이건 뭐지? 'Mak-s(양귀비씨입니다요). 그럼 저건? Luk-s(양파입지요), 왕자님.*

'참, 열쇠는 챙겼나?' 표도르 콘스탄티노비치는 문득 생각하고 멈춰 서서 비옷 호주머니에 손을 넣었다. 뭔가가 한 줌 가득 묵직하게, 그를 안심시키듯 잘그랑거렸다. 3년 전, 그가 아직 대학생이었을 적 어머니가 파리의 타냐에게 옮겨 갔을 때, 어머니는 베를린 사람들을 자물쇠에 옭아매는 쇠사슬이라는 영원한 족쇄에서 해방된 것에 아무리 해도 적응할 수 없다고 쓴 적이 있다. 그는 자신에 관한 기사를 읽을 때 어머니가 느낄 기쁨을 상상할 수 있었고 순간 자신에 대한 어머니의 자부심을 느꼈다. 더 나아가 모성의 눈물이 그의 눈시울을 달궜다. 그러나 세상이 롱사르의 노파* 처럼 놀라며 최후의 가장 캄캄한 겨울날까지 나를 추억할 것이라는 확신이 내게 없다면 살아생전 관심받는 것이 무슨 소용이란 말인가? 아, 그럼에도 불구하고! 난 아직 서른도 한참 멀었는데, 오늘 인정받았다. 가치를 인정받은 것이다! 고맙다, 고국이여, 고결한……. 이렇게 완전히 가까이서 윙윙거리며, 시적 가능성이 스쳐 지나갔다. 고맙다, 고국이여, 고결한 그 재능에 대해. 너는 광기처럼……. 그런데 사실 '가치를 인정받은'이라는 음은 이제는 운(韻) 형성에 더 이상 필요 없다. 운에서 삶이 잉태되었건만 운 자체는 스러진 것이다. 고맙다, **러시아여**, 고결하고 그리고……. 두 번째 형용사는 플래시가 터져 미처 보지 못했다, 너무 애석하다. 행복한? 불면의? 날개 달린? 고결하고 그리고 날개 달린(i krylatyy) 재능에 대해. 종아리(ikry)와 갑옷(laty). 이 로마인은 어디서 온 거지? 안 돼, 안 돼, 모든 것이 날아가고, 나는 포착하지 못했다.*

모국 요리의 전시관임을 자부하는 러시아 식당에서 피로시키*를 산 뒤(하나는 고기 피로시키, 다른 하나는 양배추 피로시키, 세 번째는 타피오카 전분 피로시키, 네 번째는 쌀 피로시키, 다섯 번째는…… 다섯 개를 살 여유는 없었다), 곧장 공원의 축축한 벤치에 앉아 재빨리 먹어 치웠다.

마치 누군가가 갑자기 하늘을 기울이는 것처럼 비가 벼락같이 쏟아져 전차 정거장의 둥근 부스로 피해야 했다. 그곳 벤치에서는 서류 가방을 든 두 사람이 어떤 거래에 대해 논의하고 있었는데, 변증법적으로 시시콜콜 논하는 바람에 상품의 본체는 어디론가 사라졌다. 마치 브로크하우스 백과사전의 글을 대충 읽으면 이니셜만으로 지칭되는 대상은 놓쳐 버리는 것과 같았다. 한 아가씨가 단발머리를 흔들며, 두꺼비처럼 생긴 헉헉대는 작은 불도그를 데리고 부스로 들어왔다. 이상하게도 '고국'과 '가치를 인정받은'이 또다시 함께 운을 이루었고, 그 속에서 뭔가가 집요하게 울린다. 유혹에 넘어가지 않으리라.

소나기가 멈췄다. 지독히도 단순하게, 그 어떤 격정의 드라마나 곡예도 없이 모든 가로등에 불이 켜졌다. 그는 이제 — 어림짐작으로 9의 운(韻)에 도착하기 위해서는 — 체르니셉스키가(家)로 출발해도 되겠다고 생각했다. 그가 이런 상태로 길을 건너는 동안, 뭔가가 취객을 보호하듯 그를 지켜 주었다. 가로등의 젖은 불빛에 비친 자동차는 시동이 걸린 채 자리에 서 있었고, 자동차 지붕 위의 빗방울은 최후의 한 방울까지 떨고 있었다. 도대체 누가 썼을까? 표도르 콘스탄티노비치는 아무리 해도 추려 낼 수가 없었다. 이 사람은 양심적이지만 재능이 없고, 저 사람은 정직하진 못하나 재능이 있고, 세 번째 사람은 오로지 산문에 대해서만 쓰고, 네 번째 사람은 지인들에 대해서만 쓰고, 다섯 번째 사람은…… 순간 표도르 콘스탄티노비치의 상상 속에 이 다섯 번째 사람이 그려졌다. 그는 표도르 콘스탄티노비치와 동갑 혹은 한 살 정도 어린 듯한 사람으로, 같은 시기, 같은 망명 출판계에 그보다 적게 작품을 발표하면서도(여기에는 시를, 저기에는 기사를), 왠지 불가사의하게, 거의 발산과도 같은 생리적 자연스러움으로, 포착하기 힘든 명예의 후광에 점점 휩싸여, 그 결과 그의 이름이 특별히 자주 거론되는 것은 아니지만 여타 젊은 작가들의 이름과는 전혀 다른 방식으로 불렸다. 그의 모든 새로운 시행을, 표도르 콘스탄티노비치는 자괴감에 빠져 구석에서 혐오스러운 듯 게걸스레 허겁지겁 삼켰다, 읽는 행위 자체만으로 그 안의 기적을 무산시키려는 듯이. 그런 후 이틀 정도를 그는 읽은 시를 떨쳐 버리지도 못하고, 타인과의 싸움에서 결국 자신의 내밀한 부분만을 훼손하고 만 듯한 은밀한 고통과 무력감에서 헤어 나오지도 못했다. 그 남자는 고독하고 불쾌한 사람으로 근시에다 어깨뼈의 좌우 대칭이 약간 부정확했다. 그러나 만약 그 사람이 바로 당신이라면 나는 이 모든 것을 용서하리라.

그는 자신이 배회하는 수준으로 걸음을 늦추고 있다고 생각했으나 도중에 마주친 시계(시계 가게의 방계 자손)는 훨씬 더 느릿느릿 갔다. 결국 목적지 바로 근처에서, 역시 그곳으로 가고 있는 류보비 마르코브나를 한걸음에 따라잡았을 때에야 비로소 자신이 오는 내내 조바심으로, 서 있는 사람조차 속보자(速步者)로 만드는 에스컬레이터를 탄 듯 질주했음을 깨달았다.

어느 누구에게도 사랑받지 못한 이 푸석푸석한 나이 든 여인은 왜 코안경을 쓰면서도 눈 화장을 하는 것일까? 안경알은 이 서툰 그림의 흔들림과 조잡함을 부각시켰고, 그로 인해 그녀의 순진무구한 시선은 너무나 모호해져 그 시선에서 눈을 떼기가 힘들었으니, 실수의 최면인 것이다. 실제로 그녀의 거의 모든 것은 오해에 기반하였다. 특히 그녀가 자신이 독일어를 독일 여자처럼 구사한다고 느끼거나, 골즈워디*는 위대한 작가라고 생각할 때, 혹은 게오르기 이바노비치 바실리예프가 자신에게 병적으로 매혹되어 있다고 생각할 때는 일종의 정신 착란이 아닐까 의구심마저 들 정도였다. 그녀는 체르니셉스키가 뚱뚱하고 늙은 언론인 바실리예프와 연대하여 한 달에 두 번 토요일에 개최하는 문학 동아리의 가장 충성스러운 참석자 중 한 명이었다. 오늘은 겨우 화요일이어서 류보비 마르코브나는 지난 토요일의 감명을 주변과 듬뿍 나누며 여전히 그 감명 속에 살고 있었다. 남자는 그녀와 동행하면 숙명적으로 얼빠진 무뢰한이 되었다. 표도르 콘스탄티노비치 역시 이를 느꼈지만 다행스럽게도 문 앞까지는 몇 걸음 남지 않았고 그곳에는 이미 체르니솁스키가의 하녀가 열쇠를 들고 기다리고 있었다. 사실 그녀는 극히 희귀한 심장 판막 질환을 앓고 있는 바실리예프를 마중 나온 것이었다 — 바실리예프는 이 병을 자신의 부전공으로 삼을 정도여서, 이따금 지인의 집에 갈 때 심장 해부 모형을 가져가 매우 명료하고 정성스럽게 하나하나 설명하곤 했다. "우린 엘리베이터가 필요 없죠?" 류보비 마르코브나는 이렇게 말하고 씩씩하게 터벅터벅 걷다가, 층계참에서는 굉장히 유유하게 조용히 돌면서 위로 올라갔다. 표도르 콘스탄티노비치는 그녀 뒤를 따라 느릿느릿 지그재그로 올라가야 했다. 가끔 보이는 장면이지만, 길을 가로막힌 강아지가 자기 머리를 주인의 발뒤꿈치에 때로는 오른쪽으로, 때로는 왼쪽으로 조아리며 걸어가는 것처럼.

알렉산드라 야코블레브나가 직접 문을 열어 주었다. 표도르 콘스탄티노비치는 그녀의 남편이 신문을 흔들며 짧고 통통한 다리로 황급히 현관으로 달려 나왔을 때, 그녀의 얼굴에 스치는 의외의 표정을 미처 포착하지 못했다(그녀는 뭔가 탐탁지 않아 하거나 혹은 뭔가를 급히 제지하려는 듯했다).

"자." 그가 입 가장자리를 아래로 심하게 비틀며(아들이 죽은 후 생긴 경련이었다) 소리쳤다. "자, 봐요!"

"저는……." 체르니솁스카야 부인이 말했다. "결혼할 때만 해도 저는 그가 좀 더 섬세한 유머를 구사할 줄 알았답니다."

표도르 콘스탄티노비치는 신문이 독일 신문인 것을 보고 놀라서 망설이며 신문을 잡았다.

"날짜를 봐요." 알렉산드르 야코블레비치가 소리쳤다. "젊은이, 날짜를 보라니까!"

"보고 있어요." 표도르 콘스탄티노비치는 한숨을 내쉬며 말하고는 웬일인지 신문을 접었다. "중요한 것은, 분명히 기억했었다는 점이죠."

알렉산드르 야코블레비치는 격렬하게 웃어 젖혔다.

"이 양반한테 서운해하지 말아요." 알렉산드라 야코블레브나가 심드렁한 애수에 젖어 흔들흔들 걸으며 부드럽게 젊은이의 손목을 잡고 말했다.

류보비 마르코브나는 핸드백의 고리를 걸어 잠그고 거실로 흘러들어 갔다.

거실은 약간 천박하게 꾸며진 아주 작은 방으로, 조명 상태가 형편없어 구석에는 그림자가 깊게 깔렸고 손이 안 닿는 선반 위 타나그라 화병*에는 먼지가 그득했다. 드디어 마지막 손님이 도착하고 알렉산드라 야코블레브나가, 늘 그렇듯, 자신의 주전자(광택 있는 파란색의)와 놀랍도록 비슷하게 잠깐 서 있다가 차를 따르기 시작하자, 공간의 협소함은 뭔지 정겨운 시골풍의 안락함 비슷한 것으로 변했다. 소파에는 쿠션들 — 하나같이 시들시들하고 매력 없는 색을 띠었다 — 사이로 천사처럼 흐물흐물한 다리와 페르시아인처럼 찢어진 눈을 한 비단 인형 옆에, 두 사람이 편하게 자리 잡고 번갈아 가면서 이 인형을 구겨 대고 있었다. 전쟁 전에 유행한 주름 잡힌 양말을 신은, 비대한 몸집에 턱수염을 기른 바실리예프와, 몹시 여위어 매력적으로 깡마르고 눈꺼풀이 장밋빛인, 전체적으로 하얀 쥐 같은 아가씨였다. 그녀의 이름은 타마라였고(인형에게나 어울릴 법한 이름이다), 그녀의 성(姓)은 액자 가게에 걸려 있는 독일의 산악 풍경 중 하나와 유사했다. 표도르 콘스탄티노비치는 책장 근처에 앉아 비록 목이 울컥 메었으나 짐짓 기분 좋은 척했다. 고인이 된 알렉산드르 블로크*를 가까이 알고 지냈던 기술자 케른은 길쭉한 상자에서 끈적끈적한 소리를 내며 대추야자를 꺼내고 있었다. 류보비 마르코브나는 땅벌이 조잡하게 그려진 커다란 접시에 놓인 제과점 조각 케이크들을 유심히 살펴보다가 갑자기 선택을 그르쳐, 미지의 손가락의 흔적을 고스란히 담고 있는 종류인 도넛을 집었다. 집주인은 키예프의 어느 의대 1년생의 만우절 농담에 관한 옛이야기를 하고 있었다……. 그러나 참석자 중 가장 흥미로운 사람은 저만치 책상 옆에 앉아, 전체 대화에는 참여하지 않지만 묵묵한 관심으로 경청하는 젊은이였다……. 그는 확실히 뭔가 표도르 콘스탄티노비치를 연상시켰는데, 이는 지금은 알아보기 힘든 얼굴선보다는 외모의 전체적 분위기에 기인한 것이었다. 짧게 자른(후기 페테르부르크 낭만주의자들의 법칙에 따르면 덥수룩한 머리보다 시인에 어울린다고 간주된) 둥근 머리의 회갈색 빛깔, 커다랗고 약간 돌출한 사랑스러운 귀의 투명함, 목덜미의 파인 부분에 그림자가 지는 목의 섬세함 등등. 그는 표도르 콘스탄티노비치가 간혹 앉는 자세와 똑같은 포즈를 취하며 앉아 있었다. 고개를 약간 떨군 채 다리는 꼬고, 팔은 팔짱을 끼기보다는 오한을 느끼는 듯 꼭 감싸고 앉아 있어서, 그 결과 육체의 휴식은 통상 사람들이 쉬면서 경청할 때 나타나는 전체 외관의 이완보다는 앙상한 뼈의 돌출(무릎, 팔꿈치, 비실비실한 어깨)이나 전체 수족의 수축으로 표현되는 듯했다. 책상에 세워진 1, 2권의 그림자는 접은 소맷단과 칼라의 각을 묘사하고 있었고, 다른 책들에 기댄 3권의 그림자는 넥타이와 닮은 듯했다. 그는 표도르 콘스탄티노비치보다 다섯 살 정도 어렸는데, 얼굴 자체만 보면, 이 방 벽과 옆방 침실(밤마다 우는 침대들 사이에 자리한 탁자 위)의 사진들로 판단컨대, 닮은 점은 전무하다고 할 수 있었다. 튀어나온 이마뼈와 어둡고 깊은 동공이 결합된 약간 긴 윤곽 — 관상학자들의 정의에 의하면 파스칼 유형의 — 만 제외하면 말이다. 그리고 또 하나, 넓은 눈썹이 닮은 것 같기도 하다……. 그러나 중요한 것은 단순히 닮았다는 데 있는 게 아니라, 각자 나름대로 유별난, 모나고 민감한 이 두 사람이 정신적으로 동일한 유형에 속해 있다는 데 있었다. 그는 앉아 있었다, 젊은이는 눈도 들지 않고 입술에 비웃는 듯한 표정을 지으며 그다지 편안하지 않은 얌전한 자세로, 사전들로 꽉 찬 책상 왼편에, 시트를 따라 구리 압정이 반짝이는 의자에 앉아 있었다. 그러자 알렉산드르 야코블레비치는 균형을 잃어버린 듯 경련을 일으키며 애써 시선을 그로부터 거두고, 자신의 병을 감추는 방편이 되는 씩씩한 우스갯소리를 계속해서 던졌다.

"서평은 언제든 나올 거요." 그는 표도르 콘스탄티노비치에게 본의 아니게 윙크하며 말했다. "걱정하지 말아요, 당신의 곪은 곳을 짜내어 줄 겁니다."

"그런데……." 알렉산드라 야코블레브나가 물었다. "대관절 '오솔길 위의 구불구불'이란 정확히 뭘 의미하는 거죠? 그, 자전거가 등장하는 부분에서요."

표도르 콘스탄티노비치는 말보다 몸짓으로 보여 주었다. "아시다시피, 자전거를 배울 때는 심하게 구불구불 타게 되잖아요."

"애매한 표현이군요." 바실리예프가 지적했다.

"저는 어린 시절의 병에 관한 부분이 가장 마음에 들어요." 알렉산드라 야코블레브나는 혼자서 고개를 끄덕끄덕하며 말했다. "'성탄절의 성홍열과 부활절의 디프테리아'는 정말 훌륭해요."

"그 반대는 어떨까요?" 타마라가 호기심을 보였다.

세상에, 그는 얼마나 시를 사랑했는지! 침실에 있는 유리 책장은 그의 책들로 가득 차 있었다. 구밀료프*와 에레디아,* 블로크와 릴케, 그리고 얼마나 많은 시들을 그는 암기했는지! 그리고 노트들……. 언젠가는 작정하고 이 모든 것을 읽어 볼 필요가 있는데. 그녀는 할 수 있지만 나는 할 수 없다. 차일피일 뭉그적거리는 것은 얼마나 이상한지! 죽은 자의 물품을 하나하나 살펴보는 것은 기쁨 — 유일한, 괴로운 기쁨 — 으로 느껴지지 않을까? 그런데 그의 물품들은 손대지 않은 채 여전히 그곳에 놓여 있고(천우신조인 영혼의 게으름일까?), 타인이 그것을 손대는 것은 생각조차 할 수 없다. 그러나 우연한 화재로 이 소중한 작은 책장이 소실된다면 얼마나 마음이 가벼워질까? 알렉산드르 야코블레비치가 갑자기 일어나 마치 우연인 듯 책상 주변의 의자를 다시 정렬했다. 마치 의자도, 책의 그림자도 결코 유령을 상기시키는 테마가 되지 못하게 하려는 듯.

그사이 대화는 레닌 사후에 권력을 잃은 어떤 소련 위정자로 옮겨 갔다. "글쎄, 내가 그를 알고 지내던 당시, 그는 명예와 선행의 절정에 있었지요." 바실리예프는 직업 근성으로 인용문을 와전하고 있었다.*

표도르 콘스탄티노비치를 닮은 젊은이는(바로 이 때문에 체르니솁스키 부부가 표도르 콘스탄티노비치에게 그토록 애착을 보였던 것이다) 이제 문가에 나타나, 방을 나가기 전에 아버지 쪽으로 반쯤 돌아서서 멈췄다. 그는 순수 추상적 조직임에도 불구하고 지금 방 안에 앉아 있는 그 누구보다 육체적이었다. 바실리예프와 창백한 아가씨를 투과하여 소파가 환히 들여다보였고, 기술자 케른은 코안경의 반짝임으로만 표현되었으며, 류보비 마르코브나도 마찬가지였다. 표도르 콘스탄티노비치 본인은 단지 고인과 어렴풋하게나마 일치한 덕분에 지탱되고 있었다. 그러나 야샤는 완벽하게 실재적이며 살아 있었는데, 다만 자기 보호 본능으로 인해 감히 그의 이목구비를 쳐다볼 엄두를 내지 못했던 것이다.

'어쩌면…….' 표도르 콘스탄티노비치는 생각했다. '어쩌면 이 모든 것은 틀릴 수도 있어. 내 상상과 달리, 그(알렉산드르 야코블레비치)는 지금 죽은 아들을 전혀 떠올리지 않고 정말로 대화에만 열중하고 있는지도 몰라. 혹여 그의 눈이 배회한다 할지라도 그건 아마 그가 전반적으로 신경이 날카로워서일 수도 있어. 될 대로 되라지! 아, 힘들어, 너무 지겨워. 이 모든 것은 내가 원하던 게 아니야. 왜 여기 앉아 헛소리를 듣고 있는지 모르겠네.'

그래도 여전히 그는 앉아서 궐련을 피우고 발끝을 까닥까닥거리며, 다른 사람들이 이야기하는 동안, 그 스스로 이야기하는 동안 내내, 언제 어디에서나 그랬듯이, 타인의 내면의 투명한 움직임을 상상하려고 노력했다. 마치 안락의자인 양 상대방 위에 조심스럽게 앉아서, 그의 팔꿈치를 팔걸이 삼아 타인의 영혼 속에 아늑하게 자리 잡는 듯했다. 그러자 세상의 조명이 갑자기 바뀌어 그는 한순간 실제로 알렉산드르 야코블레비치나 류보비 마르코브나 혹은 바실리예프가 되었다. 이따금 변신에 따르는 서늘함과 가볍게 톡톡 쏘는 나르잔 탄산수*의 자극에 스포츠광의 만족이 섞이곤 했다. 특히 우연히 뱉은 말이 그가 타인 안에서 추측했던, 사고의 일관된 흐름을 교묘하게 확인시켜 줄 때 그는 우쭐해졌다. 소위 정치(이 모든 것은 조약, 분쟁, 긴장, 알력, 불화, 붕괴, 무고한 소도시의 국제 조약으로의 변신의 바보 같은 교대였다)에 아무 의미도 두지 않는 부류인 그는 떨리는 마음으로 호기심을 지니고 바실리예프의 광활한 내부 속에 침잠하여, 한순간 그의, 바실리예프의 내적 메커니즘의 작동으로 살았다. 그곳에서는 '로카르노'*라는 버튼 옆에 '로크아웃'*이라는 버튼이 있었고, 또한 '크렘린 통치자 5인방' 혹은 '쿠르드족*의 봉기'와 같은 이질적 조합의 상징들이나, 힌덴부르크,* 마르크스, 팽르베,* 에리오*처럼 인간적 면모를 완전히 상실한 개별 이름들이 가짜로 지적이고, 가짜로 흥미로운 게임에 개입되고 있었다(특히 에리오라는 이름은 큰 머리의 이니셜, '뒤집힌 Э'*가 바실리예프의 「신문」 칼럼에서 너무나 자립적으로 되어 원래의 프랑스인과 완전히 단절될 우려가 있었다). 그곳은 바로 형안의 예언들, 예감들, 비밀스러운 조합들의 세계였으며, 사실 극히 추상적인 꿈보다도 백배는 더 신기루 같은 세계였다. 반면, 표도르 콘스탄티노비치가 알렉산드라 야코블레브나 체르니셉스카야에게로 옮겨 앉았을 때, 그 영혼은 완전히 낯설지만은 않았다. 하지만 여기에서도 역시 그는 많은 부분에서 놀랐는데, 이는 마치 깐깐한 여행자가 외국의 관습, 새벽녘의 시장, 벌거벗은 아이들, 고함 소리, 어마어마하게 큰 과일 등에 놀라는 것과 같았다. 마흔다섯 살의 평범한 외모의, 잠들어 있던 이 여인은 두 해 전 외아들을 잃은 다음 갑자기 깨어났다. 장례식이 그녀를 고무시켰고 눈물이 그녀를 젊게 했던 것이다 — 적어도 그녀를 이전부터 알고 지내던 사람들은 그렇게들 말했다. 그녀의 남편한테서는 질환으로 발현된, 아들에 대한 기억이 그녀 안에서는 약동하는 열정으로 불타올랐다. 이 열정이 그녀 전체를 채우고 있었다고 말하는 것은 정확하지 않다. 아니다, 열정은 알렉산드라 야코블레브나의 정신적 한계를 넘어 한참 멀리까지 비상하여, 불행한 사건 이후 그녀와 남편이 베를린의 오래된 대형 아파트에서(전쟁 전까지 그녀의 남동생이 그녀 가족과 함께 살고 있었다) 이사 나와 정착한, 이 가구가 딸린 방 두 개짜리 아파트의 무질서까지 고상하게 만들 정도였다. 이제 그녀는 오로지 자신의 상실에 대해 민감한 정도에 따라 지인들을 평가했고, 뿐만 아니라 의례적으로 그녀가 만나야 하는 이런저런 인물에 대한 야샤의 평가를 회상하거나 상상했다. 그녀는 행동에 대한 열의와 열렬한 호응에 대한 갈망에 휩싸였다. 아들이 그녀 안에서 성장하여 밖으로 나오려 했던 것이다. 지난해 알렉산드르 야코블레비치가 아내와 함께 뭔가에 몰두하고자 바실리예프와 연대하여 조직한 문학 동아리는 그녀에게는 시인 아들을 위한 가장 훌륭한 사후 추서(追敍)로 보였다. 그 당시 나는 그녀를 처음 만났고, 이 굉장히 활기차고 통통하며 눈부시게 파란 눈의 여인이 나와 처음으로 대화하는 중에, 마치 넘치도록 찬 크리스털 용기가 아무 이유 없이 깨져 버린 듯, 눈물을 주룩주룩 흘리면서, 춤추는 시선을 내게서 거두지 않고 웃다가 흐느끼며, "세상에, 당신은 정말 그 애랑 닮았어요, 정말 그 애를 생각나게 해요"라고 되뇌었을 때 적잖이 당황했다. 이후의 만남들에서 그녀가 내게 아들에 대해, 그의 죽음의 온갖 세부 사항에 대해, 그리고 이제 그가 꿈에 어떻게 나타나는지(그녀는 그를, 이미 성인이 된 그를 임신하고 있는데 그녀 자신은 기포처럼 투명했단다)에 대해 이야기하면서 보여 준 솔직함이 내게는 왠지 천박한 무례함으로 느껴졌다. 더욱이 화제가 **나의** 슬픔, **나의** 상실이었을 때, 내가 걸맞은 변주로 답하지 않고 대신 화제를 돌려 그녀가 **약간 언짢아했다**는 이야기를 몇 다리 건너서 들었을 때 나는 이 솔직함이 더욱 불쾌했다. 그러나 나는 바로 곧, 그녀가 대동맥을 끊어 죽지 않을 수 있게 하고 그녀가 줄기차게 매달리는 이 우수의 황홀경이 어떻게든 나를 끌어들여 내게 뭔가 요구하기 시작했음을 깨달았다. 누군가가 자신에게 소중한 사진을 당신 손에 건네주고 기대 어린 시선으로 당신을 지켜보면…… 당신은 죽음에 대해 전혀 생각하지 않고 천진난만하게 웃고 있는 사진 속 얼굴을 오랫동안 경건하게 지켜본 다음, 사진과 곧장 헤어지는 것이 무례하다는 듯 우물쭈물 사진을 넘겨주며 짐짓 망설이는 시선으로 손을 늦추고 애써 사진의 반납을 미루게 되는 때의 전형적인 동작을 이미 알고 있으리라. 이런 일련의 동작들을 나와 알렉산드라 야코블레브나는 무한 반복했다. 알렉산드르 야코블레비치는 불빛이 환한 구석 책상에 앉아 가끔 목을 킁킁거리며 일을 했다. 그는 독일 출판사의 주문으로 러시아 기술 용어 사전을 편찬 중이었던 것이다. 줄곧 조용하고 편치 않았다. 접시의 앵두 잼 찌꺼기는 재와 섞였다. 그녀가 내게 야샤 이야기를 할수록 나는 그에게 덜 끌렸다 — 오, 아니다, 그는 나와 거의 비슷하지 않았고(그녀가 우리의 외모상 일치하는 부분을, 그것도 실제보다 훨씬 더 부풀려 찾아낸 부분을, 내면으로 연장하며 생각했던 것보다 훨씬 덜 비슷했다. 다만, 우리 내면의 작은 부분에 상응하는 외관상의 부분이 조금 있었을 뿐이다), 그리하여 설사 우리가 제때 만났다 할지라도 친구가 될 가능성은 희박했으리라. 유머 감각이 없는 사람들에게 특징적인 날카롭고 떠들썩한 쾌활함으로 간간이 끊어지는 그의 침울함, 그의 감상적인 지적 열중, 병적으로 세련된 해석은 차치하더라도 감성의 소심함이 물씬 풍기는 그의 순수함, 그의 독일관(觀), 그의 몰취향의 불안감(슈펭글러*를 읽어서 "일주일 내내 정신이 혼미하다"), 마지막으로 그의 시…… 한마디로 어머니에게는 매력으로 가득 찬 모든 것들이 내겐 그저 거북할 따름이었다. 내 생각에 그는 시인으로서도 아주 빈약해 보였다. 그는 창작한 것이 아니라, 그와 같은 유형의 수천의 젊은 지식인들이 그랬던 것처럼 시로 연명했을 뿐이었다. 설사 그들이 이런저런 다소 영웅적인 죽음 — 그들이 속속들이 알고 있는 러시아 문학(아, 삼각형에서 사다리꼴에 이르는 리듬 진행*으로 꽉 차 있는 야샤의 노트들!)과는 전혀 상관없는 — 으로 생을 마감하지 않았다 해도, 그들은 이후 문학에서 완전히 이탈했을 것이고, 설령 이들이 뭔가에 재능을 드러냈다 할지라도 그것은 학문이나 행정 분야, 그렇지 않으면 단순히 안정된 삶에서였을 것이다. 그는 당시 유행하던 진부한 표현으로 가득 찬 시들에서 러시아에 대한 — 예세닌*의 가을, 블로크의 담청색 습지,* 아크메이즘*의 목재 보도블록 위의 싸락눈, 푸시킨의 팔꿈치 자국을 거의 식별하기 힘든 네바 강변의 화강암 난간* 등 — '쓰디쓴' 사랑을 노래했다. 그의 어머니는 흥분해서 더듬거리며 이 비장한 페온* 시(詩)에는 전혀 어울리지 않는, 미숙한 여고생투의 억양으로 이 시들을 내게 읽어 주곤 했다 — 야샤라면 이 시들을 분명 몰아 상태에서 노래하듯이, 콧구멍을 부풀리고 서정적 자부심의 기묘한 광채 속에 몸을 흔들어 대며 낭독했겠지, 그러고는 곧 다시 축 처져서 또다시 겸손하고 생기 없고 폐쇄적이 되리라. 그의 목구멍에서 살고 있는 형용사들, '불가사의한', '냉기의', '멋진' 등은 고문체(古文體)나 산문체, 혹은 단순히 자신의 생애 주기를 완결하고 한때 빈약해졌던 '장미'류의 단어들이 이제 반대편에서 되돌아와 시에서 의외의 신선함을 획득했다고 기만당한, 그의 세대 젊은 시인들이 열렬히 사용했던 형용사들이다. 이 단어들은 알렉산드라 야코블레브나의 버벅거리는 입속에서 또 한 차례의 반(半)회전을 한 듯, 재차 시들고, 재차 노쇠한 빈약함을 보여 주면서 이로써 문체의 기만을 백일하에 드러냈다. 그에게는 애국 시 외에도 선원들의 선술집과, 진(酒)과 재즈〔그는 독일어식 번역풍으로 '야즈(yatz)'라고 썼다〕에 관한 시가 있었다. 또 베를린에 관한 시도 있었는데 이들 시에서 그는 이탈리아 거리의 명칭이 러시아 시에서 괴이하게 낭랑한 콘트랄토로 울리는 것과 유사하게 독일어 고유 명사에도 시적 울림을 부여하려 시도했다. 그에게는 우정에 바치는 헌시(獻詩)도 있었는데, 이 시들은 운도 율격도 없이, 왠지 혼란스럽고 몽롱하고 겁먹은 듯한 느낌과 마음의 근심거리들, 그리고 (아픈 프랑스인이 신을 부를 때, 혹은 젊은 러시아 여류 시인이 사랑하는 신사를 부를 때 '당신'이라 부르는 것처럼) 남자 친구를 '당신'이라 칭하는 돈호법(頓呼法)으로 채워지고 있다.* 이 모든 것은 빈약하게, 강세상의 잦은 오류를 범하면서 대충대충 표현되고 있다. 그의 시에서는 'prédan(충실한)'과 'péredan(전해진)'이, 'obezlíchit'(몰개성화하다)'와 'otlichít'(구별하다)'가 운을 이루었고,* 'oktiabr'(10월)'는 시행에서 둘 값만 지불하고 세 자리를 차지했으며,* 'pozharishche(불탄 자리)'는 대화재를 의미하고 있었던 것이다.* 그리고 또 하나 '브루블료프*의 프레스코화'에 대한 감동적인 언급이 나의 뇌리에 각인되었다. 브루블료프는 그와 나의 비유사성을 또 한 번 증명하는 매력적인 혼혈아였다, 아니, 아니다, 그는 나처럼 회화를 사랑할 수는 없었던 것이다. 나는 그의 시에 대한 진솔한 견해를 알렉산드라 야코블레브나에게 숨겼는데, 예의상 발설했던, 웅얼웅얼 칭찬하는 억지소리를 그녀는 환희의 카오스로 받아들였다. 그녀는 나의 생일날, 눈물을 반짝이며 야샤의 넥타이 중 가장 좋은, '기수 클럽'이라는 페테르부르크의 상표가 아직 보이는 구식 물결무늬 넥타이를 깨끗하게 다려서 주었다 — 내가 보기에, 야샤 자신도 이것을 자주 매지는 않았던 듯하다. 그리고 내게 나눠 준 모든 것, 시와 신경 쇠약과 몰두와 죽음이 있는, 죽은 아들에 대한 완벽하고도 자세한 형상에 대한 보답으로 알렉산드라 야코블레브나는 나에게 모종의 창조적 협력을 위압적으로 요구했다. 이렇게 하여 기이한 상응 관계가 나타났다. 즉 그녀의 남편은 자신의 백 년 역사의 성씨(姓氏)에 자부심을 느껴 지인들에게 오랫동안 그 역사에 관해 들려주면서(그의 할아버지는 니콜라이 1세* 치세에 — 아마도 볼스크*에서 — 저명한 체르니셉스키의 아버지인 뚱뚱하고 열정적인 사제에게 세례를 받았는데, 이 사제는 유대인 가운데서 포교하기를 즐겼고, 개종이라는 영적 축복뿐만 아니라 덤으로 개종자들에게 자신의 성씨를 부여하였단다*), 내게 누누이 다음과 같이 말하곤 했던 것이다. "저기 말예요, 당신이 *biographie romancée*[6] 형식으로 우리의 위대한 60년대인*에 관한 책을 쓰면 어떨까요. 네-네, 알았어요, 인상 쓰지 말아요, 내 제안을 거절할 줄 알고 있었으니까. 그러나 정말이지, 인간의 위업의 매력이 문학적 허위를 완전히 상쇄하는 경우가 왕왕 있잖아요, 한데 그는 진정한 영웅적 순교자였단 말이죠. 혹여 당신이 그의 생애에 대해 쓸 마음이 생기면 흥미로운 많은 이야기를 제가 해 드리리다." 나는 위대한 60년대인에 대해 쓰고 싶은 마음이 전혀 없었고, 또한 알렉산드라 야코블레브나 쪽에서 강권하고 있는 야샤에 대한 이야기는 더더욱 쓰고 싶지 않았다(결국 종합하자면, 그들 가계의 전체 역사를 주문한 셈이었다). 나의 뮤즈에게 길을 제시하려는 그들의 노력이 내게는 우습기도 하고 짜증스럽기도 했지만, 그럼에도 불구하고 조만간 알렉산드라 야코블레브나가 나를 빠져나올 수 없는 구석으로 계속 몰아가서, 나는 그녀에게 갈 때 야샤의 넥타이를 매고 나타나야 했던 것(해질까 두려워 아낀다는 구실을 찾기 전까지는)과 마찬가지로, 야샤의 운명을 형상화한 소설을 써야만 하리라는 것을 느끼고 있었다. 한동안 나는 약해서(어쩌면 용감해서), 만에 하나 ……라면 어떻게

---

6 전기 소설.

이 일에 착수할까 하고 머릿속으로 곰곰이 생각하기까지 했다. 장담컨대 다른 생각하는 속물, 뿔테를 쓴 소설가(유럽의 가정의이자 사회적 동요의 지진계인)라면, 이 이야기에서 "전후 세대 젊은이들의 마음 상태"에 최고조로 발현된 어떤 특성을 찾아내었으리라.* 하지만 나는 이 어군 하나만으로도(사상 분야는 차치하더라도) 이루 말할 수 없을 만큼 분개했으니, 나는 시대의 증상과 젊은 세대의 비극에 관한 계속되는 헛소리, 저속하고 우울한 헛소리를 듣거나 읽을 때는 짐짓 메스꺼움을 느꼈던 것이다. 나는 야샤의 비극에 점화될 수 없었기에(비록 알렉산드라 야코블레브나는 내가 불타오르고 있다고 생각했지만), 아마도 곧바로 역겨운 프로이트 식의 심층 분석 소설에 부지불식간 빠져들고 말았으리라. 숨죽여 상상력을 단련하고, 흐르는 물 위의 운모(雲母)처럼 반짝이는 살얼음을 발끝으로 느끼며, 나는 결국 다음과 같은 내 모습을 보는 지경에 이르렀다. 나는 정서한 내 작품을 체르니셉스카야 부인에게 가져가, 램프가 좌측으로부터 나의 숙명의 길을 비출 수 있도록 앉아서(너무 잘 보이는구나, 고맙다!), 얼마나 힘들었는지, 얼마나 책임감을 느꼈는지에 관해 간단히 서두를 꺼내고…… 그런데 여기서 갑자기 모든 것이 수치의 새빨간 연기로 뒤덮였다. 다행히도 나는 주문을 이행하지 않았다, 정확히 어떻게 모면했는지 모르겠다. 내가 질질 끌었기 때문이기도 했고, 우리의 만남에 우연히 유익한 공백기가 도래했기 때문이기도 했으며, 어쩌면 알렉산드라 야코블레브나에게 청자로서의 내가 다소 지겨워졌기 때문일 수도 있다. 이유야 어찌 되었든 이 이야기는 작가에 의해 다루어지지 않은 채 남겨졌다. 그런데 이 이야기는 사실 매우 단순하고 우울한 것이었다.

우리는 거의 같은 시기에 베를린 대학에 다녔으므로, 분명 오다가다 몇 차례 스쳤을 텐데도 불구하고 나는 야샤를 몰랐다. 전공의 차이가 — 그는 철학을, 나는 적충류를 전공했다 — 우리의 교제 가능성을 축소시켰다. 만약 지금 내가 이맘때의 과거로 돌아가고, 다만 현재의 의식으로 보다 풍요로워진 상태에서 당시의 내 모든 족적을 정확히 반복한다면, 사진을 통해 현재의 내게는 너무나 익숙해진 그의 얼굴을 나는 한눈에 알아보았으리라. 현재를 몰래 밀반입하여 과거로 돌아가는 상상 자체가 너무나 흥미롭다. 그곳에서, 의외의 장소에서 현재의 지인의 원형(原型)을 명료한 의식의 광기 속에서 우리를 알아보지 못하는 젊고 참신한 원형을 만나는 것은 얼마나 기묘할까. 예를 들면 어제부터 사랑하게 된 소녀가 만원 기차 안에서 나와 거의 나란히 서 있던 소녀로 밝혀지거나, 15년 전 내게 길을 물었던 행인이 오늘날 나와 한 사무실에서 근무하는 것으로 밝혀졌을 때 얼마나 기묘할까. 과거의 인물 중 열 명 정도는 이런 시대착오적인 의미 — 으뜸 패의 빛 덕분에 환골탈태한 나쁜 패 — 를 지니리라. 그랬더라면 얼마나 확신에 차서……. 그러나 애석하게도, 꿈속에서 우연히 과거로 여행하게 될 때도, 과거의 영내에서 현재의 지식이 전혀 무가치해지고 악몽의 서툰 소도구 담당자가 졸속으로 조립한 교실이라는 배경에서 또다시 수업을 이해하지 못하게 된다, 과거 학창 시절에 겪었던 고통의 모든 잊혀진 시시콜콜한 부분까지 느끼면서.

대학에서 야샤는 루돌프 바우만이라는 학생과 G. 올랴라는 — 러시아 신문들은 그녀의 성 전체를 쓰지 않았다 — 여학생과 친하게 지냈다. 그녀는 그 또래의, 그와 비슷한 계층의 아가씨였으며 그와 거의 같은 도시 출신이었다. 그러나 집안끼리는 서로 몰랐다. 야샤가 죽은 지 두 해 정도 흐른 후에 나는 딱 한 번 문학의 밤에서 그녀를 볼 기회가 있었는데, 그녀의 유난히 넓고 깨끗한 이마와 바다 빛깔의 눈, 그리고 윗입술 위에 검은 솜털이 나 있고 옆으로 통통한 점이 있는 커다란 붉은 입을 기억하고 있다. 그녀는 부드러운 가슴에 팔짱을 끼고 서 있었는데, 이것은 곧장 내게 모든 문학적 연상을 전개시켰고, 거기에는 어느 갠 날 저녁의 먼지도, 대로변의 술집도, 여인의 눈총기 있는 권태도 있었다. 반면 루돌프는 한 번도 본 적이 없어, 타인의 의견을 종합해 보자면, 그는 금발이었고 행동이 민첩했으며, 사냥개를 연상시키는 근육질형으로 준수했던 듯하다. 이렇듯 위에 언급된 세 인물에 대해 나는 각기 다른 연구 방식을 취해서, 이는 그들의 밀도에도 색조에도 영향을 미쳤다. 최후의 순간, 나의 것이긴 하지만 나 자신에게도 불가해한 태양이 그들을 빛으로 평준화하며 가격할 때까지.

야샤는 자신의 일기에서 그와 루돌프 그리고 올랴와의 상호 관계를 "원 안에 내접한 삼각형"으로 정확히 규정했다. 원은 그들 셋을 하나로 결합시키는 정상적이고 밝은, 그의 표현에 따르면 "유클리드 식" 우정을 표상했기 때문에, 만약 원만 단독으로 존재했다면 그들의 결합은 행복하고 무사태평하며 해체되지 않았으리라. 그러나 그 안에 내접한 삼각형은 똑같은 우정이라는 전체 원주와 전혀 상관없이 독자적인 삶을 사는, 복잡하고 고통스러우며 오랜 시간에 걸쳐 형성된 전혀 다른 관계 맺기를 표현했다. 그것은 목가적 원 안에서 잉태된, 진부한 비극의 삼각형이었으며, 이러한 구조상 수상쩍은 조화가 존재한다는 사실 자체만으로도 — 그 전개상 유행하던 결합 관계는 차치하더라도 — 결코 난 이 모든 것을 소재로 단편, 중편, 장편을 쓰는 것을 스스로에게 허용치 않았으리라.

"난 루돌프의 영혼을 지독히 사랑한다, — 야샤는 그 특유의 격앙된 신낭만주의적 문체로 쓰고 있다. — 나는 그의 영혼이 지닌 균형 감각, 그 건강함, 그 낙천성에 빠져 있다. 나는 매사에 답을 가지고 있고, 도도한 여인이 무도회장을 가로지르듯 삶을 거쳐 가는, 이 완전히 벌거벗고 햇볕에 그을리고 유연한 영혼을 지독히 사랑한다. 만약 ……라면 내가 느꼈을 지독한 황홀경을 난 오로지 지극히 복잡하고 지극히 추상적인 방식으로만(이와 견주면 칸트와 헤겔은 장난일 뿐인) 상상할 수 있다. 만약 어떻단 말인가? 나는 그의 영혼으로 뭘 할 수 있단 말인가? 바로 이 무지, 바로 이 어떤 현묘한 무기의 부재(알브레흐트 코흐*가 광인들의 세계에서 그리워한 '황금 논리' 유형의), 바로 이것이 나의 죽음이기도 하다. 그와 단둘이 남겨지면 마치 여고생처럼 내 피는 끓어오르고 내 팔은 차가워진다. 그 역시 이를 알고 있어 난 그에게 역겨운 존재가 되며, 그는 혐오감을 감추지 않는다. 나는 그의 영혼을 지독히 사랑하고 있고, 이는 달을 사랑하는 것과 똑같이 헛수고다."

루돌프의 혐오감은 이해된다. 그러나 다른 한편으로…… 내게는 종종 야샤의 열정이라는 것이 그다지 비정상은 아니었으며, 그의 흥분이란 결국, 이마가 창백한 스승, 미래의 지도자, 미래의 순교자가 부드러운 속눈썹을 치뜨며 자신을 바라볼 때 행복으로 전율하던, 지난 세기 중반의 많은 러시아 젊은이들이 느꼈던 흥분과 극히 유사했던 것으로 보인다. 그리하여 나라면 이 일탈이 구제 불능이라 보는 것은〔누군가 콘체예프*의 시에서 "초원과 밤과 달빛 속에 있는……"*을 "달과 사격장과 길 잃은 성(性)의 비올라……"로 **번역한** 것처럼〕 완전히 단호하게 배격했으리라, 만약 루돌프가 털끝만큼이라도 스승, 순교자, 지도자의 면모를 지니고 있었다면 말이다. 왜냐하면 그는 실제로는 소위 '부르슈'*일 뿐이었고, 그것도 애매모호한 시와 절름발이 음악과 사시(斜視) 회화에 애착을 느끼는 약간 비정상인 학우였기 때문이다. 그러나 이것이 그 안의 근본적인 건실함 — 야샤를 매료시킨, 혹은 매료시켰다고 생각되는 — 을 몰아내지는 않았다.

관리의 딸과 존경받는 바보 교수의 아들인 그는 훌륭한 부르주아적 환경에서, 사원 모양의 찬장과 졸고 있는 책의 등(背) 사이에서 성장했다. 그는 착하지는 않아도 온화했고, 사교적이면서도 무뚝뚝했으며, 충동적이지만 계산적이었다. 그는 올랴와 야샤와 함께 슈바르츠발트*로 하이킹을 다녀온 이후 완전히 올랴에게 빠졌다(훗날 그는 심문에서 이 하이킹이 "우리 셋 모두의 눈을 뜨게 했다"고 밝히고 있다). 그는 극단적으로, 단순히, 안달하며 사랑에 빠졌다. 하지만 그녀에게 단호한 거절을 당했다. 이 거절은 빈둥대며 식탐 많고 시무룩하며 드센 올랴가 (똑같은 전나무 숲, 바로 그 둥근 검은 호숫가에서) 자신은 야샤에게 "매료되었음을 깨달으면서" 더욱 거세졌다. 그것은 야샤를 크게 짓눌렀다, 그의 열정이 루돌프를, 루돌프의 열정이 그녀를 짓눌렀던 것처럼. 하여 그들의 내접하는 감정 사이의 기하학적 종속 관계는 여기서 완벽한 형태를 취했고, 동시에 옛 프랑스 극작가들의 등장인물들 간의 비밀스러운 상호 관계 — X는 Y의 '*amante*(연모녀)'[7]이고 Y는 Z의 '*amant*(연모남)'*인 — 를 상기시켰다.

겨울이 다가올 무렵부터, 즉 그들이 결합한 지 두 번째 되던 겨울, 그들은 이미 상황을 명확히 인식하게 되었고 그 상황의 절망성을 파악하는 사이 겨울은 떠나갔다. 표면상으론 모든 게 순탄한 듯했다. 야샤는 파묻혀 책을 읽어 댔고, 루돌프는 빙판 위로 퍽을 능수능란하게 날리며 하키를 했고, 올랴는 미술사에 몰두했다(이것은 시대사적 맥락에서, 이 드라마의 전체 톤이 그러하듯 못 견디게 전형적인 음조로 울렸다).* 그러나 내부에서는 비밀스러운,

7 연인.

피 말리는 작업이 끊임없이 전개되어, 결국 이 불쌍한 젊은이들이 그 삼중고 속에서 위안을 발견하기 시작할 즈음에는 가공할 파괴력을 지니게 되었다.

한동안은 암묵적 동의하에(그들 각자는 이미 오래전부터 수치스럽고도 절망적이게도 다른 사람에 대해 모두 알고 있었다) 셋이 함께 있을 때는 자신의 속내를 전혀 발설하지 않았다. 그러나 그중 한 명이 자리를 비우면 남은 두 사람은 불가피하게 그의 열정과 고통에 대해 논하기 시작했다. 어떤 연유에서인지 그들은 새해 첫날을 베를린의 한 역사(驛舍) 간이식당에서 맞이하게 되었고—아마도 역에서는 시간이라는 장치가 특히 깊이 각인되기에 그리되었으리라—이윽고 끔찍이 흥청대는 거리를 따라 얼룩덜룩한 진창 속을 배회했는데 루돌프가 "우정의 폭로를 위하여"라고 비꼬듯 건배했다. 그 이후 처음에는 자제하다가, 그러나 곧 솔직함에 열광하며 그들은 이미 함께, 모두 참석한 가운데 자신의 감정에 대해 말했다. 바로 이때부터 삼각형은 자신의 원주를 잠식하기 시작했다.

체르니셉스키 부부는 루돌프의 부모나 올랴의 어머니(통통하지만 여전히 아름다우며, 눈이 검고 목소리가 낮은 여류 조각가로 남편을 두 번 땅에 묻었고 목에는 항상 긴 청동 줄을 걸고 다니는)와 마찬가지로 어떤 사건이 무르익는지 전혀 감지하지 못했을 뿐만 아니라, 거무스름한 신생(新生)의 권총이 놓여 있는 요람 주변으로 이미 날아와, 벌써 직업적 분주함으로 부산한 천사들 가운데 빈둥거리는 심문자를 발견하면, 모든 것이 좋았고 모두들 완전히 행복했노라 자신 있게 답했으리라. 그런데 나중에 모든 사건이 터진 후, 기만당한 기억은 과거의 천편일률적 색채의 나날들의 평온한 흐름 속에서 미래의 흔적이나 죄증을 찾으려 필사적으로 노력했고, 놀랍게도 그것을 찾아냈다. 그리하여 G. 부인은 알렉산드라 야코블레브나를 위로차 방문을 **거행**하면서(그녀의 표현에 따르자면), 그녀는 이미 오래전부터, 즉 그녀가 어두침침한 거실에 들어갔을 때 소파에서 올랴와 두 남자 친구가 묘의 판석의 양각(陽刻)에 대한 알레고리로 각자 나름대로 괴로운 추도 자세로 꼼짝 않고 앉아 있던 그날부터 불행을 예감하고 있었노라 말했을 때, 그녀는 자신의 말을 완전히 믿었다. 이것은 한 찰나, 그림자들이 조화를 이룬 단 한 찰나였는데, G. 부인은 이 순간을 주목한 것처럼 말했던 것이다, 아니, 보다 정확히 말하면 몇 달 후 운 좋게 돌아올 수 있도록 이 순간을 미루어 놓았던 것이다.

봄이 올 무렵 권총은 성장했다. 그것은 원래 루돌프 소유였지만 오랫동안 눈에 띄지 않게, 실내 게임 중 '줄에 매달린 따뜻한 반지'*나 '블랙 레이디' 카드*처럼 이 사람 저 사람에게 건네졌다. 이상하게 들릴 수도 있지만, 어떤 — 이미 지상의 차원이 아닌 — 이상적이고 완전무결한 원을 복구하기 위해 셋이 모두 함께 사라지자는 발상은, 이제는 비록 누가, 언제 최초로 제안했는지 밝히기 힘들지만 올랴가 가장 열성적으로 추진했다. 이 기획에서 시인의 역할은 야샤에게 주어졌는데, 그의 상황은 어쨌든 가장 추상적이었기에 가장 절망적으로 보였다. 그러나 죽음으로 치유되지 않는 비애도 있는 법이니, 결국 비애란 삶과, 삶의 변화무쌍한 꿈으로 훨씬 더 간단히 치료되기 때문이다. 물적(物的) 총알은 비애를 제거하지 못했지만, 대신 루돌프와 올랴의 가슴의 물적 열정에는 훌륭히 대처했던 것이다.

이제 출구는 찾아졌고 이에 대한 대화는 진정 매력적이었다. 4월 중순, 당시 체르니솁스키가의 아파트에서(부모님은 다정하게 길 건너 극장에 갔다), 대단원을 향한 결정적 자극이 될 만한 사건이 일어났다. 루돌프는 예기치 않게 술에 취해 과격해졌고, 야샤는 그를 올랴로부터 억지로 떼어 놓았다. 이 모든 일은 욕실에서 일어났는데, 조금 후에 루돌프는 흐느끼며 바지 주머니에서 아무렇게나 떨어진 돈을 주섬주섬 주워 담았다. 그들 모두는 얼마나 힘들고 얼마나 수치스러웠으며, 내일로 예정된 대단원은 얼마나 매혹적인 위안으로 비쳤는지!

올랴 아버지의 18번째 기일이었던 역시 18일, 목요일 점심 후에 그들은 이미 완전히 장성하고 독립적이 된 권총을 지니고, 비가 오락가락하는 날씨에(모든 공원들에 축축한 서풍과 팬지 꽃의 보랏빛 얼룩이 퍼져 있었다) 57번 전차를 타고 그뤼네발트*로 향했다. 그들은 그곳 인적 드문 숲 속에서 차례로 권총 자살을 할 계획이었다. 그들은 전차 뒤편 출입구에 서 있었는데, 셋 모두 얼굴이 창백하고 부어 있었으며 비옷을 입고 있었다. 4년가량 한 번도 안 쓰다가 오늘 웬일인지 쓰고 나온 챙 넓은 낡은 캡은 야샤를 평범한 모습으로 보이게 했다. 루돌프는 모자를 쓰지 않아, 바람이 그의 관자놀이 아래로 흘러내린 금발 머리카락을 휘날리고 있었다. 그리고 올랴는 뒤편 난간에 등을 기대고 서서, 검지에 커다란 보석 반지를 낀 단단해 보이는 하얀 손으로 기다란 검은 봉을 잡고 실눈을 뜨면서 스쳐 지나가는 거리를 응시했다. 그리고 바닥의 작은 소리를 내는 페달(전차 앞면이 뒷면으로 전환될 때 운전사의 돌 같은 우람한 다리가 밟게 되어 있는)을 연신 실수로 밟았다. 전차 안에서 누군가 문 사이로 이들 무리를 알아봤다. 전에 야샤의 사촌 형 가정 교사로 있던 유리 필리포비치 포즈네르였다. 그는 재빨리 몸을 쑥 내밀어 — 그는 뚝심 있고 자신만만한 신사였다 — 야샤를 손짓해 불렀다. 그러자 야샤가 그를 알아보고 그쪽으로 들어갔다.

"당신을 만나다니, 정말 잘됐어요." 포즈네르는 이렇게 말하고, 다섯 살짜리 딸(창가에 따로 떨어져 앉아 고무처럼 부드러운 코를 유리창에 누르고 있었다)과 함께 출산원에 있는 아내를 보러 간다고 구구절절 설명했다. 그런 다음 지갑을 꺼내고, 지갑에서 다시 명함을 꺼내 전차가 의도치 않게 멈춘 순간(커브 길에서 전차의 전기 연결봉이 떨어져 나갔다)을 활용해 만년필로 옛 주소를 지우고 새 주소를 써넣었다. "이것을 — 그는 말했다 — 당신 사촌형이 바젤에서 돌아오면 곧장 건네줘요. 그리고 그에게 아직 내 책이 몇 권 남아 있고, 나는 그 책이 필요하다고, 그것도 매우 필요하다고 꼭 좀 전해 줘요."

전차는 호엔촐레른담 거리를 따라 질주했고, 올랴와 루돌프는 여전히 엄숙하게, 묵묵히 바람을 맞으며 서 있었다. 그러나 뭔가 불가사의한 변화가 일어났다. 야샤가 그 둘을 잠깐(포즈네르는 딸과 함께 곧바로 내렸다) 남겨 놓은 탓에 결속이 파기된 듯, 그가, 야샤가 그들로부터 분리되기 시작했다. 그리하여 그가 출입구의 그들에게 돌아왔을 때에는, 그는 그들만큼이나 이에 대해 의식하지 못한 채, 이미 완전히 혼자가 되었다. 게다가 미세한 균열은 모든 균열의 법칙에 따라, 불가항력적으로 계속 파고 들면서 퍼져갔다.

봄의 황량한 숲에서 젖은 갈색 자작나무는, 특히 여린 것일수록 자신의 내면에만 관심을 돌린 채 우두커니 서 있었다. 회청색 호수에서(거대한 호숫가 전체에 개의 요구에 따라 나뭇가지를 호수에 던지고 있는 키 작은 남자를 제외하고는 아무도 없었다) 그리 멀지 않은 곳에서 그들은 쉽사리 적당한 덤불을 찾았고, 곧장 일에 착수했다, 정확히는 야샤가 착수했다. 그에게는 영혼의 정직함이 살아 있어, 지극히 비이성적인 행위에도 거의 일상적인 단순함을 부여했다. 그는 연배 순으로 자신이 가장 먼저 쏘겠노라 말함으로써(그는 루돌프보다 한 살, 올랴보다 한 달 나이가 많았다), 이렇게 단순한 사유로 야만적 제비뽑기의 일격을 무용지물로 만들었다(어쨌든 분명 무조건 그가 뽑혔으리라). 그리고 비옷을 벗어 던지고 친구들에게 작별도 고하지 않은 채(갈 길이 같았기에 이는 극히 자연스러웠다), 묵묵히, 부자연스럽게 서두르며, 소나무 사이 미끄러운 비탈길을 따라 협곡으로 내려갔다. 협곡을 뒤덮은 어린 참나무와 가시덤불은 4월의 투명함에도 불구하고 다른 이들로부터 그를 완전히 감춰 버렸다.

두 사람은 한참 동안 총성을 기다렸다. 그들은 궐련이 없었으나 루돌프가 눈치 빠르게 야샤의 비옷 호주머니 안을 더듬어, 거기서 아직 뜯지 않은 케이스를 찾았다. 하늘은 구름으로 뒤덮이고 소나무는 조심조심 술렁이고, 밑에서는 소나무의 눈먼 가지들이 더듬더듬 뭔가 찾는 듯했다. 물오리 두 마리가 목을 길게 늘인 채 높이높이, 경이로울 정도로 빨리 날고 있었는데, 한 마리가 다른 한 마리에 비해 약간 뒤처졌다. 훗날 야샤의 어머니는 *Dipl. Ing.*[8] *Julius Posner*(율리우스 포즈너)의 명함을 보여 주곤 했는데, 뒷면에 야샤가 연필로 쓴 메모가 있었다. "엄마, 아빠, 전 아직은 살아 있어요. 정말 무서워요. 절 용서해 주세요." 마침내 루돌프가 참지 못하고 야샤에게 무슨 일이 있는지 보기 위해 아래로 내려갔다. 야샤는 아직 대답 없는, 작년의 나뭇잎 사이 그루터기 위에 앉아 있었는데, 뒤도 안 돌아보며 "이제 준비됐어"라고 말했다. 극심한 고통을 극복하고 있는 듯, 그의 등 뒤로 긴박감이 흘렀다. 루돌프는 올랴 쪽으로 돌아왔다. 그러나 올랴에게 채 이르기

8 외교관(약어).

전에, 둘은 한 발의 황량한 탕 소리를 선명히 들었다. 야샤의 방에서는 이후 몇 시간 동안은 여전히 아무 일도 일어나지 않은 듯 삶이 흘러갔다. 바나나 껍질이 접시에 있었고 『사이프러스함』*과 『무거운 리라』*는 침대 옆 의자 위에, 탁구채는 소파 베드에 놓여 있었다. 그는 일격에 죽었다. 그런데도 루돌프와 올랴는 그를 소생시키고자, 덤불을 지나 갈대숲까지 끌고 가 거기서 필사적으로 물을 끼얹고 문질러 대, 경찰이 그의 시신을 발견했을 당시 그는 온통 흙과 피와 진흙으로 뒤범벅되어 있었다. 그런 다음 그들은 소리쳐 불렀는데, 아무도 응답하지 않았다. 건축가 페르디난트 슈톡슈마이저*도 자신의 젖은 세터 개와 떠난 지 이미 오래였던 것이다.

그들은 다시 발사가 예정된 곳으로 돌아왔다, 그리고 여기서 이야기는 저물기 시작했다. 분명한 것은, 루돌프에게 어떤 지상의 빈자리가 나타났기 때문인지, 아니면 그저 겁쟁이여서인지 알 수 없지만, 그는 자살 욕구를 완전히 상실했고, 설사 올랴가 자신의 의지를 강하게 표출했다 할지라도, 그가 황급히 권총을 숨겨 버렸으므로, 그녀는 결국 아무것도 할 수 없었으리라는 것이다. 춥고 어두운 숲에서, 여우비가 사각사각 소리 내며 부슬부슬 내리는 숲에서, 그들은 웬일인지 이후로도 한참 동안을, 어리석을 정도로 늦은 시간까지 머물렀다. 소문에 의하면 바로 그때부터 그들의 관계가 시작되었다고 하는데, 그러나 이것은 지나치게 상투적이다. 자정 가까이에 '라일락 길'이라는 서정적 이름을 지닌 거리 모퉁이에서 기병 특무 상사는 그들의 끔찍한, 그러나 속사포처럼 쏟아지는 이야기를 반신반의하며 들었다. 아이들의 시건방짐과 비슷한 형태의 히스테릭한 상태도 있는 법이다.

만약 사건이 일어난 직후 알렉산드라 야코블레브나가 올랴를 만났더라면 이것은 두 여인 모두에게 어떤 감상적 의미를 지니게 되었으리라. 그러나 불행히도 만남은 몇 달 뒤에야 이루어졌는데, 그것은 첫째, 올랴가 사라져 버린 데다, 둘째, 알렉산드라 야코블레브나의 슬픔이 처음부터 표도르 콘스탄티노비치가 만났을 때의 예의 활동적인, 심지어 열광적이기까지 한 양상을 띠지는 않았기 때문이었다. 어떤 의미에서 올랴는 운이 없었다. 만남이 성사된 날은 때마침 올랴의 의붓 오빠 약혼식이어서 집은 손님으로 가득 찼다. 예고도 없이 무거운 상복의 베일 아래 핸드백에는 자신의 슬픔의 고문서(사진들, 편지들) 중 최고들을 엄선해 넣고, 상호 오열의 황홀경에 완벽하게 대비한 체르니셉스카야 부인이 나타났을 때 그녀를 맞이한 것은 뾰로통하니 예의를 차리고 시큰둥하니 조급해하며, 맨살이 거의 비치는 옷을 입고 시뻘건 입술에 코가 통통하고 하얀 아가씨였다. 그리고 그녀가 손님을 모시고 간 건넌방에는 축음기가 계속 웅웅거려, 당연히 그 어떤 대화도 이루어질 수 없었다……. "난 그저 그녀만 한참 동안 쳐다보았지요." 체르니셉스카야 부인은 회고했다. 그 후 많은 자그마한 사진들에서 올랴도, 루돌프도 꼼꼼하게 잘라 냈다. 비록 루돌프는 곧장 그녀를 방문하여 그녀의 발아래 조아리고 소파 베드의 부드러운 모서리에 머리를 박기도 하다가, 그다음엔 멋진 경쾌한 발걸음으로 봄 소나기 후 푸르러진 쿠르퓌르스텐담 거리*로 나갔지만.

야샤의 죽음은 그의 아버지에게 가장 고통스럽게 각인되었다. 그는 여름 내내 진료소에 있었지만 여전히 완쾌되지 못했다. 야샤가 건너간 한없이 섬뜩하고 냉랭한 혼령의 세계로부터 이성의 상온(常溫)을 차단시켜 주던 울타리가 갑자기 와르르 무너졌고, 이를 복구하기란 불가능했다. 결국 임시변통으로 터진 구멍을 커튼으로 가리고, 흔들리는 주름을 애써 외면하는 수밖에 없었다. 그날 이후 그의 삶은 저세상의 것이 투과해도 눈감았다. 그러나 야샤 영혼과의 지속적인 만남은 어떻게 해도 해결할 도리가 없어, 결국 그는 아내에게 이 사실을 털어놓고 말았다. 이로써 비밀을 먹고 사는 혼령을 무력화시키겠다는 헛된 희망을 품은 채로. 분명 비밀은 곧바로 다시 커져 갔던 듯하다. 그는 얼마 안 있어 또다시 지루하고 지극히 치명적인, 의사의 유리-고무의 도움을 받아야 했던 것이다. 이런 식으로 그는 절반만 우리 세계에서 살았다. 하지만 그 때문에 더욱 악착같이, 더욱 필사적으로 그는 이 세계에 매달렸다. 그런 까닭에 그의 탁탁 튀는 말을 듣거나 그의 오밀조밀한 얼굴선을 보면, 옆머리만 남은 대머리에 통통하고 건강해 보이는 이 남자가 삶에서 이탈한 경험을 가지고 있다고는 상상하기가 힘들었고, 바로 이 때문에 갑자기 그를 흉하게 일그러뜨리는 경련은 더욱 이상해 보였다. 거기에 또 하나, 그는 때때로 몇 주 동안 오른손에서 회색 천 장갑을 벗지 않았는데(그는 습진으로 고생하고 있었다), 이는 다소 섬뜩하게 비밀에 대해 암시했다. 마치 삶의 불결한 접촉을 꺼리거나, 혹은 다른 세상의 삶에 그을린 그가 뭔지 비인간적인, 상상 불가의 만남을 위해 맨손의 악수를 아껴 놓은 듯했다. 한편 야샤가 죽은 뒤에도 그 어느 것 하나 멈추지 않았고, 많은 흥미로운 사건들이 일어났다. 러시아에서는 낙태의 확산과 피서객의 부활이 관찰되었으며, 영국에선 무슨 파업이 일어났고, 어찌어찌하여 레닌이 서거했으며, 두세와 푸치니와 프랑스가 죽었고,* 에베레스트 정상에서는 어빈과 맬러리가 횡사했으며,* 돌고루키 노인은 가죽 미투리를 신고 하얗게 핀 메밀꽃을 보기 위해 러시아로 갔다.* 그사이 베를린에서는 임대용 삼륜 오토바이 인력거가 출현했다가 이내 사라졌고 최초의 비행선이 느릿느릿 대양을 횡단했으며, 쿠에,* 장쭤린,* 투탕카멘*에 대한 글이 많이 쓰여졌다. 그리고 어느 일요일, 베를린의 젊은 상인은 친구인 대장장

이와 함께 이웃 푸주한에게서 피 냄새가 거의 안 나는 커다랗고 튼튼한 마차를 빌려 타고 교외로 소풍을 떠났다. 마차에 놓인 빌로드 의자에는 뚱뚱한 하녀 두 명과 상인의 어린아이 둘이 앉아, 하녀들은 노래 부르고 아이들은 울었으며, 상인은 친구와 맥주를 진탕 마시며 말을 몰았다. 날씨는 최상이어서 그들은 못내 흥겨워하며 자전거 탄 사람을 몰아붙여 고의로 교묘하게 친 뒤, 도랑에서 무자비하게 구타하고 그의 작품집을 난도질하고는(그는 화가였다), 매우 흥겨워하며 계속 타고 갔다. 정신을 차린 화가가 선술집 마당까지 그들을 쫓아갔으나, 그들은 신상 조사를 하려는 경찰마저 역시 때리고 나서, 다시 매우 흥겹게 대로를 따라 계속 갔다. 그러다 경찰 오토바이가 추격하는 것을 알아차리자 그들은 권총을 발사하기 시작했고, 돌발스러운 총격으로 독일의 호탕한 상인의 세 살짜리 아들이 죽었다.

"저기, 화제 좀 바꿔야 될 것 같네요." 체르니셉스카야 부인이 조용히 말했다. "이 농담은 남편에게 해로울 것 같아서요. 분명히 당신은 새로운 시를 쓰셨겠지요, 그렇죠? 표도르 콘스탄티노비치 씨가 시를 낭독해 주실 거예요." 그녀가 소리쳤다. 그러나 바실리예프는 기대고 앉아 한 손에는 무니코틴 궐련이 든 굉장한 파이프를 들고, 다른 손으로는 그의 무릎에서 온갖 정서적 변화를 보여 주는 인형을 무심히 헝클어뜨리면서, 그 후로도 30초 동안을 더, 이 흥겨운 사건이 어제 재판에서 어떻게 심리되었는지를 이야기했다.

"아무것도 안 가져왔는데요, 전 외우지는 못한답니다." 표도르 콘스탄티노비치는 몇 차례 되풀이했다.

체르니셉스키가 급히 그에게 몸을 돌리고 자신의 자그마한 털투성이 손을 그의 소매에 얹었다. "당신은 여전히 내게 토라진 것처럼 느껴지는군요. 정말, 아니라고요? 나는 나중에야 그것이 얼마나 잔인한 농담이었는지 깨달았어요. 당신은 기분이 안 좋아 보이는군요. 뭐 새로운 소식은 없나요? 이사한 이유에 대해서 아직 이렇다 할 아무 설명도 없었잖아요."

그는 설명했다. 1년 반을 살고 있던 하숙집에 갑자기 지인들이 이사 왔는데, 이들은 매우 상냥하고 사심 없이 추근대는 사람들로 자주 "수다를 떨러 들르곤" 했다. 알고 보니 그들의 방은 바로 옆방이었고, 그러자 곧장 표도르 콘스탄티노비치는 그들과 그 사이의 벽이 허물어진 듯, 자신이 무방비 상태라고 느꼈다. 그러나 물론, 야샤의 아버지에게는 그 어떤 이사도 도움이 되지 못하리라.

육중한 바실리예프는 휘파람을 불며 등을 약간 구부린 채, 책장 속 책들의 제목을 살펴보고 있었다. 그중 한 권을 꺼내 펼치더니 휘파람을 멈추고, 대신 숨을 가쁘게 몰아쉬며 첫 페이지를 속으로 읽기 시작했다. 소파의 그의 자리는 류보비 마르코브나와 그녀의 핸드백이 차지했다. 그녀는 피곤한 눈을 드러냈고 맥이 풀려, 이제 애무도 받아 본 적이 없는 손으로 타마라의 황금빛 뒷머리를 쓰다듬기 시작했다.

"자!" 바실리예프가 책을 덮고 눈에 보이는 틈새로 아무렇게나 밀어 넣으며 날카롭게 말했다. "세상 모든 것은 끝이 있기 마련입니다, 여러분. 전 말이죠, 내일 아침 7시에 일어나야 한답니다."

기술자 케른도 자신의 손목을 보았다.

"어유, 조금만 더 있다 가세요." 체르니셉스카야 부인이 애원하듯 파란 눈을 반짝이며 말했다. 그러고는 이미 일어나 자신의 의자 뒤로 가서 의자를 1베르쇼크* 정도 옆으로 밀치고 있는(술에 취한 다른 사람이었다면 찻접시 위 찻잔을 엎었으리라) 기술자에게 다가가, 다음 토요일에 그가 하기로 한 강연에 대해 말하기 시작했다. 강연 제목은 '전쟁에서의 블로크'였다.

"제가 실수로 공지문에 '블로크와 전쟁'이라고 썼는데." 알렉산드라 야코블레브나는 말했다. "별 차이는 없겠죠?"

"아니죠, 반대로 매우 크죠." 가느다란 입술에는 미소를 띠고 있지만 돋보기안경 너머로는 살기를 띠며, 배 위에 포갠 손은 여전히 풀지 않은 채 그가 말했다. "'전쟁에서의 블로크'는 반드시 필요한 것, 즉 강연자 본인만의 관찰이라는 개성을 표현하지요. 그러나 '블로크와 전쟁'은 미안하지만 철학입니다."

이제 그들 모두 점차 흐릿해지고 안개의 자동 반사적 파동으로 아른거리기 시작하더니 완전히 사라졌다. 그들의 외형은 8자 모양으로 굽이치며 공기 속으로 자취를 감추었다. 그러나 여기저기서 빛을 받아 환한 점들 — 동공의 상냥한 불꽃, 팔찌의 반사광 — 이 여전히 반짝이고 있었다. 잠깐 동안 바실리예프의 잔뜩 찡그린 이마가 다시 돌아왔다. 그는 누군가의, 이미 풀어지는 손을 잡고 있었다. 그리고 이제 맨 마지막으로 비단 장미들로 장식된 연녹색 밀짚(류보비 마르코브나의 모자)이 붕 미끄러져 갔다. 그렇게 모든 것이 사라지자 연기 자욱한 거실로, 아버지는 이미 침실에 계실 것이라 생각한 야샤가 침실용 실내화를 신고 살며시 들어왔다. 붉은 가로등 불빛 아래 마법 같은 소리를 내며 투명 인간들이 광장 구석의 검은 포장도로를 고치고 있었다. 전차비가 없었던 표도르 콘스탄티노비치는 걸어서 집으로 돌아갔다. 체르니셰프스키 부부에게 2~3마르크 빌린다는 걸 깜박했던 것이다. 그 정도면 다음 월급날까지는 그럭저럭 버틸 수 있었을 텐데 말이다. 만약 이에 대한 생각이 그 몸서리쳐지는 실망감(이미 자신의 책의 성공을 너무나 선명하게 그렸던 것이다), 왼쪽 구두로 스며드는 한기, 새로운 거처에서 맞을 밤에 대한 두려움과 함께 결합되어 슬픔을 가중시키지 않았다면, 이 생각 하나만으로는 그토록 착잡하지 않았으리라. 피곤함과 자기 자신에 대한 불만 — 저녁의 부드러운 시작을 헛되이 놓치다니 — 이 그를 지치게 했고, 낮에 뭔가 미진하게 생각한 것이 있었는데, 이제 영원히 생각을 완결 짓지 못할 것이라는 느낌이 그를 피곤하게 했다.

그는 거리를 따라 걸었다. 이 거리는 오래전부터 그와 안면을 텄을 뿐만 아니라 더 나아가 그에게 애정을 기대하는 듯했다. 심지어 이 거리는 그의 미래의 회상 속에서 페테르부르크 바로 옆자리, 이웃 묘지까지 미리 사 놓았다. 그는 이 어둑어둑 빛나는 거리를 따라 걸었고, 불 꺼진 집들은 어떤 것은 뒷걸음질 치고, 어떤 것은 옆걸음질 치며 베를린의 갈색 밤하늘로 떠나가고 있었다. 밤하늘에는 여기저기 여전히 질척거리는 수렁들이 있었으나 누군가 응시하면 녹아 사라졌다. 시선은 이런 식으로 몇몇 별들을 구출하고 있었다. 이제 마침내, 우리가 저녁 식사를 했던 공원에 왔다. 높은 벽돌 교회와, 거인의 신경계를 연상시키는 여전히 완전히 투명한 포플러 나무가 있고, 바로 여기에는 바바 야가*의 과자 집을 닮은 공중 화장실이 있다. 그리고 가로등의 부채에 겨우 맞닿은 공원의 어스름 속에는 벌써 8년 넘게 환생을 거부하고 있는 미녀가(첫사랑에 대한 기억이 너무나 생생했던 것이다) 잿빛 벤치에 앉아 있었다. 하지만 그는 가까이 지나가면서 그것이 단지 나무줄기 그림자가 앉아 있었던 것임을 알아차렸다. 그는 자신의 거리로 돌면서, 마치 차가운 물속으로 들어가듯, 그 안으로 잠겼다 — 그 정도로 돌아가고 싶지 않았고, 그 방과, 심술궂은 옷장과, 소파 베드는 그에게 그토록 비애를 자아낼 터였다. 그는 입구를 더듬더듬 찾아(어두워 형태가 달라 보였다) 열쇠를 꺼냈다. 한데 그 어떤 열쇠로도 문은 열리지 않았다.

"무슨 일이지……?" 그는 열쇠 끝부분을 보고 화가 나서 중얼거렸다. 그러고는 분개하며 다시 열쇠를 꽂았다. "제기랄!" 그는 소리치고 한 발 뒤로 물러나 머리를 들고 번지수를 확인했다. 아니야, 정확한데. 그가 또다시 자물쇠로 고개를 막 숙이려는 찰나, 바로 그때 문득 한 생각이 스쳤다. 이것은 물론 이전 하숙집의 열쇠로, 오늘 이사 나오면서 무심코 비옷 호주머니에 넣어 놓았던 것이다. 새 열쇠는 아마도 방에 남겨져 있을 것이다. 그는 이제 방금 전보다 훨씬 더 강하게 그 방에 들어가고 싶었다.

그 당시 베를린의 수위들은 대체로 뚱뚱한 아내를 둔 부유한 망나니였으며 속물적 속셈으로 공산당에 소속되어 있었다. 러시아인 세입자들은 그들 앞에선 기가 죽었다. 굴종에 익숙한 우리는 도처에서 감독관의 그림자를 지정하는 것이다. 표도르 콘스탄티노비치는 목젖이 있는 이 늙은 바보를 두려워하는 것이 얼마나 어리석은지 전적으로 알고 있었으나, 그럼에도 불구하고 여전히 자정 너머 수위를 깨워 거대한 깃털 이불에서 불러내는 것, 벨을 누르기 위해(십중팔구 아무리 눌러도 누구 하나 대답하지 않겠지만) 움직이는 것을 망설이고 있었다. 더욱이 동전 한 푼 지니지 않았던 것이다. 동전 없이 허벅지 부근에서 음침한 냄비처럼 벌어진 손바닥 — 공물에 대해 추호의 의심도 없는 — 옆을 지나가는 것은 생각조차 할 수 없었다.

"이게 뭐지, 이게 뭐야!" 그는 물러나며, 불면의 밤의 멍에와 어디론가 데려가야 할 철근 같은 분신이 뒤에서, 뒤통수에서 발꿈치에 이르기까지 그를 덮치는 것을 느끼며 속삭였다. "얼마나 멍청한지." 그는 다시 한 번 '멍청한(glupo)'의 'l'을 프랑스어식의 부드러운 'l'로 발음하며 말했다, 그의 아버지가 뭔가 곤혹스러울 때 익숙한 농담 투로 무심코 그러셨던 것처럼.

누군가 문을 열어 주기를 기다려야 할지, 아니면 여러 거리의 자물쇠들을 관리하고 있는 검은 망토를 입은 야간 경비원을 찾아 나서야 할지, 혹은 부득불 벨을 눌러 온 건물을 들쑤실 수밖에 없는지, 어찌할 바를 모른 채, 표도르 콘스탄티노비치는 보도를 따라 걷기 시작하여 길모퉁이까지 갔다가 다시 돌아왔다. 거리는 쿵쿵 울렸고 완전히 텅 비었다. 거리 위 높이, 횡단하는 전선들에는 우유처럼 하얀 가로등이 하나씩 걸려 있었다. 그중 가장 가까운 가로등 아래, 축축한 아스팔트 위로 신기루 원이 바람을 맞아 흔들리고 있었다. 표도르 콘스탄티노비치와 딱히 아무 상관도 없어 보이는 이 흔들림은, 그러나 낭랑한 탬버린 소리를 내며 그의 영혼 가장자리의 뭔가를 밀치고 들어와 그 영혼 가장자리에서 이 뭔가는 안정을 취해, 이미 이전의 아득한 외침이 아니라, 완전히 가까운 함성으로 '고맙다, 조국아(otch**izna**)……'로 울려 퍼졌다. 그러자 곧장 역파도(逆波濤)로 '잔인한 머나먼 거리에 고맙다……'가 울렸다. 그러면 또다시 대답을 구해 '너의 인정을 받지 못해(pr**iznan**)……'가 달려온다. 그는 혼자 중얼거리며 존재하지 않는 보도 위를 걸었다. 보폭은 지상의 감각에 의해 조절되고, 주요한, 기실 유일무이하게 중요한 표도르 콘스탄티노비치는 몇 사젠 뒤에서 파도치고 있는 두 번째 연을 이미 흘낏 보았다. 분명 이 연은 아직 알려져 있지 않으나 정확히 약속된 조화 속에 완결될 터였다. '고맙다…….' 그는 새로이 박차를 가하여 다시 소리를 높이기 시작했다. 그런데 갑자기 발아래 보도가 돌로 변하고 주변의 모든 것이 한꺼번에 아우성치기 시작했다. 그러자 그는 즉시 미망에서 깨어나 자기 집 출입구로 달려갔다. 문 뒤로 불이 켜져 있었던 것이다.

광대뼈가 튀어나온 젊지 않은 여인이 아스트라한 가죽 재킷을 흘러내리듯 어깨에 걸치고 누군가를 내보내며, 배웅할 남자와 함께 현관에 머물러 있었다. 그녀는 "절대 잊지 말아요"라고 힘없는 일상적인 목소리로 부탁하고 있었다. 바로 그때 표도르 콘스탄티노비치는 때맞춰 들어와 곧장 그녀를 알아보고 히죽 웃었다. 그녀는 바로 오늘 아침 남편과 함께 가구를 맞아들이던 여인이었다. 뿐만 아니라 그는 나가고 있는 남자도 알아보았다. 그는 젊은 화가 로마노프로, 두어 번 편집국에서 마주친 적이 있었다. 그가 세련된 얼굴(그리스 조각처럼 깨끗한 얼굴선을 누렇고 비뚤비뚤한 이가 결정적으로 망치고 있었다)에 놀란 표정을 지으며 표도르 콘스탄티노비치와 인사를 나눴다. 뒤이어 표도르 콘스탄티노비치는 자신의 쇄골을 붙들고 있는 여인에게 어색하게 목례하고 성큼성큼 층계를 따라 위층으로 뛰어 올라갔다. 그러다 굽은 층계참에서 욕지기 나게 부딪히고는, 난간을 만지며 기어 올라갔다. 가운 차림에 졸린 듯한 스토보이 부인은 끔찍했으나, 이는 곧 지나갔다. 자기 방에 들어온 그는 불을 어렵사리 더듬더듬 찾았다. 책상 위에는 열쇠가 반짝거렸고 책이 허옇게 보였다. '이미 다 끝났어.' 그는 생각했다. 바로 얼마 전만 해도 그는 가감 없는 질책을 청한다는 엄정한 헌사를 써서 지인들에게 한 부씩 배포했는데, 이제는 이 헌사도, 최근 며칠간 책으로 인한 행복감에 젖어 살았던 것도 떠올리기조차 창피했다. 그러나 사실 특별히 일어난 일은 아무것도 없지 않은가. 오늘의 거짓말이 내일의, 혹은 모레의 포상까지 배제하는 것은 아닐 터. 그러나 그는 왠지 꿈꾸기에 진력이 났다. 이제 책은 스스로 봉인되어 자기 폐쇄적이고 완결된 채 책상 위에 놓여 있었고, 이전처럼 강력하고 기쁜 빛을 뿜어내지는 못했다.

그런데 그가 침대에 누워 이제 막 생각들이 밤을 지낼 채비를 마치고 가슴이 잠의 눈(雪) 속으로 침잠하기 시작할 즈음(그는 항상 잠들기 전에 심계 항진을 느꼈다), 표도르 콘스탄티노비치는 과감하게 미완성 시를 속으로 되뇌었다. 그저 잠 때문에 이별하기 전에 다시 한 번 음미하고자 함이었다. 그러나 그는 약했고 시들은 악착같은 생명력으로 들썩이고 있어서 결국 순식간에 그를 완전히 점령하여, 그의 모골은 송연해지고 머리는 신성한 윙윙 소리로 가득 찼다. 그러자 그는 다시 불을 켜고 궐련을 피워 문 뒤 벌러덩 드러누워, 모포를 턱까지 끌어 올려 발바닥을 안토콜스키의 소크라테스*처럼 드러내 놓은 채, 영감의 모든 요구에 몸을 맡겼다. 이것은 바로 천 명의 상대방과 나누는 대화로, 그중 하나만이 올곧게 진짜이며, 이 진짜를 포착하여 귀에서 놓치지 않아야 한다. 이것은 얼마나 어렵고, 동시에 얼마나 기분 좋은지……. 그 밤의 대화 속에서 영혼은 스스로 따따따 못하고…… 미치지 않고 미미미…… 그 음악은 거기 맞춰 따따따…….

삶에 해로운 영감과 엿듣기의 세 시간이 흐른 후, 그는 마침내 시 전체를, 최후의 단어까지 명징하게 밝혀냈다. 내일이면 적어 놓을 수 있으리라. 이별의 순간, 그는 이 훌륭하고 훈훈한 2행연구(二行聯句)시를 소곤소곤 읊조렸다.

고맙다, 조국아,
잔인한 머나먼 거리에 고맙다.
너로 충만하나 너의 인정을 받지 못해,
난 홀로 속삭인다.
매일 밤 대화하나
영혼은 스스로 분별하지 못한다,
나의 광기가 웅얼거린 것인지,
너의 음악이 자라난 것인지를……

그리고 이제야 그는 이 시에 어떤 의미가 내재함을 깨닫고, 호기심으로 그 의미를 추적하여, 마침내 시를 인준했다. 기진맥진했지만 행복하고 발뒤꿈치가 얼음처럼 차가워진 그는 방금 완료된 작업의 유용성과 중요성을 여전히 확신하며 불을 끄기 위해 일어났다. 찢어진 셔츠를 입고, 여윈 가슴과 옥빛 혈관에 털투성이의 긴 다리를 훤히 드러낸 채 그는 거울 앞에서 꾸물거리며 똑같이 진지한 호기심으로 관찰하였으나, 자기 자신을, 넓은 눈썹과 짧게 자른 머리카락이 흘러내린 이마를 분명히 알아보지는 못했다. 왼쪽 눈에는 혈관이 터졌고 눈 안쪽에서 흘러나온 붉은 색조가 그의 어두운 빛의 동공에 뭔가 집시풍의 분위기를 더했다. 세상에, 하룻밤 사이 움푹 꺼진 뺨은 얼마나 많은 털로 뒤덮였는지 — 시작(詩作)의 습한 열기가 털의 성장도 촉진한 듯하구나! 그는 스위치를 껐다. 그러나 방 안은 전혀 어둑어둑해지지 않았고, 흐릿하게 얼어붙은 물체들은 안개 자욱한 플랫폼에 마중 나온 사람들처럼 서 있었다.

그는 한참 동안 잠들지 못했다. 남겨진 단어 찌꺼기가 뇌를 어지럽히고 괴롭히며 관자놀이를 쑤셨는데, 좀처럼 거기서 벗어날 수가 없었다. 그사이 방 안은 완전히 환해졌고, 어디선가 — 분명 담쟁이덩굴이리라 — 실성한 참새들이 모두 함께 앞다투어 귀가 터져라 지저귀고 있었다, 초등학교 꼬마들이 쉬는 시간처럼.

새 거처에서의 삶은 이렇게 시작되었다. 여주인은 그가 낮 1시까지 자고, 어디서 어떻게 점심을 먹는지 알 수 없는 데다, 기름종이에 싸서 저녁을 때우는 것에 결코 적응할 수 없었다. 그의 시집에 대해서는 바실리예프의 「신문」 경제부 기자가 쓴 단 한 편의 소고(小考)를 제외하고는 여전히 아무도 서평을 쓰지 않았다 (그는 웬일인지 이것은 저절로 이루어져, 편집국으로 발송하는 수고조차 하지 않아도 될 거라 생각했다). 소고의 저자는 그의 문학적 미래에 대해 낙관적 전망을 표명하고, 그의 시 중 한 연을 오타의 오점을 허용하며 인용하고 있었다. 이제 그는 타넨베르크 거리를 좀 더 가까이 알아 갔고, 거리는 그에게 자신의 최고 비밀들을 발설했다. 즉 옆집 지하실에는 성(姓)이 카나리엔포겔*인 구두 수선공 할아버지가 사는데, 실제로 그의 창가에는, 비록 담황색 포로는 없었지만 수선된 신발의 진열품 사이에 새장이 놓여 있었다. 그러나 표도르 콘스탄티노비치의 구두에 한해서는, 구두 수선공은 자신의 공장산(産) 철제 안경 위쪽 너머로 그를 올려보더니 수선을 거절했다. 그리하여 이제 어떻게 새 신발을 장만할지 고민해야만 했다. 또한 그는 위층 세입자의 성도 알게 되었다. 어느 날 실수로 위층까지 올라갔다가 문패 — *Carl Lorentz, Geschichtsmaler*[9] — 를 읽었던 것이다. 그에 대해서는 언젠가 길모퉁이에서 마주친 로마노프(이 역사화가와 도시의 다른 지역에서 화실을 빌려 반반씩 나누어 쓰고 있는)가 몇 가지 알려 주었다. 그는 성실한 사람으로 인간 혐오자이며 보수주의자로서, 평생을 행렬과 전투 그리고 별과 리본 장(章)을 달고 상수시 공원*을 배회하는 혼령을 그렸고 — 이제는 군복 없는 공화국에서 가난해졌고, 결국 우울해졌다 — 1914~1918년 전쟁 이전에 명성이 자자했으며 카이저와 차르의 만남*을 그리기 위해 러시아로 갔다가 그곳 페테르부르크에서 겨울을 지내면서 당시에는 아직 젊고 매력적인, 그림도 그리고 글도 쓰며 음악도 하는 마르가리타 리보브나를 알게 되었다. 그와 러시아 망명 화가의 결합은 신문 광고를 통해 우연히 이루어졌다. 로마노프는 전혀 다른 풍의 화가였다. 로렌

9 카를 로렌츠, 역사화가.

츠는 그에게 무뚝뚝한 애착을 지니고 있었는데, 첫 번째 전시회(이때는 그의 D-모 백작 부인의 초상화 시기로, 배에 코르셋 자국이 남아 있는 전라의 백작 부인이 손에는 세 배 축소된 자기 자신을 들고 서 있었다)를 마친 후에는 그를 미치광이이자 협잡꾼으로 간주했다. 그러나 젊은 화가의 대담하고 독창적인 재능은 많은 사람들을 매혹시켰다. 그에게는 이례적인 성공이 예견되었고 혹자는 그에게서 신자연주의 학파의 창시자를 보기도 했다. 소위 모더니즘의 모든 수련 과정을 거친 후 그는 더 새로워진, 흥미롭지만 다소 차가워진 스토리 아트에 진입한 듯했다. 이미 그의 초기 작들에서도 일종의 캐리커처성은 느껴졌다. 예컨대 「Coïncidence」[10]라는 작품에서는, 광고 기둥에서 경이롭게 배색된 포스터들의 선명한 색채 가운데 영화계 스타들의 이름과 기타 투명하고 다채로운 색채 사이로 다이아몬드 목걸이의 분실 공고(발견자에게 사례한다는 내용이 적힌)를 읽을 수 있었는데, 사실 이 목걸이는 바로 그 보도 위, 바로 그 기둥 받침 근처에서 순수한 불꽃을 내뿜고 있었다. 대신 그의 「가을」—눈부신 단풍잎으로 뒤덮인 도랑에 굴러다니는 옆구리가 터진 검은색 재봉 마네킹—에서는 보다 순도 높은 표현력이 나타나, 전문가들은 이 작품에서 우수의 심연을 발견했다. 그러나 지금까지 그의 최고 작으로 간주되는 것은 안목 있는 거부(巨富)가 소장하고 있으며 수차례 복제된 바 있는 「카나리아를 잡는 네 시민」이다. 네 사람 모두 검은 옷에 중산모를 쓰고 있었고 어깨가 긴장했는데(웬일인지 한 사람은 맨발이다), 이들은 사각으로 잘린 보리수나무의 유난히 양지바른 녹음 아래 간격을 두고 환희에 찬 조심스러운 자세로 서 있었다. 바로 이 보리수

10 일치.

나무에 새가 숨어 있었는데, 아마도 나의 구두 수선공의 새장에서 날아간 새이리라. 이 기이하고 멋지면서도 동시에 독설적인 그림은 나를 막연히 흥분시켰고, 나는 이 그림에서 모종의 **예고**(豫告)를, 이중적 의미에서 감지했다. 나 자신의 예술을 한참 추월하고 있는 이 그림은 이 길의 위험성 또한 밝혀 주었던 것이다. 그러나 화가 자신은 내게는 역겨우리만치 지루했다. 대화와는 전혀 무관하게 번쩍이는 눈을 기계적으로 굴리면서 내뱉는, 몹시 조급하고, 몹시 혀 짧은 소리를 나는 견딜 수 없었다. "있잖아요." 그는 내 턱에 침을 튀기며 말했다. "제가 당신에게 마르가리타 리보브나를 소개시켜 드릴게요. 그녀가 제게 당신을 언제 한번 모셔 오라 했답니다. 한번 오시지요. 우리는 화실에서, 아시겠지만, 음악과 샌드위치 그리고 빨간 전등갓이 있는 파티를 열곤 한답니다. 젊은이들이 많지요, 폴론스카야, 쉬들롭스키 형제, 지나 메르츠……."

나는 그 이름들을 몰랐고, 프세볼로트 로마노프와 어울려 저녁을 보내고 싶은 마음이 전혀 없었으며, 밋밋한 얼굴의 로렌츠 부인 역시 전혀 흥미롭지 않았다. 하여 나는 그의 초대를 받아들이지 않았을 뿐만 아니라, 이후 화가를 피하게 되었다.

아침마다 거리에서는 카랑카랑하고 절도 있게 'Prima Kartoffel'[11]이라는 소리가 노래처럼 경쾌하게 울려 퍼지거나 — 젊은 채소의 가슴은 얼마나 두근거렸을까! — 혹은 저세상에서 흘러나온 듯한 베이스가 "Blumen Erde"[12]라고 엄숙하게 말하기도 했다. 간혹 양탄자 먼지 터는 소리에 손풍금 소리가 섞이기도 했다. 빈약한 수레바퀴 위에 놓인, 옆면에 목가풍 시냇물이 그려진 둥근 그림이 박힌 갈색 손풍금으로, 눈 밝은 풍각쟁이는 오른손, 왼손을 돌려

---

11 최고급 감자.

12 정원토.

가며 「O sole mio(오, 나의 태양)」를 낮고 굵게 뽑어내고 있었다. 노래는 이미 공원으로 초대하고 있었다. 거기에는 말뚝으로 괴어 놓은 어린 밤나무가(아기가 아직 걷지 못하듯, 이 역시 돕지 않으면 자라지 못하기 때문이다) 갑자기 자기 자신보다 더 큰 꽃과 함께 나타난다. 그런데 라일락 꽃은 오랫동안 피지 않았다. 그러나 일단 마음을 다잡자, 벤치 위에 궐련 꽁초가 적잖이 남겨진 하룻밤 사이에 흐드러진 화려함으로 뜰을 뒤덮었다. 흐린 6월의 어느 날, 교회 너머 한적한 뒷골목 위로 아카시아 꽃이 떨어졌고, 보도 옆 시커먼 아스팔트는 만나(manna) 죽으로 얼룩진 것처럼 보였다. 화단에는 달리기 선수 동상 주변으로 '네덜란드의 영광'* 장미가 빨간 꽃잎의 가장자리를 떼어 내고 있었으며, '복자 아놀드 얀센'*이 그 뒤를 잇고 있었다. 7월의 유쾌하고 화창한 어느 날, 매우 성공적인 개미들의 비행이 실시되었다. 암컷들이 날아오르자 참새들 또한 날아가 그것들을 잡아먹었다. 그 후 개미들은 방해꾼이 없는 곳에서 한참 동안 자신의 약한 소품 날개를 떼어 내며 자갈 위를 기어 다녔다. 덴마크에서 온 보도에 의하면, 이례적인 폭서로 인해 여러 이상 행동들이 관찰되었다고 한다. 사람들이 옷을 벗어 던지고 도랑으로 뛰어들었던 것이다. 수컷 매미나방은 실성한 듯 지그재그로 덤벼들었다. 보리수나무들은 줄곧 복잡하고 먼지 나며 향기로우면서도 지저분한 변태(變態)를 거치고 있었다.

표도르 콘스탄티노비치는 공원의 암청색 벤치에서, 재킷도 안 입고, 맨발에 낡은 천 단화를 신고, 그을린 기다란 손가락에 책을 들고 대부분의 낮 시간을 보냈다. 태양이 너무 세게 내리쬐면 그는 등받이의 뜨거운 가장자리에 고개를 기댄 채 오랫동안 찡그리곤 했다. 도시 낮의 신기루 바퀴는 내부의 가없는 진홍빛을 뚫고 회전했고, 아이들 목소리의 불꽃이 스쳐 지나갔다. 그러자 무릎에 펼쳐진 책은 점차 무거워지면서 점점 더 책이 아닌 것 같아졌다. 마침내 진홍빛은 밀려들듯이 어둑어둑해졌고, 그는 땀이 흥건한 목덜미를 들고 눈을 활짝 떠, 다시 정원과 데이지 꽃 화단, 깨끗이 씻긴 자갈, 혼자서 돌차기를 하고 있는 소녀, 두 눈과 분홍빛 딸랑이로 구성된 유모차 안의 아기, 점점 어두워지고 숨을 내쉬는 빛나는 원반의 구름 속 여행을 보았다. 그러자 또다시 모든 것이 불타오르기 시작했고, 덜커덕거리는 높은 좌석에 앉아 에메랄드처럼 선명한 잎이 달린 줄기를 이로 꽉 문 새까만 광부가 몰고 가는 석탄 트럭이 정원을 끼고, 굽이치는 나무들이 심어진 알록달록한 거리를 따라 굉음을 내며 지나갔다.

저녁 무렵이면 그는 과외를 하러 갔다. 그가 무심히 셰익스피어를 읽어 주면 몽롱한 시선에 고약한 의혹의 눈빛으로 그를 바라보는, 눈썹 색이 옅은 사업가에게, 수그린 노르스름한 목에 이따금 키스하고 싶어지는 검은색 점퍼를 입은 여고생에게. 그리고 '네!'와 '심사숙고하다'를 주로 말하고, 6푸드*의 열정적이고 애절한 노파인 동거녀(우연히 그와 같은 농민용 썰매를 타고 핀란드로 도망친 이래 질투로 영원히 절망하면서 그에게 고기 파이와 발효유와 버섯을 먹이고 있는) 몰래 멕시코로 '줄행랑칠' 준비가 되어 있는 쾌활하고 땅딸막한 해군 장교에게……. 그 외 돈벌이가 되는 번역들, 타일 바닥의 낮은 음향 전도성에 관한 보고서나 베어링에 관한 논문 등이 있었다. 그리고 마지막으로 작지만 가장 가치 있는 수입을 가져다주는 시가 있었다. 그는 몰아 상태에서, 늘 한결같이 애국적 시심(詩心)이 고조될 때 시를 썼지만 어떤 시들은 완벽하게 체현되지 못하고 흩어지면서 대신 비밀스러운 깊이를 더해 갔고, 어떤 시들은 끝까지 다듬어 온갖 쉼표로 무장한 채 편집국에 가져갔다. 처음에는 청동 수직 봉을 따라 급격히 반사광(光)

이 올라오는 지하철을 타고, 다음으로 이상하게 텅 빈 거대한 엘리베이터를 타고 8층에 오르면, 거기 지점토처럼 잿빛인 복도 끝에, "당면 현안들이 썩어 가는 시체 냄새"(편집국의 최고 유머리스트의 기발한 표현에 의하면)로 진동하는 좁은 방에는, 나이도 없고 성(性)도 없는 듯한, 달덩이같이 침착한 비서가 앉아 있었는데, 그는 이런저런 기사에 불만을 품은 사람들 — 신비주의자들 중 건장한 비열한, 고용된 현지의 자코뱅 당원들이나 동포, 올빼미 당원들* — 이 난동을 부리며 위협할 때 여러 번 사태를 조정했었다.

전화가 울리는 가운데 정판공이 활개 치고 뛰어다니며 극 평론가는 빌나*에서 길 잃고 찾아온 신문을 구석에서 읽고 있었다. "당신에게 지불해야 한다고요? 전혀 아니죠." 비서가 말했다. 오른쪽 방문이 열렸을 때, 게츠의 간결한 지시나 스투피신의 기침 소리가 들려왔다. 몇몇 타이프라이터들의 탁탁 소리 가운데 타마라의 재빠른 연타 소리를 구분할 수 있었다.

왼쪽에는 바실리예프의 사무실이 있었다. 사무용 책상 뒤에 서서 힘센 기계처럼 씩씩거리며 난필로 학생처럼 얼룩을 남기며 사설 「시간이 갈수록 더 악화된다」나 「중국의 현황」을 쓰고 있을 때, 그의 번쩍이는 비단 상의는 포동포동한 어깨에 꼭 끼었다. 그러다 갑자기 그는 생각에 잠겨, 찌푸린 눈까지 올라오는 커다란 털북숭이 뺨을 손가락 하나로 철제 끌 같은 소리를 내며 긁적거렸는데, 눈 위에는 러시아에서는 지금도 여전히 기억되는, 흰 올 하나 없이 새까만 전형적인 산적 눈썹이 걸려 있었다. 창문가에는(창문 너머에는 역시 온갖 사무실이 들어찬 고층 건물이 있었는데 하늘 높이 내부 수리를 하고 있어 마치 회색 구름의 찢어진 구멍도 겸사겸사 수선할 수 있을 것처럼 보였다) 오렌지 한 개 반이 들어 있는 접시와 식욕을 자극하는 불가리아 요구르트 한 병이 있었고, 책장

맨 아래 잠긴 칸에는 금지된 시가와 커다란 청홍색 심장이 보관되어 있었다. 소련 잡지들의 낡은 폐품, 자극적 표지의 소책자들, 서한들(요청, 고지, 밀고하는 내용의), 말라비틀어진 오렌지 반 개, '유럽으로의 창'이 뚫린 신문의 한 면, 클립들, 연필들, 이 모든 것들이 책상을 가득 채우고 있었고, 이들 바로 위에는 바실리예프 딸의 초상 사진이 창의 빛을 눈부시게 반사하며 요지부동으로 서 있었다. 그녀는 파리에서 살고 있는, 매력적인 어깨와 회색빛 머리카락을 지닌 젊은 여인으로, 실패한 영화배우였다. 그런데 그녀에 대해 「신문」의 영화란에서는 자주 "우리의 재능 있는 동포 실비나 리……"라고 언급되었다, 그 누구도 이 동포를 알지 못했음에도 불구하고 말이다.

바실리예프가 표도르 콘스탄티노비치의 시를 친절하게 수락하여 게재한 것은 그 시들이 마음에 들어서라기보다는(그는 대부분 읽지도 않았다), 「신문」의 비정치란이 무엇으로 장식되든 전혀 개의치 않았기 때문이었다. 어떤 기고자의 일정한 작문 수준을(기질상 그 아래로는 내려가지 않는) 딱 한 번 간파하고 나면, 심지어 그 수준이 간신히 제로 상태를 넘을지라도 바실리예프는 그에게 전권을 위임했다. 시는 소소한 것이었기에 통상 거의 검열 없이 통과하여, 더 많은 무게와 양의 쓰레기가 산적해 있는 곳에서 여과되어 나왔다. 대신 호(號)가 발행되었을 때, 얼마나 행복하고 흥분된 짹짹 소리가 라트비아에서 리비에라*에 이르는 우리 시(詩)의 공작새 우리에 울렸는지! 내 시가 인쇄되었다! 내 시도! 표도르 콘스탄티노비치 역시 자신의 경쟁자는 오직 한 사람, 콘체예프(그런데 그는 「신문」에는 기고하지 않았다)라고 여겼으므로 주변 작가들에게 아무 부담을 느끼지 않았고, 다른 이들 못지않게 자신의 시에 대해 기뻐했다. 어느 때는 신문이 배달되는 저녁 우편물을 기다리지 못하고 30분 전에 거리에서 구매하여 신문 가판대에서 벗어나기도 전에 창피한 줄도 모르고, 노점의 불그스레한 빛을 포착하면서(이른 황혼의 푸른빛에 물든 오렌지 산들이 불타고 있었다) 신문을 펼쳤다. 때로는 발견하지 못할 때도 있었으니, 뭔가가 그의 시를 밀쳐 냈던 것이다. 발견했을 때는 그 면을 좀 더 편하게 접어서 보도를 따라 걸으며 몇 번이고 내면의 음조를 달리하여, 다시 말하면 그 견해가 그에게는 중요한 의미로 다가오는 사람들 모두가 그의 시를 어떻게 읽게 될지(어쩌면 지금 읽고 있을지도) 차례차례 상상하며 다시 읽었다. 그러면 매번 재현할 때마다, 그는 눈빛과 눈매의 빛 그리고 입맛이 변화되는 것을 거의 육체적으로 느꼈고, 당일의 걸작이 자신의 마음에 들면 들수록, 타인을 대신해 시를 낭독하는 일이 더욱 충만하고 달콤하게 성공리에 완수되었다.

그렇게 20여 편의 시를 낳고 키워 정 끊기를 되풀이하며 여름 내내 빈둥거리던 그는 어느 화창하고 청량한 토요일(저녁에 모임이 예정된), 중요한 물건을 사기 위해 나왔다. 낙엽은 보도 위에 납작하게 누워 있지 않고, 오그라들고 시들어 모든 잎 밑으로 그림자의 푸른 모서리가 삐죽 튀어나와 있었다. 얼굴은 작고 뾰족한데 발은 터무니없이 큰 노파가 깨끗한 앞치마를 걸치고 알사탕 창문이 달린 과자 집에서 빗자루를 들고 나왔다. 맞아, 가을이지! 그는 흥겹게 걸었고, 모든 것이 훌륭했다. 아침은 크리스마스에 그를 방문하겠다는 어머니의 편지를 실어 왔다. 그는 외벽의 검은 단면이 채소밭을 향하고 있는 집들 사이로, 탄내 나는 황량한 채소밭을 따라 비포장도로를 걸을 때, 해진 여름 신발 사이로 유난히 생생하게 땅을 감촉했다. 그곳 격자무늬 담의 정자 앞에는 커다란 구슬방울을 달고 있는 양배추와, 시들어 버린 카네이션의 푸르스름한 가지와, 무거운 낯을 숙이고 있는 해바라기가 보였다. 그는 이미 오래전부터, 그에게 있어 러시아의 느낌을 간직한 것은 바로 발이며, 맹인이 손바닥으로 더듬어 알아내듯, 러시아 전체를 발바닥으로 더듬어 알아 갈 수도 있으리라는 것을 어떻게든 표현하고 싶었다. 그래서 기름진 갈색 땅의 구획이 끝나고 다시 울리는 보도를 따라 걸어야 했을 때는 무척 아쉬웠다.

이마가 반짝이고 눈을 재빨리 산만하게 굴리는, 검은 드레스를 입은 아가씨가 여덟 번이나 걸상 옆 그의 발치에 앉아, 바스락거리는 종이 상자 안에서 좁은 구두를 민첩하게 꺼내더니, 구두 양옆을 힘껏 펴서 가볍게 찍찍거리며 구두 끝을 부드럽게 하고, 잠깐 옆을 쳐다본 뒤 끈을 정리하고 품에서 구둣주걱을 꺼내고는, 표도르 콘스탄티노비치의 너저분하게 꿰매진, 수줍어하는 커다란 발로 향했다. 발은 정말 멋지게 들어갔다. 그러나 일단 들어간 후에는 완전히 눈이 멀었다. 안쪽의 발가락의 꼬물거림은 꼭 조이는 검은 가죽의 매끄러운 표면에는 결코 반영되지 않았던 것이다. 판매원이 경탄스러울 정도로 민첩하게 끈을 묶고는 두 손가락으로 구두코를 두드렸다. "딱 맞네요!" 그녀가 말했다. "새것은 원래 약간……." 그녀는 갈색 눈을 치켜뜨며 계속해서 급히 말했다. "물론, 원하시면 바닥에 깔창을 넣어 드리고요. 그런데 지금 딱 맞는데요. 직접 확인해 보세요!" 그러면서 그녀는 그를 엑스레이 장치로 데려가 어디에 발을 놓는지 알려 주었다. 유리 구멍으로 아래를 보자 밝은 바탕에 정확히 분리되어 놓여 있는 자신의 까만 관절이 보였다. '자, 이걸 신고 나는 카론*의 나룻배에서 강변으로 나아가리라.' 그는 왼쪽 구두도 마저 신고 양탄자 위를 앞뒤로 걸으며 발목 높이의 거울을 흘깃 쳐다보았다. 거울에는 한결 나아진 그의 발걸음과 10년은 더 낡아 보이는 바지가 비치고 있었다. "네,

좋네요.” 그는 소심하게 말했다. 어렸을 적에 그는 미끄러지지 않으려고 빛나는 검은 구두창을 고리로 긁어 상처 내곤 했었다. 그는 구두를 겨드랑이에 끼고 과외에 갔다가 집으로 돌아와 저녁을 먹은 다음 그것을 신고 미심쩍은 듯 바라보고는 모임에 갔다.

어쨌든 그것은 괜찮아 보였다, 고통스러운 시작치고는 말이다.

모임은 류보비 마르코브나의, 작지만 감동적으로 화려한 친척 집에서 열렸다. 무릎 위로 올라간 초록색 드레스를 입은 빨간 머리 아가씨가 에스토니아인 하녀가 차를 나르는 것을 돕고 있었다(그녀와 큰 소리로 귓속말하며). 표도르 콘스탄티노비치는 새로운 얼굴이 많지 않은 익숙한 무리 속에서 처음으로 모임에 나온 콘체예프를 단박에 알아보았다. 오로지 '이조라의 선물'*만이 그 비밀스럽게 자라나는 재능을 저지할 수 있는, 불쾌하리만치 조용한 이 사람 ― 여태 단 한 번도 실질적인 대화를 나눠 보지 못한 만사에 해박한 이 사람(간절히 원했으나 그가 옆에 있으면 표도르 콘스탄티노비치는 고통스러워지고 흥분되어 필사적으로 자신의 시에 도움을 요청하지만 자신은 그저 그의 동시대인일 뿐임을 자각하게 되었다) ― 의 꼽추처럼 등이 굽은 형상을 바라보면서, 위쪽은 머리카락으로 아래쪽은 풀 먹인 칼라로 감춰진, 이 젊은 랴잔* 풍의 거의 순박해 보이는, 그것도 약간 촌스럽게 순박한 얼굴을 바라보며 표도르 콘스탄티노비치는 처음엔 약간 우울해졌다……. 그때 소파에서 세 여인이 그에게 미소를 지었고, 체르니솁스키가 멀리서 그에게 터키식으로 인사했으며, 게츠가 그를 위해 가져온, 콘체예프의 「시의 시작」과 크리스토퍼 모르투스의 논문 「현대 시에서의 메리의 목소리」*가 게재된 잡지를 깃발처럼 들어 올렸다. 누군가 뒤에서 "고두노프 체르딘체프야"라고 대답하며 설명하는 투로 말했다. '괜찮아, 괜찮아.' 그는 웃으면서 주변을 둘러보고, 독수리 로고가 새겨진 목제 궐련 케이스에 궐련을 두드리며 재빨리 생각했다. '괜찮아, 우리는 다시 부딪힐 것이고 그때 누구 시가 깨지는지 한번 보자고.' 타마라가 그에게 빈 의자를 가리켰고, 그는 거기로 헤치고 가면서 또다시 자기 이름을 부르는 소리를 들은 듯했다. 그 또래의 젊은이, 시 애호가들이 종종 제비처럼 미끄러지는 특별한 시선으로 시인의 거울 같은 가슴을 뒤쫓을 때면 그는 자기 안에서 혈기 왕성하게 생동하는 자존감의 냉기를 느끼곤 했는데, 이것은 앞으로 다가올 영광의 예고편 격인 서광이었다. 그러나 또 다른 지상의 영광이 있었는데, 이것은 과거의 충직한 반영이었다. 그는 동년배들의 관심 못지않게, 그가 티베트와 파미르와 기타 푸르른 나라들의 동물상을 연구했던 저명한 탐험가이자 용감한 기인의 아들임을 알아보는 나이 든 사람들의 호기심에도 자부심을 느꼈던 것이다.

"자." 알렉산드라 야코블레브나가 예의 이슬 젖은 미소를 띠며 말했다. "인사들 하세요."

그는 최근에 모스크바를 떠난 스크보르초프라는 사람으로, 눈가에 주름이 잡히고 코가 둥글고 수염이 성긴 상냥한 남자였는데, 단정하고 젊어 보이며 노래하듯 말하고 비단 숄을 두른 아내와 함께였다. 한마디로 이들은 아버지 주변에서 어른거리는 사람들에 대한 추억을 통해, 표도르 콘스탄티노비치에게는 너무나 친숙했던 반(半)교수 유형의 부부였다. 스크보르초프는 매우 정중하고 조리 있게 콘스탄틴 키릴로비치의 별세 소식이 해외에선 전혀 알려져 있지 않아 놀랐다고 말하기 시작했다. "저희는" 하고 아내가 끼어들었다. "우리 러시아에서도 모르고 있으니, 이는 당연한 일이라고 생각했답니다." "맞아요." 스크보르초프는 계속했다. "어느 날 우연히 당신의 아버님을 위한 오찬 모임에 간 적이 있었는데, 그때 표트르 쿠지미치 코즐로프* 씨가 재치 있게 '고두노프 체르딘체프 씨는 중앙아시아를 자기 동네 외딴 들판 드나들듯 한다니까'라고 말했던 것을 전 지금도 너무나 생생하게 기억한답니다. 맞아요……. 제가 보기에 그때 당신은 아직 세상에 태어나기 전인 것 같군요."

이때 표도르 콘스탄티노비치는 갑자기 체르니솁스카야 부인의 진심 어린 우수와 연민이 그윽한 시선이 그를 향하는 것을 보고, 스크보르초프의 말을 매몰차게 끊고 별다른 흥미도 없으면서 러시아에 대해 묻기 시작했다. "어떻게 이야기해야 될지……." 그는 대답했다.

"안녕하세요, 친애하는 표도르 콘스탄티노비치, 안녕하세요!" 그의 머리 위에서 살찐 거북을 닮은 변호사가 소리치며(이미 악수는 하고 있었다) 계속 움직이면서 밀치고 들어왔다. 그러고는 이미 다른 사람과 인사하고 있었다. 이때 바실리예프가 자리에서 일어나더니 관리인이나 연사들 고유의 동작으로, 손가락으로 가볍게 교탁을 눌러 잠시 기댄 후, 개회를 선언했다. "부슈* 씨께서……." 그는 덧붙였다. "자신의 새로운 철학적 비극을 낭독하시겠습니다."

게르만 이바노비치 부슈는 나이 지긋하고 소심하나 다부진 체격의 호감형의 리가* 사람으로 얼굴이 베토벤을 닮았다. 그는 암피르 양식*의 탁자 앞에 앉아 굵게 기침하며 원고를 뒤적거렸다. 그의 손이 눈에 띄게 떨고 있었는데, 낭독하는 내내 손을 떨었다.

애초부터 길은 파멸로 치달을 것이 자명했다. 낭독자의 기묘한 발음은 의미의 불가해성과 공존할 수 없었다. 이미 서문에서 길 따라 걸어가는 '외로운 동반자'*가 등장했을 때도, 표도르 콘스탄티노비치는 아직 이것이 형이상학적 역설일 뿐 배신적인 말실수가 아니기를 헛되이 기대했다. '도시 수비대장'은 보행자를 통과시키지 않으면서, "암만 통과하지 않을 거야"를 수차 반복했다. 도시는 해안 도시였으며('동반자'는 *Hinterland*[13]에서 왔다), 그곳에서는 그리스 선박의 선원들이 술에 절어 있었다. '죄의 거리'에서는 다음의 대화가 오갔다.

첫 번째 창녀 모든 것은 물이야. 내 손님 탈레스가 그리 말했어.

두 번째 창녀 모든 것은 공기라고 젊은 아낙시메네스가 내게 말했어.

세 번째 창녀 모든 것은 숫자야. 나의 대머리 피타고라스가 틀릴 리 없지.

네 번째 창녀 헤라클레이토스가 나를 어루만지며 속삭였어, 모든 것은 불이라고.

'동반자' (들어온다) 모든 것은 운명이지요.

이외에도 두 개의 합창단이 있었는데, 그중 하나는 물리학자 드브로이*의 물질파(物質波)와 역사 논리를 대변했고, 또 다른 훌륭한 합창단은 그와 논쟁을 벌였다. "첫 번째 선원, 두 번째 선원, 세 번째 선원이……." 부슈는 대화를 나누고 있는 인물들을 가장자리가 축축한 초조한 저음으로 열거했다. 그리고 다른 이들, '백합꽃 여상인', '제비꽃 여상인', '잡꽃 여상인'이 등장했다. 불현듯 뭔가 흐느적거리더니, 청중들 사이에서 균열이 시작되었다.

곧 널찍한 구내를 가로질러 다양한 방향으로 자기력선(磁氣力線)이 자리 잡았다. 서너 명 사이에서, 다음에는 대여섯 명 사이에서, 그리고 청중의 4분의 1에 해당하는 열 명 사이에서 교환되는 시

---

13 내륙 지역.

선의 네트워크가 형성되었던 것이다. 콘체예프가 근처에 있던 장식장에서 천천히 조심스럽게 커다란 책(표도르 콘스탄티노비치는 그것이 페르시아 세밀화의 앨범임을 알아챘다)을 꺼내 들고 역시 천천히 무릎 위에서 이리저리 넘기며, 근시안으로 조용히 살펴보기 시작했다. 체르니셉스카야 부인은 언짢은 놀란 표정을 지었지만, 아들의 추억과 얽힌 자신만의 비밀스러운 에티켓 때문에 억지로 듣고 있었다. 부슈는 서둘러 읽어 나갔다. 그의 반지르르한 광대뼈는 회전했으며 검은색 넥타이에서는 편자가 번쩍였고, 탁자 밑의 다리는 안짱다리를 하고 있었다. 비극의 어리석기 짝이 없는 상징이 보다 심오하고 복잡하며 불가해한 것이 될수록 고통스럽게 억눌린 지하에서 아우성치는 꽥꽥 소리는 좀 더 필사적으로 출구를 갈구했고, 이미 많은 사람들이 서로 쳐다보기조차 두려워 고개를 숙이고 있었다. 광장에서 '**가면들에 춤**'이 시작되었을 때, 갑자기 누군가 — 게츠였다 — 콜록했는데, 기침 소리에 더하여 탄식 비슷한 소리가 새어 나왔다. 그때 게츠는 재빨리 손바닥으로 얼굴을 가렸지만, 잠시 후 탄식은 또다시 손바닥 너머로 실없이 밝은 얼굴과 젖은 대머리와 함께 나타났다. 그사이 소파에서는 류보비 마르코브나의 등 뒤에서 타마라가 털썩 누워 출산의 고통에 몸을 뒤척였고, 도피처를 잃은 표도르 콘스탄티노비치는 자기 안에서 일어난 일을 억지로 침묵해야 하는 데 기진맥진한 나머지 눈물을 흘리고 있었다. 갑자기 바실리예프가 의자 위에서 너무나 둔중하게 몸을 돌려 의자 다리가 와지직 부서지며 내려앉았다. 바실리예프는 얼굴 표정이 바뀌며 급히 뛰어오르듯 일어나 넘어지지는 않았지만, 이 별로 우습지 않은 사건이 낭독을 중단시키는, 포효하며 환호하는 폭발의 기폭제가 되었다. 바실리예프가 다른 의자에 옮겨 앉는 동안 게르만 이바노비치 부슈는 멋지지만 전혀 실속

없는 이마를 찌푸리며 연필로 원고에 뭔가 메모하고 있었다. 소강 상태 속에서 미지의 숙녀가 아직 간간이 신음 소리를 내고 있었지만, 부슈는 이미 다음 낭독에 착수했다.

백합꽃 여상인 자네, 오늘 왠지 슬퍼 보이네.
잡꽃 여상인 맞아, 점쟁이가 그러는데, 우리 딸이 어제의 행인에게 시집간다지 뭐야.
딸 아, 난 그를 주목하지도 않았어요.
백합꽃 여상인 그도 그녀를 주목하지 않았어.

"들어 봐요, 들어 봐요!" 합창단이 끼어들었다, 마치 영국 의회에서처럼.

다시 미세한 움직임이 일어났다. 뚱뚱한 변호사가 뭔가를 적어 놓은 빈 궐련갑이 방 전체를 가로지르는 여행이 시작되었고, 모두들 이 노정의 각 단계를 관찰했다. 분명 굉장히 재미있는 내용이 적혀 있는 듯했으나, 어느 누구도 그것을 읽지 않았고, 표도르 콘스탄티노비치를 향해 손에서 손으로 정직하게 전달되고 있었다. 마침내 그의 손에 당도했을 때 그는 궐련갑에 쓰인 '잠시 후에 사소한 일로 당신과 상의하고 싶습니다'라는 메모를 읽었다.

마지막 막이 끝나 가고 있었다. 웃음의 신이 표도르 콘스탄티노비치를 슬그머니 떠나가고, 그는 생각에 잠겨 구두의 광택을 쳐다보고 있었다. '나룻배에서 차가운 강변으로 나아가리라.' 오른쪽이 왼쪽보다 더 끼었다. 콘체예프는 입을 반쯤 벌린 채 앨범을 다 넘겨 가고 있었다. "막." 부슈는 마지막 음절에 가벼운 강세를 주며 외쳤다.*

바실리예프가 휴식을 선언했다. 대부분 삼등 객차에서 밤을 보낸 사람들처럼, 부석부석하니 시들한 모습이었다. 부슈는 비극을 두껍게 둘둘 말아 들고 저쪽 구석에 서 있었다. 그에게는 방금 낭독된 것에서 잔물결이 일어나 왁자지껄한 목소리들 위로 번져 나가는 것처럼 보였다. 류보비 마르코브나가 차를 권하자 그의 강한 얼굴은 갑자기 맥없이 온순해지더니 그는 행복에 겨워 입맛을 다시고는 건네주는 찻잔에 고개를 숙였다. 표도르 콘스탄티노비치는 멀리서 다소 경악하여 이 광경을 쳐다보며, 뒤에서 들리는 소리를 감지했다.

"어찌 된 일인지 말 좀 해 봐요."(체르니셉스카야 부인의 화난 목소리)

"글쎄요, 아시다시피, 이따금 이런 일이……."(미안한 듯 사근사근한 바실리예프)

"아니, 도대체 어떻게 된 일인지 묻고 있잖아요."

"그러나, 부인, 제가 어떻게 할 수 있겠어요?"

"당신은 전에 이미 읽었을 것 아니에요, 그가 편집국에 가져왔을 때 말이에요. 진지하고 흥미로운 작품이라고 당신이 말했었잖아요. 의미심장한 작품이라고요."

"물론, 첫인상은 그랬답니다, 대강 훑어 내려갔을 땐 말이지요. 그런데 낭독될 때 어떻게 들릴지는 전혀 생각하지 못했습니다……. 제가 낚인 거죠. 저 자신도 당황스럽군요. 그래도, 알렉산드라 야코블레브나, 그에게 다가가 아무 말이나 좀 건네시지요."

변호사가 표도르 콘스탄티노비치의 팔뚝을 붙잡았다. "당신이 필요해요. 이건 당신이 하실 만한 일이라고 문득 생각되더군요. 한 고객이 저를 찾아왔는데, 이혼 절차를 밟기 위해 어떤 서류를 독일어로 번역해야 된다나 봐요, 딱 당신 일이 아닌가요? 그의 일을 맡고 있는 독일인 사무실에도 러시아 아가씨가 한 명 근무하고 있지만, 아마도 일부분만 할 수 있는 것 같더군요. 그래서 도와줄 사람이 더 필요한가 봐요. 당신이 이 일 좀 맡아 볼래요? 당신 전화번호 좀 받아씁시다. 게마흐트.*"

"여러분, 좌정해 주시기 바랍니다." 바실리예프의 목소리가 울려 퍼졌다. "이제 경청하신 작품에 대한 토론이 있겠습니다. 희망자는 등록해 주시기 바랍니다."

표도르 콘스탄티노비치는 갑자기 콘체예프가 등을 구부리고 상의 앞자락에 손을 끼워 넣으며 출구 쪽으로 구불구불 헤쳐 나가는 것을 보았다. 표도르 콘스탄티노비치는 자신의 잡지를 깜빡 둘 뻔하고 그를 쫓아갔다. 현관에서 스투피신 노인이 합류했다. 그는 이 아파트에서 저 아파트로 자주 옮겼지만 늘 도시 외곽에 거주했기 때문에, 그에게는 중요하고 복잡했을 이 변화들은 마치 인간의 희로애락의 지평선 너머 대기층에서 일어나고 있는 것처럼 보였다. 그는 회색 줄무늬 스카프를 목에 두르고, 러시아식으로 그것을 턱으로 꼭 누른 다음, 역시 러시아식으로 등을 튕겨 외투를 입었다.

"퍽 즐겁더군요. 달리 할 말이 없네요." 하녀의 안내를 받아 내려가는 사이에, 그가 말했다.

"솔직히 말해 제대로 듣지도 않았어요." 콘체예프가 말했다.

스투피신은 매우 드문, 거의 전설적인 번호의 어떤 전차를 기다리러 갔고, 고두노프 체르딘체프와 콘체예프는 반대 방향으로, 거의 길모퉁이까지 함께 갔다.

"정말 궂은 날씨군요." 고두노프 체르딘체프가 말했다.

"네, 정말 춥네요." 콘체예프도 맞장구쳤다.

"끔찍하죠……. 당신은 어느 지역에 사세요?"

"샤를로텐부르크*요."

"별로 가깝진 않네요. 걸어가세요?"

"걸어서, 걸어서 가지요. 그런데 저는 여기서 ―."

"네, 당신은 오른쪽으로, 저는 곧장 가야 하지요."

그들은 헤어졌다. 후우, 얼마나 바람이 센지…….

"……아니, 잠깐, 잠깐만요. 제가 당신을 모셔다 드리지요. 당신은 보아하니 올빼미형인 것 같으니, 따라서 제가 돌길 산책의 어두운 매력을 설명할 필요는 없겠네요. 그러니까 당신은 가련한 낭독자의 발표를 전혀 듣지 않았다는 거네요?"

"처음에만, 그것도 대충 들었지요. 그러나 전 결코 그렇게까지 형편없었다고는 생각지 않습니다."

"당신은 페르시아 세밀화를 보고 계시던데요, 거기서 페테르부르크 공공 도서관의 수집품 중 한 작품을 ― 놀라울 정도로 닮았죠! ― 주목하지 않았나요? 약 3백 년 전에 Riza Abbasi*가 그렸다죠, 아마. 무릎을 꿇은 채 새끼 용과 싸우고 있는 코가 크고 콧수염이 더부룩한…… 바로 스탈린이잖아요!*"

"네, 맞아요. 그 작품이 가장 강해 보이더군요. 그런데 오늘 전 우연히 「신문」에서 이미, 누구 잘못인지 모르겠지만, '**신이시여**, 제게는 헌신짝 같으니 바치나이다'라는 구절을 읽었답니다. 저는 이 속담에서 맹인 순례자의 신격화를 본답니다."*

"아니면 카인의 제물에 대한 기억일 수도 있지요."

"이것이 호격(呼格)의 간계라는 데 동의하기로 하고, '실러와 공적과 명예에 대해' 이야기하는 게 나을 것 같네요. 작은 화합물을 허용하신다면 말이지요.* 그건 그렇고, 전 당신의 멋진 시집을 읽었습니다. 사실, 이것은 그저 당신의 미래 소설의 모델인 것 같았습니다만."

"맞습니다. 저는 언젠가 '꿈속의 삶이 켜켜이 결합되듯, 사고와 음악이 결합되는' 산문을 쓰고 싶답니다."

"제 글을 사려 깊게 인용해 주셔서 감사합니다. 당신은 문학을 진정 사랑하시네요, 맞나요?"

"그런 것 같긴 합니다. 그런데 말이죠, 제가 보기에는 두 종류의 책만 존재하는 것 같습니다, 책상 위 애장 도서와 책상 아래 버려지는 책으로요. 저는 한 작가를 열렬히 좋아하거나 완전히 내쳐 버리거나 하지요."

"아, 당신은 엄하시군요. 하지만 그건 너무 위험하지 않을까요? 결국 전체 러시아 문학, 한 세기의 문학은 — 아무리 관대하게 선별해도 — 인쇄 전지로 3천에서 3천5백 쪽 이하이고, 또 이 중 거의 절반이 책상은 물론이고 책장에 둘 가치도 없다는 걸 잊지 마세요. 그렇게 수적 열세에도 불구하고 우리의 페가수스는 얼룩무늬*이며, 형편없는 작가의 모든 면이 형편없는 것은 아니며, 훌륭한 작가의 모든 면이 훌륭한 것은 아님을 인정해야 합니다."

"제가 당신의 논지에 반박할 수 있도록 몇 가지 예를 들어 주시겠습니까?"

"그러지요, 만약 곤차로프 등을 펼쳐 보자면 —."

"잠깐만요! 설마 당신은 오블로모프를 호평하시려는 건 아니죠? '러시아를 망친 장본인은 두 명의 일리이치이다'*라고들 하지 않나요? 아니면 혹 당신은 당대의 사랑의 함락에 있어 추악한 위생 상태에 대해 말씀하시려는 건가요? 크리놀린*과 축축한 벤치 말이지요.* 아니면 혹시 문체에 대해서? 사색의 순간 라이스키의 입술에 장밋빛 수분이 빛으로 일렁이던 것*을 기억하세요? 그건 말하자면, 피셈스키의 주인공들이 정신적으로 강하게 긴장되었을 때 손으로 자신의 가슴을 문지르는 것*과 같은 것 아닌가요?"

"여기서 잠깐 당신의 말씀에 제동을 걸어야겠군요. 당신은 진정 똑같은 피셈스키에서 무도회가 열리는 동안 현관의 하인들이 끔찍하게 더럽고 낡은 여성용 벨벳 장화를 서로 던지는 장면을 읽지 않으셨나요?* 아, 기왕 이류 작가에 대해 다루었으니 — 가령 레스코프에 대해서는 어떻게 생각하세요?"

"글쎄요……. 그의 문체에는 우스운 영어식 문체가 자주 등장하지요. 예컨대 단순히 '망했다' 대신 '그것은 나쁜 일이었다' 식으로 표현한 것 말이지요. 그러나 거기 있는 모든 고의적 '아볼론'이란……* 아니지요, 죄송합니다만, 제겐 전혀 우습지 않답니다. 게다가 그 다변은…… 맙소사! 『성직자들』*은 아무런 손상을 입히지 않고도 신문의 문예란 기사 두 개 정도로 줄일 수 있지요. 그가 묘사하는 덕망 높은 영국인과 덕망 높은 사제들 중에서 누가 더 나쁜지 전 잘 모르겠어요."

"글쎄, 그럼에도 불구하고 말이지요, 잘 여문 자두빛의 긴 옷을 걸친 서늘하고 조용한 갈릴리의 유령은 어떤가요?* 혹은 포마드라도 바른 듯 푸르스름한 인두(咽頭)를 지닌 개의 입은요? 혹은 밤에 방을 세세하게 — 은수저 위에 남겨진 마그네슘에 이르기까지 — 비춰 주는 번개는 어떤지요?*"

"제 생각에 그는 푸른빛에 대한 라틴식 감각 — *lividus*[14] — 을 지니고 있었던 것 같아요. 레프 톨스토이는 연보랏빛을 선호했죠. 갈까마귀 떼와 나란히 전답을 맨발로 걷는 것은 얼마나 황홀했을까!* 난, 확실히, 신발은 사지 말았어야 했는데."

"맞아요, 못 견디게 꼭 끼지요. 그런데 우리는 일류 작가군으로 건너왔군요. 여기서는 진정 그 어떤 약점도 발견하지 못하셨나요? 「루살카」는 — ."

14 푸르스름한, 회청색의.

"푸시킨은 건드리지 맙시다. 그는 우리 문학의 황금 보고(寶庫) 잖아요. 저기 체호프의 바구니에는 향후 수년간의 식량과 '음, 음, 음' 킁킁거리는 강아지,* 크림산(産) 술병*이 있지요."

"잠깐만요, 선대로 돌아갑시다. 고골은 어떻습니까? 제가 보기에 그의 작품 전체는 무사통과할 수 있을 것 같군요. 투르게네프는 어떻습니까? 도스토옙스키는요?"

"베들람의 베들레헴으로의 전도(顚倒),* 바로 이것이 도스토옙스키입니다. 모르투스의 표현처럼 '미리 한 가지 단서를 달지요.'* '카라마조프가(家)'에는 뜰의 탁자에 놓인 젖은 술잔의 둥근 흔적이 있는데, 이것은 간직할 만한 가치가 있답니다. 당신의 접근법을 따르자면 말이지요.*"

"투르게네프에서는 정말 모든 것이 완벽한가요? 미역취* 들판에서의 어리석은 둘만의 밀회를 떠올려 보세요. 바자로프의 으르렁거림과 설렘은요? 그의 전혀 설득력 없는 개구리 소동은 어때요? 그리고 전체적으로 당신이, 투르게네프 식 말줄임표의 독특한 억양과 모든 장의 점잔 빼는 결말을 견딜 수 있는지 모르겠군요. 아니면 '검은 비단의 희끄무레한 광택'*이나 그의 다른 문단에서 나오는 '토끼 자세'* 때문에 이 모든 것을 용서해야 되나요?"

"제 아버지는 그와 톨스토이의 자연 묘사에서 어처구니없는 실수를 찾아내곤 하셨답니다. 아버지께선 '악사코프에 대해서는 이미 말할 것도 없다, 이것은 치욕 그 자체다'*라고 부언하곤 하셨지요."

"그렇다면 시신(屍身)들을 다 해치운 것 같으니 이제 시인들을 다뤄 볼까요? 어떻게 생각하세요? 시신에 대해서 말이지요. 당신은 레르몬토프의 '낯익은 시체'*가 그야말로 우습다고 생각한 적이 없으세요? 사실 그는 '낯익은 이의 시체'를 말하고자 했던 것이고, 그 외에는 전혀 이해가 안 되거든요. 사후의 교제란 이치에 맞지 않으니까요."

"최근 점점 더 자주 튜체프*가 제게서 밤을 보낸답니다."

"훌륭한 손님이지요. 그런데 네크라소프의 약강격은 어떻습니까? 그에겐 끌리지 않나요?"

"물론 좋아합니다. 목소리의 흐느낌을 들어 봅시다. '창을 이중으로 하여, 괜히 방을 식게 하진 마아, 질긴 희망일랑 이별하고, 길일랑 쳐다보지도 마아.'* 마치 감정이 복받쳐 올라, 제 스스로 그에게 강약약운*으로, 스캣 창법으로 불러 주는 듯하지요. 기타리스트의 독특한 긴 트레몰로 주법처럼요. 페트에게는 이런 점이 결여되어 있지요."

"페트의 비밀스러운 약점 — 합리성, 대비의 강조 — 이 당신의 눈을 피해 가진 못한 것 같군요."

"우리의 사회적 경향의 천치들은 그를 다른 식으로 이해했지요. 아니요, 저는 '어스름해진 초원에서 울려 퍼지네'* 때문에, '행복의 이슬'*과 '숨 쉬는 나비'* 때문에 그의 모든 것을 용서하렵니다."

"다음 세기로 넘어가지요. 조심하세요, 계단이에요. 저나 당신이나 일찌감치 시에 열광하기 시작했지요, 그렇지 않나요? 어땠었는지 말해 주실래요? '구름 언저리는 어떻게 숨 쉬는지……!',* 세상에!"

"혹은 다른 쪽에서 조명되는 '꿈같은 위안의 구름'.* 아, 그러나 여기서 분별하는 것은 죄가 될 겁니다. 당시 저의 의식은 황홀경 속에서 'B'로 시작하는 5인조,* 새로운 러시아 시의 오감을 시시비비의 마음 없이 전적으로 감사히 받아들였답니다."

"구체적으로 누가 예술적 취향을 이끌어 갔다고 생각하시는지 궁금하네요. 네-네, 비행기처럼 작동해야만 공중에 뜨는 경구(警句)가 있다는 걸 저는 알지요. 우리는 여명에 대해 말하고 있었는데……. 당신은 어떻게 시작하게 되었나요?”

“글자를 깨치면서부터요. 죄송합니다만, 조금은 병적으로 들릴 수도 있겠지만, 사실 저는 어렸을 때부터 지극히 강하고 섬세한 *audition colorée*[15]를 지녔거든요.”*

“그렇다면 당신에게도 그 능력이 ─.”

“네, 그로서는 꿈도 못 꾼 빛깔을 지녔지요, 소네트*가 아닌 두꺼운 책 한 권이었답니다. 예컨대 제가 구사하는 네 가지 언어의 서로 다른 다양한 ‘a’에서, 저는 옻칠한 검은색에서 거칠거칠한 회색에 이르기까지, 제가 상상할 수 있는 가공 목재의 종류만큼이나 다양한 색조를 보지요. 당신께 저의 분홍빛 플란넬 ‘м’*을 추천합니다. 마이코프의, 창틀에서 제거된 솜*에 대해 당신이 한 번이라도 관심을 기울였는지 모르겠네요. 그건 바로 철자 ‘ы’*로, 너무 지저분해서 단어들은 이 철자로 시작하기를 창피해할 정도이지요. 만약 제 손에 물감이 있다면 당신에게 *sienne brûlée*[16]*와 세피아색*을 섞어 구타페르카색*인 ‘ч’*를 추출해 드릴 수 있었을 텐데. 제가 어렸을 적에 영문도 모른 채 떨며 만졌던 어머니의 밝은 사파이어를 당신의 손에 뿌린다면 당신은 저의 빛나는 ‘c’*의 진가를 알게 되실 텐데 말이지요. 그때 저의 어머니는 무도회복을 입고 목 놓아 흐느끼며 자신의 그야말로 천상의 보석들을 심연에서 손바닥으로, 보석함에서 벨벳으로 쏟아부으시다가, 갑자기 모두 걸어 잠그고는 아무 데도 안 가셨지요. 외삼촌이 가구를 톡톡 두드리고 견장을 들썩이고 방들을 돌아다니며 아무리 열심히 설득해도 소용없었답니다. 그리고 퇴창(退窓)의 커튼을 약간 젖히면 강변도로의 건물 외관을 따라, 밤의 푸르른 암흑 속에 놀랍도록 꼼

15 색청(色聽).

16 대자(代赭)색.

짝 않는 위용의 다이아몬드 장식 글자, 총천연색 화관을 볼 수 있었지요…….”

“한마디로 *Buchstaben von Feuer*[17]*였군요. 네, 저는 벌써 앞으로 어떻게 진행될지 알겠네요. 제가 이 진부하고 영혼을 옥죄는 이야기를 끝까지 말해 볼까요? 당신이 최초로 우연히 접한 시들을 어떻게 탐닉하게 되었는지, 열 살 때 어떻게 드라마를 쓰고, 열다섯 살에 어떻게 비가를 썼는지. 늘 황혼, 황혼에 관해 썼지요……. ‘그리고 취객들 사이를 천천히 지나가며…….’* 그런데 그녀는 어떤 여인이었나요?”

“젊은 유부녀였답니다. 제가 러시아에서 도망치기까지, 2년 약간 안 되게 지속되었죠. 그녀는 너무나 사랑스럽고, 너무나 귀여워서 — 눈은 커다랗고 손은 조금 앙상했죠 — 전 지금까지도 어느 정도는 그녀에 대한 순정을 지니고 있답니다. 그녀가 시에서 기대하는 것이라곤 단지 ‘마부여, 말을 재촉하지 마오’* 정도였으며, 포커 게임을 무척 좋아했는데, 발진티푸스로 죽었답니다. 어디에서, 어떻게 그리되었는지는…… 아무도 모른답니다.”

“이제 어떻게 될까요? 당신은 시를 계속 쓸 만한 가치가 있다고 생각하시나요?”

“있다마다요. 끝까지 써야지요. 지금 이 순간도 전 발이 창피할 정도로 아프지만 행복하답니다. 고백하건대, 제겐 또다시 이 격동과 흥분이 시작되었어요……. 저는 또다시 온밤을…….”

“보여 주세요, 어떻게 형성되는지 봅시다. ‘바로 이걸 신고 검은 나룻배에서, (영원히?) 고요히 내리는 눈〔암흑 속 부동(不凍)의 강으로 곧추 내리는 눈〕 사이로, 레테 강의 (보통?) 날씨에, 바로 이

17 불타는 글자.

걸 신고 나는 강변으로 나아가리라.' 다만 영감을 낭비하지는 마세요."

"괜찮아요, 생각해 보세요, 이마가 불타오르는데 행복하지 않을 이가 누가 있겠어요……?"

"……샐러드에 식초가 과한 것처럼요. 제가 무슨 생각을 했는지 아세요? 강은 본디 스틱스 강이었다는 거죠. 어쨌든 좋아요. 계속해 봅시다. '그러자 다가가는 나룻배로 나뭇가지가 나타나고, 뱃사공(카론)은 느린 쇠갈고리로 (굽은) 잿빛 나뭇가지를 향해 움직인다…….'"

"……'그리고 유유히 나룻배는 돌아온다. 집으로, 집으로.' 오늘 저는 손에 깃털 펜을 들고 시를 쓰고 싶군요. 달은 얼마나 멋진지! 이 격자 울타리 너머에서 흘러나오는 나뭇잎과 땅은 얼마나 검게 향기를 내뿜는지……."

"네, 다만 제가 당신과 꼭 한 번은 나누고 싶은 이 멋진 대화를 아무도 듣지 않은 것이 유감이군요."

"괜찮아요. 사라지지 않는답니다. 오히려 이렇게 되어 저는 기쁜걸요. 첫 번째 길모퉁이에서 우리가 헤어진들, 제가 영감의 자습서에 따라 제 자신과 상상의 대화를 한들, 그 누가 신경 쓰겠어요?"

제2장

비는 여전히 흩날렸지만 이미 무지개가 천사의 신출귀몰함으로 나타났다. 안쪽 언저리에 연보랏빛 막을 친 분홍·초록 무지개는 스스로도 자신에게 나른하게 감탄하며 추수가 끝난 들판 너머 머나먼 숲의 앞쪽과 위쪽에 걸려 있어, 숲의 일부가 무지개 사이로 떨리며 빛나고 있었다. 잦아든 비의 화살은 그 리듬도, 무게도, 웅성거릴 힘도 상실한 채, 여기저기서 마구잡이로 햇빛을 받아 반짝이고 있었다. 비에 씻긴 하늘에는 황홀한 하얀 구름이 굉장히 복잡한 조상(造像)의 모든 디테일까지 비추며 갈색 구름 속에서 나왔다.

"드디어 그쳤네." 그는 속삭이듯 말하고, 이슥고 기름진 진흙투성이의 '젬스트보'*의 — 이 이름에는 울퉁불퉁 파인 곳이 얼마나 많은지! — 길이 좁은 도랑까지 내려와 자신의 모든 바퀴자국을 길쭉한 웅덩이에 규합하여 진한 밀크 커피를 가장자리가 넘칠 정도로 꽉 채운 지점에 빽빽이 서 있는 사시나무들의 처마 밑에서 나왔다.

오, 내 사랑! 전형적인 낙원의 색채여! 어느 날 아버지는 오르도스*에서 뇌우가 그친 후 언덕에 올랐다가, 얼결에 무지개의 아랫

부분에 들어가—극히 드문 경우다!—형형색색의 대기에, 마치 천국에서와 같은 불꽃의 향연에 이르신 적이 있었다. 아버지는 한 발자국 더 내디디셨고, 결국 천국에서 나오셨다.

무지개는 어느새 희미해졌다. 비는 완전히 멈췄고 날은 푹푹 쪘으며 눈이 솜털로 뒤덮인 말파리가 소매에 앉았다. 숲 속에서는 뻐꾸기가 뭔가를 묻는 듯 멍하니 뻐꾹뻐꾹 울었다. 그 소리는 돔처럼 부풀어 올랐다가 답을 구하지 못하고, 또다시 돔처럼 부풀었다. 가련한 뚱뚱한 새는 아마 멀리 날아간 듯했다. 이 모든 것이 새롭게 찾아든 메아리처럼 반복되었던 것이다(아마도 좀 더 멋지게, 좀 더 구슬프게 울리는 곳을 찾은 것일까?). 편평하게 날아가는 흰 줄무늬가 있는 푸르스름한 검은빛의 거대한 나비가 초자연적으로 유려한 아치를 그리며 축축한 땅 위로 내려가 날개를 접더니, 그렇게 사라졌다. 이 나비는 이따금 숨을 헐떡이는 시골 아이가 모자 속에 두 손으로 꼭 눌러서 가져온 것과 같은 종류였다. 또한 의사가 거의 무용지물인 채찍을 무릎에 올려놓거나, 혹은 그냥 마차 앞쪽에 꼬아 놓은 채 생각에 잠겨 그늘진 길을 따라 병원으로 갈 때, 얌전한 조랑말의 종종걸음 치는 말발굽으로부터 날아오르던 것과 같은 종류이기도 했다. 가끔은 안쪽이 벽돌색인 흑백의 날개 네 개가 마치 트럼프처럼 흩어져 있는 것을 숲 속 오솔길에서 보기도 했다. 나머지 부분은 미지의 새가 다 먹어 치운 것이다.

그는 쇠똥구리 두 마리가 서로를 방해하며 짚에 매달려 있는 웅덩이를 뛰어넘어, 길가에 발자국을 남기고 있었다. 줄곧 위를 응시하며 연신 사라진 사람을 바라보는 의미심장한 발자국이었다. 경이롭게 흘러가는 구름 아래 홀로 들판을 걸어가면서, 그는 최초의 궐련을 최초의 궐련 케이스에 넣고 풀 베는 노인에게 다가가 불을 청하던 때를 회상했다. 농부는 깡마른 품속에서 갑을 꺼내

웃음기 없이 그에게 건네주었다. 바람이 불어 성냥불은 계속해서 켜질 듯 꺼져, 성냥개비가 거듭될수록 그는 더욱 미안해졌고, 농민은 무덤덤한 호기심으로 씀씀이가 헤픈 지주 도련님의 조급해하는 손가락을 쳐다보았었다.

그는 숲 속 깊이 들어갔다. 오솔길에는 검고 미끌미끌한 쪽다리가 깔려 있었고, 그 위로 적갈색 버들강아지와 거기에 달라붙은 나뭇잎들이 뒹굴고 있었다. 하얀 부채를 망가뜨린 채 무당버섯을 버린 사람은 누구일까? 대답으로 와 하는 외침 소리가 들려왔다. 소녀들이 버섯과 빌베리를 모으고 있었는데, 빌베리는 광주리 안에서 본래 나무에서보다 훨씬 더 진해 보였다. 자작나무들 사이로 예전부터 눈에 익은, 겹줄기의 자작나무-리라가 나타났다. 그 옆에는 낡은 기둥이 있고 거기엔 탄환 흔적 외에 아무것도 알아볼 수 없는 판자가 걸려 있었는데, 탄환은 브라우닝 자동 소총에서 발사된 것으로 역시 브라우닝이라는 이름의 영국인 가정 교사가 쏜 것이었다. 나중에 아버지는 그에게서 권총을 빼앗아 순식간에 노련하게 탄약 상자 클립에 총알을 채워 넣은 다음, 일곱 발로 정확히 K를 새겨 넣었다.

좀 더 걸어가면, 소택지에 야생 난이 소박하게 피어 있었고, 소택지 너머 찻길을 건너야 했다. 오른편으로 쪽문이 하얗게 빛났는데, 바로 공원 입구였다. 주변부는 양치류가 테를 두르고 중심부는 인동초와 재스민이 흐드러지게 채워졌으며, 한쪽은 전나무 가시로 어둑어둑해지고 다른 쪽은 자작나무 잎으로 환해지는, 이 거대하고 울창하며 길이 많은 공원은 온통 햇빛과 그림자 사이에서 가까스로 평형을 유지하고 있었다. 그림자는 밤이면 밤마다, 변화무쌍하지만 그 가변성 안에 자신만의 특유의 조화를 연출하고 있었다. 가로수 길 발밑으로 뜨거운 빛의 원이 요동치면, 반드시 저 멀리에는 도톰한 벨벳 줄무늬가 가로로 펼쳐지고, 그 뒤로 다시 주황색 체가 이어지고, 좀 더 멀리 가장 깊은 곳에서는 생동감 넘치는 암흑이 짙어졌다. 이 암흑은 종이에 표현될 때 물감이 젖어 있는 동안만 수채화가의 눈을 만족시켰으므로, 화가는 아름다움—곧장 사그라드는—을 붙들기 위해 계속해서 겹겹이 물감을 덧칠해야 했다. 모든 오솔길은 집으로 이어졌다. 그런데 기하학과는 상반되게도, 지름길은 매끄럽게 잘 정리되고 섬세한 그림자가 드리우며(마치 너의 얼굴을 더듬으려 맞은편에서 걸어 올라오는 맹인 여인처럼) 길 끝자락에서 에메랄드빛 햇빛이 분출하는 곧게 뻗은 가로수 길이 아니라, 그 옆의 잡초가 무성한 구불구불한 샛길들이었다. 그는 이 중에서 가장 좋아하는 길을 따라, 아버지가 정기적으로 여행을 떠나기 전날이면 관례적으로 부모님이 앉곤 했던 벤치를 지나 아직 보이지 않는 집을 향해 걸어갔다. 아버지는 무릎을 벌리고 손으로 안경이나 카네이션을 돌리면서 밀짚모자를 정수리까지 뒤로 밀치고, 턱수염이 막 시작되는 부드러운 입가와 찡그린 눈 주위에 묵묵히 조롱하는 듯한 미소를 띤 채 고개를 숙이고 있었다. 어머니는 아버지의 옆이나 밑에서, 혹은 떨고 있는 커다란 하얀 모자 아래서 뭔가 이야기하거나, 아니면 양산 끝으로 대답 없는 모래에 부슬부슬한 구멍을 파고 있었다. 그는 마가목이 기어오르고 있는 둥근 옥석을 지나고(마가목 한 그루는 좀 더 어린 나무를 돕기 위해 옆으로 돌아서 있었다), 할아버지 대에는 연못이었던 풀이 무성한 지대도 지나고, 겨울이면 눈의 무게로 완전히 동글동글해지는 키 낮은 전나무들 옆도 지나갔는데, 눈은 곧추 조용히 내렸고, 그렇게 3일을, 5개월을, 9년을 내릴 수 있었다—그리고 이미 전방에는 하얀 반점이 촘촘히 박힌 빛줄기 사이로 점점 다가오는 흐릿한 노란 얼룩이 어렴풋하게 보이더니 갑자기 초점 거리에 들어오며 흔들리다가 형체를 갖추어 전차로 변했고, 축축한 눈은 사선으로 내리며 승강장의 유리 기둥 왼쪽 면을 쳤다. 그러나 아스팔트는 기질상 하얀 것은 그 무엇도 수용할 수 없다는 듯, 벌거벗은 채로 검게 남겨졌다. 눈앞에 떠다니는, 처음에는 알아보지도 못했던 약국, 문구점, 양품점 간판 위로 단 하나의 간판 — kakao(카카오) — 만이 러시아어로 쓰인 것처럼 보였다. 그사이 그의 주변에는 이제 막 그림처럼 선명하게(선명함 그 자체가 한낮의 쉬는 시간이나 수면제를 복용한 뒤에 꾸는 꿈의 선명함처럼 의심스러웠지만) 상상했던 모든 것들이 흐릿해지고 잠식되고 흩어져서, 흘낏 뒤돌아보면(마치 동화 속에서 타고 올라온 계단이 등 뒤에서 사라지는 것처럼) 모든 것이 와해되어 사라졌다. 배웅자들처럼 서 있다가 이미 저 멀리 날아간 나무들의 송별 대열, 씻겨져 퇴색한 무지개 조각, 굽잇길의 흔적만 겨우 남은 오솔길, 배도 없이 날개만 세 개 있는 핀으로 고정된 나비, 벤치 그림자 주변의 모래 속에 있는 카네이션, 그리고 최후의 가장 끈질긴 소소한 물건들이. 잠시 후 이 모든 것들은 표도르 콘스탄티노비치를 순순히 현재에 양보하여, 그는 회상(치명적 질병으로 인한 졸도처럼 아무 때나 어디에서나 그를 덮쳐 순식간에 인사불성으로 만드는)으로부터 곧장, 과거라는 온실 같은 낙원으로부터 곧바로, 베를린의 전차로 건너가 앉았다.

그는 수업에 가는 중이었는데, 늘 그렇듯 지각이었다. 그리고 늘 그렇듯, 그의 내면은 여러 교통수단 중 가장 둔한 이 전차의 굼뜬 서행에 대해, 그리고 젖은 창 너머로 지나가는 속절없이 낯익고 하릴없이 추한 거리에 대해, 특히 본토인 승객들의 다리와 옆구리와 정수리에 대해 모호하고도 너절하며 극심한 증오감을 분출했다. 그는 이성적으로는 그들 중에도 사심 없는 열정과 순수한 우수, 심지어 삶 속에 내비치는 추억까지 지닌, 극히 인간적인 진정한 귀인이 있을 수 있음을 알았다. 하지만 웬일인지 그에게는, 마치 그가 불법의 보물이라도 밀반입한 듯(사실은 그랬다) 그를 쳐다보는 이 번뜩거리는 차가운 동공들이 비열한 수다쟁이나 타락한 상인의 것으로만 느껴졌다. 소수의 독일인은 저속하고 다수의 독일인은 못 견디게 저속하다는 러시아인의 믿음은 예술가에겐 걸맞지 않은 견해였지만(그도 이것을 알고 있었다), 그럼에도 불구하고 오싹 소름이 돋았다. 그러자 전차의 덜컹거리는 충격과 동물처럼 빽빽이 서 있는 사람들 사이에서 영원히 고통스럽게 균형과 출구를 찾고 있는, 손가락에 붕대를 감은, 쫓기는 눈의 음울한 차장만이 외관상 인간은 아니더라도 인간의 가련한 친척 정도로는 보였다. 두 번째 정거장에서 여우 털 칼라의 반코트에 초록색 모자, 낡은 각반을 찬 호리호리한 남자가 표도르 콘스탄티노비치 앞에 앉았는데, 그 남자는 앉으면서 가죽 손잡이가 달린 도톰한 서류 가방 모서리와 무릎으로 표도르 콘스탄티노비치를 쳤다. 이로써 그의 짜증은 명백한 분노로 바뀌어, 그는 앞에 앉은 남자를 뚫어져라 바라보며 그 용모를 파악하면서, 즉각 자신의 모든 죄스러운 증오(초라하고 가난하며 소멸해 가는 민족에 대한)를 그에게 집중했고 자신의 증오의 원인을 명확히 알게 되었다. 이 낮은 이마와 이 몽롱한 눈, 희석 우유와 가짜 우유의 합법적 존재를 시사하는 홀 밀크와 엑스트라슈타르크,* 익살맞은 일련의 제스처(아이들을 손가락으로 위협할 때 손가락을 꼿꼿이 세워 하늘의 심판을 상기시키는 우리와 달리 흔들리는 지팡이를 표상하는 제스처로, 이때 손가락은 성스러운 손가락이 아닌 그저 그런 손가락일 뿐이다), 말뚝 울타리와 줄서기와 범상함에 대한 사랑, 사무실에 대한 숭배, 그들의 내면에서 나오는 목소리(혹은 모든 길거리 대화)에

귀 기울이면 반드시 듣게 되는 숫자나 돈, 조잡한 유머와 저질스러운 웃음소리, 남녀 공히 뚱뚱한 엉덩이(다른 신체 부위는 그리 뚱뚱하지 않은 인물일지라도), 엄정성의 결여, 겉보기만의 청결함(부엌의 반짝이는 냄비 바닥과 욕실의 야만적 지저분함), 비열한 잔머리에 대한 선호, 비열한 행위에 있어서의 치밀함, 네거리 공원 울타리에 치밀하게 걸어 놓은 혐오스러운 물건, 이웃에 보복하기 위해 철사(게다가 끝이 교묘하게 구부러진)로 산 채로 관통된 남의 고양이, 매사에 자기만족적이고 '당연시하는' 냉혹함, 의외의 열렬한 배려(이러한 배려심으로 다섯 명의 행인은 떨어진 동전을 줍는 것을 도와주리라), 그리고 다른 여러 가지 이유 때문에……. 이렇게 그는 앞좌석에 앉은 사람을 바라보며 편파적인 비난의 항목들을 엮어 나갔다, 그 남자가 러시아식 억양으로 무심히 기침한 뒤에 바실리예프의 「신문」을 주머니에서 꺼내기 전까지는 말이다.

'아, 이건 굉장한데.' 표도르 콘스탄티노비치는 너무 감탄하여 웃음을 터뜨릴 뻔하며 생각했다. 삶은 얼마나 영리하고, 얼마나 세련되게 영악하며, 사실 얼마나 선량한지! 이제 그는 신문을 읽고 있는 사람의 외모에서 조국의 부드러움(눈가의 주름, 커다란 콧구멍, 러시아식으로 자른 콧수염)을 발견했다. 그러자 곧 우습기도 했고, 자신이 어떻게 착각할 수 있었는지 의아하기도 했다. 그의 사고는 이 우연한 휴식에 원기를 얻어 전혀 다른 방향으로 흘러갔다. 그가 지금 방문하려는 학생은 비록 교육 수준은 낮지만 지적 호기심이 왕성한 유대인으로, 작년부터 갑자기 '프랑스어로 말하기'를 배우고자 했는데, 노인에게는 이것이 건조한 문법 공부보다 좀 더 실현 가능하고 자기 연령이나 기질 그리고 삶의 경험에 좀 더 걸맞다고 생각되었던 모양이다. 그는 으레 수업이 시작되면 끙끙대며 다량의 러시아어와 독일어 단어를 프랑스어 단어 한 줌에 섞어 가며 일과 후의 피로를 묘사했고(그는 대형 제지 공장을 운영하고 있었다), 이 기나긴 하소연에서 곧 진퇴양난의 암흑으로 곤두박질치며 국제 정치에 관한 토론으로 — 프랑스어로! — 넘어갔고, 그리하여 결국 파헤쳐 놓은 길을 따라 돌을 운반하는 것과도 같은 이 모든 거칠고 끈적거리며 무거운 것들이 갑자기 정교한 말로 바뀌기 위해서는 기적이 필요했다. 단어 암기 능력이 전무한(이를 단점이라기보다는 흥미로운 기질적 성향이라고 즐겨 말하는) 그는 이 1년의 학습 기간 동안 아무런 진전도 이루지 못했을 뿐만 아니라 심지어는 표도르 콘스탄티노비치가 처음 그를 만났을 때 암기하고 있던 몇몇 프랑스 어구(이를 토대로 노인은 사나흘 밤 사이에 자신만의 가볍고도 살아 있는 휴대용 도시 파리를 세우려 했다)마저도 잊어버렸다. 애석하게도 시간은 노력의 부질없음, 꿈의 불가능성을 입증하며 헛되이 흘러갔다. 게다가 그는 경험이 부족한 선생님이기도 해서, 가련한 공장주가 갑자기 정확한 정보를 필요로 했을 때〔"조방사(粗紡糸)는 프랑스어로 어떻게 되지요?"〕 무척 당황했고 — 질문자는 예의상 곧장 질문을 철회했다 — 둘은 모두 옛 전원시에서 순진한 처녀 총각이 우연히 서로 부딪쳤을 때처럼 일순 당황했다. 상황은 차츰차츰 더 견디기 힘들어졌다. 제자는 점점 더 낙심하며 머리가 노곤하다는 핑계를 댔고 점점 더 자주 수업을 취소했다(전화를 타고 흘러오는 비서의 천상의 목소리는 행복의 선율이었다!), 그리하여 표도르 콘스탄티노비치는 제자가 마침내 선생의 무능을 깨달았으나 선생의 닳아 빠진 바지가 눈에 밟혀 이러한 상호 고문을 연장시키고 있으며 또 무덤까지라도 연장시킬 것이라고 느끼게 되었다.

지금도 그는 전차에 앉아 불가해할 정도로 선명하게, 7~8분 후 자신이 베를린식의 동물적인 화려함으로 장식된 낯익은 사무실에 들어가, 그를 위해 열린 궐련으로 가득 찬 유리 보석함과 지구본 형태의 램프가 놓여 있는 낮은 금속제 책상 옆의 깊숙한 가죽 소파에 앉아, 궐련을 피워 물고 경박하고 활기차게 두 다리를 꼰 뒤, 자포자기한 제자의 기진맥진해진 유순한 시선과 마주하는 것을 보았고, 너무나 생생하게 제자의 한숨 소리와, 대답을 장악한 처치 불능의 '아, 음' 소리를 들었다. 그러자 갑자기 지각했다는 불쾌감은 표도르 콘스탄티노비치의 마음속에서 수업에 아예 가지 말고 다음 정거장에서 내려 집으로 돌아가, 미처 못다 읽은 책, 생활 외적인 고민, 자신의 진짜 삶이 떠다니는 축복의 안개, 벌써 1년가량 전념하고 있는 복잡하고 행복하며 경건한 작업으로 돌아가자는, 다소 뻔뻔하고도 즐겁고 명쾌한 결정으로 대체되었다. 그는 오늘 몇 시간에 대한 수업료를 받을 것이고, 못 받으면 또다시 외상으로 궐련도 사고 점심도 먹어야 한다는 것을 알고 있었지만, 그러나 근면한 나태(모든 것은 이 결합 아래 있다)를 위해, 자신에게 허락한 고상한 무단결근을 위해 이 정도는 전적으로 감수하기로 했다. 게다가 처음 허용한 것도 아니었다. 그는 수줍고 까칠한 성격으로, 늘 산속에 살면서 마치 노을 녘 신화 속 동산인 듯 자기 안에서 명멸해 가는 무수한 존재를 쫓는 데 전력을 쏟아, 이미 수입이나 위안을 목적으로 사람들과 교제할 수는 없었고, 그래서 항상 가난하고 외로웠다. 그리하여 그는 평범한 운명에 악의를 품은 듯, 어느 여름 체르니솁스키 부부가 "아마도 그에게 도움이 될 만한" 사람들이 올 것이라고 예고했다는 이유만으로 '교외 빌라'에서 열린 파티에 가지 않았던 것과, 혹은 지난가을 번역가를 필요로 하는 이혼 전문 사무소와 연락할 짬을 안 냈던 것 — 시극(詩劇)을 써야 해서, 이 아르바이트를 소개한 변호사가 귀찮고 어리석어서, 그리고 마침내 지나치게 질질 끌어 나중에는 이미 결심할 수가 없어서 — 을 기분 좋게 회상했다.

그는 전차 승강대로 나왔다. 이내 바람이 그를 거칠게 훑었다, 그러자 표도르 콘스탄티노비치는 비옷의 허리춤을 더 단단히 조이고 목도리를 다시 고쳐 맸다. 그러나 전차 안의 온기는 이미 조금 뺏긴 상태였다. 눈은 그쳤으나 어디로 사라졌는지는 알 수 없었다. 다만 도처에 습기가 남아 있었고, 이 습기는 자동차 바퀴의 쌩쌩 소리에도, 약간 돼지 소리같이 날카롭게 귀를 자극하는 간헐적인 경적 소리에도, 냉기와 우수와 자기혐오에 떨고 있는 낮의 어둠 속에도, 이미 불 밝힌 진열창의 유난히 노란 빛깔에도, 반사에도, 반영에도, 흐르는 불빛에도 — 즉 이 모든 전깃불의 무절제한 병적인 분출에도 — 나타났다. 전차는 광장으로 나와 힘들게 브레이크를 건 다음 멈추었다. 앞쪽에 사람들이 웅성웅성 밀치고 있는 돌로 된 승강장 근처에 다른 전차 두 대가 — 둘 다 연결 차량이 있었는데 — 꽉 막고 있어서 미리 멈췄던 것이다. 이 정체된 퇴적 무리에도 역시 표도르 콘스탄티노비치가 아직 머무르고 있는 이 세계의 치명적인 불완전성이 드러나 있었다. 그는 더 이상 참지 못하고 뛰쳐나와 미끄러운 광장을 가로질러 다른 전차 노선으로 걸어갔다. 이 노선을 택하면 기만적으로 같은 표(완전히 반대 방향만 아니면 한 번 갈아탈 수 있는)로 자신의 동네로 되돌아갈 수 있었다. 승객은 오로지 한 방향으로만 갈 것이라는 정직한 관료주의적 계산은, 몇몇 경우에는 노선만 잘 알면 직선의 경로를 감쪽같이 출발점으로 구부러지는 호(弧)로 바꿀 수 있다는 사실에 의해 와해되고 있었던 것이다. 이 영리한 체계(전차 노선 설계에서 지극히 독일적인 결함을 유쾌하게 증명하고 있는)를 표도르 콘스탄티노비치는 흔쾌히 따랐지만, 부주의해서, 혹은 이익 계산을 길게 하는 능력이 부족해서, 딴생각을 하다가 아낄 요량이었던 표를 자기도 모르게 새로 지불했다. 그러나 어쨌든 사기가 빈발해서, 손해를 보는 쪽은 그가 아니라 도시 교통 당국이었고, 그것도 예상보다 훨씬, 훨씬 더 많은 액수(노르 특급*의 티켓 가격만큼!)를 손해 보고 있었다. 그는 광장을 가로질러 옆길로 접어들어, 얼핏 작은 전나무 숲처럼 보이는, 다가오는 크리스마스에 맞추어 판매용으로 모아 놓은 전나무들을 가로질러 전차 승강장으로 향했다. 전나무들 사이로 작은 오솔길이 만들어진 것 같았는데, 그가 걸으면서 팔을 흔들어 손가락 끝으로 축축한 가지들을 만지자, 작은 오솔길은 곧 넓어지고 햇빛이 쏟아졌다. 그리고 그는 정원 마당으로 나왔는데 거기에는 부드러운 빨간 모래 위에서 여름 낮의 표식을 읽을 수 있었다. 개의 발자국, 할미새의 자디잔 흔적, 타냐의 자전거가 회전할 때 파도치듯 둘로 갈라지는 던롭 타이어 줄, 뒷굽으로 인해 움푹 파인 구멍(여기서 그녀는 4분의 1피루엣*과 같은 가볍고 조용한 동작으로 자전거에서 옆으로 미끄러지듯 내려와 여전히 핸들을 잡은 채 곧바로 걸었다) 등등. 낙수받이 홈통은 초록색으로 칠해졌고, 지붕과 높은 석대(石臺) 밑에는 당초무늬가 새겨졌으며(석대의 잿빛 회반죽 안에는 마치 가둬 놓은 말의 분홍빛 둔부가 보이는 듯했다), 담녹색으로 칠해진 크리스마스트리 스타일의 오래된 목조 가옥, 보리수나무 가지 높이의 발코니와 값비싼 유리로 장식된 베란다가 있는 유난히 멋들어진 커다랗고 튼튼한 집이, 제비처럼 날아서 모든 차양을 달고 걸으며, 끝없이 포옹하려 하는 선명한 흰 구름들과 창공에 피뢰침으로 선을 그리면서 그를 마중 나와 떠다니고 있었다. 태양이 직접 비치는 맨 앞 베란다 돌층계 위에 모두 앉아 있다. 아버지는 분명히 막 수영을 하고 오신 듯 거칠거칠한 수건을 두건처럼 두르고 있어 그의 이마로 낮게 둥글게 내려온 새치가 섞인 짙은 상고머리를 볼 수가 없었다—얼마나 보고 싶은지! 어머니는 온통 새하얀 옷을 입고 바로 앞을 응시하며 왠지 좀 더 앳되어 보이는 동작으로 무릎을 팔로 감싸 안고 있었다. 옆에는 타냐가 헐렁한 블라우스를 입고 단정한 가르마를 길게 내린 채 검은 머리를 쇄골 부분까지 땋아 내리고 두 팔로 더위 때문에 입이 찢어져라 웃고 있는 폭스테리어를 안고 있었다. 좀 더 위로는 이본나 이바노브나가 웬일인지 뚜렷하게 안 나왔는데, 그녀의 윤곽은 흐렸지만 호리호리한 허리와 벨트와 시곗줄만큼은 뚜렷이 보였다. 좀 더 아래로는 뚱뚱한 군의(軍醫)로 익살꾼이자 미남인 아버지의 동생이 옆으로 반쯤 누워, 타냐에게 음악을 가르치던 둥근 얼굴의 영애(나비 모양의 댕기, 목의 벨벳 리본)의 무릎에 고개를 기대고 있었다. 좀 더 밑으로는 표도르의 두 사촌 형제, 옆으로 눈을 치켜뜬 시니컬한 고등학생들이 있었다. 한 명은 학생모를 썼고 다른 한 명은 안 썼는데 안 쓴 형이 바로 7년여가 흐른 후 멜리토폴* 전투에서 죽은 형이었다. 가장 아래쪽에는 거의 모래밭 가까이 어머니의 포즈를 똑같이 따라 하며 표도르 자신이 어릴 적 모습으로(그 이후 거의 안 변했지만), 하얀 이와 검은 눈썹, 짧은 머리를 하고 셔츠를 풀어 헤친 채 있었다. 이 사진을 누가 찍었는지는 잊었지만, 복사하기도 힘들 정도로 빛이 바래고 대체로 볼품없는(더 훌륭한 사진들이 얼마나 많았던가) 즉석 사진 한 장이 기적처럼 남아 귀중품이 되어 어머니의 소지품 사이에 섞여 파리까지 갔다가, 작년 크리스마스에 어머니가 베를린을 방문할 때 그에게 가져다주었다. 이제 어머니는 아들에게 줄 선물을 선택할 때 가장 비싼 것이 무엇인가가 아닌, 가장 헤어지기 힘든 것이 무엇인가라는 지침에 따랐다.

그때 어머니는 3년 동안의 이별 후, 2주일 예정으로 그에게 왔다. 처음에 그녀가 죽은 사람처럼 창백하게 화장하고 검은 장갑에 검은 스타킹을 신고 낡은 물개 가죽 코트를 풀어 헤친 채, 동일한 빠르기로 자기 발밑도 보고 그도 보면서 열차의 철제 계단을 내려와 갑자기 행복의 고통으로 일그러진 얼굴로 그에게 기대어 기쁨에 겨워 흐느끼며 그의 귀와 목에 키스했을 때, 그는 자신이 늘 자랑스러워했던 그녀의 아름다움이 이제는 빛이 바랬다고 생각했다. 그러나 그의 시력이 점차, 애초 추억이라는 멀리 떨어진 빛과는 사뭇 다른, 현재의 어스름에 적응됨에 따라, 그는 또다시 그녀 안에서 그가 사랑했던 모든 것을 찾아냈다. 턱 쪽으로 갸름해지는 깨끗한 얼굴선, 부드러운 눈썹 밑에 초록색, 갈색, 노란색의 매혹적인 눈의 변화무쌍한 장난, 가볍고 큰 보폭, 택시 안에서도 흡연하는 열정, 그리고 둘 다 주목한 엉뚱한 일(오토바이 운전자가 태연자약하게 사이드카에 바그너의 흉상을 태우고 있었다)을 갑자기 살펴보는 관찰력(즉 만남의 흥분으로 눈멀지 않았음을 의미한다, 다른 여인들은 아마 눈멀었으리라) 등. 그리고 집에 다다를 즈음에는 이미 과거의 빛은 현재를 완전히 따라잡아 포화점에 이르도록 완전히 푹 적시어, 모든 것이 바로 이 베를린에서의 3년 전과 똑같아졌고, 러시아에서의 한때와도 과거와도 영원한 미래와도 똑같아졌다. 언젠가 러시아에서 그랬던 것처럼, 과거에도 그랬고, 또 미래에도 늘 그럴 것처럼.

프라우 스토보이 집에는 마침 빈방이 있었다. 거기서 보내는 첫날 밤부터(열린 화장 케이스, 대리석 세면기에 빼놓은 반지), 그녀는 소파에 누워 냉큼냉큼 건포도를 먹으며(그녀는 건포도 없이는 단 하루도 못 지냈다), 이제 벌써 9년이 되도록 늘 되풀이하는 그것에 대해 말하기 시작하며, 웅얼웅얼 음울하게, 마치 비밀스럽고 끔찍한 일에 대해 고백이라도 하는 것처럼 창피한 듯 눈을 옆으로 돌리며, 점점 더 표도르의 아버지가 살아 계심을 확신한다는 것,

그녀의 애도가 우스웠다는 것, 그의 죽음과 관련된 불확실한 소식은 결코 아무도 확인하지 않았다는 것, 그는 지금 티베트나 중국에서 포로가 되었거나 감금되었거나, 혹은 곤경과 재앙의 절망적 수렁에 빠졌을 수도 있다는 것, 길고 긴 병에서 회복된 후 갑자기 요란하게 문을 박차고 문턱에서 발을 구르며 들어올 것이라고 또다시 되뇌었다. 이전의 그 어느 때보다 표도르는 이 말이 좋기도 하고 무섭기도 했다. 수년 동안 마지못해 아버지가 이 세상 사람이 아니라고 애써 치부해 왔던 그는 아버지가 돌아올 수도 있다는 가능성에 대해 이미 왠지 괴기스러움을 느꼈다. 삶이 단순히 기적이 아니라, 초자연성의 흔적을 전면 배제한 기적을 일으키는 것(반드시 그래야 한다, 그렇지 않으면 유지될 수 없다)이 과연 가능할까? 이러한 귀환의 기적은 그 지상적 본질에, 이성과의 타협 가능성에, 그리고 불가능한 사건을 일상의 관례적이고 이해 가능한 관계 속으로 즉각 도입하는 데 있을 것이다. 그러나 해를 거듭하면서 그러한 자연스러움에 대한 요구가 커질수록, 삶은 이를 실현하기가 더욱 힘들었다. 그리하여 이제 그에게 두려운 것은, 단순한 유령이 아니라 전혀 두렵지 않을 듯한 유령을 상상하는 것이었다. 한때 표도르는 거리에서(베를린에는 황혼 무렵에 마음이 풀리는 듯한 막다른 길이 있다) 신선담(神仙談)에 나오는 넝마를 입고 턱수염이 눈까지 뒤덮은 70세가량의 구걸하는 노인이 불현듯 그에게 다가와, 갑자기 윙크하며 언젠가 그랬던 것처럼 "안녕, 아들아!" 하고 말할 것처럼 느끼던 날들도 있었다. 아버지는 자주 그의 꿈에 나타났다. 소름 끼치는 유형지에서 막 돌아온 듯, 언급조차 금해진 육체 고문을 당한 아버지, 이미 깨끗한 속옷으로 갈아입은 아버지(속옷 안의 육체에 대해서는 생각하기조차 끔찍했다), 전혀 아버지답지 않은 불쾌하고 의미심장한 표정으로, 땀에 절어

입을 약간 벌리고, 숨죽인 가족들 가운데 식탁에 앉아 있는 아버지. 운명이 강요한 스타일 자체에 나타나는 겉으로만 그럴싸한 느낌을 애써 떨쳐 버리며, 여전히 살아 있는 아버지, 연로했지만 의심할 여지 없는 친아버지의 귀환과 이 무언의 부재에 대한 충분하고도 설득력 있는 설명을 상상해야 했을 때, 그는 행복감 대신 울렁거리는 두려움에 휩싸였다. 그러나 이러한 두려움은 만남을 이승의 삶의 경계 너머로 밀쳐 놓자 이내 사라지며 흐뭇한 조화의 느낌으로 바뀌었다.

그러나 다른 한편으로는……. 때로는 운명의 여느 선물과는 다르기에 애초 믿지도 않았고 종종 떠올린다 해도 공상을 탐닉하듯 했던 요행이 장기간에 걸쳐 기대되다가, 마침내 서풍이 부는 극히 평범한 어느 날 요행에 대한 모든 기대를 그야말로 한순간에 말살시키는 소식이 들려오면, 불현듯 놀라움을 금치 못하며, 믿기는 힘들지만 이 기간 동안 내내 꿈(성장하여 독립적으로 된 지 오래인)이 늘 곁에 있음을 자각하지도 못하면서 이 꿈으로 살았으며, 그리하여 이제는 삶에서 꿈을 몰아내려면 삶에 생채기를 낼 수밖에 없음을 깨닫게 되는 경우가 있다. 바로 이와 같이 표도르 콘스탄티노비치도 이성에 반하여 꿈을 실현하는 것은 상상조차 못하면서 아버지의 귀환이라는 습관적인 꿈에 의해 살았고, 이 꿈은 그의 삶을 신비롭게 장식하여 주변 삶의 차원보다 한층 더 높이 비상시켜, 그가 어렸을 적 아버지가 울타리 너머로 흥미로운 것을 볼 수 있도록 팔꿈치 위로 그를 안아 올렸던 때와 마찬가지로, 아득히 머나먼 곳의 진기한 일까지 무수히 보이게 해 주었다.

첫날 밤 이후 꿈을 새롭게 다지고 아들한테도 동일한 꿈이 살아 있음을 확신한 엘리자베타 파블로브나는 더 이상 꿈에 대해 입 밖으로 꺼내지는 않았지만 늘 그렇듯 대화 전체에 걸쳐 암시했는데, 이는 특히 그들이 그다지 소리 내어 대화하지 않기 때문이기도 했다. 몇 분간의 활기찬 침묵이 흐른 후 문득, 마치 풀밭 밑을 두 줄기로 흐르다 돌연 하나의 물줄기가 되어, 두 사람 모두에게 이해되는 어휘가 되어 표면으로 떠오르는 이 말이 무엇에 대해 이야기하고 있는지 둘 다 줄곧 너무나 잘 알고 있음을 표도르가 알아채는 일이 빈번하게 일어났다. 때로 그들은 다음의 유희를 즐기기도 했다. 그들은 나란히 앉아 말없이 속으로 그들 각자가 똑같이 레시노를 산책하고 있다고 상상하며, 공원에서 나와 들판을 따라 길을 걷다가(오리나무 숲 너머 왼편에는 시냇물이 흘렀다), 그늘진 묘지를 지나고(거기서는 햇빛으로 얼룩진 십자가가 굉장히 커다란 어떤 존재의 크기를 손으로 보여 주고 있었는데, 그곳의 산딸기를 따는 것은 왠지 꺼림칙했다), 시냇물을 지났다가 다시 위로 올라 숲을 지나고 다시 시냇물로, *Pont des Vaches*[18]로 갔다가, 더 나아가 소나무 숲을 지나 *Chemin du Pendu*[19] — 할아버지들이 어렸을 때 지은, 러시아인의 귀에 크게 거슬리지 않는 친근한 별명이다 — 를 따라 걸었다. 그러다 갑자기 두 마음이 만들어 낸 이러한 무언의 산책 중에 두 사람은 게임의 규칙상 인간의 보폭 속도를 사용하여(한순간에 영지를 휙 돌 수도 있는데 말이다), 갑자기 멈춰 서서 어디만큼 왔는지 이야기하다가, 으레 그렇듯, 그 누구도 추월하지 않고 같은 숲 속에 머물러 있음이 밝혀지면 어머니와 아들은 모두 눈물을 흘리며 똑같은 미소를 지었다.

매우 빨리 그들은 또다시 그들만의 의사소통의 내재율 속으로 들어갔다. 편지를 통해서도 아직 모르고 있는 새로운 일이란 극히 드물었기 때문이었다. 어머니는 그에게 최근에 있었던 타냐의 결

18 암소 다리.
19 목매달린 당한 자의 길.

혼에 대해 자세히 이야기했다. 타냐는 이제, 표도르는 모르는, 성격 좋고 조용하며 무척 예의 바르나 딱히 이렇다 할 특색이 없는 신사로 "라디오 부문에서 일하는" 남편과 1월까지 벨기에에 있을 것이고, 그들이 돌아오면 어머니는 그들과 함께 파리의 한 관문 근처에 위치한 커다란 아파트 단지의 새집으로 이사할 것이라고 말했다. 어머니는 어둡고 가파른 층계가 있는 작은 호텔을 떠나는 것이 기쁘다고 했다. 여태 타냐와 함께 그곳의 손바닥만한 다각형 구조의, 거울에 완전히 파묻힌 방에서 살았는데, 거기에는 다양한 크기의 빈대들이 일가를 이루어 살며 — 투명한 분홍빛 유충부터 갈색 가죽의 뚱보에 이르기까지 — 혹은 레비탄* 식의 풍경화가 있는 벽 달력 뒤나, 혹은 명당자리에 좀 더 가깝게 2인용 침대 바로 위 뜯긴 벽지의 구멍 뒤에서 출현하곤 했단다. 그러나 그녀는 이사를 기뻐하면서도 동시에 우려하기도 했는데, 사위가 그녀의 마음에 들지 않은 데다 타냐의 외관상 활기찬 행복에는 왠지 가식적인 면이 있었단다. "알겠니? 그는 우리와 완전히 같은 부류의 사람은 아니야." 그녀는 웬일인지 턱을 악물고 눈을 내리뜨며 고백했다. 그러나 이것이 전부는 아니었으니, 표도르는 그 밖에도 타냐가 사랑했지만 그녀를 사랑하지 않은 다른 남자에 대해 이미 알고 있었다.

그들은 꽤 자주 외출했고, 엘리자베타 파블로브나는 늘 그렇듯이 마치 뭔가 찾는 것처럼, 아롱진 눈망울로, 나는 듯한 재빠른 시선으로 세상을 둘러보았다. 독일의 휴일에 때마침 비가 내렸고 보도블록은 웅덩이 때문에 구멍 난 것처럼 보였으며 창문에는 크리스마스트리의 불빛이 멍하니 타오르고 있었고, 어느 길모퉁이에서는 광고용 산타 할아버지가 빨간 옷을 입고 주린 눈으로 광고지를 배부하고 있었다. 백화점 진열창에는 어떤 악당인지, 베들레헴의 별 아래 인공 눈 속에 스키 타는 사람의 마네킹을 전시하는 아이디어를 냈다. 한번은 공산주의자들의 초라한 행진 — 젖은 깃발을 달고 진창길을 따라 나아가는 — 을 보았는데, 삶에 치인 꼽추나 절름발이, 병자들이 대부분이었고, 다수의 추녀에 소수의 점잖은 소시민이 섞여 있었다. 그들은 셋이 함께 2년 동안 살았던 아파트 단지를 보러 갔다. 그러나 수위는 이미 바뀌었고 이전의 집주인은 죽었으며, 낯익은 창가에는 낯선 커튼이 드리워져 있었고, 마음으로 알아볼 수 있는 것은 결코 아무것도 없었다. 그들은 러시아 영화를 상영 중인 극장에도 갔는데, 영화 속에서는 공장 근로자의 빛나는 얼굴을 타고 흘러내리는 땀의 포도 방울이 굉장히 세련되게 묘사된 반면, 공장주는 연신 시가만 피워 대고 있었다. 그리고 물론 그는 어머니를 알렉산드라 야코블레브나에게도 모시고 갔다.

친교는 그리 성공적이지 못했다. 체르니셉스카야 부인은 이미 오래전부터 슬픔의 경험이 그들을 강하게 결속시키고 있음을 확실히 보여 주려는 듯, 애절한 표정으로 상냥하게 손님을 맞이했다. 그러나 엘리자베타 파블로브나의 주된 관심사는 체르니셉스카야 부인이 표도르의 시를 어떻게 생각하는지, 그의 시에 대해서는 왜 아무도 평을 쓰지 않는지였다. 작별의 순간 체르니셉스카야 부인이 "키스해도 될까요?"라고 물으며 벌써 발꿈치를 들자(그녀의 키는 엘리자베타 파블로브나보다 머리 하나 정도 작았다), 엘리자베타 파블로브나는 포옹의 의미를 완전히 무색하게 하는 천진난만한 기쁜 미소를 지으며 그녀 쪽으로 고개를 숙였다. "괜찮아요, 견뎌 내야지요." 그들을 층계까지 배웅한 알렉산드라 야코블레브나는 두르고 있던 털 스카프 끝으로 턱을 감싸며 말했다. "견뎌 내야 합니다. 저는 참는 법이라면 너무 많이 배워서 인내에 관해서는 강의를 할 수 있을 정도지요. 제가 보기에 당신 역시 이 훈련을 잘 받으셨을 것 같긴 하지만요."

"있잖아." 엘리자베타 파블로브나는 조심조심 가볍게 층계를 내려오며 숙인 고개를 아들 쪽으로 돌리지도 않은 채 말했다. "궐련 마는 종이랑 연초 좀 살까 봐. 안 그러면 다소 비싸게 먹히거든." 이어 똑같은 목소리로 "세상에, 그녀는 정말 가련하더구나"라고 덧붙였다. 정말이지 알렉산드라 야코블레브나는 안쓰러워하지 않을 수 없었다. 그녀의 남편은 벌써 3개월 넘게 영혼이 약해진 자들을 위한 요양소, 그 스스로 각성의 순간에 장난스럽게 표현했던 것처럼 '노르스름한 집'에서 지내고 있었다. 이미 10월에 표도르 콘스탄티노비치는 그곳으로 그를 면회하러 갔었다. 합리적으로 가구가 배치된 병실에 약간 살찌고 불그스레하며 말쑥하게 면도한, 완전히 미친 알렉산드르 야코블레비치가 고무신에 모자 달린 레인코트를 입고 있었다. "이런, 당신도 진정 죽은 건가요?" 놀라기보다는 불만스러워하며 그가 던진 첫 번째 질문이었다. "저 세계와의 투쟁 협회 회장"이었던 그는 영혼의 침투를 막기 위한 온갖 수단을 고안해 냈고(의사는 '논리적 묵인'이라는 새로운 시스템을 적용하여 이를 방해하지 않았다), 이젠 또 다른 계통의 비전도성에 착안하여 고무를 시험하고 있는 듯했다. 그러나 분명 아직까지 그 결과는 부정적인 듯했다. 표도르 콘스탄티노비치가 한쪽에 있던 의자에 앉으려 했을 때, 체르니솁스키는 신경질적으로 "그대로 둬요, 이미 두 사람이나 거기 앉아 있는 게 안 보여요?"라고 했던 것이다. 이 '두 사람'도, 그가 움직일 때마다 매번 바스락바스락 사각거리는 비옷도, 병동 직원의 말 없는 입회까지, 마치 감옥의 면회 같았다. 그리고 환자의 대화 전체는 표도르 콘스탄티노비치에게는 반쯤 미쳤으되 여전히 고결하고 복잡하며 투명한 정신 상태(바로 이 상태로 알렉산드르 야코블레비치는 얼마 전까지 잃어버린 아들과 소통했다)에 대한 참을 수 없는 캐리커처식 단순화처럼 느껴졌다. 이전에는 농담용으로 비축해 놓던 혈기 왕성한 재담꾼의 어투로 — 이제는 진담에 사용하여 — 그는 사람들이 고사포(高射砲)나 독가스의 발명에만 투자할 뿐, 백만 배 더 중요한 다른 전투의 수행에는 전혀 신경 쓰지 않는다고, 웬일인지 연신 독어로 구구절절 한탄하기 시작했다. 표도르 콘스탄티노비치의 관자놀이 주변에 아물어 가는 긁힌 상처가 있었는데 — 아침에 라디에이터 밑으로 굴러 들어간 치약 뚜껑을 급히 꺼내다가 라디에이터에 부딪혔던 것이었다 — 갑자기 알렉산드르 야코블레비치는 말을 멈추고 불안한 듯 까칠하게 손가락으로 그의 관자놀이를 가리켰다. "Was haben Sie da?"[20]라고 물으며 고통스럽게 얼굴을 일그러뜨렸다. 그런 다음 언짢게 웃더니 점점 더 화내고 흥분하며, 그를 속일 수는 없고 자신은 처음부터 신참 자살자를 알아보았다고 말하는 것이었다. 직원이 표도르 콘스탄티노비치에게 다가와 그만 가 달라고 부탁했다. 표도르 콘스탄티노비치는 묘지처럼 화려한 뜰을 가로질러, 중저음의 선홍색 달리아가 성스러운 영면을 취하며 피어 있는 풍성한 화단을 지나, 체르니솁스카야 부인이 기다리고 있는(그녀는 결코 남편에게 들어가지는 않았지만 온종일 남편 숙소 가까이에서 보내며, 걱정하면서도 씩씩하게 늘 보따리를 들고 앉아 있었다) 벤치 쪽으로 걸어가며, 가구를 닮은 도금양나무 수풀 사이로 알록달록한 조약돌을 따라 걸으며 마주치는 방문객을 편집증 환자로 착각하면서, 체르니솁스키 부부의 불행이 마치 희망으로 너덜너덜해진 자신의 슬픔이라는 테마에

20 "거긴 어떻게 된 거죠?"

대한 야유적 변주 같다고 뒤숭숭하게 생각했다 — 그리고 아주 오랜 시간이 흐른 뒤에야 그는 이 부수적 울림이 그의 삶에 도입될 때 수반된, 필연적 귀결의 완벽한 세련됨, 전체적으로 흠잡을 데 없는 구성상의 조화를 이해할 수 있었다.

어머니가 떠나기 3일 전, 베를린의 러시아인들에게는 잘 알려진, 벽들에서 내려다보고 있는 명망 높은 치과 의사들의 초상화로 판단하건대 치과 의사 협회 소유인 듯한 커다란 홀에서 '열린 문학의 밤'이 개최되었고 표도르 콘스탄티노비치도 여기에 참가하였다. 모인 사람들은 얼마 되지 않았고 무척 추웠다. 문 옆에는 수천 번 본, 바로 그 똑같은 현지 러시아 인텔리겐치아의 대표자들이 흡연하고 있었다. 표도르 콘스탄티노비치는 여느 때처럼, 이런저런 친근한 호감 가는 얼굴을 보고 진심으로 만족하여 그에게 달려갔지만, 대화가 시작되자마자 만족은 권태로 바뀌었다. 첫 열의 엘리자베타 파블로브나 옆에 체르니셉스카야 부인이 합석하였다. 어머니가 이따금 뒷머리를 매만지며 고개를 이리저리 돌리는 것을 보고, 홀을 배회하던 표도르는 어머니가 옆자리의 여인과 어울리는 것에 그리 흥미로워하지 않는다는 결론을 내렸다. 마침내 시작되었다. 가장 먼저 한창때 모든 러시아 잡지에 글이 실렸던 명망 있는 작가로 문학을 하기에는 눈이 너무나 선량하고 왠지 후투티를 연상시키는, 말쑥하게 면도한 백발의 노인이 낭독했다. 그는 에테르 향을 맡는 여주인공과 멋진 스파이, 샴페인과 라스푸틴,* 그리고 네바 강 위에서 종말론적 졸중(卒中)을 일으키는 황혼이 있는, 혁명 전야의 페테르부르크의 삶을 담은 중편을 일상적 말투로 또박또박 낭독했다. 그다음엔 로스티슬라프 스트란니*라는 필명으로 기고하는 모 크론 씨가 낯선 하늘 아래 백안(白眼)의 도시에서의 낭만적 모험을 담은 다소 긴 단편으로 우리를 즐겁게 해 주었다. 미관상 관용구가 명사 뒤에 위치하고 동사 또한 어디론가 사라졌으며 무슨 이유에서인지 '조심스럽게'라는 단어가 10여 차례 반복되었다("그녀는 조심스럽게 웃음을 흘렸다", "밤나무 꽃이 조심스럽게 피어났다"). 휴식 시간이 지난 후 집중적으로 시인들이 등장했다. 단추 같은 얼굴의 키 큰 젊은이, 키는 작지만 코가 큰 또 다른 젊은이, 아가씨, 코안경을 쓴 초로의 신사, 또 다른 아가씨, 또다시 젊은이, 그리고 마침내 콘체예프가 다른 사람들이 또박또박 당당하게 읽은 것과는 달리 조용히 웅얼웅얼 본인의 시를 속삭였다. 그러나 그의 시 안에는 음악이 너무나 저절로 살아 있고, 외견상 애매모호한 시에서 너무나 깊은 의미의 심연이 발밑에서 열리며, 음이 너무나 설득력 있고 멋져서, 여기 다른 시인들이 엮어 놓은 것과 똑같은 단어들에서, 단어도 닮지 않고 단어를 필요로 하지도 않는 어떤 특유의 완벽함이 불현듯 생겨나 흘러넘치다 갈증을 완전히 해소하지는 못한 채 슬그머니 사라졌다. 그리하여 이날 밤 처음으로 박수갈채가 진심에서 우러나왔다. 마지막으로 표도르 콘스탄티노비치가 등장했다. 그는 여름에 쓴 시들 중에서 엘리자베타 파블로브나가 각별히 좋아하는 시들을 낭독했다. 먼저 러시아에 관한 시와,

> 노란 자작나무는 푸른 하늘에서 침묵하고……

다음의 연으로 시작하는 베를린에 관한 시,

> 이곳의 모든 것은 너무 납작납작, 너무 부석부석,
> 달도 너무 조잡하게 만들어졌다,
> 함부르크에서 여기로

일부러 가져왔는데도……

그리고 열여섯 살 표도르가 사랑했고 오래전에 저세상 사람이 된 여인에 대한 추억과 이 시를 연결시키지 못했음에도 불구하고, 웬일인지 어머니가 가장 감동한 시를 읽었다.

어느 초저녁 우리 둘은
낡은 다리 위에 서 있었지.
"말해 다오 — 난 물었지 —
저기 저 제비를 무덤까지 기억하겠소?"
그대는 대답했지, "당연하지요!"

그러자 우리 둘은 얼마나 흐느꼈는지,
삶은 비상하며 얼마나 소리쳤는지…….
다음 날까지, 영원히, 무덤까지 —
어느 날 낡은 다리 위에서…….

그러나 이미 늦은 시각이어서, 많은 사람들이 출구 쪽으로 나아갔다. 어떤 여인은 연단과 등을 돌린 채 코트를 입고 있었다. 그는 드문드문 박수를 받았다……. 거리에는 축축한 밤이 맹렬한 바람과 더불어 캄캄해지고 있었다. 아마 결코, 결코 집에 이르지 못하리라. 그러나 전차는 변함없이 왔다. 창가에 묵묵히 앉아 있는 어머니 위에서 통로의 손잡이에 매달린 채 표도르 콘스탄티노비치는, 이제껏 자신이 쓴 시들, 단어의 틈새, 시의 누수를 심히 혐오스러운 듯 떠올렸고, 동시에 왠지 기쁘고 자신만만한 에너지에 넘쳐 열정적으로 마음 졸이며, 아직 뭔지는 모르지만 뭔가 새롭고 멍에로만 느껴 왔던 자신의 재능에 전적으로 화답하는 진정한 그 무엇을 창작하기 위해 이미 탐색하고 있었다.

어머니가 떠나기 바로 전날 두 사람은 밤늦도록 그의 방에 앉아 있었다. 그녀는 안락의자에서 가뿐히 민첩하게 바느질을 하며 (이전에는 전혀 못했다) 그의 초라한 물건들을 꿰매고 있었고, 그는 소파에서 손톱을 물어뜯으며 두껍고 해진 책 — 『안젤로』, 『아르즈룸 여행』* — 을 읽고 있었다. 과거 어렸을 적에는 몇몇 페이지를 건너뛰며 읽었는데, 최근에는 바로 그 부분에서 특별한 즐거움을 발견했다. 이제 막 다음의 글귀가 눈에 들어왔다. "내게 국경은 뭔가 신비로운 면이 있었다. 어릴 적부터 여행은 내가 가장 좋아하는 꿈이었다."* 그때 홀연 무언가가 강력하고도 달콤하게 그를 콕 자극하는 것 같았다. 무슨 영문인지 아직 모른 채 그는 책을 밀쳐 놓고, 말아 놓은 궐련이 담긴 상자 쪽으로 손을 더듬더듬 올렸다. 바로 그때 어머니가 여전히 고개를 숙인 채 말했다. "내가 지금 뭘 기억했는지 아니? 너와 네 아버지가 산책 중에 함께 썼던 나비에 관한 우스운 2행시란다. '*fraxini**(푸른띠뒷날개나방)는 털코트 밑에 *frak sinii*(푸른 연미복)를 입고 있네'가 생각나니?" "네." 표도르는 대답했다. "몇몇 시는 그야말로 서사시였지요. '그건 *Boreas*(서풍의 신)의 선물인 잎이 아니라 *arborea**(벚나방)가 앉은 모습이었네.'"〔무슨 일이 있었던가! 아버지는 시베리아의 오지 여행 중 그 최초 표본을 발견하여 이제 막 가지고 오셨는데 — 아직 채 기록하기도 전에 — 도착한 첫날, 집에서 두어 발자국 떨어진 레시노 공원에서 나비에 대해서는 전혀 생각하지 않고 아내와 아이들과 함께 산책하며 폭스테리어에게 테니스공을 던지고 귀향과 포근한 날씨와 가족의 건강과 밝음을 만끽하면서, 그러나 무의식적으로는 사냥꾼의 노련한 시선으로 길에서 만나는 온갖 곤충을 관찰하다가, 갑자기 표도르에게 손가락 끝으로 관목 밑 나뭇가지 위에서 자고 있던 솜털이 보송보송하고 불그스레하며 날개 가장자리가 물결 무늬로 파인, 나뭇잎처럼 생긴 속(屬)에 속하는 누에나방을 가리켰다. 그는 그냥 지나치려 하다가—이 속의 종(種)들은 서로 닮았기 때문이다—갑자기 이마를 찡그리고 앉더니 포획물을 이리저리 살펴본 다음, 선명한 목소리로 "*Well, I'm damned,*[21] 그렇게 먼 곳을 헤맬 필요가 없었잖아"라고 말했다. "내가 늘 말했잖아요." 어머니가 웃으며 끼어들었다. 그의 손안에 있던 자그마한 털북숭이 괴물은 바로 그가 가져온 신종(新種)으로, 그 동물상이 너무나 잘 연구된 페테르부르크 주에도 있었던 것이다! 그러나 종종 그러하듯, 우연의 왕성한 기세는 여기서 멈추지 않고 한 단계 더 나아갔다. 이 신종 나비가 바로 직전에 페테르부르크의 표본을 통해 아버지의 한 동료에 의해 기록되었음이 며칠 후 밝혀졌던 것이다. 그래서 표도르는 온밤을 울었다. "다른 사람이 선수 치다니!")

이제 그녀는 파리로 돌아갈 채비를 했다. 그들은 기차를 기다리며 화물 양화기(揚貨機) 옆의 좁은 플랫폼에 오랫동안 서 있었다. 옆 차선들에서는 우울한 도시의 기차들이 서둘러 문을 쾅 닫으며 꾸물거리고 있었다. 파리행 급행열차가 진입했다. 어머니는 승차하자마자 웃으며 창으로 몸을 내밀었다. 옆의 고급스러운 침대칸 근처에는 어떤 수수한 노파를 배웅하며, 털 칼라가 높이 올라간 검은색 실크 외투를 입은, 입술이 시뻘건 창백한 미인과 유명한 비행 곡예사가 서 있었는데, 사람들은 마치 날개라도 찾는 듯 그의 스카프와 등을 살펴보았다.

21 "제기랄!"

"너에게 하고 싶은 말이 있는데……." 이별의 순간, 어머니는 쾌활하게 말했다. "나한테 70마르크 정도 남았는데 내겐 전혀 필요가 없구나. 게다가 넌 좀 더 잘 먹어야 되고. 넌 너무 말라서 차마 볼 수가 없구나. 자, 받으렴." "Avec Joie."[22] 그는 이렇게 대답하며, 국립 도서관 연간 이용권과 밀크 초콜릿, 격랑의 순간에 종종 자신을 위로하기 위해 찾았던 탐욕스러운 독일 처녀를 즉각 떠올렸다.

표도르 콘스탄티노비치는 어머니에게 가장 중요한 것을 말하지 않은 것 같다는 막연히 언짢은 생각에 잠겨 멍하니 집으로 돌아와 신발을 벗고 판초콜릿 한쪽을 은박지와 함께 쪼갠 뒤, 소파에 펼쳐져 있던 책을 끌어당겼다……. "곡물이 낫을 기다리며 물결친다." 또다시 이어진 이 신성한 자극! 테레크 강에 관한 행("실로 그것은 끔찍했다!")이나 혹은 — 보다 정확히, 보다 가까이 — 타타르 여인에 관한 행("그들은 차도르를 둘러쓴 채 말을 타고 있어서, 단지 눈과 구두 뒤축만 보였다")은 얼마나 불러 댔던가, 얼마나 **속삭였던가!***

이렇게 그는 푸시킨의 소리굽쇠의 극히 순수한 음에 귀를 기울였고, 그리고 이제 그 음들이 그에게 바라는 것이 무엇인지 정확히 알게 되었다. 어머니가 떠난 지 두 주가량 지난 후 그는 어머니에게 어떤 구상을 세웠는지, 그리고 이 구상을 세우는 데 '아르즈룸'의 투명한 리듬이 어떤 도움을 주었는지에 관해 편지를 썼다. 그러자 그녀는 이에 대해 이미 알고 있었던 것처럼 답장을 썼다. "너랑 베를린에 둘이 있어서 너무나 오래간만에 난 정말 행복했단다 — 그녀는 쓰고 있다 — 조심하렴, 이건 결코 쉬운 작업이 아니지만, 난 진심으로 네가 이 일을 멋지게 해낼 거라고 믿는다. 그런

22 "기꺼이요."

데 정확한 정보는 많이, 가족적 감상은 아주 조금 필요하다는 것을 꼭 명심해라. 혹 네게 뭔가 필요하면 내가 힘 닿는 대로 전부 알려 주마. 그러나 전문적 정보에 대해서는 스스로 알아서 해야 될 거야. 어쨌든 가장 중요한 부분이니까. 아버지의 모든 저술과 그리고리 예피모비치 씨의 저서들,* 대공*의 저서들을 참조하렴, 그리고 또, 그리고 또, 네가 물론 잘 정리해 나가겠지. 그리고 반드시 바실리 게르마노비치 크류게르* 씨를 찾아가 보렴. 만약 그분이 아직 베를린에 계시면 반드시 찾아봐. 내 기억으로 그분은 아버지와 함께 여행하신 적이 있단다. 그리고 또 다른 분들께도, 누구에게 도움을 청해야 할지는 나보다 네가 더 잘 알겠지. 아비노프* 씨와 베리티* 씨께도 편지를 드리렴. 그리고 전쟁 전에 우리 집에 오시곤 했던 독일인 — 벤하스 아니면 본하스* 씨? — 께도 편지를 드려 봐. 슈투트가르트에도, 런던에도, 트링*에도, 사방팔방에 편지를 쓰렴. 나 자신도 어떻게 해야 되는지 모르겠고, 이분들 성함만 귓가에 맴돌 뿐이니까, *débrouille-toi*.[23] 하지만 난 네가 이 일을 잘 해낼 거라고 전적으로 확신한단다, 사랑한다." 그러나 그는 아직 기다렸다. 구상된 작품에서 행복감이 번져 나왔는데, 그는 서두르다 이 행복을 망칠까 두려운 데다, 더욱이 작품에 대한 복잡한 책임감이 그를 흠칫 놀라게 했다. 그는 이에 대한 준비가 아직 덜 되었던 것이다. 봄 내내 훈련 체제를 가동하며 그는 푸시킨을 먹고 푸시킨을 마셨다. 그리하여 푸시킨의 독자의 허파는 양적으로 팽창했다. 단어의 정확성과 어군의 명료성을 배우면서 그는 산문의 명징성을 약강격 시에 도입했고, 그 후 약강격 시를 개선했다. 그 살아 있는 예가 바로 다음의 시였다.

23 "네 판단대로 하려무나."

신이시여, 무의미하고 무자비한
러시아의 폭동을 보지 않게 하소서*

시신(詩神)의 근육을 단련하기 위해, 그는 완전히 외운 '푸가초프'의 전체 페이지를 마치 철봉인 양 산책할 때 들고 나갔다.* 맞은편에서 얌전하고 수줍은 모습에 진하게 화장한, 쇼닝이 죽은 침대를 산 카롤리나 슈미트가 걸어오고 있었다.* 그뤼네발트 숲 너머에는 시메온 브이린을 닮은 역참지기가 자기 집 창가에서 파이프를 피우고 있었고, 똑같이 봉선화 화분이 놓여 있었다.* 귀족 아가씨-농사꾼 처녀의 하늘색 사라판*은 오리나무 덤불 속에서 아른거렸다.* 그는 실체가 몽상에 길을 내주면서 선잠의 몽롱한 환영 속으로 뒤섞이는 감각과 정신 상태에 놓여 있었다.*

푸시킨은 그의 핏속으로 들어갔다. 푸시킨의 목소리가 아버지의 목소리와 섞였다. 그는 따뜻한 작은 손에 키스하며, 그것을 다른, 아침의 칼라치 빵* 내음을 풍기는 거대한 손으로 착각했다. 그는 그들의 유모 또한 아리나 로디오노브나가 있었던 바로 그곳(그들의 집에서 차로 한 시간가량 떨어진 가치나 시의 수이다 마을*)에서 데려왔던 것과, 그녀 역시 '노래하듯이' 말했던 것을 기억했다. 그는 상쾌한 여름날 아침, 통나무 벽이 물의 황금빛 반영으로 일렁거리는 강변 사우나로 내려가고 있을 때, 아버지가 시대를 불문하고 이 세상에서 가장 아름다운 시로 간주하는, 「이곳에서 아폴로는 이상이며 저곳에서 니오베는 슬픔이다」*를 고전적 열정을 담아 되뇌는 것을 들었다. 니오베는 강변 초지의 채꽃 위에서 불그스레한 자개빛 날개로 아른거렸고, 바로 그곳에서 6월 초가 되면 종종 작은 '검은' 아폴로가 출현했다.

이제(13일간의 차이를 감안해도 베를린은 이미 6월 초순이었다*)

그는 쉼 없이 몰두하여 본격적으로 작업에 착수했고, 자료를 수집하여 새벽까지 읽었으며 지도를 연구하고 편지를 썼고 필요한 사람들을 만났다. 그는 푸시킨의 산문에서 아버지의 삶으로 옮겨 갔다. 그리하여 처음에는 푸시킨 시대의 리듬이 아버지의 삶의 리듬과 혼재했다. 학술 서적들(항상 99쪽에 베를린 도서관의 직인이 찍힌), 낯선 카키색 표지로 제본된 익숙한 『자연주의자의 여행』 전집은, 그가 푸시킨의 흔적을 찾곤 했던 낡은 러시아 잡지들과 나란히 놓여 있었다. 이들 잡지에서 어느 날 그는 A. N. 수호쇼코프*의 멋진 『과거의 수기』를 발견했다. 마침 거기에는 할아버지 키릴 일리이치와 관련된 이야기가 두세 쪽 있었는데(아버지는 언젠가 이 글에 불만을 토로한 적이 있다), 비록 회상록 작가가 키릴 일리이치를 성급한 사람, 게으름뱅이로 묘사했지만, 그를 푸시킨에 대한 사색과 뜻밖에 결부시켜 언급하고 있다는 사실이, 이제는 왠지 각별히 의미심장하게 다가왔다.

> 종종 — 수호쇼코프는 쓰고 있다 — 대퇴부까지 다리를 절단한 사람이 그 후로도 한동안 다리를 느껴, 있지도 않은 발가락을 꼼지락거리며 있지도 않은 근육을 조이는 경우가 있다고들 한다. 이와 같이 우리 러시아도 향후 오랫동안 푸시킨의 생존을 느끼게 되리라. 그의 비극적인 운명에는 심연처럼 뭔가 고혹적인 것이 있으며, 푸시킨 자신도 운명과 독특한 셈을 치러 왔고 또 치를 것임을 느끼고 있었다. 그는 자신의 과거로부터 시를 추출해 내는 시인이었을 뿐만 아니라 미래에 대한 비극적 사고 안에서 시를 발견하기도 했다. 그는 인간 존재의 삼중 공식 — 취소 불가능성, 실현 불가능성, 불가피성 — 을 잘 알고 있었다. 아, 그는 얼마나 살고 싶어 했던가! 나의 '학구적인' 이모의, 전에 언

급한 바 있는 앨범에는 그의 친필 시가 있었는데, 나는 이 시를 아직까지 머리로도 눈으로도 기억하고 있어서, 페이지 내의 위치까지 기억할 정도다.

아, 아니야, 난 삶이 지겨운 게 아니야,
난 살고 싶고, 사는 게 좋아.
영혼은, 설사 젊음을 잃는다 해도
완전히 차가워지지는 않아.

운명은 여전히 날 따사로이 데우고
난 천재의 소설에 홀려 있다,
미츠키에비치*는 좀 더 성숙해지게 두자,
나 자신도 뭔가 할 일이 있으리니.*

아마 그 어떤 시인도 그토록 자주, 때로는 농담하며, 때로는 미신에 사로잡히고, 때로는 영감에 차서, 진지하게 미래를 응시하지는 않았으리라. 지금까지 우리 쿠르스크 주에는 백 세가 넘도록 살고 계신 노인이 있지만(나는 그가 이미 사리 분별을 잃고 괴팍해진 노년이었을 때부터만 기억난다) 푸시킨은 우리 곁에 없다. 그런데 나는 기나긴 나의 생애 동안 비범한 천재들을 만나고 특기할 만한 사건들을 겪으면서, 그라면 이런저런 사건에 대해 어떤 태도를 취했을까 하는 생각에 자주 잠기곤 했다. 그는 농노 해방을 목도했을 수도, 『안나 카레니나』를 읽었을 수도 있으니까……! 이제 이러한 나의 몽상으로 회귀하려는 순간, 나는 유년의 어느 날 내게도 유령 비슷한 존재가 출현했던 것이 생각난다. 이 심적 에피소드는 Ch.라고 부르게 될, 현재까지 건재한 인물의 추억과 관련된다 — 그는 머나먼 과거를 회생시켰다고 나를 원망하지는 않으리라. 우리는 집안끼리 알고 지내는 사이였고, 나의 할아버지는 그의 아버지와 한때 우정을 돈독히 했다. 1836년 외국에 있을 당시, 이 Ch.는 아주 어렸었는데(채 열일곱 살도 안 되었다), 가족과 심하게 말다툼을 하고(그리하여 조국 전쟁의 영웅이었던 자기 아버지의 죽음을 재촉했다고들 한다), 몇몇 함부르크 상인과 어울려 천연덕스럽게 보스턴으로 떠났다가, 거기서 다시 텍사스로 간 뒤 그곳에서 축산업에 성공했다고 한다. 그렇게 20여 년이 흘렀다. 그는 모아 놓은 재산을 미시시피 강의 평저선(平底船)에서 에카르테*로 잃어버리고 뉴올리언스의 도박 소굴에서 다시 땄다가 또다시 전부 탕진했다. 결국 루이지애나에서 당대 유행했던, 끔찍하게 길고 시끄럽고 매캐한 실내 결투 중 하나를 치른 후에, 그리고 숱한 모험을 한 뒤에, 그는 러시아가 그리워져서 — 마침 그곳에서는 세습 영지가 그를 기다리고 있었다 — 떠날 때의 그 무사태평한 가벼움으로 유럽에 돌아왔다. 1858년 어느 겨울날 그는 모이카 거리*에 있는 우리 집에 느닷없이 쳐들어왔다. 아버지는 출타 중이셔서 젊은이들이 손님을 맞았다. 검은 옷에 부드러운 검은 모자를 쓰고, 이러한 낭만적 암흑 가운데 눈부시게 두드러지는 화려하게 주름진 비단 와이셔츠와 다이아몬드 단추가 달린 청·연보라·분홍색 조끼를 입은 이 해외 맵시꾼을 보고 나와 동생은 웃음을 터뜨릴 뻔했고, 이내 그가 이토록 오랜 세월 동안 조국이 어디론가 사라지기라도 한 듯 조국에 대해 아무것도 못 들은 것 같은 사실을 이용하기로 작심했다. 그리하여 이제 변화된 페테르부르크에서 마흔 살의 립 밴 윙클*로 깨어난 그는 온갖 정보에 목말라했고, 우리는 그에게 풍부한 정보를 제공했는데 여기에다 뻔뻔스럽게 날조된 거짓말을 덧붙였다. 예를 들어 푸시킨이 아직 살아 있는지, 어떤 작품을 쓰고 있는지라는 질문에 나는 불경스럽게도 "물론이지요, 바로 며칠 전에 새로운 장시가 출간되었답니다"라고 답했다. 바로 그날 밤, 우리는 손님을 극장으로 모시고 갔다. 그런데 별로 운이 좋지 않았다. 우리는 그에게 새로운 러시아 희극을 보여 주려 했는데 유명한 흑인 비극 배우인 알드리지* 주연의 「오셀로」를 보여 주게 된 것이다. 우리의 농장주는 진짜 흑인이 무대에 등장했다는 사실에 일단 신기해하는 눈치였다. 배우의 마력적인 연기에도 무심한 채, 그는 청중들을, 특히 이 순간 데스데모나에 대한 질투에 사로잡힌 우리의 페테르부르크 여인들(이 중 한 명과 그는 곧 결혼했다)을 둘러보는 데 더 정신이 팔려 있었다.

"우리 옆에 누가 있는지 보세요." 갑자기 나의 동생이 Ch.에게 속삭였다. "네, 저기, 우리 오른편 말이에요."

옆의 칸막이 좌석에 노인이 앉아 있었다……. 크지 않은 키에 낡은 연미복을 입고, 부스스한 잿빛 구레나룻과 헝클어지고 성긴 희끗희끗한 머리카락을 한, 노랗고 까무잡잡한 그는 아프리카인의 연기에 유난히 심취해 있었다. 두꺼운 입술은 전율하고 콧구멍은 부풀어 올랐으며, 심지어 어떤 대사에서는 펄쩍 뛰어오르며 만족감에 난간을 두드리면서 반지를 반짝이고 있었다.

"누군데?" Ch.가 물었다.

"왜, 모르시겠어요? 잘 보세요."

"모르겠는데."

그때 나의 동생은 눈이 휘둥그레져서 속삭였다.

"바로 푸시킨이잖아요."

Ch.는 쳐다보았다…… 그러나 채 몇 분도 안 되어 다른 무언가에 흥미를 느끼기 시작했다. 당시 내게 얼마나 이상한 기분이 엄습했는지, 지금은 떠올리기조차 우습다. 간혹 그렇듯, 장난은 불똥이 옆으로 튀어 가볍게 소환된 영혼은 사라지려 하지 않았다. 나는 옆의 칸막이 좌석에서 눈을 뗄 수 없었고 이 예리한 주름과 넓은 코, 커다란 귀를 바라보았다. 그러자 등골이 오싹해지고 오셀로의 질투조차 내 관심을 끌지 못했다. 이 사람이 정말 푸시킨이면 어떡하지? 나는 비몽사몽간에 예순 살의 푸시킨을 보았다, 치명적 겉멋쟁이의 탄환을 피해 살아남은 푸시킨, 자신의 천재성이 화려하게 영그는 가을 속으로 들어간 푸시킨을……. 바로 이곳에 그가 있었다. 바로 이 손, 자그마한 여성용 쌍안경을 들고 있는 이 노란 손이 「독(毒) 나무」, 「눌린 백작」, 「이집트의 밤」* 등을 썼던 것이다. 막이 내리고 박수갈채가 쏟아졌다. 백발의 푸시킨은 황급히 일어나, 젊은 눈에 환한 빛을 띠고 여전히 미소 지으며 칸막이 좌석에서 재빨리 나갔다.

수호쇼코프가 나의 할아버지를 머리가 텅 빈 한량으로 묘사한 것은 오판이었다. 다만 할아버지의 관심사가 우리의 회상록 작가를 위시한 당대 페테르부르크의 젊은 문학 애호가들의 지성 세태와는 다른 차원에 있었을 뿐이다. 비록 할아버지가 소싯적에 다소 막 사신 적은 있지만, 결혼한 뒤에는 건실해지셨을 뿐만 아니라, 공무원이 되셨고 동시에 물려받은 유산을 효율적으로 운영하여 두 배로 늘리셨다. 그 후 자신의 영지로 내려가 경영에 비범한 수완을 보여 우연히 신품종 사과를 발명하셨고, '동물의 왕국에서의 법 앞의 평등'에 대한 흥미로운 '수기'(겨울 농한기의 결실이다)와 '이집트 관료주의자의 몽상'이라는 당시 유행하던 난해한 제목으로 기발한 개혁안을 남기셨으며, 노인이 되신 후에는 주(駐)런던

상무관(商務官) 직을 맡기도 하셨다. 할아버지는 별나고 열정적이었지만 착하고 용감하고 정의로우셨다 — 그 밖에 더 무엇이 필요하단 말인가? 도박을 끊겠다고 맹세하신 후, 할아버지는 카드 패가 놓여 있는 방에는 얼씬도 안 하셨다는 이야기가 가족 사이에 전설로 회자되고 있다. 할아버지께 유용했던 낡은 콜트 권총과 신비로운 여인의 초상화가 달린 펜던트는 무슨 이유인지 내 유년 시절의 환상을 불러일으켰다. 할아버지는 생애 마지막까지 그 폭풍 같은 기질의 참신함을 고이 간직한 채 평화롭게 삶을 마감하셨다. 1883년, 이미 루이지애나의 결투자가 아니라 러시아의 고관대작으로 러시아에 돌아오신 할아버지는 7월의 어느 날, 작고 푸른 구석방(훗날 나는 이곳에 나의 나비 수집품을 보관했다)의 가죽 소파 위에서, 임종 직전 의식이 혼미한 상태에서 어느 커다란 강 위의 불빛과 음악에 대해 계속해서 말씀하시며, 고통 없이 돌아가셨다.

나의 아버지는 1860년에 태어나셨다. 그에게 나비에 대한 사랑을 심어 준 사람은 독일인 가정 교사였다(한데 러시아 아이들에게 자연을 가르치던 이 기인들은 지금 어디로 사라진 것일까? 초록색 채집망, 멜빵이 달린 양철통, 나비가 꽂힌 모자, 학자풍의 긴 코, 안경 너머의 순진한 눈, 이들은 모두 어디에, 그들의 유골은 어디에 있는 것일까? 어쩌면 이들은 러시아 보급용의, 독일계 특수종이었을까, 아니면 내가 잘못 보고 있는 것일까?) 1876년 일찌감치 페테르부르크에서 김나지움을 마친 그는 영국 케임브리지에서 대학교육을 받아, 브라이트 교수의 지도하에 생물학을 전공했다. 그는 부친이 별세하기 전, 이미 첫 번째 세계 일주를 마쳤고 그로부터 1918년에 이르기까지 그의 생애는 여행과 학술 서적 집필로 채워졌다. 이들 주요 저술로는 바로 『*Lepidoptera Asiatica*』**24***(1890~1917년에 출간된 총 8권짜리 전집), 『러시아 제국의 인시류(鱗翅類)』(기획된

6권 중 4권이 1912~1916년에 먼저 출간되었다), 그리고 일반 대중에 가장 널리 알려진 『자연주의자의 여행』(총 7권, 1892~1912) 등이 있다. 이 저작들은 모두 이견 없이 고전으로 인정되었으며, 그의 이름은 젊었을 적부터 이미 피셔 폰 발트하임,* 메네트리에,* 에버스만* 같은 선구자들의 이름과 나란히 러시아·아시아의 동물상 구성 연구에서 수위(首位)를 점했다.

그는 당대 뛰어난 러시아 동료들과의 긴밀한 공조하에 연구했다. 홀로드콥스키*는 그를 가리켜 "러시아 곤충학의 정복자"라 칭했다. 그는 또한 샤를 오베르튀르,* 니콜라이 미하일로비치 대공, 리치,* 자이츠*와 협력하기도 했다. 그리고 그의 논문 수백 편이 전문 학술지에 산재했는데, 첫 논문인 「페테르부르크 주의 몇몇 나비의 출현에 있어서의 특이성(*Horae Soc. Ent. Ross*[25])」은 1877년에, 마지막 논문인 「Austautia simonoides n. sp., a Geometrid moth mimicking a small Parnassius(작은 모시나비를 의태하는 신종 자나방)」(*Trans. Ent. Soc. London*)*는 1916년에 쓰였다. 그는 악명 높은 『카탈로그(*Katalog*)』의 저자인 슈타우딩거*와 신랄하고 단호한 논쟁을 펼치기도 했다. 그는 러시아 곤충 학회 부회장이었으며 모스크바 박물학자 협회 정회원이었고 러시아 황실 지리학 협회 회원이었으며 기타 다수의 해외 학술 단체의 명예 회원이었다.

1885년에서 1918년 사이, 그는 수천 베르스타를 5베르스타로 축척하여 노정을 촬영하고 경이로운 수집품을 모으면서 상상을 초월하는 광활한 지역을 거쳐 갔다. 이 기간 동안 그는 총 18년이 걸린 여덟 차례의 대원정을 실시했고, 그 사이사이에 수많은, 그의 표현을 빌리자면, '답사'인 소규모 여행도 했다. 그런데 그는 연

24 『아시아의 인시류』.
25 『러시아 곤충 학회지』(약어, 참고 문헌 서지).

구가 가장 취약했던 유럽 국가로의 여행뿐만 아니라 소싯적에 감행했던 세계 여행까지 이러한 소규모 여행에 포함시켰다. 그는 진지하게 아시아를 선택한 후 동시베리아와 알타이, 페르가나,* 파미르 고원, 중국 서부, '고비 해(海)*의 섬들과 해변', 몽골, '고질적 대륙' 티베트를 연구했다. 그리고 정확하고 신중한 언어로 자신의 편력에 대해 기록했다.

바로 이것이 백과사전에서 인용한 나의 아버지 생애의 전체 윤곽이다. 이 윤곽은 아직 노래하지 않으나 그 안의 살아 있는 목소리를 난 이미 듣는다. 여기에 첨언할 것은, 태어난 지 38년째 되던 해인 1898년에, 그는 유명한 정치인의 딸인 스무 살의 엘리자베타 파블로브나 베쥐나와 결혼하여 슬하에 두 아이를 두었고, 여행 사이사이에 — .

"그녀에겐 따로 또 함께하는 그와의 삶이 좋았을까?"라는 질문은 말로 표현하기 힘든, 고통스럽고도 다소 불경스러운 질문이리라. 이러한 내면세계를 다뤄야 할까, 아니면 단순히 여정의 묘사 — *arida quaedam viarum descripto*[26] — 에 국한해야 할까? "사랑하는 엄마, 엄마한테 벌써 중요한 부탁이 생겼어요. 오늘은 7월 8일, 아버지의 생신이잖아요. 다른 날 같으면 이런 부탁은 차마 못했을 테지만, 아버지와 엄마에 대해 뭔가 써 주실래요? 우리의 공통의 추억에서 제가 꺼낼 수 있는 것 말고 엄마 혼자 느끼고 간직하고 계신 것으로요." 그리고 다음이 답장의 일부다.

상상해 보렴, 신혼여행이었고 피레네 산맥이었단다. 태양, 계곡, 꽃, 눈 덮인 봉우리, 심지어 호텔의 날아다니는 파리에 이르

26 몇몇 노정에 대한 건조한 묘사(왜곡된 라틴어).

기까지 모든 것에 신묘한 행복이 그윽했지. 매 순간 우리는 함께였기 때문이었어. 그런데 어느 날 아침 나는 머리가 지끈지끈 아파 왔어, 어쩌면 못 견디게 더워서였는지도 모르지. 아버지는 아침 먹기 전에 30분만 산책하고 오겠다고 말씀하셨단다. 웬일인지 기억이 생생한데, 나는 호텔 발코니에 앉아(주변에는 정적과 산, 가바르니*의 경이로운 기암절벽만이 있었단다), 처자에게는 적합지 않은 모파상의 *Une Vie*(여자의 일생)를 처음으로 읽었단다. 당시 그 책이 정말 마음에 들었던 것이 기억나는구나. 시계를 보니 이미 아침 먹을 시간이 지나 있었단다. 아버지가 나가신 지 한 시간 넘게 흐른 거지. 난 기다렸단다. 처음에는 조금 화가 났지만 점차 불안해지기 시작했어. 테라스에 아침 식사가 배달되었지만 나는 아무것도 먹지 못했단다. 호텔 앞 풀밭으로 나갔다가, 방으로 돌아왔다가, 다시 나갔지. 또 한 시간이 흐르자 나는 이미 이루 형언할 수 없는 두려움과 불안에 휩싸였어. 아무도 모를 거야. 나는 난생처음으로 여행했고 경험도 부족하고 겁 많은 성격인 데다, 게다가 여기에 *Une Vie*까지……. 나는 아버지가 나를 떠났다고 단정 지었단다. 그러자 극히 어리석고 끔찍한 생각들이 뇌리에 파고들었고 그렇게 하루가 흘러갔단다. 직원들이 나를 보며 쌤통이라는 듯 힐끗거리는 것 같았지 — 아, 정말이지 어떤 느낌이었는지 도저히 표현할 수가 없구나! 나는 즉각 러시아로 떠나려고 가방 속에 옷가지를 집어넣기까지 했단다. 그러다 갑자기 그가 죽었다고 단정 짓고, 뛰쳐나가서는 사람들에게 말도 안 되는 소리를 횡설수설하여 경찰을 불러오게 했단다. 그러다 홀연, 그가 풀밭을 따라 걸어오는 것을 보았어. 아버지는 너무나 쾌활한 얼굴로 — 그는 항상 유쾌했지만 그렇게 쾌활해 보인 적은 없었단다 — 걸어오며 아무 일도 없었다는 듯 내게 손을 흔드셨지. 밝은 색 바지는 초록색 얼룩으로 젖어 있었고 파나마모자는 사라졌으며 웃옷은 옆구리가 뜯겨 있었단다……. 무슨 일이 있었는지 아마 넌 이미 짐작했겠지. 다행히도, 어쨌든 아버지는 마침내 포획하셨던 거야 — 가파른 절벽에서 손수건으로 말이야 — 만약 그렇지 않았다면 산에서 밤을 지새웠을 거라고 아버지는 내게 태연자약하게 말씀하셨단다……. 이제 다른 일에 대해, 좀 더 시간이 흘러, 내가 진짜 이별이 무엇인지 알아 버린 다음에 일어났던 일 가운데 하나를 이야기해 주마. 당시 너희들은 아주 어린 아기였단다. 너는 세 살 정도 되었기 때문에 기억하지 못할 거야. 그해 봄에 아버지는 타슈켄트로 떠나셨고, 거기서 곧장 6월 1일에 여행을 떠나 2년 넘게 돌아오지 않으실 계획이었단다. 내가 아버지와 함께한 후 벌써 두 번째의 긴 출타였지. 이제 와서 나는 종종, 결혼식을 올린 뒤 아버지가 나 없이 홀로 보낸 시간을 전부 합해 봐야 지금의 부재 기간보다는 짧았다고 생각한단다. 또한 그때 나는 이따금 불행하다 생각했지만, 그러나 이제 난 늘 행복했었고 그 불행도 행복의 색조 중 하나였음을 알게 되었단다. 간단히 말해, 그해 봄 내게 무슨 일이 일어났는지 모르겠구나. 아버지가 떠나실 때면 매번 나는 넋이 나갔지만, 그때는 정말 완전히 주책을 떨었단다. 나는 불현듯, 아버지를 쫓아가 가을까지라도 함께 여행하겠다고 결심했어. 그래서 아무도 모르게 온갖 물건들을 사들였고, 무엇이 필요한지 전혀 몰랐음에도 불구하고 모든 것을 매우 정확히 잘 비축하고 있다고 생각했단다. 쌍안경과 등산지팡이, 간이침대, 햇볕 차단용 모자, 『대위의 딸』에 나오는 토끼털 외투,* 자개빛 권총, 그리고 내가 두려워했던 방수외포, 그리고 내 힘으로는 열리지 않는 복잡한 물병 등이 기억나는구나.

한마디로 *Tartarin de Tarascon**(타라스콩의 타르타랭)의 장비를 떠올려 보렴! 어떻게 내가 어린 너희들을 남겨 놓을 수 있었는지, 어떻게 너희들과 헤어졌는지, 어떻게 너희들 삼촌 올렉의 감시를 피해 역까지 갈 수 있었는지, 마치 안개 속인 듯 이미 기억이 안 나는구나. 나는 두렵기도 했고 즐겁기도 했지만, 스스로를 멋진 여자로 느꼈단다. 역에서는 짧은 — *entendons-nous*(우리끼리 이야긴데), 발목까지 왔단다 — 체크 치마를 입고, 한쪽 어깨에는 쌍안경을, 다른 쪽 어깨에는 숄더백을 멘 나의 영국식 여행복 차림을 모두가 쳐다보았어. 타슈켄트 근교 마을에서 화창한 햇빛 아래 — 평생 못 잊을 거야 — 길에서 백 걸음 정도 떨어진 지점에서 네 아버지를 보았을 때, 난 바로 그런 차림으로 마차에서 뛰어내렸단다. 아버지는 한쪽 발을 하얀 돌 위에 올리고 팔꿈치를 울타리에 괸 채 두 명의 카자크인과 이야기를 나누고 서 계셨어. 나는 소리치고 웃으면서 자갈길을 따라 뛰어갔고, 아버지는 천천히 고개를 돌리셨단다. 그리고 내가 아버지 앞에 갑자기 바보처럼 멈췄을 때, 아버지는 내 전체를 훑어보더니 인상을 쓰고는 별안간 무서운 목소리로 고작 두 마디를 하셨지, "집으로 행진!" 나는 바로 뒤돌아서 내 마차로 가서 앉았고, 아버지가 완전히 똑같은 자세로 다시 한쪽 발을 올리고 팔꿈치를 괸 채 카자크인들과 이야기를 계속하는 것을 보았단다. 그렇게 나는 돌처럼 굳어 돌아왔어. 다만 내 내면 깊은 곳 어디에선가 눈물의 폭풍우가 몰아치려 하고 있었지. 그런데 3베르스타 정도 갔을까 — (여기서 갑자기 편지의 행간으로 웃음이 새어 나왔다) — 아버지가 백마를 타고 먼지구름을 일으키며 나를 쫓아오셨단다. 우리는 이번에는 아까와 전혀 다르게 헤어졌고, 그 후 난 떠날 때와 거의 똑같이 활달하게 페테르부르크로 돌아왔단다. 다만 한 가지, 너희들한테 무슨 일은 없는지, 너희들은 어떤지가 걱정되었지. 그러나 아무 일도 없었고 너희들은 건강했단다.

아니다, 왠지 나는 이 모든 것이 기억나는 듯한데, 어쩌면 훗날 너무 자주 회자되어서인지도 모르겠다. 우리의 생활은 대체로 아버지에 대한 이야기, 그에 대한 걱정, 그의 귀환에 대한 기대, 배웅의 감춰진 슬픔, 만남의 열렬한 기쁨으로 침윤되어 있었다. 그의 열정의 빛은 우리 모두 위에 드리웠고, 각기 다른 빛깔을 띠고 각기 다른 방식으로 지각되었으나 영속적이며 관성적인 것이었다. 핀에 꽂힌 나비들(그 나머지인 식물, 벌레, 새, 설치류와 뱀 등은 동료들에게 연구용으로 나눠 주셨다)로 가득 찬 유리 서랍이 달린 좁은 참나무 찬장들이 줄지어 서 있고, 천국에서나 풍길 법한 냄새가 나며, 통유리 창문 옆 책상 근처에서 실험실 조교들이 일하고 있는 그의 가내(家內) 박물관은, 페테르부르크의 우리 집 전체를 안에서 환히 비추고 있는 신비한 중앙 화덕 같았다. 단지 페트로파블롭스카야 요새의 정오를 알리는 예포 소리만 그 침묵에 끼어들 수 있었다. 우리의 친척들, 비(非)나비 친구들, 하인들, 순하고 예민한 이본나 이바노브나는 나비에 대해 말할 때면 마치 실제로 존재하는 어떤 것이 아니라, 아버지 자신이 존재하기 때문에 존재하는 일종의 아버지의 징표나, 혹은 대처하는 데 이골이 난 질병에 관해 말하듯 했다. 그리하여 우리에게 곤충학이란, 매일 밤 난롯가에 앉아 있으면서 더 이상 아무도 놀라게 하지 않는, 집 안의 무해한 유령과도 같은 일종의 일상적 환각이 되었다. 그럼에도 불구하고 우리의 수많은 친척 아저씨와 아주머니 가운데 어느 누구도 아버지의 학문에 관심을 보이지 않았을 뿐만 아니라,

심지어 수만 명의 러시아 식자층이 읽고 또 읽는 그의 대중적인 저서를 읽었을 리 만무했다. 나와 타냐는 아주 어릴 적부터 아버지를 존경했다. 우리에게 그는, 예컨대 아버지가 들려주곤 하셨던 하랄* — 하랄은 콘스탄티노플의 원형 경기장에서 사자와 싸웠고 시리아에서 강도들을 추격했으며 요르단 강에서 헤엄쳤으며, 아프리카와 '청나라'에서는 80개의 요새를 점령했고, 아이슬란드인을 기아에서 구출해 내어, 노르웨이에서 시칠리아, 요크셔에서 노브고로드에 이르기까지 그 명성이 자자했다 — 보다도 더 마법 같은 존재였다. 훗날 나 또한 나비의 매력에 심취했을 때는, 내 영혼 안에서 어떤 장면이 펼쳐지고, 나 역시 아버지의 모든 여행을 수행하는 것처럼 느꼈고, 꿈속에서는 구불구불한 길과 카라반과 형형색색의 산을 보았으며, 미칠 듯이 고통스럽게, 눈물이 날 정도로 아버지를 부러워했다. 식사 도중 아버지께서 여행 중 보내신 편지에 대해 이야기하거나 혹은 그저 머나먼 지방을 언급하기만 해도 폭풍 같은 뜨거운 눈물이 확 쏟아졌다. 매년 봄이 다가와 시골로 가기 전이면, 나는 티베트로 출발하기 전에 느낄 법한 감정의 편린을 경험하곤 했다. 3월 하순경, 목재 보도블록이 습기와 햇빛으로 푸르러지면, 넵스키 대로에는 최초의 노랑나비가 건물 전면을 따라 늘어선 마차들 위로 높이 날아올라 시 의회, 공원의 보리수나무, 예카테리나 여제의 동상을 지나 날아갔다. 교실의 커다란 창문은 활짝 열려 있어, 참새들이 창문턱에 날아와 앉았고, 선생님들은 결강한 채, 대신 쪽빛에서 떨어진 축구공이 있는, 사각형 같은 파란 하늘을 대리로 남겨 놓았다. 웬일인지 나는 지리학에서늘 형편없는 점수를 받았다. 그러나 지리학 선생님이 나의 아버지를 언급하실 때 어떤 표정을 지으셨던가, 그 순간 급우들은 얼마나 호기심 어린 눈으로 나를 쳐다보았던가, 그러면 내 안에서 수줍은 환희와 이 환희를 들킬 수도 있다는 두려움으로, 얼마나 얼굴이 붉으락푸르락했던가! 그리고 이제, 아버지의 연구를 기록하면서 내가 너무나 무지하며 너무나 쉽게 어리석은 실책을 범할 수도 있음을 알게 된 요즈음, 나를 합리화하고 위로하기 위해, 아버지가 포복절도하셨던 일을 회상하곤 한다. 그때 아버지는 학교에서, 바로 그 지리학 선생님께서 권하신 책을 우연히 보시고 거기서 여류 편집자(모 랴피나 부인이었다)가 범한 대단히 흥미로운 실수를 찾으셨는데, 그녀는 프르제발스키를 중학생 대상으로 단순하게 개작하면서, 필시 그의 편지 중 하나에서 나온 군대식 직설 화법을 조류학적 세부 묘사로 착각한 듯, "베이징 주민들이 거리에 온갖 오물을 투척하여, 이곳 거리를 지나노라면 앉아 있는 독수리를 좌우로 늘 볼 수 있다"*라고 썼던 것이다.

4월에 접어들면 러시아 곤충 학회 회원들은 사냥을 개시하면서 관례에 따라 쵸르나야 레츠카* 너머로 향했는데, 그곳, 아직 젖어 있는 앙상한 자작나무 숲 속에는, 눈이 구멍 송송 얼키설키 녹아내린 곳에, 친애해 마지않는 희귀종, 이 지역의 명물이 부서질 듯 투명한 날개를 반듯하게 펴고, 가지 위, 자작나무 껍질 위에 기대어 있었다. 나도 두어 번 따라간 적이 있었다. 4월의 수풀 속에서 조심조심 몰두하여 마술을 부리고 있는 이들 나이 든 피붙이 같은 사람들 가운데에는 극 비평가 할아버지도 계셨고, 산부인과 의사, 국제법 교수, 장군도 있었는데, 웬일인지 이 장군의 형상이 유독 선명하게 기억난다(그는 X. V. 바라놉스키로 왠지 부활절을 연상시켰다*). 그는 뚱뚱한 등을 수그리고 한 손을 등 뒤로 하고는 아버지의 형상 바로 옆에서 동양식으로 가볍게 쭈그리고 앉아, 두 사람이 함께 삽으로 뜬 불그스레한 흙 한 줌을 주의 깊게 관찰하고 계셨다 — 길에서 대기하던 마부들이 이 모든 광경을 보고 어떤 생각을 했을지 난 지금까지도 궁금하다.

어느 여름날 아침, 우리 할머니, 뚱뚱하고 생기발랄한 올가 이바노브나 베쥐나께서 벙어리장갑을 끼고 레이스로 휘감은 채 우리 교실로 날아오신 적도 있었다. "Bonjour, les enfants." 할머니는 노래하듯 길게 늘이며 낭랑하게 말씀하신 다음, 전치사를 강하게 강조하며 알려 주셨다. "Je viens de voir **dans** le jardin, **près** du cèdre, **sur** une rose un papillon de toute beauté: il était bleu, vert, pourpre, doré — et grand comme ça."[27] "쏜살같이 그물을 들고" 나를 향해 계속 말씀하셨다. "뜰로 나가 보렴. 어쩌면 아직 볼 수 있을지도 몰라" 하시고는 사라지셨다. 그날 내가 만난 곤충이 너무나 환상적이어서(뜰에서 흔히 보는 유형 중 어느 것을 할머니의 상상이 그토록 꾸며 내는 걸까, 추측할 필요도 없었다), 나는 심장이 터져 죽을 뻔했다는 것도 전혀 모르신 채 말이다. 어느 날은 우리의 프랑스 여인이 내게 뭔가 특별한 즐거움을 주기 위해 앞의 나비만큼이나 말도 안 되게 화려한 멋쟁이 나비에 관한 플로리앙의 우화*를 암기용 교재로 골라 주기도 했다. 어느 날은, 이모 한 분이 내게 파브르의 책을 선물하셨는데, 아버지는 수다와 부정확한 관찰과 완전한 실수로 가득 찬 그의 대중적인 책을 무시하셨다. 또 하나 기억나는 것이 있다. 어느 날 나는 채집망을 놓고 온 것을 알아차리고 그것을 찾으러 베란다로 나갔다가, 바로 그 채집망을 어깨에 메고 어딘가 나갔다 돌아오는, 빨갛게 상기된 채 검붉은 입술에 능청스러운 상냥한 미소를 띠고 있는, 삼촌의 당번병을 만났다. "내가 너희 주려고 잡아 왔단다." 그는 흡족한 목소리로 말하며 채집망을 바닥에 내려놓았다. 채집망의 그물은 테 쪽

27 "안녕, 애들아, 방금 뜰**에서** 삼나무 **옆**, 장미 **위에서** 너무나 아름다운 나비를 보았단다. 그것은 파란색, 초록색, 황금빛으로, 이만큼이나 컸단다."

이 끈으로 묶여 있어 마치 자루처럼 되었는데, 그 안에는 온갖 생물들이 꿈틀꿈틀 바스락대고 있었다. 세상에, 그 안에 어떤 잡동사니가 있었는지! 30여 마리의 귀뚜라미, 국화꽃, 두 마리의 잠자리, 이삭, 모래, 알아보기 힘들 정도로 눌린 배추흰나비, 그리고 또 길에서 봤는데 혹시 몰라 집어넣은 등색껄껄이그물버섯 등이 있었다. 러시아의 평민은 조국의 자연을 잘 알고 있으며, 또 사랑한다. 쑥스러움을 무릅쓰고 채집망을 메고 시골을 활보하며 다닐 때 나는 얼마나 많은 조롱과 얼마나 많은 추측과 질문을 들어야 했던가! "글쎄, 그건 아무것도 아니란다." 아버지는 말씀하셨다. "언젠가 내가 어느 성산(聖山)에서 채집을 하고 있을 때의 중국인들 얼굴 표정이나, 베르니* 시에서 내가 산골짜기에서 무슨 일을 하는지 설명했을 때 선각자 여선생이 나를 어떻게 바라보았는지 네가 봤어야 했는데."

아버지와 내가 숲과 들판과 이탄 습지를 따라 산책할 때 느꼈던 희열, 아버지가 출타 중이실 때 여름 내내 계속된 아버지 생각, 무엇이든 발견해서 이 발견으로 그를 맞이하고 싶다는 영원한 꿈을 어떻게 묘사할 수 있을까? 아버지가 당신이 어렸을 때 이것저것 잡았던 모든 장소 — 1871년에 공작나비를 잡았던, 반쯤 썩어 가는 다리의 통나무, 어느 날 무릎 꿇고 울며 기도했던 강으로 이어지는 비탈길("헛손질을 해서 영원히 날아가 버렸단다!") — 를 보여 주셨을 때 내가 느낀 감정을 어떻게 묘사할 수 있을까? 아버지가 자신의 주제에 대해 말씀하실 때 그의 말, 그 어투의 유려함이나 정연함에는 어떤 매력이 담겨 있었는지, 전시판이나 현미경의 나사를 돌리실 때 그의 손가락 움직임은 얼마나 어루만지듯 정확했는지, 그의 수업에는 진정 어떤 마법의 세계가 펼쳐졌는지! 물론 나는 이런 식으로 써서는 안 된다는 것을 알고 있다 — 이러한 감탄들로는 깊이 들어갈 수 없는 법이니 — 그러나 나의 펜은 아직 그의 형상의 윤곽을 그리는 데 익숙지 않다. 사실 이런 장식적인 수사적 표현은 나 자신에게도 역겹다. 오, 나의 어린 시절이여, 그런 놀란 눈으로 나를 보진 말아 다오!

수업의 달콤함이란! 어느 따스한 저녁, 아버지는 나를 자그마한 연못으로 데려가, 톱날개박각시나방이 수면 위에서 빙빙 돌다가 몸의 끝자락을 물에 담그는 것을 관찰하게 해 주셨다. 외관상 엇비슷한 종(種)들을 판별하기 위해 생식기를 해부하는 것을 보여 주기도 하셨다. 또한 아버지는 특별한 미소를 지으며, 단지 짝수 해에만 우리 공원에 신비하고 우아하게 홀연 나타나는 검은 나비들에 나의 관심을 돌리기도 하셨다. 몹시 춥고 무섭게 비가 내리던 가을밤, 아버지는 나를 위해 맥주와 당밀을 섞어, 내가 석유 랜턴 빛으로 반짝이는 얼룩진 줄기 옆에서, 미끼를 향해 소리 없이 돌진하며 날아드는 수많은 커다란 나방들을 잡을 수 있도록 해 주셨다. 아버지는 나의 쐐기풀나비의 황금빛 번데기를 데웠다가 식히기를 반복하여 내가 그것들에서 코르시카 유형, 극지방 유형 그리고 수지(樹脂)가 묻은 듯 부드러운 솜털이 달라붙은 완전히 특이한 유형을 얻을 수 있게 해 주셨다. 아버지는 또한 개밋둑을 헤쳐 그곳 주민과 야만적 동맹을 맺은 부전나비 애벌레를 찾는 법도 가르쳐 주셔서, 나는 개미가 애벌레의 굼뜬 점액질 몸의 꽁무니 마디를 더듬이로 게걸스레 두드려 애벌레에게 단물 한 방울을 짜내도록 강요하고 그것을 곧장 삼킨 뒤, 그 대가로 자기 유충을 먹이로 제공하는 것을 보았다 — 이는 만약 암소가 우리에게 샤르트뢰즈*를 준다면 우리는 그들에게 젖먹이를 잡아 잡수시오 하고 내놓는 것과 같은 이치이다. 그러나 한 외래종 부전나비의 강한 애벌레는 이런 거래를 할 정도로 타락하지는 않아, 새끼 개미를 마구 삼킨 다음 철옹성 같은 번데기로 변한다. 개미들은(이들은 경험이 얕은 개미들이었다) 번데기가 우화(羽化)할 때까지 그 주변을 에워싸며 쭈글쭈글한 모습의 무력한 나비가 나오면 덮치려고 기다리다, 마침내 공격을 감행하지만 나비는 죽지 않는다. "그토록 웃었던 적은 없었단다." 아버지는 말씀하셨다. "자연이 번데기에 점성 물질을 부여하여, 이로 인해 열혈 개미들의 발과 더듬이들이 달라붙어, 개미들이 번데기 옆에서 데굴데굴 몸을 뒤트는 사이, 정작 무심한 철옹성 같은 번데기에서는 날개들이 단단해지고 말라 가는 것을 보았을 때처럼 말이야."

아버지는 나비의 향기 — 사향, 바닐라 향 — 에 대해서도 말씀하셨고, 목소리에 대해서도 말씀하셨다(우리의 해골박각시나방의 끽끽 소리를 좀 더 발전시킨, 말레이시아 박각시나방의 괴물 같은 애벌레가 내는 귀청을 찌르는 소리, 몇몇 불나방의 공명하는 작은 고막 그리고 브라질 숲 속에 사는 새의 왱왱 소리를 모방하는 약삭빠른 나비 등). 또한 아버지는 의태(擬態)의, 상상을 초월하는 예술적 기지에 대해서도 이야기하셨다. 이 의태는 생존을 위한 투쟁(진화라는 막노동력의 조잡한 서두름)만으로는 설명되지 않으며, 단순히 조류나 파충류, 기타 우연한 포식자(그다지 까다롭지는 않지만, 나비는 별로 먹고 싶어 하지 않는)를 속이기 위한 것이라고 하기엔 지나치게 세련되어, 마치 인간의 영리한 눈을 위해 익살꾼-화가에 의해 고안된 듯했다(나비를 먹는 원숭이를 관찰했던 진화론자*를 멀리 나아가게 할 수 있는 가설이다). 아버지는 이러한 의태의 요술 가면에 대해서도 말씀해 주셨다. 휴식 상태에선 상대를 노려보는 뱀의 형상을 취하는 거대한 밤나방, 자연계에서는 극히 동떨어진 나비아목(目)의 특정 종(種)의 색을 똑같이 모방한 열대의 한 자나방(이때 우습게도 그중 하나가 지닌 오렌지색 배처럼 보이는 착시 현상은 다른 하나에서는 아랫날개의 오렌지색 안쪽 가장자리로 이루어진다), 그리고 유명한 아프리카 호랑나비의 독특한 하렘(그 다채롭게 의태한 암컷은, 다른 많은 모방자의 모델이기도 한 몇몇 이종(異種) 나비들 — 아마도 비식용인 듯한 — 을 색, 모양, 심지어 비행까지 모방하며 날아다닌다) 등등. 아버지는 또한 이주에 관해서도, 수백만의 흰나빗과 나비들로 이루어진 긴 구름이 푸른 하늘을 따라 어떻게 움직이는지에 대해서도 말씀해 주셨다. 나비 구름은 풍향에 상관없이 항상 지표 위 똑같은 고도에서 구릉 너머로 유연하게 유유히 올라갔다가 다시 계곡으로 내려가, 우연히 다른 노랑나비 구름이라도 만날라치면 자신의 흰색이 얼룩지지 않게 쏜살같이 뚫고 지나간다. 그리고 더 멀리 날아가, 밤이 되면 나무 위에 앉았다가(나무들은 아침까지 눈을 맞은 것처럼 서 있다), 다시 길을 재촉하며 떠난다 — 왜, 어디로 가는지에 대해 자연은 아직 밝히지 않았다, 아니면 이미 잊어버렸는지도. "우리의 작은멋쟁이나비." 아버지는 말씀하셨다. "영국인의 '화장한 숙녀', 프랑스인의 '미인'*은 그 유사종과는 달리 유럽에서 동면하지 않고 아프리카의 초원 지방에서 태어난단다. 동틀 무렵 그곳에서 운 좋은 여행자는 새벽빛을 받아 반짝이는 초원 전체가, 우화하는 수많은 번데기로 인해 우지직우지직 바스락바스락 대는 소리를 들을 수 있단다." 그곳에서 나비는 지체하지 않고 다시 북행길에 올라, 이른 봄이면 유럽의 강변에 도착하여 갑자기 하루 이틀 사이에 크림 반도의 뜰과 리비에라의 테라스를 소생시킨다. 그러고는 꾸물거리지 않으면서도 여름 산란기를 위해 도처에 개체를 남겨 놓은 뒤 더욱더 북쪽으로 날아올라, 5월 말이면 이미 혈혈단신으로 스코틀랜드와 헬골란트 섬, 우리 지방과 심지어 지구의 북쪽 최극단까지 도달한다(그것은 아이슬란드에서 잡혔던 것이다!). 특이하고 이상하게 날며 거의 알아보기 힘들 정도로 탈색된, 멍해진 나비는 마른 공터를 골라 레시노의 전나무들 사이를 "빙빙 돌고", 여름이 끝나 갈 무렵에는 이미 그 귀엽고 불그스레한 후손들이 엉겅퀴와 과꽃 속에서 삶을 만끽한다. "가장 감동적인 것은" 하고 아버지는 덧붙이셨다. "날이 추워지자마자 반대 현상, 즉 환류(還流)가 나타난다는 점이란다. 나비들은 월동을 위해 남쪽으로 서둘러 떠나는 거야. 물론 따뜻한 곳까지 이르지 못하고 죽지만."

아버지가 파미르 고원에서 발견하신 것과 같은 종을 스위스 산악 지대에서 발견한 영국인 Tutt(투트)*와 거의 같은 시기에, 아버지는 수태한 아폴로모시나비 암컷의 복부 끝에 나타난 각적(角笛) 조직의 실체를 알아내셨다. 이것은 그 수컷이 한 쌍의 주걱 모양의 부속지로 작업하여 암컷에게 자신이 만든 정조대를 밀랍으로 깔아 놓은 것이며, 이 정조대는 이 속(屬)의 각각의 종(種)에 따라 때로는 보트 모양, 때로는 나선형 껍데기 모양, 때로는 매우 희귀종인 진회색의 *orpheus Godunov**(오르페우스 고두노프)에서는 작은 리라 모양을 취함을 밝혀내신 것이다. 웬일인지 나는 바로 이 나비를 나의 지금 이 책에 일종의 *frontispiece*(권두 삽화)로 전시하고 싶다 — 아, 아버지는 이 나비에 대해 어떻게 말씀하셨던가, 가져온 표본 여섯 개를 두꺼운 삼각지 여섯 개에서 꺼내서 유일한 암컷의 복부에 현미경을 대고 눈을 어떻게 꼭 붙이셨던가, 그리고 그의 실험실 조교는 얼마나 경건하게 다닥다닥 붙어 있는 반짝이는 마른 날개를 액체에 담가 연화시켰던가, 후에 나비의 흉부를 핀으로 부드럽게 찔러 코르크판에 꽂고 넓은 유선지 띠로 활짝 펼쳐진 무방비의 우아한 아름다움을 전시판에 반듯하게 고정시킨 다음, 복부에 솜을 대고 검은 더듬이를 가지런히 펴서 그 상태로 영원히 건조되도록 하기 위해서 말이다! 영원히? 베를린 박물관에는 아버지가 채집한 수많은 나비들이 오늘날에도 1880년대나 1890년대의 상태와 똑같이 신선하게 보존되어 있다. 린네*의 수집품 중 나비들은 런던에 18세기부터 보존되어 있다. 프라하 박물관에는 예카테리나 대제가 찬탄했다는, 바로 그 인기 많은 아틀라스나방의 표본이 있다. 그런데 나는 왜 이렇게 우울해질까?

아버지의 포획물, 관찰들, 학술적 진술에서의 목소리, 이 모든 것들을 나는 보존하리라 생각한다. 그러나 이것만으로는 턱없이 부족하다. 이와 같이 상대적으로나마 영원히, 아마도 내가 아버지 안에서 가장 사랑했을 법한 것들 — 살아 있는 용기, 불굴의 의지와 독립성, 성격의 차가움과 따뜻함, 착수하는 모든 일에 대한 장악력 — 을 지켜 내고 싶다. 아버지는 식은 죽 먹기로, 마치 지나가는 길에 모두에게 자신의 힘을 각인시킬 요량인 듯, 여기저기서 곤충학 이외의 분야에서 대상을 선택하여 거의 모든 자연 과학 분야에 자신의 족적을 남겨 놓으셨다. 아버지의 전체 수집품 중 아버지가 기록하신 식물은 단 하나였지만, 대신 그것은 최우수종(種) 자작나무였고, 기록하신 새는 단 하나였으나 그야말로 경이로운 꿩이었으며, 기록하신 박쥐는 단 하나였으나 세계 최대종 박쥐였다. 그리고 자연의 온갖 변방에서 우리의 성(姓)이 무한 반복으로 울렸으니, 다른 박물학자들이 혹자는 거미를, 혹자는 만병초를, 혹자는 산등성이를 아버지의 이름을 따서 명명했던 것이다. 그런데 마지막 경우는 아버지를 화나게 했다. "고개의 오랜 토착명을 밝히고 보존하는 것은" 하고 아버지는 쓰셨다. "거기에 선량한 지인의 이름을 덮어씌우는 것보다 통상 더 학술적이며 더 고상하다."

또 내가 좋아한 것은(이제 와서야 얼마나 좋아했었는지 깨닫게 되었다) 말이나 개, 그리고 권총이나 새, 혹은 1베르쇼크 정도 길이의 가시가 등에 박힌 농촌 소년을 다룰 때 아버지께서 보여 주신 특별한, 자유자재의 노련함이었다. 그리하여 사람들은 아버지의 신비스러운 일을 주술 치료 같은 것으로 여겼는지, 부상자나 불구자, 심지어 허약한 자나 임신한 아낙네까지 줄기차게 데려왔다. 또한 아버지가 여행 중에 대다수의 비러시아계 여행자들 — 예컨대 스벤 헤딘* 같은 — 과는 달리 결코 중국옷으로 갈아입지 않으신 것도 마음에 들었다. 아버지는 대체로 초연하게 처신하셨으며, 원주민을 대할 때 극히 단호하고 엄해서 라마승이나 고위층 인사라 해도 호락호락 봐주시는 법이 없었다. 그리고 야영지에서는 사격 연습을 하셨는데 이것은 온갖 귀찮은 일을 처리하는 가장 탁월한 수단이었다. 아버지는 민속학에 전혀 관심이 없으셨는데, 그것은 왠지 지리학자 몇 분을 극도로 자극했다. 아버지와 절친한 동양학자 크리브초프 씨는 거의 울먹이며, "콘스탄틴 키릴로비치, 자네가 하다못해 혼례가 한 곡이라도 가져오거나, 옷가지 하나라도 묘사해 준다면" 하고 아버지를 비난하셨다. 아버지를 유난히 공격한 카잔 대학 교수 한 분이 있었는데, 그는 어떤 인본주의적-자유주의적 전제에 입각하여 아버지의 학문적 귀족주의, 인류에 대한 오만한 경멸, 독자의 관심사에 대한 무관심, 위험한 기벽, 그리고 기타 많은 것들을 비난했다. 언젠가 런던의 국제 연회에서(이 일화는 가장 내 마음에 든다) 아버지 옆에 앉았던 스벤 헤딘이 아버지에게, 라싸 바로 부근의, 티베트의 금단의 땅을 유례없이 자유롭게 여행하면서 어떻게 라싸를 둘러보지 않고 지나칠 수 있는지 질문하자, 아버지는 또 하나의 냄새나는 소도시(one more filthy little town)를 방문하느라 단 한 시간의 채집 시간도 허비하고 싶지 않았노라고 답하셨다 — 이 순간 아버지가 어떻게 실눈을 뜨셨을지, 내겐 너무나 생생히 보인다.

아버지는 차분한 기질과 인내와 강한 의지, 그리고 반짝이는 유머 감각까지 타고나셨다. 그러나 아버지가 화를 내실 때면 그 분노는 별안간 내리치는 서리와도 같았다(아버지의 등 뒤에서 할머니는 "집 안의 모든 시계가 멈추었다"고 말씀하셨다). 나는 식탁 주변을 감도는 갑작스러운 침묵, 어머니의 얼굴에 불현듯 나타난 망연자실한 표정(심술궂은 여자 친척 한 분은 어머니가 "코스탸* 앞에서 부들부들 떨었다"고 우기셨다), 그리고 식탁 끝자락에서 여자 가정 교사 중 한 분이 달가닥거리려는 컵을 손바닥으로 서둘러 가린 것을 뚜렷하게 기억하고 있다. 아버지의 분노의 원인은 누군가의 실책이나 집사의 오산(아버지는 집안 살림을 꿰고 계셨다), 그의 지인에 대한 경솔한 판단, 불운한 손님이 펼치는 싸구려 애국심에 의한 정치적 속물근성, 그리고 마지막으로 나의 실수일 수도 있었다. 생전에 수많은 새들을 죽이셨던 아버지는, 언젠가는 무시무시하게 높은 곳의 벌거벗은 암석과 눈 사이에서 찾아낸, 산의 초지의 형형색색의 식물 표층 **전체**를 완전히, 방만 한 크기로 가져와 막 결혼한 식물학자 베르크에게 주기도 하셨던 아버지는(나는 이 표층이 페르시아 융단처럼 상자 속에 말려 있는 것을 상상하기도 했다), 내가 '몽테크리스토'*를 함부로 쏘아 레시노의 참새를 다치게 하거나, 연못가의 사시나무를 검으로 베는 것은 결코 용서하실 수 없었던 것이다. 아버지는 꾸물거림, 우유부단함, 거짓으로 깜박이는 눈을 못 견뎌 하셨고, 그 어떤 위선이나 감상도 참지 못하셨다 — 확신컨대 아버지가 나의 육체적 나약함을 알아채셨다면 분명 내게 악담을 퍼부으셨으리라.

나의 이야기는 여기서 끝이 아니다. 이제 가장 중요하다고 할 수 있는 부분으로 다가가고 있다. 나의 아버지의 내부와 주변에는, 이 분명하고 단호한 힘 주변에는 말로는 표현하기 힘든 무언가가 에워싸고 있었다. 안개, 비밀, 수수께끼 같은 함묵을 나는 때로는 강하게, 때로는 약하게 느꼈던 것이다. 이것은 마치 진짜의, 그야말로 진짜 인간이, 아직은 알려지지 않았으나 필경 그의 진수가 될 어떤 기운에 둘러싸인 것과 같았다. 이것은 우리와도, 어머니와도, 삶의 외관과도, 심지어 나비와도 직접적으로 관련되지 않았다(그래도 분명 나비와 가장 가까웠으리라). 이것은 묵상도, 우수도 아니었다. 내가 밖에서 서재 창문 너머로, 아버지가 홀연 일을 잊어버리고(내가 느끼기론, 마치 뭔가가 돌연 푹 꺼지거나 잠잠해지듯 아버지는 일을 잊어버리신 것 같았다), 커다란 명석한 머리를 책상으로부터 약간 옆으로 돌려 주먹으로 괴어 뺨에서 관자놀이까지 깊은 주름이 파인 채로 일순 미동도 않고 앉아 계시는 것을 보았을 때, 아버지의 얼굴에서 받았던 인상을 도저히 묘사할 도리가 없다. 이제 와서 나는 가끔, 어쩌면 아버지가 여행을 떠나신 것은 뭔가를 찾기 위해서라기보다는 뭔가로부터 도망치기 위함이었고, 이후 돌아와서는 그것이 아직 그와 함께, 그 안에 여전히 끈질기게 소진되지 않고 남아 있음을 깨달으셨을 뿐이라고 생각하곤 한다. 나는 그의 비밀에 적당한 이름을 붙일 수는 없지만, 바로 이 비밀로 인해, 어머니도, 이 세상의 그 어느 곤충학자도 끼어들 수 없는 독특한—기쁜 것도 우울한 것도 아니고 인간의 감정이 제시하는 상과는 전혀 무관한—고독이 생겼다는 것만은 알고 있다. 이상하지만, 어쩌면 밤 번개를 두 번 맞아 얼굴이 얽은 노인으로 우리 시골의 충복들 가운데 유일하게 아버지의 도움 없이(아버지는 족히 한 부대가 될 만한 아시아의 사냥꾼들을 가르치셨다) 나비를 생포하여 묵사발로 만들지 않고 죽이는 법을 터득했던(그럼에도 불구하고 그는 서슴없이 내게, 봄에 작은 나비를, 그의 표현에 따르면 '아가'를 서둘러 잡지 말고, 좀 더 자라는 여름까지 기다리라고 노련하게 충고했다) 유일한 인물인 우리 영지의 파수꾼, 아무런 두려움도 놀라움도 없이 나의 아버지가 그 누구도 모르는 무언가를 알고 있다고 충심으로 믿었던 바로 그만이 나름 옳았을지도 모른다.

어찌 되었든 요즘 들어 나는 당시 우리의 삶은 실제로 다른 가족들은 알 수 없는 마법에 침윤되어 있었다고 확신한다. 아버지와의 대화로 인해, 그의 부재 시에는 공상으로 인해, 동물 그림으로 채워진 수천 권의 책과 인접한 데서, 수집품의 고귀한 빛깔로 인해, 지도로 인해, 이 모든 자연의 문장학(紋章學)과 라틴어 명칭의 주술로 인해, 삶은 마법처럼 너무나 가벼워져 지금이라도 당장 나는 길을 떠날 수 있을 것 같았다. 지금도 나는 그곳으로부터 날개를 빌리고 있다. 아버지의 서재에는 벨벳 액자 안의 오래된 평온한 가족사진들 사이로 「베네치아를 떠나는 마르코 폴로」* 그림의 사본이 걸려 있었다. 이 베네치아는 불그스레했고, 석호(潟湖)의 물은 하늘색이었으며 작은 보트보다 두 배나 큰 백조들이 있었는데, 멀리서 돛을 접고 대기 중인 선박으로 갈아타기 위해 작은 보라색 사람들이 판자를 따라 작은 보트로 내려가고 있었다 — 그리고 이제, 프르제발스크*에서의 아버지의 카라반 장비를 상상하는 찰나, 나는 이 불가사의한 아름다움, 마치 새로운 외형을 찾는 듯 눈앞에 떠다니는 이 고대의 색채를 떨쳐 버릴 수가 없다. 아버지는 보통 프르제발스크로 3년 치 비축 물량을 완행으로 미리 부치고, 타슈켄트에서 역마를 타고 그곳에 도착하셨다. 그의 카자크들은 이웃 고을을 돌며 말과 당나귀와 낙타를 사고 짐 상자와 꾸러미들을 준비했다(이 수 세기의 경험이 녹아 있는 사르트족*의 포대와 가죽 자루에는 코냑에서 간 완두콩, 은괴에서 편자용

못에 이르기까지 없는 게 없었다). 그리고 카라반은 청동 독수리 관—이 주변으로 현지 꿩들이 겁 없이 앉곤 했다—을 쓴 프르제발스키의 무덤 바위 근처 호숫가에서 참배한 후, 길을 떠났다.

이후 나는 아버지가 산으로 깊이 들어가기 전에, 도랭이피 풀로 뒤덮이고 청사과처럼 밝은 녹염석으로 이루어져 천상의 초록빛을 띤 구릉들 사이를 굽이굽이 돌고 계시는 것을 본다. 칼미크족*의 튼실하고 다부진 말들이 일렬종대로 간다. 동일한 무게의 짐짝을 양쪽으로 하여 밧줄로 두 번 묶어 전혀 흔들리지 않게 하고, 카자크인은 고삐를 잡고 각 종대를 이끌고 있다. 카라반 맨 앞쪽에는 어깨에 베르단 소총과 나비용 채집망을 멘 채, 안경을 쓰고 삼베 셔츠를 입은 아버지가 자신의 경주용 백마를 타고 숙련된 원주민 기수와 함께 가신다. 분대 뒤쪽에는 측지학자인 쿠니친 씨가 계시다(내겐 그렇게 보인다). 케이스에 자신의 도구—크로노미터, 측량용 나침반, 인공 수평의(儀) 등—를 넣고 반세기를 흔들림 없이 편력하는 이 위대한 노인이 방위를 재거나 방위각을 일지에 기입하기 위해 멈출 때는 그의 조교인 작고 활기 없는 독일인 이반 이바노비치 비스코트가 그의 말을 잡는다. 이 조교는 과거 가치나시의 약사였는데, 언젠가 나의 아버지로부터 새를 박제하는 법을 배운 이후, 1903년 여름, 딘-코우*에서 괴저로 죽을 때까지 아버지의 모든 원정에 참가했다.

계속해서 나는 산맥을 본다. 톈산(天山) 산맥이다.* 카라반은 고개들(구두 조사를 통해 지도에는 표시되었지만 아버지에 의해 최초로 탐험되는)을 찾아 절벽을 따라 좁게 튀어나온 바위를 타고 올라갔다가, 북쪽으로, 새끼 사이가 영양이 들끓고 있는 초원으로 미끄러져 내려갔다. 그리고 다시 남쪽으로 올라가, 어느 곳에서는 도보로 급물살을 건너고 어느 곳에서는 높은 수위의 물을 해쳐 지나면서, 겨우 통과할 수 있는 좁은 길을 따라 위로, 위로 갔다. 햇빛은 얼마나 눈부시게 넘실댔는지! 공기가 건조하여 빛과 그림자 사이의 차이는 너무나 극명했다. 양지는 너무나 활활 타오르고 빛이 너무나 눈부셔서 때로는 바위도, 시냇물도 쳐다볼 수 없을 정도였다. 반면 음지에서는 암흑이 모든 디테일을 흡수했다. 그리하여 온갖 색채가 마법처럼 다채롭게 살고 있었고 포플러 나무 밑 서늘한 곳으로 들어가는 말의 갈기 색은 변했다.

계곡물의 철썩거리는 소리로 머리가 멍해졌고, 일종의 전자파가 가슴과 머리를 꽉 채웠다. 물은 무시무시한 힘으로 거침없이 질주하다가, 여울에 이르자 끓는 납처럼 갑자기 엄청나게 부풀어 오르며 형형색색의 파도를 쌓아 올리더니 맹렬한 포효 소리를 내며 반질반질한 암석 정면 너머로 떨어지고는, 이후 3사젠* 높이에서 무지개로부터 암흑 속으로 무너져 내린 다음, 이미 다른 방식으로 흘러간다. 부글부글 끓어올라, 거품으로 인해 온통 회청색, 백설(白雪) 빛이 된 물이 역암질(礫岩質) 협곡을 여기저기 내리쳐, 윙윙 울리는 산의 힘은 이를 견뎌 내지 못할 것처럼 보였다. 그 와중에도 지극히 행복한 적막 가운데 산비탈을 따라 붓꽃이 피어났다. 그런데 홀연 전나무 밀림으로부터 마랄 사슴 떼가 눈부신 고산 초원으로 달려 나오더니 멈춰 서서 떨면서……, 아니, 이건 단지 공기가 떤 것이었고, 사슴 떼는 이미 사라졌다.

이 모든 투명하고 변화무쌍한 배경 사이로 내가 특히 생생하게 떠올리는 것은 아버지의 변치 않는 주 업무이다. 오로지 이 때문에 아버지는 이 장대한 여행길에 오르셨던 것이다. 나는 아버지가 안장에서 몸을 비스듬히 구부린 채 돌이 와르르 소리를 내며 미끄러지는 가운데, 긴 막대에 달린 채집망을 힘껏 휘저은 다음 손목을 재빨리 비틀어(바스락바스락 팔딱팔딱대는 것들로 꽉 찬 모슬린 자루 끝을 테에 엇갈리도록 뒤집어) 위험한 자갈 비탈 위를 이리저리 스치듯 날고 있던 우리의 아폴로모시나비의 위풍당당한 친척을 담으시는 것을 본다. 아버지뿐만 아니라 다른 말 탄 사람들도(예컨대 카자크인 하급 하사 세묜 자르코이나 부랴트인 부얀투예프, 그리고 또 한 사람, 내가 유년 시절 내내 아버지를 뒤쫓아 보냈던 나의 대변인도) 두려움 없이 바위 절벽에 꼭 붙어 기어다니며 하얀 눈많은나비를 뒤쫓다가, 결국 잡았다. 그리하여 이제 몸이 노르스름한 털로 뒤덮이고 아래로 구부러져 버들강아지 같고, 반짝반짝 부슬부슬한 안쪽 날개의 접힌 끝부분에 피처럼 붉은 반점이 있는 이 나비는 죽은 채로 아버지의 손가락 위에 놓여 있다.

아버지는 중국의 여인숙에서 지체하는 것, 특히 숙박하기를 꺼리셨다. 그 "영혼이 없는 부산함", 즉 웃음 비슷한 것이라곤 전혀 없이 시종일관 고함으로 일관된 것이 싫으셨던 것이다. 그런데 이상하게도 훗날 그의 기억 속에서는 이 여인숙의 냄새, 중국의 모든 정착지의 이 독특한 공기 — 부엌의 매연, 태운 거름에서 나오는 연기, 아편, 마구간 등이 뒤섞인 썩은 냄새 — 가 고산 초지로부터 회상되는 향기보다 그가 좋아하는 사냥에 대해 훨씬 더 많은 것을 말해 주었다.

나는 이제 카라반과 함께 톈산 산맥을 따라 이동하면서, 밤이 다가와 산비탈에 그림자가 드리우는 것을 본다. 카라반은 고된 횡단을(급물살의 강 위에는 나뭇가지 위로 돌판이 놓인 낡은 징검다리가 놓여 있고, 맞은편 오르막길은 험준했으며, 게다가 유리처럼 미끄러웠다) 아침으로 미루고 야영을 준비했다. 아직 황혼의 홍조가 창공의 층층에 남아 있고 저녁 식사가 준비되는 동안 카자크인들은 우선 동물들의 언치와 펠트 덕석을 벗긴 다음 짐짝으로 인해 파인 상처를 씻어 준다. 스러져 가는 대기 속에는 널리 퍼지는 물소리 위로 편자 박는 소리만 청아하게 울린다. 완전히 어두워졌다. 아버지는 절벽 위로 올라가 나방 포획용 카바이드 램프를 둘 만한 장소를 물색하셨다. 그곳으로부터 중국식 원근법에 의하여(위로부터의) 깊은 골짜기 속 암흑 사이로 투명하게 장작불의 빨간빛이 보인다. 숨 쉬는 불꽃 가장자리 사이로 마치 어깨가 넓은 인간 그림자가 끝없이 윤곽을 바꾸며 떠다니는 듯하고, 붉은 반사광은 떨면서도, 들끓는 강물 위 자기 자리를 떠나지 않는다. 그런데 위쪽은 고요하고 어두우며, 다만 이따금 종소리가 울릴 뿐이다. 이는 이미 푹 휴식을 취한 말들이 자기 몫의 건초를 받아먹고 화강암 파편 사이를 배회하는 소리다. 머리 위로는 소름 끼치게 황홀할 정도로 가까이에 별들이 가득 떠서, 모든 별은 살아 있는 세포핵처럼 두드러져 자신의 구형의 본성을 여실히 드러낸다. 램프로 몰려드는 나방의 비행이 시작된다. 나방들은 램프 주위로 미친 듯이 원을 그리다가 반사경에 쿵 소리를 내며 부딪히고 떨어져, 깔린 천 위의 동그란 빛 속으로 기어 들어가고, 타오르는 석탄 같은 눈을 지닌 잿빛 나방들은 떨면서 날아올랐다가 다시 떨어진다. 그러면 침착하고 숙련된, 타원형 손톱을 지닌 커다란 환한 손이 밤나방들을 연신 독병 속으로 긁어모은다.

때로 아버지는 완전히 혼자이실 때도 있었다. 심지어는 모닥불 터에 자리 잡은 낙타 옆, 야영 텐트 속 펠트 요 위에서 잠자는 사람들의 이웃함마저 없을 때도 있었다. 카라반의 동물들이 먹을 여물이 충분한 곳에서 장기간 야영하는 틈을 타 아버지는 며칠간 정찰을 나가신 적도 있었는데, 이때 흰나빗과의 새로운 종에 매료되어 산 사냥의 규칙 — 돌아올 수 없는 길은 가지 않기 — 을 수차례 어기곤 하셨다. 이 외로운 밤중에 아버지는 무슨 생각을 하셨을까, 요즘도 나는 늘 묻곤 한다. 암흑 속에서 그의 사고의 흐름을 감지하려고 애쓰지만, 이것은 한 번도 보지 않은 장소를 상상으로 방문하는 것보다 더 힘들다. 아버지는 무엇에 대해, 무엇에 대해 생각하셨을까? 최근에 잡은 포획물에 대해서? 나의 어머니나 우리에 대해서? 인간 삶의 생득적 기이함에 대해서(그 지각법을 아버지는 내게 비밀스럽게 물려주셨다)? 아니면 나는 부질없이, 그가 이제야 지니게 된 비밀, 즉 죽음을 일종의 수치라 여겨 숨기고 원인 불명의 상처로 인한 고통을 감추며 우울하고 걱정이 많아진 아버지께서 나의 꿈에 나타날 때 새로이 지니게 되셨을 뿐 당시에는 전혀 없었던 비밀을 그에게 소급 적용하고 있는 것인지도 모른다. 어쩌면 그는 아직 불완전하게 명명된 세계에서, 매 걸음마다 무명의 존재에 명칭을 부여하며 그저 행복하셨는지도 모른다.

여름 내내 산에서 지내며(한 해가 아니라 여러 해에 걸쳐 투명층으로 서로 겹쳐진 몇 번의 여름을) 우리의 카라반은 동쪽으로 향했다가 거기서 산맥을 관통하는 계곡을 따라 돌사막으로 나왔다. 그곳에서는 개천의 하상(河床)이 부채처럼 갈라지며 서서히 사라졌고, 여행자에게 극도로 충실한 식물(여윈 삭사울나무, 나래새, 마황)도 사라졌다. 이 신기루 같은 밀림 속으로 우리는 낙타에 물을 싣고 들어갔다. 그곳은 여기저기 거대한 조약돌이 사막의 끈적끈적한 적갈색 점토를 쭉 덮고 있었고, 사막은 지저분해진 눈의 표층과 소금의 노두(露頭)로 군데군데 얼룩져 있었는데, 이것들을 우리는 멀리서 고대해 마지않던 도시의 벽이라 착각했다. 거리는 무시무시한 폭풍 때문에 위험했다. 폭풍이 불 때는 정오에도 염분기 있는 갈색 안개가 모든 것을 뒤덮었고 바람은 포효했으며 자잘한 조약돌이 얼굴을 때렸고 낙타들은 누워 버렸으며 우리의 방수 천막은 갈기갈기 찢어졌다. 이 폭풍우로 인해 지표면은 성이나 열주랑(列柱廊), 층계와 같은 기묘한 형상을 연출하며 기상천외하게 변화했고, 혹은 태풍이 불어 분지를 만들기도 했다. 마치 여기, 이 사막에는 세계를 빚어낸 자연력이 아직 왕성하게 작용하는 듯했다. 그러나 경이로운 소강상태에 접어드는 날도 있었는데, 이럴 때는 두뿔종다리들이 웃음을 흉내 내는 까르르 소리를 토해냈고(아버지는 이들을 '깔깔웃음보'라고 깔끔하게 명명하셨다), 평범한 참새 떼가 우리의 수척해진 동물들과 동행하곤 했다. 때때로 우리는 두세 채의 농가와 폐허가 된 사당이 전부인 쓸쓸한 마을에서 날을 보내기도 했다. 때로는 양털 코트에 빨갛고 파란 털 장화를 신은 탕구트인의 공격을 받은 적도 있었는데, 이는 여행 중에 찰나적으로 일어나는 다채로운 에피소드 중 하나였다. 신기루도 있었는데, 특히 자연, 이 경이로운 사기꾼은 완벽한 기적에 이르러, 물의 신기루는 너무나 선명해 옆에 있던 **진짜** 바위가 그대로 비칠 정도였다.

더 나아가자 고요한 고비 사막이 이어졌다. 모래 언덕이 차례차례 파도처럼 이어지며 짧은 황톳빛 지평선이 펼쳐졌고, 부드러운 공기 사이로 들리는 것이라곤 점차 잦아드는 낙타의 거친 숨소리와 넓적한 발의 사각 소리뿐이었다. 카라반은 모래 언덕 꼭대기까지 올라갔다 내려가기를 반복하며 계속 행군했는데, 저녁 무렵이 되자 그 그림자는 엄청나게 커졌다. 서편에는 비너스의 5캐럿짜리 다이아몬드가, 만물을 연주황빛·주황빛·보랏빛으로 변형시키는 저녁노을과 함께 사라졌다. 아버지는 1893년 어느 날, 그와 같은 황혼 녘에 고비 사막의 죽은 심장부에서 — 처음엔 빛의 유희에 실려 온 신기루라 착각했던 — 중국제 샌들을 신고 둥근 펠트 모자를 쓴 채 아시아 전역을 거쳐 베이징까지 태연자약하게 여행 중이던 두 명의 미국인 하이킹족, 사흐트레벤과 알렌*을 만났던 이야기를 즐겨 하셨다.

난산(南山) 산맥에서는 봄이 우리를 기다리고 있었다. 만물이 봄의 전조를 보였다. 시냇물의 졸졸 소리, 멀리서 천둥 치는 강의 소리, 미끌미끌 축축한 산비탈 동굴에 사는 나무발바리의 지저귐 소리, 토착 종다리의 사랑스러운 노랫소리, 그리고 "그 근원을 밝히기 힘든 소리 덩어리"(아버지의 친구 그리고리 에피모비치 그룸 그르지마일로의 수기에서 나온, 내게 영원히 각인된 이 구절은, 무학자 시인이 아닌 천재 자연 과학자의 발언이기에 진리의 경이로운 음악으로 충만하다) 등등. 남쪽 비탈에서는 이미 최초의 흥미로운 나비 — 버틀러의 큰배추흰나비의 포타닌 변종(變種)* — 가 출현하였고, 우리가 마른 하상(河床)을 따라 내려가 분지에 이르렀을 때는 이미 완연한 여름이었다. 모든 산비탈은 아네모네와 앵초로 수놓아져 있었다. 프르제발스키의 가젤 영양과 슈트라우흐의 꿩*이 사냥꾼을 유혹했다. 아, 그곳의 여명은 얼마나 멋졌던가! 오로지 중국에서만 새벽안개는 그토록 매력적일 수 있어, 만물을 전율케 한다, 판잣집의 환상적인 윤곽도 빛나는 바위도……. 강은 소용돌이 속으로 들어가듯 아직 계곡에 남아 있는 새벽노을의 어스름 속으로 사라지고, 좀 더 위에서는 흐르는 물을 따라 모두가 넘실대며, 모두가 반짝인다. 물레방앗간 옆 보리수나무 위에는 한 무리의 물까치 떼가 벌써 깨어났다.

극(戟)으로 무장하고 우스울 정도로 원색적인 커다란 깃발을 들고 있는 열다섯 명 정도의 중국 보병의 호위를 받으며 우리는 수차례 고갯길을 따라 산등성이를 넘었다. 여름이 중반으로 접어들었음에도 불구하고 그곳의 밤은 너무나 추워, 아침이면 꽃들이 서리에 덮여 완전히 연약해져 갑자기 보드라운 소리를 내며 발밑에서 부러질 정도였다. 그러나 두 시간이 지나, 태양이 땅을 데우기 시작하자마자 멋진 고산 식물상(植物相)은 다시 빛나고, 다시 송진과 꿀 향내를 풍긴다. 우리는 뜨거운 창공 아래에서 험한 낭떠러지를 따라 착 달라붙어 전진했다. 발밑에서는 귀뚜라미들이 튀어 오르고, 개들은 폭염을 피할 곳을 찾아 말이 드리우는 짧은 그림자 밑에서 혀를 내민 채 달리고 있었다. 웅덩이의 물은 화약 냄새가 났다. 나무들은 식물계의 섬망으로 나타났다. 석고처럼 하얀 열매를 맺는 흰 마가목나무 혹은 껍질이 빨간 자작나무라니!

아버지는 바위 파편 위에 한 발을 올리고 채집망 막대에 약간 기댄 채, 높은 산모퉁이, 타네그마 고원*의 민둥 봉우리에서 쿠쿠뉘얼 호수* — 드넓게 펼쳐진 암청색 물 — 를 내려다보신다. 그곳 아래쪽에는 황금빛 초원 위로 캉당나귀* 떼가 질주하고 암벽 위로 독수리의 그림자가 스쳐 지나간다. 그런데 위쪽에는 완전한 정적, 고요, 투명함이……. 그러면 나는 또다시 자문한다, 포획도 않고 저렇게 미동도 않고…… 마치 나의 추억의 최고봉에서 출현하신 듯, 내가 애정과 질투와 사랑으로 미치고 가슴이 아릴 때까지 나를 고통스럽게도 황홀하게도 하며, 자신의 난공불락의 고독으로 내 영혼을 애태우며 서 계실 때 아버지는 무슨 생각을 하실까?

어느 화창한 9월의 아침, 황허(黃河)와 그 지류(支流)를 따라 올라가면서, 아버지와 나는 강변 골짜기의 백합 숲에서 엘위스의 호랑나비* — 말발굽 모양의 꼬리를 지닌 검은 기적물(紀蹟物) — 를 잡은 적도 있었다. 잔뜩 흐린 날이면 아버지는 잠들기 전에 늘 휴대하던 세 권의 책, 호라티우스와 몽테뉴와 푸시킨을 읽곤 하셨다. 어느 겨울, 나는 빙판을 따라 강을 건너다가, 멀리서 강을 가로질러 일렬로 쭉 늘어선 검은 물체들, 도하(渡河) 도중 갑자기 형성된 얼음에 갇힌 스무 마리의 야생 야크의 커다란 뿔을 본 적도 있었다. 그 두꺼운 얼음 결정 사이에서 헤엄치는 자세로 굳은 몸이 너무나 선명하게 보여, 만약 새가 그 눈을 진작 파먹지 않았다면 얼음 위로 솟아 나온 멋진 머리는 살아 있는 것처럼 보였으리라. 그러자 웬일인지 나는, 호기심으로 임신부를 해부하고, 어느 추운 아침에 시냇물을 건너는 짐꾼을 보고 그 골수의 상태가 궁금해 그의 종아리를 절단하라 명한 독재자 슈신*이 생각났다.

장안(長安)*에서 화재가 발생했을 때(가톨릭 포교 시설 건축용으로 준비된 목재들이 타 버렸다), 나는 한 중국 노인이 불에서 안전한 거리에 있으면서도, 쉴 새 없이 부지런히 능숙하게 자기 집 벽에 비친 불꽃의 *반사광*에 물을 쏟아붓는 것을 보았다. 우리는 그의 집이 불타는 것이 아님을 그에게 입증하는 것이 불가능함을 깨닫고, 그가 헛수고하도록 내버려 두었다.

우리는 자주 중국의 엄포나 금기에 아랑곳하지 않고 돌진해야 했는데, 정확한 사격술은 최고의 통행증이었다. 타치엔루*에서는 삭발한 라마승들이 구불구불 좁은 길을 따라 돌아다니며, 내가 아이들을 잡아 그 눈으로 나의 '코닥' 사진기의 배를 위한 독약을 끓인다는 소문을 퍼뜨렸다. 그곳, 거대한 만병초(그 가지는 밤이면 우리의 모닥불 장작이 되었다)의 화려한 분홍 거품으로 뒤덮인 설산 비탈에서, 나는 5월에 임페라토르아폴로모시나비의 주황색 반점이 있는 암회청색 유충과 돌 아래쪽에 비단실로 고정된 번데기를 찾아냈다. 바로 그날 — 눈에 선하다 — 티베트 백곰이 살해당했고, 쥐를 먹고 사는 신종 뱀이 발견되었는데, 뱀의 배 속에서 내가 꺼낸 쥐 또한 신종으로 밝혀졌다. 만병초에서, 그리고 얼키설키 이끼로 덮인 소나무에서 수지(樹脂)의 마취 향이 퍼져 나왔다. 나와 멀지 않은 곳에서 몇몇 주술사가 경쟁자로서의 약삭빠른 경계의 표정을 지으며, 뿌리가 애벌레와 놀랍도록 닮아 그 다리나 숨

구멍까지 연상시키는 중국 대황을 돈벌이 목적으로 채집하고 있었다. 그사이 나는 돌들을 뒤적이며 미지의 나방의 애벌레를 감탄하며 바라보고 있었는데, 이 애벌레는 전체 윤곽뿐만 아니라 완전히 구체적으로 그 뿌리를 모사하고 있어서, 이제 누가 누구를 모방한 것인지, 그리고 그 이유는 무엇인지 다소 불분명해졌다.

티베트에서는 모두들 거짓말을 하는 바람에, 정확한 지명과 올바른 길 안내를 구하는 것은 끔찍이 어려웠다. 나 또한 그들을 의도치 않게 속이곤 했는데, 그들은 금발의 유럽인과 백발노인을 구별하지 못해 비록 햇볕으로 머리카락이 탈색되긴 했으나 젊은이인 나를 나이 지긋한 노인으로 착각했던 것이다. 도처에서 화강암 더미 위의 '다라니'를 읽을 수 있었는데, 어떤 방랑 시객(詩客)들이 '아름답게' 해석한 바에 의하면, 이것은 '오, 연꽃 속의 보석이여, 오!'*라는 의미를 지닌 진언이었다. 라싸에서 파견된 어떤 관리들은 나를 뭐라 비난하고 뭔가로 위협했지만 나는 이에 별다른 관심을 기울이지 않았다. 그러나 빨간 우산 아래 노란 비단옷을 입은 유난히 성가신 바보 한 명은 기억난다. 그는 노새를 타고 있었는데 그의 천성적 음울함은 눈물이 얼어 눈 밑에 형성된 거대한 고드름으로 인해 더욱 극심해 보였다.

나는 아주 높은 곳에서, 무수한 물웅덩이들의 장난으로 줄곧 전율하여 별들이 흩뿌려진 밤의 창공을 연상시키는 캄캄한 분지형 습지를 내려다보았다 — 바로 이런 연유로 이곳은 '별의 평원'*이라 불렸다. 고갯길은 구름 너머까지 솟아 있었고, 행군은 고되었다. 우리는 짐꾼 동물의 상처에 요오드포름과 바셀린을 섞어 발라 주었다. 때로는 완전히 텅 빈 공터에서 밤을 지새운 후 아침에 갑자기, 밤사이 강도들의 천막이 검은 독버섯처럼 우리 주위로 커다랗게 원을 지어 자라난 것을 — 매우 빨리 사라지긴 했지만 — 보기도 했다.

나는 티베트의 고원들을 탐험한 후 로프노르*로 갔고, 거기서 곧장 러시아로 돌아갈 작정이었다. 사막에 정복당한 타림 강*은 고갈되어 마지막 물로 광활한 갈대 습지, 현재의 카라-코슌-쿨이자 프르제발스키의 로프노르 — 리히트호펜이 뭐라 하든, 한(漢)나라 시대의 로프노르인 — 를 만들었다.* 그것은 염토(鹽土)로 둘러싸였으나, 호숫가 가장자리의 물에만 소금기가 남아 있었다. 염호(鹽湖)였다면 갈대들이 에둘러 자라지 않았을 테니 말이다. 어느 봄날, 나는 닷새에 걸쳐 그 주변을 돌았다. 그곳의 3사젠 높이의 갈대 속에서 나는 원시 혈관 체계를 지닌 놀라운 반수생(半水生) 나비를 찾을 수 있었다. 울퉁불퉁한 염토에는 연체동물 껍데기가 흩어져 있었다. 저녁마다 완전한 정적이 감돌면 정연하고 리드미컬한 백조의 비행 소리가 실려 왔고, 갈대의 노란빛은 새의 불투명한 흰색을 유난히 선명하게 부각시켰다. 바로 이곳에서 1862년에 60명의 구교도인들이 아내와 아이들을 데리고 반년을 머문 후, 투르판*으로 떠났고, 그곳에서 다시 어디로 갔는지는 아무도 모른다.

더 나아가면 롭 사막*으로 돌 평원, 진흙 절벽의 단층들, 유리 같은 염택(鹽澤)이 펼쳐진다. 그 잿빛 공기 속 흰 반점이 있었으니 바람에 실려 온 로보롭스키의 외로운 흰나비*이다. 이 사막에는 나보다 먼저, 이미 6세기 전에 마르코 폴로가 거쳐 갔던 고대의 길의 흔적 — 돌담불 표지 — 이 보존되어 있었다. 나는 티베트 협곡에서 우리의 최초 순례자들을 놀라게 했던 북소리 비슷한 흥미로운 울림을 들었을 뿐만 아니라, 모래 폭풍이 부는 사막에서는 마르코 폴로가 보고 들은 것 — "옆으로 유인하는 악령의 속삭임", 기이하게 반짝이는 공기 사이로 끝없이 맞부딪히며 지나가는 회오리바람, 유령들의 카라반과 군대들, 형체 없이 사람에게 몰려와 그를 투과하고는 홀연 산산이 흩어지는 수천 혼령의 얼굴들 — 을 똑같이 보고 들었다. 1320년대 위대한 탐험가가 죽어 가고 있을 때 친구들은 그의 침상에 모여 그에게, 그의 책의 기록 중 그들로서는 황당무계해 보이는 부분을 부정해 달라고 — 합리적으로 삭제함으로써 기적 부분을 축소하자고 — 간청했다. 하지만 그는 실제 목격한 것 중 채 절반도 말하지 않았노라 응수했다.

이 모든 것은 색채와 공기로 가득 차고, 전경의 생생한 움직임과 핍진성 있는 배경을 지닌 채 매혹적으로 유지되다가, 잠시 후 바람결에 실려 온 연기처럼 어디론가 사라지고 사방으로 흩어졌다 — 표도르 콘스탄티노비치는 또다시 벽지의 생기 없고 참기 힘든 튤립과 재떨이 속의 위태위태한 궐련 꽁초 더미, 깜깜한 유리창에 비친 램프의 반영을 보았다. 그는 창문을 열어젖혔다. 책상 위의 빽빽이 쓰인 종이들이 펄럭이더니 한 장은 뒤집히고 다른 장은 바닥으로 스르르 미끄러졌다. 실내는 곧장 축축해지고 쌀쌀해졌다. 저 아래 텅 빈 어두운 거리에는 자동차가 천천히 지나갔다. 그런데 이상하게도 바로 이 서행이 웬일인지 표도르 콘스탄티노비치에게 여러 가지 소소한 귀찮은 일을 상기시켰다. 이제 막 지난 하루, 빼먹은 수업, 그리고 바람맞은 노인에게 아침에 전화해야 한다는 데 생각이 미치자, 곧장 끔찍할 정도로 침울해져 가슴이 옥죄어 들었다. 그러나 다시 창문을 닫자마자 그는 곧 오므린 손가락 사이로 허전함을 느끼고, 묵묵히 기다리는 램프와 흩어진 초고, 그리고 어느덧 손에 미끄러지듯 들어와 있는 아직 따뜻한 펜(허전함의 원인을 밝혀 주고 그것을 채워 주는) 쪽으로 향하고는, 곧바로 그에게는 너무나 자연스러운 세계로 — 흰 토끼에게 눈이, 오필리아에게 물이 그러하듯 — 다시 들어갔다.

그는 1912년 7월의 아버지의 마지막 귀환에 대해, 마치 그 화창한 날을 벨벳 상자에 보관한 듯, 이루 형언할 수 없을 만큼 생생하게 기억했다. 엘리자베타 파블로브나는 남편을 마중하기 위해 이미 오래전에 역까지 10베르스타를 달려갔다. 그녀는 늘 혼자서 그를 맞이했고, 공교롭게도 항상 그들이 어느 쪽으로 돌아올지, 집에서 오른편인지 아니면 왼편인지, 아무도 정확히 몰랐다. 길이 두 개였기 때문인데, 보다 멀지만 좀 더 매끄러운 길은 대로를 따라 마을을 관통하였고, 좀 더 가깝지만 울퉁불퉁한 다른 길은 페스찬카* 마을을 통과했다. 표도르는 혹시 몰라 승마 바지를 입고 말에 안장을 얹어 달라 부탁했으나, 행여 아버지를 놓칠까 두려워 여전히 마중 나가지 못하고 주저하고 있었다. 그는 부풀려진 과장된 시간을 받아들이려 했지만 허사였다. 며칠 전 이탄 늪의 들쭉나무 사이에서 생포한 희귀종 나비는 전시판에서 아직 마르지 않았다. 그는 핀 끝으로 그 배를 연신 건드려 보았지만, 애석하게도 배는 아직 부드러웠다. 즉 그가 그토록 온전히 아름다운 모습으로 아버지에게 보여 주고 싶었던 날개를 뒤덮고 있는 종이띠를 제거할 수 없었던 것이다. 그는 극도로 병적인 흥분 상태에서, 다른 사람들이 이 거대한 공백의 순간을 보내는 방식에 질투를 느끼며 영지를 어슬렁거렸다. 강에서 물놀이하는 시골 아이들의 필사적이고 열정적인 고함 소리가 들려왔지만, 이제 여름철 한낮에 늘 들리는 이 아우성은 멀리서 들려오는 박수 소리만 같았다. 타냐는 뜰에서 그네 발판 위에 서서 열렬히 힘차게 구르고 있었다. 펄럭이는 흰 치마를 따라 나뭇잎의 보랏빛 그림자가 내달려 눈이 부셨고, 블라우스는 뒤로 처졌다 등에 달라붙었다 하며 견갑골 사이의 움푹 파인 부분을 두드러지게 했다. 폭스테리어 한 마리가 밑에서 그녀를 향해 짖고 있었고 다른 한 마리는 할미새를 쫓아가고 있었다. 쇠밧줄은 유쾌하게 삐걱거렸는데, 타냐가 나무 너머

길을 보려고 훽훽 높이 날아오르는 모양이었다. 프랑스 여인은 물결무늬의 비단 양산 아래서 평소 싫어하던 브라우닝에게 전에 없이 상냥하게 자신이 우려하는 바를 밝혔는데(기차는 두 시간 정도 늦거나 아니면 아예 안 올지도 모른다는), 정작 브라우닝은 채찍으로 자신의 각반만 치고 있었다. 그는 다국어 구사자가 아니었던 것이다. 이본나 이바노브나는 기쁜 사건이 있을 때면 늘 보이는 불만의 표정을 그 작은 얼굴에 지으며 이쪽 베란다, 저쪽 베란다로 나오곤 했다. 별채 주변은 특히 활기를 띠었다. 물이 퍼 올려지고, 장작이 패어지고, 채소밭지기는 빨갛게 물든 두 개의 타원형 광주리에 딸기를 가지고 왔다. 땅딸막하고 얼굴이 통통하며 눈가에 주름이 깊게 파인 나이 든 키르기스인으로, 지금은 레시노의 집에서 조용히 살며 탈장을 앓고 있고, 1892년에 콘스탄틴 키릴로비치의 목숨을 구한 적이 있는 작스바이는(그를 덮친 암곰을 사살했다) 반달 모양의 주머니가 있는 파란 베슈메트*에 술 장식이 달린 비단 벨트를 매고 반질반질 윤이 나는 장화를 신고 금장 박힌 빨간 튜베테이카*를 쓴 뒤 부엌 현관 계단 옆 양지바른 곳에 자리 잡고, 가슴에는 반짝이는 은시곗줄을 달고 조용히 축제 기분으로 벌써 한참을 앉아 있었다.

갑자기 콧수염이 희끗희끗한 하인 카지미르가 눈을 강렬하게 빛내며, 입으로는 이미 고함을 쳤으나 아직 아무 소리도 못 내면서, 아래쪽의, 강으로 이어지는 굽은 오솔길을 따라 힘겹게 뛰어 올라오며 그림자 깊숙한 곳에서 나타났다. 그는 가장 가까운 강굽이 위의 다리에서 말발굽 소리를 들었다는 소식(재빠르게 구르는 목제 말발굽 소리를 들었는데 금방 사라졌단다)을 가져왔는데, 이것은 지금 마차가 공원을 따라 부드러운 길 위로 질주하고 있다는 증거였다. 표도르는 곧장 그 방향으로 — 나뭇가지 사이로, 이끼와 빌베리를 따라 — 달려갔다. 그러자 그곳의 오솔길 저 끝 너머로 이미 마부의 머리와 그의 남색 소매가 키 낮은 전나무들 위로 환영처럼 돌진하듯 질주하고 있었다. 그는 뒤돌아 달려갔다. 뜰에는 내팽개쳐진 그네가 흔들거렸고 현관 근처에는 양탄자가 구겨진 텅 빈 마차가 서 있었다. 어머니는 안개빛 숄을 질질 끌며 층계를 올라가고 있었고 타냐는 아버지의 목에 매달려 있었다. 아버지는 자유로운 한 손으로 시계를 꺼내 쳐다보았는데, 그는 늘 역에서 집까지 몇 분이 걸렸는지 알고 싶어 했던 것이다.

이듬해에 그는 학술 서적 집필에 전념하면서 아무 데도 가지 않았고, 1914년 봄 무렵에는 조류학자 페트로프, 영국의 식물학자 로스와 함께 이미 새로운 티베트 원정을 준비하기 시작했다. 그런데 갑자기 독일과의 전쟁이 이 모든 것을 중단시켰다.

그는 전쟁을 성가신 훼방꾼으로, 시간이 흐르면 흐를수록 더욱 성가신 훼방꾼으로 간주했다. 한 친척은 웬일인지 콘스탄틴 키릴로비치가 의용병이 되어 민병의 수장으로 곧장 떠날 것이라 확신했다. 그는 기인이긴 하나, 용감한 기인으로 여겨졌던 것이다. 그러나 실제로 콘스탄틴 키릴로비치는 — 이미 50줄에 접어들었는데도 여전히 건강, 민첩함, 생기, 기력이 남아돌아, 아마도 이전보다 더 의욕적으로 산맥과 탕구트인과 악천후, 그리고 안방샌님들은 상상도 못하는 수천의 여타 위험들을 극복할 용의가 있을 법한데도 — 이제 집에 눌러 있었을 뿐만 아니라 전쟁을 애써 외면하였고, 혹 전쟁에 대해 말한다 해도 분연히 경멸 조로 이야기했다. "나의 아버지는" 하고 표도르 콘스탄티노비치는 그 당시를 회상하며 쓰고 있다. "내게 많은 것을 가르쳐 주셨을 뿐만 아니라, 마치 목소리와 손을 훈련하듯, 나의 사고 자체를 자신의 학파의 규율에 따라 훈련시키셨다. 그리하여 나는 전쟁의 잔혹함에 꽤 무심했고, 심지어 조준의 정확함이나 정찰의 위험함, 군사 훈련의 섬세함에서도 어느 정도 매력을 찾을 수 있다고 생각할 정도였다. 그러나 이런 소소한 만족은(게다가 다른 스포츠 종목, 예컨대 호랑이 사냥이나 3목 두기,* 프로 권투 등에서 훨씬 더 잘 드러나는) 결코 모든 전쟁에 수반되는 을씨년스러운 어리석음의 그림자를 보상하지 못했다."

그사이 크세니야 숙모('마당발'을 동원하여 능수능란하고 확실하게 장교인 남편을 후방의 그림자 속으로 감춰 버린)의 표현에 따르면, "코스탸의 비애국적 입장"에도 불구하고 전쟁의 번잡함은 집 안으로 흘러들어 왔다. 엘리자베타 파블로브나는 야전 병원 일에 관여했는데, 이는 그녀가 "러시아 군대의 영광보다 아시아의 딱정벌레들에 더 관심이 많은" 남편의 무위를 열과 성을 다해 보상하는 것으로 비쳤고, 또 실제로 한 열혈 신문에 그렇게 보도된 적도 있었다. 카키복으로 갈아입은 로망스 「갈매기」*("……여기 젊은 소위가 보병대와……")가 수록된 축음기 음반이 계속 돌아갔고, 집에는 스카프 밑으로 곱슬머리가 나오고 궐련을 궐련 케이스에 잽싸게 툭툭 두드린 다음 피우는 간호사들이 출현했다. 표도르와 동갑이었던 문지기의 아들은 전선으로 줄행랑쳤고, 콘스탄틴 키릴로비치는 자주 그의 귀환에 힘써 달라는 부탁을 받았다. 타냐는 어머니의 야전 병원에 자주 방문하여, 괴저를 앞질러 점점 더 위쪽으로 다리가 잘리고 있는 턱수염이 덥수룩한 온순한 동양인에게 러시아어로 읽고 쓰는 법을 가르쳤고, 이본나 이바노브나는 토시를 떴다. 명절마다 배우 페오나*는 군인들에게 희가극으로 위문 공연을 했고, 아마추어 극단은 「보바는 적응했다」*를 상연했으며, 잡지에는 전쟁에 헌정된 시들이 게재되었다.

이제 너는 그리운 고국에 가해진 운명의 채찍,
그러나 러시아인의 시선은 밝은 기쁨으로 빛나리라,
냉정한 시간이 독일의 아틸라 왕*을
수치라 낙인찍는 것을 보았을 때!

1915년 봄, 그들은 레시노로 가는 대신 — 이것은 항상 달력에서 개월이 바뀌는 것만큼이나 자연스럽고 확고부동한 것으로 여겨졌는데 — 여름을 지내기 위해 얄타와 알룹카 사이의 해변에 위치한 크림 반도의 영지로 갔다. 표도르는 천상의 초록빛을 띤 정원의 경사진 초지에서 고통으로 애절하게 웃으면서(손은 행복으로 전율했다) 남방의 나비들을 포획했다. 그러나 크림 반도의 진정한 희귀종은 도금양나무와 비파나무와 목련이 핀 그곳이 아니라, 훨씬 더 높은 곳, 아이페트리 산*의 절벽들 사이와, 물결치는 야일라* 위로 날아다녔다. 그 여름, 아버지는 수차례 그와 함께 침엽수가 우거진 오솔길을 따라 올라가서, 어떤 천박한 천둥벌거숭이가 가파른 암벽에 자기 이름을 새겨 넣은 곳 바로 옆에서 이 바위 저 바위 위로 날아다니던, 최근에 쿠즈네초프에 의해 기록된 뱀눈나비*를, 이 유럽의 시시한 종에 너그러운 미소를 지으며 그에게 보여 주었다. 이런 산책은 콘스탄틴 키릴로비치에게도 시름을 달래 주는 유일한 낙이었다. 그는 우울하다거나 초조해하기보다는(이런 국한된 형용사는 그의 정신적 풍모에 어울리지 않았다), 한마디로 말해, 제자리를 못 찾고 있었다. 그가 정확히 무엇을 원하는지는 엘리자베타 파블로브나도, 심지어 아이들도 너무나 잘 알고 있었다. 8월이 오자 그는 불현듯 잠깐 떠났는데, 가장 가까운 지인들을 제외하고는 그가 어디로 갔는지 아무도 몰랐다. 그가 자신의 여행을 너무나 은밀히 획책한 까닭에, 여행하는 테러리스트라면 모두 그를 부러워할 법했다. 전쟁이 최고조에 이르렀을 때, 고두노프 체르딘체프가 뚱뚱하고 대머리이며 굉장히 쾌활한 독일 교수를 만나기 위해 제네바로 가서(여기에는 제3의 공모자, 가는 테의 안경을 쓰고 펑퍼짐한 회색 정장을 입은 나이 든 영국인도 합류했다), 학술회의를 목적으로 그곳의 누추한 호텔의 조그마한 객실에서 회동하여, 필요 사항에 대해 완전히 의견 일치를 본 후(개별 나비 집단의 해외 전문가들의 장기간 참여하에 슈투트가르트에서 줄기차게 계속 출간되었던 여러 권으로 구성된 서적*에 관해 논의했다), 평화롭게 각자 자기 집으로 떠났다는 사실이 알려졌다면 러시아 여론은 얼마나 두 손을 벌리고 깜짝 놀랐을지, 생각하는 것만으로도 우습고 섬뜩하다. 그러나 이 여행은 그의 기분을 들뜨게 하지 못했고, 오히려 그를 짓누르던 영원한 꿈의 비밀스러운 중압감만 더욱 가중시켰다. 가을이 되어 그들은 페테르부르크로 돌아갔다. 그는 『러시아 제국의 인시류』 제5권을 가열차게 집필하면서 거의 두문불출했고, 간간이 최근에 상처한 식물학자 베르크와 — 자신의 실책보다 상대방의 실책에 더 분통을 터뜨리며 — 체스를 두었다. 신문을 비웃으며 보기도 했고, 타냐를 무릎에 앉힌 채 갑자기 생각에 잠기기도 했는데, 그러면 그녀의 동그란 어깨 위에 놓인 그의 손도 생각에 잠겼다. 11월 어느 날, 식사 중에 전보가 배달되었고 그는 그것을 뜯어 눈으로 읽었다. 눈을 재차 굴리는 것으로 보아 다시 한 번 읽은 다음, 옆으로 밀쳐 두었다. 표주박 잔에 담긴 포트와인을 다 마신 후, 한 달에 두 번 점심 식사 하러 오면서 타냐에게 늘 캐러멜을 가져다주는, 머리 전체가 검버섯으로 뒤덮인 불쌍한 친척 노인과 태연하게 대화를 이어 갔다. 손님들이 돌아가자 그는 안락의자에 푹 파묻혀 안경을 벗고 손바닥으로 위에서 아래로 얼굴을 쓸어내리며 차분한 목소리로 올렉 삼촌이 수류탄 파편에 맞아 복부에 중상을 입었다고 (야전 응급 진료소의 화염 속에서 일하면서) 말했다. 그러자 곧장 표도르의 영혼에는, 형제들이 바로 최근까지 식사 도중 나눴던 수많은 고의적 우문우답(愚問愚答) 중 한 대화가 그 모서리로 영혼을 찢고 튀어나왔다.

올렉 삼촌 (장난스러운 어투로) 있잖아, 코스탸, 보호 구역 'Wie(어떻게)'에서 작은 새 'So-was(그런)'를 본 적이 있어?

아버지 (무뚝뚝하게) 없었는데.

올렉 삼촌 (좀 더 활기차게) 그러면 코스탸, 포포프의 파리가 포폽스키의 말을 무는 것은 본 적 있어?

아버지 (좀 더 무뚝뚝하게) 전혀 없었는데.

올렉 삼촌 (잔뜩 흥분해서) 그러면, 가령 내시(內視)* 때의 대각선 이동은 본 적 있어?

아버지 (그를 빤히 쳐다보며) 그런 적은 있었지.

바로 그날 밤 그는 갈리치아로 가서 굉장히 신속하고 편안하게 동생을 데리고 온 뒤, 최고 중의 최고 의사들인 게르셴존, 예조프, 밀러 멜니츠키 등을 섭외하고, 두 차례에 걸친 장시간의 수술에 본인도 직접 참석했다……. 크리스마스 무렵이 되자 동생은 건강해졌다. 이후 콘스탄틴 키릴로비치의 기분에 모종의 변화가 일어났다. 눈은 생기를 찾아 온화해졌으며, 뭔지 각별히 만족스러울 때 걸으며 흥얼거리던 콧노래 소리가 다시 들려왔고, 그가 어딘가 다녀오고 무슨 상자들이 도착했다가 발송되곤 하면서, 집에는 가장의 비밀스러운 흥겨움 주변으로 어렴풋하게 수상한 기운이 커져 가는 것이 감지되었다. 그런 어느 날 표도르는 우연히 봄 햇살 가득한 황금빛 거실을 지나가다, 갑자기 아버지의 서재로 통하는 하얀 문의 놋쇠 손잡이가, 마치 안에서 누군가 문을 열지는 않고 힘없이 잡아당기고 있는 듯, 흔들리면서도 곧장 돌려지지는 않는 것을 보았다. 이윽고 조용히 문이 열리고, 어머니가 울먹이는 얼굴에 멍하니 엷은 미소를 띠며 나오더니 표도르 곁을 지나치며 손을 이상하게 흔들었다……. 그는 아버지의 방문을 노크하고 서재 안으로 들어갔다. "무슨 일이니?" 콘스탄틴 키릴로비치는 쳐다보지도 않고 계속해서 뭔가를 적으며 물었다. "저도 데려가세요." 표도르는 말했다.

러시아 국경이 와해되고 그 내륙이 잠식되던 비상 시기에 콘스탄틴 키릴로비치가 돌연 머나먼 학술 탐험을 위해 2년 정도 가족을 떠나려 한다는 사실은 대부분의 사람들에게 무모한 변덕으로, 터무니없는 무사태평함으로 비쳤다. 심지어 정부가 "구매를 허가하지 않을 것이며", 이 미친 사람은 동행인도, 짐꾼 동물도 구하지 못할 것이라고 말하는 사람도 있었다. 그러나 투르키스탄만 해도 시대의 냄새는 거의 포착되지 않았다. 거의 유일하게 전쟁을 상기시키는 것은 읍(邑)의 관리들이 거행하는 잔치로, 손님들이 잔치에 가져온 선물들이 전쟁 원조 물자로 기부되었던 것이다(얼마 후에 키르기스인과 카자흐인 가운데서 군역 소집과 관련하여 봉기가 발발했다). 1916년 6월, 출발 직전에 고두노프 체르딘체프는 가족과 작별하기 위해 레시노로 왔다. 마지막 순간까지 표도르는 아버지가 자기를 데려갈 것이라 꿈꾸었다 — 언젠가 아버지는 아들이 열다섯 살이 되면 곧바로 그렇게 하겠노라 말했던 것이다. 이제 아버지는, 그에게 있어 시간은 항상 **다른 때**였음을 까맣게 잊어버린 채, "다른 때라면 데려갔을 텐데"라고 말했다.

마지막 작별은 그 자체로는 이전의 이별들과 크게 다르지 않았다. 가풍으로 정착된 질서 정연한 포옹이 이어진 뒤에 부모님은 스웨이드 가죽 곁눈 가리개가 달린 노란 안경을 똑같이 쓰고 빨간 개폐식 자동차에 승차했다. 주변에는 하인들이 서 있었고, 문지기 할아버지는 지팡이에 기댄 채, 벼락 맞아 갈라진 포플러 나무 옆에 멀찌감치 서 있었다. 포동포동한 하얀 손에 토파즈 반지를 끼고 뒷덜미가 불그스레한, 완전히 동글동글하며 자그마하고 뚱뚱한 기사 아저씨는 벨벳 제복을 입고 주황색 각반을 찬 채 안간힘을 써서 돌리고 또 돌려 자동차에 시동을 걸고는(아버지와 어머니는 앉아서 흔들리기 시작했다), 재빨리 핸들 앞에 앉아 기어를 바꾸고 긴 장갑을 낀 다음 뒤돌아보았다. 콘스탄틴 키릴로비치가 수심에 잠겨 고개를 끄덕이자 자동차는 움직이기 시작했다. 폭스테리어는 너무 짖은 나머지 숨을 헐떡이며 타냐의 품 안에서 거칠게 몸을 비틀고는 뒤집어지더니, 그녀의 어깨 너머로 고개를 구부렸다. 새빨간 차체가 커브 길 너머로 사라지고 벌써 전나무들 뒤에서 오르막길의 끽끽거리는 예리한 기어 변속음이 들려왔다. 이후 부릉부릉 소리가 가볍게 멀어지더니, 모든 것이 잠잠해졌다. 그러나 몇 초 후 강 너머 마을에서 또다시 우레 같은 무적의 엔진 소리가 들리더니 점차 잦아들다가 영원히 사라졌다. 이본나 이바노브나는 눈물에 젖어 고양이에게 줄 우유를 가지러 갔다. 타냐는 짐짓 노래를 부르며 텅 비어 울리는 서늘한 집으로 돌아왔다. 지난가을에 죽은 작스바이의 혼령은 토담에서 스르르 멀어지더니, 양과 장미가 지천으로 널린 고요하고 수려한 천국으로 돌아갔다.

표도르는 공원을 지나, 삐거덕거리는 쪽문을 열고, 방금 파인 두꺼운 타이어 흔적이 선연한 길을 건넜다. 낯익은 흑백 미인은 배웅에 동참하며 땅에서 훨훨 날아올라 커다란 원을 그렸다. 그는 숲 쪽으로 방향을 휙 틀어, 엇갈린 햇살에 황금 파리가 흔들흔들 걸려 있는 그늘진 길을 따라, 꽃 피고 울퉁불퉁하며, 작열하는 태양 아래 축축하게 반짝이는, 그가 가장 좋아하는 초지에 이르렀다. 이 초지의 신성한 의미는 그 나비들에 의해 표현되었다. 누구든 예서 뭔가 찾았으리라. 행락객은 그루터기에서 쉬었을 것이고, 화가라면 실눈을 떴으리라. 그러나 오로지 지식으로 증폭된 사랑 — "활짝 열린 동공"* — 만이 좀 더 깊숙이 그 진리 속으로 침투했다.

생기 있는, 너무 생기가 돌아 웃고 있는 것처럼 보이는, 거의 주황색인 산은점선표범나비가 날개를 활짝 펴고, 황금 물고기가 지느러미로 인해 반짝이듯, 굉장히 진귀하게 빛을 발하며 놀랍도록 고요히 날고 있었다. 이미 조금 후줄그레해지고 발톱 하나가 없어졌으나 여전히 힘센 호랑나비가 갑주(甲冑)를 펄럭이며 들국화 위로 내려앉았다가 뒷걸음질 치듯 떠나자, 나비가 떠나간 꽃은 몸을 쫙 펴고 흔들리기 시작했다. 상제(喪制) 나비들이 느릿느릿 날고 있었는데, 그중 어떤 것은 핏빛 번데기 분비물을 묻히고 있었다(도시의 하얀 성벽 위의 그 얼룩은 우리의 선조에게 트로이의 멸망, 페스트, 지진을 예고했었다). 최초의 초콜릿빛 가락지나비가 위태로운 날갯짓으로 튀어 오르며 풀 위를 여기저기 날아다니고 있었고, 파리한 어린 것들은 풀 위로 날아올랐다가 곧장 다시 떨어지곤 했다. 체꽃 위에는 성장(盛裝)한 딱정벌레를 닮은, 청색 더듬이를 지닌 홍색알락나방이 등에와 함께 자리 잡고 있었다. 암컷 배추흰나비는 황급히 풀밭을 떠나 오리나무 잎에 앉아 배를 이상하게 들어 올리고 날개를 낮게 펴서(왠지 덧붙인 귀를 상기시켰다) 지친 추적자에게 자신이 수태 중임을 알렸다. 남주홍부전나비 수컷 두 마리는(그 암컷은 아직 우화하지 않았다) 전광석화처럼 비행하다 만나서, 서로의 주변을 배회하고 격렬히 싸우면서 보다 높이 날아오르며 비상하더니, 갑자기 헤어져 따로따로 다시 꽃으로 돌진했다. 함경부전나비는 꿀벌을 휙 스쳤다. 거무스름한 프레쟈표범나비는 산은점선표범나비들 사이를 휙휙 스쳐 지나갔다. 너무 빨리 퍼덕여 유리처럼 안 보이게 된 날개와 벌의 몸을 지닌 작은 박각시나방은 공중에서 긴 입으로 꽃을 건드려 보고 두 번째, 세 번째 꽃으로 날아갔다. 이 모든 황홀한 삶 — 그 삶의 현재 조합에 근거하여 여름의 나이도(단 하루의 오차 범위 내의 정확도로), 그 지역의 지리적 위치도, 그 초지의 식물 구성도 정확히 규정할 수 있는 — 이 모든 살아 있고 진실하며 한없이 소중한 것들을, 표도르는 한 번의 익숙한 심오한 시선으로 찰나에 감지했다. 그러다 갑자기 자작나무 가지에 주먹을 대고는, 거기 기대어 흐느꼈다.

아버지는 비록 민담은 안 좋아했지만 멋진 키르기스 전래 동화 한 편은 인용하곤 했다. 위대한 칸의 외아들은 사냥 도중 길을 잃었는데(이리하여 최고의 동화가 시작되고 최고의 삶은 끝난다) 나무 사이로 뭔가 반짝이는 것을 주목했다. 가까이 다가가 보니 물고기 비늘로 만든 옷을 입은 아가씨가 마른 나뭇가지를 모으고 있었다. 하지만 그토록 반짝이는 것이 그녀의 얼굴인지, 아니면 그녀의 옷인지는 알 수 없었다. 그녀와 함께 그녀의 늙은 어머니를 찾아간 왕자는 말 머리만 한 황금 덩이를 결혼 지참금으로 제시했다. "아니요." 신부가 말했다. "여기 작은 자루를 잡아 보세요. 그건 보시다시피 골무보다 약간 큰 정도랍니다, 그러니 이것을 채워 보시지요." 왕자는 비웃으며("하나도 채 — 그는 말했다 — 안 들어가겠는데") 자루에 동전 하나를 던지고, 또 하나를 던지고, 세 개를 던지고, 결국 수중에 지닌 모든 것을 던졌다. 매우 당황한 그는 아버지에게 갔다. 칸은 보물을 모두 모아 자루에 전부 넣느라 국고를 탕진하고는, 자루 바닥에 귀를 대었다. 그 후로도 두 배를 더 넣었으나, 바닥에선 짤그랑 소리만 들릴 뿐이었다. 노파가 불려 왔다. "이것은 — 노파는 말했다 — 이 세상의 모든 것을 담고자 하는 인간의 눈이랍니다"라고 말하고는 흙 한 줌을 집어 단번에 자루를 채웠다.

아버지에 대한 최후의 신빙성 있는 소식을(아버지가 직접 보내신 편지는 제외하고) 나는 1917년 여름, 티베트 산맥의 체투 마을 근처에서 우연히 아버지를 만난 프랑스인 선교사(식물학자이기도 한) 바로의 수기에서 찾을 수 있었다. "나는 고산 초원 중간에서 — 바로는 쓰고 있다(*Exploration catholique*[28] 1923)* — 안장을 얹은 백마가 풀을 뜯고 있는 것을 놀라서 보았다. 이윽고 유럽 옷을 입은 남자가 바위에서 내려와 내게 프랑스어로 인사했는데, 알고 보니 러시아의 저명한 탐험가 고두노프 씨였다. 나는 벌써 8년 넘게 유럽인을 보지 못한 터였다. 우리는 바위 그림자 밑 풀밭 위에서, 옆에서 자라고 있는 왜소한 하늘색 아이리스의 학명과 관련하여 명명법의 섬세함을 논하며 몇 분간의 멋진 시간을 보냈다. 그 후 우리는 애틋하게 작별을 고하고 헤어져, 그는 협곡에서 그를 부르고 있는 동행들에게로, 나는 외딴 여인숙에서 죽어 가고 있는 마틴 신부에게로 갔다."

이후로는 안개가 시작되었다. 1918년 초에 기적처럼 우리에게 배달된, 늘 그렇듯이 간결하지만 어딘가 새롭게 불안으로 가득 찬 아버지의 마지막 편지로 판단하건대, 아버지는 바로를 만난 직후 귀환 길에 오르셨던 듯하다. 혁명 소식을 들은 아버지는 편지에서 우리에게 숙모의 별장이 있는 핀란드로 가 있으라고 하시고, 아버지는 "최대한 서두르면" 어림짐작으로 여름 무렵에는 집에 갈

28 『가톨릭 답사』. 가상의 잡지.

수 있을 거라고 쓰셨다. 우리는 1919년 겨울까지, 두 해 여름을 아버지를 기다렸다. 우리는 때론 핀란드에서, 때로는 페테르부르크에서 살았다. 우리 집은 이미 오래전에 약탈당했지만 집의 심장인 아버지의 박물관만은 마치 성물 본연의 불가침성을 지닌 듯 건재했고(후에 과학 아카데미의 관할로 이전되었다), 이로 인한 기쁨은 어려서부터 친숙한 의자들과 책상들의 파괴를 완전히 보상했다. 우리는 페테르부르크 할머니 아파트의 방 두 개에서 살았는데, 할머니는 웬일인지 두 번이나 심문 조사차 불려 가셨다. 할머니는 감기에 걸리셨고, 곧 돌아가셨다. 할머니가 돌아가시고 며칠 후, 너무나 불길하게 내전에 단단히 한몫했던, 그 헐벗고 절망적이며 끔찍한 겨울 저녁들 중 어느 한 저녁에 코안경을 쓴 후줄근하고 수줍은 낯선 젊은이가 나를 찾아와 자신의 삼촌인 지리학자 베레좁스키*를 즉각 방문해 달라고 청했다. 그는 무슨 용건인지 몰랐고 아니면 알고 싶지 않았는지도 모르지만, 갑자기 내 안의 모든 것이 와르르 무너지면서 나는 이미 기계적으로 살기 시작했다. 몇 년이 흐른 지금, 나는 이 미샤를 베를린에서, 그가 일하는 러시아 서점에서 종종 만나곤 하는데, 그를 볼 때면 매번, 비록 그와 많은 이야기를 나누지 않았음에도 불구하고, 나는 척추 전체를 관통하는 뜨거운 전율을 느끼며, 그와 함께 걸었던 우리의 짧은 길을 내 온 존재로 새롭게 느낀다. 이 미샤가(이 이름 또한 난 영원히 기억했다) 집에 왔을 때 어머니는 출타 중이셨는데, 우리는 계단을 내려가다 어머니를 만났다. 어머니는 나의 동행이 누군지 몰랐기 때문에 불안해서 어디 가는지 물으셨다. 나는 이발 기계를 구하러 간다고 대답했다. 마침 며칠 전에 그것이 필요하다고 이야기를 나눴던 것이다. 이 존재하지 않는 기계는 이후 자주 내 꿈에 지극히 의외의 형상 — 산, 나루터, 관, 손풍금 — 으로 나타났지만 나는 항상 꿈의 직관으로 이것이 그 기계임을 알아차렸다. "잠깐만!" 어머니가 소리치셨으나 우리는 이미 아래층에 있었다. 우리는 말없이 서둘러 길을 걸었고, 그가 약간 앞서 있었다. 나는 집들의 가면과 눈 더미의 둔덕을 바라보면서, 내가 집으로 가져가게 될, 아직 파악이 안 되는 어둡고 새로운 슬픔을 상상하며(이로써 그 가능성을 애초에 차단하여) 운명에 선수 치려 애쓰고 있었다. 왠지 샛노랗던 것으로 기억되는 방으로 우리는 들어갔는데, 그곳에서 낡은 프렌치 코트에 긴 장화를 신고 뾰족한 콧수염을 기른 노인이, 아직 확인되지 않았지만 한 소식통에 의하면 나의 아버지는 더 이상 살아 계시지 않다고 단도직입적으로 통보했다. 어머니는 아래에서, 거리에서 나를 기다리고 계셨다.

그 후 반년 동안(올렉 삼촌이 거의 강제로 우리를 해외로 데리고 갈 때까지) 우리는 아버지가 어디서, 어떻게 돌아가셨는지, 정말 돌아가신 것인지 백방으로 알아봤다. 하지만 우리가 알아낸 것이라곤 그 일이 중앙아시아에서 돌아오는 길에 시베리아에서 발생했다는 것뿐이었다(시베리아는 광대하다!). 설마 진정 그의 수수께끼 같은 죽음의 장소와 정황을 우리에게 비밀로 부쳤단 말인가, 그리고 지금까지 숨기고 있단 말인가? (소비에트 백과사전서 생애는 단순히 "1919년에 서거했다"라는 구절로 끝나고 있다.) 아니면 정말 혼란스러운 소식들의 상호 모순으로 인해 대답에 정확성을 기할 수 없었단 말인가? 이미 베를린에서 우리는 다양한 소식통, 다양한 사람들로부터 뭔가를 더 알아냈지만, 이러한 보완 역시 오리무중 상태를 가일층 심화시켰을 뿐 해명하지는 못했다. 추정에 의거했을 공산이 큰 두 개의 불확실한 설이 — 게다가 중요 사항(만약 돌아가셨다면 정확히 어떻게 돌아가셨는지)에 대해서는 언급조차 없었다 — 상호 모순되며 서로서로 끝없이 뒤얽혔다. 일설에 의하면 그의 사망 소식은 어떤 키르기스인이 세미팔라틴스크*로 가져왔다고 하고, 다른 설에 의하면 어떤 카자흐인이 악-불라트*로 가져왔다고 한다. 아버지는 어떤 경로로 나아가셨을까? 세미레치예*에서 옴스크*로 가셨을까(얼룩 조랑말을 탄 길 안내인과 함께 나래새가 우거진 초원을 따라), 아니면 파미르 고원에서 투르가이 주*를 거쳐 오렌부르크*로 가셨을까(낙타를 탄 길 안내인과 함께 자신은 말을 타고 자작나무 껍질 등자(鐙子)에 발을 올린 채 모래 초원을 따라, 부락과 노상(路床)을 피해 이 우물에서 저 우물을 따라 계속해서 북쪽으로)? 아버지는 어떻게 농민 전쟁의 폭풍을 헤쳐 지나가고, 어떻게 적군(赤軍)을 피하셨을까, 도무지 오리무중이다 — 도대체 어떤 '투명 인간으로 만드는 요술 모자'가 아버지에게 그렇게 꼭 맞았단 말인가(설령 그런 모자가 있다 해도 아버지라면 삐딱하게 쓰셨으리라)? 아니면 아랄 해역(驛) 주변 어부의 오두막에서, 초원의 우랄인 구교도들 사이에 숨어 계셨던 것일까(크류게르가 가정하듯 말이다)? 만약 돌아가셨다면, 어떻게 돌아가셨을까? "너의 소임은 무엇이냐?"라고 푸가초프*는 천문학자 로비츠에게 물었었다. "별을 세는 것입니다." 그러자 그가 별에 좀 더 가까이 다가갈 수 있도록 목을 매달았었다.* 도대체 아버지는 어떻게 돌아가셨을까? 몸이 편찮으셔서? 추위로? 갈증으로? 인간의 손에 의해? 만약 인간의 손에 의해 자행된 것이라면, 진정 그 손은 아직 살아서 빵도 집고 컵도 들며, 파리도 쫓고 움직이며, 지시하고 손짓하며, 가만히 있기도 하고 다른 사람과 악수도 할까? 아버지는 오랫동안 방어 사격을 하셨을까, 아니면 자신을 위해 마지막 총알은 남겨 놓으셨을까? 아버지는 생포되셨던 걸까? 그들은 아버지를 백군(白軍)*의 스파이로 오인하여(그도 그럴 것이, 아버지는 소싯적에 한때 라브르 코르닐로프*와 함께 '절망의 사막'을 여행했고 후에 그와 중국에서 만나기도 했다) 토벌대 참모부의 특실 객차로 후송하였을까(마른 물고기를 연료로 사용하는 끔찍한 증기 기관차가 보이는 듯하다)? 그들은 어느 황량한 역사(驛舍)의 여자 화장실에서 아버지를 총살했을까(깨진 유리창, 갈기갈기 찢긴 플러시 천), 아니면 어느 깜깜한 밤에 아버지를 밭으로 데려가 달이 나올 때까지 기다렸을까? 암흑천지에 아버지는 그들과 함께 어떻게 기다리셨을까? 경멸의 미소를 지으셨으리라. 혹여 희끗희끗한 나방이 어둑어둑한 우엉꽃들 속에서 어렴풋이 나타나면 아버지는 이 순간에도, 저녁 차를 마신 후에 레시노의 정원에서 파이프를 문 채 라일락 꽃의 분홍색 방문객을 맞이하곤 했던 바로 그 격려의 눈길로 나방을 지켜보셨으리라는 것을 나는 안다.

가끔 내게는, 이 모든 것이 터무니없는 헛소문이고 빛바랜 전설이며, 이 전설은 내가 풍문이나 책을 통해서만 알고 있는 지역들을 나의 소망이 헤매고 있을 즈음에 내가 갖고 있던 근사치 지식의 미심쩍은 입자(粒子)들로 생성되어, 그 결과 앞에서 언급된 장소들을 당시에 실제로 본 최초의 박식한 사람이라면 그것들을 인정하지 않을 것이고, 나의 사고의 이국 성향과 나의 우수의 구릉들과 상상의 협곡들을 비웃을 것이며, 나의 어림짐작들 안에서 지형학적 실수뿐만 아니라 연대의 오기(誤記)까지 찾아낼 것이라는 느낌이 들었다. 그렇다면 더더욱 좋다. 일단 아버지의 사망에 관한 소문이 허구라면, 아버지의 아시아로부터의 귀환 여행 자체가 단지 허구에 꼬리 모양으로 붙여진 것이고(젊은 그리뇨프가 지도로 만든 연(鳶)처럼 말이다*), 그리고 아마 아직 알려지지 않은 어떤 이유로 인해, 아버지가 설령 귀환 여행에 착수하셨다 할지라도(낭떠러지에 떨어져 다치신 것도, 승려에게 포로로 잡히신 것도 아니

라) 전혀 다른 여정을 택하셨다고 가정해야 되지 않을까? 심지어 아버지는 인도로 내려가기 위해 서쪽의 라다크*로 가셨을 수도 있고, 어쩌면 중국으로 간 뒤, 그곳에서 아무 배나 타고 세상 어느 항구로든 떠나셨을 수도 있다는 가설(때늦은 충고처럼 들리는)이 내 귓가에 울리기도 했다.

어찌 되었든, 이제 아버지의 생애와 관련된 모든 자료가 제 손안에 있답니다. 긴 발췌문들, 잡다한 종이에 휘갈긴 달필의 메모들, 나의 다른 저작들 여백 여기저기에 연필로 쓴 기록 등의 무수한 초고로부터, 그리고 반쯤 지워진 구절, 미처 못다한 말, 대책 없이 축약되어 이제는 이미 잊혀진 명칭들(약칭이 아닌 정식 명칭은 나 몰래 종이 사이로 숨어 버린)로부터 — 결국은 허공에 흩어져 사라지게 될 사고의 급속한 질주에 의해 이미 처처(處處)가 파괴되어 복구 불능이 된 불안정 상태의 정보로부터 — 이 모든 것으로부터 이제 저는 조화롭고 명징한 책을 만들어 내야 됩니다. 때때로 저는 책은 이미 어디에선가 나에 의해 쓰였는데, 여기서는 잉크의 밀림 속으로 숨어 버렸고, 책의 부분부분을 조금씩 암흑으로부터 해방시키기만 하면 부분들이 스스로 맞추어 나가리라 느낀답니다. 그러나 이러한 해방 작업이 지금의 저에겐 너무나 어렵고 복잡하게 느껴져서(미사여구로 오염시키는 건 아닌지, 종이에 옮기며 손상시키는 건 아닌지 너무 두려워요), 실제로 책을 집필할 수 있을지 의구심마저 드는 이때, 이런 것들이 도대체 제게 무슨 소용이겠어요? 책을 준비하는 동안 제가 얼마나 신실한 마음이었는지, 얼마나 흥분했었는지, 엄마도 잘 아실 거예요. 엄마도 직접 이런 유형의 작업이 요구하는 규준에 대해 쓰신 적이 있었죠. 그런데 지금 저는 책을 형편없이 마치는 건 아닐까 생각한답니다. 저를 나약하고 비겁하다고 비난하지는 마세요. 언젠가는 제가 쓴, 두서없고 파편적인 미완성 단편들을 엄마에게 읽어 드릴게요. 제가 꿈꾸어 왔던 유려함과는 얼마나 거리가 먼지! 자료를 수집하고 옮겨 쓰면서 회상하고 생각하던 요 몇 달 내내 전 정말 황홀할 정도로 행복했답니다. 전 실로 전대미문의 수작(秀作)이 창조될 것이라고, 나의 메모들은 단지 이 작품의 작은 버팀목, 이정표이고 말뚝일 뿐, 핵심 부분은 그 스스로 발전하고 창조될 것이라고 굳게 믿었던 거지요. 그러나 이제 저는 마치 맨땅에서 잠을 깬 것처럼, 이 초라한 메모들 외에는 아무것도 없음을 보고 있어요. 이제 저는 어찌해야 할까요? 있잖아요, 저는 아버지와 그룸 씨의 책을 읽으며, 그 절묘한 리듬을 듣고, 그 무엇으로도 대체될 수 없고 그 어떤 식으로도 재배치될 수 없는 어순을 고찰할 때면, 이 모든 것을 가져와서 나 자신으로 희석시키는 것이 마치 성물 모독처럼 느낀답니다. 고백하자면, 저 자신은 일개 언어 모험의 탐구자인걸요. 그러니 아버지가 **당신**의 사냥을 위해 다니시던 그곳에서 제가 자신의 꿈을 좇는 것을 포기한다 해도 저를 용서하세요. 전 말예요, 아버지의 편력을 형상화하면서, 민감하고 박학하며 고결한 자연 과학자의 생생한 경험이 잉태한 시로부터 점점 더 유리되어 가는 이차적 시로 그 형상을 오염시킬 수밖에 없음을 깨달았답니다.

어쩌겠니, 난 다 이해하고 또 동감한단다 — 어머니는 답했다 — 네가 그 일을 해내지 못한 건 애석하지만, 물론 억지로 해서는 안 된단다. 그래도 한편으론 네가 다소 과장한다고 느껴지는구나. 네가 문체나 애로 사항에 대해 덜 고민하고, '키스는 냉각으로 가는 첫걸음' 등의 클리셰에 대해 덜 생각한다면, 아마도 넌 매우 멋지고, 정말 사실적이며, 진정 흥미로운 글을 썼을 것이라 확신한단다. 다만 아버지께서 너의 책을 읽고 불쾌해하셔서 네가 부끄러워질 것처럼 느껴진다면 그만둬도 좋아, 그만둬도 되고말고. 그러나 내가 알기론 그런 일은 결코 없을 거야. 아버지께서 네게 '훌륭하구나'라고 말씀하실 것임을 난 안단다. 게다가, 언젠가는 네가 결국 이 책을 완성할 것이라는 확신이 드는구나.

표도르 콘스탄티노비치가 이 작업을 중단하게 된 외적인 계기는 다른 아파트로의 이사였다. 여주인은 가상하게도 꽤 오랫동안, 두 해 동안이나 그를 견뎌 왔다고 말할 수 있다. 그러나 4월부터 이상적인 하숙인 — 7시 반에 일어나 6시까지 사무실에 나가 있고 여동생 집에 가서 식사한 후 10시면 잠자리에 드는 나이 든 여인 — 을 구할 수 있는 가능성이 그려지자, 프라우 스토보이는 표도르 콘스탄티노비치에게 한 달 내로 다른 거처를 구하라고 요청했다. 하지만 그는 집 찾기를 한사코 미뤘는데, 이는 그의 게으름이나 주어진 시간의 파편에 무한이라는 원형(圓形)을 부여하는 낙천적 기질 때문이기도 했지만, 더 큰 이유는 자신의 보금자리를 구한다는 명분으로 타인의 세계를 침입하는 것이 못 견디게 싫었기 때문이었다. 그런데 때마침 체르니셉스카야 부인이 그에게 도움을 자청했다. 3월이 끝나 가던 어느 날 저녁, 그녀는 말했다.

"당신에게 도움 될 만한 정보가 하나 있어요. 얼마 전에 우리 집에서 타마라 그리고리예브나라는 아르메니아 여인을 본 적이 있지요. 그녀는 어떤 러시아인 집에서 여태 하숙을 했었는데, 지금 그 방을 넘겨줄 사람을 찾고 있다나 봐요."

"만약 그렇다면 방이 나빴던 모양이죠." 표도르 콘스탄티노비치는 무심히 한마디 했다.

"아니에요. 그녀는 단지 남편에게 돌아가는 거예요. 그런데 애시 당초 당신 마음에 내키지 않으면 전 오지랖 떨지 않겠어요. 오지랖 피우는 건 질색이니까요."

"화내지 마세요." 표도르 콘스탄티노비치는 말했다. "무척 마음에 들어요, 정말로요."

"물론 벌써 나갔을 수도 있지만, 어쨌든 당신이 그녀와 전화 통화를 한번 해 보는 게 좋을 것 같네요."

"꼭 그러겠습니다." 표도르 콘스탄티노비치는 말했다.

"내가 당신을 아는 이상……." 이미 검은 메모장을 넘기면서 알렉산드라 야코블레브나가 말했다. "당신은 결코 직접 전화하지 않을 것임을 알기에……."

"내일 당장 하겠습니다." 표도르 콘스탄티노비치는 말했다.

"……당신은 결코 전화하지 않을 테니……. 울란트 48-31……내가 직접 하지요. 지금 연결해 줄 테니 그녀에게 뭐든 물어봐요."

"잠깐, 잠깐만요." 표도르 콘스탄티노비치는 당황했다. "저는 뭘 물어야 되는지도 모르는걸요."

"아무 염려 하지 마세요. 그녀 스스로 전부 알려 줄 거예요." 알렉산드라 야코블레브나는 번호를 재빨리 중얼대더니 전화 탁자로 손을 뻗었다.

수화기를 귀에 대자마자 그녀의 몸은 소파 위에서 익숙한 통화 자세를 취했다. 그녀는 앉은 자세에서 반쯤 누운 자세로 바꾸고, 치마를 보지도 않고 가다듬으며, 전화가 연결되기를 기다리며 파란 눈을 이리저리 굴렸다. "최선은……." 그녀가 뭔가 말하려 하는 순간, 여자 교환원이 응답했다. 그러자 알렉산드라 야코블레브나는 약간 관념적인 훈계 투로, 독특한 리듬으로 숫자를 발음하며 — 마치 48은 테제이고 31은 반테제인 것처럼, 정테제의 형태로 '야볼'*이라고 덧붙이면서 — 번호를 말했다. "혹시……." 그녀는 표도르 콘스탄티노비치를 향해 말했다. "최선의 방법은 그녀가 당신이랑 같이 거기로 가는 건데요. 내 판단에 당신은 결코 살면서……." 갑자기 그녀는 웃으며 눈을 내리뜨더니, 통통한 어깨를 으쓱하고 쭉 뻗은 다리를 조금 꼬면서, "타마라 그리고리예브나세요?"라고 상냥하고 유혹하는 듯한, 새로운 목소리로 물었다. 잔잔한 미소를 띠며 듣다가 치마에 주름을 만들기도 했다. "네, 저예요. 맞아요. 여느 때처럼 저를 몰라보실 줄 알았답니다. 좋지요, 더 자주 얘기 나눠요." 그리고 목소리 톤을 좀 더 차분하게 가라앉히면서, "뭐, 요즘 새로운 소식 들은 거 없으세요?"라고 물었다. 새로운 소식을 들으며 눈을 깜박거리더니, 표도르 콘스탄티노비치 쪽으로 초록색 젤리 상자를 슬쩍 밀었다. 그녀의 자그마한 발가락들이 낡은 벨벳 슬리퍼 속에서 서로서로 가볍게 비비다가 멈췄다. "네, 저도 그 소식은 들었어요. 그래도 전 그가 부단히 연습하고 있다고 생각했죠." 그러고는 계속해서 들었다. 정적 사이로 저세상의 목소리의 작은 전음(顫音)이 끝없이 울려 퍼졌다. "그러게, 말도 안 되죠." 알렉산드라 야코블레브나가 말했다. "아, 정말 말도 안 돼요." "네, 그런 일이 있었군요." 1분 후에 느리게 말하더니 한숨을 내쉬며, 표도르 콘스탄티노비치에겐 미세한 개 짖는 소리처럼 들리는 속사포 질문에 대답했다. "네, 그저 그렇죠. 별일은 없어요. 알렉산드르 야코블레비치는 건강하고, 자기 일도 해요. 지금은 음악회에 갔답니다. 저는 특별히 하는 일이 없고요. 마침 지금 저희 집에……. 네, 물론, 그에게는 기분 전환이 된답니다. 그러나 가끔은 단 한 달만이라도 좋으니 얼마나 그와 어디론가 떠나고 싶은지, 당신은 상상도 못하실 거예요. 무슨 말씀이세요? 아니에요, 어디로 갈지 모르겠어요. 대체로 이따금 마음이 굉장히 먹먹해질 때도 있지만 그래도 별다른 일은 없어요." 천천히 자신의 손바닥을 쳐다보며, 그녀는 손을 들어 올린 채로 있었다. "타마라 그리고리예브나, 지금 저희 집에 고두노프 체르딘체프 씨가 계시답니다. 그런데 그는 방을 구하고 있어요. 당신이 사시던 그 집의 방이 아직 비었나요? 아, 잘됐군요. 잠깐만요, 바꿔 드릴게요."

"안녕하세요." 표도르 콘스탄티노비치는 전화로 인사하며 말했다. "알렉산드라 야코블레브나 부인께서 제게……."

중이(中耳)를 간질일 정도로 쩌렁쩌렁하고, 굉장히 빠르며 또렷한 목소리가 곧 대화를 주도했다. "방은 아직 안 나갔어요." 거의 안면이 없는 타마라 그리고리예브나는 속사포로 말을 이어 나갔다. "마침 그 집에선 러시아인 하숙인을 원하고 있답니다. 그분들이 어떤 분들인지 지금 말씀드릴게요. 성은 쇼골레프고요, 이건 당신에게 이렇다 할 특이 사항은 못 되겠지만, 그러나 그는 러시아에서는 검사였고, 매우, 매우 교양 있고 호감 가는 사람이랍니다……. 그리고 그의 부인 역시 상냥함 그 자체이고, 첫 번째 결혼에서 낳은 딸이 한 명 있지요. 이제부터 잘 들으세요. 그들은 아가멤논 거리 15번지에서 — 멋진 지역이지요 — 살고 있는데, 아파트는 손바닥만 하지만 나름 신식이어서 중앙난방에 욕실까지, 한마디로 있을 건 다 있어요. 당신이 살게 될 방은 쾌적하지만 — (우물쭈물하며) — 뜰을 향하고 있어서, 이 점이 물론 약간 흠이 되긴 하지요. 제가 그 방에 얼마에 있었는지 말씀드릴게요. 저는 한 달에 35마르크를 냈답니다. 멋진 장의자도 있고 조용해요. 그리고 또, 뭘 더 말씀드려야 되지? 저는 그 집에서 식사도 했는데, 음식은 정말, 정말 좋았답니다. 다만 가격은 당신이 직접 합의하시는 것이 좋겠어요, 저는 다이어트 중이었거든요. 그럼 이렇게 해요. 저는 어쨌든 내일 아침, 그러니까 10시 반에 거기로 갈 건데, 저는 매우 정확하답니다, 당신도 그리 오시면 될 것 같은데요."

"잠깐만요." 표도르 콘스탄티노비치는 말했다(그에게 10시에 일어나기란 다른 사람이 5시에 일어나는 것과 같았다). "잠깐만요. 저는 내일 아마도……. 그보다는 제가 당신께……."

그는 '전화를 걸겠다'는 말을 하고 싶었지만, 옆에 앉아 있던 알렉산드라 야코블레브나의 눈빛을 보고는 당장 고쳐 말했다. "네, 대충 맞출 수 있을 것 같습니다." 그는 생기 없이 말했다. "감사합니다, 꼭 가지요."

"자, 그럼…… (서술 투로), 다시 말씀드리면 아가멤논 거리 15번지, 3층이고요, 엘리베이터가 있습니다. 그렇게 하기로 하지요. 내일 뵙겠습니다, 무척 반가울 거예요."

"안녕히 계세요." 표도르 콘스탄티노비치는 말했다.

"잠깐만요." 알렉산드라 야코블레브나가 소리쳤다. "잠깐만요, 끊지 마세요."

다음 날 아침, 뇌에 솜을 채운 것처럼 반만 깨어난 듯한(뇌의 다른 절반은 너무 이른 시간이어서 아직 깨어나지 않은 것 같았다), 짜증스러운 상태의 그가 지정된 주소에 갔을 때, 타마라 그리고리예브나는 오지도 않았고, 못 온다고 전화한 것으로 밝혀졌다. 쇼골레프가 직접 그를 맞이했는데(집에는 더 이상 아무도 없었다), 그는 잉어상(相)의 얼굴을 한, 건장하고 뚱뚱한 50대 남자로, 너무 솔직해서 거의 무례할 정도로 솔직한 러시아인의 전형적인 얼굴을 하고 있었다. 입술 바로 밑에는 검은 턱수염이 짧게 자랐고, 상당히 둥근 타원형의 얼굴이었다. 헤어스타일 역시 멋지긴 하나, 역시 어딘지 모르게 점잖지 않아 보였다. 숱이 적은 검은 머리카락은 가지런히 빗어, 정중앙도 아니고, 그렇다고 옆으로 치우지지도 않게 가르마가 타져 있었다. 큰 귀, 소박한 남성적인 눈, 노르스름한 통통한 코, 촉촉한 미소가 전반적으로 유쾌한 인상을 더해 주었다. "고두노프 체르딘체프." 그는 반복했다. "와우, 정말 굉장히 유명한 성이네요. 제가 한때 알고 지낸 분 가운데…… 혹시 올렉 키릴로비치 씨가 당신의 아버님이 아니신지? 아아, 삼촌이었군요. 그는 지금 어디쯤 사시나요? 필라델피아요? 음, 가깝진 않군요. 우리의 동포가 어디까지 퍼져 있는지 보세요. 놀라울 따름이지요. 당신은 그와 연락하고 지내세요? 네, 그렇군요. 자, **오늘 할 일을 내일로 미루지 말고**, 아파트를 보여 드리지요."

현관에서 오른쪽으로 짧은 통로가 있고, 그것은 다시 곧 오른쪽으로 직각으로 꺾여 무늬만 복도인 형태로, 반쯤 열린 부엌문에서 끝났다. 왼쪽 벽에는 문 두 개가 보였는데, 쇼골레프가 그중 한 문을 힘차게 숨을 몰아쉬며 홱 열어젖혔다. 벽은 황톳빛이고, 창가에는 책상이 있고, 한쪽 벽면에는 소파 베드가, 다른 쪽 벽면에는 책장이 있는 자그맣고 기다란 방이 우리 앞에 펼쳐지더니 굳어 버렸다. 표도르 콘스탄티노비치에게는 방이 비우호적이고 거부감을 주며, 그 안에서 자고 읽고 생각하리라 상상해 왔던 직사각형에 비해 치명적인 각도로 약간 비스듬하게 경사져서(기하학적 도형이 회전할 때 그 전위(轉位)가 점선으로 표시되듯), 그의 생활에 전혀 익숙지 않아 불편해 보였다(마치 '손에 익숙지 않은' 것처럼). 설사 기적적으로 그의 생활을 이 기울어진 상자의 각도에 딱 맞춘다 해도, 그래도 여전히 이 세간들, 이 색조, 이 아스팔트 정원이 보이는 전망, 이 모든 것들은 견딜 수 없었다. 그리하여 그는 곧장, 절대로 이 방을 빌리지 않겠노라 결심했다.

"자." 쇼골레프가 씩씩하게 말했다. "그리고 바로 옆에 욕실이 있습니다. 지금은 조금 정리가 안 된 상태이지만요. 이제, 괜찮으시면……." 그는 좁은 복도에서 옆으로 돌다가 표도르 콘스탄티노비치와 세게 부딪치고 미안한 듯 '아' 한 다음, 그의 어깨를 잡았다. 그리고 그들은 현관으로 돌아왔다. "여기는 딸 방이고, 여기는 우리 방이지요." 그는 오른쪽과 왼쪽의 두 방문을 가리키며 말했다. "그리고 여기가 식당입니다"라고 말하고는 문을 깊숙이 열더니, 마치 노출 시간을 주고 사진을 촬영하듯, 몇 초 동안 열린 상태로 두었다. 표도르 콘스탄티노비치는 탁자, 호두가 담긴 쟁반, 찬장 등을 눈으로 훑었다. 저쪽 창가에는 대나무 탁자와 등받이가 높은 안락의자가 있었는데, 의자 팔걸이에는 무도회에서 입었던 듯한 매우 짧은 하늘색 거즈 원단 드레스가 아무렇게나 가볍게 걸쳐 있었고, 작은 탁자 위에는 은빛 꽃이 가위와 나란히 반짝이고 있었다.

"자, 다 됐습니다." 조심스럽게 문을 닫으며 쇼골레프가 말했다. "보시다시피 아늑하고 가족적이며, 모든 게 작긴 합니다만 있을 건 다 있지요. 식사도 하고 싶으시면 가능합니다. 이 부분은 집사람과 이야기해 보지요. 우리끼리 얘기지만, 제 아내는 음식 솜씨가 좋답니다. 방값은 아브라모바 부인과 아시는 분이라니 똑같이 하기로 하고요. 야박하게 안 굴 테니, **'품속의 예수님처럼'** 살 겁니다." 쇼골레프는 쩌렁쩌렁 웃었다.

"네, 제게 맞는 방인 것 같습니다." 표도르 콘스탄티노비치는 가급적 그를 보지 않으려고 애쓰며 말했다. "사실 전 기왕이면 수요일에 입주하고 싶은데요."

"원하는 대로 하세요." 쇼골레프는 말했다.

독자여, 그대는 애착 없는 거처와 이별할 때의 미묘한 우수에 젖어 본 적이 있는가? 소중한 대상과 헤어질 때처럼 가슴이 저미지도 않고, 눈물 사이로 떠나는 곳의 떨리는 잔상이라도 가져갈 요량으로 애써 눈물을 참으며 촉촉해진 시선으로 주변을 둘러보지도 않는다. 그러나 우리는 가슴속 지순한 부분에서, 우리가 생기를 불어넣지도 거의 주목하지도 않았는데 이제 영원히 헤어지게 될 물건들에 대한 연민을 느낀다. 이미 사장된 이 물품 목록은 차후 기억 속에서 소생하지 않으리라. 침대는 자기 자신을 걸쳐 메고 우리 뒤를 따르지 않을 것이고, 옷장 거울에 비친 반영들은 자신의 무덤에서 일어나지 않을 것이다. 단지 창밖 경치만 아주 잠깐 머무르리라, 마치 십자가에 끼워진, 단정히 깎은 머리에 빳빳하게 풀 먹인 칼라를 세우고 눈 한 번 깜박이지 않는 신사의 빛바랜 사진처럼. 내가 안녕이라 말해도 넌 나의 작별 인사를 듣지 못하리라. 그래도 난 안녕이라 말하리! 예서 난 꼬박 2년을 살며 참 많이도 생각했고, 내 카라반의 그림자는 이 벽지를 따라 행군했고, 양탄자 위의 담뱃재에서는 백합꽃이 자랐지. 그러나 이제 여행은 끝났다. 책의 강물은 도서관의 대양으로 복귀했다. 트렁크 안, 속옷 밑에 이미 쑤셔 넣은 원고와 발췌문들을 내 다시 읽을 날이 올지는 모르겠지만, 그러나 여기 두 번 다시 오지 않을 것임은 안다.

표도르 콘스탄티노비치는 트렁크 위에 앉아 그것을 잠갔다. 방 안을 돌아다니며 마지막으로 서랍을 점검했지만 아무것도 찾지 못했다. 사자(死者)는 훔치지 않는 법이다. 유리창을 타고 파리가 올라왔다가 못 버티고 미끄러지며, 마치 뭔가 털어 내듯 절반은 떨어지고 절반은 아래로 날아가더니, 다시 기어오르기 시작했다. 재작년 4월, 그가 처음 보았을 때 비계가 설치되었던 맞은편 집은 이제 또다시 수선이 필요한 듯, 보도에는 판자들이 놓여 있었다. 그는 짐을 꺼내고 여주인에게 작별 인사를 하러 갔다. 그리고 처음이자 마지막으로 그녀와 악수를 나눴는데, 그녀의 손은 앙상하고 강하며 차가웠다. 그는 그녀에게 열쇠를 건네주고 나왔다. 옛 거처에서 새 거처까지의 거리는 러시아로 치면 푸시킨 거리에서 고골 거리까지의 거리와 같았다.*

제3장

매일 아침 8시가 막 지나면 그의 관자놀이에서 1아르신 정도 떨어진 얇은 벽 너머로 들리는 늘 똑같은 소리가 그를 잠에서 깨웠다. 그것은 바로 유리컵을 유리 선반에 뒤집어 놓을 때 둥근 바닥이 내는 청아한 소리였다. 이어서 여주인의 딸이 잔기침을 했다. 그러고는 간간이 두루마리가 돌돌 돌아가는 소리가 들리고, 그 후 꼴깍꼴깍 신음하다 갑자기 사라지는, 물 내려가는 소리가 들리고, 곧이어 욕조 수도꼭지 안에서 기이한 끼이끽 소리가 들리더니 마침내 샤워의 솨솨 소리로 변했다. 문고리가 딸깍거리더니 발소리는 문을 지나 멀어져 갔다. 그 발소리 쪽으로 다른 발소리, 좀 더 어둡고 무거운 저벅저벅 소리가 다가왔다. 마리안나 니콜라예브나가 딸에게 커피를 끓여 주기 위해 부엌으로 서둘러 가고 있었던 것이다. 처음에는 가스에 성냥불이 붙지 않아 소란스럽게 튀더니 점차 누그러져 점화된 후, 고르게 쉬쉬거리는 소리가 들렸다. 첫 번째 발소리가 돌아왔는데, 이미 하이힐을 신고 있었다. 부엌에서는 화난 듯 격앙된 빠른 대화가 시작되었다. 어떤 이들이 늘 남방 혹은 모스크바 억양으로 이야기하듯, 모녀는 항상 싸우는 투로 이야기했다. 두 목소리는 닮아서 모두 거무스레하고 매끄러웠지만, 하나가 좀 더 거칠고 답답한 느낌이라면, 다른 하나는 좀 더 자유롭고 깨끗했다. 어머니의 웅성거림에는 애원이, 심지어 죄지은 듯한 음소가 담겨 있고, 점점 더 짧아지는 딸의 응수에는 적의가 울렸다. 이 불명료한 아침의 폭풍 소리를 들으며 표도르 콘스탄티노비치는 다시 평온히 잠들었다.

간간이 엷어진 잠결에 그는 청소하는 소리를 들었다. 벽이 갑자기 무너져 그를 덮치곤 했는데, 그것은 바닥 빗자루가 그의 방문을 스치며 쾅쾅 부딪히는 소리였다. 일주일에 한 번 가쁘게 숨을 몰아쉬며 시큼한 땀 냄새를 풍기는 뚱뚱한 수위 아줌마가 진공청소기를 가지고 방문했다. 그러면 지옥이 시작되어 세상은 조각조각 분해되고 지옥 같은 소리가 영혼 자체를 침범하여 파괴시켜, 결국 표도르 콘스탄티노비치를 침대에서 끌어내 방 밖으로, 집 밖으로 몰아냈다. 보통 10시쯤 되면 이번에는 마리안나 니콜라예브나가 욕실을 차지했고 그 뒤로 이반 보리소비치가 가래부터 내뱉으며 그곳으로 갔다. 그는 변기의 물을 다섯 번까지 내렸고 졸졸 흐르는 작은 세면대로 충분하여 욕조는 사용하지 않았다. 10시 반쯤 되면 집은 완전히 적막해졌다. 마리안나 니콜라예브나는 장 보러 나갔고 쇼골레프는 자신의 수상쩍은 일을 보러 나갔다. 표도르 콘스탄티노비치는 따사로운 잠의 끝자락이, 어제의 그리고 다가올 행복에 대한 느낌과 뒤섞이는 황홀한 심연 속으로 빠져들었다.

이제 그는 꽤 자주 하루를 시로 시작했다. 그는 바싹 마른 입술 사이에 단비처럼 맛 좋고 오래가는 커다란 첫 번째 궐련을 물고 벌렁 드러누워, 거의 10년의 공백을 두고 다시, 시를 유출한 파도에 반영되게 하기 위해 임박한 문학의 밤에 낭독될 독특한 유형의 시를 썼다. 그는 이번에 쓴 시들의 구조와 저번에 쓴 시들의 구조를 비교했다. 이전 시들의 어휘는 잊혀졌다. 다만 지워진 문자들 사이로 듬성듬성 풍부 운(韻)과 빈약 운(韻)이 번갈아 가며, 아직 운이 보존되고 있었다 — potseluya-toskuya(키스하며-그리워하며), lip-skrip(보리수나무 소리-끽끽 소리), alleya-aleya〔오솔길-불그스레(잎이, 아니면 황혼이?)〕. 열여섯 살 되던 여름, 그는 생애 최초로 진지하게 시작(詩作)에 착수했다. 그 이전까지는 나비를 노래한 졸시 외에 아무것도 없었다. 그러나 집필이라는 분위기는 오래전부터 그에게 친근하고 익숙했다. 식구들은 모두 뭔가 끄적거렸다. 타냐는 열쇠가 달린 자그마한 앨범에 뭔가를 썼고, 어머니는 고향의 아름다움에 관해 감동적으로 질박한 산문시를 썼다. 아버지와 올렉 삼촌은 행사시를 쓰셨는데, 이 행사는 빈번했다. 그리고 오직 프랑스어로만 시를 쓰는 크세니야 숙모는 열정적이고 '낭랑한' 시를 쓰셨는데, 음절 시의 섬세함은 완전히 무시하셨다. 그녀의 감정 토로는 페테르부르크 사교계에서 매우 인기 있었고, 특히 장시 「La femme et la panthère」[29]와, 아푸흐틴 시의 번역이 유명했다.

> Le gros grec d'Odessa, le juif de Varsovie,
> Le jeune lieutenant, le général âgé,
> Tous ils cherchaient en elle un peu de folle vie,
> Et sur son sein rêvait leur amour passager.*

마지막으로 유일하게 '진짜' 시인인, 어머니의 사촌 형제 볼호프스코이 공작이 있었는데, 그는 비단결 같은 종이에 화려한 활자로 인쇄되고 전체가 이탈리아의 덩굴 장식 문자로 뒤덮인, 두툼하

---

29 「여인과 표범」.

고 애절한 『노을과 별』이라는 값비싼 시집을, 앞에는 작가의 초상화를 싣고 마지막에는 괴상망측한 오타 목록을 수록하여 출간하셨다. 시들은 항목별 — 녹턴, 가을 모티프, 사랑의 현 — 로 나뉘어 있었다. 대부분의 시 위쪽에는 제사(題詞)의 문장(紋章)이 있었고, 모든 시의 아래쪽에는 정확한 집필 날짜와 장소 — '소렌토', '아이-토도르' 혹은 '기차 안에서' — 가 있었다. 이 시들 중에서 지금 내가 기억하는 것이라곤 자주 반복된 단어 '*ecstasy*(황홀경)'뿐으로, 이 단어는 이미 그때부터 내게는 오래된 대야, '*ex-tas*(엑스-대야)'*처럼 들렸다.

나의 아버지는 시에 별 관심이 없으셨으나 푸시킨만은 예외셨다. 아버지는 푸시킨 알기를 다른 이들이 예배를 여기듯 하셔서, 산책 중에 낭독하기를 즐기셨다. 내게는 가끔 「예언자」*의 메아리가, 소리가 깊게 공명하는 어느 아시아의 협곡에서 지금도 여전히 울리는 것처럼 느껴진다. 또한 아버지는, 내 기억으론, 페트의 독보적인 「나비」와 튜체프의 「회청색(灰青色) 그림자」*를 인용하기도 하셨다. 그러나 우리 친척들이 애호했던, 19세기 말의, 어휘의 무기력으로부터 벗어나기 위해 곡이 붙여지기를 열망했던, 유려하고 쉬이 암송되는 서정시는 완전히 아버지의 관심 밖이었다. 아버지는 현대 시를 헛소리로 간주하셨기 때문에 아버지가 계실 때는 나는 이 분야에 열광하고 있음을 마음 놓고 피력할 수가 없었다. 어느 날 아버지께서 나의 책상 위에 널려 있던 시집들을 이미 조롱할 태세로 뒤적이시다가, 공교롭게도 그중에서 최고 시인이 쓴 최악의 시를 찾아내셨을 때(이 시에서는 형편없고 난감한 'gentlman'이 등장하는가 하면, 'kovër(양탄자)'와 'cër(귀하)'가 운을 맞춘다*), 난 너무 속상해서, 아버지가 보다 편히 불만을 털어놓으실 수 있게, 『뇌우가 끓어오르는 잔』*을 재빨리 손에 쥐여

드렸다. 나는 늘 아버지께서, 내가 어리석음의 소치로 '고전주의'라 불렀던 것일랑 잠깐이라도 잊어버리고 아무 선입견 없이 내가 그토록 사랑했던 것을 탐구하신다면, 러시아 시에 출현한 새로운 매력, 아무리 부조리하게 발현될 때라도 내게는 감지되는 그 매력을 이해하실 것이라 생각했다. 그러나 이제 이 새로운 시 중에서 내 안에 여전히 살아남은 시들은 무엇인지 결산해 보며, 나는 극소수의, 그것도 푸시킨을 자연스럽게 계승하고 있는 시만이 살아남았음을 본다. 반면에 현란한 외피와 쓸모없는 가짜, 둔재(鈍才)의 가면과 재능의 죽마(竹馬)는 — 한때 내가 사랑으로 묵과하고 소신껏 조명했던 이 모든 것, 그러나 아버지에게는 새로움의 진짜 얼굴(그의 표현에 의하면 "모더니즘의 낯짝")이라 여겨졌던 이 모든 것은 — 너무나 진부해지고 완전히 망각되었다, 카람진*의 시도 기억되는 마당에 말이다. 그리하여 타인의 책장에서 한때 나와 형제처럼 동숙했던 이런저런 시집과 마주칠 때, 나는 그 시집에서 당시 아버지께서 국외자의 시선으로 느끼셨을, 바로 그것만을 느낄 뿐이었다. 아버지의 실수는 '모던 시' 전체를 싸잡아 비난하신 데 있는 것이 아니라 모던 시에서 그가 사랑하는 시인의, 유구한 소생(蘇生)의 빛을 감지하기를 원치 않으신 데 있었다.

내가 그녀를 처음 만난 것은 1916년 6월이었다. 그녀의 나이는 스물셋이었다. 우리의 먼 친척뻘 되는 그녀의 남편은 전선에 나가 있었다. 그녀는 우리 영지 안의 별장에 살고 있었고 우리 집에 자주 놀러 왔다. 그녀로 인해 나는 거의 나비를 잊었고 러시아 혁명은 완전히 간과했다. 1917년 겨울에 그녀는 노보로시스크로 떠났고 — 그리고 나는 베를린으로 떠나온 후에야 우연히 그녀의 끔찍한 죽음을 알게 되었다. 그녀는 가냘팠고 갈색 머리를 높게 올렸으며, 커다란 검은 눈에는 발랄한 시선이, 창백한 뺨에는 보조개가 있었고, 부드러운 입술은 향긋한 붉은 액체가 든 병의 유리 마개로 문질러 화장하고 있었다. 그녀의 전체적인 행동거지에는, 당시엔 뭐라 정의 내리기 힘들었지만, 뭔가 눈물 어릴 정도로 사랑스러운 면이 있었는데, 이제 보니 그것은 일종의 격정적 태평함이었다. 그녀는 현명하지도, 많이 배우지도 않았고 평범했어, 즉 너와는 정반대였지……. 아니, 아니야, 내가 그녀를 너보다 더 많이 사랑했다거나 당시의 밀회가 우리의 저녁 데이트보다 더 행복했다고 말하려는 것은 절대 아니야……. 그렇긴 해도 그녀의 모든 단점은 매력이나 상냥함, 우아함의 엄습 아래 숨겨졌고, 속사포 같은 무책임한 말에서 매력이 터져 나와, 나는 그녀를 바라보며 영원히 그녀의 말을 들을 태세였다 — 혹시 그녀가 살아 돌아온다면 지금 어찌 될는지 나도 모르겠다, 그러나 어리석은 질문은 할 필요가 없지. 밤마다 나는 그녀를 집까지 바래다주었다. 이 산책은 언젠가는 내게 쓸모 있으리라. 그녀의 침실에는 차르 가족의 자그마한 초상화가 있었고, 투르게네프 식으로 헬리오트로프 향기가 났다.* 나는 가정 교사가 영국으로 떠난 틈을 타 자정 너머 돌아왔다 — 나는 어두운 집(어머니 방에만 불이 켜져 있었다)으로 이어지는, 충직하게, 심지어 아부하듯 살랑거리는 우리의 가로수 길을 따라 걸어가며 경비견이 짖는 소리를 들었을 때 느꼈던 경쾌함, 자부심, 환희, 지독한 밤의 허기(특히 흑빵에 응유가 먹고 싶었다)를 결코 잊지 못하리라. 바로 그때부터 나의 시앓이도 시작되었다.

이따금 나는 아침 식사를 하는 동안 아무것도 안 보고 입술만 움직였고, 설탕 그릇을 청하는 옆 사람에게 내 컵이나 냅킨 고리를 건네주기도 했다. 내 안에 충만한 사랑의 속삭임을 가능한 한 빨리 시로 옮기고 싶다는(올렉 삼촌이 "혹 그가 시집을 내면 반드시 '가슴의 속삭임'이라 명명할걸"이라고 너무나 단도직입적으로 말씀하셨던 것이 기억난다) 미숙한 열망에도 불구하고, 나는 그때 이미 어휘의 작업실—조야하고 빈약했지만—을 차렸다. 형용사를 선별함에 있어, 나는 이미 'tainstvennyy(신비로운)'나 'zadumchivyy(수심 어린)' 등의 형용사는, 휴지*에서 행의 마지막 단어에 이르는, 입을 쩍 벌리고 노래하기를 갈망하고 있는 공간을 간단하면서도 손쉽게 채울 수 있다는 것, 게다가 이 끝 단어에 2음절의 짧은 형용사를 덧붙여, 예컨대 'tainstvennyy i nezhnyy(신비롭고 부드러운)'의 유형—러시아 시에 있어(프랑스 시에서도) 실로 재난이라 할 수 있는 음률 공식—을 얻을 수도 있다는 것을 알고 있었다. 또한 나는 약강약격(이것은 세 개의 쿠션이 놓인 소파에 중간 쿠션이 움푹 꺼진 모습으로 시각화할 수 있다) 유형에 적당한 형용사가 무궁무진하다는 것도 알았고—나는 얼마나 자주 'pechál'nyy(애절한)'*, 'liubímyy(사랑스러운)', 'miatézhnyy(질풍노도의)'를 남발했는지!—강약격 형은 역시 충분하지만, 강약약격 형은 훨씬 드물어져 왠지 모두가 옆으로 서 있는 모양새라는 것, 그리고 마지막으로 약약강격, 약강격은 더욱 드물어져서 점점 더 지루해지고 경직된다는 것도—'nezemnóy(천상의)'나 'nemóy(무언의)'처럼—알고 있었다. 더 나아가 나는 극히 길고 극히 유쾌한 'ocharovatel'nyy(매혹적인)'나 'neiziasnimyy(불가해한)'와 같은 형용사는 자신만의 고유한 오케스트라를 지니고 4음보 시행(詩行) 속으로 들어온다는 것, 그리고 'taínstvennyy i nezemnóy(신비로운 천상의)'의 결합은 4음보 시행에 일종의 무아레 무늬*를 새겨, 그 결과 이리 보면 약강약격이고 저리 보면 약강격이 된다는 것도 알고 있었다.* 좀 더 후에 안드레이 벨리의 리듬에 대한 기념비적 연구는 반(半)강세에 대한 시각적 표기와 통계 체계*로 나를 완전히 매료시켜, 나는 곧바로 이러한 새로운 관점에서 기존의 나의 모든 4음보 시행을 고찰했고, 그 결과 사다리꼴이나 직사각형은 전무한 가운데 빈틈과 온점이 있는 직선이 우세함을 보고 끔찍하게 낙담했다. 그 이후 거의 1년 동안 내내 — 잘못으로 점철된 너절한 해였다 — 나는 애써 가능한 한 복잡하고 풍요로운 도식이 산출되도록 썼다.

수심에 어려 하릴없이
향기를 퍼뜨리며,
불가능하리만치 부드럽게
뜰은 하마 반쯤 시드누나,*

똑같은 풍으로 기타 등등. 혀는 꼬였지만 면목은 세워졌다. 이 괴물의 리듬 구조를 형상화하자, 커피 분쇄기들, 광주리들, 쟁반들, 화병들*로 이루어진 위태위태한 탑 비슷한 조형물이 생겨났고, 이 탑은 광대의 지팡이 위에서 장애물에 닿기 전까지는 균형을 유지하지만, 장애물에 닿으면 가슴 졸이며 고함치는 관람석 위로 서서히 전체가 기울어지는데, 떨어질 때에야 비로소 위험하지 않게 줄로 묶여 있음이 판명된다.

아마도 나의 시(詩)의 롤러가 아직 어려 동력이 약했기 때문인지 나는 동사나 기타 품사들에 대해서는 관심을 덜 가졌다. 그러나 율격과 리듬은 별개의 문제였다. 나는 약강격에 대한 선천적인 선호를 극복하며 3강세 돌니크*에 매달렸다가, 그다음에는 운율로부터의 이탈에 골몰했다. 그때는 바로 「난 대담해지고 싶어」의 작가가 행 중간에 잉여 음절의 혹이 있는 인위적인 4음보 약강격(혹은 다시 말해서, 4행과 8행 외에 모두 여성 운인 2음보 8행시를 4행시 형태로 표현한)을 선보였던 시기였는데,* 결국 내가 보기에, 이 율격으로는 진정 시다운 시가 단 한 편도 쓰이지 않았던 듯하다. 나는 이 춤추는 꼽추에게 황혼이나 보트를 운반케 했는데, 노을은 사라지고 보트는 뜨지 않아 놀랐다. 블로크의 리듬의 몽환적 말더듬은 상황이 좀 더 나은 편이었다. 그러나 내가 그것을 이용하려 하자마자 푸른 시동(侍童)이나 수도승 혹은 공주가 나의 시 속으로 슬그머니 잠입했다,* 마치 보나파르트의 그림자가 밤마다 자신의 삼각 모자를 찾아 골동품상 슈톨츠를 찾아오는 것처럼.*

나의 운(韻) 사냥이 진행되면서, 운들은 몇몇 색인 순서에 따라 실용적 체계를 갖추었다. 운들은 과(科)별로 분류되어, 운 어족(語族), 운의 풍경이 형성되었다. 'let**uchiy**(비행자)'는 일거에 *zhg**uchiy***(작열하는) 사막과 *nemin**uchiy***(불가피한) 운명의 *kr**uchi***(절벽들) 위로 ***tuchi***(구름들)를 모았다. 'nebos**klon**(창공)'은 뮤즈를 *ba**lkon***(발코니)으로 데려가 ***klyon***(단풍)을 보여 주었다. 'tsve**ty**(꽃들)'는 *temno**ty***(암흑) 사이로 *mech**ty***(꿈)를 '**ty**(그대여)'라 부르며 손짓한다. *sv**echi***(촛불들), *pl**echi***(어깨들), *vstr**echi***(만남들), ***rechi***(대화들)는 고풍스러운 무도회와 비엔나 회의, 그리고 주지사의 명명일에 공통되는 분위기를 창출한다. 'gla**za**(눈들)'는 *biryu**za***(청옥), *gro**za***(뇌우), *streko**zy***(잠자리들)와 무리 지어 푸르게 반짝이는데, 이것들은 건드리지 않는 편이 나았다. 'dereb**ya**(나무들)'는 'kochev**ya**(유목민의 야영지들)'와 따분하게 짝을 지어 서 있었다, 마치 '도시명' 보드게임에서 스웨덴은 단지 두 개의 도시로만 대표되는 것처럼(프랑스는 열두 개인데 말이다!). '**v**eter(바람)'는 짝이 없었지만 — 단지 볼품없는 *s***etter**(세터 개)만 멀리서 달리고 있었다 — 그 전치격 형태(*v**etre***)는 크림 산맥의 산에 사용되었고, 그 생격 형태(*v**etra***)

는 기하학자(*geom**etra***)를 초대하였다.* 또 희귀한 표본도 있었는데, 이종 표본들에게 할여된 여백을 지닌 'amet**istovyy**(자수정빛의)' 유형이 그것으로, 나는 한참의 시간이 흐른 후에야 그것이 'pereli**styvay**(책장을 넘겨라)'나, 완전히 동떨어져 보이는 *ne**istovyy** pr**istav***(격정적인 경찰서장)와 운을 맞출 수 있다는 것을 알았다.* 한마디로 그것은 멋지게 라벨화된 단어 목록으로 항상 손쉽게 사용할 수 있었다.

그럼에도 불구하고 확신컨대, 바로 그 당시, 기형적이고 유해한 훈련(만약 내가 조화로운 산문의 유혹에 결코 빠지지 않는 순수 시인이었더라면 전혀 끌리지 않았을)의 시기에도 나는 영감을 알고 있었다. 나를 휘감은 흥분은 재빨리 얼음 망토로 나를 뒤덮고 손마디를 짓누르며 손가락을 잡아당겼다. 수천의 문 가운데 밤의 소음으로 가득 찬 뜰로 가는 하나의 문을 미지의 방법으로 찾아내는 사고의 몽유병적 배회, 별이 총총한 하늘만큼 커졌다가 수은 방울만큼 줄어들기도 하는 영혼의 팽창과 수축, 내적인 포옹의 일종의 현현(顯現), 고전적 떨림, 웅얼거림, 눈물 등, 이 모든 것은 진짜였다. 그러나 나는 이 순간마저 흥분을 해소하려고 조급하고 어설프게 시도하면서, 맨 처음 걸려든 진부한 단어들과, 그 단어들의 기존의 결합에만 매달렸다. 그 결과, 내가 창조로 간주했던 것, 즉 나의 신성한 흥분과 나의 인간적 세계 사이의 살아 있는 관계이자 표현이어야 했던 것에 착수하자마자, 모든 것은 언어의 치명적인 틈새 바람 사이로 나가 버렸다. 그런데도 나는 파열과 굴욕과 배반을 보지 못한 채, 계속해서 관용구들을 회전하고 운을 맞추었다. 마치 자신의 꿈(모든 꿈이 그러하듯, 한없이 자유롭고 복잡하지만 깨어날 때는 피처럼 엉기는)에 대해 이야기하는 사람이 자신도 청자도 모르게 꿈을 두리뭉실 삭제하고 흔해 빠진 스타일로 덧씌워, 만약 "내 방에 앉아 있는 꿈을 꾸었다"라고 시작하면 그 방이 실제 자기 방의 가구 배치와 완전히 똑같았다고 넌지시 암시하며, 꿈이라는 장치를 터무니없이 비하시키는 것처럼.

이별은 영원한 것이었다. 눈이 사방으로, 수직으로 혹은 사선으로, 심지어는 위로 휘날리며 아침부터 함박눈이 펑펑 날리던 겨울날이었다. 그녀의 커다란 장화와 자그마한 토시. 그녀는 자신과 함께 모든 것을 완전히 가지고 갔다, 여름에 만나곤 했던 공원까지도. 남은 것이라고는 단지 그의 운(韻) 목록과 겨드랑이 밑의 가방, 학교에 가지 않은 8학년 학생의 낡은 가방뿐이었다. 기묘한 수줍음, 중요한 말을 하고자 하는 열망, 침묵, 두서없는 무의미한 말들. 간단히 말해서, 사랑은 최후의 이별을 앞두고 최초의 고백 전에 의당 일어나는 수줍음이라는 음악적 테마를 반복하고 있었다. 베일 사이로 그녀의 짭조름한 입술과의 망상(網狀)의 접촉. 역은 끔찍하게 야만적으로 번잡했다. 당시는 행복과 태양과 자유의 꽃씨가 아낌없이 뿌려지던 시기였던 것이다. 이제 꽃은 성장했다. 러시아는 해바라기꽃으로 채워졌다. 그것은 가장 크고, 가장 얼굴이 크며, 가장 어리석은 꽃이다.

시는 이별과 죽음과 과거에 관한 것이었다. 시 창작에 대한 태도가 변화된 시기 — 작업실과, 어휘의 분류와, 운(韻)의 수집에 염증을 느끼게 된 시기 — 를 정확히 규정할 수는 없지만(해외에서 비로소 일어난 것 같긴 하다), 이 모든 것을 파괴하고 해체하고 잊어버리는 일은 얼마나 처절하게 힘들었는지! 그릇된 습관은 질기게 남아 친숙해진 단어들은 좀처럼 떨어지려 하지 않았다. 단어들 그 자체는 좋지도 나쁘지도 않았으나, 그들의 그룹별 연합, 운의 연대 보증, 비대해진 리듬, 이 모든 것들이 단어들을 끔찍하고 흉물스럽고 죽은 것으로 만들었다. 자신을 둔재라 여기는 것은 자신의 천재성을 확신하는 것보다 별로 나을 것이 없으리라. 표도르 콘스탄티노비치는 전자에는 회의를 표하고 후자에는 가능성을 열어 두었지만, 더 중요한 것은 백지의 사악한 음울함에 굴복당하지 않으려고 애썼다는 점이다. 일단 폐가 확장되고자 하듯이 너무나 자연스럽게 실컷 말하고 싶은 것이 그에게 생겼다면, 이것은 바로 호흡에 맞는 단어를 찾아야 함을 뜻했다. 아, 단어가 없어, 단어는 파리한 송장이야, 단어는 결코 우리의 그 어떤 감정도 표현하지 못해(게다가 여기서 6음보 강약격으로 길게 늘여 쓴다)라고 말하는 작가들이 빈번히 반복하는 불평은, 그가 보기에는 산골 마을의 최연장자가 그 산으로는 결코 아무도 올라오지 않았고 앞으로도 올라오지 않을 거라고 점잖게 확신하는 것처럼 무의미하게 느껴졌다. 왜냐하면 어느 멋진 쌀쌀한 아침, 호리호리한 장신의 영국인이 나타나 희색이 만연하여 정상에 오르기 때문이다.

최초의 해방감은 출간된 지 어언 2년이 넘은 『시집』을 작업하던 당시, 그의 내부에서 꿈틀대기 시작했다. 시집은 그의 의식 속에 즐거운 연습으로 각인되었다. 사실 이 50편의 8행시 중 어떤 시는 — 예컨대 자전거나 치과 의사에 관한 시 — 떠올리기조차 부끄럽지만, 대신 생동감 있고 진솔한 시들도 몇 편 있었다. 예를 들어 굴러 들어갔다 되찾은 공은 잘 표현되었고, 특히 마지막 연의 운의 파격은(마치 행이 경계를 이월하여 흘러가는 듯했다) 지금까지도 여전히 낭랑하고 신명 나게 그의 귓가에 울렸다. 그는 자비로 책을 출간했고(과거의 부에서 뜻밖에 남겨진, 아득히 먼 곳의 여름밤의 날짜가 새겨진 납작한 황금 궐련 케이스를 팔았다 — 아, 그 여름밤에 들리던 이슬에 젖은 쪽문의 삐걱 소리여!), 총 5백 권 중 429권은 지금까지 유통업자의 창고에서 손도 대지 않은 채 먼지가 쌓여 한 층만 약간 내려간 평평한 고원을 이루고 있다. 열아홉 권은 선물로 나눠 주었고 한 권은 자신에게 남겨 두었다. 그는 종종 자신의 책을 구매한 이 51명은 정확히 어떤 사람일까 하는 질문에 잠기곤 했다. 그는 이들이 가득 메운 모처("고두노프 체르딘체프의 독자" 주주 총회와 같은)를 상상하곤 했는데, 그들은 모두 서로 닮아 눈은 사색적이었고, 정겨운 손에는 흰 책을 들고 있었다. 이 중 단 한 권의 운명만 그는 정확히 알았는데, 2년 전에 지나 메르츠가 그것을 샀던 것이다.

그는 누운 상태로 궐련을 피우며 느릿느릿 글을 쓰면서, 침대의 태내(胎內) 같은 온기와, 아파트의 적막함과 시간의 유유자적한 흐름을 즐기고 있었다. 마리안나 니콜라예브나는 한동안 돌아오지 않을 것이고 점심은 1시 15분은 넘어야 준비될 것이다. 이 석 달 동안 방은 완전히 길들여져, 이제 방의 공간상 움직임은 그의 삶의 움직임과 완전히 일치했다. 망치 소리, 펌프의 쉬쉬 소리, 점검 중인 엔진의 탁탁 소리, 독일인 음성의 독일식 파열, 차고와 자동차 공장이 있는 뜰 왼편에서 아침이면 항상 들려오는 이 모든 소음의 일상적 결합은 이미 오래전부터 익숙해진 나머지 무덤덤해져서, 정적 사이로 거의 보이지 않는 무늬일 뿐, 정적의 파괴자는 아니었다. 창가의 자그마한 탁자는 군용 모포에서 발을 꺼내면 발끝으로 닿을 수 있었고, 손을 옆으로 내밀면 왼쪽 벽의 찬장에 닿을 수 있었다(그런데 이 찬장은 이따금 갑자기 아무 이유 없이 자기 차례도 아닌데 불쑥 무대에 튀어나오는 얼뜨기 배우의 참견하는 듯한 표정을 지으며 열리곤 했다). 탁자 위에는 레시노의 사진과 잉크병, 간유리 아래 램프와 잼 얼룩이 진 접시가 있었고, 『붉은 처녀지』*와 『현대의 수기』,* 그리고 이제 막 출간된 콘체예프의 시집 『전언』이 놓여 있었다. 소파 베드 옆 카펫에는 어제 신문과 『죽은 혼』*의 해외판이 뒹굴었다. 이것들은 모두 이젠 그가 보지 않음에도 불구하고 여전히 거기 있었다. 이 물체들의 소집단은 안 보이도록 훈련받았고, 바로 여기에서 자신의 임무를 찾았는데, 이 임무는 특정한 조합하에서만 실행될 수 있었다. 그는 행복감으로 충만했고, 불현듯 인간의 음성으로 말하기 시작하는 고동 치는 안개 같았다. 이 세상 그 무엇도 이 순간보다 더 좋을 수는 없었다. 진귀한 것, 가상의 것만을 사랑하라, 꿈의 끝자락에서 슬며시 다가오는 것, 우매한 자를 약 올리는 것, 범인들이 비난하는 것을 사랑하라. 고국에 충성하듯, 허구에 충실하라. 우리의 시간이 도래했다. 개들과 불구자들만 홀로 잠 못 들고, 여름밤은 경쾌하다. 지나가는 차는 최후의 고리대금업자를 영원히 데려갔고, 가로등 주변 가면무도회 빛깔의 나뭇잎은 초록빛 엽맥으로 빛을 투과한다. 저 문가에는 바그다드의 구불구불한 그림자가 드리우고, 저 별은 풀코보* 위에 떠 있다. 오, 맹세해 다오—.

현관에서 전화벨이 울려왔다. 주인이 부재중일 경우에는 묵계하에 표도르 콘스탄티노비치가 전화를 받았다. 내가 지금 일어나지 않으면 어떻게 될까? 계속 울리던 벨은 숨 돌리기 위해 잠깐 쉬었다가 다시 이어졌다. 벨이 죽고자 하지 않으니 죽이는 수밖에. 표도르 콘스탄티노비치는 더 이상 참지 못하고 욕을 퍼부으며 혼령처럼 잽싸게 현관으로 뛰쳐나갔다. 러시아인의 목소리가 초조하게 누구시냐고 물었다. 표도르 콘스탄티노비치는 곧장 그 목소리를 알아봤다. 그는 모르는 전화 가입자로—우연의 장난으로 동포였다—이미 어제도 전화를 잘못 걸었는데, 번호가 비슷해서인지 오늘 또다시 틀린 번호로 전화했던 것이다. "제발 좀 끊어요." 표도르 콘스탄티노비치는 이렇게 말하고 까칠하게 서둘러 전화를 끊었다. 그리고 잠깐 욕실에 들렀다가, 부엌에서 차가운 커피 한 잔을 마시고는 다시 침대 속으로 뛰어 들어갔다. 널 뭐라 부를

까? 넌 반(半)므네모지네, 너의 이름에도 반광(半光)이 있누나.* 베를린의 어스름 속, 반(半)환영인 그대와 둘이서 배회하는 것이 내겐 기이하누나. 아, 여기 빛 받아 환한 보리수나무 밑, 벤치가 있다……. 넌 눈물로 전율하며 소생하고, 난 삶에 경탄하는 네 시선과 머리카락의 희미한 반짝임을 보누나. 너와 입 맞추노라면 네 입술에 딱 맞는 비유가 떠오르니, 바로 반짝이는 티베트 설산의 눈, 뜨거운 샘, 그리고 서리 속의 꽃이라. 우리의 초라한 밤의 영토에 — 울타리, 가로등, 아스팔트 광택에 — 상상이라는 에이스 카드를 내밀어, 전 세계를 밤으로부터 되찾자! 저기 저것은 구름이 아니라 산모롱이이며, 여기 이것은 창가의 램프가 아니라 숲 속의 모닥불이리라……. 이 길이 다하도록 넌 오직 허구에만 충실하겠노라 맹세해 다오…….

정오가 되자 열쇠 꽂는 소리 들리고, 자물쇠 소리 유별나게 쾅쾅 울렸다. 마리안나 니콜라예브나가 장에 갔다 오는 소리였다. 짜증스러운 비옷 소리, 둔한 걸음이 1푸드짜리 **식료품** 든 장바구니를, 문을 통과해 부엌으로 갖다 놓았다. 러시아 산문의 뮤즈여, 『모스크바』의 작가의 양배추 강약약격과 영원히 결별하라.* 왠지 불편해졌다. 아침 시간의 잔여량이 없었던 것이다. 침대는 침대의 패러디로 변했다. 부엌에서 준비 중인 점심의 소리에는 뭔가 언짢은 비난이 있었고, 세척과 깎기의 원근 투시는 중세 초기 거장들의 원근법처럼 너무나 가까워 불가능했다. 그러나 이와도 또한 너는 언젠가 이별해야 하리라.

12시 15분, 12시 20분, 30분……. 그는 이미 싫증 나긴 했지만 끈질긴 침대의 온기 속에서 마지막으로 궐련 한 개비를 더 피우기로 했다. 베개의 시대착오성이 더욱 확연해졌다. 그는 다 피우지 않고 일어나, 곧장 많은 흥미로운 차원들의 세계로부터, 압력의 차이로 몸도 쉬이 지치고 머리도 아파 오는 비좁고 빡빡한 세계로 — 냉수의 세계로 — 넘어왔다. 오늘은 온수가 끊겼던 것이다.

시적 취기와 의기소침, 우울한 짐승……. 어제 면도기를 헹구는 것을 잊어버려 면도날 사이로 거품이 돌처럼 굳어 있고 칼날은 녹슬기 시작했는데, 다른 면도기는 없었다. 거울 속에서 창백한 자화상이 모든 자화상에 고유한 진지한 눈으로 쳐다보고 있었다. 한쪽 턱 옆 살짝 부어오른 곳에 밤새 자라난 털 사이로(살아생전에 몇 미터나 더 깎아 내야 될까?) 노란 꼭지의 종기가 나타나, 곧장 표도르 콘스탄티노비치 전체의 중심점, 그의 존재의 여기저기에 살고 있던 모든 불쾌한 감정들이 집결하는 구심점이 되었다. 그는 꼭 짰다, 비록 나중에 세 배로 부풀어 오를 것을 알면서도. 이 모든 것은 얼마나 끔찍했는지! 차가운 비누 거품 사이로 빨간 눈이 뚫고 나왔다 — *L'oeil regardait Caïn.*[30*] 그사이 '질레트'는 전혀 수염을 깎지 못했고, 손가락으로 점검했을 때 빳빳한 털의 감촉은 섬뜩한 절망감을 자아냈다. 목젖 옆에 피 한 방울이 배어 나왔으나 수염은 여전히 제자리에 있었다. '절망의 사막'이다. 설상가상으로 어둡기까지 했다. 설령 불을 켠다 해도 대낮 전기의 밀짚 꽃 같은 노란빛은 아무짝에도 쓸모가 없었을 테지만. 우여곡절 끝에 면도를 마친 그는 마지못해 욕조로 들어가, 샤워기의 얼음물 습격에 신음하고 나서, 수건을 잘못 사용해 온종일 마리안나 니콜라예브나 냄새가 나겠구나 하고 우울하게 생각했다. 얼굴은 욕지기 나게 까칠까칠 달아올랐고, 특히 턱 한쪽에 뜨거운 불씨 하나가 있었다. 갑자기 누군가 욕실문 손잡이를 세게 잡아당겼다(쇼골레프가 돌아온 것이다). 표도르 콘스탄티노비치는 발소리가 멀어지

---

30 "눈이 카인을 응시했다."

기를 기다렸다가 자기 방으로 뛰쳐 들어갔다.

곧바로 그는 식당에 들어갔다. 마리안나 니콜라예브나는 수프를 따르고 있었다. 그는 그녀의 거칠거칠한 손에 키스했다. 직장에서 막 돌아온 그녀의 딸은 느릿느릿한 걸음으로, 사무실 일로 인해 아직 멍하니 기진맥진한 모습으로 식탁에 나타났다. 그녀는 힘없이 우아하게 앉았다. 긴 손가락에 끼워진 궐련, 속눈썹에 묻은 분가루, 청록색 실크 스웨터, 관자놀이에서 뒤로 빗어 넘긴 짧은 금발 머리, 시무룩함, 침묵, 재. 쇼골레프는 보드카를 한 모금 홀짝거리더니 옷깃에 냅킨을 끼우고, 다정하지만 조심스레 의붓딸을 쳐다보며 수프를 떠먹기 시작했다. 그녀는 천천히 보르시치*에 있는 사워크림의 하얀 감탄부호를 섞었다. 하지만 곧바로 어깨를 으쓱하고는 접시를 밀쳐 놓았다. 침울하게 그녀를 지켜보던 마리안나 니콜라예브나는 냅킨을 식탁에 던지고 식당에서 나가 버렸다.

"아이다, 좀 먹어 보렴." 축축한 입술을 삐죽 내밀며 보리스 이바노비치가 말했다. 그녀는 마치 그가 자리에 없는 듯 한마디 대꾸도 않고 — 단지 가느다란 코의 콧구멍만 떨렸다 — 의자에 앉은 채 옆으로 돌아 긴 상체를 가볍고도 유연하게 구부리더니 뒤편 찬장에서 재떨이를 꺼내 접시 옆에 놓고 재를 털었다. 마리안나 니콜라예브나가 미숙하게 화장한 통통한 얼굴에 우울하고 언짢은 표정을 지으며 부엌에서 돌아왔다. 딸은 왼쪽 팔꿈치를 식탁에 괴고 약간 기대어 천천히 수프를 먹기 시작했다.

"그런데, 표도르 콘스탄티노비치." 우선 허기를 달랜 후 쇼골레프가 입을 열었다. "사건이 결말로 가는 것 같아요! 영국과는 완전히 끝장날 거예요. 힌축이 된통 당했잖아요……. 여기선 벌써 뭔가 심각한 냄새가 풍겨요. 내가 얼마 전에 코베르다의 저격이 첫 신호탄이라고 말했던 것 기억해요? 전쟁이라니까요! 전쟁의 불가피함을 부정하는 것은 엄청, 엄청 순진한 것이랍니다. 스스로 판단해 봐요, 동방의 일본 역시 참지 못하고 —.”*

그리고 쇼골레프는 정치 토론으로 넘어갔다. 많은 무급의 다변가들이 그러하듯 그 또한, 자신이 신문에서 읽은 유급의 다변가들이 전한 소식들은 그에게서 질서 정연한 도식을 이루며, 이 도식만 따라가면 논리적이고 깨어 있는 지성(이 경우에는 그의 지성)이라면 무난히 세계의 수많은 사건을 설명하고 예측할 수 있을 것이라 여겼다. 국가들의 명칭과 그 주요 지도자들의 이름이 그에게서는 마치 채워진 정도는 상이하나 기실 동일한 용기들의 상표 같은 것으로 바뀌었고, 그는 이 용기들의 내용물을 이리저리 옮겨 담고 있었다. 프랑스는 뭔가가 **두려워서** 이를 결코 **용인하지** 않을 것이다. 영국은 뭔가를 **목표로** 하고 있다. 이 정치가는 관계 회복을 갈망했지만, 저 정치가는 자신의 **위상**을 높이고자 했다. 누군가는 **음모를 획책했고**, 누군가는 뭔가를 **얻으려 분투하고 있다**. 한마디로 그가 창조한 세계는 편협하고 유머 감각도 없으며 몰개성적이고 관념적인 싸움꾼들의 집합소였고, 그가 그들의 상호 작용 안에서 더 많은 지성과 간계와 예지를 발견할수록 이 세계는 더욱 어리석고 저속하며 단순해졌다. 그가 자신과 똑같이 정치 진단을 즐기는 사람을 만났을 때는 그야말로 끔찍했다. 예컨대 점심에 가끔 들르던 카사트킨 대령이 있었는데, 그때는 쇼골레프의 영국이 쇼골레프의 다른 나라가 아닌 카사트킨의 영국 — 역시 존재하지 않는 — 과 충돌하여, 결국 어떤 의미에서는 국제전이 내전으로 바뀌었다, 설사 전쟁 당사국들이 결코 접경(接境)할 수 없는 상이한 차원에 존재할지라도 말이다. 지금 쇼골레프의 말을 들으면서, 표도르 콘스탄티노비치는 쇼골레프가 거명한 나라와 바로 그 쇼골레프의 여러 신체 부위가 가족적 유사성을 지니고 있음에 놀랐다.

즉 '프랑스'는 그의 경고하듯 치켜뜬 눈썹에 상응했고, 소위 '완충국'*은 코털에 일치했다. 이른바 '폴란드 회랑'*은 그의 식도에 부합했고, '단치히'*는 이를 부딪치는 소리였다. 그리고 러시아는 쇼골레프가 깔고 앉은 둔부였다.

그는 점심(굴라시,* 키셀*)을 다 먹을 때까지 지껄이더니, 부러진 성냥개비로 이를 쑤시며 잠시 눈을 붙이러 들어갔다. 마리안나 니콜라예브나 역시 같은 일을 하러 가기 전에 설거지를 했다. 딸은 여전히 한마디도 하지 않고 다시 직장으로 떠났다.

표도르 콘스탄티노비치가 소파 베드에서 침구를 겨우 치우자마자 제자가 들어왔다. 뿔테 안경을 쓰고 가슴 주머니에 만년필을 넣고 다니는 뚱뚱하고 창백한 젊은이였다. 이 불쌍한 친구는 베를린의 김나지움을 다니면서 현지 생활에 지나치게 물들어, 영어 회화에서도 볼링핀 머리의 독일인이나 할 법한 만성적인 실수를 하고 있었다. 예를 들면 그가 과거 시제에서 완료상 대신 불완료상을 사용하는 것을 막을 방도가 없어서, 결국 그가 행한 어제의 모든 돌발적 행동에는 바보 같은 지속성의 뉘앙스가 덧붙여졌다.* 그리고 끈질기게 영어의 '또한'을 독일어식으로 '따라서'로 사용했고,* '의복'*을 뜻하는 단어에서 발음이 난해한 어미를 공략하면서 불필요한 '쉬' 음을 계속 덧붙였다, 마치 장애물을 뛰어넘은 뒤 미끄러지듯이. 그가 충분히 자유롭게 의견을 개진할 수 있었음에도 불구하고 가정 교사에게 도움을 청한 것은 졸업 시험에서 최고점을 받기 위해서였다. 그는 오만하고 이성적이었으며, 둔하고 독일식으로 무식했다, 즉 자신이 모르는 것에는 무엇이든 회의적인 태도를 취했다. 사건의 우스운 측면은 그것이 있어야 할 곳—삽화가 있는, 베를린의 주간지 마지막 페이지—에서 이미 오래전에 밝혀졌다고 굳게 믿는 그는, 단 한 번 거만하게 '흠' 한 것을 제외하고는 결코 웃지 않았다. 조금이라도 그의 관심을 끌 수 있는 유일한 것은 바로 기발한 자금 운용에 관한 이야기였다. 그의 모든 삶의 철학은 단순명료한 명제, "가난한 자는 불행하고 부유한 자는 행복하다"로 귀착되었다. 이 성문화된 행복은 최고의 춤곡의 반주에 맞추어, 화려한 기교를 지닌 다양한 대상들로부터 희유(嬉遊)적으로 조합되었다. 그는 항상 수업에 고의로 몇 분 일찍 와서 가능한 한 늦게 나가려고 버텼다.

다음 고문을 향해 서두르며 표도르 콘스탄티노비치는 제자와 함께 나왔다. 제자는 그와 길모퉁이까지 동행하면서 몇몇 영어 표현을 공짜로 좀 더 얻어 내려 했지만, 표도르 콘스탄티노비치는 매정하게 고소해하며 러시아어로 대화하기 시작했다. 그들은 교차로에서 헤어졌다. 이곳은 교회도, 소공원도, 길모퉁이의 약국도, 측백나무들 사이의 화장실도, 심지어 전차 차장들이 우유로 목을 축이는 가판대가 설치된 삼각 교통섬도 갖추었지만, 광장 축에는 못 끼는, 바람 부는 허름한 교차로였다. 길모퉁이들에서 튀어나와 언급된 기도와 청량함의 장소를 에두르는, 사방으로 뻗어 있는 많은 길들이, 교차로를, 초보 운전자 교육용으로 도시의 요소요소들과 그 모든 충돌 가능성을 묘사해 놓은 도면들 중 하나로 바꾸었다. 오른쪽에는 세 그루의 멋진 자작나무가 시멘트를 배경으로 약간 부각되는 전차 기지의 문이 보였는데, 가령 어느 부주의한 전차 운전사가 있어, 쇠막대 끝으로 전차의 전철기(轉轍機)를 전환하기 위해 정해진 정거장으로부터 3미터 앞 가판대 주변에서 멈추지 않았더라면(이 와중에 반드시 보따리를 든 여인은 내리려고 부산을 떨다 모두에게 제지당하곤 했다) — 애석하게도, 그 정도의 부주의함은 거의 찾아보기 힘들었다 — 전차는 둥근 유리 천장 밑으로 위풍당당하게 휘어 들어가 거기서 밤을 지새우고 손질도 받았으리라. 왼쪽에 우뚝 솟은 교회는 아랫부분이 담쟁이덩굴로 휘감겨 있었고, 교회를 에워싼 잔디밭 가장자리에는 연보랏빛 꽃을 피운 만병초 덤불이 우거져 있었는데, 밤에는 이곳에서 불가사의한 손전등을 들고 잔디에서 지렁이를 찾고 있는 불가사의한 인간을 볼 수 있었다 — 새 모이를 하려는 것일까? 낚시찌를 하려는 것일까? 길 건너 교회 맞은편에는 이슬 맺힌 팔 안에 있는 무지개 유령과 제자리에서 왈츠를 추고 있는 스프링클러의 광채 아래, 소공원의 기다란 풀밭이 양옆의 어린 나무들과(그중에는 가문비나무도 있었다), ㄷ자형 오솔길과 함께 푸르러지고 있었다. 그 길의 가장 응달진 모퉁이에는 아이들을 위한 모래 구덩이가 있었다 — 그런데 우리는 정작 이 비옥한 모래를 지인을 묻을 때만 만진다. 소공원 뒤로는 축구장이 방치된 채 있었는데, 표도르 콘스탄티노비치는 이 축구장을 따라 쿠르퓌르스텐담 거리 쪽으로 갔다. 보리수나무의 초록빛, 아스팔트의 흙빛, 자동차 부품 가게 주변의 뜰 울타리에 기대어진 두꺼운 고무 타이어, 마가린 통을 선보이며 환하게 미소 짓는 광고 속 신부, 여인숙 간판의 푸른빛, 대로변에 근접할수록 점점 더 고색창연해지는 가옥 현관들의 회색빛, 이 모든 것들이 수백 번 그의 옆을 스쳐 지나갔다. 늘 그렇듯, 그는 쿠르퓌르스텐담 거리에 이르기 몇 걸음 전에, 전방에서 타야 될 버스가 풍광을 가로질러 질주하는 것을 보았다. 정거장은 바로 길모퉁이만 돌면 있었지만 표도르 콘스탄티노비치는 미처 달려가지 못해 다음 버스를 기다려야 했다. 영화관 정문 위에는 턴아웃 자세로 서서 지팡이를 옆으로 뻗어 들고 중산모 밑 흰 면상에는 콧수염 얼룩이 있는, 마분지로 오려 만든 검은 괴짜가 조성되어 있었다.* 이웃한 카페 테라스의 등나무 의자에는, 낯짝이나 넥타이상으로는 매우 닮았지만 지불 능력은 아마 제각각일 사업가

일행이, 똑같이 손가락으로 챙을 만들어 이마를 가리고, 똑같이 편하게 몸을 쭉 편 채 앉아 있었다. 그 사이 펜더가 심하게 파손되고, 유리창이 깨지고, 발 디딤대에는 피로 얼룩진 손수건이 뒹굴고 있는 소형차가 보도에 서 있었는데, 대여섯 명의 구경꾼이 아직도 멍하니 바라보고 있었다. 모든 것이 햇빛을 받아 알록달록했다. 녹색 벤치에는 턱수염을 염색하고 무명 각반을 신은 비실비실한 노인이 등을 길 쪽으로 돌린 채 일광욕을 하고 있었고, 보도 건너 그의 맞은편에는 골반까지 다리가 잘린, 혈색 좋은 구걸하는 중년 여인이 마치 반신상처럼 담 밑에 눌러앉아 역설적으로 신발끈을 팔고 있었다. 집들 사이로 공터가 보였는데, 거기서는 뭔가가 신비롭고 다소곳하게 피어났고, **등 돌린** 집들의 연이은 슬레이트빛 검은색 뒷담들은 깊숙한 곳에서, 한편으로는 화성의 운하 같기도 하고, 한편으로는 언젠가 들은 이야기에 나오는 우연한 글귀처럼 거의 잊혀진 아득히 머나먼 곳이나 어느 무명 연극의 낡은 무대 장식 같기도 한, 기이하고 매력적이며 완전히 자율적인 희끄무레한 줄무늬를 이루고 있었다.

다가오는 버스의 나선형 계단에서 한 쌍의 매력적인 비단결 같은 다리가 내려왔다 — 우리는 물론 이것이 수천의 남성 작가들의 수고로 인해 완전히 너덜너덜해졌음을 알고 있지만, 그래도 다리는 내려오고 있었다. 그런데 이 다리는 속임수였으니, 얼굴이 추했다. 표도르 콘스탄티노비치는 올라탔고, 차장이 2층 좌석에서 머뭇거리더니 위에서 옆벽의 철판을 손바닥으로 쾅쾅 두드려 기사에게 출발해도 좋다는 신호를 보냈다. 이 옆벽의 치약 광고 위로 여린 단풍나무 가지 끝이 바스락거리며 스쳐 지나갔다 — 높은 곳에서 원근법에 의해 한결 고와진 스쳐 지나가는 거리를 바라보는 것은 유쾌하리라, 끊임없는 서늘한 상념만 없다면 말이다. 여기 그가, 아직 서술된 적도 명명된 적도 없는 특별하고 희귀한 인간 유형인 그가, 아무도 모르는 일에 종사하여 이 수업 저 수업 뛰어다니며 젊음을 온통 지루하고 공허한 일인 너절한 외국어 교습에 소진하고 있구나. 자신이 원하는 것은 무엇이든 — 등에도 매머드도 수많은 다채로운 구름도 — 만들 수 있는 모국어를 가지고 있으면서 말이다. 만약 신묘(神妙)하고 우미(優美)한 것을 가르친다면 그는 수만, 수십만 명 중 하나, 아니 분명 수백만 중 한 명꼴로 탁월하게 가르치리라. 사고의 다층성을 예로 들어 보자. 어떤 사람을 볼 때, 마치 그를 자신이 수정으로 방금 불어서 빚은 것처럼 환히 보고, 동시에 그 투명성을 전혀 해치지 않으면서 주변의 사소한 것 — 전화 수화기의 그림자는 살짝 짓밟힌 왕개미와 너무 비슷하구나! — 도 주목하고, 여기에 (이 모든 것은 동시에 일어나는데) 제3의 생각이 수렴된다. 예컨대 러시아 간이역에서의 어느 화창한 저녁에 관한 추억 등, 즉 겉으로는 자신의 말을 둘러보고 안으로는 상대의 모든 말을 둘러보며 나누는 대화와는 아무런 이성적인 관련이 없는 것들 말이다. 혹은 공터의 빈 깡통과, 진창 속에 밟혀 뒹구는 '민족 의상' 시리즈 궐련갑 그림과, 선량하고 약하고 정 많은 사람들이 이유 없이 혼난 뒤 중얼대는 두서없는 가련한 말들 — 찰나의 연금술적 증류인 **'왕의 실험'***에 의해 뭔가 귀중하고 영원한 것이 되는 삶의 온갖 티끌 — 에 대한 가슴을 에는 연민을 가르칠 수도 있다. 혹은 더 나아가, 우리의 이승의 삶은 단지 쌈짓돈이자 어둠 속에서 짤그랑대는 동전일 뿐이며 어딘가에 거액의 자산이 있으니 살아생전 꿈이나 행복의 눈물이나 머나먼 산의 형태로 그 이자를 받을 줄 알아야 된다는, 지속적인 자각을 가르칠 수도 있다. 위의 모든 것과 다른 많은 것들을(단 한 권의 학술서, 파커의 『영혼의 여행』*에서만 언급된 듯한, 극히 희귀하고 고통스러운 소위 '별이 빛나는 하늘의 감성'에서 시작하여 순수 문학 분야의 전문적 섬세함에 이르기까지) 그는 희망자만 나오면 가르칠 수 있었고, 그것도 잘 가르칠 수 있었지만, 희망자는 없었다. 희망자가 있을 리 만무했지만, 어쨌든 여느 음악 교수가 받는 만큼 시간당 1백 마르크 정도는 받았을 텐데 유감이었다. 한편, 그는 자신을 반박하는 것도 재미있음을 알았다. '이 모든 것은 헛소리야, 헛소리의 흔적이자 시건방진 몽상이지. 난 그저 단순히 귀족 교육의 잔여물을 팔다가, 여가 시간에는 시나 끄적거리는 가난한 러시아 젊은이이고, 이것이 고작 나의 작은 불멸의 전부인걸.' 그러나 심지어 이러한 다층적 사고의 다채로운 변조나 자기 자신과의 사색의 유희도 가르칠 제자가 없었다.

그는 계속 버스를 타고 갔고, 이윽고 도착했다. 주근깨는 있지만 빼어난 미모에 늘 목이 드러난 검은 원피스를 입고, 아무것도 쓰이지 않은 편지에 찍힌 인주처럼 입술이 붉은, 모든 면에서 외로운 젊은 여인에게로. 그녀는 벌써 석 달째 함께 읽고 있는 스티븐슨*의 멋진 소설에는 관심도 없었을 뿐만 아니라(그전에는 키플링을 역시 똑같은 속도로 읽었다), 단 한 문장도 정확히 이해하지 못한 채, 결코 방문하지 않을 것임을 알고 있는 사람의 주소를 기록하듯 단어들을 베껴 쓰면서, 수심 그윽한 호기심 어린 눈으로 표도르 콘스탄티노비치를 바라보았다. 표도르 콘스탄티노비치는 매력이나 지성 면에서 비교 불가인 다른 여인을 사랑하게 되었음에도 불구하고 지금도, 혹은 보다 정확히 말해 바로 지금, 전보다 더 흥분하여 이토록 유혹하듯 가깝게 놓여 있는, 손톱이 날카로운 가늘게 떨리는 작은 손 위에 자신의 손바닥을 놓았다면 어떻게 되었을까 생각하곤 했다. 그랬더라면 무슨 일이 일어났을지 알고 있었기에, 가슴이 갑자기 쿵쾅거리기 시작했고 입술은 곧바로 바싹

말랐다. 그러나 바로 이때, 그녀의 특정한 억양과 웃음소리, 그리고 웬일인지 그를 좋아하는 여인들이 한결같이 사용했지만 바로 그 몽롱하고 달짝지근한 갈색 향기가 그로서는 견디기 힘들었던 특정 향수 내음으로 인해 그는 문득 정신을 차렸다. 그녀는 시시하고 앙큼하며, 시들한 영혼을 지닌 여인이었다. 그러나 수업을 마치고 거리로 나온 지금까지도 그는 막연한 아쉬움에 사로잡혀 있었다. 그는 방금 전 그녀 옆에서보다 훨씬 더 잘, 분명 그녀의 작고 탄탄한 몸이 순순히 온갖 것에 즐겁게 화답했으리라 상상했고, 상상의 거울 속에서 아플 정도로 생생하게 그녀의 등 위에 놓인 자신의 손과, 뒤로 드리운 그녀의 매끄러운 불그스레한 머리카락을 보았다. 그 후 거울은 의미심장하게 텅 비었고 그는 이 세상에서 가장 저급한 것 — 놓친 기회에 대한 후회 — 을 느꼈다.

아니다, 실은 그렇지 않았다. 그는 아무것도 놓치지 않았다. 이 실현될 수 없는 포옹의 유일한 매력은 가벼운 상상력에 있었다. 그는 최근 10년간 외롭고 억압된 청춘기를, 산 아래 맥주 제조 도시까지 하산하기에는 너무나 멀고, 늘 살짝 눈으로 덮인 암벽 위에서 지내며, 찰나적 사랑의 기만과 그 유혹의 달콤함 사이에는 삶의 공백, 공동(空洞)이 있고 자신이 실제로 할 수 있는 행위는 전무하다는 생각에 익숙해져서, 이따금 지나가는 여인을 바라볼 때 어마어마한 행복의 가능성과 그 필연적 불완전성에 대한 혐오를 동시에 느끼곤 했다. 이 한순간에 소설적 형상을 부여하지만, 동시에 세 폭 제단화를 중앙 패널로 축소하면서. 이런 이유로 그는 이 경우에도 스티븐슨 강독은 결코 단테 식 휴지*로 중단되지 않을 것임을 알고 있었고, 설령 그러한 휴식 시간이 생긴다 해도 그는 살인적 냉기 외엔 아무 느낌도 받지 않을 것이고, 상상의 요구는 실현 불가능하며, 매력적인 촉촉한 눈 덕분에 용서받은 시선의 우둔함은 지금까지 은닉된 약점 — 도저히 용서할 수 없는, 가슴의 아둔한 표현 — 에 반드시 상응함을 알고 있었다. 하지만 그도 가끔은 다른 남자들의 단순한 사랑 행각, 필시 휘파람 불며 신발을 벗어 던졌을 그들의 행태가 부러웠다.

지하철역으로 연결되는 고풍스러운 층계 주변으로 컬러 영화에서처럼 장미들이 바람에 산들거리는 비텐베르크 광장을 가로질러 그는 러시아 서점*으로 향했다. 수업들 사이에 빈 시간의 서광이 비쳤던 것이다. 이 거리(온갖 유형의 천박한 현지 물품들을 팔고 있는 대형 백화점의 비호 아래 시작되어, 몇몇 교차로를 지나 아이들이 분필로 낙서한 아스팔트 위에 포플러 나무의 그림자가 드리운 시민적 차분함으로 끝나는)에 이르면 늘 그렇듯, 그는 병적으로 신경질적인 페테르부르크의 나이 지긋한 문인을 만났다. 그는 초라한 행색을 감추기 위해 여름에도 외투를 걸치고 있었는데 지독하게 깡말랐으며 갈색 눈은 퉁방울처럼 튀어나왔고 원숭이 같은 입가로 괴팍한 주름살이 패어 있었으며, 널찍한 코 위 커다란 검은 모공에서 털 한 올이 삐져나와 길게 구부러져 있었다. 신체의 세부 사항은 이 영리한 모사꾼의 이야기(누구를 만나든 즉각 우화풍의, 옛날 옛적의 추상적이고 긴 일화를 시작하지만, 기실 그것은 공통의 지인에 대한 흥미로운 뒷담화의 서막으로 밝혀진다)보다도 더 표도르 콘스탄티노비치의 관심을 끌었다. 표도르 콘스탄티노비치는 그로부터 벗어나자마자 곧 다른 두 명의 문인, 풍채나 용모 면에서 섬 시기의 나폴레옹이 다소 연상되는 선량하고 음울한 모스크바인과, 부드러운 위트와 조용한 쉰 목소리를 지닌 허약한 남자인 「신문」의 풍자 시인을 만났다. 이 둘은 앞사람과 마찬가지로 항상 이 지역에 나타나 이곳을 유유자적한 산책이나 풍요로운 만남의 장소로 활용했는데, 그 결과 러시아의 산책길의 유령이 이곳 독일의 거리를 배회하는 것처럼 보였다. 혹은 심지어 그 반대로 보이기까지 했다 — 러시아의 거리, 바람 쐬러 나온 몇몇 주민들, 이들 사이로 거의 눈에 띄지 않는 익숙한 환영처럼 스쳐 지나가는 무수한 이방인들의 파리한 그림자들. 그들은 방금 만난 작가에 대해 몇 마디 나누고, 표도르 콘스탄티노비치는 계속 나아갔다. 몇 발짝 떼자, 한가로이 거닐며 파리의 「신문」 하단 기사를 읽으면서 동그란 얼굴에 경탄스러운 천사의 미소를 짓고 있는 콘체예프가 눈에 들어왔다. 러시아 식료품 가게에서는 기술자 케른이 품에 안고 있던 가방에 봉투를 조심스럽게 넣으며 나왔고, 교차로에서는 〔꿈에서 혹은 『연기(煙氣)』*의 마지막 장에서 사람들이 합류하듯〕 마리안나 니콜라예브나 쇼골레바가 굉장히 뚱뚱하고 콧수염이 난 어떤 다른 부인, 아마도 아브라모바 부인인 듯한 여인과 함께 얼핏 보였다. 바로 뒤에서 알렉산드르 야코블레비치가 길을 건넜다. 아니, 실수였다, 그와는 전혀 닮지 않은 신사였다.

표도르 콘스탄티노비치는 서점에 도착했다. 진열창에는 소비에트판 표지들의 지그재그 무늬, 톱니 문양, 숫자 사이로(당시는 '제3의 사랑', '제6감', '제17항'과 같은 제목이 유행하던 시기였다) 망명 작가들의 신작 몇 권이 보였다. 카추린 장군의 신작 장편 『붉은 공작 영애』, 콘체예프의 『전언』, 두 원로 작가의 하얗고 깨끗한 책들, 리가에서 출판된 『낭독자』, 젊은 여류 시인의 손바닥 크기만 한 앙증맞은 시집, 안내서 『운전자가 알아야 하는 것들』, 그리고 우틴 박사의 마지막 저작 『행복한 결혼의 토대』 등이. 그리고 고색창연한 페테르부르크의 판화도 몇 점 있었는데, 그중 하나는 거울처럼 전위(轉位)되어 뱃부리 장식 기둥은 옆 건물들을 기준으로 삼으면 반대로 옮겨졌다.

서점 주인은 없었다. 그는 치과에 갔고 그의 자리는 상당히 의외인 젊은 여인이 지키고 있었는데, 그녀는 구석에서 불편한 자세로 켈러만의 『터널』*을 러시아어로 읽고 있었다. 표도르 콘스탄티노비치는 망명계의 정기 간행물이 진열된 탁자 쪽으로 다가갔다. 그는 파리의 「신문」의 문학 호를 뒤적이다 갑작스러운 흥분으로 오싹해지며 『전언』에 대해 크리스토퍼 모르투스가 쓴 장문의 칼럼을 보았다. '혹 비난하면 어쩌지?' 그는 가당찮은 기대감으로 이렇게 생각했지만, 곧 비난의 멜로디 대신 귀가 먹먹할 정도로 폭발적인 칭찬의 함성을 들었다. 그는 걸신들린 듯 읽기 시작했다.

"누군지는 정확히 기억나지 않지만, 아마 로자노프*가 어디선가 말했던 듯하다." 모르투스는 이렇게 은근슬쩍 시작했다. 일단 이렇게 불확실한 인용으로 시작한 뒤 이어서 모 인사의 강연회 직후 파리의 카페에서 누군가가 말한 어떤 생각을 언급하면서, 그는 콘체예프의 『전언』을 에워싼 이 가공의 원들을 좁혀 나가고 있다. 그것도 핵심은 끝까지 건드리지 않고, 다만 가끔 원 안쪽에서 중심을 향해 최면을 거는 듯한 몸짓을 보내면서 또다시 회전했다. 그리하여 베를린의 아이스크림 가게 진열창에서 끝없이 회전하며 과녁을 향해 미친 듯 돌진하는, 판지 원 위의 검은 나선 비슷한 것이 만들어졌다.

이 글은 정곡을 찌르는 일말의 지적도 없고 단 하나의 예도 없는, 독설적이며 안하무인 격인 '질책'이었다. 그리하여 비평가의 말보다도 전반적인 태도 자체가 책을 초라하고 미심쩍은 환영으로 바꾸고 있었다. 그러나 실제로 모르투스는 이 책을 탐닉하며 읽지 않을 수 없었고, 그래서 그는 자신이 쓰고 있는 것과 자신이 쓰고 있는 대상의 불일치로 인해 자멸하는 것을 막기 위해 인용을 기피했던 것이다. 결국 전체 서평은, 사기까지는 아니어도 감각의 착각이라고 미리 공언된, 영혼을 소환하는 교령회(交靈會)처럼 보였다. "이 시들은 — 모르투스는 끝맺고 있다 — 불가항력적인 막연한 반발심을 독자에게 불러일으켰다. 콘체예프의 재능에 우호적인 이들에게 이 시들은 분명 매력적으로 비칠 것이다. 이에 대해서는 이의를 제기하지 않겠다, 어쩌면 실제로 그럴 수도 있으니. 그러나 새롭게 책임이 막중해진 우리의 어려운 시대, 공기 자체에서 미묘한 도덕적 불안이 넘쳐 나고 이런 불안에 대한 감지야말로 현대 시인의 '진정성'의 확실한 징표가 되는 이때에, 가수면(假睡眠) 상태의 환영에 대한 관념적이고 감미로운 소품으로는 그 누구도 유인할 수 없다. 그러니 정녕 반갑게 안도하며, 이들 작품으로부터 온갖 유형의 인생 기록으로, 어느 소비에트 작가의 — 설사 재능이 없는 작가라 할지라도 — '행간 의미'로, 진솔한 눈물겨운 고백으로, 그리고 절망과 흥분에 이끌려 쓰게 된 사적인 글로 옮겨 가게 되지 아니한가!"

처음에 표도르 콘스탄티노비치는 이 기사를 읽고 짜릿한, 거의 육체적인 쾌감을 느꼈다. 그러나 곧 쾌감은 사라지고 마치 교활하고 추잡한 일에 가담한 듯한 기묘한 느낌으로 바뀌었다. 그는 방금 전의 콘체예프의 미소를 — 물론 이 기사를 향한 것이었으리라 — 떠올렸고, 이 미소가 비평가와 질투의 동맹을 체결한 그 자신, 고두노프 체르딘체프에게도 해당될 수 있다는 생각을 했다. 바로 이때 그는 콘체예프 또한 자신의 평론들에서 여러 차례 — 고자세로, 그리고 사실상 똑같이 비양심적으로 — 모르투스를 자극했었다는 사실을 상기했다(그런데 모르투스는 개인사에 있어서는 중년의 여인으로 한 가정의 어머니였고, 젊었을 적에는 『아폴론』*에 훌륭한 시들을 게재했지만, 지금은 바슈키르체바*의 묘에서 두 발자국 떨어진 곳에서 소박하게 살며 불치의 눈병으로 고통받고 있었는데, 이로 인해 모르투스의 한 행 한 행에는 모종의 비극적 가치가 부여되었다). 이 기사에서 찬사로 들리는 적대감을 느꼈을 때, 표도르 콘스탄티노비치는 자신에 대해서는 아무도 그렇게 쓰고 있지 않다는 사실이 못내 서운해졌다.

그는 계속해서 바르샤바에서 간행된 주간 화보 잡지를 보았는데, 거기서 동일 대상에 대해 쓰였으나 전혀 다른 풍의 서평을 발견했다. 그것은 우스꽝스러운 비평이었다. 그 지역 출신인 발렌틴 리뇨프*는 자신의 문학 단상(斷想)을 짜임새 없고 무분별하게 약간의 비문(非文)을 허용하며 이 호 저 호에서 토로하고 있었는데, 그는 분석하고 있는 책을 파악할 능력이 부족할 뿐만 아니라 결코 책을 완독하지 않을 것 같은 비평가로 유명했다. 그는 작가 뒤에서 의기양양하게 창작하며 자기 식의 재해석에 심취하여, 잘못된 결론의 증거로 개별 구절을 발췌하면서, 시작 페이지부터 곡해하고 다음 페이지들에서는 그릇된 족적을 따라 가열차게 나아가며, 기차를 잘못 탄 것을 아직 깨닫지 못한 승객의 행복한 상태로 끝에서 두 번째 장까지 이르렀다(그의 경우에는 끝내 알아채지 못하리라). 긴 장편이든 짧은 중편이든(길이는 아무 상관이 없었다) 일관되게 대충대충 휘휘 보는 그는 책에 자신의 고유한 결말—통상, 작가의 의도와 정반대되는—을 설정해 놓았다. 다시 말해서, 가령 그가 고골과 동시대인이어서 고골에 대해 쓰게 된다면, 흘레스타코프가 사실은 검찰관이었다는 천진난만한 견해를 강하게 고수했을 수도 있다.* 반면 지금처럼 시에 대해 쓸 때는 꾸밈없이 이른바 '인용 간 가교(架橋)' 기법을 사용했다. 콘체예프 책에 대한 그의 분석은 그가 작가를 대신하여 일종의 앨범식 설문 조사에 답하는 것으로 귀결되었다(당신이 가장 좋아하는 꽃은? 가장 좋아하는 영웅은? 어느 덕목을 가장 높이 평가하는가?). "시인이 — 리뇨프는 콘체예프에 대해 쓰고 있다—사랑하는 것은 ……(그 결합에 의해, 그리고 목적격이 필요하여 강제로 왜곡된 일련의 인용들이 이어진다). 시인을 소스라치게 하는 것은 ……(또다시 반 토막 난 행들). 그에게 위로가 되는 것은 ……(동일한 유희). 그러나 다른 한편으로는 ……(인용 부호로 인해 평이한 진술로 변해 버린 4분의 3행). 그러나 가끔 그가 보기에—여기서 리뇨프는 무심결에 전체 행을 발췌했다—

> 포도는 영글어 가고 산책길의 조각상은 푸르러지며,
> 하늘은 조국의 눈 쌓인 어깨 위로 기대는 듯했다…….”

이것은 마치 바이올린 소리가 홀연 가부장적인 저능아의 수다를 뚫고 들리는 것과 같았다.

바로 옆 탁자에는 소비에트의 간행물들이 놓여 있었다. 모스크바 신문들의 소용돌이, 그 권태의 지옥 위로 몸을 숙여, 심지어는 러시아 방방곡곡을 거쳐 도살장으로 끌려가는 약칭들의 고통스러운 비좁음, 약어의 의미를 추측해 볼 수도 있었다. 약어들 간의 무시무시한 연결은 화물 열차의 언어를 상기시켰다(완충 장치의 쿵 소리, 철컥철컥 소리, 램프를 든 구부정한 주유공, 황량한 역사(驛舍)의 가슴을 후비는 우울함, 러시아 레일의 진동, 최장 거리 열차들). 『별』과 『붉은 불꽃』*(철로의 연기 속에서 흔들리는) 사이에 체스 잡지 『8×8』이 있었다. 표도르 콘스탄티노비치는 체스 문제 포지션의 인간적 언어에 반색을 표하며 잡지의 페이지를 넘겼다. 그리고 성긴 턱수염을 기르고 안경 너머로 노려보고 있는 노인의 초상화가 실린 짧은 기사를 발견했다. 기사에는 ‘체르니셉스키와 체스’라는 제목이 달려 있었다.* 그는 이 기사가 어쩌면 알렉산드르 야코블레비치에게 기분 전환이 될지도 모르겠다고 생각했다. 얼마간은 이런 이유로, 얼마간은 체스 문제라면 모두 좋아했기 때문에 그는 이 잡지를 골랐다. 켈러만에서 눈을 뗀 아가씨는 그 잡지가 얼마인지 '말할 수 없었지만', 어차피 표도르 콘스탄티노비치가 외상으로 가져갈 것을 알았기에 무심하게 책을 건넸다. 그는 집에서도 오락거리가 생겼다는 유쾌한 기분으로 떠났다. 문제 풀이에 탁월했을 뿐만 아니라 문제 작성에도 수준급 재능을 지녔던 그는 여기에서 문학 작업 간간이 휴식과 함께 비밀스러운 교훈도 찾았다. 문인으로서의 그에게 이 훈련은 헛되지 않았던 것이다.

체스 문제의 작성자가 반드시 경기를 잘해야 되는 법은 없다. 표도르 콘스탄티노비치는 극히 평범하게, 마지못해 경기를 하곤 했다. 그의 체스 지략이 대국 과정에서 보여 주는 무기력함과, 그 지략이 갈망하는 감탄스러운 탁월함 사이의 괴리에 그는 지치고 화가 났다. 그에게 있어 문제 작성과 대국의 차이는, 검증 중인 소네트가 논객들이 벌이는 설전과는 별개인 것과 같았다. 체스보드에서 멀리 떨어져(다른 한 분야에서는 종이에서 멀리 떨어져), 몸이 소파 위에서 수평 자세를 취하면(즉 몸이 머나먼 푸른 선, 자기 자신의 수평선이 되었을 때), 홀연 시적 영감과 흡사한 내적 자극에 의해 이런저런 정교한 문제 아이디어(가령 두 테마 — 인도와 브리스틀* — 을 결합하거나 혹은 완전히 새로운 테마를 연마하는 등)를 체현할 신통한 방법이 떠오르는 것으로 문제 작성은 시작되었다. 그는 잠깐 동안 눈을 감고 상상 안에서만 구현되는 고안(考案)의 추상적 완벽함을 즐겼다. 그러고는 서둘러 모로코가죽 보드를 펴고 묵직한 기물(器物)들이 든 상자를 열어 그것들을 황급히 얼추 세웠다. 그러자 곧, 머릿속에서 그토록 완벽하게 실현되었던 아이디어가 여기 보드 위에서는 — 두껍게 깍인 표피로부터 벗어나

정제되기 위해서는—각고의 노력과 극도의 정신적 긴장, 끝없는 실험과 고민, 그리고 무엇보다도 체스적 의미에서 진리를 형성하는 체계적 지모를 필요로 함이 밝혀졌다. 대안들을 궁리하며, 구성상의 둔탁함과 보조 폰의 오점과 허점을 이모저모 제거하고 이중 해답의 가능성을 뿌리치면서, 그는 최고로 정확한 표현과 최대한 경제적인 표현수단을 찾아 냈다. 만약 그가 고안은 어떤 다른 세계에서 이미 체현되었고, 자신은 바로 그 세계로부터 이 세계로 옮길 뿐이라고 확신하지 않았다면(문학 창작에 있어서도 그는 동일한 확신에 차 있었다) 보드 위에서의 복잡다단하고 기나긴 작업은 지성—실현 가능성과 함께 실현 불가능의 가능성도 추정하는—으로서는 감당하기 힘든 짐이었으리라. 기물과 칸은 서서히 살아 움직이며 영향을 주고받기 시작했다. 퀸의 무지막지한 힘은 반짝이는 지렛대 장치에 의해 자제했다가 진격하는 세련된 힘으로 바뀌었고, 폰들은 영리해졌으며, 나이트들은 스페니쉬 워크* 로 진격했다. 모든 것은 파악되었으며 동시에 모든 것은 은닉되었다. 모든 창조자는 책략가이며, 그의 온갖 아이디어를 체현하는 보드 위 모든 기물은 공모자이자 마법사로 여기 서 있었다. 단지 최후의 순간에 이르러서야 그들의 비밀은 휘황찬란하게 드러났다.

두세 번 더 마무리 손질을 하고 한 번 더 검증한 후에 문제는 완성되었다. 이 문제의 핵심인 백의 첫수는 외견상 어리석음으로 위장되어 있었다. 그러나 바로 이 어리석음과 휘황찬란한 의미 표출 사이의 거리가 문제의 예술적 가치를 가늠하는 주요 요소들 중 하나가 되었다. 기물 하나가 마치 기름칠을 한 듯 필드 전체를 미끄러져 나아가 다른 기물의 겨드랑이 밑까지 슬그머니 다가가며 유유히 잠입하는 것에서는 거의 육체적인 즐거움이, 조화로움에서 오는 기분 좋은 간지러움이 느껴질 정도였다. 보드 위에는 황홀한 예술 작품, 사고(思考)의 천문관이 별처럼 빛났다. 여기의 모든 것이 체스의 눈을 즐겁게 했다 — 위협과 방어의 기지, 그 상호 작용의 우아함, 체크메이트의 완벽함(얼마나 많은 가슴에 얼마나 많은 탄환이 박혔을지). 모든 기물은 자기 칸을 위해 특수 제작된 듯했다. 하지만 그 무엇보다 흥미로운 것은 아마도 속임수의 섬세한 조직, 숨겨진 수(手)의 풍부함(이에 대한 반격에도 나름의 또 다른 매력이 있었다), 독자를 위해 치밀하게 마련된 속임수 경로의 다양함이었을 것이다.

이번 주 금요일 세 번째 수업의 대상은 바실리예프였다. 베를린의 「신문」 편집인인 그는, 독자층이 얇은 영국 잡지와 유대를 맺어 그 잡지에 소비에트 러시아의 정세에 관한 기사를 매주 기고하고 있었다. 그는 언어 실력이 짧았기 때문에 군데군데 여백을 남기고 러시아어 구절도 섞어 가며 기사의 초안을 작성해서, 표도르 콘스탄티노비치에게 자신의 사설 경구(警句)를 직역해 줄 것을 요청했다. 젊음에는 눈감아 줘야 한다, 기적의 남발이다, 어찌하여 그대는 이런 삶에까지 이르게 되었는가,* 이것은 개가 아니라 사자다,* 설상가상(雪上加霜), 누이 좋고 매부 좋다, 한 우물을 파라, 뱁새가 황새 쫓다가 가랑이 찢어진다, 궁하면 통한다, 사랑싸움은 칼로 물 베기다, 자화자찬, 피는 물보다 진하다, 고래 싸움에 새우 등 터진다, 우물가에서 숭늉 찾기, 소 잃고 외양간 고치기, 시늉이 아닌 진짜 개혁이 필요하다. 그리고 "폭탄이 터지는 듯한 느낌을 주었다"라는 표현이 매우 자주 등장했다. 표도르 콘스탄티노비치의 일은 바실리예프의 초고를 보고 곧장 타자기 앞에서 바실리예프에게 기사의 교정본을 불러 주는 것이었다. 게오르기 이바노비치에게는 이 방법이 극히 효율적으로 보였으나, 사실 이 받아쓰기는 고뇌에 찬 휴지(休止)로 몹시 지연되었다. 그러나 이상하게도 우화적 도덕을 적용하는 기법은 소비에트 정권의 모든 의식적인 행보에 특징적인 'moralités'[31]의 분위기를 집약적으로 표현하는 듯했다. 낭독 당시에는 헛소리 같았던 기사의 완성본을 다시 읽으면서, 표도르 콘스탄티노비치는 어눌한 번역과 저자의 언론상의 기교 사이로, 목표를 향해 부단히 나아가는—그리고 구석에서 조용히 체크메이트를 하는—논리 정연하고 강력한 사고의 흐름을 포착했다.

잠시 후 그를 문까지 배웅하면서, 게오르기 이바노비치가 갑자기 짙은 눈썹을 매섭게 치켜뜨며 재빨리 속삭였다.

"혹시 콘체예프에게 맹비난이 쏟아진 건 읽으셨나요? 그의 마음이 어떨지 가히 짐작이 갑니다. 얼마나 상심했을지, 얼마나 좌절했을지 말이지요!"

"그는 콧방귀를 뀌었을 겁니다, 제가 알기론 말이죠." 표도르 콘스탄티노비치가 대답했다. 그러자 바실리예프의 얼굴에 일순 실망의 표정이 비쳤다.

"글쎄요, 그는 단지 그런 척할 뿐이지요." 그는 재치 있게 응수하고, 또다시 활달하게 말했다. "사실은 망연자실해 있을 겁니다."

"그럴 것 같지 않은데요." 표도르 콘스탄티노비치는 말했다.

"어찌 되었든 전 진심으로 그의 일이 안타깝답니다." 바실리예프는 자신의 슬픔을 떨쳐 낼 의사가 전혀 없는 듯한 표정으로 말을 마쳤다.

조금 피곤했지만 일과를 마친 것을 기뻐하며 표도르 콘스탄티노비치는 전차에 올라타 잡지를 펼쳤다(또다시 N. G. 체르니솁스키의 숙인 얼굴이 스쳐 지나갔는데, 표도르 콘스탄티노비치가 그

31 '우의극(寓意劇), 교훈극'(프랑스어, 복수).

에 대해 아는 것은 고작 그가 '황산 주사기'라는 것 — 어디선가, 아마도 로자노프가 말했던 듯하다* — 그리고 『누구의 죄인가』*와 혼동되는 『무엇을 할 것인가』의 작가라는 것이 전부였다). 그는 문제들을 검토하는 데 몰입하더니, 곧 문제들 중에 옛 러시아 마스터의 천재적인 연습 문제 두 개와 해외 간행물에서 가져온 몇몇 흥미진진한 복제판(複製版)이 없었다면 이 잡지는 살 필요가 없었음을 확신하게 되었다. 소비에트의 젊은 작성자들의 성실한 학습용 연습 문제들은 '문제'라기보다는 '과제'였다. 거기에는 시(詩)적인 면은 전혀 없이 이런저런 기계적 기술('핀 걸기',* '핀 풀기' 같은)만이 과중하게 다루어졌던 것이다. 이는 체스의 루복*일 뿐 그 이상 아무것도 아니었으며, 서로 밀치락달치락하는 기물들은 프롤레타리아적 진지함을 지니고, 지루한 버전들에서 이중 해답과 감시 폰들의 집중 공략을 감내하며 어설프게 계속 일하고 있었다.

그는 멍하니 정거장을 놓쳤지만, 다행히 공원 근처에서 가까스로 뛰어내렸다. 그러고는 전차에서 급히 내리는 사람이 으레 그렇듯이 곧장 휙 돌아서더니, 교회를 지나 아가멤논 거리를 따라 걸어갔다. 바야흐로 저녁이 다가올 찰나, 하늘엔 구름 한 점 없었고 고요한 햇빛은 미동도 없이 만물에 평온하고 서정적인 축제 분위기를 드리웠다. 노랗게 빛나는 벽에 세워진 자전거는 곁마(馬)처럼 약간 구부정하게 서 있어서, 벽에 비친 투명한 그림자가 그 본체보다 좀 더 완벽했다. 도회풍의 바지와 깜찍한 셔츠를 입은 통통한 중년 신사가 엉덩이를 씰룩거리며 회색 공 세 개가 든 망을 들고 테니스장으로 서둘러 가고 있었다. 그 옆에는 오렌지색 얼굴에 금발 머리를 한 스포티한 독일 아가씨가 고무 밑창을 댄 신발을 신고 날렵하게 걷고 있었다. 원색으로 칠해진 주유기들 너머 주유소에선 라디오가 노래 부르고 있었고, 그 파빌리온의 지붕 위에 서 있는 노란색 글자들 — 자동차 회사 이름* — 은 하늘의 푸른빛을 배경으로 두드러졌는데, 부리만 노란 — 경제적으로 — 살아 있는 검은지빠귀가 두 번째 글자 'A' 위에 앉아서(첫 글자 위에 앉지 않아 애석하다 — 'Д' 위에 앉았으면 첫 장(章)의 장식 문자가 나올 수 있었는데 말이다)* 라디오보다 우렁차게 노래하고 있었다. 표도르 콘스탄티노비치가 살고 있는 집은 길모퉁이에 위치했는데, 마치 지루해진 점잖은 건축가가 갑자기 정신이 나가 하늘을 향해 출격이라도 한 듯, 유리로 된 복잡한 탑 모양의 구조물을 선수(船首)에 단 거대한 빨간 선박처럼 불쑥 튀어나와 있었다. 집을 층층이 에워싼 모든 발코니에는 뭔가 푸르게 피어났는데, 단지 쇼골레프의 층만 칠칠맞지 못하게 비어 있었고 난간에는 쓸쓸한 화분과 통풍 중인 좀먹은 모피의 교수형 당한 시체만 있었다.

애초 이 아파트에 입주할 때 표도르 콘스탄티노비치는 저녁에는 완전한 고요가 필요하다고 판단하여 자기 방으로 저녁 식사를 가져다 달라는 단서를 달았었다. 이제 식탁 위에는 책들 사이로 번지르르한 살라미햄이 점점이 박힌 회색 샌드위치 두 개와 식어서 탁해진 차, 그리고 분홍색 키셀(아침에 먹던) 한 접시가 그를 기다리고 있었다. 쩝쩝거리고 홀짝거리면서 그는 다시 『8×8』을 펼쳐 들고(또다시 호전적인 N. G. Ch.가 그를 노려보았다), 소수의 백 기물들이 벼랑 끝에 몰린 듯했으나 결국 승리하는 연습 문제를 찬찬히 즐기기 시작했다. 다음으로 미국인 거장의 멋진 4수 메이트를 찾아냈는데, 그 아름다움은 기발하게 숨겨진 체크메이트 콤비네이션뿐만 아니라 백의 유혹적이지만 잘못된 공격에 응수하여 흑이 자기편 기물들을 유인하거나 차단하는 방식으로 적시에 연합봉쇄된 스테일메이트를 준비하는 데 있었다. 반면 소비에트에서 제작된(P. 미트로파노프, 트베르) 한 문제에서는 어떻게 하면 실책을 범할 수 있는지를 보여 주는 최고의 예를 찾았는데, 혹에 **아홉** 개의 폰이 있었던 것이다 — 이 아홉 번째는 분명 예기치 못한 틈을 메꾸기 위해 최후의 순간에 추가되었던 듯한데, 이는 마치 작가가 교정쇄에서 "그들은 그에게 꼭 말하겠지"를 좀 더 정확한 문장으로 "그들은 분명히 그에게 말하겠지"라고 서둘러 고치면서도, 바로 뒤에 이어지는 "그녀에 의심스러운 평판에 대해서"라는 구절은 놓치는 것과 같았다.

갑자기 그는 언짢아졌다. 도대체 러시아에서는 왜 이렇게 모든 것이 조악하고 조잡하고 우중충해졌을까, 러시아는 어떻게 이다지도 아둔하고 무뎌졌을까? 아니면 '빛을 향한' 오랜 갈구 안에는 치명적 결함이 숨어 있어 목표를 향해 진일보함에 따라 이 결함이 점점 더 뚜렷해지다가, 결국 이 '빛'이란 감옥의 간수의 창에서 타오르는 것이었을 뿐, 그 이상 아무것도 아니었음이 밝혀지게 된 것일까? 도대체 언제부터 갈증의 심화와 수원(水源)의 혼탁화 사이의 이 이상한 종속 관계가 시작된 것일까? 1840년대일까? 1860년대일까? 이제 "무엇을 할 것인가?" 조국에 대한 모든 향수와 영원히 결별해야 되는 건 아닐까? 밑창 가죽에 붙은 은빛 바다 모래처럼 내 옆에, 내 안에 들러붙은 조국, 내 눈 속, 내 피 속에 살면서 삶의 모든 희망의 배경에 심원함을 부여하는 조국을 제외하고는 그 어떤 조국과도 결별해야 되는 건 아닐까? 언젠가 난 글쓰기를 잠시 멈추고 창 너머로 러시아의 가을을 보게 되리라.

여름 동안 덴마크에 가게 된 몇몇 지인들이 얼마 전 보리스 이바노비치에게 라디오를 맡겨 놓았다. 그가 삑삑 소리와 끽끽 소리를 죽여 가며, 마치 유령 가구라도 옮기는 듯 라디오와 씨름하는 것이 들렸다. 이 또한 취미인 것이다.

그사이 방은 어둑어둑해졌다. 뜰 너머로 창에 불 밝히는 집들의 거무스름해진 윤곽 위로 하늘은 군청빛을 띠었고, 검은 굴뚝들 사이 검은 전선들 위에는 별이 빛나고 있었다. 그 별은 다른 모든 별처럼 시야를 전환해야만 온전히 볼 수 있어서, 나머지 것들은 모두 초점 바깥으로 밀려났다. 그는 뺨에 주먹을 괴고 창밖을 바라보며, 탁자 옆에 그렇게 앉아 있었다. 멀리서 어떤 커다란 시계가 — 늘 그 위치를 가늠해 보리라 다짐했지만 항상 깜박하는 데다, 한낮에는 소음층 때문에 잘 들리지도 않았다 — 천천히 아홉 번을 쳤다. 지나를 만나러 갈 시간이었다.

그들은 보통 철로의 도랑 건너편, 그뤼네발트 근처의 한적한 거리에서 만났다. 그곳은 주택 단지(노란색이 아직 덜 풀린 검은색 십자말풀이)가 공터와 텃밭과 석탄 창고에 의해 끊겨 있었다(콘체예프의 시행처럼 "어둠의 주선율과 부선율"*이다). 거기엔 특기할 만한 울타리가 있었는데, 일찌기 다른 곳(어쩌면 다른 도시)에서 해체하여 가져와 조립된 듯했다. 그전까지는 유랑 서커스단의 막사를 에워쌌을 듯한 울타리의 판자들은 이제, 마치 장님이 두드려 맞춘 듯 무의미한 순서로 배열되었고, 그 결과 한때 판자 위에 그려졌던 서커스 동물들은 운송 중에 뒤섞이고 각 부분으로 해체되어, 얼룩말의 발은 여기 있고, 호랑이의 등은 저기 있으며, 어떤 동물의 엉덩이는 다른 동물의 뒤집힌 발 옆에 있었다 — 다가오는 시대의 생명 약속은 울타리에 한해서는 지켜졌지만 울타리 위의 지상적 형상의 와해는 불멸의 지상적 가치를 파괴했던 것이다. 그러나 밤에는 사물이 거의 구분되지 않아, 나뭇잎들의 과장된 그림자들이(근처에 가로등이 있었다) 울타리의 판자들 위로 꽤 조리있게, 질서 정연하게 드리워졌다 — 이는 일종의 보상으로, 특히 그림자들은 무늬를 해체하고 뒤섞어 판자들과 함께 다른 곳으로 옮길 수가 없었기에 더욱 그랬다. 그것들은 오로지 통째로, 밤 전체와 함께 운반할 수밖에 없었던 것이다.

그녀의 도착을 기다리기. 그녀는 항상 늦었고, 항상 그와는 다른 길로 왔다. 이렇게 하여 베를린도 신비로울 수 있음이 밝혀졌다. 만개한 보리수나무 아래 가로등이 반짝이네. 캄캄하고 향기롭고 고요하누나. 흑담비가 그루터기 위로 달리듯, 행인의 그림자는 갓돌 위로 달리네. 공터 너머 하늘은 복숭앗빛으로 스러지고, 강은 등불로 환히 빛나며, 베네치아가 어렴풋이 비치누나, 길은 중국으로 이어지고, 저기 저 별은 볼가 강 위에 뜨리라. 오, 공상을 믿으며 오직 허구에만 충실하겠노라, 영혼을 감옥에 가두지 않아 손을 뻗어 "벽이네" 말하지 않겠노라 맹세해 다오.*

어둠 속에서 홀연, 동질의 자연에서 분리되며, 그녀는 그림자인 양 불쑥 나타났네. 처음 빛으로 들어온 건 그녀의 발뿐, 꼬옥 붙어 걷는 두 발은 가는 밧줄 위를 걷는 것만 같아라. 그녀의 짧은 여름 원피스는 밤의 빛깔, 가로등, 그림자, 나무줄기, 반들거리는 보도의 색, 그녀의 두 팔보다 더 흐릿하고, 그녀의 얼굴보다 더 검어라. 게오르기 출코프에게 헌정되었다.* 표도르 콘스탄티노비치는 그녀의 부드러운 입술에 입 맞췄다. 그러자 그녀는 아주 잠깐 그의 쇄골에 머리를 기대더니 이내 빠져나와 그와 나란히 걸었다. 그녀는 처음엔 그들이 헤어져 있던 스무 시간 동안 뭔가 굉장히 불행한 일이 일어난 것처럼 우울한 표정을 짓더니, 서서히 진정하고 마침내 웃었다, 마치 낮에는 단 한 번도 웃지 않은 것처럼. 그녀의 어떤 점이 그를 가장 매혹시킨 걸까? 아마 그 자신이 사랑하는 모든 것에 대한 그녀의 완벽한 이해력, 절대 음감이리라. 그녀와의 대화에서는 온갖 가교(架橋)가 불필요했고, 그가 어떤 흥미로운 밤의 특징을 주목할라치면 그녀는 이미 그것을 가리키고 있었다. 지나는 매우 공들이는 운명에 의해 그의 치수에 딱 맞도록 기발하고 세련되게 창조되었을 뿐만 아니라, 그 둘은 하나의 그림자를 이루면서, 뭔가 완전히 이해되지는 않지만 불철주야 그들을 에워싸고 있는 경이롭고 자애로운 어떤 것에 맞추어 창조되었다.

쇼골레프 집으로 이사하여 그녀를 처음 보았을 때 그는 그녀에 대해 이미 많은 것을 알고 있으며 그녀의 이름도, 그녀의 삶의 몇몇 정황도 예전부터 익숙한 듯한 느낌이 들었는데, 그녀와 대화하기 전까지는 어디서 어떻게 이런 것들을 알게 되었는지 밝힐 수가 없었다. 그는 처음에는 단지 점심시간에만 그녀를 보았고, 그녀의 모든 행동을 분석하며 조심스럽게 주시했다. 몇 가지 특성으로 보아 — 눈동자보다는 그쪽으로 향한 듯한 눈빛에 따라 — 그녀가 분명히 그의 시선 하나하나를 의식하여 그에게 줄 인상이라는 얇은 장막에 제약을 받으며 행동하고 있음을 그가 감지했음에도 불구하고, 그녀는 그와 거의 말을 섞지 않았다. 그는 그녀의 영혼과 삶에 조금이라도 끼어드는 것이 불가능하다고 느꼈기 때문에, 그녀에게서 뭔가 특별한 매력을 엿보았을 때는 아픔을 느꼈고, 그녀의 아름다움에서 뭔가 부족한 점이 비칠 때는 위안을 느꼈다. 머리 주변의 햇살 그윽한 공기로 환하게 살며시 변하는 금발 머리, 관자놀이의 푸른 혈관, 길고 부드러운 목 위의 또 다른 푸른 혈관, 섬세한 손, 뾰족한 팔꿈치, 가느다란 허리, 가녀린 어깨, 그리고 특이하게 기울어진 날씬한 상체 — 그녀가 스케이트를 타듯 질주하는 바닥이 그녀가 찾는 물건이 놓인 의자와 탁자라는 착륙지를 향해 항상 약간 비스듬하게 경사진 것처럼 — 이 모든 것들은 그 안에 고통스러울 정도로 선명하게 각인되어 이후 온종일 내내 그의 기억 속에서 무한 반복되다가 점점 더 드문드문 흐릿하게 간헐적으로 떠오르더니, 생명력을 잃고 결국 와해되는 형상의 기계적 반복으로 인해 너덜너덜 가물가물해진 윤곽 — 원래 생명에서 아무것도 남지 않은 — 으로 축소되었다. 그러나 그가 그녀를 다시 보는 순간, 그가 점점 더 그 위력을 두려워하게 된 그녀의 형상을 말살시키려는 무의식 작업은 수포로 돌아가고, 또다시 그녀의 아름다움이 활활 타올랐다 — 그녀의 근접성, 섬뜩한 시야 포착 가능성, 모든 디테일들의 복원된 결합. 만약 이 시기에 그가 어떤 초감각적인 판관 앞에서 답해야 했다면(괴테가 별이 반짝이는 하늘을 지팡이로 가리키며 "여기 내 양심이 있다!"고 말했던 것을 기억하라*), 그녀를 사랑한다고 감히 말하지는 못했으리라. 그는 오랫동안 자신이 그 누구에게도, 그 무엇에도 올곧이 마음을 바칠 능력이 없다고 생각했는데, 마음의 운영 자금이 자신의 개인적 용무에 너무나 필요했기 때문이었다. 그러나 그녀를 보는 순간, 그는 곧바로 극히 귀한 사랑만이 이를 수 있는 경지의 애정과 열정과 연민에 이르렀다(1분 후면 다시 내려오겠지만). 그리고 한밤중에, 특히 오랜 지적 노동 후에 이성이 있는 쪽이 아니라 섬망(譫妄)의 뒷구멍에서 나온 듯 잠에서 반쯤 빠져나올 때는, 그는 여전히 미칠 듯 황홀해하며 방 안에, 자신에게서 두어 걸음 떨어진 곳에 소도구 담당자가 서둘러 아무렇게나 준비한 야전 침대에 그녀가 있음을 느꼈다. 하지만 그가 흥분을 달래며 유혹과, 근접성과, 천상의 가능성 — 그런데 여기에는 육체적 면이 전혀 없었다(대신 뭔가 가수면 용어로 표현된, 육체의 황홀한 대용물이 있었다) — 을 즐기는 동안, 깊은 잠이 그를 다시 유혹했고, 그는 포획물을 여전히 붙들고 있다고 생각하며 무기력하게 깊은 잠으로 후퇴했다. 그러나 사실 그녀는 결코 그의 꿈에 나타나지 않았고 자신의 대변인이나 절친한 친구를 파견하는 데 그쳤는데, 이들은 그녀와 전혀 닮지 않아 그는 우롱당했다고 느꼈고, 이것의 목격자가 바로 푸르스름한 여명이었다.

그러다 아침의 소리에 완전히 잠이 깨면, 그는 곧장 가슴을 삼킬 듯한 행복의 정점에 이르렀고, 사는 것이 즐거웠으며, 안개 속에는 이제 바야흐로 일어날 황홀한 사건이 아른거리고 있었다. 그러나 지나를 상상하는 순간, 그에게는 단지 흐릿한 윤곽만 보였고, 벽 너머 그녀의 목소리도 이 윤곽에 생명을 점화시키기에는 역부족이었다. 그러나 한두 시간이 더 흘러 그가 식탁에서 그녀를 만나자마자 모든 것은 복원되었고, 그는 그녀가 없었다면 이 아침의 행복의 안개도 없었을 것임을 새록새록 실감했다.

안면을 튼 지 열흘 정도 지난 어느 날 저녁, 그녀가 갑자기 그의 방문을 노크하더니, 거의 무시하는 듯한 얼굴 표정으로, 장밋빛 커버를 씌운 자그마한 책을 손에 들고 오만하고 당찬 걸음걸이로 방 안으로 들어왔다. "부탁이 있는데요." 그녀는 빠르고 냉랭하게 말했다. "여기 사인 좀 해 주세요." 표도르 콘스탄티노비치는 책을 받아 들었는데, 그 책은 바로 2년 동안 사용되어 기분 좋게 닳고, 기분 좋게 부드러워진(이것은 그로서는 참으로 신선했다) 자신의 시집이었다. 그는 매우 천천히 잉크병을 돌려 마개를 뽑기 시작했다 — 다른 때 같으면, 즉 집필 욕구가 용솟음칠 때면 코르크 마개는 마치 샴페인 병마개처럼 튀어 올랐을 텐데 말이다. 반면 지나는 그의 손가락이 마개를 만지작거리는 것을 보고, 황급히 덧붙였다. "성만요, 그냥 성만 써 주시면 돼요." 그는 서명한 다음 날짜를 덧붙일까 하다가 왠지 그녀가 여기서 음흉한 속내를 간파할 것 같아 그만뒀다. "자, 그럼, 감사합니다." 그녀는 이렇게 말하고 페이지를 후후 불며 나갔다.

다음 날은 일요일이었고, 4시경에 문득 그녀가 혼자 집에 있다는 것을 알았다. 그는 자기 방에서 책을 읽고 있었다. 그녀는 식당에 있다가 간간이 복도를 지나 자기 방으로 가는 단거리 원정을 했고, 게다가 휘파람까지 불었다. 그런데 그녀의 가벼운 발소리에는 지형상의 수수께끼가 있었다. 그녀의 방문은 식당 문에서 곧장 이어져 있었던 것이다. 하지만 우리는 독서 중이며 또한 계속 독서하리라. "저는 좀 더 오랫동안, 가능한 한 오랫동안 타지에 있으렵니다. 비록 저의 사상과, 저의 이름과, 저의 작품들은 러시아에 속한다 할지라도, 제 자신, 무상한 이내 몸은 러시아어로부터 떠나 있을 것입니다."* (그런데 스위스에서 산책 중에 **그렇게** 썼던 이는 우크라이나인의 결벽증과 광신도의 혐오감으로 인해 오솔길을 지나가던 도마뱀들—"악마의 새끼들"—을 쳐서 죽이곤 했다.*) 귀향은 상상조차 할 수 없습니다! 체제요? 이제 어떤 체제든 상관없습니다. 왕정 체제에서는 국기와 북이, 공화정 체제에서는 국기와 선거가……. 또다시 그녀가 지나갔다. 아니, 읽히지가 않았다—흥분이 방해했고, 다른 사람 같으면 그녀에게 다가가 자연스럽고 편안하게 말을 걸었겠지, 라는 생각이 방해했다. 그러나 자신이 식당으로 허둥지둥 나가 무슨 말을 할지 몰라 하는 장면이 그려지자, 그녀가 빨리 나가고 쇼골레프 부부가 돌아오기만 바라는 심정이 되었다. 더 이상 엿듣기는 그만두고 고골에 전념하기로 결심한 바로 그 순간, 표도르 콘스탄티노비치는 쏜살같이 일어나 식당으로 갔다.

그녀는 발코니 문 옆에 앉아 반짝이는 입술을 반쯤 열고 바늘에 실을 꿰려 하고 있었다. 열린 문 사이로 작고 황량한 발코니가 보이고 양철이 울리는 소리와 빗방울이 톡톡 튀는 소리가 들려왔다—따뜻한 4월의 굵은 비가 내리고 있었던 것이다.

"죄송합니다, 거기 계신 줄 몰랐네요." 표도르 콘스탄티노비치는 거짓으로 말했다. "제 책에 대해 말씀드리고 싶은데, 그것은 그리 훌륭하지 못하답니다. 형편없는 시들이죠. 물론 모두가 다 형편없는 것은 아니지만, 대체로 그렇다는 뜻입니다. 이 두 해 동안 제가 「신문」에 게재한 시들은 훨씬 낫답니다."

"당신이 언젠가 문학의 밤에서 낭송한 시도 굉장히 마음에 들던데요." 그녀가 말했다. "지저귀는 제비에 관한 시 말이에요."

"아, 거기 계셨었나요? 네, 그러나 장담하지만, 제겐 훨씬 나은 시도 있답니다."

그녀는 갑자기 의자에서 벌떡 일어나 바느질감을 의자에 내려놓고 팔을 흔들흔들하며 몸을 앞으로 약간 숙이고, 잰걸음으로 미끄러지듯 자기 방으로 들어가더니 신문 스크랩을 들고 돌아왔다. 그의 시와 콘체예프의 시였다.

"그런데 여기 다 있는 것 같지는 않네요." 그녀가 말했다.

"전 이런 게 있는 줄도 몰랐답니다." 표도르 콘스탄티노비치는 이렇게 말하고 어색하게 덧붙였다. "이제 가장자리에 바늘구멍을 뚫어 절취선을 만들어 달라고 부탁해야겠네요. 쿠폰처럼 쉽게 뜯을 수 있게 말이지요."

그녀는 나무옹이 위의 스타킹과 계속 씨름하며 눈도 들지 않은 채 재빨리 씩 웃으며 말했다.

"전 당신이 타넨베르크 거리 7번지에 사셨던 것도 알고 있어요. 거기 자주 갔답니다."

"오, 그러셨나요?" 표도르 콘스탄티노비치는 놀랐다.

"전 페테르부르크에서부터 이미 로렌츠 부인과 알고 지냈거든요. 그녀는 한때 제게 미술을 가르쳤답니다."

"정말 기이하네요." 표도르 콘스탄티노비치는 말했다.

"로마노프 씨는 지금 뮌헨에 있어요." 그녀는 계속했다. "정말 싫은 타입이지만, 그의 작품만큼은 늘 좋아했답니다."

그들은 로마노프에 대해 이야기했다. 그의 그림들에 대해서도.

그는 전성기에 이르렀다. 박물관들이 그의 작품을 매입한다……. 그는 모든 것을 섭렵한 후, 다양한 경험을 쌓고 풍부한 표현력의 선(線)의 조화로 돌아왔다. 그의 「축구 선수」를 아는가? 바로 이 잡지에 그 복제화가 실렸다. 전속력으로 달려 무서운 힘으로 골대를 향해 슛을 날리려고 하는 전신상(全身像) 선수의, 긴장된 듯 일그러진 땀범벅의 창백한 얼굴. 헝클어진 붉은 머리카락과 관자놀이의 진흙 얼룩, 드러난 목의 긴장된 근육. 군데군데 몸에 착 달라붙은 구겨지고 축축한 보라색 셔츠는 흠뻑 젖은 반바지까지 내려오고, 멋진 사선을 이루는 힘센 주름이 보인다. 그는 한쪽 팔을 들고 공을 옆으로 차려고 하는데, 손바닥이 쫙 펴져 있다. 전체적인 긴장과 돌격에 동참하는 것이다. 물론 가장 중요한 것은 다리다. 빛나는 하얀 넓적다리, 거대한 흉터투성이 무릎, 진흙으로 부풀어 올라 윤곽이 흐리긴 해도 비상한 정확성과 세련된 힘이 느껴지는 두툼한 검은 축구화. 힘차게 비튼 한쪽 종아리에는 스타킹이 미끄러져 내려오고 발뒤꿈치는 질컥한 진흙에 박혔으며, 다른 발은 새까매진 끔찍한 공을 찰 준비를 하고 있다. 얼마나 멋지게 차려고 하는지! 그리고 이 모든 것은 비와 눈으로 가득 찬 어두운 회색 배경 위에 그려졌다. 이 그림을 보는 이는 가죽 공의 휙 소리를 이미 들을 수 있고, 골키퍼의 필사적인 돌진을 이미 볼 수 있다.

"그리고 또 하나 제가 아는 게 있어요." 지나가 말했다. "당신은 어떤 번역 일로 저를 돕기로 되어 있었답니다. 이 일은 아마 차르스키 씨가 맡겼을 거예요. 그런데 웬일인지 당신은 안 나타났죠."

"정말 기이하군요." 표도르 콘스탄티노비치는 반복했다.

현관에서 쾅 소리가 났다. 마리안나 니콜라예브나가 돌아오는 소리였다. 그러자 지나는 천천히 일어나 스크랩들을 모아 자기 방으로 돌아가 버렸고 — 나중에야 표도르 콘스탄티노비치는 왜 그녀가 그렇게 행동해야 한다고 생각했는지 이해할 수 있었지만 당시에는 그 행동이 너무나 무례하게 느껴졌다 — 그래서 쇼골레프 부인이 식당으로 들어왔을 때는 마치 그가 찬장에서 설탕이라도 훔치는 듯한 형국이 되었다.

또다시 며칠이 지난 어느 날 저녁, 그는 자기 방에서 성난 대화 소리를 얼결에 듣게 되었다. 요지인즉, 이제 곧 손님이 올 터이니 지나가 열쇠를 들고 내려가야 한다는 것이었다. 그녀가 아래로 내려가자, 그는 잠깐 내면의 갈등을 겪은 후 산책을 궁리해 내고 — 이를테면 우표를 사러 공원 근처 자동판매기에 다녀온다는 식의 — 완벽한 알리바이를 위해 전에는 결코 써 본 적도 없는 모자를 쓰고 내려갔다. 그가 내려가는 동안 불이 꺼졌다가 곧장 딸각 소리가 나더니 다시 켜졌다. 그녀가 아래에서 스위치를 눌렀던 것이다. 그녀는 유리문 옆에서 손가락에 걸린 열쇠로 장난치며 환한 조명을 받고 서 있었다. 청록색 니트 스웨터가 반짝였고 손톱이 반짝였으며, 팔의 가지런한 털도 반짝였다.

"열려 있어요." 그녀가 말했다. 하지만 그는 멈춰 섰고, 두 사람은 유리창 너머로 요동치는 어두운 밤과 가스등, 창살의 그림자를 보았다.

"웬일인지 그들이 안 오네요." 그녀는 이렇게 중얼거리며 열쇠를 가만히 잘그랑거렸다.

"오래 기다리셨나요?" 그는 물었다. "제가 교대를 설까요?" 바로 그 순간 빛이 나갔다. "원하시면 밤새 여기 있을게요." 그는 어둠 속에서 덧붙였다.

그녀는 미소 지었고 기다리는 일이 지겹다는 듯 간간이 한숨을 내쉬었다. 유리창을 통해 거리의 회색빛이 그 둘을 비추었고, 문의 철제 문양의 그림자가 그녀 위로 휘어지더니, 계속해서 그 위로 마치 대검 어깨띠처럼 비스듬히 이어졌고, 캄캄한 벽을 따라 프리즘의 무지개처럼 누웠다. 그러자 표도르 콘스탄티노비치에게 왕왕 일어난 일이지만 — 그러나 이번에는 그 어느 때보다 강했다 — 그는 불현듯 (이 투명한 암흑 속에서) 마치 한순간 삶이 뒤집혀 삶의 비상한 안감을 본 것 같은, 삶의 기이함, 삶의 마법의 기이함을 느꼈다. 그의 얼굴 바로 옆에 그림자로 가로질러진 그녀의 연회색 뺨이 있었고, 그래서 지나가 갑자기 수은처럼 빛나는 눈에 비밀스러운 망설임을 띠고 그쪽으로 몸을 돌려, 그림자가 그녀를 기묘하게 변형시켜 입술에 수직으로 놓였을 때, 그는 이 그림자 세계에서 완전한 자유를 만끽하며 그녀의 신기루 같은 팔꿈치를 잡을 수 있었다. 그러나 그녀는 문양에서 미끄러져 나가 손가락을 재빨리 튕겨 불을 켰다.

"왜 그러세요?" 그가 물었다.

"언젠가, 다음에 설명할게요." 그녀는 여전히 그에게서 시선을 거두지 않고 말했다.

"내일요." 표도르 콘스탄티노비치가 말했다.

"좋아요. 내일 말하죠. 그러나 한 가지, 당신과 나는 집에선 절대 대화를 나눠서는 안 된다는 걸 명심하세요. 반드시, 영원히 그래야 돼요."

"정 그러시다면……." 그가 뭔가 말하려 하는 순간 문 뒤로 땅딸막한 카사트킨 대령과 그의 한물간 키 큰 부인이 나타났다.

"충성! 예쁜 아가씨." 대령은 일격에 밤을 가르며 말했다. 표도르 콘스탄티노비치는 거리로 나왔다.

다음 날 그는 그녀가 직장에서 돌아올 때 길모퉁이에서 우연히 마주치도록 꾸몄다. 그들은 저녁 식사 후, 그가 어젯밤에 물색해 놓은 벤치에서 만나기로 했다.

"대체 왜 그래야 되는 거죠?" 함께 앉으며 그가 물었다.

"다섯 가지 이유로요." 그녀는 말했다. "첫째, 전 독일 여자가 아니기 때문이고요, 둘째, 전 겨우 지난주 수요일에 약혼자와 헤어진 데다, 셋째, 이건 아마 — 별 의미가 없을 것 같네요, 넷째, 당신은 저를 전혀 모르기 때문이고요, 다섯째……." 그녀는 입을 다물었고 표도르 콘스탄티노비치는 조심스럽게 그녀의 애간장을 녹이는 애처로운 뜨거운 입술에 키스했다. "바로 이 때문이에요." 그녀는 그의 손가락을 더듬으며 꼭 누르면서 말했다.

이후로 그들은 매일 만났다. 마리안나 니콜라에브나는 결코 아무것도 감히 묻지 못했지만(질문 비슷한 것을 내비치기만 해도 그녀가 익히 알고 있는 폭풍우가 몰아칠 터이기 때문이었다), 물론 딸이 누군가를 만나고 있음은 눈치챘고, 더욱이 비밀 약혼자의 존재에 대해 알고 있었기에 더욱 그랬다. 그 남자는 병적이고 이상하며 정신적으로 불안정한 신사로(적어도 표도르 콘스탄티노비치가 지나의 말을 듣고 상상한 바로는 그랬다, 게다가 이들 **묘사되는** 사람들이 공통되게 지니는 주요 특성으로 웃음이 결여되어 있었다), 그녀는 열여섯 살에, 즉 3년 전부터 그와 알고 지냈는데, 그는 그녀보다 열두 살이나 나이가 많았고, 이 나이 차이에는 뭔가 의뭉스럽고 불쾌하며 원통스러운 점이 있었다. 역시 그녀의 표현에 따르면, 두 사람의 만남은 전혀 애정 표현 없이 이어졌으며, 그녀가 단 한 번도 키스에 대해 언질을 주지 않았기 때문에, 결국 이 관계는 그저 지루한 대화의 끝없는 연속이라는 인상마저 주었다고 한다. 그녀는 그의 이름이나, 심지어 그의 직업에 대해서도 밝히기를 단호히 거부했는데(어떤 면에서는 천재적인 인간이었음은 알려 주었지만), 표도르 콘스탄티노비치는 이름도 계층도 없는 유령은 좀 더 쉽게 사그라드는 것을 알고 있었기에 이 점에 대해 그녀에게 내심 고마웠다. 그럼에도 불구하고 그는 여전히 그에게 역겨운 질투를 느꼈고, 애써 이를 외면하려 했지만 질투는 늘 바로 옆에 있었으며, 언제 어디서든 이 신사의 불안하고 우수에 찬 눈과 자칫 마주칠 수도 있다는 생각 때문에 주변의 모든 사물이 일식 기간의 자연처럼 야행성으로 살기 시작했다. 지나는 결코 그를 사랑한 적이 없었는데, 단지 우유부단함 때문에 그와의 시들한 연애를 끌었을 뿐이며, 표도르 콘스탄티노비치만 아니었으면 계속 끌고 있었을 거라 단언했다. 하지만 그는 그녀에게서 특별히 우유부단한 점은 발견하지 못했고, 오히려 모든 면에서 여성적 수줍음과 비여성적 단호함이 결합되어 있음을 보았다. 그녀는 지성의 복잡성에도 불구하고 명쾌한 단순성을 타고나, 다른 사람이라면 허용하지 않을 많은 것들을 자신에게 허용했고, 그들이 급속도로 가까워진 것 또한 표도르 콘스탄티노비치에게는, 그녀의 진솔함으로 예리하게 비추어 보건대, 극히 당연한 일로 느껴졌다.

그녀는 집에서는 이 낯설고 시무룩한 아가씨와의 저녁 데이트를 상상하는 것조차 기괴할 느낌이 들 정도로 처신했지만, 이 또한 가식이라기보다는 나름 진솔함의 표현이었다. 언젠가는 그가 복도에서 장난치며 그녀를 가로막은 적이 있었는데 그녀는 분노로 새하얗게 질려 그날 밤 데이트에 나오지 않았고, 그 후 그에게 두 번 다시 그런 행동을 되풀이하지 않겠노라 맹세하게 했다. 이내 곧 그는 왜 이렇게 되었는지 이해했다. 가정 환경이 너무나 저급한 부류에 속해 있어서, 그런 배경에서는 하숙인과 하숙집 딸이 지나가다 손만 스쳐도 그야말로 **정사**를 나눴다는 식으로 바뀔 수 있었던 것이다.

지나의 아버지 오스카 그리고리예비치 메르츠는 4년 전 베를린에서 협심증으로 죽었고, 그가 죽은 직후 마리안나 니콜라예브나는 메르츠라면 결코 문지방을 못 넘게 했을, 기회만 있으면 '유대놈'이라는 단어를 마치 통통한 무화과인 양 음미하던 시끄러운 러시아 속물 중 한 사람에게 재가했다. 그런데 호인 쇼골레프가 출타하면 그의 수상쩍은 사업상 동료들 중 한 사람인, 깡마른 발트족 남작이 격의 없이 집에 나타났고, 마리안나 니콜라예브나는 이 남자와 더불어 쇼골레프를 배신했다. 두어 번 남작을 본 적이 있는 표도르 콘스탄티노비치는, 두꺼비 면상의 푸석푸석한 나이 든 이 여인과 이가 썩어 가는 나이 든 이 해골이 서로에게 무엇을 발견할 수 있었을지, 혹 뭔가 발견했다면 어떤 절차를 밟았을지, 역겨움으로 몸서리치며 애써 상상해 보았다.

이따금 지나 혼자 아파트에 있는 것을 알면서도 약속 때문에 그녀에게 다가갈 수 없어 고통스러웠다면, 쇼골레프 혼자 집에 남는 경우 역시 전혀 다른 식으로 고통스러웠다. 고독을 못 견디는 보리스 이바노비치는 지루해하기 시작했고 표도르 콘스탄티노비치는 자기 방에서, 마치 아파트가 서서히 우엉으로 뒤덮이듯, 이 권태가 사각사각 커 가는 소리를 들었다 — 이제 그의 방문 앞까지 자라리라. 그는 쇼골레프가 뭔가에 관심을 갖게 해 달라고 운명에 기도했지만 그러나 (라디오가 출현하기 전까지) 구원의 손길은 그 어디에서도 다가오지 않았다. 아니나 다를까 조심스러운 노크 소리가 불길하게 울렸고, 소름 끼치게 웃으면서 보리스 이바노비치가 옆걸음치며 방 안으로 쑥 들이밀었다. "잤어요? 방해되는 건 아니죠?" 그는 표도르 콘스탄티노비치가 소파 베드에 푹 뻗어 있는 것을 보고 그렇게 묻고는 곧장 완전히 들어와 자기 뒤로 문을 꼭 닫고 한숨을 쉬며 표도르 콘스탄티노비치의 발치에 앉았다. "정말 따분하군요, 따분해." 이렇게 말하고는 뭔가 지껄이기 시작했다. 그는 문학 부문에선 클로드 파레르의 『*L'homme qui assassina*(살인을 한 자)』*

를, 철학 부문에서는 『시온 장로들의 의정서』*를 높이 평가했다. 이 두 책에 관한 한 그는 몇 시간이고 떠들 수 있었지만 다른 책은 일생 동안 단 한 권도 안 읽은 듯했다. 그는 지방의 재판 판례나 유대인의 일화에 대해 마구 이야기해 댔다. 그는 "샴페인을 마시고 길을 나섰다" 대신 "병을 찌그러뜨리고, 이랴"로 표현했다. 대부분의 수다쟁이에게 왕왕 있는 일이지만, 그의 기억 속에는 늘 이야기보따리를 풀어 놓는 비상한 재담가가 나타났다("그렇게 현명한 사람은 내 생애 두 번 다시 못 만났다오"라고 그는 꽤 건방지게 한마디 했다). 그런데 묵묵히 듣고 있는 청자로서의 보리스 이바노비치를 상상하기 힘든 만큼, 이는 일종의 이중인격일 수도 있음을 감안해야 했다.

어느 날, 그가 표도르 콘스탄티노비치의 책상 위에서 빽빽하게 쓰인 메모를 보고, 다소 생경한, 간절한 어투로 말했다. "아, 내게 눈곱만큼의 시간만 있어도 이 정도의 책은 휘갈겨 쓸 텐데……. 실화를 토대로 말이지요. 이런 이야기를 상상해 봐요. 늙은 개 ― 그러나 아직 한창때인지라 혈기 왕성하고 행복에 대한 갈망을 지녔지요 ― 가 과부를 알게 되었답니다. 그녀에게는 딸이 하나 있고, 아직 새파란 소녀인데, 글쎄, 그녀는 아직 틀도 안 잡혔는데도 이미 사람을 돌아 버리게 할 정도로 걷지요. 파리하고 날쌔고 눈 밑이 푸르스름한 소녀는, 물론 늙다리는 쳐다보지도 않는답니다. 어떻게 할 것인가? 결국 그는 길게 생각지 않고, 아시겠어요, 과부와 결혼했답니다. 잘되었습죠. 이렇게 셋이 살게 되었어요. 여기서부터는 무한대로 그려 나갈 수 있답니다 ― 유혹, 영원한 고문, 근질거림, 부질없는 희망 등. 그러나 결국 오판이었지요. 시간은 유수와 같이 흘러 그는 늙고 그녀는 피어나, 쥐뿔도 안 남았답니다. 그녀는 종종 옆을 지나치며 경멸의 시선을 불태우곤 했지요. 네? 도스토엡스키의 비극이 느껴진다고요? 이 이야기는, 있잖아요, 옛날 옛적 콩 황제가 다스리던 시절, 어느 왕국, 어느 나라에서 저의 절친한 친구에게 일어난 일이랍니다. 어느 왕국이냐고요?" 그리고 보리스 이바노비치는 어두운 눈을 옆으로 돌리고 입술을 오므려 구슬픈 톡톡 소리를 냈다.

"내 아내-안해는 — 그는 다른 때에 말했다 — 스무 해 넘게 유대 놈과 살아 완전히 유대 장로회 문중에 뒤덮여 지냈죠. 이 냄새를 빼내느라 저는 적잖이 고생했답니다. 진카*에게는 — (그는 기분에 따라 의붓딸을 때로는 이렇게, 때로는 아이다라고 번갈아 가며 불렀다) — 다행히도 그다지 특이한 점은 없어요. 당신이 그녀의 사촌을 봤어야 했는데, 있잖아요, 왜 그 콧수염이 난 뚱뚱한 검은 머리 말이에요. 심지어 종종 내 대가리에 어떤 생각이 떠오르냐면, 혹시 나의 마리안나 니콜라예브나가 메르츠 부인이었을 때……. 어쨌든 제살붙이에게 끌리기 마련이잖아요. 그녀한테 직접, 아무 때나 이 분위기에서 얼마나 숨이 막혔는지, 친척들은 어떤 작자들이었는지 이야기해 보라고 하시면 — 오, 시상에 — 모두들 식탁에서 왁자지껄 떠드는데 그녀만 차를 따랐다는 거예요. 말이 쉽지, 그녀의 어머니는 여제의 시종이었고, 그녀 또한 스몰리 귀족 학교 여학생이었는데, 유대 놈에게 시집가 버린 거였지요. 지금까지도 어떻게 이런 일이 일어났는지 설명하지 못한답니다. 그는 부자였고 — 그녀는 말하지요 — 난 어리석었는데, 우리는 니스에서 눈이 맞아 로마로 도망쳤어요. 있잖아요, 자유로운 분위기에선 모든 게 달리 보였는데, 나중에 일가친척과 만나면서 내가 낚였다는 것을 깨달았죠."

지나는 이에 대해 전혀 다르게 이야기했다. 그녀의 묘사에 따르면, 그녀 아버지의 용모는 약간 프루스트의 스완*을 닮아 있었다.

그와 그녀 어머니의 결혼, 그리고 이후의 삶은 아스라한 낭만적 색채로 물들어 있었다. 그녀의 말로 판단하건대, 그리고 그의 사진들로 판단할 때도, 그는 세련되고 고상하며 지적이고 부드러운 사람이었다. 심지어 한밤중에 가로등 아래에서 그녀가 표도르 콘스탄티노비치에게 보여 준, 판지를 따라 금장 서명이 박힌 딱딱한 페테르부르크의 사진들에서조차, 구식으로 화려한 금빛 콧수염도, 높은 옷깃도, 미소 짓는 곧은 시선을 지닌 그의 섬세한 얼굴선을 망가뜨리지 못했다. 그녀는 아버지의 향수 뿌린 손수건과, 경주마나 음악에 대한 열정에 대해 이야기했고, 또한 그가 젊었을 적 어느 날 순방 중인 체스 그랜드 마스터를 어떻게 완패시켰는지, 혹은 호메로스를 어떻게 줄줄 외웠는지 이야기했다. 그녀는 아버지에 대한 추억, 즉 그녀가 보여 줄 수 있는 가장 소중한 것에 그가 지루한 듯 굼뜨게 반응하는 것처럼 보였기 때문에 표도르의 상상력을 자극할 만한 것을 골라서 이야기했다. 그 스스로도 자기 안에서 이 이상한 반응의 지체(遲滯)를 감지했다. 지나에게는 그를 답답하게 하는 특성이 있었다. 그녀의 집안 상황이 그녀에게 병적으로 예민한 자존심을 유발하여, 심지어 그녀는 표도르 콘스탄티노비치와 말할 때조차, 마치 그가 유대인을 대할 때, 대다수 러시아인이 어느 정도 지니는 적의는 물론이고 억지 호의의 냉랭한 미소를 피는 것도 허용하지 않겠노라(바로 이로써 결국 허용한 셈이다) 강조하는 듯, 거만한 표정으로 자기 종족에 대해 언급했다. 처음에 그녀는 이 부분에 너무 예민하게 반응해서, 대체로 종족에 따라 인간을 분류하거나 종족 간의 상호 관계에 대해 전혀 아랑곳 않던 그는 그녀로 인해 조금 불편해졌다. 그러나 한편으로는 그녀의 열렬한 방어적 자존심의 영향으로, 그는 쇼골레프의 지긋지긋한 헛소리나, 쇼골레프가 신이 나서 고의로 러시아어를 후음으로 왜곡시키는 것,* 가령 양탄자에 자국을 남기고 있는 젖은 손님에게 "아, 당신은 참 대단한 자국인이군요!"라고 하는 것을 잠자코 듣고 있었던 것에 대해 일종의 개인적 수치심을 느끼기 시작했다.

그녀의 아버지가 돌아가신 후 한동안은 이전의 지인들과 부계 친척들이 관례대로 그들을 방문했다. 그러나 조금씩 드문드문해지더니 아주 사라졌고…… 단지 한 쌍의 노부부만 마리안나 니콜라예브나를 안쓰러워하고 지난날을 안쓰러워하면서, 쇼골레프가 차와 신문을 들고 자기 침실로 가는 것을 애써 외면하며 그 후로도 오랫동안 방문했다. 그러나 지나는 어머니가 배반한 이 세계와 여태 관계를 유지했고, 가족의 이전 친구들을 방문할 때는 병과 결혼과 러시아 문학에 대한 노인들의 잔잔한 대화가 흐르는 차탁에 앉아, 현저히 변화하여 온화해지고 선량해졌다(그녀 스스로도 이에 대해 언급했다).

그녀는 집 안에 있으면 불행했고, 자신의 불행을 경멸했다. 또 자신의 직장도 경멸했고, 사장이 유대인임에도 불구하고 — 그가 독일의 유대인, 즉 일단 독일인이었으므로 — 표도르 앞에서 거리낌 없이 그를 욕했다. 그녀가 자신이 벌써 2년 넘게 근무해 온 변호사 사무실에 관해 너무나 선명하고, 너무나 처절하게, 너무나 생생한 혐오감으로 이야기해서, 그는 마치 자신이 매일 그곳에 있는 것처럼 모든 것을 보고 모든 것을 감지했다. 그녀의 직장 분위기는 그에게 왠지 디킨스(사실은 독일식 버전으로 수정된)를 상기시켰다. 음울한 꺽다리들과 혐오스러운 작다리들의 반은 미친 세계, 간계, 칠흑 같은 그림자, 소름 끼치는 코들, 먼지, 악취 그리고 여인의 눈물 등. 그것은 어둡고 가파르며 형편없이 허물어져 가는 층계에서부터 시작되었는데, 사무실 부지의 불길한 노후함에 딱 맞아떨어졌다. 다만 다른 방들의 가구와는 현격히 차이 나는 윤기 나는 안락의자와 거대한 유리 책상이 놓인 주임 변호사의 사무실만은 여기에서 열외였다. 창문이 훤히 드러난 채 흔들리고 있는 초라한 커다란 사무실은 먼지투성이의 더러운 가구들이 쌓여 있어 숨이 막혔다. 특히 용수철이 삐져나온 흐린 적자색 소파는 그야말로 끔찍했는데, 이것은 세 명의 모든 대표 이사, 트라움, 바움, 케제비어의 사무실을 차례차례 거친 후 쓰레기장에 내동댕이쳐진 듯한 끔찍하고 추잡한 물건이었다. 벽은 바닥까지 거대한 선반들로 덮여 있었고, 모든 칸은 거친 청색의 서류철로 꽉 차 있었는데, 서류철에서 삐져나온 긴 라벨 위로 소송을 일삼는 배고픈 빈대가 종종 기어 다녔다. 창문 옆에는 네 명의 타이피스트가 자리하고 있었다. 한 명은 월급을 온통 옷에 탕진한 꼽추였고, 두 번째 여자는 '매우 급하게 걷는' 성정이 가벼운 마른 여자였고(푸주한이었던 그녀의 아버지는 다혈질 아들에게 정육점 갈고리로 살해당했다). 세 번째 여자는 꾸준히 혼인 지참금을 모으고 있는 의지가지없는 아가씨였고, 네 번째 여자는 영혼 대신 자기 아파트의 영상을 지닌 금발 머리의 풍만한 유부녀로, **지적 노동**의 일과가 끝나면 육체노동을 통한 휴식이 너무도 절실해 저녁에 집에 가자마자 창문을 온통 열어젖히고 신나게 빨래부터 한다고 감동적으로 이야기하곤 했다. 사무장 하메케는(발은 냄새나고 뒤통수의 부스럼에서는 연신 진물이 흐르며, 상사 시절 굼뜬 신참병에게 칫솔로 병영 바닥을 닦으라고 명령했던 일을 즐겨 회상하는 뚱뚱하고 야비한 짐승이었다) 마지막 두 여자를 유난히 적극적으로 괴롭혔다. 한 명은 그녀에게 직장의 상실이란 곧 결혼의 포기를 의미했기 때문이었고, 다른 한 명은 걸핏하면 흐느꼈기 때문인데, 너무 쉽게 끌어낼 수 있는 이 요란스러운 풍부한 눈물이 그에게 건강한 쾌감을 주었던 것이다. 간신히 문맹은 면했지만 강철 같은 추진력을 지녀 매사 최소의 호재까지도 단박에 포착해 내는 그는 고용주들인 트라움과 바움과 케제비어(초목 사이로 식탁이 놓여 있고, 멋진 경치가 펼쳐진 완벽한 독일식 목가시다)*의 인정을 받았다. 바움은 드물게 나타났는데, 사무실 아가씨들은 그가 세련되게 옷을 입는 것을 알아차렸다. 즉 그의 양복 상의는 대리석상에 걸쳐 놓은 듯했고 바지는 늘 빳빳하게 주름이 잡혀 있었으며, 칼라 와이셔츠에는 흰 칼라가 달려 있었던 것이다. 케제비어는 재력 있는 고객 앞에서는 비굴하게 굽실거렸고(하긴, 셋 모두 굽실거렸다), 지나에게 화가 날 때면 그녀가 지나치게 거만하다고 말하곤 했다. 사장 트라움은 옆머리를 빌려 와 가르마를 탄 작달막한 남자로, 초승달의 바깥 면 같은 옆모습과 자그마한 손, 그리고 뚱뚱하다기보다는 비대한, 맵시 없는 몸을 지니고 있었다. 그는 자신을 열렬히, 거의 둘이서 서로 사랑하듯 사랑했고, 돈 많은 늙은 과부에게 결혼했으며, 약간 배우 기질이 있어서 모든 것을 '아름답게' 만들려고 노력하여 패션에는 수천을 지출하면서도 비서에게는 푼돈도 깎았다. 그는 직원들에게 자기 아내를 '디 그네디게 프라우'*라 부르라고 요구했다("마님께서 전화하셨습니다", "마님께서 청하셨습니다"). 전체적으로 그는 사무실에서 일어나는 일에 모르쇠로 일관하는 척 으스댔지만, 사실 하메케를 통해 모든 것을, 세세한 것까지 속속들이 알고 있었다. 그는 프랑스 대사관의 법률 고문 자격으로 자주 프랑스에 다녀왔고, 이익 추구에 있어서의 극도로 유들유들한 뻔뻔스러움이 그의 두드러진 특성이어서, 그는 그곳에서도 열과 성을 다해 이로운 친분을 쌓았고 전혀 망설임 없이 추천을 부탁했으며 추근추근 들러붙어 귀찮게 떼쓰며 모멸감도 몰랐다. 마치 그의 피부는 식충류(食蟲類)의 감각과도 같았던 것이다. 그는 프랑스에서 인기를 얻기 위해 독일어로 프랑스에 대한 소책자들을 썼는데(예컨대 외제니 황후,* 브리앙* 그리고 사라 베르나르*를 다룬 『3인의 초상화』 등), 그에게서는 자료 수집 또한 연줄의 수집으로 변했다. 독일 공화국의 끔찍한 모데른 양식으로 쓰인 이 졸속 편저작들은(루트비히와 츠바이크들의 저작들에 본질적으로 거의 뒤지지 않는*) 그가 일하는 틈틈이 불현듯 영감의 분출을 가장하며 비서에게 받아쓰게 한 것이다. 그런데 그의 영감의 도래 시기는 늘 휴식 시간과 일치했다. 그가 살살 비위를 맞춰 친분을 튼 한 프랑스 교수는 그의 상냥함 그 자체인 서한에 대해, 프랑스인으로서는 너무나 무례한 비판으로 답했다. "당신은 클레망소*라는 성을 쓰면서 때로는 accent aiqu(악상테귀)*를 사용하고 때론 사용하지 않고 있습니다. 여기에는 일정한 일관성이 요구되기 때문에 어떤 체계를 따를 것인지 분명히 결정하고, 차후 이를 고수하시는 것이 나을 듯합니다. 그런데 혹 여하한 이유로든 이 성을 정확히 쓰고자 하신다면 악센트 없이 쓰십시오." 트라움은 즉각 열광적인 감사 편지를 썼고, 동시에 연신 자기 일을 부탁했다. 아, 그는 자신의 편지를 얼마나 탁월하게 감언이설로 마무리하는지, 서두와 말미의 무한 변조 안에 있는 튜턴족 특유의 구르는 소리와 쉭쉭 소리는 어땠는지, 얼마나 예의가 발랐는지, "Vous avez bien voulu bien vouloir⋯."[32]

14년간 그를 보필하고 있는 비서 도라 비트겐슈타인은 곰팡내 나는 작은 방을 지나와 공유했다. 눈두덩 살이 처지고 싸구려 오드콜로뉴 사이로 시체 냄새를 풍기는 이 늙어 가는 여인은 트라움에게 봉사하며 온종일 수시로 일하면서 시들어 가, 모든 근육 조직이 뒤바뀐 채 쇠심줄 몇 개만 남은 노쇠한 불행한 말을 닮아 있

32 "당신께서 친절히 친절을 베풀어 주시니⋯⋯."

었다. 그녀는 교육이 짧아 두세 개의 통념을 기반으로 살아 나갔지만, 프랑스어를 다룰 때만큼은 자신만의 몇 가지 사적 규칙에 이끌렸다. 트라움은 정기적으로 '책'을 쓰게 되면서 일요일마다 그녀를 집으로 불러들여 보수에 대해 흥정하며 가외 시간까지 붙들었다. 그런데도 그녀는 그의 운전사가 자신을 데려다 주었노라며 지나에게 자랑스럽게 이야기하곤 했다(사실은 전차 정거장까지만 태워 주었는데 말이다).

지나는 번역 일 외에도 다른 타이피스트들처럼 재판에 제출되는 긴 첨부 문건을 정서(正書)해야 했다. 또한 고객 앞에서 그가 전하는 사건 정황 — 보통 이혼과 관련된 — 을 속기로 받아 적어야 하는 경우도 빈번했다. 이 사건들은 모두 다분히 추악했으며, 온갖 외설과 어리석음이 한데 뭉친 덩어리였다. 코트부스* 출신의 한 남자는, 그의 표현에 의하면 비정상인 여인과 이혼하면서, 그녀가 불도그와 동거했다고 비난했는데, 그 주요 증인은 그의 아내가 개의 신체 일부에 대한 경탄을 개에게 커다랗게 표현하는 것을 문틈으로 들은 것 같다는 청소부 여자였다.

"당신에겐 그저 우습겠지만" 하고 지나는 화가 나서 말했다. "정말이지, 더 이상은 못하겠어요, 정말 안 되겠어요. 다른 사무실에 가도 똑같이, 아니 더 형편없는 쓰레기만 있다는 걸 몰랐다면 난 지금 당장이라도 이 모든 쓰레기를 내던져 버렸을 거예요. 저녁마다 몰려드는 이 피로감은 너무 특이해서 표현할 수가 없네요. 난 이제 어디에 쓰죠? 내 척추는 타자기 때문에 완전히 망가져서 울고 싶을 정도예요. 그런데 중요한 것은 이 일이 결코 끝나지 않을 거라는 점이죠. 설사 끝난다 해도 먹을 것이 없어지거든요. 알다시피 엄마는 아무것도 할 줄 모르잖아요. 심지어 주방 일도 못할걸요. 다른 사람의 부엌에서 흐느끼고 그릇만 깰 테니까요. 그리고 그 악당이 할 줄 아는 거라곤 파산하는 것뿐이에요, 내가 보기에 그는 태어날 때 이미 파산한 것 같아요. 내가 이 철면피를 얼마나 증오하는지 당신은 모를 거예요, 철면피, 철면피…….”

“그러다 잡아먹겠어요.” 표도르 콘스탄티노비치가 말했다. “오늘은 나도 꽤 힘든 하루였어요. 당신을 위해 시를 쓰려고 했는데, 웬일인지 아직 갈무리가 안 되네.”

“오, 내 사랑, 오 내 기쁨!” 그녀는 탄성을 쏟아 냈다. “정말 이 모든 게 사실일까요? 이 울타리와 흐릿한 별도? 난 어렸을 때 끝이 없는 것은 그리기 싫어했어요. 그래서 울타리는 안 그렸지요. 종이 위에선 안 끝나니까요. 끝나는 울타리란 상상하기 힘들잖아요. 대신 나는 항상 완결된 것, 피라미드나 산 위의 집 같은 것만 그렸어요.”

“내가 제일 좋아하는 건 수평선과 그리고 조금씩 조금씩 작아지는 선들이었소, 그래서 바다 너머로 스러지는 일몰 같은 것이 그려지곤 했지. 어릴 적 가장 큰 고통은 뭉툭해지거나 부러진 색연필이었어.”

“대신 뾰족한 연필은……. 흰 색연필 기억나요? 늘 가장 길었지요. 빨간색이나 파란색과는 차원이 달랐어요. 별로 사용하지 않았거든요. 기억나요?”

“그러나 그것은 얼마나 선택받고자 했는지? 백피증 환자의 드라마, *L'inutile beauté*[33]*지. 어쨌든, 나중에 나는 흰색이 완전히 장악하도록 놔뒀어요. 왜냐하면 눈에 안 보이는 것을 그렸기 때문이었지. 거기서 많은 것을 상상할 수 있었소. 대체로 무한한 가능성이 기다리고 있지. 오직 천사만 빼고. 혹 천사가 있다 해도, 그것은 낙원의 새*와 콘도르의 잡종인 듯 거대한 흉곽과 날개를 지니고

33 '쓸모없는 아름다움'.

있어서, 젊은 영혼을 품속이 아닌 발톱 속에 넣어 데려갈 거요."*

"맞아요. 나도 우리가 여기서 끝날 순 없다고 생각해요. 우리가 존재하기를 멈출 수도 있다고는 상상하기조차 힘들어요. 어떤 경우에든, 난 그 무엇으로도 변형되고 싶지 않아요."

"그럼, 산광(散光)으로 바뀌는 건? 그건 어떻게 생각해요? 별로인 것 같지? 난 말야, 특별한 깜짝 선물이 우리를 기다리고 있을 거라는 확신이 들어. 비교 대상이 없는 것은 상상할 수 없음이 애석할 따름이지. 천재란 바로 꿈속에서 눈(雪)을 보는 아프리카 흑인이지. 유럽 횡단 길에 최초의 러시아 순례자들을 가장 놀라게 한 것이 무엇이었는지 알아요?"

"음악인가요?"

"아니, 도시의 분수, 젖은 조각상들이었어."

"난 때론 당신이 음악에 대한 감이 없는 것이 속상해요. 아버지는 음악에 조예가 깊으셔서 소파에 누워 오페라 전곡을 처음부터 끝까지 부르시곤 했어요. 한번은 아버지가 그 자세로 누워 계셨는데, 옆방에 누군가 들어와 엄마랑 이야기한 적이 있었죠. 그런데 아버지는 내게, '어, 이 목소리는 바로 그 사람, 20년 전 칼스바트에서 만났던 사람의 목소린데, 그가 언젠가는 날 만나러 오겠노라 약속했었지'라고 말씀하셨어요. 아버지의 청각은 그 정도였어요."

"오늘 리시넵스키를 만났는데, 그의 친구 한 명이 칼스바트는 이제 예전과는 완전히 다르다고 불평했다더라고. 그의 말로는, 옛날이 좋았대! 물을 마시면 바로 옆에 멋지고 잘생긴 에드워드 왕이 있는데…… 진짜 영국 천으로 만든 옷을 입고……. 왜, 화났소? 왜 그래요?"

"아, 별거 아니에요. 어떤 일들은 당신이 결코 이해하지 못할 거예요."

"그렇게 말하지 말아요. 왜 이렇게 더웠다 추웠다 하지? 당신, 안 추워? 가로등 주변에 어떤 나방들이 날아다니는지 더 잘 봐요."

"계속 보고 있었는걸요."

"왜 나방들이 빛으로 날아가는지 알려 줄까? 그 이유는 아무도 모르지."

"당신은 알아요?"

"난 잘만 생각하면 이내 알아낼 수 있다고 늘 생각해 왔어요. 내 아버지 말씀으론 가장 근사치의 이유는 균형 감각의 상실이래. 마치 미숙한 자전거 운전자가 도랑으로 빨려드는 것처럼 말이야. 빛은 어둠과 비교하면 텅 비어 있지. 나방이 어떻게 선회하는지 봐요! 그런데 여기엔 뭔가 더 있는데 — 이내 알아낼 거야!"

"당신이 결국 책을 완결하지 못해 속상해요. 아, 내겐 당신을 위한 천 가지 계획이 있는데. 난 당신이 언젠가 맹위를 떨칠 거라고 분명히 느껴요. 뭐든 모두가 감탄할 만한 대작을 써 봐요."

"써 보지." 농담조로 표도르 콘스탄티노비치는 말했다. "체르니셉스키의 전기나 써 볼까."

"당신이 원하는 건 뭐든 괜찮아요. 정말, 정말 진짜이기만 하면요. 내가 당신의 시를 얼마나 좋아하는지 두말할 필요도 없지만, 그러나 시는 왠지 늘 당신 수준에는 뭔가 미진한 면이 있어요. 모든 어휘는 당신의 진짜 어휘보다 한 치수 작아요."

"아니면 장편소설을 쓸까? 신기한 점은 다음 작품에서 뭘 다룰지도 모르면서 왠지 그 작품을 기억하는 듯한 느낌이 든다는 거야. 완전히 기억해 내서 쓰고 말 거요. 그런데 대체 당신은 무슨 생각인지 말해 봐요, 우린 일생 동안 이렇게 만나는 거야? 벤치에 나란히 앉아서?"

"오, 아니에요." 그녀는 노래하듯 몽환적인 목소리로 답했다. "겨울에는 무도회에 가요. 그리고 이번 여름에 휴가를 받으면, 2주일 동안 바다로 가서, 거기서 파도가 찰싹이는 엽서를 당신에게 보낼게요."

"나도 2주일간 바다로 가겠소."

"그건 아니죠. 그리고 나중에 티어가르텐 공원의 돌부채를 든 공주상이 있는 장미원*에서 만나기로 한 것도 잊지 말아요."

"신나는 전망이구려." 표도르 콘스탄티노비치는 말했다.

그리고 며칠 후 예의 체스 잡지가 우연히 그의 손에 잡혔다. 그는 아직 덜 채운 빈칸을 찾으며 잡지를 넘겼다. 그러나 모든 문제를 다 푼 것을 알고는 체르니솁스키의 유년 시절 일기 중 2단짜리 발췌문을 눈으로 훑어 내려갔다. 쑥쑥 훑어 지나가다 미소를 짓더니 흥미를 가지고 재차 읽기 시작했다. 익살맞고 상세한 문체, 꼼꼼하게 삽입된 부사, 세미콜론에 대한 선호, 한 문장 안에서 교착 상태에 빠진 사고, 거기서 벗어나려는 옹색한 시도(게다가 사고는 곧장 다른 곳에서 교착 상태에 빠져, 저자는 또다시 눈엣가시와 씨름해야 했다), 쪼아 대고 웅얼거리는 단어들의 소리, 자신의 극히 사소한 행동까지도 자질구레하게 해석함에 있어 나이트 행마로 이리저리 활보하는 의미, 이 행위들의 끈적끈적한 불합리성(인간의 양손이 목공소의 접착제에 들러붙어 양손 모두 왼손이 되어 버린 듯했다), 진지함, 무기력함, 정직함, 가난함. 이 모든 것들은 표도르 콘스탄티노비치의 마음에 너무나 드는 데다, 이러한 지적 스타일과 문장 스타일을 지닌 필자가 어떻게든 러시아 문학의 운명에 영향을 미칠 수 있었다는 사실이 그에게는 너무나 놀랍고 흥미로워, 그는 다음 날 아침 당장 국립 도서관에 가서 체르니솁스키 전집을 신청했다. 읽어 감에 따라 그의 놀라움은 증폭되었고 이 감정에는 일종의 축복이 내재했다.

일주일 후, 알렉산드라 야코블레브나의 전화 초대를 받았을 때(“왜 이렇게 얼굴 보기가 힘들어요? 오늘 저녁에 시간 괜찮으시죠?”), 그는 『8×8』을 들고 가지 않았다. 그에게 이 잡지는 이미 정서적 보물, 만남의 추억을 지닌 물건이었던 것이다. 그는 친지의 손님들 중에서 기술자 케른과, 뚱뚱한 구식 얼굴에 턱이 매우 둥글고 덩치가 크고 말수가 적은, 성이 고랴이노프인 남자를 발견했는데, 그는 괴팍하고 평판이 나쁜 늙고 불행한 어떤 기자를 탁월하게 패러디하면서(입을 길게 늘여 입맛을 다시면서 여자 목소리로 말했다), 이 이미지에 너무나 익숙해져(이로써 그에 대한 복수가 시작되는데), 다른 지인들을 묘사할 때도 입 가장자리를 아래로 길게 늘일 뿐만 아니라, 심지어 그 자신도 정상적인 대화에서조차 그를 닮아 가게 된 것으로 유명했다. 알렉산드르 야코블레비치는 아픈 후로 살이 쏙 빠지고 말수가 줄었지만 — 이렇게 의식이 흐려진 대신 일시적 건강을 찾은 것이다 — 그날 밤은 좀 더 기운을 차린 듯, 익숙한 안면 경련도 일어났다. 그러나 야샤의 유령은 이미 더 이상 구석에 앉아 있지도, 흐트러진 책 무더기 사이로 턱을 괴고 있지도 않았다.

“아파트는 여전히 괜찮나요?” 알렉산드라 야코블레브나가 물었다. “네, 무척 기쁘네요. 그 집 딸을 쫓아다니는 건 아니죠? 아니라고요? 그런데 얼마 전에 갑자기 생각났는데, 내 지인 중에 메르츠 씨를 아는 사람들이 있었어요. 그이는 뛰어난 사람으로 어느 모로 보나 신사였대요. 그런데 딸은 자신의 혈통을 별로 밝히고 싶어 하지 않는 것 같더라고요. 밝힌다고요? 글쎄요, 잘 모르겠어요. 당신이 잘 모르는 것 같은데요.”

“어쨌든 한 성깔 하는 아가씨죠.” 기술자 케른이 말했다. “딱 한 번 댄스 협회 모임에서 만난 적이 있는데, 그녀는 모든 일에 콧방

귀를 꿔더라고요."

"그녀의 코는 어떻게 생겼는데요?" 알렉산드라 야코블레브나가 물었다.

"글쎄요, 솔직히 말해 그다지 유심히 보지는 않았지만, 결국 모든 아가씨들이 미인이고 싶어 하는 거 아니겠어요? 너무 헐뜯지는 말자고요."

잠자코 있던 고랴이노프가 두 손을 배 위에 깍지 끼고, 다만 간간이 살찐 턱을 이상하게 치켜올리며 마치 누군가를 부르듯 카랑카랑하게 헛기침을 했다. 누군가 잼이나 차 한 잔을 더 권하면 그는 "충심으로 감사드립니다"라고 인사하며 말했고 옆 사람에게 뭔가 알리고 싶을 때는 상대방 쪽으로 얼굴을 돌리지 않고 여전히 앞을 보며 머리만 옆으로 가까이 댔으며, 뭔가 말하거나 묻고 나서는 또다시 머리만 천천히 멀리했다. 그와의 대화에는 이상한 공백이 있었는데, 그가 상대방의 말에 아무런 대꾸도 않고 상대방을 쳐다보지도 않은 채 갈색의 작은 코끼리 눈으로 방 안을 두리번거리다 갑자기 발작적으로 헛기침을 했기 때문이었다. 그는 자기 얘기를 할 때는 늘 음울한 농담 투로 말했다. 그의 전체 용모는 왠지, 가령 다음의 이미지들을 연상시켰다, 내무성, 야채수프, 고무 덧신, 창밖 너머로 내리는 '예술세계파'*의 눈, 대들보, 스톨리핀,* 구(舊)계장.

"자, 친구." 체르니셉스키가 표도르 콘스탄티노비치 쪽으로 바짝 다가와 앉으며 막연히 말했다. "뭐 좋은 일 없어요? 별로 안 좋아 보이는데."

"혹시 기억하세요?" 표도르 콘스탄티노비치는 말했다. "3년 전쯤, 당신과 성이 같은 유명 인사의 삶에 대해 써 보라고 기막힌 조언을 하신 적이 있는데요."

"전혀 기억이 안 나는데……." 알렉산드르 야코블레비치는 말했다.

"유감이네요, 전 지금 그 일을 시작할까 구상 중이거든요."

"오, 정말? 진심이에요?"

"전적으로 진심입니다." 표도르 콘스탄티노비치는 말했다.

"왜 그렇게 해괴한 생각을 하게 된 거죠?" 알렉산드라 야코블레브나가 끼어들었다. "당신이라면, 잘 모르겠지만, 이를테면 바튜슈코프*나 델비크*의 생애에 관해 쓰는 게 어울리지 않을까요? 대략 푸시킨 주변의 인물들 말이에요. 그런데 왜 여기서 체르니셉스키예요?"

"사격 연습이랍니다." 표도르 콘스탄티노비치는 말했다.

"대답은, 한 치의 과장도 없이, 그야말로 수수께끼군요." 기술자 케른은 이렇게 지적하고, 코안경의 무테 알을 반짝거리며 손바닥 안의 호두를 깨려 했다. 고랴이노프는 호두까기를, 한쪽을 질질 끌어 그에게 넘겨주었다. "글쎄……." 알렉산드르 야코블레비치는 잠깐 생각에 잠겼다 깨어나며 말했다. "그 구상이 제 마음에 들기 시작하는군요. 우리의 이 끔찍한 시대, 개성이 유린당하고 사상이 억압당하는 시기에는 1860년대라는 광명의 시대에 침잠하는 것이야말로 작가에게는 참으로 커다란 기쁨이 될 겁니다. 난 환영이에요."

"맞아요, 하지만 그와는 거리가 너무 멀어요." 체르니셉스카야 부인이 말했다. "연계도, 전통도 없잖아요. 솔직히 말해서, 나만 해도 여대생 시절에 그와 관련해 내가 느꼈던 모든 것을 회상하는 게 그다지 흥미롭지 않거든요."

"나의 삼촌은" 하고 케른이 호두를 까며 말했다. "『무엇을 할 것인가』를 읽어 김나지움에서 퇴학당했죠."

"당신은 이에 대해 어떻게 생각하세요?" 알렉산드라 야코블레브나가 고랴이노프에게 말을 걸었다.

고랴이노프는 팔을 저었다. "별다른 생각은 없어요." 그는 누군가를 흉내 내듯 카랑카랑한 목소리로 말했다. "체르니솁스키는 읽은 적이 없거든요, 하지만 생각해 보면……. 외람되지만, 지극히 지루한 인물이죠!"

알렉산드르 야코블레비치는 얼굴을 찡그리고 눈을 깜박이면서 안락의자에 약간 기댔고, 웃다가 그치기를 반복하며 다음과 같이 말했다.

"그래도 난 표도르 콘스탄티노비치 씨의 구상을 환영해요. 물론 지금의 우리에게는 많은 부분 우스꽝스럽게도, 지루하게도 보일 수 있어요. 하지만 이 시대에는 뭔가 성스러운 것, 영원한 것이 있어요. 공리주의, 예술의 부정, 기타 등등은 모두 우연한 포장일 뿐, 그 아래 있는 주요한 특성을 간과할 수는 없지요. 전(全) 인류에 대한 경의, 자유의 숭배, 평등이나 평등권 사상 같은 것 말이에요. 이 시대는 위대한 해방의 시기로, 농민은 지주로부터, 시민은 정부로부터, 여인은 가정의 굴레로부터 해방되었죠. 그리고 또 하나 명심할 것은 이 당시에 러시아 해방 운동의 최고 신조인 지식에 대한 갈망, 영혼의 강인함, 희생적 영웅주의가 잉태되었을 뿐만 아니라, 바로 이 시기에 어떤 식으로든 이 시대를 자양분 삼아 투르게네프, 네크라소프, 톨스토이, 도스토옙스키 같은 거물들이 성장했다는 겁니다. 니콜라이 가브릴로비치가 다방면에 걸친 방대한 지식과 엄청난 창조적 의지의 소유자였다는 것, 그리고 그가 사상을 위해, 인류를 위해, 러시아를 위해 견뎌 낸 끔찍한 고통은, 그의 비평관이 지닌 다소간의 직설성과 경직성을 만회하고도 남는다는 건 굳이 내가 말할 필요도 없겠죠. 더욱이 나는 그가 최고의 비평가였다고 확신합니다. 정직하고 용감하며 날카로운 심안에…….

아니, 아니, 이건 정말 굉장해요, 꼭 써 봐요."

기술자 케른은 이미 아까부터 일어나서 방을 이리저리 배회하며 고개를 흔들고 뭔가 말할 기회를 노렸다.

"지금 우리가 무슨 말을 하고 있는 거죠?" 그는 의자 등받이를 붙들며 별안간 소리쳤다. "체르니솁스키가 푸시킨에 대해 무슨 생각을 했는지 누가 신경 쓰겠어요? 루소는 형편없는 식물학자였고,* 나라면 절대로 체호프에게 치료받지는 않았을 겁니다.* 체르니솁스키는 먼저 경제학자였고, 바로 이러한 입장에서 그는 조명되어야 합니다. 저는 표도르 콘스탄티노비치 씨의 시적 재능을 정말 존중합니다만, 그럼에도 불구하고 그가 『밀에 대한 주해(註解)』*의 장단점을 파악할 수 있을지에 대해서는 다소 회의적입니다."

"당신의 비교는 전혀 부적절해요." 알렉산드라 야코블레브나가 말했다. "우스울 따름이죠! 체호프는 의학 분야에 아무런 족적도 남기지 않았고 루소의 작곡은 단지 진기물(珍奇物)이었다면, 그 어떤 러시아 문학사도 체르니솁스키를 피해 갈 수는 없거든요. 내가 이해할 수 없는 것은 다른 거예요 — 그녀는 재빨리 이어 나갔다 — 자신의 기질과는 한없이 동떨어진 인물과 시대에 대해 집필하는 것이 표도르 콘스탄티노비치에게 무슨 의미가 있겠냐는 거지요. 물론 전 그의 접근법이 어떤 식이 될지는 모르겠어요. 하지만 그가, 단도직입적으로 말해, 진보적 비평가들의 실체를 폭로하고자 했다면 수고할 필요가 없어요. 볼린스키와 아이헨발트*가 이미 오래전에 이 작업을 했으니까요."

"아니, 이봐." 알렉산드르 야코블레비치가 말했다. "*Das kommt nicht in Frage.*[34] 젊은 작가가 러시아 역사상 가장 중요한 시기

34 "지금 그런 말을 하는 게 아니잖아요."

중 하나에 관심을 가지게 되었고 그 시대의 거물 중 한 명의 문학 전기를 쓰려 하고 있어요. 내가 보기에 여기엔 하등 이상할 것이 없어요. 이 주제에 대해 조사하는 것은 그리 어렵지 않아요. 책이라면 그는 차고 넘치게 찾아낼 것이고, 나머지는 모두 재능의 문제지요. 당신은 접근법, 접근법 하네요. 그러나 이 주제에 대해 요령 있게 접근한다면 풍자성은 선험적으로 배제될 거요, 전혀 상관이 없거든요. 적어도 내가 보기엔 그래요."

"그런데 지난주에 콘체예프 욕먹는 거, 읽으셨어요?" 기술자 케른이 질문했다. 그러자 대화는 다른 방향으로 흘러갔다.

거리에서 표도르 콘스탄티노비치가 고랴이노프와 헤어지려 할 때 고랴이노프는 자기의 커다랗고 부드러운 손안에 그의 손을 꼭 잡고 실눈을 뜨며 말했다. "이봐요, 친구, 감히 말하지만 당신은 꽤 익살꾼이오. 최근에 사회 민주주의자 벨렌키가 서거했소, 그는 말하자면 영원한 망명자였어요. 차르도, 프롤레타리아도 그를 추방했거든요. 그래서 그는 회상에 잠길 때면 '우리의 제네바에서는……' 이라고 시작하곤 했지요. 당신은 분명 그에 대해서도 쓰겠지요?"

"무슨 말씀이신지 전 이해가 잘 안 되는데요." 표도르 콘스탄티노비치는 의아한 듯 말했다.

"반면, 나는 너무나 잘 알지요. 혹시라도 당신이 체르니셉스키에 대해 쓴다면, 나는 벨렌키에 대해 쓰겠소. 그러면서 당신은 듣는 사람들을 놀리고 흥미로운 논쟁을 야기했어요. 안녕히 가세요. 안녕히 주무세요!" 그러고는 지팡이에 기댄 채 한쪽 어깨를 약간 치켜들고 조용하고 묵직한 걸음으로 떠나갔다.

표도르 콘스탄티노비치에게는 아버지의 행적을 추적했을 때 고수했던 삶의 방식이 재개되었다. 이는 소위 운명이 조화의 총칙에 의거하여 예리한 관찰력의 소유자의 삶을 풍요롭게 만드는 수단인, 바로 그 반복 중의 한 반복이자, 바로 그 **목소리** 중의 한 목소리였다. 그러나 이제 경험을 통해 노련해진 그는 원전(原典)을 다룰 때 과거의 두서없음을 용인하지 않고 아무리 사소한 메모라도 그 출처에 대한 정확한 색인표를 달아 놓았다. 국립 도서관 앞돌 연못 옆의 잔디밭에는 데이지 꽃들 사이로 비둘기들이 구구거리며 노닐고 있었다. 신청한 책들은 얼핏 보면 작아 보이는 구내의 바닥에 깔린 경사진 레일을 따라 작은 수레 안에 담긴 채 도착했는데, 구내 책장에는 기껏 몇 권의 책만 있는 것처럼 보였지만, 사실 수천 권이 쌓인 채 교부를 기다리고 있었다. 표도르 콘스탄티노비치는 자기 몫을 한가득 품에 안고 삐져나가려 하는 무게감과 씨름하며 버스 정거장으로 걸어갔다. 맨 처음부터 그에게는 구상 중인 책의 형상이 그 어조나 개요 면에서 이례적으로 뚜렷하게 그려졌다. 그리고 새로 발견된 모든 세부 사항은 이미 그 자리가 마련되었고 자료 발굴이라는 작업 자체가 벌써 미래의 책의 색으로 착색된 듯한 느낌이 들었다, 마치 바다가 쪽빛 반사광을 고기잡이배에 투사하면 배 스스로 이 반사광과 함께 물속에 비치는 것처럼. "있잖아요." 그는 지나에게 설명했다. "나는 모든 것이 패러디와의 경계선상에 위치한 듯 쓸까 해. 그 어리석기 짝이 없는 'biographics romancées(전기 소설)'를 알아? 거기서는 바이런 자신의 시에서 발췌한 꿈이 태연스럽게 바이런에 끼워 넣어지지.* 경계선 다른 쪽에는 진지함의 심연이 자리 잡게 하기 위해, 난 내 자신의 진실과 그 진실에 대한 희화 사이의 좁은 능선을 따라 헤쳐 가야만 해. 이때 가장 중요한 건 전체가 연속적인 단일한 사고의 흐름 속에 있어야 한다는 거야. 즉 사과를 칼을 떼지 않고 한 줄로 쭉 깎아야만 하는 거지."

주제를 깊이 연구하면 할수록 그는 주제에 완벽하게 침윤하기 위해서는 활동 반경을 양쪽으로 20년씩 확대할 필요가 있음을 절감했다. 이리하여 그 앞에 흥미로운 — 기실 사소하나 중요한 지침으로 판명된 — 특성이, 즉 벨린스키*에서 미하일롭스키*에 이르는 진보적 비평의 50년 역사에서 단 한 명의 예외도 없이 모든 '사상의 군주'*들은 페트의 시를 야유했다는 사실이 밝혀졌다. 이런저런 테마에 대한 이 유물론자들의 극히 냉철한 판단들이 때로는 어떤 형이상학적 괴물로 변질되었는지! 흡사 단어가 자신을 경시한 데 대해 그들에게 복수하는 듯하다! 벨린스키, 이 호감 가는 무학자(無學者), 백합과 협죽도를 좋아하고 자신의 창을 선인장으로 장식했으며(에마 보바리처럼*), 헤겔 케이스에 5코페이카짜리 동전과 코르크 마개와 단추를 보관하고, 폐결핵 때문에 피범벅이 된 입으로 러시아 민중을 향해 연설하며 죽어 갔던 그는, 예컨대 다음의 주옥같은 실제적 사고로 표도르 콘스탄티노비치의 상상력을 자극했다. "자연의 만상(萬象)은 아름답다, 다만 자연 스스로 미완성 상태로 방치한 채 땅과 바다의 어둠 속에 숨겨 버린 기형적 현상(연체동물, 구더기, 적충류 등)을 제외하면 말이다."* 이와 유사하게 미하일롭스키에서도 아래 글귀와 같은, 배를 뒤집고 헤엄치는 은유(도스토옙스키에 관한)가 쉽게 발견된다. "얼음 위에서 몸부림치는 물고기처럼 고군분투하는 그는 때때로 지극히 치욕스러운 상황에 처해진다."* 이 **모욕당한 물고기** 때문에라도 "당대 현안에 대한 보고자"의 모든 저작을 헤쳐 나갈 필요가 있었다. 바로 여기서부터 당대의 전투적인 어휘로, 스테클로프*의 문체로 ["……러시아의 삶의 기공(氣孔)에 둥지를 튼 잡계급인(雜階級人)*은…… 자신의 사고의 파성추(破城椎)로 구태의연한 견해에 낙인을 찍었다"], 그리고 '주체'라는 단어를 완전히 비법률적 의미로 사용하고 '젠틀맨'이라는 단어를 결코 영국인을 부를 때 사용하지 않으며 논쟁이 가열되면 부조리의 절정에 이르는 레닌의 어법으로("여기엔 무화과나무 잎도 없고…… 관념론자는 곧장 불가지론자에게 손을 내민다"*) 곧바로 전이되었다. 러시아 산문이여, 그대의 이름으로 어떤 범죄가 자행되고 있는지! 고골에 대해서는 "인물은 기형적이고 괴기하며, 성격은 중국 연등의 그림자이며, 사건은 실현 불가능하거나 어리석다"*고 쓰였는데, 이는 스카비쳅스키와 미하일롭스키의 '체호프 씨'에 대한 견해와 전적으로 일맥상통했다.* 두 견해 모두 당대에 점화된 도화선인 듯, 오늘날 이 비평가들을 산산조각 냈다.

그는 포말롭스키를 읽었고(비극적 열정을 가장한 솔직함) 거기서 단어들의 과일절임을 발견했다("앵두 같은 산딸기빛 입술").* 그는 네크라소프를 읽었고 그의 (자주 경탄스러운) 시들에서 도회적·신문 기사풍의 오점을 감지하면서, 네크라소프가 시골에서 산책했으면서도 쇠파리를 땅벌로 불렀다가(양 떼 위로 "쉼 없이 비행하는 땅벌 떼") 10행 아래에서는 말벌로 부르는 것을(말들은 "모닥불 연기 아래에서 말벌로부터의 피난처를 찾는다") 알았을 때,* 그의 진부한 속요풍 표현에 대한 설명을 찾은 듯했다("또한 사랑하는 그대와 생각을 나누니 정말 기쁘다오!" — 『러시아의 여인들』*). 그는 게르첸*도 읽었다. 그리고 알렉산드르 이바노비치가 영어에 대한 지식이 짧아(우스운 프랑스식 어법으로 "난 태어난다(I am born)"로 시작하는 그의 자전적 신상 기록이 그 증거로 남아 있다*) '거지(beggar)'와 '남색자(男色者, bugger — 영어에서 가장 흔한 욕)'의 발음을 혼동하고 이로부터 영국인이 부에 대해 경외감을 갖는다는 반짝이는 결론을 도출하는 것을 보면서,* 다시 한 번 게르첸의 일반화의 오류(기만적 반짝임, 피상성)를 더욱 여실히 깨닫게 되었다.

그러한 평가 방식은 극단적으로 취할 경우, 작가나 비평가를 보편적 생각의 표현자로서 접근하는 것보다 훨씬 더 어리석으리라. 수호쇼코프의 푸시킨이 보들레르를 좋아하지 않았다고 해서 그것이 어떻단 말인가, 그리고 레르몬토프가 어떤 난감한 '악어'를 두 번 인용했다고 해서(한 번은 진지한, 또 한 번은 익살맞은 비교에서) 그의 산문을 비난하는 것이 옳단 말인가?* 표도르 콘스탄티노비치는 제때 멈췄고, 쉬이 적용되는 규준을 발견했다는 유쾌한 느낌은 남용의 질림으로 망가지지 않을 수 있었다.

그는 엄청난 양을 읽었고, 그 어느 때보다도 많이 읽었다. 그는 60년대인들의 중·장편들을 연구하면서 거기에서 누가 어떻게 경배했는지 너무 자주 언급되는 것에 놀랐다. 이런저런 군단의 영원한 속국인 러시아 사상의 예속 상태를 지켜보며, 그는 기묘한 대비에 빠져들었다. 마치 "순수 도덕성이 견지되었는지, 다만 상상의 아름다움으로 대체되지 않았는지" 주시할 것을 권장하는 1826년 검열 규정 제146항에서,* 급진적 비평가들의 검열 내규를 작성하기 위해 '순수' 대신 '시민적' 혹은 이 계열의 아무 단어나 대입하면 충분한 것처럼, 자신이 쓴 소설의 인물들에게 검열관을 만족시킬 만한 색깔을 입힐 용의가 있음을 밝히는 불가린의 건의 서한*은 투르게네프 같은 작가들마저도 진보적 여론의 심판 앞에서 하게 되는 아첨을 상기시켰다. 그리고 무거운 끌채를 들고 싸우면서 도스토옙스키의 병을 조롱했던 셰드린이나, 도스토옙스키를 "매 맞아 죽어 가는 짐승"이라 부른 안토노비치*는 불쌍한 나드손을 해쳤던 부레닌*과 별다를 바 없었다. 그 밖에 프로이트보다 훨씬 이전에 "이 모든 미적 감성과 이와 유사한 우리를 고양시키는 허상들은 기실 성적 본능의 변형에 다름 아니다……"라고 썼던 자이체프*의 생각 속에 오늘날 유행하는 이론의 전조가 감지된다는 사실이 그에게는 우스웠다. 이 자이체프가 바로 레르몬토프를 "환멸에 찬 백치"라 부르고, 로카르노에서의 망명 시절 여가 시간에 양잠을 하였으며(누에들은 다 죽었다), 근시여서 자주 계단에서 구르곤 했던 바로 그 자이체프였다.

그는 당대 철학 사상의 혼효(混淆)를 정리하려고 노력했다. 그러자 그가 보기에는, 혹자는 칸트를, 혹자는 콩트를, 혹자는 헤겔을, 혹자는 슐레겔을 연호할 때 호명 그 자체에, 즉 이름들 간의 캐리커처식 화음 안에, 사상에 대한 모종의 죄와, 사상에 대한 일종의 야유, 그리고 이 시대의 실수가 현현되는 것 같았다. 다른 한편으로 그는 체르니솁스키와 같은 인물들이 온갖 터무니없는 끔찍한 실책에도 불구하고, 결국 그들의 문학 비평적인 가설보다 훨씬 더 부패하고 타락한 국가 체제와의 투쟁에서 진정한 영웅이었다는 것, 그리고 위험을 덜 감수했던 자유주의자와 슬라브주의자들은 바로 그런 이유로 이 강철 싸움꾼들보다 덜 가치 있는 존재였음을 점차 이해하기 시작했다.

그는 사형 반대자인 체르니솁스키가, 시인 주콥스키의 야비한 친절과 비열한 숭고함으로 점철된 건의, 즉 사형은 가슴 절절해야 하므로 사형의 참석자들이 보지는 못하고(사형수가 대중 앞에서 뻔뻔하게 호기를 부려, 이로써 법을 모욕한다는 것이다) 울타리 너머로 장엄한 찬송가만 들을 수 있도록 신비한 비밀스러움으로 사형을 에워싸자는 제안을 한 방에 비웃은 것이 진심으로 마음에 들었다. 이때 문득 표도르 콘스탄티노비치는, 사형에는 인간이 생득적으로 느끼는 불가항력적인 부자연성, 거울 속에 비치는 모든 사람을 왼손잡이로 만드는 것과 같은 기이하고도 유서 깊은, 행위의 전복성(顚覆性)이 있다고 한 아버지의 말씀이 떠올랐다. "사형 집행인에게 있어 매사 거꾸로 진행된 것은 나름의 이유가 있었던 거야. 라진*을 형장으로 끌고 갈 때 멍에는 거꾸로 씌워졌고, 포도주는 손등이 아닌 손바닥을 위로 해서 뒤집힌 채로 망나니에게 뿌려졌단다. 그리고 슈바벤 법에서는 누군가 방랑 악사를 모욕하면 방랑 악사는 가해자의 **그림자**를 때리며 자기 위안을 구하도록 허용되었고, 중국에서는 망나니의 임무를 바로 배우, 즉 그림자가 수행했단다. 즉 **인간**으로부터 책임이 벗겨지고, 모든 것이 전복된, 거울의 세계로 전이되는 듯했지."

그는 '해방자-차르'의 행위에서 정부 차원의 모종의 속임수를 생생하게 감지했다. 차르는 자유 부여와 관련된 이 모든 사건이 급속도로 지겨워졌고, 바로 이 차르의 권태가 반동의 주요 빛깔이 되었다. 베즈드나 역에서는 포고 후 민중을 향해 발포되었다.* — 표도르 콘스탄티노비치의 몸속에 흐르는 풍자의 피는 러시아 정부의 이후 운명을 베즈드나 역과 드노* 역 사이의 운행으로 보고 싶은 싱거운 유혹으로 근질근질했다.

이처럼 러시아 사상의 과거를 급습하면서 그에게는 점차 러시아에 대한 새로운 향수(이전보다 풍경적인 의미가 희석된), 러시아에 뭔가 자백하고 뭔가 설복시키고 싶은 위험한 욕망이 커져 갔다(잘 억누르긴 했지만). 지식을 쌓아 올리고 이 산에서 자신의 완성작을 추출해 내면서, 그는 또 하나, 아시아의 고갯길에 있는 돌담불을 떠올렸다. 원정을 떠나며 돌 하나 올려놓고, 귀향길에 돌 하나 내렸으니, 영구히 남겨진 것들은 전투에서 스러진 사람들의 수이리라! 그리하여 티무르는 돌담불 속에서 기념비를 예견했던 것이다.

겨울이 다가올 무렵, 그는 이미 축적에서 창조로 은연히 나아가며 글쓰기에 전념했다. 기억나는 대부분의 겨울, 이야기에 삽입되는 모든 겨울이 으레 그렇듯, 그 겨울은 유난히 추웠다(이런 경우,

겨울은 늘 '특별히 그러하다'). 저녁마다 그와 지나는 한산한 작은 카페에서 만났는데, 카페의 카운터는 남색으로 칠해져 있고, 예닐곱 개의 탁자 위에는 파란 땅신령 램프가 아늑한 용기인 듯 애써 가장하며 타오르고 있었다. 그가 낮 동안 쓴 것을 읽어 주면 그녀는 팔꿈치를 괴고 화장한 속눈썹을 내리뜬 채 장갑이나 궐련 케이스를 만지작거리며 들었다. 종종 주인의 개, 젖꼭지가 아래로 늘어진 뚱뚱한 잡종 암캐가 다가와 그녀의 무릎에 머리를 들이대면, 그녀는 미소 짓는 다정한 손길로 부들부들한 둥근 이마 가죽을 뒤로 밀쳤고 그러면 개의 눈은 중국인의 사팔눈이 되곤 했다. 때로 설탕 조각이라도 얻으면 개는 그것을 붙들고 느릿느릿 뒤뚱거리며 구석으로 간 뒤, 거기서 몸을 웅크리고 엄청나게 바삭대며 씹었다. "굉장해요, 다만 내 보기에, 러시아어로 그렇게 쓰면 안 될 것 같아요." 이따금 지나는 이렇게 말하곤 했다. 그러면 그는 잠깐 논쟁을 벌이다 그녀가 지적하는 표현을 수정했다. 그녀는 체르니솁스키를 체르느슈라는 애칭으로 불렀고, 그가 표도르와, 어느 정도는 그녀에게 속해 있다는 생각에 너무나 익숙해져서, 그의 과거의 실제 삶은 그녀에게는 마치 일종의 표절처럼 느껴졌다. 그의 일대기를 익명의 소네트에 의해 채워지는 고리 형태로 구성하여, 그 결과 유한성으로 인해 만물의 원형(圓形)적 본성에 위배되는 책의 형태보다는, 둥근 테를 따라 도는, 즉 하나의 무한한 문장을 구현한다는 표도르 콘스탄티노비치의 구상은 애초 그녀의 생각으로는 평면적인 직사각형 종이에는 실현 불가능해 보였다. 그런 이유로 그녀는 마침내 원이 형성되는 것을 보고 더욱 기뻐했다. 그녀는 작가가 역사적 진실을 성실하게 고수하는지의 문제에는 전혀 관심이 없었다. 그녀는 이에 대한 믿음을 기반으로 시작했는데, 만약 그렇지 않다면 그야말로 책을 쓸 가치도 없기 때문이었다. 대신 그녀에게는 다른 진실이, 표도르 홀로 책임지고 그 혼자만 찾을 수 있는 진실이 너무 중요해서, 어휘상의 티끌만큼의 투박함이나 애매모호함도 즉각 삭제해야만 하는, 거짓의 맹아처럼 느껴졌다. 자기가 들은 것의 주변을 담쟁이덩굴처럼 에워싸는 극도로 자유자재한 기억력을 지닌 그녀는, 자신이 특히 선호하는 어군을 반복하여 그녀 본연의 비밀스러운 울림으로 어군을 한결 고상하게 만들었다. 그리하여 그녀가 기억하는 표현을 표도르 콘스탄티노비치가 무슨 이유로든 변경하면 주랑 현관의 잔해들은 스러지기를 원치 않아, 그 후로도 한참 동안 더 황금빛 지평선 위에서 있곤 했다. 그녀의 감수성에는 특별한 기품이 있어 은연중에 그에게 지침서는 못 되어도 방향타 정도는 되었다. 이따금, 손님이 세 명만 모여도 코안경을 쓴 노파 피아니스트가 구석에 놓인 피아노에 앉아 오펜바흐의 뱃노래를 행진곡처럼 연주했다.

지나가 그에게 기분 전환을 하는 것도 해롭지 않으니 토요일에 그녀의 지인인 화가의 집에서 열리는 가장무도회에 함께 가자고 말했을 즈음, 그는 이미 작품의 대단원(즉 주인공의 생일)으로 다가가고 있었다. 표도르 콘스탄티노비치는 춤도 잘 못 췄고, 독일의 보헤미안이라면 질색인 데다, **환상의 제복화**(기실 가장무도회의 종착점인)는 단호히 거부했다. 그는 4년 전쯤에 맞추었지만 네 번도 안 입은 턱시도에 반면(半面) 마스크를 쓰고 가기로 합의했다. "난 말예요……." 그녀는 몽환적으로 말을 꺼냈다가 이내 입을 다물었다. "귀족 영애나 여자 피에로만은 제발 아니길." 표도르는 말했다. "바로 그건데" 하고 그녀가 비웃듯 대꾸했다. "아, 분명히, 정말 신날 거예요." 그가 시무룩해진 것을 보고 그녀는 상냥하게 덧붙였다. "어쨌든 우리는 무리 중 하나가 되는 거잖아요. 난 정말 가고 싶어요! 우리는 밤새 함께 있을 수 있고 당신이 누구인지 아무도 모를 거예요. 그리고 난 특별히 당신을 위해 복장을 생각해 뒀죠." 그는 그녀의 훤히 드러난 매끄러운 등과 푸르스름한 팔을 애써 상상했다 — 그런데 이때 낯선 이들의 상기된 낯짝, 왁자지껄한 독일식 흥겨움의 추잡한 짓거리들이 무단 침입했고, 싸구려 술이 식도를 불태웠으며, 샌드위치의 다진 달걀로 인해 트림이 올라왔다 — 그러나 그는 또다시, 음악에 맞춰 회전하는 생각을 지나의 투명한 관자놀이에 집중시켰다. "물론 재미있겠지. 당연히 가야지." 그는 확신에 차서 말했다.

그녀는 9시에 거기로 출발하고 그는 한 시간 후에 뒤따르기로 했다. 시간 제약에 부담을 느낀 그는 저녁 식사 뒤 일하러 앉는 대신 신간 잡지를 뒤적거렸다. 거기에는 콘체예프가 두어 번 살짝 언급되었는데, 시인의 저명도를 시사하는 이 가벼운 인용이야말로 극찬의 논평보다 더 가치 있는 것이었다. 불과 반년 전만 해도 이것은 그에게 살리에리적 고통을 일으켰겠지만, 지금의 그는 타인의 명성에 전혀 무심하여 스스로도 놀랄 정도였다. 그는 시계를 보고 천천히 옷을 벗기 시작했고, 잠들어 있던 턱시도를 꺼내고는 생각에 잠겼다. 풀 먹여 빳빳한 와이셔츠를 멍하니 꺼내고 미끌미끌 빠져나가는 커프스단추를 채우고, 와이셔츠를 입다가 그 딱딱한 냉기에 몸을 떨며 일순 굳어 버렸다. 이어 그는 세로줄이 있는 검은 바지를 무심코 끼우다가, 바로 아침에 오랜 고민 후 어제 쓴 글 중 마지막 문장을 삭제하기로 했던 것이 떠올라 밑줄로 얼룩진 종이 위로 몸을 구부렸다. 다시 읽으면서 그는 '그래도 그냥 두는 게 나을까?' 생각하고, 체크 기호를 하고는 첨언하는 수식어를 쓰고 거기서 완전히 굳어 버리더니, 이내 문장 전체를 까맣게 지웠다. 그러나 문단을 그렇게 두는 것, 즉 창에는 판자를 대고 층계는 무너진 채로 낭떠러지 위에 걸쳐 두는 것은 물리적으로 불가능했다. 그는 이 부분에 붙여진 메모를 훑어보았다. 그리고 갑자기 — 펜이 움직이더니 달리기 시작했다. 그가 다시 시계를 보았을 때는 새벽 2시가 막 지나 있었다. 그는 한기를 느꼈고 방 안은 온통 궐련 연기로 흐릿했다. 바로 그때 미제 자물쇠의 딸그랑 소리가 들렸다. 홀을 거쳐 지나가던 지나가 반쯤 열린 그의 방문 사이로, 멜빵을 바닥까지 끌리게 둔 채 풀 먹인 와이셔츠를 풀어 헤치고 멍하니 입을 짝 벌리고 손에는 펜을 들고 있는 파리해진 그를 보았다. 순백의 종이 위에서 반면(半面) 마스크는 까맣게 두드러졌다. 그녀는 쾅 소리 나게 자기 방문을 닫았고 다시 완전한 적막이 찾아왔다. "잘했어." 표도르 콘스탄티노비치는 가만히 속삭였다. "도대체 무슨 짓을 한 거야?" 그렇게 해서 그는 지나가 어떤 복장으로 무도회에 다녀왔는지 결국 알지 못했지만, 대신 책은 완성되었다.

한 달이 지난 뒤 월요일, 그는 정서한 원고를 바실리예프에게 가져갔다. 바실리예프는 가을부터 이미 그의 새로운 탐색을 알고 「체르니셉스키의 생애」를 「신문」과 연루된 출판사에서 간행하자고 운을 떼었던 것이다. 그 후 수요일에 표도르 콘스탄티노비치는 편집국에 들러, 침실용 실내화를 편집국에서 신고 다니는 스투피신 노인과 다정하게 담소를 나누고, 전화로 누군가를 퇴짜 놓고 있는 비서의 괴로운 듯, 지겨운 듯 일그러지는 입술을 넋 놓고 바라보았다……. 갑자기 사무실 문이 열리더니 게오르기 이바노비치의 거대한 몸집이 문의 모서리까지 가득 메웠다. 그는 표도르 콘스탄티노비치를 어두운 눈빛으로 잠시 쳐다보더니 냉담하게 말했다. "잠깐 들어오시죠." 그리고 그가 지나갈 수 있도록 옆으로 비켜섰다.

"어떻게, 다 읽으셨는지요?" 표도르 콘스탄티노비치가 책상 맞은편에 앉으며 물었다.

"다 읽었습니다." 바실리예프는 우울한 저음으로 말했다.

“전 사실 봄에 출간되었으면 하는데요.” 표도르 콘스탄티노비치는 씩씩하게 말했다.

“여기 당신의 원고가 있습니다.” 별안간 바실리예프가 눈썹을 찌푸리며 그에게 파일을 내밀면서 말했다. “가져가세요. 제가 이 책의 출간에 관여한다는 건 있을 수 없는 일입니다. 진지한 작품일 줄 알았는데, 무례하고 반사회적이며 장난스러운 자의적 해석이더군요. 전 당신에게 놀랐을 따름입니다.”

“뭐, 당신 말씀이 터무니없을 수도 있지요.” 표도르 콘스탄티노비치는 말했다.

“아니에요, 전혀 허튼소리가 아닙니다, 귀하.” 바실리예프는 화가 나서 책상 위의 물건들을 만지거나 고무도장을 굴리고, 영원한 행복에 대한 일말의 기대도 없이 ‘논평을 위해’ 무작위로 결합된, 평을 듣지 못한 책들의 상호 배치를 바꾸며 고함쳤다. “아니지요, 귀하! 러시아 사회에는 명예로운 작가라면 감히 비웃을 수 없는 전통이 있습니다. 당신에게 재능이 있든 없든 제겐 매일반이며, 제가 알고 있는 것은 단지 자신의 고통과 저작들로 수백만 러시아 인텔리겐치아들의 자양분이 된 인물에 대한 풍자문을 쓰는 것은 재능 있는 작가에게 걸맞지 않다는 겁니다. 당신이 제 말을 듣지 않으리란 것을 알고 있지만, 그럼에도 불구하고 (그리고 바실리예프는 고통으로 얼굴을 일그러뜨리며 가슴을 움켜잡았다) 친구로서 부탁하니, 이 작품을 출간하겠다는 생각은 아예 저버리십시오. 당신의 문학적 경력만 훼손할 것입니다. 제 말을 명심하세요. 모두가 당신에게서 등을 돌릴 것입니다.”

“전 뒤통수가 더 좋답니다.” 표도르 콘스탄티노비치는 말했다.

저녁에 그는 체르니셉스키 부부의 초대를 받았는데, 알렉산드라 야코블레브나가 모임 직전에 초대를 취소했다. 그녀의 남편이 고열을 내며 '독감으로 앓아누운' 것이었다. 지나는 누군가와 영화관에 가고 없어서, 결국 그는 이튿날 저녁이 되어서야 그녀를 만날 수 있었다. "첫술에 배부르랴, 아마 당신의 계부라면 이렇게 비아냥거렸을 거요." 책에 대해 그녀가 묻자 그는 이렇게 응수하며, (옛날식 표현으로) 편집국에서 오간 대화의 요체(要諦)를 전했다. 분노심과 그에 대한 연민, 당장 무엇이든 그에게 도움이 되고 싶은 마음은 그녀 안에서 격앙된 진취적인 에너지의 분출로 나타났다. "아, 그렇게 됐단 말이지요!" 그녀는 소리쳤다. "좋아요. 출판 비용은 내가 마련할게요. 바로 이게 내가 할 일이에요." "'아이에겐 저녁 식사를, 아버지에겐 관을'*이네." 그는 말했고, 다른 때 같았으면 그녀는 이 외설적 농담에 화를 냈을 것이다.

그녀는 어디선가 150마르크를 빌렸고, 여기에 겨우내 힘들게 저축한 70마르크를 보탰다. 그러나 이것으론 턱없이 부족해서 표도르 콘스탄티노비치는 지속적으로 어머니를 도우면서 이따금 그에게도 몇 달러씩 보내는 미국에 계신 올렉 삼촌에게 편지를 쓰기로 했다. 하지만 그는 편지 쓰기를 차일피일 미루었을 뿐만 아니라 지나의 설득에도 불구하고 파리에서 간행되는 두꺼운 잡지에 작품을 게재하려는 시도도, 콘체예프의 시집을 출간한 현지 출판사의 관심을 끌려는 시도도 미루기만 했다. 그녀는 여가 시간에 친척의 사무실에서 원고를 타이핑하기 시작했고 또한 그에게서 50마르크를 더 빌렸다. 그녀는 표도르의 무기력함—온갖 실무적 번잡함에 대한 혐오에서 비롯된—에 화가 났다. 그는 그사이 태평하게 체스 문제를 내거나, 멍하니 과외를 다녔고, 매일 체르니셉스카야 부인에게 전화를 걸었다. 알렉산드르 야코블레비치의 독감이 급성 신장염으로 전이되었던 것이다. 며칠 후 그는 서점에서 검은 중절모(그 아래로 갈색 머리카락 한 올이 삐져나와 있었다)를 쓰고 큰 키에 풍채도 좋고 얼굴선도 굵은 어떤 신사가 자신을 상냥하게, 심지어 격려하듯 바라보는 것을 알아챘다. '어디서 보았더라?' 표도르 콘스탄티노비치는 애써 그를 외면하며 재빨리 생각했다. 신사는 그에게 다가와 손을 내밀더니 화통하고도 천진난만하게 아무런 경계심 없이 손을 펼치며 말하기 시작했다……, 그러자 문득 표도르 콘스탄티노비치는 기억해 냈다. 그는 바로 2년 반 전에 문학 서클에서 자작 희곡을 낭독했던 부슈였다. 최근에 그는 이 희곡을 출판했다. 이제 그는 표도르 콘스탄티노비치를 옆에서 팔꿈치로 툭툭 치며 늘 땀에 살짝 젖어 있는 점잖은 얼굴에 아이처럼 겁먹은 미소를 띠며 지갑을 꺼냈고, 지갑에서 다시 봉투를 꺼내고, 봉투에서 다시 스크랩 조각 — 리가의 한 신문에 실린 형편없는 서평 — 을 꺼냈다.

"이제……." 그가 굉장히 의미심장한 표정으로 말했다. "이 작품은 곧 독일어로도 출간되지라. 게다가 전 지금 장편소설을 쓰고 있답니다."

표도르 콘스탄티노비치는 그에게서 벗어나려 했으나, 상대방은 표도르를 쫓아 서점에서 나오더니 동행할 것을 제안했다. 표도르 콘스탄티노비치는 과외에 가는 길로, 즉 그와 방향이 같았기 때문에 부슈로부터 벗어날 수 있는 유일한 방법은 걸음을 재촉하는 것뿐이었다. 그런데 동행자의 말이 너무 빨라지자 그는 흠칫 놀라 다시 걸음을 늦추었다.

나의 소설은 — 부슈는 먼 곳을 응시하며, 검은색 외투의 소매에서 빠져나와 짤랑거리는 커프스 속의 손을 옆으로 약간 뻗어 표도르 콘스탄티노비치를 멈춰 세우고 말했다(이 외투와 검은색 모자와 곱슬머리는 그를 최면술사나 체스 마스터 혹은 음악가처럼 보이게 했다)—나의 소설은 바로 절대 원리를 포착한 철학가의 비극이랍니다. 그는 흉금을 털어놓으며 다음과 같이 말하고 있지요.—(부슈는 흡사 마술사처럼 허공에서 노트를 꺼내더니 걸어가며 읽기 시작했다.)—"지독한 바보가 아닌 이상 누구든지, 원자라는 실제로부터, 우주 자체는 단지 원자일 뿐이며, 아니, 보다 정확히 말해서, 원자의 1조분의 1에 지나지 않는다는 사실을 유추할 수 있어요. 이것은 이미 천재 블레즈 파스칼이 직관적으로 인지한 바 있지라.* 그러나 좀 더 논의를 진전시켜 볼까요, 루이자!—(그 이름에 표도르 콘스탄티노비치는 전율했다. 척탄병 행진곡의 한 소절이 선명하게 들렸던 탓이다. '아~안~녕, 루이자, 얼굴의 눈물을 닦아요, 모든 총알이 젊은이를 맞히는 건 아니니.'* 이후 이 곡은 부슈의 다음 말의 창 너머에서 울리는 듯 계속 들렸다.)—소중한 이여, 내 말에 좀 더 집중하구려. 우선 환상을 예로 들어 설명하리다. 가령 어떤 물리학자가 우주 만물의 구성소인 절대-불가지(不可知)의 원자 총합 가운데에서 우리의 이성 판단이 순응하는 바로 그 치명적 원자를 발견했다고 가정해 봐요. 그리고 그가 바로 이 원자를 최소 실체까지 분리했다고 생각해 봐요, 바로 그 순간 '손의 그림자'(물리학자의 손!)는 우리의 우주에 파국적인 결말을 초래하며 덮치지요. 왜냐하면 내 생각에, 우주란 바로 우주 자체를 구성하는 단 하나의 중심 원자의 최후의 입자이기도 하기 때문이오. 이해하기가 쉽지는 않을 것이오, 그러나 이것만 이해한다면 곧 모든 것을 이해하게 되리다. 수학의 감옥에서 벗어나요. 전체는 전체의 최소 부분과 동일하고 부분의 총합은 총합의 한 부분과 동일하다오. 이것이 바로 세계의 비밀이며 절대 무한의 공식이지요. 그러나 이러한 발견을 하고 나면 인간 개성은 더 이상 활보할 수도 말할 수도 없게 된다오. 입을 다물어요. 루이자." 바로 이렇게 그는 한 어린 처자에게, 인생의 여인에게 말하고 있지요.

건장한 어깨를 으쓱하며 부슈는 봐준다는 듯이 친절하게 덧붙였다.

"혹 관심이 있으시면, 언제 한번 처음부터 읽어 드리지요." 그는 계속했다. "거대한 테마이지라. 그런데 당신은, 물어도 될지 모르겠는데, 뭘 하고 지내세요?"

"저요?" 표도르 콘스탄티노비치는 웃으면서 말했다. "저 역시 책을 한 권 썼습니다, 비평가 체르니셉스키에 관한 책인데, 출판하려는 사람을 못 찾겠네요."

"아, 독일 유물론의 — 헤겔의 배반자들, 일자무식 철학자들인 — 보급자 말이지요! 매우 가상하군요. 제 확신으로는, 제 출판인이라면 당신의 작품을 기꺼이 맡을 것 같군요. 그는 희극적 인물로 문학에는 문외한입니다. 그러나 제가 그의 자문 역할을 하고 있고 그는 제 말이라면 듣지요. 당신의 전화번호를 주시지라. 내일 그와 연락해서 그가 어느 정도 동의하면, 당신의 원고를 훑어보고 한껏 치켜세워 추천해 보지요."

'실없는 소리라니.' 표도르 콘스탄티노비치는 이렇게 생각했고, 그런 이유로 바로 다음 날 이 호인이 실제로 전화했을 때 몹시 놀랐다. 출판인은 코가 반들거리고 약간 살찐 남자로, 왠지 알렉산드르 야코블레비치를 연상시켰는데, 똑같이 귀가 빨갛고 반지르르한 대머리 옆쪽으로 검은 머리카락이 몇 올 자라 있었다. 그가 기존에 출간한 서적의 목록은 적었으나, 대신 극히 다방면에 걸쳐 있었다. 부슈의 삼촌이 번역한 몇몇 독일 심리 분석 소설의 역서들,

아델라이다 스베토자로바의 『독살녀』, 일화집, 익명의 장시 『나』 등. 그러나 이 졸작들 가운데에는, 가령 헤르만 란데의 멋진 『구름을 입은 계단』이나, 역시 그의 『사고의 변신』과 같은 두세 권의 진정한 책도 있었다.* 부슈는 「체르니솁스키의 생애」를 마르크스주의에 대한 따귀 치기라 평했고(집필 당시 표도르 콘스탄티노비치는 이럴 의도는 전혀 없었다), 그리고 두 번째 만났을 때 분명 호인임이 확실한 출판인은 부활절 무렵까지는, 즉 한 달 안에 책을 출간하기로 약속했다. 그는 착수금은 전혀 지불하지 않았고, 최초 판매되는 천 부에 대해서는 5퍼센트를, 대신 이후 판매량부터는 30퍼센트까지 저자에게 지불하겠다고 제안했는데, 표도르 콘스탄티노비치에게는 이것이 공정하고 후한 것으로 느껴졌다. 그렇긴 해도 그는 사업의 이런 측면에는 너무나 무관심했다. 대신 다른 감정이 그를 엄습했다. 그는 환하게 웃는 부슈의 축축한 손과 악수한 후, 마치 발레리나가 연보랏빛 조명의 무대 위로 날아오르듯 거리로 나왔다. 부슬부슬 내리는 가랑비는 눈부신 이슬처럼 보였고 행복이 목까지 차올랐으며 가로등 주위로 무지갯빛 후광이 전율하고 있었고, 그가 쓴 책은 벽 너머 시냇물처럼 줄곧 그와 동행하며 그에게 목청껏 소리 높여 말하고 있었다. 그는 지나가 일하고 있는 사무실로 향했다. 창문에 선량한 표정을 띠고 그를 향해 고개를 꾸벅하는 이 검은색 건물 건너편에서 그녀가 말한 호프집을 발견했다.

"어떻게 됐어요?" 그녀는 급하게 들어오며 물었다.

"안 됐어, 출판하지 않겠대." 표도르 콘스탄티노비치는 그녀의 낯빛이 흐려지는 것을 유심히, 흐뭇하게 바라보며 말했다. 그녀의 얼굴에 대한 지배력을 한껏 즐긴 뒤, 이제 곧 그녀의 얼굴에서 터져 나올 환희의 빛을 예감하면서.

제4장

아, 계몽된 후손이 무슨 말을 해도,
바람결에 나부껴 생기 있는 옷을 입고
진리는 여전히 고개 숙여 자신의 손가락만 살핀다.

여인처럼 미소 짓고 아이처럼 조바심치며
진리의 어깨 너머 우리로선 볼 수 없는 그 무언가를
손안 그윽이 관찰하기라도 하는 듯.

소네트는 차단로인 듯하다. 아니, 반대로 만사(萬事)를 설명해 줄 법한 내통자일 수도 있다, 인류의 지성이 그 설명을 견뎌 내기만 한다면 말이다. 영혼은 찰나적 꿈에 빠져든다 — 그러자 이제 사자(死者)들 가운데에서 환생한 자 특유의 극적(劇的)인 선명함을 지니고 가브릴 사제가 붉은색 비단 제의(祭衣)를 입고 튀어나온 배에는 자수(刺繡) 허리띠를 맨 채 긴 지팡이를 들고 우리를 향해 걸어 나온다. 그 옆에는 태양 빛을 받아 이미 환한, 굉장히 매력적인 소년, 상냥하고 어색해하는 장밋빛 소년이 함께 걸어온다. 그들은 다가왔다. 니콜랴, 모자를 벗으렴. 불그스름한 머리, 이마의 주근깨, 근시 아이 특유의 천사같이 맑은 눈. 키파리소프, 파라디조프, 즐라토룬느이*는 후에 (각자 자신의 머나먼 가난한 교구의 적막 가운데에서) 다소 의아해하며 그의 수줍은 아름다움을 회상했다 — 애석하게도, 천사 같은 외모를 지닌 아이의 속은 아무나 베어 먹기 힘든 딱딱한 당밀 과자였던 것이다.

우리와 인사하고 나서 니콜라는 다시 모자 — 연회색 모피 실크해트 — 를 쓰고 조용히 멀어져 간다. 수제 프록코트와 남경 목면 바지를 입은 그는 매우 사랑스럽다. 그사이 지극히 선량한 사제장인 그의 아버지는 원예에 조예가 깊어 우리를 상대로 사라토프*의 앵두, 자두, 배 등에 관해 설명하고 있다. 염천(炎天) 아래 부유하는 먼지가 장면을 덮는다.

단연코 모든 문학 전기의 서두에 변함없이 언급되듯, 소년은 독서광이었다. 그러나 학업 성적도 우수했다. “너희 주께 복종하고 그를 공경하며 그 법에 순응하라.” 그는 최초의 습자 교본을 꼼꼼히 필사했고, 움푹 파인 검지는 영원히 잉크로 얼룩진 채 남겨졌다. 그렇게 1830년대가 끝났고 1840년대가 시작되었다.

나이 열여섯에 그는 바이런, 슈, 괴테를 읽을 만큼 외국어 이해력이 충분해졌고(생애 마지막까지 촌스러운 발음을 부끄러워하긴 했으나), 아버지가 식자층이었던 덕에 이미 신학교 라틴어를 정복했다. 그 밖에도 모 소콜롭스키 씨가 그와 폴란드어를 공부했고 그 동네 오렌지 장수가 그에게 페르시아어를 가르쳤다 — 동시에 흡연을 부추기기도 했지만.

사라토프 신학교에 입학한 후 그는 지극히 온순하게 처신하여 단 한 차례의 체벌도 받지 않았다. 그는 ‘도련님’이라 불렸는데, 그렇다고 그가 보통의 장난질을 멀리한 것은 아니었다. 여름에는 바브키 놀이*를 했고 수영을 즐겼다. 그러나 결코 수영하는 법도, 진흙으로 참새를 빚는 법도, 치어 포획용 그물을 만드는 법도 완전히 익히지는 못했다. 그물코가 균일하지 않고 실들이 엉겨서 물고기 낚시가 인간 영혼을 낚는 것보다 어려웠던 것이다(그나마 이 영혼마저 나중에 찢긴 구멍 사이로 빠져나가 버렸다). 겨울이면 눈발이 흩날리는 어스름 무렵, 고함치는 일당이 헥사미터*를 우렁차게 부르며 거대한 짐 썰매를 타고 산 아래로 질주해 내려갔다. 그러면 나이트캡을 쓴 경찰서장이 커튼을 젖히고 신학생들의 오락거리가 밤도둑을 위협하여 쫓아내는 것에 만족하여 흐뭇한 미소를 띠곤 했다.

그는 분명 아버지처럼 성직자가 되어 최고위직에 올랐을 수도 있었을 것이다. 프로토포포프 소령과 관련된 애통한 사건이 없었다면 말이다. 그 동네 지주인 소령은 난봉꾼이며 색골인 개장수로, 가브릴 사제는 그의 아들을 호적부에 성급하게 사생아로 등록했는데, 사실인즉 결혼식은 거행되었고, 아이가 태어나기 40일 전에, 비록 소리 소문 없었지만 명예롭게 치러졌던 것이다. 주교 관구 감독회 회원 자격을 박탈당한 가브릴 사제는 너무 낙심한 나머지 머리까지 셌다. "가난한 사제의 노동에 대한 대가가 바로 이거로군요." 사제의 아내는 격노하여 되뇌었고, 이리하여 니콜라는 세속 교육을 받게 되었다. 젊은 프로토포포프는 훗날 어떻게 되었을까? 자기 때문에 무슨 일이 일어났는지 언젠가는 알게 되었을까? 소름이 돋았을까……? 아니면 들끓는 젊음의 쾌락에는 일찌감치 싫증 나서…… 벽거(僻居)하게 되었을까……?

여담이지만, 머지않아 불멸의 마차 앞에 펼쳐질 경이롭고 애련한 풍경 — 지극히 러시아적이며 눈물 시리도록 자유롭고 유랑하는 모든 것, 들판이나 산비탈에서 기다란 구름 사이로 바라보는 부서질 듯 연약한 모든 것, 자그마한 손짓에도 무너져 내려 함께 흐느낄 것 같은, 기대감에 찬 애원하는 듯한 아름다움 — 한마디로 고골이 찬탄해 마지않던 풍경은 어머니와 함께 페테르부르크를 향해 느릿느릿, 말을 갈아타지 않고 여행하던 열여덟 살의 니콜라이 가브릴로비치의 주목을 받지 못한 채 눈 사이로 스쳐 지나갔다. 여행 내내 그는 줄곧 책을 읽었다. 말하자면 그는 먼지에 고개 숙이는 이삭보다 단어의 전쟁에 끌렸던 것이다.

여기서 작가는 이미 집필된 구절에서 자기도 모르게 씨앗이 지속적으로 발효, 성장, 팽창하고 있음을 알아챘다. 보다 정확히 말하면, 어떤 지점에서 특정 테마가 차후 어떻게 전개될지 윤곽이 그려지고 있음을 본 것이다. 가령 '습자 교본' 테마를 예로 들어 보더라도, 여기 니콜라이 가브릴로비치는 대학생이 된 후에도 "인간은 그가 먹는 것이다"라고 슬그머니 베끼고 있다 — 하긴 독일어로 하면 좀 더 유려하게 되고, 근래 우리가 채택한 정서법 덕에 훨씬 멋져지긴 한다.* '근시' 테마 역시 소년 시절 그는 오로지 입을 맞춘 사람의 얼굴만 알아보고 일곱 개의 큰곰자리 별 중 오로지 네 개만 볼 수 있었다는 것으로부터 시작하여 차후 전개되고 있음을 우리는 본다. 나이 스물에 썼던 최초의 구리 테 안경. 사관생도 제자들을 좀 더 잘 보기 위해 6루블에 샀던 교사의 은테 안경. 『동시대인』이 러시아의 최극단 오지까지 침투했던 시절, 사상의 군주의 금테 안경. 펠트 장화와 보드카를 파는 자바이칼리예*의 한 잡화점에서 산 또 하나의 구리 테 안경. 야쿠츠크 주*에서 아들들에게 보낸 편지에 적힌 안경에 대한 소망(자신이 글자를 식별할 수 있는 거리를 선으로 표시하여 그 정도 도수의 안경알을 보내 줄 것을 요청하고 있다). 여기서 한동안 안경 테마는 희미해진다……. 또 다른 '천사의 맑음'이라는 테마를 추적해 보자. 이 테마는 차후 다음과 같이 전개된다. 예수는 인류를 사랑했기에 인류를 위해 죽었고, 나 역시 그 인류를 사랑하므로 나 또한 인류를 위해 죽으리라. "제2의 구세주가 되시길" 하고 절친한 친구가 충고하면 그의 얼굴은 얼마나 붉어졌는지! 오, 수줍은 자여! 오, 약한 자여!(그의 '대학 시절' 일기에는 거의 고골 식의 감탄 부호가 여기저기 출몰한다). 그러나 '성령'은 '상식'으로 대체되어야 했다. 악을 잉태한 것은 바로 빈곤이었기에, 예수는 우선 모두에게 신발을 신기고 화관(花冠)을 씌운 다음에 비로소 도덕을 설파해야 했던 것이다. 제2의 예수는 우선적으로 물질적 빈곤을 퇴치하리라(바로 여기에 우리가 발명한 기계가 일조할 것이다).* 이상한 말이지만, 그러나…… 뭔가 이루어졌다. 그렇다, 뭔가 이루어진 듯했다. 전기 작가들은 그의 가시밭길을 복음서의 이정표에 따라 표시하고 있다(해설자가 좌익 성향이 강할수록 '혁명의 골고다' 같은 표현을 선호한다는 것은 주지의 사실이다).* 체르니셉스키의 열정은 그가 예수의 나이에 이르렀을 때 시작되었다. 그리고 유다 역에 프세볼로트 코스토마로프*가 있고, 베드로 역에 수인(囚人)과의 만남을 기피했던 유명한 시인*이 있다. 뚱뚱한 게르첸은 런던에 눌러앉아 형구(刑具)를 "십자가의 동지"라 명명한다.* 그리고 네크라소프의 시에는 다시 십자가 책형이, 체르니셉스키가 "지상의 노예들(차르들)에게 그리스도를 상기시키기 위해 보내졌음"*이 언급된다. 마침내 그가 완전히 죽어 그의 몸이 씻겨졌을 때 한 막역한 지인은 그의 이 앙상함, 이 가파른 갈비뼈, 피부의 **칙칙한 파리함**, 그리고 긴 발가락을 보며 막연히 「십자가로부터의 강하」라는 그림을 떠올렸다, 아마 렘브란트였지?* 그러나 이 테마가 여기서 끝나는 것은 아니어서, 성스러운 삶의 완결에 필수 불가결한 사후의 성물 모독 역시 존재한다. 그리하여 5년 후, 리본에 "하리코프 시의 고등 교육 기관이 진리의 사도에게"라는 글귀가 새겨진 은관(銀冠)이 철골 예배당에서 도난당했는데, 더욱이 이 태평한 성물 모독자는 암적색 유리를 깨뜨리고 그 파편으로 자신의 이름과 날짜를 창틀에 비뚤비뚤 새겨 놓았던 것이다. 그리고 또 하나의, 제3의 테마가 바야흐로 전개되려 하는데, 예의 주시하지 않으면 기상천외하게 진행되는 것처럼 보이리라. 그것은 '여행' 테마로, 그 종착점이 어디인지 아무도 모른다 — 하늘색 제복의 헌병이 끄는 사륜마차까지, 거기서 다시 여섯 마리 개가 매여 있는 야쿠츠크의 썰매까지. 오, 세상에, 빌류이스크*의 경찰서장 성이 **프로토포포프** 아닌가! 그러나 아직은 만사가 무척이나 평온하다. 안락한 여행 마차는 굴러가고, 니콜라의 어머니 예브게니야 예고로브나는 얼굴을 손수건으로 가린 채 졸고 있으며 그 옆에는 아들이 누워서 책을 읽고 있다. 그러자 웅덩이는 웅덩이의 의미를 잃고 단지 인쇄상의 울퉁불퉁함, 행의 널뛰기로 바뀌었다가, 다시 단어들은 고르게 지나간다, 나무도 지나가고, 나무의 그림자도 페이지 위로 지나간다. 그리고 마침내 페테르부르크에 도착했다.

푸르고 투명한 네바 강은 그의 마음에 들었다 — 얼마나 풍요로운 물의 도시인가, 또 그 물은 얼마나 깨끗한가!(그러나 곧 이 물로 인해 그의 위는 망가졌다). 특히 강의 질서 정연한 분할, 운하들의 효율성이 마음에 들었다(이것을 저것과, 저것을 이것과 연결시켜 그 연결에서 공공의 이익을 창출할 수 있을 때 얼마나 멋진가!). 아침이면 그는 창문을 열고, 유서 깊은 문화가 숨 쉬는 광경으로 인해 더욱 신심(信心)이 돈독해져 아른아른 빛나는 첨탑(건설 중인 성 이삭 성당에는 비계가 설치되어 있었다)을 향해 성호를 긋곤 했다 — 이제 우리는 아버지에게는 햇빛을 받아 불타는 황금 돔들에 대해, 할머니에게는 기관차에 대해 쓰리라……. 그렇다, 그는 두 눈으로 똑똑히 기차를 보았다 — 바로 얼마 전, 불쌍한 벨린스키(선배)가 폐결핵으로 기진맥진해져 섬뜩한 몰골로 온몸을 떨며 시민적 희열로 눈물 흘리면서, 철도역이 건립되는 현장을 몇 시간이고 바라보며 고대해 마지않던 그 기차를 말이다.* — 그리고 바로 이 철도역, 몇 년이 흐른 후, 이곳 플랫폼에서 반쯤 실성한 피사레프(후배)가 검은 마스크에 초록색 장갑을 끼고 미남 연적의 얼굴에 채찍을 휘두르게 되는 그 철도역을 보았던 것이다.*

내 작품에서는(저자는 말했다) 어떤 관념이나 테마가 나도 모르게, 나의 승낙도 구하지 않은 채 계속 자라며, 이 중 몇몇은 다분히 왜곡되어 있는데, 나는 무엇이 장애가 되는지 안다. 바로 '기계'가 장애 요인이므로, 이미 집필된 구문에서 이 꼴사나운 나무막대기를 뽑아내야 한다. 훨씬 편안해졌다. 바로 페르페툼 모빌레(Perpetuum Mobile)를 말하고 있는 것이다.

페르페툼 모빌레를 둘러싼 소동은, 이미 김나지움의 교사이자 약혼한 상태였던 그가 이 세상에 최저가 영구 동력이라는 축복을 선사하지 못하고 (유행성 동맥류로 인해) 죽을 것을 두려워한 나머지, 한동안 준비했던 도해를 첨부한 편지를 결국 태워 버리고 말았던 1853년에 이르기까지, 대략 총 5년간 지속되었다.* 그의 황당한 실험에 대한 기록과 그 실험에 대한 해설, 이 무지와 합리성의 혼합에는 포착하기 힘들지만 치명적인 결함이 감지되는데, 이 결함은 훗날 그의 발언에 돌팔이 분위기를 드리웠다. 그러나 이 분위기는 착각이었으니, 그는 참나무 줄기처럼 곧고 강하며, "최고 정직한 자들 중에서도 가장 정직한"(아내의 표현) 인간임을 잊지 말아야 하는 것이다. 그러나 체르니솁스키의 운명은 이미 그렇게, 모든 것이 그에게 등을 돌리도록 예정되어 있어서, 그가 어떤 대상을 다루건 간에 그 대상에 대한 그의 관념에 정반대되는 무언가가 조롱하듯 필연적으로 서서히 드러났다. 예컨대 그가 종합, 인력(引力), 살아 있는 관계에 찬동하면(그는 소설을 읽으면서 작가가 독자에게 호소하는 장면이 나오면 눈물범벅이 되어 그 페이지에 입을 맞추곤 한다), 곧 그에 대한 화답으로 와해, 고독, 소외가 준비된다. 그가 만사에 논리, 분별을 설파하면, 마치 누군가 비웃으며 소환한 듯, 그의 운명 주위로 돌대가리들, 미치광이들, 광인들이 달라붙는다. 그는 매사(每事)에 대해, 스트란노륩스키*의 멋진 표현에 따르자면, “마이너스 백배로” 보상받고, 매사에 자신의 변증법에 의해 걷어차이며, 범사(凡事)에 신들은 그에게 보복한다. 추상적 장미에 대한 그의 냉철한 시선에 대해서도, 소설 집필을 통한 선행에 대해서도, 인식에 대한 믿음에 대해서도 그랬다 — 그런데 이러한 응징은 얼마나 의외의, 얼마나 교묘한 형태를 취하는지! 만약 그가 1848년에 갈망했던 것처럼, 수은 온도계에 연필을 꽂아 온도 변화에 따라 연필이 움직일 수 있게 했다면 어떻게 되었을까? 기온이 어떤 영원한 것이라는 전제에 입각해서 말이다……. 그런데 실례지만, 이 사람은 누구지요? 이 섬세한 생각을 암호로 꼼꼼하게 기입하고 있는 이 사람은 누구지요? 아마도 정확한 눈짐작과, 불활성 부품들을 접합하고 결합하고 납땜하는 데 천부적인 재능을 지녀 운동이라는 기적을 일으키는 젊은 발명가이겠지요, 그렇죠? 자, 보세요, 이미 베틀이 윙윙거리고, 혹은 실크해트를 쓴 기관사가 모는 높은 굴뚝이 달린 기관차가 순종 경주마를 추월하고 있지요? 바로 이때 응징에 둥지를 튼 균열이 생겨난다. 왜냐하면 이 신중한 젊은이 — 그는 오로지 전 인류의 안녕에 대해서만 고심하고 있음을 기억하자 — 의 눈은 두더지의 눈과 같고, 하얗고 맹한 손은 그의 사고 — 비록 불완전하지만 집요하고 근육질인 — 와는 다른 차원에서 움직이기 때문이다. 그가 손을 댔다 하면 무엇이든 망가졌다. 그의 일기에서 그가 사용하려 시도한 도구 — 양팔 저울, 렌즈, 코르크, 대야 — 에 대해 읽으면 우울해진다. 그 무엇도 회전하지 않고, 설사 회전한다 해도 불청객 법칙의 작용으로 그가 원한 것과는 정반대 방향으로 회전한다. 이러한 영구 동력 장치의 역행(逆行)이야말로 진짜 **악몽**이며, 추상의 추상이고, 마이너스 무한대이며 경품으로 받은 깨진 물 주전자이다.

우리는 고의로 앞으로 날아왔다. 이제 우리의 귀에 이미 익숙해진 니콜라의 삶의 리듬, 그 일정한 속보로 돌아가자.

그는 인문학부를 선택했다. 어머니는 교수들을 구슬리기 위해 인사하러 다녔다. 그녀의 목소리는 아부 조의 음색을 띠게 되었고 그녀는 점차 코를 훌쩍거리기 시작했다. 페테르부르크의 상품 중에서 그녀가 가장 경탄한 것은 크리스털이었다. 마침내 **당신**(니콜라는 어머니에 대해 말할 때면 늘 우리의 놀라운 복수형을 사용하여 존대했는데, 이 복수형은, 그 자신의 차후 미학처럼 "양으로 질을 표현하고자 시도한다")은 사라토프로의 귀향길에 오르셨다. 여행길에 오르기 전, 당신은 커다란 순무를 사셨다.

니콜라이 가브릴로비치는 처음엔 지인과 함께 살다가 나중에는 사촌 부부와 함께 아파트를 공유했다. 이 아파트의 도면은 그의 여타 주거지와 마찬가지로 편지에 그려지고 있다. 늘 대상 간(間)의 관계에 대해 정확히 정의 내리기를 즐겼던 그는 도면과 숫자 열, 사물의 일목요연한 묘사를 좋아했는데, 이는 고통스러우리만치 세밀한 그의 문체가, 그로선 도달할 수 없는 문학적 필력을 대체할 수 없기에 더욱 그러했다. 그가 부모님께 보내는 편지는 모범생의 편지의 전형이었다. 상상력 대신 배려하는 착한 심성이 그에게 다른 사람이 무엇을 좋아하는지 알려 주었다. 사제장은 우스운 일이

든 끔찍한 사고든, 모든 사건을 마음에 들어 했다. 아들은 그에게 몇 년에 걸쳐 치밀하게 사건을 제공했다. 이즐레르*의 유흥과 그의 인공 칼스바트인 '미네라슈카'(그곳에서는 페테르부르크의 용감한 여인들이 계류 기구를 타고 하늘로 올라간다), 네바 강의 증기선과 부딪쳐 전복된 보트와 관련된 비극적 사건(게다가 사망자 중에는 대가족이 딸린 대령도 있었다), 쥐에게 먹이려 했던 비소가 밀가루에 들어가 백 명 이상 중독된 일, 그리고 물론, 물론 편지를 주고받는 두 사람의 견해에 의하면 맹신이고 기만인 강신술(降神術)에 대해서도.

침울한 시베리아 시절, 그의 서간의 주요 화현(和弦) 중 하나가 바로 한결같이 높고 다소 부정확한 음으로 아내와 아들들에게 되풀이한, 돈은 충분하니 보내지 말라는 호언장담이었던 것과 마찬가지로, 청년 시절에도 역시 그는 부모님에게 자신에 대해 염려하지 말라 부탁하고, 한 달에 20루블로 생활하는 법을 터득한다. 이 중에서 약 2루블 50코페이카는 빵과 과자로 나가고(그는 그냥 책만 읽는 것도, 그냥 차만 마시는 것도 견디지 못해, 책을 읽을 때는 늘 뭔가를 씹어 대어 『피크위크 페이퍼스』*를 읽을 때는 당밀 과자를, 「주르날 데 데바」*를 읽을 때는 건빵을 씹었다), 초와 펜, 구두약과 비누에 한 달에 1루블이 지출되었다. 사실 그는 불결하고 지저분했는데 거기다 덜컥 성년이 되었다. 그러자 형편없는 식사와 계속되는 복통에 더하여, 비밀스러운 타협으로 마무리된, 육체의 욕망과의 불평등한 싸움이 덧붙여져, 결국 병약한 몰골에 눈은 푹 꺼져 그의 소싯적 아름다움은 전혀 찾아볼 수 없게 되었다. 그가 존경하는 인물이 그에게 다정히 대해 주었을 때 그의 얼굴에 슬쩍 비치던 경이로우리만치 연약한 표정을 제외하면 말이다(그는 훗날 이리나르흐 브베덴스키*에 대해 "그분은 수줍고 온순한 젊은이인 내게 상냥하셨다"고 말하며 비장한 라틴 억양으로 "animula, vagula, blandula..."[35]*라 쓰고 있다). 기실 그는 스스로도 자신이 비호감임을 수긍하고 이에 순응했지만 거울은 멀리했다. 하지만 이따금 타인의 집, 특히 절친한 벗인 로보돕스키 부부를 방문하거나 혹은 무례한 시선의 원인을 밝히고자 할 때면, 그는 거울 속 자신의 모습을 우울하게 주시했고, 뺨에 촘촘히 달라붙은 불그스레한 털을 보고, 곪은 뾰루지의 수를 세었다. 그리고 바로 눌러 짜기 시작했는데, 얼마나 무참히 짰는지, 그 이후에는 감히 남 앞에 나서지 못했다.

로보돕스키 부부! 친구의 결혼은 우리의 스무 살 주인공에게는, 한밤중 젊은이로 하여금 속옷 차림으로 일기를 붙들고 앉아 있게 만드는, 극히 강렬한 인상을 남긴 사건 중 하나였다.* 그를 그토록 흥분시켰던 이 타인의 결혼식은 1848년 5월 19일에 거행되었는데, 16년 후 바로 이날 체르니솁스키의 시민 처형*이 집행되었다. 기념일의 일치이자, 날짜의 카드 색인이다. 이렇듯 운명은 연구자의 부족을 예견하고 분류 작업을 해 놓은 것이다. 칭찬받아 마땅한 수고의 절감이다.

이 결혼식에서 그는 즐거웠다. 그리고 자신이 즐거워한다는 사실이 그를 새삼 기쁘게 했다("즉 난 여인에 대해 순수한 애정을 지닐 수 있음을 뜻하는 거야"). 그렇다, 그는 항상 기회만 있으면 가슴을 돌려 가슴 한 켠이 이성의 거울에 비치도록 했고, 혹은 그의 최고 전기 작가인 스트란노륩스키가 표현하듯, "자신의 감정을 이성의 증류기를 통해 걸러 내었던 것이다". 그러나 이 순간 그가 다름 아닌 사랑에 대한 생각에 사로잡혀 있었다고 그 누가 말할 수

35 "방황하는 어여쁜 나의 작은 영혼이여……"

있었겠는가? 여러 해가 흐른 뒤, 바로 이 바실리 로보돕스키가 자신의 장광설을 늘어놓은 「신변잡기」에서, 결혼식 당일 운전사였던 대학생 '크루세돌린'은 너무나 진지했는데 "아마 바로 전에 읽은 영국에서 간행된 서적을 속으로 전면적으로 분석하는 듯했다"라고 말했을 때, 그는 방심하여 실수했던 것이다.*

프랑스 낭만주의가 우리에게 애정 시를 선사했다면 독일 낭만주의는 우정 시를 선사했다. 젊은 체르니셉스키의 감성은 시대에 순응했는데, 당대의 우정은 너그럽고 축축했다. 체르니셉스키는 기꺼이 자주 울었다. 그는 예의 정확성으로 "눈물 세 방울이 흘러내렸다"라고 일기에 쓰고 있는데, 이 순간 독자는 무심결에 떠오르는 생각에 번민하리라, 눈물의 수가 홀수일 수 있나, 혹은 눈물의 근원이 쌍이라고 하여 그 수가 반드시 짝수여야 될까? 니콜라이 가브릴로비치는 자신의 초라한 젊음을 향해 "평온에 번민하며 내가 거듭 흘렸던 어리석은 눈물을 내게 상기시키지 말라"고 호소하며, 네크라소프의 잡계급적 운(韻)에 맞추어 실제로 눈물을 흘리는데,* 그의 아들 미하일이 주석에서 밝히고 있는 바에 의하면, "원전에서는 이 부분에 눈물방울의 흔적이 있었다". 또 하나의 훨씬 더 뜨겁고 애절하며 소중한 눈물의 흔적은 그가 요새에서 보낸 기념비적 편지에 간직되어 있다. 그런데 이 두 번째 눈물에 대한 스테클로프의 기록은, 스트란노륩스키가 지적한 바에 따르면, 부정확성의 오류를 범하고 있는데, 이에 대해서는 차후 언급될 것이다. 그다음으로 유배 시절에, 특히 빌류이스크 감옥에서 — 그러나 그만! 눈물의 테마가 허용치를 넘어섰으니…… 그 출발점으로 돌아가자. 예컨대 여기 한 대학생의 장례식이 거행되고 있다. 하늘색 관에 밀랍 같은 청년이 누워 있고, 또 다른 대학생 타타리노프(환자를 보살폈지만 이전에는 환자를 거의 몰랐던)가 그와 작별을 고하고 있다. 오랫동안 응시하다 그에게 키스하고, 또다시 응시하다, 한없이……. 대학생 체르니셉스키는 이에 대해 기록하면서 그 스스로도 연민으로 기진맥진해진다.* 스트란노륩스키는 이 구절을 해석하면서, 이 구절과 고골의 슬픈 단편 「별장에서의 밤들」*의 유사성을 밝히고 있다.

그러나 사실대로 말하자면…… 사랑과 우정에 있어 젊은 체르니셉스키의 염원은 정교하지 못해서, 그가 그 염원에 충실하면 충실할수록 그 결함이 — 극히 비이성적인 몽상을 논리에 끼워 맞추고 있는 합리주의라는 — 보다 여실히 드러났다. 그가 진실로 흠모했던 로보돕스키에게 결핵이 발병하여 나데즈다 예고로브나가 의지가지없는 가난한 젊은 과부로 남겨지는 것을 자세히 그려 나가며 그는 특정한 목표를 향해 나아간다. 그는 자신의 연심(戀心)을 합리화하기 위해 가면적 형상을 필요로 하여, 자신의 연심을 피해자에 대한 연민으로 대체하고 있다. 즉 자신의 연심에 공리주의적 토대를 부여하고 있는 것이다. 달리 어떻게, 그가 어찌할 도리 없이 이미 푹 빠져 있는 투박한 유물론의 제한된 수단으로 이 가슴의 동요를 설명할 수 있겠는가. 어제만 해도 나데즈다 예고로브나가 "스카프도 안 두르고 앉아 있었는데, '선교사'*였고, 물론 앞쪽이 약간 파여, 목 아랫부분이 조금 보였다"*(최근의 문학적 전형인 숙맥-소시민의 말투와 유난히 닮은 문체이다*). 그런데 이를 본 그는 양심상 불안해하며 친구의 결혼식 직후 초창기에도 '이 부분'을 봤었는지 자문했다. 그리고 이제 그는 환상 속에서 친구를 서서히 죽여 가며 한숨을 내쉬면서 피치 못해 의무를 다한다는 듯, 젊은 과부와의 결혼 — 우울한 결혼, 순결한 결혼 — 을 결심하고 있는 것이다(이러한 모든 가면적 형상은 훗날 올가 소크라토브나로부터 결혼 승낙을 받을 때, 보다 완벽한 형태로 재현된다). 이 가련한 여인이 실제로 아름다웠는지는 아직 미지수로 남아 있지만, 체르니셉스키가 그녀의 매력을 검증하기 위해 택한 방법은 차후 미적 관념에 대한 그의 전반적 태도를 예견케 한다.

먼저 그는 나데즈다 예고로브나의 우아함에 최상의 표본을 설정했고, 비록 둔탁한 감은 있으나 목가풍의 활인화(活人畵)가 우연히 그에게 제공되었다. "바실리 페트로비치는 몸을 뒤로 돌린 채 의자 위에 무릎 꿇고 앉아 있었다. 그녀는 다가와 의자를 갸우뚱 젖히기 시작해, 약간 기울이더니 자신의 자그마한 얼굴을 그의 가슴에 묻었다……. 차탁 위에는 초가 켜져 있었고…… 빛이 제법 적당히 그녀 위로 드리웠다. 즉 그녀가 남편의 그림자에 가려져 미광(微光)이었지만, 그래도 뚜렷했다."* 니콜라이 가브릴로비치는 뭔가 불완전한 부분을 찾아내려고 애쓰면서 유심히 살폈다. 거친 윤곽은 못 찾았으나 여전히 확신이 서지 않아 주저했다.

이젠 어떡하지? 그는 계속해서 그녀의 이목구비를 다른 여인의 이목구비와 비교했다. 하지만 그의 시력상의 결함은 비교에 필요한 살아 있는 귀부인을 표본으로 축적하는 데 장애가 되었다. 부득불 타인에 의해 포착되어 각인된 아름다움, 미의 표본, 즉 여인의 초상화에 의지하는 수밖에 없었다. 이렇듯 예술이라는 개념은 근시안의 유물론자(기실 부조리한 결합이다)인 그에게는 처음부터 부차적, 보조적인 것이었고, 이제 그는 실험을 통해 연심이 그에게 속삭였던 모든 것 — 나데즈다 예고로브나의 아름다움(남편은 그녀를 '예쁜이', '인형'이라고 불렀다), 즉 삶은 여타의 '여인의 두상'의 아름다움, 즉 예술(예술 말이다!)보다 우월하다 — 을 검증할 수 있게 되었다.

넵스키 대로의 '융커'와 '다치아로' 화랑의 진열장에는 시적인 그림들이 전시되어 있었다. 그것들을 주도면밀하게 고찰한 후, 그는 집으로 돌아와 자신이 관찰한 바를 적었다.* 오, 경이롭다! 비교 방식은 항상 필요한 결과를 도출한다. 판화 속 칼라브리아* 미녀는 코가 그저 그랬다, "특히 양미간과, 콧날이 서기 시작하는 좌우의 코 주변부가 별로였다." 일주일 후 그는 진리가 충분히 검증되었는지 아직 확신이 없어서, 아니면 이미 익숙한 실험의 순응성을 새롭게 즐길 의향으로, 진열창에 새로운 미인이 출현했는지 보기 위해 넵스키 대로로 다시 나왔다. 마리아 막달레나가 동굴에서 무릎을 꿇은 채 유해(遺骸)와 십자가 앞에서 기도하고 있었는데, 물론 램프 빛에 비친 그녀의 얼굴은 매우 사랑스러웠지만, 어슴푸레 비친 나데즈다 예고로브나의 얼굴이 훨씬 더 낫다! 바닷가 위 하얀 테라스에 두 명의 아가씨가 있는데, 우아한 금발 여인은 돌 벤치에 앉아 젊은이와 키스를 나누고 우아한 흑발 여인은 진홍빛 커튼을 젖히고 누가 오지 않는지 살피고 있다(주어진 세부 묘사가 그 추상적 층위와 어떻게 관련되는지 밝히기를 늘 즐기는 우리이기에 일기에 기록하고 있는 것처럼, 이 커튼은 "테라스와 집의 다른 부분을 분리시키고 있다"). 물론 나데즈다 예고로브나의 가는 목이 훨씬 더 사랑스럽다. 여기서 중요한 결론, 삶이 회화보다 더 사랑스럽다(즉 더 훌륭하다)는 결론이 나온다. 그도 그럴 것이, 가장 순수한 형태의 회화, 시, 더 나아가 예술 전체는 무엇이란 말인가? 이는 감청색 바닷속으로 가라앉는 자홍색 태양이며,* 이는 드레스의 "아름다운" 주름이며, 이는 얄팍한 작가가 자신의 번지르르한 장(章)을 장식하는 데 사용하는 분홍빛 그림자이며, 이는 화관, 페어리〔妖精〕, 프리네,* 파우누스〔牧神〕……이다. 더 나아가면 나아갈수록 더 몽환적으로 되고 잡념만 늘어난다. 그림 속 여인의 형상의 호화로움은 경제적 의미의 호화로움을 암시한다. 니콜라이 가브릴로비치에게 '환상'이라는 개념은 코르셋 하나 안

걸치고 거의 나신이 되어 가벼운 숄을 만지작거리며, 시적으로 미화시키는 시인을 향해 달려드는, 투명하지만 가슴이 풍만한 실피드의 모습으로 나타났다. 두세 개의 원주(圓柱)와 두세 그루의 나무—사이프러스일 수도 있고 포플러일 수도 있다—썩 기분 좋지 않은 골호(骨壺)가 있다. 그러면 순수 예술 숭배자는 박수를 치리라. 경멸스러운 자여! 무익한 자여! 그리고 정말이지, 어찌 이 모든 헛소리보다, 당대의 세태에 대한 충실한 묘사나 시민적 비분(悲憤) 그리고 진심 어린 시를 선호하지 않을 수 있단 말인가?

그가 진열창에 매달렸던 시절에 그의 무난한 석사 논문 「현실에 대한 예술의 미학적 관계」가 전적으로 탄생했다고 감히 말할 수 있다(후에 그가 석사 논문을 그야말로 단숨에, 거침없이 3일 밤 만에 써 내려간 것은 놀랍지 않다, 오히려 비록 6년이 지체되긴 했으나, 결국 그 논문으로 석사 학위를 취득했다는 사실이 더 놀랍다).*

때로는 애련하고 뒤숭숭한 저녁도 있었다. 그럴 때면 그는 자신의 끔찍한 가죽 소파—여기저기 울퉁불퉁 튀어나오고 해진 부분에서는 (그냥 뽑기만 해도) 말 털이 한없이 나오는—에 펑퍼짐하게 눕곤 했는데, 그러면 "때로는 미슐레의 첫 페이지로 인해, 때로는 기조의 관점으로 인해, 때로는 사회주의자의 이론과 언어로 인해, 때로는 나데즈다 예고로브나에 대한 상념으로 인해, 그리고 때로는 이들 모두로 인해 웬일인지 가슴이 이상야릇하게 뛰었다".* 이윽고 그는 엉터리 음정의 흐느끼는 목소리로 노래 부르기 시작했고—'마가레트의 노래'를 부르면서 로보돕스키 부부 사이의 관계에 대해 생각했다—그러자 "눈물이 서서히 눈에서 흘러내렸다".* 갑자기 그는 당장 그녀를 보기로 작심하고 일어났다. 상상컨대, 10월의 어느 저녁, 구름이 흘러가고, 암황색 건물 아래층의 마구 가게와 마차 가게에서는 시큼한 내음이 실려 오고, 기다란 상의 위에 가죽 코트를 걸친 상인들은 손에 열쇠를 들고 가게 문을 닫고 있었으리라. 누군가 그를 툭 쳤지만 그는 재빨리 지나갔다. 남루한 옷차림의 등불지기는 돌길 위로 손수레를 덜거덕덜거덕 끌고 가다가, 나무 기둥 위의 희미한 가로등에 등유를 붓고 기름에 찌든 걸레로 유리를 닦은 뒤 그다음 등—멀리 있는—을 향해 삐걱삐걱 움직였다. 가랑비가 내리기 시작했다. 니콜라이 가브릴로비치는 고골의 가련한 주인공들의 민첩한 속보로 질주했다.*

밤이면 그는 이런저런 질문으로 번민하며 잠들지 못했다—바실리 페트로비치는 후일 아내가 자신의 조력자가 될 수 있도록 그녀를 충분히 교육시키고 있을까, 혹은 그의 감정을 소생시키기 위해, 예컨대 익명으로 남편에게 질투감을 유발하는 편지라도 써야 되는 건 아닐까? 이는 체르니솁스키 소설의 주인공들이 취했던 방법이 예측되는 대목이기도 하다. 이처럼 매우 치밀하게 계산되었으나 유치하기 그지없는 어리석은 계획을, 유형수 체르니솁스키, 노인 체르니솁스키는 지극히 감동적인 목표를 달성하기 위해 고안해 낸다. 정말이지, 이 테마는 잠깐 방심한 틈을 타 얼마나 잘도 피어나는지. 멈춰라, 오므라들라. 미리 이렇게까지 멀리 나갈 필요는 없지 않은가. 대학 시절의 일기에서도 이런 식의 심사숙고의 예는 찾아볼 수 있다. 농민들을 꾀어 선동하기 위해 가짜 성명서(징병제 폐지에 관한)를 인쇄하려다, 이내 스스로 부인한 적이 있었던 것이다. 이것은 그가 변증론자로서 그리고 기독교도로서, 내면의 부패가 기존 체계 전체를 잠식한다는 것, 그리고 성스러운 목적이 저속한 수단을 정당화하면 결국 그것과의 치명적 유사성을 드러낼 뿐이라는 것을 잘 알고 있었기 때문이었다. 이렇듯 정치, 문학, 회화, 심지어 성악까지도 니콜라이 가브릴로비치의 연애 경험과 유쾌하게 밀착되었다(우리는 이제 출발점으로 돌아왔다).

그는 얼마나 가난했고, 얼마나 더럽게 대충대충 지냈으며, 사치와는 얼마나 거리가 멀었던가……. 그러나 주의하시라! 이것은 프롤레타리아적 간소함이라기보다는 자연스러운 방치로, 고행자가 단벌 헤어 셔츠*나 쿡쿡 찌르는 끈질긴 벼룩에 전혀 무심한 것과 같은 것이다. 그러나 때로는 헤어 셔츠 역시 수선할 필요가 있다. 우리는 아이디어가 기발한 니콜라이 가브릴로비치가 자신의 낡은 바지를 기우려고 꾀를 내는 장면을 목격하고 있다. 검은 실이 없자, 그는 가지고 있는 실을 잉크에 담갔는데, 바로 옆에는 『빌헬름 텔』* 서두 부분에서 펼쳐진 독일 시집이 놓여 있었다. 그가 실을 (말리려고) 흔든 결과, 이 페이지 위로 잉크 몇 방울이 떨어졌는데 책은 남의 것이었다. 그는 창문 너머 종이봉투에서 레몬을 찾아 얼룩을 지우려 했지만 결국 레몬도 더럽히고, 위험천만한 실들을 놓아둔 창틀만 더럽혔을 뿐이었다. 그러자 그는 칼에 도움을 청해, 긁어 내기 시작했다*(시에 구멍이 난 이 책은 라이프치히 대학 도서관에 소장되어 있는데, 어떤 경로로 그곳에 이르게 되었는지는, 유감스럽게도 밝혀내지 못했다). 그는 또한 구두약이 부족할 경우에도, 잉크로 — 기실 잉크는 체르니셉스키의 본성으로, 그는 그야말로 문자 그대로 잉크 속에 빠져 있었다* — 구두의 틈을 문질러 메우기도 했다. 혹은 장화의 구멍을 감추기 위해 발바닥을 검은 넥타이로 둘둘 말기도 했다. 컵을 깨뜨리고 모든 것을 얼룩지게 하고 모든 것을 망가뜨렸으니, 물성(物性)에 대한 그의 사랑은 짝사랑이었던 것이다. 훗날 강제 노역지에서 그는 그 어떤 전문적 강제 노역도 감당하지 못하는 것으로 밝혀졌을 뿐만 아니라 전반적으로 수작업 자체에 무능한 것으로 유명했다(그럼에도 불구하고 그는 끊임없이 동료들을 돕겠다고 끼어들어, 다른 유형수들이 "남의 일에 주제넘게 나서지 마시지요, 선의 축이시여"라고 퉁명스레 말하곤 했다).* 우리는 이미 정신없이 뛰어가던 젊은이를 거리에서 누군가 밀치던 장면을 살짝 목격한 바 있다. 그는 거의 화를 내지 않았다. 하지만 어느 날은 자신을 끌채로 건드린 젊은 마부에게 그가 어떻게 복수했는지 약간 거들먹거리면서 적고 있는데, 아무 말 없이 썰매로, 놀란 두 명의 상인의 다리 사이로 기어 들어가 마부의 머리채 한 줌을 뽑았다는 것이다.* 그러나 그는 대체로 온순하고 모욕에 무방비였다. 하지만 그는 남몰래 자신이 "가장 저돌적이며 가장 무모한" 행동을 할 수 있음을 느꼈다. 그는 때로는 농민과, 때로는 네바 강의 뱃사공과, 때로는 명민한 제빵사와 대화를 나누며, 서서히 선전 선동에도 착수했던 것이다.

제과점 테마가 시작된다. 제과점들은 많은 것을 목격해 왔다. 푸시킨이 결투 직전 레모네이드를 단숨에 들이켠 곳도 바로 그곳이었고,* 페롭스카야와 그 동지들이 운하로 나가기 전 각자 1인분씩 시킨 곳도 바로 그곳이었다*(무엇을? 역사는 끝내 밝히지 못했다 —). 우리의 주인공 역시 젊은 시절 제과점에 매료되어, 후일 요새에서 본인은 정작 단식 투쟁으로 괴로워하면서도 — 『무엇을 할 것인가』에서 — 몇몇 대사를 위장(胃腸)의 시(詩)의 본능적 절규로 채우고 있다("근처에 제과점도 있다고요? 호도 파이가 있는지 모르겠네요, 마리야 알렉세예브나, 제 입맛에는 이게 최고의 파이 같습니다"*). 그러나 훗날 그가 회상한 것과 달리, 제과점은 먹거리가 아닌 — 쓰디쓴 기름으로 구운 종이 파이나, 심지어는 앵두 잼이 들어간 도넛도 아닌 — 잡지로 그를 유인했다. 여러분, 이 잡지 때문에 그는 제과점에 끌렸던 겁니다! 그는 여기저기 기웃거리면서 좀 더 신문이 많고, 좀 더 소박하며, 좀 더 자유로운 곳을 찾아다녔다. 그리하여 볼프의 제과점에서 "요사이 두 번, 그의 흰 빵(즉 볼프가 파는) 대신 5코페이카짜리 칼라치(즉 내가 가져간)에 커피를 마셨는데, 뒤의 경우에는 숨지 않고 먹었다"—즉 이 두 번 중 첫 번째 경우에는(그의 일기의 좀스러울 정도로 꼼꼼한 세부 묘사는 소뇌를 간질인다) 외부에서 반입된 반죽이 어떻게 받아들여질지 몰라 숨었던 것이다. 제과점은 따뜻하고 조용했으며, 다만 신문지들이 간간이 일으키는 남서풍에 촛불이 흔들릴 뿐이었다(차르가 표현했던 것처럼, "소요가 이미 우리에게 위임된 러시아에까지 이르렀다"*). "「*Indépendance Belge**(벨기에의 독립)」 좀 부탁합니다, 감사합니다." 촛불이 쭉 펴지더니 정적이 찾아왔다(그러나 카푸시뉴 거리에서는 총성이 울리고 혁명이 튈르리 궁으로 밀려들었고, 마침내 루이 필리프는 마차를 타고 뇌이의 가로수 길을 따라 도주하기에 이르렀다*).

다음에는 소화 불량이 그를 괴롭혔다. 그는 늘 온갖 허드레 음식을 먹었다. 너무 가난한 데다 행동은 느려 터졌던 것이다. 여기에는 네크라소프의 시가 딱 들어맞는다. "거의 무쇠를 먹고 산 나는 죽고 싶을 만큼 소화 불량에 시달렸다. 그러나 갈 길은 멀다……. 난 밤이면 나지막한 오두막 안에서 줄줄 읽어 대며 피우고 또 피웠다……."* 그런데 니콜라이 가브릴로비치가 궐련을 피운 데는 나름의 이유가 있었으니, 바로 '주코프' 궐련으로 위를(치통까지도) 치료했던 것이다. 그의 일기, 특히 1849년 여름과 가을 동안의 일기에는 어디서 어떻게 구토했는지에 대한 극히 꼼꼼한 정보가 다수 포함되어 있다. 흡연 외에도 그는 물 탄 럼주, 뜨거운 기름, 영국 소금, 등자나무 잎과 수레국화 등으로도 치료했고, 그리고 이상야릇한 쾌감을 느끼며 늘 지극정성으로 로마식 처방을 따랐다. 그리하여 만약 그가 (석사를 졸업하고 이후 근무하러 대학에 남아) 사라토프로 돌아오지 않았다면, 아마도 결국 기력이 쇠하여 죽고 말았으리라.

그 당시 사라토프에서는……. 그러나 제과점 이야기가 이끄는 니콜라이 가브릴로비치의 삶의 음지에서 벗어나 서둘러 양지로 넘어가기를 아무리 원한다 해도, 여전히 (뭔가 은닉된 연결성을 위해) 나는 여기서 약간 더 지체할 것이다. 언젠가 한번 그는 대변이 급해 고로호바야 거리의 한 주택으로 뛰어 들어갔고(후에 기억을 더듬어 이 주택의 위치에 대해서 장황하게 묘사한다), 그가 이미 옷매무새를 다듬고 있을 찰나, "빨간 옷을 입은 어떤 아가씨가" 문을 열었다. 그녀는 그의 손을 보고 — 그는 문을 열지 못하게 막으려 했던 것이다 — "으레 그렇듯" 소리를 질러 댔다. 문의 육중한 삐걱 소리, 부서진 녹슨 문고리, 악취와 한기, 그야말로 끔찍함 그 자체였지만…… 그러나 우리의 기인(奇人)은 "그녀가 예쁜지에 대해 관심조차 안 가졌던 것"에 만족감을 표하며 진정한 순수함에 대해 스스로와 논할 태세였다.* 대신 꿈속에서 그는 좀 더 예리하게 보았고, 꿈의 경우는 현시(顯示)적 운명보다 그에게 좀 더 호의적이었다 — 그러나 여기에서도 역시 그는, 꿈속에서 "굉장히 밝은 금발의" 부인(꿈속에서 그에게 숙식을 제공하던, 제자로 추정되는 학생의 어머니로, 즉 장 자크 풍의 취향이 감지된다)의 장갑 낀 손에 세 번 키스하면서도 자신 안에 털끝만큼의 육체적 상념도 발견할 수 없을 때 얼마나 기뻐하고 있는지!* 젊은 시절의, 아름다움에 대한 왜곡된 동경에 관한 기억 역시 보다 선명해진 것으로 밝혀졌다. 그의 나이 오십에 시베리아에서 보낸 편지에서 그는 언젠가 청년 시절에 농·산업 박람회에서 보았던 천사-아가씨를 회상하고 있다. "어떤 귀족 일가가 걸어간다." 그는 자신의 훗날의, 구약 성서풍의 느릿느릿한 문체로 서술하고 있다. "난 이 아가씨가 마음에 들었다, 마음에 든 것이다……. 나는 세 발치 정도 비켜 걸으며 도취되어 바라보았다……. 그들은 분명 최고의 명문 귀족인 듯했다. 이는 그들의 극히 멋진 행동거지를 통해 모두 알 수 있었다 — (스트란노륩스키라면 이러한 감상성의 시럽에는 디킨스의 날파리가 꼬일 것이라고 지적했으리라. 그러나 그럼에도 불구하고 이것을 쓴 사람이 유형으로 짓눌린 노인임을 기억하자, 스테클로프라면 이렇게 정당하게 진술했으리라.) — 군중들이 옆으로 비켜났다……. 나는 이 아가씨를 시선에서 놓치지 않으면서도 계속 세 걸음 정도 떨어져 완전히 자유롭게 걸었고 — (가련한 위성이여!) — 이렇게 한 시간 넘게 흘러갔다."* 〔예컨대 1862년의 런던 전시회와 1889년의 파리 전시회만 보더라도, 전반적으로 전시회는 그의 운명에 기이한 영향력을 행사했다. 부바르와 페퀴셰가 앙굴렘 공작의 삶의 기록에 착수하면서, 그의 삶에서 다리(橋)가 얼마나 중요한 역할을 하는지 놀랐던 것처럼 말이다.*〕

이 모든 일을 겪은 후, 그는 사라토프에 도착하자마자 바실리예프 의사의 열아홉 살 먹은 딸, 짙은 빛깔의 머리 타래 사이로 살짝 보이는 치렁치렁한 귀고리를 기다란 귓불에 걸고 있는 집시풍의 아가씨에게 반하지 않을 수 없었다. 익명의 동시대인의 말에 의하면, 그녀는 싸움꾼, 허영 덩어리, "지방 무도회의 표적이자 미녀"였고, 하늘색 리본의 사각거리는 소리와 노래하는 듯한 말투로 촌뜨기 숫총각을 유혹하여 농락했다고 한다. "보세요, 얼마나 매력적인 손인지." 그녀는 손을, 솜털이 반짝반짝 빛나는 거무스레한 맨손을, 그의 김 서린 안경 쪽으로 뻗으며 말했다. 그는 장미 기름을 바르고 피가 배어 나올 정도로 면도했다. 그리고 얼마나 진지한 찬사를 궁리해 냈는지! "당신은 파리에서 사셨어야 했는데." 그는 풍문으로 그녀가 '민주주의자'라 들었기에 진심으로 말했던 것인데,* 파리를 학문의 근원지가 아닌 매춘부의 왕국 정도로 여겼던 그녀는 결국 화내고 말았다.

우리 앞에 「현재 나의 행복이 되는 여인과 나의 관계에 대한 일기」*가 있다. 쉬이 감동하는 스테클로프는 나름 독창적인 이 작품 — 분명 극히 치밀한 보고서를 연상시키는 — 을 "환희에 찬 사랑의 송가"라 명명하고 있다. 보고자는 구애 프로젝트(1853년 2월 정확히 실행되어 곧바로 승낙을 얻은)를 결혼에 대한 찬성과 반대(예컨대 드센 아내가 조르주 상드가 최초로 입기 시작한 남성복을 입겠다고 우기지 않을까 우려했다) 항목과, 결혼 생활비 견적까지 포함하여 작성하고 있다(이 예산에는 그야말로 모든 것, 겨울밤을 위한 스테아린 양초 두 개, 10코페이카어치 우유 그리고 극장표까지 계산되었다). 동시에 그는 약혼녀에게 자신의 사고방식("진흙 구덩이도, 곤봉을 든 술 취한 남자도, 학살도 날 위협하진 못해요")을 고려할 때 자신은 조만간 "결국 체포되고 말 것"이라 경고하며, 더욱 진솔하고자, 남편이 사르디니아 지역에서 체포되어 러시아로 송환될 것이라는 소식을 들었을 때 임신한 몸으로("이렇게 세세히 말해 죄송합니다") "기절해 쓰러진" 이스칸데르의 아내에 관해 이야기한다.* 올가 소크라토브나라면 — 여기서 분명 알다노프*가 첨언하겠지만 — 기절해 쓰러지지는 않으리라.

"언젠가 — 그는 계속해서 쓰고 있다 — 소문이 당신의 이름을 먹칠하여 당신이 그 어떤 남편도 맞을 수 없게 된다 해도…… 난 항상 당신의 말씀 한마디면 당신의 남편이 되렵니다." 기사도적 입장이었지만, 기사도와는 거리가 먼 전제에 입각한 태도였다. 그 특유의 이러한 반전은 곧장 예전에 그가 거쳐 갔던 사랑의 의사(擬似) 환상이라는 — 장고(長考) 끝의, 희생양이 되고자 하는 갈망, 그리고 연민이라는 보호색을 띤 — 낯익은 경로를 상기시킨다. 그렇긴 해도 약혼녀가 그를 사랑하지 않는다고 경고했을 때 그가 자존감의 상처를 받지 않은 것은 아니었다. 하지만 그는 웬일인지 알콩달콩 행복했다. 그의 구애는 다소 독일풍으로 실러의 노래와 애무의 회계 장부를 지니고 있었다. "그녀의 망토 단추를, 처음에는 두 개를, 다음으로 세 개를 풀었다……." 그는 그녀의 작은 발(화려한 비단실로 마름질된, 끝이 뭉툭한 회색 단화를 신은)을 자신의 머리 위에 놓기를 간절히 원했으니,* 쾌락은 상징을 먹고 살았던 것이다. 가끔 그는 그녀에게 레르몬토프와 콜초프를 읽어 주곤 했는데, 시를 마치 「시편」인 양 읽었다.

그러나 일기에서 최고 상좌(上座)를 점하고 있으며, 니콜라이 가브릴로비치의 운명의 많은 부분을 이해하는 데 특히 중요한 것은 바로 사라토프의 연회들을 화려하게 장식하고 있는 익살맞은 의식에 대한 상세한 묘사이다. 그는 폴카를 유연하게 추지도 못했고 그로스파터*도 능숙하게 추진 못했지만, 대신에 자진해서 광대 짓을 했다. 그도 그럴 것이 심지어 펭귄도 암컷에게 구애할 때는 돌들을 모아 반지처럼 만들며 다소 익살맞아지지 않던가. 이른바 젊은이들이 모여들었고, 그러자 올가 소크라토브나는 당시 그들 그룹에서 유행하던 교태 방식을 취하며 식탁에서 이 손님 저 손님에게 아이를 먹이듯 접시에서 떠먹이고 있었는데, 니콜라이 가브릴로비치는 가슴에 냅킨을 대고 포크로 가슴을 찌르겠다며 으름장을 놓았다. 그러자 이번에는 그녀가 짐짓 화난 표정을 지었다. 그는 용서를 구하며(이 모든 것은 끔찍하게 재미없다), 그녀의 손의 "드러난 부분"에 키스했고, 그녀는 황급히 숨겼다. "어떻게 감히!" 펭귄은 "심각한, 침통한 표정을 지었다. 왜냐하면 다른 여인이라면 화낼 법한 말을 발설하는 일이 실제로 생길 수도 있기 때문이었다". 휴일이면 그는 약혼녀를 웃기려고 신(神)의 전당에서 장난을 쳤다. 그러나 마르크스주의자 해설가가 여기서 "건전한 신성 모독"

을 보는 것은 부질없는 일이다. 얼마나 어리석은지. 사제의 아들이었던 니콜라이는 교회를 제 집처럼 편히 생각했던 것이다(아버지의 왕관으로 고양이를 즉위시킨 왕자는 결코 이런 행동으로 민주정치에 대한 공감을 표명한 것은 아니었다). 마찬가지로 그가 모두의 등에 차례차례로 분필로 십자가를 그었다 해서 십자군을 조롱했다고 그를 비난할 수도 없으니, 이것은 다만 올가 소크라토브나로 인해 고통받는 그녀의 숭배자라는 표식이었던 것이다. 이런 유형의 소동이 좀 더 일어난 후에 우스꽝스러운 막대기 결투가 발생한다 — 이를 기억하자.

몇 년 후 체포 당시 이 일기는 압수당했는데, 글꼬리가 축축 늘어지는 매끄러운 필체로 쓰인 이 일기는 손수 만든 방식으로 약호화되어 약어로 — '약다!, 어리다!'(약하다, 어리석다!), '자-등'(자유, 평등) 혹은 '사'(형사가 아니라 다름 아닌 사람) — 기록되어 있었다. 아마도 그다지 명민하지 않은 사람들이 이 일기를 조사했던 듯한데, 몇 가지 실수가 허용되었던 것이다. 예컨대 '의심'을 의미하는 '의'를 '우의(友誼)'라고 해석하여, "나에 대한 의심이 굉장히 강하다"가 "내게는 굉장히 강한 친구들이 있다"로 판독되었던 것이다. 체르니솁스키는 이 기회를 포착하여, 그에게는 "당시 영향력 있는 친구들이라고는 없었는데, 일기에선 분명히 정부 내에 힘센 친구들을 가진 인물이 공공연하게 활동하고" 있으므로, 일기 전체가 소설가가 지어낸 허구라고 주장하기 시작했다.* 여기서 그가 자신의 원래 문구를, 문자 하나하나까지 정확히 기억하는지의 여부는 중요하지 않다(물론 그 자체로 흥미로운 문제이지만). 중요한 것은 이 구문들에 대한 나름의 알리바이가 『무엇을 할 것인가』에서 제공된다는 점이다. 즉 이 구문들 안의 '초고(草稿)'의 리듬이 『무엇을 할 것인가』에서 완벽하게 발현되고 있는 것이다(예컨대 피크닉에 동참한 여인이 부른 노래에는 "오, 아가씨여, 난 못된 남자, 황량한 숲 속에 산다오. 내 삶은 위태롭고, 내 최후는 슬프리라"와 같은 소절이 있다). 그는 요새에 앉아서도 위험천만한 일기가 조사받을 것을 알고 서둘러 원로원에 "나의 초고 작업의 견본", 즉 오로지 일기를 합리화시킬 목적으로 일기를 소급 적용하여 소설의 초고로 변형시켜 쓴 작품을 보냈다(스트란노륩스키는 바로 이것이 그가 요새에서 『무엇을 할 것인가』를 집필하게 한 추동 요인이었다고 전적으로 믿고 있다. 마침 이 책은 올가 성녀의 날에 시작되어 아내에게 헌정되었다). 그런 연유로 그는 허구의 장면에 법률적 의미가 부여되는 것에 분노를 드러냈다. "나는 나와 타인을 다양한 입장으로 설정하고 상상 속에서 발전시켜 나간다……. 어떤 '나'는 체포 가능성에 대해 이야기하고, 이러한 '나'들 가운데 한 명은 약혼녀 앞에서 막대기로 맞기도 한다." 그는 일기의 이 부분을 회상하며 온갖 실내 게임에 대한 자세한 묘사가 전부 '상상'으로 받아들여지기를 원했다. 점잖은 사람이라면 그렇게 행동하지 않을 것이기에……(애석한 것은 정·관계 인사들은 그를 점잖은 사람이 아니라 다름 아닌 광대로 여겼고, 바로 그의 언론 장치를 통한 **익살** 안에서 유해 사상의 사악한 침투를 보았다는 것이다). 사라토프의 프티죄* 테마의 완결을 위해 좀 더 앞으로, 거의 유형지까지 나아가 보자. 이곳에서 그가 동료들을 위해 쓴 희곡들과 특히 소설 『프롤로그』(1866년에 알렉산드롭스키 공장에서 쓰여진)에서는 그 게임의 반향이 아직도 생생하여, 재미없는 광대짓을 하는 대학생도 있고 숭배자들을 먹여 주는 미녀도 있다. 이들 항목에 주인공(볼긴)이 자신에게 임박한 위험에 대해 아내에게 말하며 결혼 전에 했던 경고를 언급하는 부분을 더한다면,* 바로 여기에, 일기는 다만 작가의 초고일 뿐이라는 체르니셉스키의 오랜 주장에 맞추어 급기야 삽입된 뒤늦은 진실이 있다고 결론 내리지 않을 수 없다…… 왜냐하면 허약한 허구의 폐물을 관통하는 『프롤로그』의 몸통 자체는, 이제 그야말로 사라토프 일기의 속편쯤으로 보이기 때문이다.

그곳 김나지움에서 문학을 가르치며 그는 자신이 극히 매력적인 교사임을 여실히 보여 주었다. 학생들이 구두상으로 모든 교사에게 신속, 정확하게 적용하는 분류에 따르면, 그는 신경질적이고 산만한 호인의 범주에 속했다. 이런 유형은 쉽게 흥분하고 쉽게 옆길로 새는 바람에 학급 고수(차제에는 동생 피오레토프*)의 부드러운 발톱에 즉각 걸려들고 만다. 고수는 수업 내용을 모르는 학생들의 파멸이 불가피해 보이는데 수위가 종을 치려면 좀 더 기다려야 하는 절체절명의 순간에, 일부러 우물쭈물 구원의 질문을 던진다. "니콜라이 가브릴로비치 선생님, 그런데 여기서 이 국민공회*에 대해 말하자면……." 그러자 니콜라이 가브릴로비치는 곧장 흥분하여, 칠판으로 다가가 분필을 부러뜨려 가며 국민 공회의 회의장 도면을 그리고(알다시피 그는 도면에 관한 한 굉장한 대가였다), 그런 다음 점점 더 흥분하여 각각의 당원들이 앉았던 자리까지 표시하는 것이다.*

그 시절 지방에서 그는 상당히 경망스럽게 처신하여 그 신랄한 견해와 자유분방한 행동거지로 착실한 사람들과 신심 돈독한 젊은이들을 놀라게 했던 듯하다. 그가 어머니의 장례식에서 관이 땅에 내려지자마자 궐련을 피우고 올가 소크라토브나와 팔짱을 끼고 그 자리를 떠나 열흘 후 그녀와 결혼했다는 약간 과장된 이야기가 회자되었다. 그러나 사라토프 김나지움의 고학년 학생들은 그에게 매료되었고, 후에 이 중 몇몇은 설교의 시대에 사람들이 바야흐로 지도자가 되려 하는 스승에 환호하며 달라붙듯, 열광적으로 그를 추종했다. '문학'에 관한 한, 양심적으로 말하건대, 제자들에게 쉼표 사용법조차 가르치지 않았다. 그들 중 40년이 흐른 후 그의 장례식에 참석한 사람은 많았을까? 한 소식통에 따르면 둘이었다 하고, 다른 소식통에 의하면 한 명도 없었다고 한다. 뿐만 아니라 장례 행렬이 위령제를 지내기 위해 사라토프 김나지움 건물 근처에 멈추려는 찰나, 교장이 사람을 보내 이는 바람직하지 않다고 사제에게 전했고, 긴 옷자락을 뒤엉키는 10월의 바람과 함께 행렬은 스쳐 지나갔다.

페테르부르크로 이주한 후의 교편 생활은 사라토프에서보다 훨씬 성공적이지 못했다. 이곳에서 그는 1854년 몇 달 동안 제2 육군 유년 학교에서 가르쳤다. 그의 수업을 듣는 생도들은 실로 방자하게 굴었다. 그는 미련 곰탱이들에게 빽빽 소리쳐 댔지만 오히려 혼란만 가중시킬 뿐이었다. 여기서는 산악파*들에 대해서도 그다지 열의에 차 이야기할 수 없었던 것이다! 어느 날 휴식 시간에 한 학급에서 소란이 일어 당번 장교가 들어와 고함을 쳐 어느 정도 무마했는데, 이내 다른 반에서 소음이 번지기 시작했고, 바로 그 반으로 체르니솁스키가 팔꿈치에 가방을 끼고 들어갔다(쉬는 시간은 끝나 있었다). 그는 장교를 향해 다가가 손목을 잡아 저지하면서 짜증을 억누르고 안경 너머로 힐끗 바라보며, "이제 당신은 여기 오시면 안 됩니다"라고 말했다. 장교는 모욕감을 느꼈고, 교사는 사과하기를 원치 않아 퇴직하게 되었다. 이렇게 하여 '장교' 테마가 시작되었다.

그러나 계몽의 과업은 그의 필생의 업으로 정해졌다. 1853년에서 1862년에 걸친 그의 잡지 업무는 각종 다양한 정보가 있는 건강한 집밥을 여윈 러시아 독자에게 먹이겠다는 일념으로 시종일관 점철되어 있다. 1인분의 양은 엄청났고 빵은 무한정 제공되었으며 일요일에는 호두도 나왔다. 니콜라이 가브릴로비치는 정치와 철학이라는 육류 요리의 가치를 강조하면서도 후식 역시 잊는 법이 없었던 것이다. 아마란토프의 『실내 마술』에 대한 서평을 통해 알 수 있듯이, 그는 이 오락적 물리학을 자기 집에서 검증하고, 그 중 최고의 요술인 "물을 체로 운반하기"에 직접 수정을 가하기도 했다.* 모든 통속 해설자가 그러하듯, 그 역시 이런 천진난만한 묘기에 약했다. 게다가 아버지의 설득으로 그가 영구 동력 장치에 대한 구상을 완전히 접은 지 1년이 채 지나지 않았다는 것도 염두에 두어야 한다.

그는 잡다한 글이 실려 있는 일력(日曆)을 즐겨 읽으며 『동시대인』(1855)의 구독자들에게 일반 정보를 제공하기 위해 기입해 놓거나(1기니는 6루블 47.5코페이카이고, 북미 달러 1달러는 은화 1루블 31코페이카이다), "오데사와 오차코프 사이에 통신탑이 기부금으로 건립되었다"고 전하곤 했다. 볼테르(사실 첫 음절에 강세가 있는) 풍의 진정한 백과전서파인 그는 최선을 다해 수천 페이지를 베껴 적었으며(어떤 사안이 언급되든 늘 그 **전체** 역사를 둘둘 말린 양탄자처럼 안고 있다가 독자 앞에 활짝 펼쳐 보일 준비가 되어 있었다), 총서를 번역하고 시에 이르기까지 온갖 장르를 섭렵했으며, 생애 마지막까지 『관념과 실제의 비평 사전』을 편찬하리라 꿈꾸었다〔이는 플로베르의 희화 작품, 바로 그 『*Dictionnaire des idées reçues*』[36]*를 상기시키는데, 아마도 이 사전의 반어적 제사(題詞) — "다수는 항상 옳다" — 를 체르니셉스키라면 진지하게 제시했으리라〕. 그는 요새에서 이에 대해 아내에게 편지를 쓰면서 열정과 비애와 울분을 담아 그가 완성할 대작에 관해 말하고 있다.*

---

36 『통상 관념 사전』.

이후 시베리아에서 고독하게 지낸 20년 동안 내내 그는 이 꿈에서 위안을 찾았다. 그러나 죽기 1년 전 브로크하우스 사전을 알게 되었고, 거기에서 자신의 꿈이 이미 실현되었음을 보았다.* 그러자 그는 브로크하우스 번역을 갈망하며(그렇지 않으면 "사람들은 여기에 독일의 이류 화가와 같은 온갖 잡동사니를 채워 넣으리라"), 이 작업이야말로 자신의 필생의 월계관이 되리라 여겼는데, 하지만 그 역시 이미 착수된 것으로 밝혀졌다.

언론 활동 초창기에 이미 그는 레싱에 대해 쓰고 있는데,* 자신보다 정확히 백 년 일찍 태어난 레싱과의 유사성을 스스로 인식하고 있었다("이런 기질의 인간들은 경애하는 학문에 복무하는 것보다 좀 더 매력적인 봉사가 어울리며, 이는 바로 자국 민중의 성장에 봉사하는 일이다"). 레싱처럼 그도 습관적으로 늘 사적 경우에서 출발하여 보편적 관념을 발전시켰다. 레싱의 아내가 출산하다 죽은 것을 기억한 그는 올가 소크라토브나를 염려하며, 첫 임신에 대해 아버지에게 라틴어로 쓰고 있다, 바로 백 년 전에 레싱이 자신의 아버지에게 라틴어로 편지를 썼던 것과 똑같이.

이 부분을 조명해 보자. 소식통인 여인네들의 말에 따르면, 1853년 12월 21일, 니콜라이 가브릴로비치는 아내의 임신 소식을 알렸다. 분만. 난산. 사내아이. "내 귀염둥이." 올가 소크라토브나는 첫아이를 우쭈쭈 하면서 얼렀다. 그러나 어린 사샤에 대한 관심은 이내 시들해졌다. 의사들은 두 번째 임신이 그녀의 생명을 위협할 거라 경고했다. 그럼에도 불구하고 그녀는 다시 임신했고, 그는 비탄하고 괴로워하며 "우리의 죗값인 양, 나의 의지에 반하여"라고 네크라소프에게 쓰고 있다…….* 아니다, 뭔가 다른 것, 아내에 대한 염려보다 좀 더 강한 무언가가 그를 괴롭혔다. 몇몇 소식통에 의하면, 체르니셉스키는 1850년대에 자살을 생각했고 심지어 술도 마셨던 것 같다.* — 술 취한 체르니셉스키라니, 얼마나 소름 끼치는 광경인가! 뭘 숨기겠는가, 결혼은 불행한 것으로, 대단히 불행한 것으로 밝혀졌고, 심지어 나중에 회상의 도움으로 "자신의 과거를 정적(靜的) 행복의 상태로 냉동시키는 데"(스트란노륩스키) 성공했을 때마저도 연민과 질투와 상처받은 자존심으로 인한 숙명적, 치명적 우수는 여전히 나타났다 — 이러한 우수는 전혀 다른 기질의 한 남편도 알고 있었고 그는 전혀 다른 방식으로 이를 다루었으니, 그는 바로 푸시킨이었다.

아내도 아기 빅토르도 살아났고, 1858년 12월 그녀는 또다시 거의 죽을 뻔하며 셋째 아들 미샤를 출산했다. 경이로운 시기는 토끼처럼 순풍순풍 자식을 낳은 영웅적 시기로 다산(多産)의 상징인 크리놀린을 입고 있었다.

"그녀들은 현명하고 교양 있고 선량한데, 전 몰상식하고 사악한 바보라는 것을 저도 알아요." 올가 소크라토브나는 흐느끼며 남편의 친척인 피핀가(家) 여인들에 대해 말했다.* 그들은 굉장히 선량했음에도 불구하고 "이 히스테릭한 여자, 참기 힘든 기질의 괴팍한 기센 여자"에겐 너그럽지 않았다.* 그녀는 어떻게 접시를 던져댔는지!* 어떤 전기 작가가 그 파편들을 맞출 수 있단 말인가? 그리고 그 역마살이라니……. 그 기벽(奇癖)은……. 노파가 된 그녀는 파블롭스크*의 어느 먼지 날리는 화창한 저녁, 경주말 파에톤을 타고 가다 푸른 베일을 홀연 벗어 던지고 불타는 눈길로 콘스탄틴 대공을 홀리며 추격하던 일이나, 긴 콧수염으로 유명했던 폴란드 망명자 사비츠키*와 더불어 남편을 배반했던 일을 즐겨 회상했다("카나셰치카*는 알고 있었어요, 나와 이반 표도로비치가 벽감(壁龕)*에 있었다는 걸요. 하지만 그는 창가에서 무심히 글만 쓰고 있었답니다."*). 카나셰치카가 정말 안쓰럽다, 필시 아내를 에워싸고 그녀와 다양한 단계의 연애 관계에 있는—A에서 Z까지—이 젊은이들이 그에게는 고문과도 같았으리라. 체르니솁스카야 부인의 연회는 캅카스 대학생 무리가 참석함으로써 특히 활기를 띠었다. 니콜라이 가브릴로비치는 거의 한 번도 그들에게 얼굴을 내비치지 않았다. 언젠가는 새해 전날 깔깔대는 고고베리제의 주도하에 그루지야인들이 그의 서재로 들이닥쳐 그를 끌어냈고, 올가 소크라토브나는 그에게 망토를 던지며 춤출 것을 강요한 적도 있었다.

그렇다, 그가 불쌍하다, 그래도 여전히……. 아, 한 번쯤은 허리띠라도 풀어 냅다 갈겨 쫓아 버릴 수도 있었을 텐데. 아니면 하다못해 그가 감옥의 여가 시간을 때우며 썼던 소설들 중 하나에서 모든 죄악, 대성통곡, 방랑, 무수한 배신을 가차 없이 폭로하며 그녀를 그려 낼 수도 있었을 것이다. 그러나 전혀 아니다! 『프롤로그』에서(부분적으로는 『무엇을 할 것인가』에서도) 아내를 복권시키려는 작가의 시도는 눈물겹다. 주변엔 정부들도 없고, 경건한 숭배자들만 있을 뿐이다. 그리고 '사내아이들'(아아, 그녀는 그렇게 불렀다)이 그녀를 실제보다 좀 더 손쉬운 여자로 느끼게 하는 싸구려 경박함도 없고 다만 재기발랄한 미인의 낙천성만 있을 뿐이다. 경박함은 자유사상으로 바뀌고 무사-남편에 대한 존경(실제로 그녀는 남편에게 존경의 염을 지녔지만, 그러나 부질없었다)이 그녀의 모든 여타 감정에 우선했다. 『프롤로그』에서 대학생 미로노프는 친구를 교란시키기 위해 볼기나 부인은 과부라고 말했다. 그녀는 너무 상심한 나머지 울고 말았는데, 이는 『무엇을 할 것인가』의 그녀, 결국 똑같은 여인을 표상하는 '그녀'가 저속하고 경박한 남자들 틈에서 체포된 남편을 그리워하는 것과 유사하다. 볼긴은 인쇄소에서 오페라 극장으로 달려가 쌍안경으로 우선 한쪽 홀을, 이어 다른 쪽 홀을 꼼꼼히 살피기 시작했다. 그러다 마침내 멈추었고, 다정한 눈물이 안경 밑으로 흘러내렸다. 그는 특별석에 앉아 있는 자신의 아내가 진정 그 누구보다 매력적이고 화려한지 검증하러 왔던 것이다 — 청년 시절 저자가 로보돕스카야 부인과 '여인의 두상들'을 비교했던 것과 완전히 똑같이.

여기서 우리는 다시 그의 미학의 목소리에 둘러싸이게 되었는데, 그것은 체르니셰스키 삶의 모티프들이 이제 내게 순종적으로 되었기 때문이다. 난 테마를 길들였고, 테마들은 나의 펜에 익숙해져, 내가 웃으면서 멀어지라 해도 그들은 언제든 또다시 나의 손으로 되돌아오기 위해 부메랑이나 매처럼 원을 그리며 나아가고 있으며, 설사 몇몇 테마가 나의 지면의 수평선 너머로 멀리 날아가더라도, 바로 이 테마가 날아왔듯이 곧 되돌아올 것이기에 나는 불안하지 않다.

그리하여 1855년 5월 10일 체르니셰스키는, 1853년 8월의 사흘 밤 동안 쓴, 우리에게 이미 친숙한 논문 「현실에 대한 예술의 관계」로 대학에서 논문 심사를 받았다. 이 시기는 바로 "예술을 미인의 초상화라는 관점에서 바라보았던 청년 시절의 혼란스러운 서정적 감성이 마침내 성숙하여, 부부 사이 열정의 극치에 자연스럽게 상응하여 잘 영근 과실을 생산하던 시기였다"(스트란노륩스키). 훗날 노인이 된 셸구노프가 회상하듯이, 바로 이 공개 토론에서 최초로 "1860년대의 지적 경향"이 선언되었다. 셸구노프의 황당할 정도로 순진한 언급에 따르면, 플레트뇨프는 젊은 학자의 발표에 감동받지도, 그의 재능을 파악하지도 못했다…….* 반면 청중들은 환호했다. 사람들이 물밀듯이 밀려들어 창가에 서 있을 정도였다. "썩은 고기에 파리가 꼬이듯 달려들었다"라고, 자신이 분명 '미의 숭배자'로서 비판당했다고 느낀 투르게네프는 코웃음을 쳤다, 그 역시 파리의 비위를 맞추는 데 초연하지 못했으면서 말이다.

육체로부터 아직 자유롭지 못하거나 혹은 육체로 뒤덮인 불완전한 사상에서 흔히 그러하듯, '젊은 학자'의 미학관(美學觀)에서는 그 자신의 신체적 특징, 그 카랑카랑한 훈계조의 목소리를 들을 수 있었다. "아름다운 것은 삶이다. 우리를 기분 좋게 만드는 것은 아름다운 것이다. 그리하여 삶이 훌륭히 발현되면 우리를 기분 좋게 한다……. 삶에 대해서, 단지 삶에 대해서만 이야기하라 — (이렇듯 세기의 청중에 의해 너무나 열렬히 받아들여졌던 이 음향은 계속된다) — 만약 인간들이 인간답게 살지 않으면 어떡하겠는가, 그들에게 사는 법을 가르쳐라, 그들에게 모범적 인간의 삶의 초상과 복지 사회의 초상을 그려 주어라." 그리하여 예술은 대체물 혹은 선언이 되며 결코 삶의 등가물이 되지 못한다. 이는 그림에서 복사된 "판화가 예술상 그림보다 훨씬 열등한 것"(특히 기막힌 생각이다)과 같다. "그런데 시가 현실보다 우위에 설 수 있는 유일한 경우는 — 논문 발표자는 명징하게 선언한다 — 바로 효과적 액세서리를 첨가하거나 묘사된 인물의 성격을 그가 참여하는 사건에 조응시켜, 사건을 장식하는 경우이다."*

이리하여 60년대인들 그리고 뒤를 이어 1890년대까지의 훌륭한 러시아인들은 순수 예술과 투쟁하는 동시에, 자기도 모르게 순수 예술에 대한 자신의 그릇된 개념과도 싸웠다. 20년 후에 가르신이 세미라츠키*에게서 '순수 예술가'를 보았던 것과 똑같이(!) — 혹은 금욕 고행자가 꿈속에서 대식가도 메슥거리게 할 법한 주연(酒宴)을 보는 것과 똑같이 — 체르니셉스키 역시 예술의 진정한 요체에 대한 아무런 개념도 지니지 못한 채, 공허하다고 비난하며 투쟁해 왔던 인습적인 세련된 예술, 즉 반(反)예술에서 예술의 월계관을 보고 있었기 때문이다. 그러나 그럼에도 불구하고 다른 진영, 즉 '예술가' 진영 — 현학성과 하늘거리는 역겨운 말투를 지닌 드루지닌*과, 영상이 지나치게 우아하고 이탈리아를 남용하는 투르게네프 — 이 바로 너무나 비난받기 쉬운 종려나무 할바*를 적에게 자주 제공했다는 점도 기억해야 할 것이다.

니콜라이 가브릴로비치는 '순수시'를 어디에서 찾아내든 — 전혀 의외의 뒷골목에서조차도 — 가차 없이 혹평했다. 그는 『조국의 기록』(1854)의 지면에서 어떤 참고 사전을 비판하면서,* 그가 보기에 지나치게 긴 항목의 목록 — 라비린트,* 로럴,* 랑클로* — 과 지나치게 짧은 항목의 목록 — 라보라토리, 라파예트,* 리넨, 레싱 — 을 작성하고 있다. 미사여구의 트집 잡기! 그의 지적 생애 전체에 대한 제사(題詞)다! '시'의 석판화의 물결에서 (우리가 이미 보았듯이) 풍만한 가슴의 '호화로움'이 태어났고, '환상적인 것'은 냉엄한 경제적 이면을 지니고 있었다. "조명……. 열기구에서 거리로 떨어지는 사탕, — 그는 열거한다(루이 나폴레옹 아들의 세례일을 기념하는 축제와 선물에 대해 말하고 있는 것이다) — 낙하산에 매달려 내려오는 거대한 봉봉 케이스." 부자들에게는 어떤 물건이 있었던가! "자단목(紫檀木) 침대…… 용수철과 미닫이 거울이 달린 옷장…… 비단 벽지……! 그런데 그곳의 가난한 노동자는……." 연관성이 찾아졌고 대립이 얻어졌다. 강력한 고발력으로 온갖 가재도구를 통해 니콜라이 가브릴로비치는 그들의 부도덕성을 속속들이 파헤친다. "수려한 외모의 여자 재봉사가 자신의 도덕적 원칙을 서서히 무너뜨려 가는데…… 이는 의아한 일인가? 백 번 넘게 세탁한 값싼 옥양목을 알랑송 레이스*로, 다 타 버린 양초의 희미한 불빛 아래 노동으로 지새운 밤을 오페라 가면무도회 혹은 교외의 흥청망청한 주연(酒宴)으로 지새우는 밤으로 바꾸며, 그녀는 질주하는데…… 이는 의아한 일인가?" 등등.* (그리고 그는 잠깐 생각에 잠겼다가 시인 니키틴을 혹독하게 비난했는데, 이것은 사실 니키틴이 시를 형편없이 써서가 아니라 그가 보로네시의 주민이어서 엄밀히 대리석과 돛에 대해 쓸 수 있는 그 어떤 권리도 없었기 때문이었다.*)

독일의 교육자 캄페*는 손을 배 위에 포개고 "포에지 한 권을 쓰느니 털실 한 파운드를 잣는 것이 유익하다"고 말한 적이 있다. 우리도 똑같이 점잖고 진지하게, "매우 예쁜 색종이"로 시시한 것들을 만드는 재주 말곤 잘하는 것이 아무것도 없는 건강한 인간인 시인에게 유감을 표한다. "예술의 힘은 바로 평범한 내용의 힘"이며 그 이상 아무것도 아님을, 허풍쟁이야 이해하렴, 아라베스크 제작자야 이해하렴. 비평가의 "최대 관심사는 작가의 작품 안에 어떤 소신이 녹아 있느냐 하는 것"이니. 볼린스키와 스트란노륩스키 모두, 어떤 기묘한 불일치(우리 주인공의 여정 전체에 걸쳐 드러나는 치명적인 내적 모순들 중 하나), '**일원론자** 체르니솁스키의 미학에 있어서의 **이원론**'을 지적하고 있다. 그의 미학에서는 형식과 내용이 구별되고 내용이 우선시되며, 이때 다름 아닌 형식이 영혼의 역할을 하고 내용이 육체의 역할을 한다. 그리고 이러한 혼란은, 이 '영혼'이 기계적인 부분들로 구성되었다는 점에서 더욱 가중되는데, 왜냐하면 체르니솁스키는 작품의 가치를 질적 개념이 아닌 양적 개념으로, "혹 누군가가 주의를 기울여 어느 보잘것없는 잊혀진 소설에서 온갖 번뜩이는 통찰력을 포착하고자 한다면, 그는 우리가 찬탄해 마지않는 작품의 구절들과 그 가치상 별반 차이 없는 구절들을 꽤 많이 모을 것"*이라고 상정했기 때문이다. 더 나아가, "오늘날 예술적 작품과 비예술적 작품의 경계 짓기가 불가능함을 이해하기 위해서는 파리의 공장에서 생산되는 자질구레한 장신구들과 멋진 청동 제품, 도자기, 목제품을 보는 것만으로 충분한 것이다."(바로 이 멋진 청동 제품이 많은 것을 설명한다.)

사물은 단어처럼 고유한 격을 지닌다. 체르니솁스키는 모든 사물을 주격 형태로 보았다. 기실 진정 새로운 모든 예술 사조는 나이트의 행마(行馬)이며 그림자의 변화이고 거울을 변위(變位)시키는 전이(轉移)임에도 불구하고 말이다. 계몽과 예술과 기교를 숭상하고 사고 영역에서 많은 가치를 축적한 진지하고 착실한 사람 — 아마도 가치들을 축적하는 동안에는 극히 선구적 안목을 과시했을 터이나 이제는 그 가치들이 갑작스럽게 재조명되기를 전혀 원치 않는 사람 — 그러한 사람을 오랜 무지의 암흑보다 훨씬 더 격분시키는 것은 바로 비이성적인 새로움이다. 그리하여 마네의 그림에서 여자 투우사의 분홍빛 물레타는 빨간색이었을 때보다도 더 부르주아 황소를 자극했다.* 그리하여 대다수 혁명가들처럼 자신의 예술적, 학문적 취향에 있어서 완전한 부르주아였던 체르니솁스키는 '부츠의 제곱'이나 '부츠의 세제곱근 풀이'로 인해 크게 격분했다. "카잔 전체가 로바쳅스키를 알고 있단다 — 그는 시베리아에서 아들들에게 쓰고 있다 — 카잔 전체가 한목소리로 그는 완전히 바보라고 말하고 있단다……. '빛의 곡률(曲率)'이나 '만곡 공간(彎曲空間)'이 대관절 뭐지? '평행선의 공리가 없는 기하학'은 대체 뭐란 말이냐? 러시아어로 동사 없이 쓸 수 있니? 물론 농담으로는 가능하지. '사각사각, 수줍은 숨결, 나이팅게일의 노래.' 저자는 모 페트라는 사람으로 당대 유명한 시인이었어. 이 세상에 그런 바보도 드물지. 그는 이 시를 진지하게 썼는데, 사람들은 이 시에 대해 옆구리가 아플 정도로 깔깔깔 비웃어 댔단다."*(그는 톨스토이 못지않게 페트도 싫어해서, 1856년 그가 『동시대인』을 위해 투르게네프에게 아첨하며 보낸 편지에서, "그 어떤 '청년 시절들'도, 심지어 페트의 시도…… 대중을 온전히 타락시킬 수는 없어, 대중들은 결코……"라고 썼고, 그리고 조야한 칭찬이 이어진다.*)

1855년 어느 날 푸시킨에 대해 자세히 기록하며, '무의미한 단어 결합'의 예를 보여 주려 했을 때, 체르니솁스키는 자신이 순간적으로 고안해 낸 '푸른 음'이라는 예를 제시했다*(반세기 후에 울려 퍼질 블로크의 "울리는 푸른 시간"*을 자신의 머리로 예언한 셈이었다). '색청(色聽)'이라는 생리 현상을 모른 채, "과학적 분석은 이러한 결합의 부조리성을 보여 준다"고 썼던 것이다. 그는 (자신에게 기꺼이 동의하는 바흐무찬스크나 노보미르고로드의 독자에게) 질문하고 있다. "푸른 지느러미의 강꼬치고기든 푸른 지느러미를 지닌 강꼬치고기*든 결국 똑같은 것 아닌가요? — (물론 우리는 두 번째라고 소리치리라, 그편이 옆모습이 훨씬 더 돋보이므로!) — 왜냐하면 진정한 사상가는 결코 이런 문제에 몰두할 시간이 없으니까요, 특히 그가 자신의 연구실보다 공공 광장에서 더 많은 시간을 보낸다면 말이지요." '개관(概觀)'은 전혀 다른 문제였다. 바로 이 일반성(백과사전)에 대한 사랑과 특수성(전공 논문)에 대한 경시적 혐오로 인해 그는 다윈을 무능하다고 비난하고 월리스를 어리석다고 비난했다*("나비 날개 연구에서 시작하여 카피르* 방언 연구에 이르는 이 모든 학문적 전문성을"). 이런 의미에서 체르니솁스키 자신은 위험할 정도로 넓은 행보, 무모하리만치 자신감 넘치는 '뭐든 괜찮다'는 식의 태도(바로 자신의 전문적 저작의 가치에 회의적 그림자를 드리우는)를 보였다. 그러나 그는 '일반적 관심사'를 자기 식으로 해석하여, 독자의 최대 관심사는 '생산성'일 것이라는 전제에서 출발했다. 1855년 어떤 잡지를 검토하며 거기에 실린 「지구의 기온 상태」나 「러시아의 탄전」 같은 논문들은 칭찬하는 반면, 유일하게 읽고 싶을 법한 「낙타의 지리적 분포」는 지나치게 전문적이라며 단호히 배격하고 있다.*

이 모든 것과 관련하여 체르니셉스키가 시에서 3음각 율격이 2음각 율격보다 우리 언어에 보다 고유한 것임을 증명하려 시도했다는 것은 극히 시사적이다(『동시대인』, 1856).* 체르니셉스키가 보기에 전자가(이 율격으로 고상하고 '성스러운', 그래서 혐오스러운 헥사미터가 쓰이는 경우를 제외하고) 2음각 율격보다 좀 더 자연스럽고 '건전해' 보였는데, 이는 마치 초보 기수가 속보보다 전력 질주를 더 '쉽게' 생각하는 것과 같았다. 그런데 핵심은 이것이 아니라, 바로 그가 모든 사물, 모든 인간에 적용한 통칙(通則)에 있었다. 널리 웅얼웅얼 굴러가는 네크라소프 시에서의 리듬 해방과 콜초프의 초보적 약약강 율격(「농부」*)에 어리둥절해진 체르니셉스키는 3음각 율격에서, 뭔가 민주적이면서 매혹적인 어떤 것, '자유로우나' 교훈적인(약강격의 귀족적이고 앤솔러지적인 것과는 다른) 어떤 것을 감지했고, 누군가를 설득하고자 한다면 바로 약약강격을 사용해야 한다고 믿게 되었다. 그러나 이것이 전부가 아니다. 네크라소프의 3음각 율격에서는 특히 자주 단어들이 음보의 비강세 음절 부분에 위치하면서 개성을 상실하고, 대신 집합적 리듬이 강화된다(부분이 전체에 희생되는 것이다). 예컨대 그리 길지 않은 시(「가슴은 고통으로 갈기갈기 찢기고」)에서 강세를 받지 않는 단어가 얼마나 많은지〔'plokho(나쁘게)', 'vnemlya(귀 기울이며)', 'chuvstvu(감정에)', 'v stade(무리 가운데)', 'ptitsy(새들은)', 'grokhot(덜거덕 소리)'〕! 게다가 단어들은 완전히 귀인으로, 2음각 율격에서도 종종 침묵하는 전치사나 접속사와 같은 천민이 아니다.* 물론 이 모든 진술은 체르니셉스키 자신에 의해서는 그 어디에도 표현되어 있지 않다. 그러나 흥미롭게도 체르니셉스키는 시베리아의 밤 동안에 쓴 자신의 시, 그 조잡함 때문에 광기마저 느껴지는 바로 그 끔찍한 3음각 시에서 마치 네크라소프의 기법을 부조리 단계까지 패러디하는 듯, 비강세의 기록을 세우고 있다 〔"산의 나라, 장미의 나라의, 한밤중 평원의 딸이여(V **strane** gór, v **strane** róz, **ravnin** pólnochi dóch')"(아내에게 쓴 시, 1875)*〕. 반복건대, 특정 사회·경제의 신(神)들의 형상과 모양에 따라 창조된 시형에 대한 이런 모든 끌림은 체르니솁스키에게 있어서는 무의식적인 것이었지만, 이러한 끌림을 밝힌 연후에야 비로소 그의 기이한 이론의 진정한 내막을 이해할 수 있다. 이 모든 것에도 불구하고 그는 약약강격의 진정한 바이올린적 본성을 파악할 수 없었고, 약강격이 — 체르니솁스키의 신학교 시절 기억으로는 규칙에 위배되지만, 강세를 이탈시켜 리듬이 운율로부터 이탈하면서 — 전체 율격 중에서 가장 유연하다는 것 또한 파악할 수 없었으며, 결국 러시아 산문의 리듬도 이해할 수 없었다. 그리하여 그가 적용한 기법 자체가 그에게 복수한 것은 자연스러운 귀결이었다. 그는 자신이 인용한 산문의 단편들에서 음절 수를 강세 수로 나누어, 2가 아닌 3이라는 숫자를 얻었다. 만약 2가 나왔다면 2음각 율격이 러시아어에 보다 적절했을 것이라는 주장이다. 그러나 그는 중요한 사실, 페온을 잊고 있었다! 왜냐하면 바로 그가 인용한 단편들에서는 구(句) 전체가 무운시(無韻詩) 비슷하게, 율격 중의 명문 귀족인 약강격 비슷하게 울렸던 것이다!

아펠레스*의 작업실을 둘러본 제화공은 지질한 제화공이었던* 것 같아 나는 두렵다.

그렇다면 수학적 견지에서 볼 때, 그의 전문적인 경제 서적들 — 분석 과정에서 연구자에게 거의 초자연적 지식욕을 요구하는 — 의 상황은 더 나았을까? 그의 밀*에 대한 주해서(註解書)는 심도 깊었을까(그는 이 주해서에서 “사상과 삶에 있어서 새로운 평민적 제요건에 준하여” 몇몇 이론을 재건하려 노력했다)? 모든 장화는 정확히 치수에 맞게 재단되었을까? 혹은 곡물 수확에 있어 농업 개량 효과를 산출하는 로그 계산에서 자신이 실수했던 사실을 회상하도록 몰아붙였던 것은 그저 노인의 애교였을까?* 우울하다, 이 모든 것이 정말 우울하다. 대체로 그와 같은 유형의 유물론자들은 숙명적 실수에 빠졌던 것처럼 보인다. 그들은 물자체의 본성을 무시한 채, 자신의 극히 유물론적인 방식을 사물 자체가 아닌, 사물 사이의 **관계**에만 줄기차게 적용했던 것이다. 즉 본질적으로, 그들은 최우선적으로 땅 위에 서고자 했던 바로 그 순간에, 지극히 천진난만한 형이상학자였던 것이다.

젊은 시절의 어느 날 그에게 불행한 아침이 찾아왔다. 알고 지내던 헌책 행상인, 코가 큰 바실리 트로피모비치 노인이 금서(禁書)와 반(半)금서로 꽉 찬 거대한 아마포 자루를 이고 바바야가처럼 등을 구부린 채 그에게 들렀다. 그는 외국어를 잘 몰랐기 때문에 라틴 문자를 겨우겨우 판독해 가며, 제목을 농부처럼 꾸물꾸물 촌스럽게 발음하면서, 본능적으로 이런저런 독일인의 선동성 단계를 추측했다. 그날 아침 그는 니콜라이 가브릴로비치에게(두 사람은 책 더미 옆에 쭈그리고 앉아 있었다) 포장도 안 뜯긴 포이어바흐를 팔았다.

그 당시는 예고르 표도로비치 헤겔보다 안드레이 이바노비치 포이어바흐가 더 선호되었다.* *Homo feuerbachi*[37]는 생각하는 근육이었다. 안드레이 이바노비치는 인간이 원숭이와 구별되는 유일한 요인은 고유한 시각을 지닌 데 있다고 여겼다(비록 그가 원

37 포이어바흐의 인간.

숭이를 연구했던 것 같지는 않지만). 그의 뒤를 이어 반세기가 지난 후 레닌은 "지구는 인간 감각의 종합"이라는 이론을 "지구는 인간이 출현하기 전에 이미 존재했다"는 이론으로 반박했다.* 그리고 그의 상업적 선언, "우리는 이제 칸트의 불가지(不可知)의 물자체(物自體)를 유기 화학의 도움으로 '우리를 위한 물(物)'로 변환시키고 있다"에, "우리도 모르는 사이 콜타르에 알리자린이 존재한 고로, 사물은 우리의 인식과 독립하여 존재한다"고 사뭇 진지하게 덧붙였다.* 체르니솁스키 역시 이와 완전히 똑같이 설명했다. "우리는 나무를 보고 있고 다른 사람도 동일한 사물을 보고 있다. 그의 눈 안에 비친 상(象)을 통해 우리는 나무가 실제와 똑같이 그대로 반영되어 있음을 본다. 그리하여 우리 모두는 사물을 실제 존재하는 그대로 본다."* 이 모든 기괴한 헛소리에는 그 나름의 특이한 우스운 반전도 있다. 즉 '유물론자'들은 줄곧 나무에 의지하는데, 기실 그들은 자연, 특히 나무에 대해 잘 모르기 때문에 더욱 흥미진진해지는 것이다. 바로 그 형체가 있는 사물 ― "그 사물에 대한 추상적 개념보다 훨씬 더 강력하게 작용하는"(「철학에 있어서의 인류학적 원리」*) ― 자체를 그들은 알지 못했던 것이다. 이리하여 종국에는 얼마나 끔찍한 추상성이 '유물론'으로부터 도출되는지! 체르니솁스키는 보습과 쟁기를 구분하지 못했고, 맥주와 마데이라를 혼동했으며,* 들장미를 제외하고는 야생화 이름 하나 대지 못했다. 그런데도 그가 이러한 식물학적 무지를, 문외한의 확신으로 "그것들(시베리아 타이가 지역의 꽃들)은 러시아 전 지역에 걸쳐 피는 것과 동일한 유형이다"*라고 첨언하면서, 곧장 '일반화'로 보완하고 있는 것은 특징적이다. 모종의 비밀스러운 응징은 바로, 세계(자신도 잘 모르는)에 대한 지식을 토대로 철학을 구축했던 그가 이제, 아직 미진하게 밝혀진, 나름대로 화려하고 울창한 북동 시베리아의 자연 한가운데 혼자 벌거벗긴 채 놓여졌다는 데 있었다 — 그의 인간 판관들은 고려하지 못했던 자연의, 신화의 징벌이었다.

바로 최근까지도 고골의 페트루슈카의 냄새*는 존재하는 모든 것은 합리적*이라는 사실로써 설명되었다. 그러나 러시아의 열성적 헤겔주의 시대는 지나갔다. 사상의 군주들은 헤겔의 생명력 있는 진리 — 인식 과정 자체에서 얕은 물처럼 고여 있는 것이 아니라 피처럼 흐르는 진리 — 를 이해할 수 없었다. 단순한 포이어바흐가 체르니솁스키 취향에는 더 맞았다. 그러나 우주적인 것 혹은 사변(思辨)적인 것에서 철자 하나가 누락될 위험성은 늘 도사리고 있었다. 바로 이 같은 위험성을 체르니솁스키는 비켜 가지 못했으니, 그는 「공동체적 소유」*라는 논문에서 유혹적인 헤겔 식 삼단논법을 작동시켜 예를 들고 있는데, 그것이 "세상의 기체 형상은 정(正)이고, 뇌의 유연함은 합(合)이다"이거나, 혹은 좀 더 어리석게도, "카빈총으로 변형되는 곤봉"인 것이다. "삼단 논법에는 — 스트란노륩스키는 말하고 있다 — 모든 사유하는 존재가 **출구 없이** 감금되는 원주(圓周)라는 흐릿한 형상이 내재되어 있다. 이는 진리의 회전목마다. 왜냐하면 진리란 항상 둥글기 때문이다. 따라서 삶의 형식이 발전하면서 어떤 오차 범위 안의 곡률, 진리의 혹이 나타날 수도 있지만, 그러나 그 이상은 아니다."

체르니솁스키의 '철학'은 포이어바흐를 거쳐 백과전서파로 올라가고 있다. 반면 실용주의적 헤겔주의는 점차 좌경화되면서 똑같은 포이어바흐를 거쳐, 『신성 가족』에서 다음과 같이 천명하고 있는 마르크스로 나아가고 있다.

……커다란 통찰력이 필요한 것은 아니야,

인간의 본원적 선,
통상 지성이라 불리는
인간 능력의 동등함,
외적 상황이 인간에 미치는 영향,
전지전능한 경험,
습관과 교육의 힘,
전체 산업의 지대한 의의,
향유의 도의적 권리 등을 설하는
유물론의 학설과,
공산주의와의 연관을 포착하기 위해서는.

그다지 지겹지 않게 시로 번역해 본다.*

스테클로프는, 체르니셉스키가 그 천재성에도 불구하고 마르크스와 동격이 될 수 없는데, 이는 바르나울*의 장인 폴주노프와 와트의 관계와 같다고 간주한다.* 마르크스(독일인을 질색했던 바쿠닌의 평에 의하면 "뼛속까지 프티 부르주아"인*)는 직접 체르니셰프키의 '주목할 만한' 저작들을 두어 번 인용하고는 있으나, "der große russische Gelehrte*(위대한 러시아 석학)"의 경제 분야의 주요 저서 여백에 수차례 경멸적인 메모를 남기고 있다(마르크스는 대체로 러시아인에게 그다지 호의적이지 않았다). 체르니셉스키는 그에게 똑같은 방식으로 되갚았다. 이미 1870년대부터 그는 모든 '새로운 것'에 무덤덤하게, 악의적으로 대했다. 특히 그는 경제라면 신물이 나서, 경제는 그에게 있어 투쟁의 무기이기를 그치고, 그 결과 그의 의식 속에서 공허한 오락, '순수 과학'의 양상을 띠게 되었다. 랴츠키는 완전히 오판하여 — 흔히 그러하듯 열렬히 항해와 비유하며 — 유형수 체르니셉스키를, "텅 빈 강둑에서 신대륙을 개척하러 나아가고자 항해하며 지나가는 거대한 배(마르크스의 배)를 바라보고 있는" 인간과 비교하고 있다.* 그러나 이 표현은 체르니셉스키 스스로 이러한 비유를 예감하고 미연에 거부한 듯, 『자본론』(1872년에 그에게 보내진)에 대해 그가 말한 내용을 염두에 둘 때, 특히 실언이었다. "보긴 했지요, 그러나 읽지 않고 페이지를 차례차례 찢어 **종이배**[강조는 나의 것]를 만들어 빌류이강*을 따라 띄워 보냈답니다."*

레닌은 체르니셉스키를, "1850년대부터 1888년[1년을 깎아내렸다]에 이르는 동안 완전한 철학적 유물론의 수준에 머물러 있는, 진실로 위대한 유일한 작가"*로 간주했다. 언젠가 크룹스카야는 바람 부는 어느 날 잔잔한 애상에 잠겨 루나차르스키를 향해 "블라디미르 일리이치는 아마 그 누구도 그토록 사랑하지는 못했을 거예요……. 제 생각으론 그와 체르니셉스키 씨는 공통점이 참 많았던 것 같아요"라고 말했다. 처음에는 이 말에 약간 시큰둥하던 루나차르스키도 곧 "네, 분명 공통점이 있었어요. 명료한 문체와 역동적 언변…… 판단의 넓이와 깊이, 그리고 혁명의 불길……. 광범위한 내용과 절제된 외양의 조합, 그리고 마지막으로 이 두 사람의 도덕적 풍모에 있어서도요"*라고 덧붙였다. 스테클로프는 체르니셉스키의 논문 「철학에 있어서의 인류학적 원리」를 "러시아 공산주의 최초의 철학적 마니페스트"로 명명하고 있다.* 그런데 이 최초의 마니페스트가 학생의 개작, 지난(至難)한 도덕적 문제에 대한 유치한 논평이었다는 것은 시사적이다. "유럽의 공리주의 이론은 — 스트란노륩스키는 볼린스키를 다소 쉽게 풀어서 말하고 있다 — 체르니셉스키에게서 단순하고 자가당착적이며 희화적인 모습으로 나타났다. 그는 쇼펜하우어에 대해서는, 그의 비판적 발톱 아래서 자신의 철학은 단 몇 초도 견뎌 내지 못할 거라고 무시하는 투로 무례하게 평하면서, 기이한 사상적 연상과 그릇된 기억을 토대로, 이전의 모든 사상가들 중에서 오로지 스피노자와, 자신이 계승하고 있다고 생각하는 아리스토텔레스만을 인정하고 있다."

체르니셉스키는 빈약한 삼단 논법을 얼기설기 맞추었다. 그리하여 그가 자리를 뜨면 삼단 논법은 곧 와해되어 못들이 삐져나왔다. 그는 형이상학적 이분법은 배격하면서 인식론적 이분법에 걸려들었고, 무심히 질료를 제일 원리라고 간주하면서, 외부 세계 전반에 대한 우리의 관념을 창출하는 어떤 것을 상정하는 개념들 속에서 헤매었다. 전문 철학자인 유르케비치에게는 그를 격파하는 것이 너무 쉬웠다. 유르케비치는 본디 공간적인 신경 이동을 어떻게 비공간적 감각으로 변형시킬 수 있는지 줄곧 의아해했다. 체르니셉스키는 불쌍한 철학자의 치밀한 논문에 응답하는 대신, 그 논문의 정확히 3분의 1(즉 법으로 허용된 최대치)을 아무런 주해도 없이 말 중간을 뚝 끊어 『동시대인』에 재인용하고 있다.* 그는 전문가들의 견해에 전혀 개의치 않았고 분석 대상을 자세히 몰라도 무방하다고 생각했다. 그에게 세부 사항이란 단지 우리의 일반 개념의 왕국에서 귀족적 요소일 뿐이었다.

"그의 손이 막노동을 하는 동안, 그의 머리는 범인류적 문제에 대해 고민한다……."* 이렇게 그는 자신의 '의식 있는 노동자'에 대해 쓰고 있다(이때 웬일인지, 기분 좋은 얼굴의 젊은이가 자연스러운 포즈로 원주에 기대어 문명 세계에 자신의 모든 오장육부를 보여 주고 있는, 오래된 해부도의 판화가 떠오른다). 그러나 공동체가 '정'인 삼단 논법에서 '합'으로 표출될 국가 체제는 소비에트 러시아보다는 유토피아주의자들의 나라에 더 유사했다. 푸리에의 세계, 열두 개의 정념의 조화, 공동생활의 행복, 장미 화관을 쓴 노동자들, 이 모든 것들은 줄곧 '연관성'을 찾았던 체르니셉스키의 취향에 너무나 맞아떨어졌다. 궁전에서 살고 있는 팔랑주를 상상해 보자. 1천8백 명이 있고 모두가 쾌활하다! 음악, 깃발, 기름진 파이. 세계는 수학이 지배하며, 그것도 합리적으로 지배한다. 푸리에가 우리의 인력과 뉴턴의 중력 사이에 설정한 상응 관계는 특히 매혹적이어서,* 체르니셉스키의 뉴턴에 대한 태도를 일생 동안 규정했다. 뉴턴의 사과와, 파리의 레스토랑에서 외판원에게 14수*나 주어야 살 수 있어서 푸리에로 하여금 산업 메커니즘의 근본적 무질서에 대해 성찰하게 한 계기가 되었던 푸리에의 사과를 비교하는 것은 반가운 일이다. 이는 모젤 계곡의 소규모 포도주 양조자(소농민)에 관한 질문이 마르크스에게 경제 문제의 숙지의 필요성을 일깨운 계기가 된 것과 똑같았다 — 웅대한 사상의 우아한 탄생이다.

러시아에서 협회 설립을 보다 용이하게 할 수 있다는 판단에 공동체적 토지 소유를 옹호하면서 체르니셉스키는 토지 없는 농노 해방에 동의할 각오가 되어 있었다(토지 소유는 결국 새로운 멍에가 될 수도 있기 때문에). 이 행에서 우리의 펜으로부터 불꽃이 피어오른다. 농노 해방! 위대한 개혁의 시대! 선명한 예감에 사로잡힌 젊은 체르니셉스키가 1848년도(누군가가 "세기의 활력소"라 명명했던 해)의 일기에서, "우리가 정말 키케로나 카이사르의 시대에, *seculorum novus nascitur ordo*,[38*] 새로운 메시아, 새로운 종교, 새로운 세계가 출현하는 시대에 산다면 어떨까……?"*라고 쓴 것도 나름의 이유가 있었던 것이다,

거리에서 흡연해도 무방하다. 수염을 길러도 괜찮다. 온갖 음악 행사에서 「빌헬름 텔」 서곡이 끓어오른다. 수도가 모스크바로 이전된다고도 하고, 구력(舊曆)이 신력(新曆)으로 대체된다는 소문도

38 시대의 새로운 질서가 탄생하도다.

나돈다. 이 모든 소음에 맞춰 러시아는 평이하지만 흥미진진한 살티코프의 풍자 작품을 위한 소재를 부산히 준비한다. "어떤 새로운 시대정신이 불기 시작했다는 것인지 난 정말 알고 싶다 — 주바토프 장군은 말하고 있다 — 단지 하인들이 무례해졌을 뿐, 나머지는 예전과 똑같다."* 지주, 특히 여지주는 해몽서에도 안 나오는 악몽을 꾸었다. 새로운 이단, 허무주의가 출현했다. "감촉(感觸)할 수 없는 것은 모두 거부하는 추하고 부도덕한 학설이다." — 이렇게 달*은 전율하면서 이 이상한 단어를 해석하고 있다(이 단어 안에서는 '무(無)'가 마치 '물질'에 상응하는 듯하다). 승직(僧職)에 있는 사람들에게는 환영 — 챙 넓은 모자를 쓰고 손에는 곤봉을 쥐고 넵스키 대로를 활보하는 거구의 체르니셉스키 — 이 나타났다.

빌뉴스의 주지사 나지모프 앞으로 발행된 최초의 칙서!* 후일 폭탄으로 찢어지긴 했지만, 전지전능하고 혈기 왕성한 수결(手決) 두 개가 위와 아래에 있는 아름답고 힘찬 군주의 서명! 니콜라이 가브릴로비치 자신의 환희! "평화 중재자와 온유한 자에게 약속된 축복으로 알렉산드르 2세는 지금까지 그 어떤 유럽 군주도 맛보지 못한 행복감 속에서 제위에 오른다……."*

그러나 지방 의회가 결성된 직후 체르니셉스키의 열정은 식는다. 대다수 의회에서 나타난 귀족들의 이기심이 그를 격분케 한 것이다. 결정적 환멸은 1858년 후반에 다가온다. 토지 매수금(土地買收金)의 막대함! 분여지(分與地)의 미미함! 『동시대인』의 음조는 신랄하고 노골적으로 되어 가고, '추하다', '추악함' 등의 어휘가 다소 지루한 이 잡지의 지면을 기분 좋게 소생시키기 시작한다.

이 잡지의 지도자의 삶은 그다지 많은 사건으로 점철되지는 않았다. 대중은 오랫동안 그의 얼굴을 몰랐고, 그 어디에서도 그를 볼 수 없었다. 이미 저명인사이면서도 그는 자신의 근면하고 수다스러운 사상의 막후에 남겨진 듯했다.

당시의 관례에 따라, 그는 늘 잠옷 가운 차림으로(심지어 뒷자락이 양초 기름으로 얼룩진 채), 눈의 건강을 위해 푸른 벽지를 바르고 뜰 쪽으로 창을 낸(눈 덮인 장작더미가 보이는) 자신의 작은 서재에서 책과 교정쇄와 스크랩이 수북한 커다란 책상에 온종일 앉아 있었다. 그는 미친 듯이 일하고 지나치게 흡연하고 너무나 조금 자서 섬뜩한 인상을 풍겼다. 깡마르고 신경질적이었으며, 시선은 멍했다가 동시에 천공을 뚫을 듯 예리했고, 말은 자꾸 끊기고 산만했으며 손이 떨렸다(대신 두통으로 괴로워한 적이 한 번도 없었는데, 그는 이를 건강한 지성의 징표로 여기고 천진난만하게 자랑스러워했다). 그의 일하는 능력은, 기실 19세기 대다수 러시아 비평가들이 그랬던 것처럼, 그야말로 무시무시했다. 그는 과거 사라토프 신학교 학생이었던 비서 스투덴츠키*에게 슐로서의 역사를 번역한 것을 받아쓰게 했고, 비서가 글귀를 받아 적는 동안 사이사이에 자신은 『동시대인』에 게재할 논문을 쓰거나 다른 뭔가를 읽으며 여백에 메모를 했다.* 방문객들이 그를 방해하기도 했다. 그는 성가신 손님들을 떼어 낼 줄 몰랐기 때문에, 낙심천만하게도, 점점 더 자주 대화에 말려들었다. 벽난로에 기대 뭔가를 만지작거리며 카랑카랑한 쇳소리로 말하다가, 뭔가 다른 생각이 떠오를 때면 '그렇습니까요?', '네에'를 남발하면서 똑같은 말만 곱씹어 느릿느릿 말했다. 그는 유난히 조용하게 피식 웃었지만(이 때문에 레프 톨스토이는 진땀을 흘렸다), 껄껄 웃을 때면 발작적으로 데구르르 구르며 귀가 멍해지도록 으르렁거렸다(멀리서 이 으르렁 소리를 들은 투르게네프는 도망쳤다).

변증법적 유물론과 같은 인식 수단은 모든 병을 단박에 치료하는 특허약에 대한 비양심적 광고를 유난히 상기시킨다. 그럼에도 불구하고 그러한 약이 때로는 코감기 증상을 완화시키는 경우도 있다. 그와 동시대를 살았던 러시아 작가들이 그를 대하는 태도에는 확실히 뭔가 계급적 냄새가 난다. 투르게네프, 그리고로비치,* 톨스토이는 자기들끼리 온갖 방식으로 조롱하며 그를 '빈대향 신사'라 불렀다.* 한번은 스파스코예에서 투르게네프와 그리고로비치가 보트킨, 드루지닌과 함께 실내 소극(笑劇)을 써서 상연한 적이 있었다.* 침대가 불타는 장면에서 투르게네프가 소리치며 난입했고…… 투르게네프에게 할당된 대사 — 그가 젊었을 적 선박에 불이 났을 때 말한 듯한 "구해 주세요, 구해 주세요, 저는 우리 어머니의 외아들이랍니다!" — 를 친구들이 합심하여 투르게네프에게 하도록 설득했었다. 후일 천하의 둔재인 그리고로비치는 이 소극을 발전시켜 (진부하기 짝이 없는) 「의전(儀典) 수업」을 썼는데, 등장인물 중 한 명인 가시 돋친 작가 체르누신에게 니콜라이 가브릴로비치의 용모 — 이상하게 곁눈질하는 두더지 눈, 얇은 입술, 찌그러진 납작한 얼굴, 왼쪽 관자놀이에서 부풀어 오른 불그스레한 머리카락, 지나치게 발효된 럼주의 완화된 쉰내 — 를 부여했다. 그런데 흥미롭게도 악명 높은 외침 소리는("구해 주세요" 등) 다름 아닌 체르누신에게 할당되었는데, 이로써 체르니셉스키와 투르게네프 사이에는 모종의 신비스러운 관련이 있다는 스트란노륩스키의 생각에 무게가 실리게 된다. 투르게네프는 조롱으로 의기투합한 동지들에게 보낸 편지에서, "나는 그의 혐오스러운 책(학위 논문)을 읽었답니다. 라가! 라가! 라가! 당신들은 이 유대인의 저주가 이 세상에서 가장 끔찍하다는 것을 알고 계실 겁니다"라고 쓰고 있다. 이에 전기 작가는 미신에 사로잡혀, "바로 이 '라가'로부터 7년 후에 **라케예프**('저주받은 자'를 체포한 헌병 대령)가 나왔고,* 또한 투르게네프가 이 편지를 쓴 날짜가 바로 체르니셉스키의 **생일**인 7월 12일이었다"고 언급하고 있다(우리가 보기에는 스트란노륩스키가 도를 넘은 듯하다).

바로 그해에 『루딘』이 출현했다. 그러나 체르니셉스키가 (바쿠닌을 희화적으로 묘사했다는 이유로) 이 책에 혹평을 가한 시점은 단지 1860년에 접어들면서, 즉 투르게네프가 더 이상 『동시대인』에 필요 없어지면서부터였다(투르게네프는 도브롤류보프가 『전야』에 대해 독설을 퍼부어 떠났던 것이다.*) 톨스토이는 우리의 주인공을 못 견뎌 해서, 그에 대해 "그의 말이, 어리석은 불쾌한 일에 대해 말하고 있는 카랑카랑한 불쾌한 목소리가 쟁쟁하게 들립니다……. 그는 누군가가 '쉿! 그만 좀 해요' 하며 그의 눈을 쳐다볼 때까지 구석 자리에서 노발대발하고 있답니다"라고 썼다.* 이와 관련하여 스테클로프는 "귀족들은 신분상 아랫사람들과 이야기할 때, 혹은 아랫사람들에 대해 이야기할 때면 거친 천민이 되어 갔다"고 지적하고 있다.* 그런데 이 '아랫사람' 역시 똑같이 되갚았으니, 톨스토이를 반박하는 온갖 어휘가 투르게네프에게 얼마나 소중한지 알고 있었으므로, 톨스토이의 '저속함, 오만함'—"저속한 엉덩이를 덮지 못하는 자신의 꼬리를 자랑하는 어리석은 공작새의 오만함" 등—에 대해 실컷 이야기했던 것이다.* 니콜라이 가브릴로비치는 이어서 "당신은 일개 오스트롭스키*도, 톨스토이도 아닙니다. 당신은 우리의 영광입니다"라고 덧붙였다(이때 이미 『루딘』은 출간되었다—출간된 지 두 해가 지났다).

잡지들은 각자 역량껏 그를 두들겨 댔다. 두디시킨(『조국의 기록』)은 분개하여 그를 향해 갈대 피리를 두두두 불어 댔다("당신에게 시란 시 형식으로 개작된 정치·경제의 장(章)들이군요"*). 신비주의 진영의 적수들은(예컨대 코스토마로프 교수) 체르니셉스키의 '매력'에 대해, 악마와 흡사한 용모에 대해 이야기했다.* 블라고스베틀로프(자신을 멋쟁이라 여기며, 급진 사상에도 불구하고 분칠한 것이 아닌, 진짜 흑인을 사환으로 데리고 다니는)와 같은 좀 더 단순한 이들은 그의 더러운 덧신, 교회지기 스타일의 독일식 옷차림에 대해 이야기했다.* 네크라소프는 힘없이 미소 지으며 이 '유능한 청년'을 옹호했다(체르니셉스키를 잡지로 영입한 이는 바로 그가 아니었던가). 그는 체르니셉스키가 구(區) 경찰서에서의 뇌물 수수나 밀고에 관한 졸작들로 『동시대인』을 채우며 잡지에 천편일률적이라는 낙인을 남긴 것은 시인하면서도,* 조력자의 높은 업무 성과에 대해서는 칭찬했다. 체르니셉스키 덕분에 1858년에는 잡지 구독자가 4천7백 명이었는데, 3년 후에는 7천 명이 되었던 것이다. 니콜라이 가브릴로비치는 네크라소프와는 사이가 좋았지만, 그 이상은 아니었고, 그가 불만을 지니게 된 어떤 금전상의 계산이 있는 듯하다. 1883년에 피핀은 노인에게 기분 전환 삼아 '과거의 초상'을 집필할 것을 권했다. 체르니셉스키는 네크라소프와의 첫 만남을 이미 익숙한 예의 꼼꼼함, 면밀함으로 묘사했다(방 안에서의 모든 상호 이동의 복잡한 도식을 거의 발걸음 수까지 포함하여 제공하면서),* — 회동의 날로부터 30년이 흘렀음을 상기한다면 이러한 꼼꼼함은 정직하게 노동한 시간에 가해진 모욕으로 보일 수도 있으리라. 그는 시인으로서는 네크라소프를 최고로 간주했다(푸시킨, 레르몬토프, 콜초프보다도). '트라비아타'가 레닌을 흐느끼게 했던 것처럼, 체르니셉스키 역시 사상의 시보다 가슴의 시를 훨씬 더 좋아한다고 고백하며, 그 자신이 경험했던 모든 것, 젊은 시절의 수많은 고통, 아내에 대한 사랑의 여러 국면을 그리고 있는 네크라소프의 어떤 시를 읽고 눈물을 흘렸다(심지어 약강격인데도!). 실제로 네크라소프의 5음보 약강격은 그 훈계적, 탄원적, 예언적 힘과 2음보의 독특한 휴지로 우리를 매료시킨다. 이를테면 이 휴지는 푸시킨에서는 시형(詩形)의 **노래**라는 측면에서 보면 흔적 기관에 불과했는데, 네크라소프에서는 실제 호흡 기관이 되어, 마치 칸막이에서 낭떠러지로 변한 듯했고, 혹은 마치 행(行)의 두 부분이 길게 늘어나 2음보 뒤에 음악으로 채워진 틈이 생긴 듯했다. 이 움푹 파인 행, 이 목청 깊숙한 곳에서 나오는 흐느끼는 듯한 말투를 들으며, "그대의 날들이 암울했다 말하지 마오. 환자를 간수라 부르지도 마오. 내 앞에는 무덤의 차디찬 어둠이, 그대 앞에는 사랑의 포옹이 기다리는구려! 그대에게 다른 정인(情人)이 생겼음을 난 알고 있지, 날 가여이 여기며 기다리는 것이 지겨웠겠지…… — (흐느낌 소리를 들어 보라!) — 아, 기다려 다오! 나의 무덤이 임박했으니……"*를 유심히 들으며, 체르니셉스키는 아내가 헛되이 자신을 서둘러 배반한다고 생각하지 않을 수 없었고, 이미 마수를 뻗치고 있는 요새의 그림자를 무덤의 임박과 동일시하지 않을 수 없었다. 게다가 이 시를 쓴 시인 역시 분명 이러한 관련을 느꼈던 듯한데(이성적 의미가 아닌 오르페우스적 의미에서), 바로 이 리듬("말하지 마오……")이 그가 훗날 체르니셉스키에게 헌정한 시의 리듬과 이상하게 결부되어 공명하는 것이다("말하지 마오, 그는 신중함을 잊었고, 그 스스로 자신의 운명에 책임지게 될 것이라고" 등등.*)

이렇듯 네크라소프의 음은 체르니셉스키의 **마음에 들었다**. 즉 그의 소박한 미학을 정확히 충족시켰던 것이다(그는 일생 동안 자신의 장황한 감성을 바로 소박한 미학이라 간주했다). 우리는 이제 다양한 지적 분야에 대한 체르니셉스키의 태도와 관련된 많은 사건을 포괄하는 커다란 원을 그리면서, 그러나 단 한 순간도 매끄러운 곡선을 망가뜨리지 않은 채, 새로운 힘을 더하여 그의 미학으로 돌아왔다. 이제 그 결산을 내려야 할 때다.

손쉬운 먹잇감에 쉽게 덤벼드는 우리의 모든 여타 급진주의 비평가들과 마찬가지로, 그는 글 쓰는 여인네들에게 알랑대지 않아, 에브도키야 라스톱치나*나 아브도티야 글린카*를 힘차게 날려 버렸다. '부정확하고 별 뜻 없는 재잘거림'*은 그를 감동시키지 못했다. 그들은 둘 다, 즉 체르니솁스키도, 도브롤류보프도 문학의 요부들을 맛깔나게 혹평했다 — 그러나 실제 삶에 있어서는…… 간단히 말해, 바실리예프 의사의 딸들이 그들에게 무슨 짓을 했는지, 깔깔 웃어 대며 그들을 얼마나 옴짝달싹 못하게 괴롭혔는지를 보라(바로 그런 식으로 물의 요정들은 은둔처나 여타 피신처 가까이 흐르는 강가에서 깔깔거리리라).

그의 취향은 다분히 견실했다. 위고는 그를 대경실색하게 한 반면 스윈번은 경탄을 자아냈다*(조금만 생각해 보면 전혀 이상할 것도 없다). 그가 요새에서 읽은 도서 목록 가운데 플로베르라는 성은 프랑스어로 'o'를 사용하여 적혀 있었는데,* 사실 그는 플로베르를 자허마조흐나 슈필하겐보다도 아래 단계로 간주했다.* 또한 평균적인 프랑스인이 베랑제를 사랑했던 것처럼 그 역시 베랑제를 사랑했다.* "세상에, 당신은 지금 이 남자가 시적이지 않다고 말씀하시는 건가요? — 스테클로프는 외치고 있다 — 당신은 그가 황홀경에 취해 눈물 흘리며 베랑제와 릴레예프*를 낭독했던 것을 알고 계신가요?"* 시베리아에서 그의 취향은 단지 굳어졌을 뿐이었다 — 그리고 기이할 정도로 정교한 역사의 운명에 의해 러시아는 그가 추방된 스무 해 동안 (체호프가 출현하기까지) 그가 자신의 인생에서 가장 활동적인 시기에 그 출발을 목도(目睹)하지 못한 진정한 작가는 단 한 명도 배출하지 못했다. 아스트라한*에서 그와 나눈 대화를 통해, "네, 백작이라는 지위가 톨스토이를 '러시아 땅의 위대한 작가'로 만든 측면도 있지요"라는 의중이 밝혀졌고, 가장 훌륭한 현대의 소설가가 누구인지 묻는 집요한 질문에 대해 그는 막심 벨린스키를 거명했다.*

그는 청년 시절의 일기에 "정치 문학이야말로 최고의 문학이다"라고 썼다.* 훗날 사실 금기(禁忌)시되었던 벨린스키(물론 비사리온)에 대해 광범위하게 논하며, 그는 "문학은 특정 사상 유파의 시녀가 되지 않을 수 없다", "역사적 동력에 의해 우리 주변에서 일어나는 일에 동참함으로써 참되게 고무되지 못한" 작가는 "단연코 그 어떤 위대한 작품도 탄생시킬 수 없다". 왜냐하면 "역사는 미적 관념으로만 창조된 예술 작품은 모르기 때문이다"라고 말하면서 벨린스키를 계승하고 있다.* "조르주 상드는 당연히 유럽 시인의 명부에 포함시킬 수 있지만, 고골, 호메로스, 셰익스피어의 이름을 나란히 놓는 것은 예의에도 상식에도 어긋난다", "발군의 예술가인 세르반테스, 월터 스콧, 쿠퍼뿐만 아니라 스위프트, 스턴, 볼테르, 루소도 전체 문학사에서 고골과는 비할 수 없는, 무한히 중대한 가치를 지닌다"고 간주했던 벨린스키를,* 체르니셉스키는 30년이 지난 뒤(사실 조르주 상드는 이미 다락방으로 올라가고 쿠퍼는 아기방으로 내려간 즈음에) 반복하여, "고골의 형상은, 예컨대 디킨스나 필딩 혹은 스턴과 비교할 때 극히 미미하다"*고 말하고 있는 것이다.

불쌍한 고골! "오, 루시여!"라는 고골의(동시에 푸시킨의) 환성은* 60년대인들에 의해 기꺼이 반복되었으나 트로이카는 이미 포장도로를 필요로 했으니, 러시아의 우수마저도 공리적으로 되었기 때문이었다. 불쌍한 고골! 나데즈딘 — '문학(literature)'에서 t를 세 번 반복해서 쓰는 — 안의 신학도를 높이 산 체르니셉스키는 그가 푸시킨보다 더 유익한 영향을 고골에게 끼쳤을 수도 있었을 거라 생각하고, 고골이 원칙과 같은 가치를 모르는 것에 대해 애석해했다.* 불쌍한 고골! 그리하여 여기 사제 마트베이, 이 음울한 익살꾼도 그에게 푸시킨과 의절하라고 신의 이름으로 간구했던 것이다…….*

레르몬토프는 좀 더 행운아였던 것으로 밝혀졌다. 그의 산문은 벨린스키(기술의 성과물이라면 너무나 좋아했던)에게서 기상천외한 멋들어진 비유를 자아내어, 벨린스키는 페초린을, 부주의하게 자신의 바퀴 밑에 들어온 사람들을 모두 산산조각 내는 기관차에 비유했다.* 잡계급인들은 레르몬토프의 시에서 후에 '나드손주의'라 칭해지게 될 무언가를 감지했다. 이런 의미에서 레르몬토프는 러시아 문학 최초의 나드손이었다. "그대는 희생양이 되어 쓰러졌네"*에 이르는 시민 시의 리듬, 어조, 눈물로 희석되어 밋밋해진 시행, 이 모든 것들은 "안녕히, 우리의 동지여! 그댄 오래 살진 못했지, 푸른 눈의 가수여! 그대는 단지 나무 십자가만을 포상받았으나, 우리 가운데 추억으로 영원하리라"*와 같은 레르몬토프의 시행에서 유래했다. 레르몬토프의 매력, 그의 시의 머나먼 이국, 그 낙원 같은 경치, 축축한 시형*에 담긴 천상의 투명한 여운 등은, 물론 체르니셉스키와 같은 기질의 사람은 결코 이해할 수 없는 것이었지만 말이다.

이제 우리는 그의 가장 취약한 지점에 다가가고 있는데, 이는 이미 오랜 관행에 따라 러시아 비평가의 심미안과 지성과 재능의 수준을 가늠하는 척도가 바로 푸시킨에 대한 그의 태도였던 데 기인했다. 문학 비평이 범재(凡才)의 자만을 일조할 뿐인 사회적, 종교적, 철학적, 여타 교과서를 폐기하는 순간까지 이런 경향은 계속되리라. 그 순간이 와야 비로소 당신은 자유로워져서, 엄정한 뮤즈를 배반한 데 대해 푸시킨을 신랄히 비난하면서도 동시에 자신의 재능과 명예도 간직할 수 있으리라. 5음보격 『보리스 고두노프』에 끼어든 6음보격 행에 대해서도, 「역병 기간 중의 향연」 도입부의 운율상 오류에 대해서도, 「눈보라」의 몇 줄 안 되는 행 안에서 '매분(每分)'이라는 단어가 다섯 번이나 반복된 것에 대해서도 그를 비난하라.* 그러나 부디 여담은 그만두기로 하자.

스트란노륩스키는 푸시킨에 대한 1860년대의 비판적 진술과, 헌병대장 벤켄도르프나 제3부의 수장인 폰 포크의 푸시킨에 대한 태도를 명철하게 비교하고 있다.* 사실 체르니솁스키도, 니콜라이 1세나 벨린스키처럼 문인에 대해 극찬한 바 있다("실용적이다!"). 체르니솁스키나 피사레프가 푸시킨의 시를 "허튼소리와 사치품"으로 칭했을 때, 이들은 다만 1830년대에 푸시킨의 시를 "시시한 소리와 장신구"라 칭했던, 『전쟁의 수사학』 작가인 톨마초프를 반복했을 뿐이었다.* 또한 체르니솁스키는 푸시킨을 가리켜 "바이런의 빈약한 모방자일 뿐"이라고 칭하면서,* 보론초프 백작의 표현("바이런 경의 빈약한 모방자")*을 기괴할 정도로 정확히 재현하기도 했다. 도브롤류보프가 즐겨 떠올렸던 "푸시킨에게는 탄탄하고 심도 깊은 교육이 부족하다"는 생각은,* 바로 이 보론초프가 했던 지적, "지식을 확장하기 위해 부단히 노력하지 않고서는 진정한 시인이 될 수 없는데, 그에게는 바로 지식이 모자라다"*에 대한 우호적 맞장구에 다름 아니다. 또한 나데즈딘은 푸시킨을 조끼 문양의 고안자인 재봉사와 비교하면서 "예브게니 오네긴을 제작했다 해도 천재가 되기에는 역부족이다"*라고 적고 있는데, 이로써 그는 푸시킨의 죽음에 즈음하여 "시를 썼다고 대업을 성취했음을 의미하지는 않는다"고 말했던 민중교육부 장관 우바로프*와 지적 동맹을 체결한 셈이었다.

체르니솁스키에게 있어 천재는 순리(順理)와 등가였다. 만약 푸시킨이 천재라면 — 그는 의아해하며 논했다 — 그의 초고에서 발견되는 수없이 지운 흔적은 어떻게 설명할 수 있을까? 이건 무슨 정서본(正書本)의 '퇴고(推敲)'도 아니고 그야말로 초안(草案)이지 않은가? 순리란 단번에 술술 쓰이는 것 아닌가, 무슨 말을 하고 싶은지 **알고** 있기에 말이다. 우스우리만치 창작과는 거리가 멀었던 그는 '퇴고'는 "종이 위에서", '진짜 작업' 즉 전체 도안의 구상은 "머릿속에서" 이루어진다고 믿었던 것이다 — 이 위험한 이원론의 특성은 그의 '유물론'에 나타난 균열의 징후로, 바로 여기에서 여러 마리 뱀들이 기어 나와 일생 동안 그를 물어 댔다. 푸시킨의 독창성은 대체로 그에게 심각한 우려를 불러일으켰다. "시 작품이란, 그것을 읽은 후에 **모든 사람이**[강조는 나의 것] '그래, 이것은 정말 필진적이고 다른 방식은 상상할 수도 없어, 늘 그래 왔기 때문이지'라고 말할 때에만 비로소 훌륭한 것이다."

요새의 체르니솁스키에게 배달된 도서 목록에 푸시킨은 없었고 이는 당연했다. 푸시킨은 그 공헌에도 불구하고("그는 러시아 시를 만들었고 시 읽기를 사회에 가르쳤다"), 우선적으로는 작은 다리에 대한 재기 넘치는 시의 작가였던 것이다(게다가 모든 자연이 범속화되어 '풀떼기'와 '새 새끼'로 변형되던 1860년대의 억양에서, '작은 다리'는 이미 푸시킨이 의도했던 바가 아니라 오히려 독일식의 'Füßchen〔작은 발〕'을 의미했다*). 체르니솁스키가(벨린스키 역시) 가장 격분했던 것은 푸시킨이 삶의 끝자락으로 갈수록 너무나 '초연(超然)해졌다'는 점이었다. "시 「아리온」으로 기념되는 그의 동지적 태도는 사라졌다"고 체르니솁스키는 얼핏 밝히고 있다. 그러나 『동시대인』 독자에게 이 **얼핏**은 얼마나 성스러운 의미로 충만했는지!(우리는 불현듯, 독서 욕구를 사과에 전이시키고 무심코 게걸스레 사과를 깨물면서 눈으로는 여전히 글을 낚아채는 독자를 떠올려 본다). 그리하여 『보리스 고두노프』 끝에서 두 번째 장의 작가의 지문("푸시킨이 백성에 둘러싸여 나온다"*)은 "저속한 수다"—「근자에 이교도들은 이스탄불을 찬양하네」에 대한 체르니셉스키의 평*—의 작가에게는 가당치 않은 시민의 월계관에 대한 침해로서, 불쾌한 풍자로서, 필시 니콜라이 가브릴로비치를 적잖이 격앙시켰으리라.

"가장 독설적인 비평들을 다시 읽으니—가을에 푸시킨은 볼디노에서 쓰고 있다—악평들은 참으로 흥미로워 어떻게 내가 이에 유감을 표할 수 있었는지, 지금으로선 이해가 안 된다. 만약 내가 그들을 비웃고자 한다면 아무런 주해도 없이 그것을 재인용하는 것보다 더 나은 묘책을 찾아내지는 못할 것이다."* 바로 이 방식—희화적 반복—을 체르니셉스키도 유르케비치의 논문에 대해 사용하지 않았던가! 그리하여 마침내 전기 작가의 악의적 비유에 따르면, "빙빙 돌던 먼지 한 점이 러시아 비평 사상의 커튼을 관통하던 푸시킨 광선에 걸려들었다". 우리는 다음과 같은 운명의 마법 반경을 염두에 두고 있다. 사라토프의 일기에서 체르니셉스키는 자신의 구애에 「이집트의 밤」의 한 구절을 접목시켰는데, 문외한인 그 특유의 왜곡이 가해져 마지막 음절은 불가능한 결합으로—"난 쾌락의 부름에 응했다, 마치 전투의 부름에 응하기라도 하듯이"—잘못 인용하였다.* 바로 이 가정법 소사 '~듯이'에 대해 뮤즈의 아군인 운명(그 자신도 이 소사에 관한 한 전문가인)은 그에게 복수를 자행했다—얼마나 공들여 은밀하게 징벌의 수위를 높여 가는지! 이 불운한 인용에, 1862년도의 체르니셉스키의 다음 발언이 어떤 식으로든 관련된 것으로 보이는가? "만약 사회 문제에 관한 자신의 사상을 집회에서 모두 피력할 수 있다면 그 사상을 잡지에 기사화할 필요가 없을 텐데." 그러나 네메시스는 여기에서 이미 깨어나고 있다. "쓰는 대신 말하면 될 텐데—체르니셉스키는 계속해서 말한다 — 만약 이 사상이 집회에 불참한 모든 사람들에게도 알려져야 한다면 속기사가 받아쓰면 될 텐데." 그리고 응징이 전개된다. 오로지 낙엽송과 야쿠트인만이 그의 말을 경청하던 시베리아에서는, 회합에 그토록 용이하고 청중의 호응으로 그토록 물결치던 '연단'이나 '강당'의 형상이 늘 그의 눈에 밟혔으니, 결국 그는 푸시킨의 즉흥 시인처럼('~듯이'라고 수정하면서) 자신의 직업으로서 — 나중에는 실현 불가능한 이상으로서 — 시의적 주제에 대한 논객이 되기를 자처했기 때문이었다. 삶의 마지막 황혼 녘에 그는 자신의 꿈을 실현시킨 작품을 쓴다. 죽기 얼마 전에 그는 아스트라한에서 자신의 『스타로벨스카야 공작 부인 댁의 저녁』을 『러시아 사상』에 게재하기 위해 라브로프*에게 보내고(게재 불가로 판정받지만), 이어 '첨언'을 직접 인쇄소로 부친다.

손님들이 식당 방에서 뱌좁스키의 동화를 듣기 위해 친히 마련된 살롱으로 이동하는 장면이 그려지고 이 강당의 배치가 묘사된 부분에서…… 남녀 속기사들이 두 편으로 나뉘어 두 개의 책상에 배치되는 장면이 생략되었거나 불충분하게 그려지고 있습니다. 저의 초고에서 이 부분은 아래와 같이 적혀 있지요. "연단 양쪽으로 속기사를 위한 책상이 두 개 있었다……. 뱌좁스키는 속기사들에게 다가가 악수하고, 손님들이 자리를 잡을 동안 그들과 담소를 나눴다." 제가 인용한 초고 부분의 의미에 해당하는 정서본의 행들은 다음의 행으로 대체해 주십시오. "남자들은 무대 옆과 마지막 열의 좌석 뒤 벽을 따라 촘촘하게 테두리를 만들며 서 있었다. 음악가들은 악보가와 함께 무대 양쪽을 차지했다……. 사방에서 터져 나오는 열화와 같은 박수갈채를 받은 즉흥 시인은 — ."

죄송, 죄송. 여기서 우리는 완전히 뒤섞어 버렸다 —「이집트의 밤」에서 발췌한 문장이 갑자기 튀어나온 것이다. 복구해 보자. "연단과 강당 첫 열의 반원 사이에 — (체르니셉스키는 **존재하지 않는** 인쇄소에 쓰고 있다) — 연단에서 오른편, 왼편으로 약간 떨어진 곳에 책상이 두 개 있었다. 반원의 중간에서 연단 쪽을 바라보면 연단 앞 왼편에 있는 책상에는……" 등등. 이런 유형의, 결국은 아무것도 표현하지 못하는 말들이 더 많다.

"여기 당신을 위한 테마가 있습니다 — 그에게 차르스키가 말했다 — 시인은 자기 노래의 주제를 스스로 택하며, 대중은 그의 영감을 주도할 권리가 없지요."*

체르니셉스키의 삶에서 푸시킨의 사상을 다루고 발전시키면서 작가는 너무 멀리 갔다. 그사이 새로운 주인공, 이미 두어 번 그 이름이 성급하게 우리 이야기 속으로 끼어든 바 있는 인물이 등장을 기다리고 있다. 지금이 바로 그가 출현할 최적의 시간이다. 그리하여 여기 그는 청색 칼라가 달린 대학생 제복을, 단추를 끝까지 채워 입고 정직의 향기를 물씬 풍기며, 작은 근시안에 성긴 구레나룻(플로베르에게는 특징적 징후로 느껴졌던 *barbe en collier*[39])을 하고 멋없이 등장하여, 엄지를 위로 이상하게 뻣뻣하게 올린 채 손을 내밀며, 감기 걸린 은밀한 저음으로 자신을 소개한다. 도브롤류보프입니다.

그들의 첫 만남을(1856년 여름의) 체르니셉스키는 거의 30년이 흐른 후(네크라소프에 대해서도 집필하고 있을 때), 우리가 익히 알고 있는 세밀함 — 본디 병적이고 무력하지만, 시간과의 거래에 있어 생각이 완전무결하다는 인상을 풍기게 되는 — 으로 회상

39 얼굴 가장자리만 기른 수염.

하고 있다. 우정은 이 두 사람을 모노그램 조합으로 묶어 수 세기 동안 풀 수 없었다(오히려 이 조합은 후대의 의식 속에서 강화되고 있을 뿐이다). 지금은 후배 되는 이의 문학 활동에 대해 상세히 기술할 자리는 아니다. 하나만 이야기하자면, 그는 둔탁할 정도로 거칠고 투박할 정도로 순진했다는 것과, 『호각』에서 레르몬토프를 패러디하며 피로고프를 조롱했다는 것 정도다*(농담을 위해 레르몬토프 시의 틀을 이용하는 것이 전반적으로 너무나 보편화되어 결국 패러디 예술 자체에 대한 희화로 여겨질 정도였다). 덧붙여 스트란노륩스키의 표현에 따르면, "문학은 도브롤류보프가 가한 자극으로 비탈면을 따라 굴러 내려와, 결국 영(零)에 이르자 불가피하게 인용 부호 안에 놓이는 처지가 된다(학생은 '문학'을 가져왔다)"는 것만 이야기하자. 더 이상 무슨 말을 하겠는가? 도브롤류보프의 유머? 아, 당시는 '모기' **자체**가 우스웠고, 코에 앉은 모기는 갑절 더 우습고, 관청에 날아 들어와 계장을 무는 모기는 듣는 사람을 신음하며 포복절도케 하던 축복받은 시절이었다!

도브롤류보프의 둔하고 무거운 비평(이 급진적 서클의 모든 문인들은 사실 글을 **발로** 썼다)보다 훨씬 더 흥미로운 것은 바로 그의 삶의 경박한 면, 훗날 체르니솁스키에게 (『프롤로그』에서) 레비츠키*의 '연애사'의 소재를 제공했던 바로 그 열병과도 같은 낭만적인 경박성이었다. 도브롤류보프는 너무 쉽게 사랑에 빠졌다(여기서 그가 장군과, 그것도 별을 단 유명한 장군과 두라츠키 게임*에 열중하고 있는 장면이 살짝 스친다, 도브롤류보프는 그의 딸에게 반했던 것이다). 그에게는 스타라야 루사*에 한 독일 여인이 있었는데, 끈질기고도 부담스러운 관계였다. 그가 그녀에게 가는 것을 체르니솁스키는 그야말로 말 그대로 제지했다. 오랫동안 육탄전을 벌여, 둘 다 허약하고 여위고 땀이 많이 난지라(바닥에, 가구에 부딪혔던 것이다) 계속 아무 말도 하지 않아, 씩씩거리는 숨소리만 들릴 뿐이었다. 그러다 뒤집힌 의자들 밑에서 서로 부딪치며 각자 안경을 찾았다. 1859년 초 니콜라이 가브릴로비치의 귀에, 도브롤류보프가(완전히 단테스처럼) 올가 소크라토브나와의 '정분'을 감추기 위해 그녀의 여동생에게(게다가 약혼자까지 있는) 결혼하려 한다는 소문이 들렸다.* 두 여인은 도브롤류보프에게 겁없이 장난을 쳤으니, 그를 수사(修士)나 아이스크림 장사꾼으로 변장시켜 가장무도회에 데려가 그에게 자기의 비밀을 털어놓곤 했다. 올가 소크라토브나와의 산책은 그를 "완전히 어리벙벙하게 만들었다". "난 잘 알고 있답니다 — 그는 지인에게 쓰고 있다 — 여기서 제가 얻을 건 아무것도 없다는 것을요. 그녀는 말만 꺼냈다 하면 내가 비록 좋은 사람이긴 하지만 너무 못났고 거의 역겨울 정도라고 말하거든요. 나는 또한 여기서 뭔가 얻으려 해서도 안 된다는 것을 잘 알고 있습니다. 어찌 되었든 제겐 니콜라이 가브릴로비치가 그녀보다 더 소중하기 때문입니다. 그런데도 제게는 그녀를 물리칠 힘이 없답니다." 니콜라이 가브릴로비치는 이 소문을 들었을 때, 아내가 방정할 것이라고는 처음부터 기대도 안 했지만 그럼에도 불구하고 모욕감을 느꼈으니, 이중의 배신이었기 때문이다. 도브롤류보프와의 솔직한 해명이 있었고, 바로 직후에 그는 "게르첸을 격파하러"(나중에 표현한 것처럼), 즉 「종」에서 바로 이 도브롤류보프를 공격했던 일을 책망하러 런던으로 떠났다.*

그런데 이 회동의 목적이 분명 벗의 옹호에만 있었던 것 같지는 않다. 체르니솁스키는 도브롤류보프라는 이름을, 특히 나중에 그의 죽음과 결부시켜, "일종의 혁명적 전술"로 아주 교묘하게 사용했던 것이다. 과거로부터의 또 다른 전언에 의하면, 게르첸 방문의 주된 목표는 『동시대인』의 해외 출간과 관련된 협상이었다고 한다(모두들 『동시대인』의 폐간이 임박했음을 예감했던 것이다). 그러나 전체적으로 이 여행은 너무나 오리무중인 데다 체르니솁스키의 저작에도 이렇다 할 흔적이 없어, 사실임에도 불구하고 오보(誤報)라 믿어질 정도이다. 평생을 영국에 매료되어 디킨스로 영혼을 살찌우고 「타임스」로 이성을 살찌운 그는, 얼마나 숨넘어갈 정도로, 얼마나 많은 인상의 편린들을 모으고, 후에 얼마나 줄기차게 이 인상들을 회고해야 했겠는가! 그러나 체르니솁스키는 자신의 여행에 대해 차후 일절 발설하지 않았고, 혹여 누군가 집요하게 물으면 짧게, "글쎄요, 거기에 말할 만한 것이 뭐 그리 많겠어요, 안개가 자욱하고 보트가 기우뚱거렸을 뿐, 또 뭐가 있겠어요?" 하고 응수했다. 이리하여 삶 자체는 (이번에도) 그의 공리 — 형체가 있는 사물은 그에 대한 추상적 개념보다 훨씬 더 강하게 작용한다 — 에 반(反)했다.

어찌 되었든 1859년 6월 26일 체르니솁스키는 런던에 도착하여(모두 그가 사라토프에 있다고 생각했다), 30일까지 그곳에 머물렀다. 이 나흘 동안의 안개 사이로 사광선(斜光線)이 뚫고 들어간다. 레이스 망토를 입은 투치코바 오가료바*가 돌잡이 딸을 팔에 안고 거실을 가로질러 햇살 그득한 정원으로 가고 있다. 거실에서는(무대는 게르첸의 집, 퍼트니이다) 그리 미남은 아니지만 "운명에 순응하고 헌신하겠다는 경이로운 표정으로 빛나는" 얼굴을 한(이것은 분명 이미 실현된 운명의 프리즘을 통해 이 얼굴을 회고하는 회상록 작가의 기억의 농간일 뿐이리라) 중키의 신사가 알렉산드르 이바노비치와 이리저리 왔다 갔다 하고 있다(당시에는 이러한 실내 산책이 크게 유행했다). 게르첸은 그녀에게 대화 상대를 소개시켜 주었다. 체르니솁스키가 아이의 머리카락을 쓰다듬으며 조용한 목소리로 말했다. "저도 이만한 아이들이 있는데 거의 못 보지요."(그는 자식들의 이름을 혼동해서 어린 빅토르는 사라토프에 있었는데, 이미 자기 곁으로 돌아온 '사슈르카'에게 편지에서 키스를 보냈다 — 아이들의 운명은 이러한 오기(誤記)를 결코 용납치 않기에, 빅토르는 그곳에서 곧 사망하고 만다.)* "인사해 봐, 악수." 게르첸은 재빨리 말하고 바로 전에 체르니셉스키가 말한 것에 대해 답하기 시작했다. "……네, 네, 그렇게 해서 그들은 탄광으로 보내졌지요." 이때 투치코바는 정원으로 유유히 나갔고 사광선은 영원히 사그라들었다.

결핵에 당뇨와 신장염까지 겹쳐 도브롤류보프는 곧 완전히 무너졌다. 1861년 만추의 어느 날, 그는 세상을 등졌다. 체르니셉스키는 매일 그를 방문했고, 그의 집에서 나와, 자신의 일, 음모를 획책하러 돌아다녔는데, 놀랍게도 이 음모는 형사에게 발각되지 않았다. 통상 「지주의 농노에게」라는 성명서는 우리의 주인공이 쓴 것으로 알려져 있다. "대화는 별로 나누지 않았다." 이렇게 (「군인에게」를 쓴) 셸구노프는 회상하고 있고,* 이 격문들을 인쇄한 블라디슬라프 코스토마로프*조차 체르니셉스키가 저자라고 완전히 확신하지는 못했던 듯하다. 격문들의 문체는 라스토프친* 식 만담풍의 전단을 연상시켰다 — "바로 이거였제, 완전-진짜 자유란 것이……. — ("농민의 오열"!) — 재판이 똑바르고 법 앞에 모두가 똑같을라면…… 다만 한 동리에서 불란이 인다고 그것이 뭔 소용이겄소?"* 설사 이것을 체르니셉스키가 썼다 해도 — '불란(bulga)'이라는 단어는 볼가 강 주변의 어휘이므로* — 필시 누군가 다른 이의 첨삭이 가해졌으리라.

'인민의 의지당' 당원의 증언에 의하면 체르니셉스키는 1861년 7월 슬렙초프와 그의 동지들에게 중심 요원 5인 — '지하' 단체의 핵심 — 을 구성하자고 제안했다.* 후에 '토지와 자유당'에도 도입된 이 5인조 체제는, 각 조직원이 자신 외에 새로 자기 조원들을 규합하고 이렇게 하여 단지 여덟 명만 알게 되는 방식으로 이루어졌다. 모든 조직원을 알고 있는 것은 오로지 중앙 조직뿐이었다. 즉 체르니셉스키만 모든 조직원을 알고 있었던 것이다. 여기에도 역시 모종의 양식화가 있는 듯하다.

그러나 반복하건대, 그는 흠잡을 데 없이 신중했다. 1861년 10월 학생들의 소요 이후 그에 대한 감시는 상시 감시 체제로 돌입했지만 형사의 일이라는 것이 그리 치밀하지는 못했다. 당시 니콜라이 가브릴로비치의 요리사로 일한 사람은 수위의 아내로 얼굴이 붉고 건장하며, 다소 의외의 이름 — 뮤즈 — 을 지닌 노파였다. 그녀를 매수하기는 크게 어렵지 않아 커피값 5루블이면 충분했는데, 그녀는 이것에 그야말로 눈독을 들였던 것이다. 이에 대한 대가로 그녀는 쓰레기통의 내용물을 건네주곤 했다. 헛되이.*

그사이 1861년 11월 17일, 태어난 지 스물다섯 되던 해에 도브롤류보프는 생을 마감했다. 그는 볼코프 묘지에 "소박한 참나무 관"(이런 경우 관은 으레 소박하기 마련이다)에 벨린스키와 나란히 안장되었다. "갑자기 말쑥하게 면도한 혈기 왕성한 신사가 나왔는데" 하고 목격자는 증언하고 있다(체르니셉스키의 외모는 여전히 잘 알려지지 않았던 것이다).* 그는 모인 군중이 그다지 많지 않은 것에 격분하여 이에 대해 시시콜콜 냉소적으로 이야기했다. 그가 연설하는 동안 올가 소크라토브나는 오열하며, 늘 그녀 옆에 있는 헌신적인 대학생들 중 한 명의 팔에 기댔다. 또 다른 한 학생은 자신의 학생모 외에도 **바로 그분**의 너구리 털모자를 손에 들고 있었다. 바로 그분은 혹한에도 불구하고 코트를 풀어 헤친 채 노트를 꺼내 들고 훈계조의 성난 목소리로 노트를 보며 정직과 죽음에 관한 도브롤류보프의 조야한 시*를 읽어 내려가기 시작했다.

서리가 자작나무 위에서 반짝이고, 저만치 떨어진 곳에 산역꾼의 노쇠한 어미 곁에는 새 펠트 장화를 신은 제3부의 요원이 얌전히 서 있었다. "그렇습니다 — 체르니솁스키는 연설을 마쳤다 — 여러분, 여기서 중요한 것은 그의 기사를 난도질한 검열 당국이 그를 신장 질환으로 몰아갔다는 사실이 아닙니다. 그는 자신의 명예를 위해 충분히 많은 일을 했습니다. 그는 자기 자신을 위해 더 이상 살 이유가 없었던 것입니다. 그러한 기질, 그러한 목표를 지닌 인간에게 삶은 가슴을 후비는 우수 외에 아무것도 주지 않는 법이지요. 정직, 바로 이것이 그의 불치병이었습니다." 그러고 나선 노트를 돌돌 말아 제3의 텅 빈 곳을 가리키며 체르니솁스키는 소리쳤다. "러시아에는 이곳을 차지할 사람이 없습니다." (하지만 있었으니, 그 후 곧바로 피사레프가 이곳을 차지했다.)

젊은 시절 민중 봉기 주도를 꿈꾸었던 체르니솁스키가 이제 그를 둘러싼 위험한 희박한 공기를 즐기고 있었다는 인상을 떨쳐 버릴 수가 없다. 조국의 비밀스러운 삶에서 그는 세기 — 그 스스로 세기와 가족적 유사성을 지각했다 — 의 동의하에 불가피하게 중요성을 지니게 되었다. 이제 비상을 위해 그에게는 기회와 운명이 강하게 결합하는 한순간, 역사적 천운이 따라 주는 단 하루, 단 한 시간만 있으면 되는 것처럼 보였다. 혁명은 1863년으로 예정되어 있었고, 미래의 입헌 내각 명부에서 그는 총리로 내정되어 있었다. 그는 자기 안의 이 고귀한 열기를 얼마나 애지중지했던가! 신묘한 '무엇' — 스테클로프가 자신의 '마르크시즘'에 반하여 언급하고 있고, 시베리아에서 꺼지고 마는('박학다식'과 '논리', 심지어 '고지식함'은 여전한데도) — 이 체르니솁스키 안에 분명 **있었고** 유형 직전에 특히 강하게 발현되었다. 흡인력이 강하고 유해한 이것은 온갖 성명서보다도 더 정부를 위협했다. "이 광포한 무리는 피, 폭동을 갈망하고 있습니다—밀고장들은 불안에 휩싸여 쓰고 있다—우리를 체르니셉스키로부터 구해 주소서."*

"고적함, 첩첩산중, 수많은 호수와 습지, 필수품의 부족…… 우체국장의 태만…… (이 모든 것들은) 독보적인 인내심마저도 지치게 한다."* (바로 이렇게 그는 『동시대인』에서 지리학자 셀스키가 야쿠티야 주에 관해 쓴 책을 인용했다—뭔가 생각하다가 뭔가를 추측하고, 아니 어쩌면 뭔가 예감한 듯이.)

러시아에서는 검열국이 문학보다 먼저 생겼다. 이 운명적 서열은 언제든 감지되었고, 그리하여 이를 도발하고픈 욕구도 치솟았다. 『동시대인』에서 체르니셉스키의 활동은 실로 최고 국가 기관 중 하나인 검열국에 대한 도발적 야유로 바뀌었다. 그리하여 당국이, 예컨대 "음악 부호 아래 악의적인 글이 은닉되어 있을 수도 있다"고 우려하여 전문가에게 상당한 보수를 지불하고 이 악보의 해독을 위임했을 때,* 체르니셉스키는 자신의 잡지에서 치밀하게 익살로 가장한 채, 포이어바흐를 열렬히 선전했다. 가리발디* 혹은 카보우르*에 관한 기사나(이 불요불굴의 인간이 「타임스」에서 얼마나 많은 작은 활자들을 번역했는지 떠올리기조차 끔찍하다), 이탈리아에서 발생한 사건에 대한 해설에서 거의 격행(隔行)마다 괄호 속에 '이탈리아', '이탈리아에서', '난 지금 이탈리아에 대해 말하고 있다'를 집요하게 반복했을 때,* 이미 타락한 독자들은 러시아와 농노 문제에 관한 이야기임을 알았다. 더 나아가 그는 무의미한 잡담을 위해 아무 말이나 하는 척했다. 그러나 단어의 줄무늬와 점무늬에서, 단어의 카무플라주에서 갑자기 필요한 사상이 튀어나왔다. 후에 블라디슬라프 코스토마로프는 제3부에 보고하기 위해 이 '광대 짓'의 총계를 치밀하게 작성했다. 이 작업은 저열하였으나, "체르니셉스키의 특수 기법"을 사실상 정확히 재현하였다.*

교수였던 또 다른 코스토마로프는 어디에선가 체르니셉스키가 체스를 마스터처럼 둔다고 말한 바 있다.* 실제로는 코스토마로프도 체르니셉스키도 체스에 대해선 전혀 조예가 없었다. 사실 젊었을 적에 니콜라이 가브릴로비치는 한때 체스를 사서 안내서를 통달하려 했고, 어찌어찌 행마법을 익혀 꽤 오랫동안 이것으로 씨름하였지만(씨름 과정을 상세히 기록하며), 결국 이 공허한 오락에 싫증 나서 친구에게 모두 넘겨주었었다. 15년이 흐른 후 (레싱과 멘델스존*이 체스 판을 중심으로 규합했음을 상기하고)* 그는 체스 클럽을 결성했다. 이 클럽은 1862년 1월에 열려 봄 동안 건재했으나 점차 쇠퇴하여, '페테르부르크 화재'와 관련하여 폐쇄되지 않았다 해도 스스로 사라졌을 것이다. 이것은 실은 문학 정치 서클로, 루아제의 집에 위치했다.* 체르니셉스키는 들어오면 탁자에 앉아 룩〔그는 '포(砲)'라 불렀다〕을 두드리며 악의 없는 일화를 들려주곤 했다. 세르노 솔로비요비치* ―(줄표는 투르게네프가 붙인 것이다)― 는 도착하면 한쪽 구석에서 누군가와 대화를 이어갔다. 사람은 많지 않았다. 술친구들 ― 포먈롭스키, 쿠로치킨,* 크롤* ― 은 바에서 고래고래 소리를 질러 댔다. 그런데 포먈롭스키는 뭔가 자신의 생각, 공동 문학 작업에 관한 구상을 피력하기도 했다. 그의 말인즉, 우리 사회 생활 양태의 다양한 측면, 예컨대 거지, 잡화상, 등불지기, 소방관을 고찰하기 위해 작가-노동자 단체를 조직하고, 취합된 모든 정보를 특정 잡지에 게재하자는 것이었다. 체르니셉스키는 그를 비웃었고, 포먈롭스키가 "그의 따귀를 날렸다"는 터무니없는 소문이 퍼졌다. "새빨간 거짓말이에요. 그런 짓을 하기엔 전 당신을 너무나 존경합니다"라고 포먈롭스키는 그에게 썼다.

바로 그 루아제의 홀에서 1862년 3월 2일에 체르니셉스키의 최초 공개 강연이 있었다(논문 심사와 혹한의 추도 연설을 제외하고 말이다). 강연회 수익금은 공식적으로는 곤궁한 대학생들에게 돌아가게 되어 있었지만, 실제로는 최근에 체포된 정치수 미하일로프*와 오브루체프*를 원조하는 데 쓰였다. 루빈시타인은 극히 선동적인 행진곡을 찬연하게 연주했고,* 파블로프 교수는 루시의 천년 역사를 설하면서, 만약 정부가 첫 단계(농노 해방)에서 멈춘다면 "정부는 낭떠러지 가장자리에 머무르게 되는 것이니, 귀 기울여 들으시오, 그러면 들리리니" 하고 애매하게 덧붙였다(그의 말을 들었고 그는 즉각 추방당했다).* 네크라소프는 도브롤류보프에게 헌정하는 졸렬하지만 '강력한' 시를 낭독했고,* 쿠로치킨은 베랑제의 「작은 새」 번역을 낭독했으며(수인의 비탄과 갑작스러운 자유의 환희), 체르니셉스키 역시 도브롤류보프에 대해 언급했다.

우레와 같은 박수 소리를 들으면서(당시 젊은이들 사이에는 박수 칠 때 손바닥을 우묵하게 오므리는 것이 유행해서 포성 같은 소리가 나왔다), 그는 눈을 깜박이고 미소를 머금으며 잠시 서 있었다.* 안타깝게도, 그의 외모는 **웅변가**를 간절히 기대했던 여인네들의 마음에 들지 못했다(그의 초상화를 구하지 못했던 것이다). 흥미로울 것 없는 얼굴에 농민풍의 머리 스타일, 게다가 무슨 이유에서인지 연미복 대신 장식용 술이 달린 재킷을 입고, 거기에 끔찍한 넥타이까지, 소위 '색의 대참사'였던 것이다(리시코바, 「60년대 여인의 수기」*). 뿐만 아니라 그는 다소 준비가 덜 된 상태였으니 그에게 웅변은 새로웠던 것이다. 그리하여 자신의 긴장을 감추기 위해 그는 대화체를 사용했는데 이것이 친구들에게는 지나친 겸손으로 느껴졌고, 적대자들에게는 지나치게 격의 없는 것으로 받아들여졌다. 그는 먼저 자기 이야기를, 노트를 꺼내고 있는 가방에서부터 시작하여, 가방에서 가장 멋진 부분은 바로 톱니바퀴가 달린 자물쇠라고 밝혔다. "자, 보세요, 자물쇠가 돌아가면 가방은 잠깁니다. 그런데 좀 더 단단히 잠그려 하면 자물쇠는 다른 방식으로 돕니다. 그러면 분리되어 주머니 속에 들어오게 되고, 원래 그것이 있던 자리, 장식판에는 기하학적 무늬가 새겨집니다. 매우, 매우 귀엽지요."* 이어 그는 훈계조의 카랑카랑한 목소리로 모두가 알고 있는 도브롤류보프의 논문을 읽어 내려가다 갑자기 멈추더니(『무엇을 할 것인가』에서 저자의 여담처럼), 청중에게 흉금을 털어놓으며, 자신이 도브롤류보프를 지도한 것은 아님을 시시콜콜 해명하기 시작했다. 이렇게 말하는 내내 그는 연신 시곗줄을 만지작거렸는데, 이는 모든 회상록 작가들의 기억 속에 깊이 각인되어 곧바로 잡지의 호사꾼들의 화젯거리가 되었다. 그러나 생각해 보면, 그에게 자유의 시간이 그야말로 얼마 남지 않았기 때문에(겨우 넉 달이었다!) 그렇게 시계를 만지작거렸을지도 모른다. 신학교 시절 주변의 평에 따르면 "자신만만하면서도 지나치게 허물없는" 그의 말투와, 혁명적 암시의 완전한 결여는 청중을 언짢게 하여, 결국 그는 아무런 성공도 거두지 못했다. 반면 파블로프는 거의 헹가래쳐지는 분위기였는데, 니콜라제의 증언에 의하면, 파블로프가 유형에 처해진 후에야 비로소 친구들은 체르니솁스키의 신중함을 알아보고 이를 인정하게 되었다고 한다.* 하지만 정작 그 자신은 — 훗날, 생기 넘치는 열혈 청중이라고는 오로지 비몽사몽간에나 간혹 볼 수 있었던 시베리아의 황야에서 — 그 무기력함, 그 참패에 대해 뼈에 사무치도록 후회하며, 유일한 기회를 잡지 못하고(어차피 파멸이 예정되었기에!) 루아제 홀의 연단에서 강철 같고 불꽃같은 연설 — 아마도 그의 소설의 주인공이 자유를 찾자마자 마차를 잡아타고 "아케이드로 가 주세요!"*라고 외쳤을 때, 하려 했던 바로 그 연설과 같은 유형의 — 을 하지 못한 자신을 질책했다.

그 바람 불던 봄날의 사건은 급속히 번져 갔다. 불이다!* 그리고 불현듯 — 이 주황빛-검정빛을 배경으로 — 환영이 나타난다. 한달음에 모자를 잡고 도스토옙스키가 휙 지나간다. 어디로 가는 거지?

성령 강림제(1862년 5월 28일)에 바람이 세차게 불고 있다. 화재는 리고프카 거리에서 시작되었고 그 후 무법자들은 아프락신 시장에 불을 놓았다. 도스토옙스키가 달려가고 소방관들이 전력 질주하며, "약국 창에 걸린 형형색색 유리공에 거꾸로 비쳤다 순식간에 사라졌다".* 그곳에서는 자욱한 연기가 폰탄카 운하 너머 체르니쇼프 골목 쪽으로 몰려들더니, 그곳으로부터 이내 곧 새로운 검은 기둥이 치솟아 올랐다……. 그사이 도스토옙스키는 달려서 도착했다. 그는 **암흑**의 심장부, 체르니셉스키에게로 달려와 이 모든 것을 **중지해** 달라고 발작적으로 간청하기 시작했다.* 여기서 두 가지 측면이 흥미로워지는데, 니콜라이 가브릴로비치의 악마적 전능함에 대한 믿음, 그리고 방화가 이미 1849년에 페트라솁스키 당원들이 구상했던 바로 그 계획안에 따라 실행되었다는 소문이 그것이다.

요원들 역시 신비한 두려움에 싸여, 밤에 참화가 한창일 때 "체르니솁스키 집의 창문에서 웃음소리가 들렸다"고 밀고했다.* 경찰들은 그가 악마적 지략의 소유자라 믿고 그의 모든 행위에서 계략을 감지했다. 니콜라이 가브릴로비치의 가족은 여름을 지내러 파블롭스크로 떠났다. 그리하여 화재가 발생한 지 며칠 후, 정확히 6월 10일에(황혼, 모기, 음악), "성(姓)이 키스 비슷하게 발음되는" 모 류베츠키*라는, 모범 근위 창기병 연대의 부관인 대담한 작자가 "기차역에서" 나오면서 실성한 여자처럼 촐싹대는 두 명의 부인을 주목하고는 단순한 마음에 그들을 젊은 '춘희'라 여기고 "이 두 여인의 허리를 껴안으려는 시도를 감행했다". 그녀들 옆에 있던 네 명의 대학생이 그를 에워싸고 보복하겠다고 위협하며, 이 두 부인 중 한 분은 문인 체르니셉스키의 부인이며 다른 한 여인은 그분의 처제라고 밝혔다. 대관절 무엇을 — 경찰의 견해를 빌리자면 — 남편은 의도한 것인가? 그는 이 사건을 장교 연합회 재판에 회부할 것을 강청하는데, 이는 자신의 명예를 고려해서가 아니라 단지 장교들을 대학생과 결속시킬 기회를 포착하기 위해서다. 7월 5일, 그는 자신의 소송 건으로 제3부에 출석해야 했다.* 그 수장이었던 포타포프는, 자신이 보고받은 바에 의하면 창기병은 사과할 준비가 되어 있다고 말하면서, 그의 청원을 기각했다. 그러자 체르니셉스키는 모든 권리를 매몰차게 포기하고 화제를 바꾸며 물었다. "그런데 말이지요, 제 가족은 그제 사라토프로 보냈고 저 역시 쉴 겸 그곳으로 가려고 합니다만 — (『동시대인』은 이미 폐간되었다) — 혹 아내를 해외로, 온천으로 데려갈 필요가 있을 경우 — 보시다시피 아내는 신경통을 앓고 있지요 — 별다른 제재 없이 나갈 수 있겠습니까?" "물론 가능하지요." 포타포프는 상냥하게 대답했다. 그러나 이틀 후 그는 체포되었다.

이 모든 일이 일어나기 전에 바로 다음과 같은 사건이 있었다. 런던에서 국제 박람회가 열렸는데(19세기에는 유별나게도 자신의 부, 몰취향의 호사스러운 유물을 전시하기를 즐겼다, 현손(玄孫)이 탕진하기 마련인 유물 말이다), 여기에 여행객, 무역상, 특파원과 스파이들이 몰려들었고, 어느 날 대규모 연회에서 게르첸은 부주의하게도 모두가 보는 앞에서 러시아로 떠날 채비를 하고 있던 베토시니코프에게 편지를 전했다.* 그런데 세르노 솔로비요비치가 수신인인 이 편지(사실 이 편지의 발신인은 오가료프였다)에는 「종」에서 천명한 『동시대인』의 해외 출판 의향을 체르니셉스키에게 환기시켜 달라고 세르노 솔로비요비치에게 요청하는 내용이 있었다. 연락책의 날렵한 발이 러시아의 모래를 밟자마자 그는 체포되었다.

체르니셉스키는 당시 블라디미르 교회 근처(훗날 그의 아스트라한 주소 역시 이런저런 사원과의 인접성으로 규정되었다), 그가 살기 전에 아직 장관이 되기 전의 무라비요프* — 그가 『프롤로그』에서 어찌할 수 없는 혐오로 묘사하고 있는 — 가 살았던 예사울로바의 집에 거주하고 있었다. 7월 7일 그의 집에는 두 명의 지인이 있었는데, 보코프* 의사(후에 추방자에게 의학적 조언을 보냈던)와 안토노비치('토지와 자유당' 회원으로 체르니셉스키와 절친한 사이였음에도 불구하고 체르니셉스키 역시 이 단체에 연루되었을 거라고는 생각조차 해 본 적이 없는*)였다. 이들은 거실에 앉아 있었는데, 여기엔 늑대 상(相)의 각진 얼굴에 다부진 체격의, 불쾌한 인상의 라케예프 대령이 검은 제복을 입고 손님인 척 함께 앉아 있었다(그는 체르니셉스키를 체포하러 온 것이었다). 여기서 또다시 "역사가 안의 도박꾼 — (스트란노륩스키) — 을 흥분시키는" 역사의 무늬의 흥미로운 접합이 이루어졌으니, 이 사람은 정부의 비열한 다급함을 체화하여, 푸시킨의 관을 수도에서 사후 유배지로 운반했던 바로 그 라케예프였던 것이다.* 그는 예의상 10분 동안 수다를 떤 다음 상냥한 미소를 띠며 — 보코프 의사는 이 미소에 "간담이 서늘해졌다" — 체르니셉스키에게 독대를 청했다. "그럼 서재로 가시지요." 체르니셉스키는 이렇게 답하고 자신이 먼저 그곳으로 너무나 황급히 달려갔다. 라케예프는 당황했다기보다는 — 그러기에는 너무 노련했다 — 손님 된 입장으로 똑같이 쏜살같이 그를 쫓아갈 수는 없다고 판단했다. 그런데 체르니셉스키는 곧바로 돌아와, 목젖을 부르르 움직이며, 식은 차로 뭔가를 삼키면서(안토노비치의 오싹한 추측에 의하면 그것은 **삼킨 종이였다***), 안경 너머로 올려보며 손님을 먼저 들여보냈다. 그의 친구들은 딱히 할 일이 없어(거의 모든 가구가 흰 천으로 뒤덮인 거실에서 기다리는 것은 지극히 을씨년스러웠으리라) 산책을 나갔다(“……그럴 리 없어…… 그러진 않을 거야…….” 보코프는 되뇌었다). 그러나 대모스크바 거리 4번지로 돌아왔을 때, 이제 문 옆에 죄수 호송 마차가 서 있는 — 왠지 유순하게, 그래서 더욱 가증스럽게 대기하고 있는 — 것을 불안한 마음으로 쳐다보았다. 먼저 보코프가 체르니셉스키와 작별하러 다가갔고, 이어 안토노비치가 다가갔다. 니콜라이 가브릴로비치는 책상에 앉아 가위를 만지작거렸고, 대령은 그 옆에 다리를 꼬고 앉아 있었다. 그들은 — 오로지 예의상 — 파블롭스크가 그 외 다른 별장지보다 낫다고 이야기하고 있었다. “중요한 것은 구성원들이 기가 막히다는 것이지요.” 대령이 잔기침을 하며 말했다.

“당신도 역시 정녕 저를 안 기다리고 떠나실 겁니까?” 체르니셉스키는 사도(使徒)에게 말을 걸었다. “유감스럽지만 가야만 한답니다…….” 당황하며 상대방이 말했다. “뭐, 그렇다면 다음에 뵙지요.” 니콜라이 가브릴로비치는 농담 투로 말하고 손을 높이 든 다음 안토노비치의 손안으로 힘껏 내리쳤다. 이는 동지식 작별 방식으로 이후 러시아 혁명가들 사이에서 널리 유행하게 되었다.

“그리하여 — 스트란노륩스키는 자신의 독보적인 논문 최고의 장(章) 서두에서 외치고 있다 — 체르니셉스키는 체포되었다!” 그의 체포 소식은 밤사이 온 도시로 퍼졌다. 수많은 가슴이 포효하는 분노로 채워졌고, 수많은 손이 꽉 움켜쥐어졌다……. 그러나 고소한 듯 비웃는 자 또한 적지 않았으니, “좋아, 난폭자가 제거되었어"라 말해졌고, 여류 작가 코하놉스카야 — 비록 조금 덜떨어지긴 했지만 — 의 표현에 따르면, "울부짖는 철면피한 무지렁이"가 제거되었던 것이다.* 이어 스트란노륩스키는, "법률상 죄를 씌울 명분은 전무한데 법률이 올라가 작업할 비계를 설치해야만 하는" 기묘한 상황이 발생하였기 때문에, "반드시 존재했어야 하지만 존재하지 않는" 범죄 증거를 만들기 위해 정부가 행해야만 했던 복잡한 작업을 생생히 묘사한다. 그리하여 그들은 법으로 담장을 두른 공(空)이 **'실재(實在)'**로 채워졌을 때 비로소 모든 부목을 조심스럽게 제거하겠다는 요량으로 '가변량(假變量)'으로 작업했다. 체르니셉스키에 반(反)하여 조작된 심리는 유령이었지만, 그러나 실제로 유죄인 유령이었다. 이렇게 하여 그들은 — 외부로부터, 우회로를 통해 인위적으로 — 진짜 해결책에 거의 상응하는, 문제의 해결 방안을 가까스로 모색했다.

우리에게는 세 점, Ch, K, P가 있고, 한 변 Ch-K가 그어진다. 정부는 체르니셉스키의 맞수로 퇴역 창기병 소위 블라디슬라프 드미트리예비치 코스토마로프를 발탁했는데, 그는 바로 작년 8월, 모스크바에서 불온물의 비밀 인쇄 건으로 사병으로 강등된 자로, 광기와 페초린 기질의 소유자이며, 게다가 시인이기도 해서 외국 시의 역자로서 문단에 지네 발자국을 남겼다. 또 다른 변 K-P가 그어진다. 피사레프는 『러시아의 말』에서 그의 번역에 대해 쓰면서,* "그가 쓴 값비싼 티아라는 마치 **헤드라이트**처럼 번쩍인다"("위고에서")라는 구절에 대해서는 역자를 비난하고, 번스*의 시구("무엇보다, 그 무엇보다 모두가 정직할지라……. 모두들 기도하라…… 인간은 인간에게 가장 먼저 형제이기를")의 "소박하고 진정 어린" 번역에 대해서는 칭찬하고 있다. 그러나 하이네가 회개하지 않은 죄인으로 임종했음을 코스토마로프가 독자에게 **밀고**한 것과 관련하여, 비평가는 "준엄한 고발자"에게 "자기 자신의 사회 활동이나 살피라"며 신랄하게 충고하고 있다. 코스토마로프의 광기는 현란한 문체의 그라포마니아 증상, 프랑스어 미사여구로 뒤범벅된 위조 편지의 무의미하고도 몽유병적인 집필(설령 주문에 의해 작성되었다 해도), 마지막으로 소름 끼치는 장난기로 나타났으니, 그는 푸틸린(형사)*에게 보낸 보고서들에 '페오판 옷체나셴코',* '잔인한 왕 벤체슬라우스'*라고 서명했던 것이다. 정말로 그는 자신의 음울한 과묵함 안에서 잔인했고, 치명적이면서도 가짜였으며, 오만하면서도 주눅 들어 있었다. 기묘한 능력을 지닌 그는 여성의 필체로 쓸 수 있었는데, 이것을 "보름에 타마라 여제*의 정령이 자신에게 빙의된다"는 것으로 설명했다. 그의 평상시 필적이 체르니셉스키의 필적을 연상시킨다는 상황(또 다른 운명의 장난이다!)에 더하여 그가 모사할 수 있는 필체가 다양하다는 사실은 이 몽환적 배신자의 가치를 꽤 높였다. 격문 「지주의 농노에게」를 체르니셉스키가 썼다는 간접적 확증을 위해 코스토마로프에게는, 첫째, 마치 체르니셉스키가 보낸 듯, 이 격문에서 한 단어를 교체할 것을 요청하는 내용의 쪽지를 준비하고, 둘째, 체르니셉스키가 혁명 운동에 활발히 참여했다는 증거를 제공하는 듯한 편지(알렉세이 니콜라예비치*에게 보내는)를 준비하라는 과제가 부과되었다. 코스토마로프는 쪽지와 편지를 모두 날조했다. 필체가 위조라는 사실은 명약관화하다. 그나마 처음에는 노력한 듯하지만, 나중에는 위조자가 일을 지겨워한 듯 서둘러 마치려 하고 있다. 하다못해 'Я(나)'라는 단어만 하더라도 체르니셉스키의 진본에는 위로 뻗치는 곧고 강한 획으로 끝나는데 — 심지어는 오른쪽으로 약간 굽은 듯하다 — 여기 위조 편지에서는 그 획이 기이할 정도로 의기양양하게 약간 왼쪽으로, 즉 시작 부분으로 구부러져, 마치 문자가 거수경례를 하는 듯하다.

이러한 준비 작업이 진행되는 동안 니콜라이 가브릴로비치는 알렉세옙스키 반월보(半月堡) 감옥에, 그보다 나흘 전에 수감된 스물두 살의 피사레프와 아주 가까운 곳에 유치되었다. 이리하여 빗변 Ch-P가 그어지고 운명적인 삼각형이 완결된다. 수감 생활 자체는 처음에는 체르니솁스키를 그다지 압박하지 않았다. 오히려 귀찮은 방문객이 없다는 사실이 상쾌하게 느껴질 정도였다……. 그러나 그는 곧 불확실성의 적막에 초조해지기 시작했다. '깊은' 매트는 복도를 오가는 보초병의 발걸음을 흔적 없이 삼켰다……. 그곳으로부터는 시계의 고전적인 울림만 실려 와 귓가에서 오랫동안 맴돌았다……. 이러한 삶을 묘사하기 위해 작가는 무수한 말줄임표가 필요했다……. 이것이 바로 잔인한 러시아식 격리로, 이로부터 착한 군중이라는 러시아식 환상이 배태되었다. 보초병은 초록색 모직 커튼 한 모서리를 들어, 문구멍으로 초록색 나무 침대나 역시 초록색인 의자에 앉아 있는 수인을 관찰할 수 있었다. 그는 플란넬 실내 가운과 군모를 쓰고 있었는데(**실크해트**만 아니면 개인 모자는 허용되었다), 이는 정부식 조화감을 빛나게는 했지만 마이너스 법칙에 의해 다분히 완고한 이미지를 자아냈다(피사레프는 터키모를 쓰고 있었다). 그에게는 거위 깃 펜이 허용되었고 서랍 한쪽 바닥이 아킬레스건처럼 색칠이 안 된 작은 초록색 책상에서 글 쓰는 것이 허용되었다.

가을이 간다. 감옥의 뜰에는 작은 마가목이 자랐다. 9호 수감자는 산책을 즐기지 않았다. 그래도 처음에는 이 시간에 감방을 수색할 것이고, 따라서 산책 거부는 그곳에 뭔가 숨기고 있다는 의심을 관료들에게 야기할 것이라 추측하고(그에게 극히 전형적인 생각의 고리이다) 매일 나갔다. 그러나 실상은 그렇지 않음을 확신한 다음에는 (여기저기 실을 표식으로 흘려 놓는 방식으로) 가벼운 마음으로 눌러앉아 집필에 임했다. 겨울이 될 무렵 슐로서 번역을 완결하고, 게르비누스와 매콜리 번역에 착수했다.* 그리고 뭔가 자기 자신의 글도 썼다. 『일기』를 떠올려 보고, 오래전에 스쳐 지나간 문단 중 요새에서의 저술에 관해 언급했던 구절의 끝자락을 찾아내 보자. 아니 좀 더 이전으로, 비밀스럽게 회전하는 우리 이야기의 첫 지면들에서 자신의 회전을 시작했던 '눈물의 테마'로 돌아가 보자.

우리 앞에 1862년 12월 5일, 체르니솁스키가 아내에게 보낸 유명한 편지 — 그의 수많은 저작들의 유해 중에서 노란 다이아몬드인 — 가 있다. 우리는 이 딱딱하고 밉지만, 단어 말미의 획이 단호하고, '*Р*'와 '*П*'가 구불구불 굽이치며, 경음 부호(ъ)에는 넓고 예리한 교차선이 있는 놀랍도록 또박또박한 필체를 본다. 그러자 오랫동안 느끼지 못한, 갑자기 호흡을 한결 편하게 만드는 순수한 감정이 우리를 휘감는다. 스트란노륩스키는 이 편지를 체르니솁스키의 단명한 개화의 시작이라고 정당하게 지적하고 있다. 그가 부여받은 모든 열기, 의지와 지성의 모든 힘, 분명 민중 봉기의 순간에 분출되어 비록 단기간일지라도 대권을 장악하여…… 굴레를 깨뜨리고, 어쩌면 러시아의 입술을 피로 물들일 수도 있는 모든 것, 이 모든 것이 이제 그의 편지에서 그 고통스러운 활로(活路)를 찾게 되었다. 단언컨대 이것은 무언중에 오래전부터 축적되어 온 그의 삶의 변증법의 최정상이자 목표이기도 했다 — 자신의 사건(아내에게 보낸 편지에 삽입한)을 전담한 위원회에 보낸, 강철 같은 분노로 가득 찬 이 서한들, 이 논거의 장엄한 격분, 이 사슬 소리 요란한 과대망상증. "사람들은 우리를 감사함으로 기억할 것이오." 이렇게 그는 올가 소크라토브나에게 썼고, 이는 사실로 판명되었다. 바로 이 음이 시대의 모든 나머지 공간에 울려 퍼지며 수백만 지방 인텔리겐치아의 가슴을 진실하고 고귀한 감동으로 고동치게 했던 것이다. 우리는 이미 그가 사전 편찬 계획에 대해 쓰고 있는 편지 일부를 언급한 적이 있다. "아리스토텔레스가 그랬던 것처럼" 이라는 글귀 다음에 "아, 그런데 내 생각을 과하게 말한 듯하구려. 이건 비밀이고, 당신에게만 말한 것이니 이에 대해서는 일절 함구해야 하오"라는 구절이 이어진다. "바로 여기서 — 스테클로프는 주석을 달고 있다 — 이 두 줄 위로 눈물방울이 떨어져 체르니셉스키는 번진 글자를 다시 써야 했다." 그러나 이것은 그다지 정확하지 않다. 눈물방울은 이 두 행을 쓰기 **전**, 접힌 부분에 떨어져서 체르니셉스키는 젖은 부분에 해당하여 미처 쓰지 못한 (첫째 줄 처음과 둘째 줄 처음의) 두 단어를(비…… 비밀, 대…… 대해) 다시 써야 했던 것이다.

이틀이 지난 후 그는 더욱 격분하고 자신이 난공불락임을 더욱 확신하면서, 자신의 판관들을 "격파하기" 시작했다. 아내에게 보낸 이 두 번째 편지는 다음의 항목으로 나눌 수 있다. 1) 나의 체포 가능성에 관한 소문과 관련하여, 난 그 어떤 일에도 연루되지 않았고 만약 나를 체포한다면 정부는 내게 사죄해야 할 것임을 당신에게 이미 말한 바 있소. 2) 내가 이렇게 생각한 것은 그들이 나를 미행하고 있음을 알았기 때문이오. 그들은 뒷조사를 잘하고 있다고 자랑했는데, 난 이 호언장담에 기대한 바 컸소. 내 계산으로는, 내가 어떻게 살고 무엇을 하는지 알게 되면, 그들은 공연히 의심했음을 깨달을 것 같았기 때문이라오. 3) 내 계산은 무의미했소. 왜냐하면 우리 나라에서는 무슨 일이든 정확히 수행되지 않음을 나는 또한 알았기 때문이오. 4) 이리하여 그들은 나를 체포함으로써 정부의 명성에 누를 끼쳤소. 5) '우린' 이제 무엇을 할 것인가? 사죄할까? 그런데 그가 사과를 안 받아들이고 '당신들은 정부의 명예에 누를 끼쳤고 정부에 이를 밝히는 것이 나의 의무요'라고 말하면 어떡하지? 6) 그러니 '우리' 불쾌한 일은 미루자. 7) 그러나 정부는 이따금 체르니솁스키가 유죄인지 무죄인지 묻고 있으며 결국 답을 얻게 될 거요. 8) 나는 바로 이 대답을 기다리는 것이라오.

"꽤 흥미로운 체르니솁스키 편지의 사본이군 — 포타포프는 연필로 덧붙여 썼다 — 하지만 그는 실수했다. 어느 누구도 사죄할 필요가 없을 것이다."

그 후 며칠이 지나 그는 『무엇을 할 것인가』를 쓰기 시작하여, 이미 1월 15일에 1부를 피핀에게 보냈고 일주일 후에 2부를 보냈는데, 피핀은 1, 2부 모두를 2월부터 간행이 재가된 『동시대인』의 네크라소프에게 전했다. 바로 동시에 『러시아의 말』 역시 똑같은 8개월간의 출간 정지가 풀려 간행이 허가되었고, 이 위험한 이웃은 잡지의 이익 창출을 초조하게 기다리며 이미 붓을 적셨다.

이때 어떤 비밀한 힘이 적어도 **금번의** 재앙에서만큼은 체르니솁스키를 구하려고 결정했음을 확인할 수 있어서 그나마 위안이 된다. 그는 특히 힘든 나날을 보내고 있었으니, 어찌 그에게 측은지심이 들지 않을 수 있겠는가? 28일, 그의 공격에 예민해진 당국이 아내와의 면회를 금지하자 그는 단식을 감행했다. 당대만 해도 단식은 러시아에서는 생경한 것이어서 관찰자 또한 둔해 터졌었다. 보초는 그가 수척해지고는 있으나 음식은 먹는 듯하다고 생각했다……. 그런데 나흘 정도 지난 후 감방에서 나는 부패한 냄새에 놀란 교도관들이 수색을 해 보았더니, 딱딱한 음식은 책 사이에 숨겨져 있고 수프는 틈새로 버려지고 있었다. 2월 3일 일요일, 낮 1시에 요새 소속 의사는 수감자를 진찰하고, 그가 핼쑥해졌으며 혀는 꽤 깨끗하고 맥박이 다소 약해졌음을 알았다. 바로 같은 날 같은 시각, 네크라소프는 데무트 호텔에서 리테이나야 거리와 바세이나야 거리 모퉁이에 있는 자기 집으로 가던 중 마차에서 두루마리를 잃어버렸는데,* 그 안에는 모서리를 따라 철해진 '무엇을 할 것인가'라는 제목의 필사본 두 개가 들어 있었다. 그는 필사적으로 자신의 이동 경로를 하나하나 떠올리려 했으나, 집에 다다랐을 때 지갑을 꺼내기 위해 두루마리를 옆에 내려놓았던 것은 기억해 내지 못했다. 바로 그 순간 썰매가 돌면서…… 급회전하며 뽀드득뽀드득…… 그리하여 『무엇을 할 것인가』는 슬며시 굴러 떨어졌던 것이다. 바로 이것이 책의 행복한 운명은 그 저자의 운명에는 너무나 큰 재앙으로 작용할 것임을 아는 비밀한 힘 — 이 경우에는 원심력 — 이 책을 압수하려는 시도였다. 그러나 시도는 수포로 돌아갔다. 대가족을 부양하는 가난한 관리가 마린스키 병원 근처의 눈 속에서 분홍빛 두루마리를 주웠던 것이다. 그는 자기 집으로 돌아와 안경을 끼고 습득물을 살펴보았다……. 이것이 모 작품의 서두임을 알아채고, 그는 움찔하지도 않고, 여윈 손가락으로 '앗 뜨거워' 하지도 않은 채 옆으로 밀쳐 놓았다. "없애 버려!" 절망적인 목소리가 애원했지만 허사였다. 『상트-페테르부르크 시경(市警) 휘보』에 분실물 공고가 실렸다. 관리는 두루마리를 지정된 장소로 가져갔고, 대가로 약속된 보상금 — 은화 50루블 — 을 받았다.

그러는 사이에, 니콜라이 가브릴로비치에겐 입맛 돋우는 물약이 처방되었다. 그는 약을 두 번 마셨는데 나중에 너무 고통스러워하며, 입맛이 없어서가 아니라 자신의 의지로 안 먹은 것이니, 이제 더 이상 약을 복용하지 않겠노라 선언했다. 6일 아침에 "경험 부족으로 어디가 아픈지 파악하지 못해" 그는 금식을 중단하고 아침 식사를 했다. 12일에 포타포프는 사령관에게, 위원회는 체르니솁스키가 완전히 회복될 때까지 아내와의 면회를 금한다고 통지했다. 그런데 바로 다음 날 사령관은 체르니솁스키가 회복되어 집필에 전념하고 있다고 보고했다. 올가 소크라토브나는 한바탕 하소연하며 — 자신의 건강과 피폐한 일가와 궁핍에 대해 — 나타나서, 그다음에 눈물 사이로 남편의 덥수룩해진 수염을 보고 웃더니, 마침내 풀이 죽어 그를 껴안았다.

"그만해, 여보, 그만해." 그는 아주 차분하게, 그녀를 대할 때 한결같이 지녀 왔던 온화한 말투로 달랬다. 그는 그녀를 너무나 열렬히, 처절하게 사랑했던 것이다. "나도, 다른 그 누구도 내가 방면되지 않을 거라고 생각할 근거는 없소." 그는 헤어질 때 그녀에게 특별히 강조하며 말했다.

또 한 달이 흘렀다. 3월 23일에 코스토마로프와의 대질 심문이 있었다.* 블라디슬라프 드미트리예비치는 흘겨보고 뻔한 거짓말만 늘어놓았다. 체르니솁스키는 까칠하게 비웃으며 깔보듯 짧게 대답했다. 그의 우세가 역력했다. "생각해 보면 — 스테클로프는 감탄하고 있다 — 바로 이 시기에 낙천적인 『무엇을 할 것인가』를 쓴 것 아닌가!"

아! 요새에서 『무엇을 할 것인가』를 집필한다는 것은 놀랍다기보다는 미친 짓이었다. 하다못해 이것이 그의 심리에 결부시켜졌다는 것만 봐도 말이다. 전체적으로 이 소설의 출현의 역사는 유난히 흥미롭다. 검열 당국은 "최고의 반(反)예술 유형"인 이 작품은 분명 체르니솁스키의 권위를 실추하여 이로 인해 그는 비웃음을 사리라 여겨 『동시대인』에 게재하도록 허가했다. 사실 예컨대 소설의 '가벼운' 장면은 그럴 만했다. "베로치카는 반 잔은 자신의 결혼을 위해, 반 잔은 자신의 공장을 위해, 반 잔은 바로 줄리 — (과거 파리의 매춘부였으나 지금은 한 등장인물의 인생의 벗인) — 를 위해 마셔야만 했다. 그녀와 줄리는 우당탕 시끄럽게 야단법석을 떨었다……. 그들은 뒤엉켜 뒹굴더니 둘 다 소파로 쓰러졌고…… 이미 일어날 생각도 않고 그저 소리 지르고 깔깔거리기만 하다가, 둘 다 잠들었다." 때때로 문체는 병영의 무용담을 닮은 것도 같고…… 조시첸코를 닮은 것도 같았다. "그녀는 차를 마신 후…… 방에 들어가 누웠다. 그리고 이제 침대에서 책을 읽는다. 그런데 책은 눈에 들어오지 않고 베라 파블로브나는 생각에 잠긴다, '난 왜 요즘 들어 이따금 조금은 지루할까?'" 매력적인 비문(非文)도 많은데, 여기 대표적인 예가 있다. 폐렴에 걸린 의사가 동료를 부른 장면에서, "그들은 오랫동안 자신 중 한 명 옆구리를 만져 보았다".

그러나 아무도 비웃지 않았다. 심지어 러시아 작가들조차 비웃지 않았다. 게르첸마저 "비루하게 쓰여졌음"을 인정하면서도 곧바로 "한편 선량하고 건전한 점도 많다"고 단서를 달았다. 그럼에도 불구하고 뒤이어 그는 참지 못하고, 소설은 단순한 팔랑스테르* 가 아니라 '사창가 팔랑스테르'로 귀결된다고 지적하고 있다.* 당연히 피할 수 없는 일이 일어난 것이다. 순결무구한 체르니셰프스키는 — 결코 그런 곳에 발을 디뎌 본 적이 없는 — 공동체적 사랑을 특별히 아름답게 제시하려고 순진하게 노력하면서, 자기도 모르게 무의식적으로, 그 빈약한 상상력 때문에 바로 유곽 전통이 발전시킨 흔한 이상향에 이르게 되었던 것이다. 그런데 자유와 양성 평등에 입각한 그 흥겨운 무도회는(한 쌍 한 쌍이 사라졌다가 다시 돌아오는), 분명 「텔리에의 집」*의 종결부의 춤을 연상시킨다.

그럼에도 불구하고 소설의 서두가 실린 이 오래된 잡지(1863년 3월)는 설레는 마음으로 만질 수밖에 없었다. 여기에는 「초록 소음」*(참아라, 참을 수 있을 한……)과 『세레브랴니 공』에 대한 냉소적 책망* 등도 실렸다. 곧 『무엇을 할 것인가』 주변으로 예상했던 조롱 대신 전반적인 경배의 분위기가 형성되었다. 그의 책은 기도서처럼 읽혔고, 투르게네프나 톨스토이의 그 어떤 작품도 그렇듯 강력한 영향력을 행사하지는 못했다. 탁월한 러시아 독자들은 재능 없는 소설가가 표현하려 했으나 수포로 돌아갔던 바로 그 선(善)을 이해했다. 아마도 정부는 자신의 오판을 절감하고 소설 인쇄를 중지했을 것이라 여겨지겠지만, 정부는 훨씬 더 영악하게 행동했다.

이제 체르니솁스키의 옆방 죄수 또한 글을 쓰기 시작했다. 10월 8일 그는 요새에서 『러시아의 말』에 논문 「러시아 소설에 관한 숙고」*를 보냈는데, 원로원은 총독에게 이 논문은 체르니솁스키의 소설에 대한 분석에 다름 아니며 그의 저작에 대한 찬미와 그 안에 담긴 유물론 사상의 상세한 전개가 주요 골자라고 통지했다. 또한 피사레프의 성격 규정을 위해 그가 광기 — 우울성 치매 — 에 시달려 치료받아야 했고, 1859년 넉 달 동안 정신 병원에서 지냈다는 언질도 주었다.

그는 소년 시절 모든 노트를 무지갯빛 표지로 단장했던 것처럼, 성숙한 남자가 되어서도 책의 삽화를 꼼꼼히 색칠하기 위해 급한 용무를 저버리기도 했고, 혹은 시골로 떠날 때면 재봉사에게 사라판용 면으로 빨갛고 파란 여름옷 한 벌을 주문하곤 했다. 그의 정신 질환은 다소 변태적 유미주의의 특성을 지녔다. 언젠가 그는 학생 집회 도중 별안간 일어나, 마치 발언권을 청하는 것처럼 우아하게 팔을 구부려 들더니, 이 조각 같은 자세로 의식을 잃고 쓰러진 적도 있었다. 또 어떤 때는 대소동을 일으키며, 손님들 틈에서 옷을 벗기 시작하여, 경쾌할 정도로 민첩하게 벨벳 상의, 알록달록한 조끼, 체크 바지 등등을 벗어 던지다가, 바로 그 순간 제지당한 적도 있었다. 흥미롭게도 어떤 해설가들은, 예컨대 피사레프가 어머니에게 보낸 편지 — 인생이 아름답다고 말하는 지긋지긋하고 성마르며 히스테릭한 구절 — 에 의거하여 그를 '쾌락주의자'라고 부르기도 한다. 더 나아가 피사레프의 '냉철한 사실주의'를 묘사하기 위해, 그가 요새에서 미지의 여인에게 보낸 청혼 편지(외견상 합리적이고 분명해 보이지만 실제로는 완전히 실성한)를 예로 들기도 한다. "기꺼이 나의 삶에 빛을 비추고 온기를 주고자 하는 여인은 모든 사랑을 나로부터 받게 될 것입니다, 라이사가 자신의 잘생긴 무사의 목을 껴안으며 거절했던 바로 그 사랑을."*

당대의 전반적인 소요 — 본디 인쇄된, 특히 비밀 인쇄된 말에 대한 맹신에 기초한 — 에 잠시 참여했다는 이유로 4년 형을 선고받은 피사레프는, 이제 요새에서 자신에게 배달되는 『동시대인』에 『무엇을 할 것인가』가 게재됨에 따라 이 소설에 대해 쓰고 있었다. 원로원은 애초 그의 칭찬이 젊은 세대에 악영향을 끼칠 수 있다는 우려를 표명했음에도 불구하고, 정부로서는 현 상황에서 이러한 방식으로나마 코스토마로프가 그 '특수 기법' 목록에서 단지 윤곽만 그렸던, 체르니셉스키의 유해성에 대한 완벽한 그림을 얻는 것이 무엇보다 중요했다. "정부는 — 스트란노륩스키는 말하고 있다 — 한편으로는 체르니셉스키에게 요새에서 소설을 쓰도록 허가하고 다른 한편으로는 그의 수감 동료인 피사레프에게 바로 이 소설에 관한 논문을 쓰도록 허용하면서, 체르니셉스키가 자기 이야기를 떠벌리기를 흥미롭게 지켜보고, 이로부터 무엇이 나오는지 — 그의 인큐베이터 이웃의 풍부한 분비물과 결부시켜 — 관찰하면서 지극히 의식적으로 행동했다."

이 일은 순조롭게 진행되어 꽤 전망이 밝았지만, 유죄라는 구체적 물증이 필요했기 때문에 코스토마로프 역시 독촉해야 했다. 그러나 체르니셉스키는 계속 흥분해서 조목조목 야유하며, 위원회를 "악동" 혹은 "완전히 어리석은, 얼빠진 수령"이라고 낙인찍었다.* 그리하여 코스토마로프는 모스크바로 소환되고, 거기에서는 과거 코스토마로프의 서기로 술꾼이자 불한당인 소시민 야코블레프가 중요한 증언을 했다(그 대가로 그는 외투를 받았는데 이 외투로 트베르*에서 얼마나 요란하게 술을 마셔 댔는지 형무소에 구속될 정도였다). 그는 여름이 다가오면서 뜰의 정자에서 정서하고 있었는데, 니콜라이 가브릴로비치와 블라디슬라프 드미트리예비치가 팔짱을 끼고 산책하며(신빙성 있는 세부 묘사다!) 지지자들이 지주의 농노들에게 보낸 인사에 관해 이야기하는 것을 들은 듯하다는 것이었다(이 뒤죽박죽에서 진실과 조작을 구별하기는 어렵다). 두 번째 심문에서, 새롭게 충전된 코스토마로프가 출석한 가운데, 체르니셉스키는 다소 적절치 않게, 그는 단 한 차례 코스토마로프의 집을 방문했고 게다가 그를 만나지도 못했노라고 진술했다. 그런 다음, "머리가 세고, 죽는다 해도 난 나의 증언을 번복하지 않겠다"*고 힘주어 덧붙였다. 그는 자신이 격문의 저자가 아니라는 증언을 떨리는 필체로 썼는데, 그것은 두려움보다는 격분 때문이었으리라.

어찌 되었든 심리는 끝나 가고 있었다. 이윽고 원로원의 결정이 내려졌다. 원로원은 굉장히 고상하게 게르첸과의 불법적인 거래는 밝혀지지 않았음을 인정했다(게르첸이 원로원을 어떻게 **정의 내렸는지**는 아래 인용 부호 안을 참조하라). 한편 격문 「지주의 농노에게」에 대해 말하자면…… 이때 이미 위조와 매수의 시렁을 타고 열매가 무르익고 있었다. 체르니셉스키가 격문의 저자라는 원로원 위원들의 심증적 확신은 '알렉세이 니콜라예비치'에게 보낸 편지를 통해 법률적 증거로 변했다(온건한 시인, "어느 모로 보나 금발인" 플레셰예프*를 염두에 두었던 듯한데, 웬일인지 아무도 딱히 그가 플레셰예프라고 주장하지 않았다). 그리하여 체르니솁스키라는 인물 안에 있는 그의 유령 — 그와 매우 닮은 — 이 선고를 받았고, 위조된 죄는 신기하게 진짜처럼 둔갑했다. 형은 비교적 가벼워 — 이 방면에서 통상 궁리해 낼 수 있는 것에 비해서는 말이다 — 탄광에서의 14년 강제 노역과 이후 시베리아 종신 유배가 선고되었다. 판결은 원로원의 "야만적 무식쟁이"로부터 국무 회의의 "백발의 악당" — 분명 같은 편이었을 — 에게 전해졌고,* 이후 군주의 손에 들어갔는데, 그는 강제 노역 기간을 반으로 삭감하며 판결을 승인했다. 1864년 5월 4일 체르니솁스키에게 형이 언도되었고, 19일 아침 8시, 미트닌스카야 광장에서 형이 집행되었다.

가랑비가 부슬부슬 내려 우산들이 물결치고 광장은 질컥질컥했다. 모든 것이 젖어 있었다, 헌병의 제복도, 어둑어둑해진 처형대도, 비로 인해 반짝이는 매끄러운, 사슬 달린 검은 기둥까지도. 갑자기 죄수 호송 마차가 나타났다. 거기에서 외투를 입은 체르니솁스키와 거칠어 보이는 두 명의 형리가 유난히 빨리 거의 구르듯 나와, 셋이 함께 일렬로 늘어선 군인들을 지나 처형대까지 속보로 걸어갔다. 군중들이 앞으로 밀려들었고, 헌병들은 앞줄을 퇴각시켰다. 여기저기서 절제된 외침 소리가 터져 나왔다. "우산 좀 치워 주세요!" 체르니솁스키는 자신이 이미 알고 있는 판결문을 관리가 낭독하는 동안, 날 선 모습으로 주변을 둘러보다가, 턱수염을 만지작거리고 안경을 고쳐 쓰고는 몇 번 침을 뱉었다. 낭독자가 버벅거리다 겨우 '사호이주으이 사상'을 발음했을 때 체르니솁스키는 웃었다. 이때 군중들 틈에서 누군가를 알아본 그는 고개를 끄덕이고 기침을 하며 제자리걸음을 했다. 외투 밑으로 검은 바지가 아코디언처럼 덧신 위로 내려왔다. 가까이 서 있던 사람들은 그의 가슴에, 하얗게 '국가의 범죄-'(마지막 음절은 들어가지 못했다)라고 새겨진 길쭉한 명판(名板)이 걸려 있는 것을 보았다. 낭독이 끝나자 형리들이 체르니셰프스키의 무릎을 꿇렸고, 손위 형리가 힘차게 손을 휘저어 뒤로 빗겨진 그의 긴 연갈색 머리에서 군모를 벗겼다. 환하게 빛나는 커다란 이마, 턱 쪽으로 가늘어지는 얼굴은 이제 아래로 숙여졌고, 그 위에서 그들은 사전 톱질이 잘못된 장검을 와지끈 크게 소리 내며 부러뜨렸다. 그리고 유별나게 희고 연약해 보이는 그의 손을 기둥에 달린 검은 쇠사슬로 묶었다. 그런 상태로 그는 15분을 서 있어야 했다. 비가 점차 거세지자, 형리가 군모를 집어 들어 그의 숙인 머리 위로 눌러 씌웠고, 체르니셰프스키는 천천히 힘들게 — 사슬이 거치적거렸다 — 똑바로 섰다. 담장 너머 왼편으로 건축 중인 집의 비계가 보였고, 그쪽 편에서 노동자들이 담장 위로 올라왔다. 동동거리는 장화 소리가 들려왔고, 그들은 기어 올라가 거기에 매달려 멀리서 범죄자를 욕했다. 비가 내렸고, 손위 형리는 은시계를 힐끗힐끗 보았다. 체르니셰프스키는 눈은 들지 않고 손목만 약간 돌리곤 했다. 갑자기 좀 더 순수한 무리들로부터 꽃다발들이 날아왔다. 헌병들이 뛰어올라 공중에서 그것들을 잡아채려 했다. 장미가 공중에서 터져, 순간이나마 희귀한 조합 — 화관을 쓴 순경 — 을 관찰할 수 있었다. 검은 뷔르누*를 걸친 단발머리 부인들은 라일락을 던졌다. 그사이 체르니셰프스키는 재빨리 사슬에서 풀려났고 죽은 육체는 실려 갔다. 아니, 오기(誤記)다. 아아, 그는 살아 있었고, 심지어 유쾌해 보였다! 학생들은 마차 옆에서 "안녕히! 체르니셰프스키 씨! **안녕히 가세요!**"라고 소리치며 달렸다. 그는 창문으로 몸을 꺼내 웃으면서, 가장 열심히 달리는 학생에게 손가락을 흔들어 자제시켰다.

"아이고, 그가 살다니." 우리는 절규했다. 스물다섯 해가 무상하게 흐른 뒤 체르니셉스키의 운명에 닥친 장례식보다는, 사형, 그 흉물스러운 고치 안의 교수형 당한 자의 경련을 선호하지 않을 수 없기 때문이다. 그가 시베리아로 추방되자마자 망각의 발톱은 그의 살아 있는 형상을 서서히 갉아먹기 시작했다. 오, 물론 "자, 『무엇을 할 것인가』의 작가를 위해 잔을 들어라……"*라고 할 수는 있다. 그러나 알다시피 우리는 과거를 위해, 과거의 광휘와 유혹을 위해, 위대한 그림자를 위해 잔을 들 수는 있다. 하지만 그 누가, 전설에나 나올 법한 어느 머나먼 산간벽지에서 야쿠트족 아이들을 위해 서툴게 종이배를 접고 있는, 경련으로 떠는 노인을 위해 마시겠는가? 그의 책은 그의 개성의 모든 열기 — 무력한 이성 체계에는 존재하지 않으나 행간에 숨은 듯하다가(오로지 빵만 뜨거운 것처럼), 시간이 흐르면서 필연적으로 산산이 흩어질 운명이었던(오로지 빵만 딱딱해질 줄 아는 것처럼) — 를 추출하여 그 안에 집성했다고 우리는 단언한다. 오늘날에는 단지 마르크스주의자들만 이 사장된 소책자에 담긴 허깨비 윤리학에 여전히 흥미를 가질 수 있는 듯하다. "공익을 위한 정언 명령을 따르는 것은 쉽고 자유롭다", 바로 이것이 연구자들이 『무엇을 할 것인가』에서 찾은 '이성적인 이기주의'이다. 재미 삼아, 이기주의라는 관념은 상품 생산의 발전과 관련된다는 카우츠키의 추론*과, 체르니셉스키의 책에서 대중은 타산(打算)에 의해 인텔리겐치아를 따라잡아야 하는 존재인데 이 타산이란 바로 **견해**인 상황이 도출되므로, 체르니셉스키는 결국 '관념론자'라는 플레하노프의 결론*을 상기해 보자. 그러나 정황은 보다 단순하다. 타산이 모든 행위(혹은 위업)의 토대라는 사고는 자가당착에 빠져, 타산 자체가 영웅적인 것이 되기도 하는 것이다! 온갖 사물은 인간 사고의 초점 거리 안에 들어오면서 정신적인 존재가 된다. 이렇듯 유물론자의 '타산'은 고결해졌고, 이렇듯 이 분야 최고 전문가들에게 있어 질료는 신비한 힘의 영적인 유희로 변했다. 체르니셉스키의 윤리 체계는 바로 그 페르페툼 모빌레 — 모터-물질이 다른 물질을 움직이는 — 를 구성하려는 나름의 시도다. 우리는 진정 이것이 회전하기 — 이기주의-이타주의-이기주의-이타주의…… — 를 원하지만, 그러나 바퀴는 마찰 저항으로 멈춘다. 무엇을 할 것인가? 살기, 읽기, 생각하기. 무엇을 할 것인가? 자신의 삶의 목적 — 행복 — 을 이루기 위해 자기 발전에 주력하기. 무엇을 할 것인가? (그러나 작가 자신의 운명은 효율적인 의문 부호 대신 반어적인 감탄 부호를 찍었다.)

카라코조프 추종자들* 심리만 아니었으면 체르니셉스키는 훨씬 더 일찍 정주지로 이송되었으리라. 재판 과정에서 그들이 체르니셉스키를 탈주시켜 혁명 운동을 주도하도록 — 아니면 하다못해 제네바에서 잡지를 간행하도록 — 기회를 제공하고자 했음이 밝혀졌고, 게다가 판사들은 날짜를 따져 보고 『무엇을 할 것인가』에서 차르 암살 기도의 실행일에 대한 암시를 찾았던 것이다. 그리고 이것은 정확했으니, 라흐메토프*는 외국으로 떠나면서 "여러 가지 말을 하는 도중에, 3년쯤 후에 러시아로 돌아올 것이라고 말했다. 지금이 아닌 그때쯤이면, 즉 3년 정도 지나면 — (작가 특유의 의미심장한 반복이다) — 그가 러시아에 필요할 것이기 때문"이라는 것이었다. 게다가 소설의 마지막 부분은 1863년 4월 4일로 서명되었는데, 정확히 3년 후 바로 이날 암살 기도가 일어났던 것이다. 이렇듯 심지어 숫자, 체르니셉스키의 황금 물고기마저도 그를 저버렸다.

오늘날 라흐메토프는 잊혀졌지만, 당대에 그는 온전한 인생 학교를 창설했다. 독자들은 소설의 이 친스포츠적인 혁명 부분에 얼마나 경건하게 심취했는지! 라흐메토프는 **권투 선수의 식이 요법**을—그리고 변증법적 방식을—택했다. "그리하여 그는 과일을 대접받으면 전적으로 사과만 먹고 살구는 전혀 안 먹었으며, 오렌지는 페테르부르크에서만 먹고 지방에서는 먹지 않았어요. 왜냐하면 페테르부르크에서는 평민도 그것을 먹지만, 지방에서는 안 먹는다는 거죠."

아이처럼 튀어나온 넓은 이마와 종지처럼 볼록한 두 뺨의 이 동그란 젊은 얼굴은 어디서 갑자기 나타난 것일까? 흰 더블칼라에 시곗줄이 달린 검은 옷차림의 간호보조원을 닮은 이 아가씨는 누구일까? 1872년 세바스토폴에 도착한 그녀는 농민의 세태를 접하기 위해 주변 마을을 걸어서 편력했는데, 이 시기 **라흐메토프주의자**로 살아 짚풀 위에서 자고 우유와 죽만 먹었다……. 이제 처음의 입장으로 돌아온 우리는 다시, "투사의 퇴색해 가는 명예보다 페롭스카야의 찰나 같은 운명*이 백배 더 부럽다!"고 되풀이한다. 그도 그럴 것이 소설이 실린 『동시대인』 사본이 손에서 손을 거치며 너덜너덜해지면서 체르니셉스키의 매력도 시들해졌고, 오래전부터 마음속에서 우러나온 관례(마음 **밖으로** 꺼내 보니 죽은 것으로 밝혀진)였던 그에 대한 존경 역시 1889년 그의 서거 당시에는 이미 고동칠 수 없었던 것이다. 장례식은 조용히 거행되었다. 언론에 끼친 반향도 크지 않았다. 페테르부르크의 추모 예배에서는 고인의 친구들이 행렬을 위해 데려온 사복 차림의 몇몇 노동자들을 학생들이 사복형사로 오인하여, 심지어 그중 한 명에게 '완두빛 외투'*라고 면전에 대고 쏘아붙이기도 했다. 이로써 어떤 형평성이 복구되었으니, 무릎을 꿇은 체르니셉스키에게 담장 너머 욕했던 사람들은 바로 이 노동자들의 아버지가 아니었을까?

이 우스꽝스러운 형 집행 다음 날 황혼 무렵, 체르니셉스키는 "발에는 족쇄를 달고 머리는 사색으로 채운 채" 영원히 페테르부르크를 떠났다. 그는 사륜마차를 타고 갔는데, '여행 중 독서'는 단지 이르쿠츠크* 너머부터 허용되었기 때문에 처음 한 달 반 동안의 여정은 엄청 지루했다. 마침내 7월 23일, 그는 카다야*로, 네르친스크* 산악 지구의 광산으로 후송되었는데, 중국에서 15베르스타 떨어지고 페테르부르크에서 7천 베르스타 떨어진 곳이었다. 작업량은 많지 않았지만, 웃풍이 심한 오두막에 살아서 그는 류머티즘 관절염으로 고생했다. 두 해가 흘러갔다. 갑자기 기적이 일어났으니, 그가 있는 시베리아로 올가 소크라토브나가 온다는 것이었다.

그가 요새에 수감되어 있을 당시 그녀는 지방을 이리저리 주유하며 남편의 운명이 어떻게 될지 전혀 신경 쓰지 않아 친척들은 그녀가 미친 게 아닐까 의아해할 정도였다고들 한다. 시민 처형 바로 전날 그녀는 페테르부르크로 서둘러 돌아왔다가…… 20일 아침에 이미 서둘러 떠났다. 이토록 가볍게 미친 듯이 이리저리 떠돌아다니는 그녀의 기질을 몰랐다면 우리는 그녀가 카다야까지 여행할 수 있다고는 결코 믿지 못했으리라. 그는 그녀를 얼마나 기다렸는지! 1866년 초여름, 그녀는 일곱 살이 된 미샤와 파블리노프 의사('공작 의사'라니!* 우리는 또다시 아름다운 이름의 영역으로 들어가고 있다)와 함께 출발하여, 이르쿠츠크에 도착한 뒤, 그곳에서 두 달간 억류당했다. 그곳에서 그녀는 고귀하고도 바보 같은 이름—아마도 전기 작가들이 왜곡했겠지만, 필시 교활한 운명이 심혈을 기울여 선택했을—의 호텔 '*Hôtel de Amour et Ko.* (러브호텔과 회사)'에 머물렀다. 파블리노프 의사에게는 더 이상의 여행이 허가되지 않아, 그 대신 다혈질에 주정뱅이에다 뻔뻔하기까지 한 헌병 대위 흐멜렙스키(파블롭스크 용사의 개정판)

가 동행했다. 그들은 8월 23일에 도착했다. 부부의 만남을 축하하기 위해 전에 카보우르 백작 — 체르니솁스키는 언젠가 그에 대해 너무나 길게 너무나 신랄하게 쓴 적이 있다 — 의 요리사로 일했던 한 폴란드 유형수가, 고인이 된 주인이 즐겨 먹던 과자를 구웠다.* 그러나 만남은 성공적이지 못했으니, 체르니솁스키의 인생에 준비된 모든 고통스럽고 영웅적인 일에는 항상 추악한 소극(笑劇)의 여운이 따르는 것에 놀랄 따름이다. 흐멜렙스키는 올가 소크라토브나 주변을 맴돌며 떨어지지 않았고, 그녀의 집시 같은 눈에는 지친 듯하면서도 유혹하는 듯한 — 아마도 그녀의 의지에 반하는 것이었으리라 — 무언가가 스쳤다. 그는 그녀의 총애에 힘입어 심지어 그녀 남편의 도주까지 주선할 듯했지만 남편은 단호히 거절했다. 한마디로, 줄기차게 들러붙는 파렴치한 때문에 너무나 괴로워져서(우리가 어떤 계획을 세웠는데!), 체르니솁스키 스스로 아내에게 귀로 여행을 서두르라 설득했고, 8월 27일에 그녀는 그렇게 했다. 그리하여 석 달간의 유랑 후에 기껏 나흘간 남편 곁에 머무른 후 — 독자여, 단 **나흘**이었다오! — 이제 그를 떠나 이후 17년 넘게 헤어지게 된 것이다. 네크라소프는 그녀에게 「농민의 아이들」을 헌사했다. 『러시아의 여인들』을 헌정하지 않았던 것은 유감스러운 일이다.

9월 말에 체르니솁스키는 카다야에서 30베르스타 떨어진 알렉산드롭스키 공장으로 이송되었다. 그는 그곳의 감옥에서 카라코조프 추종자들, 반항적인 폴란드인들과 함께 겨울을 났다. 교도소는 몽골의 명물인 '말뚝' — 감옥 주변에 수직으로 빽빽하게 세워진 기둥 — 이 설치되어 있었는데, 유형수 중 퇴역 장교인 크라솝스키*는 이를 가리켜 "뜰이 없는 울타리"라고 비아냥거렸다. 다음 해 6월, 보호 감찰 기간이 끝나고 체르니솁스키는 가석방되어 교회지기에게 방을 빌렸는데, 교회지기는 특이하게도 얼굴이 그와 매우 닮아 있었다. 반(半)장님인 잿빛 눈, 성긴 턱수염, 헝클어진 긴 머리카락까지……. 늘 술에 절어, 늘 한숨만 내쉬는 그는 호사꾼들의 질문에 비통해하며 "그 양반은 늘 계속해서 쓰고 또 쓰기만 한답니다!"라고 답했다.* 그러나 체르니셉스키는 그곳에서 두 달 이상은 살 수 없었다. 그의 이름이 부질없이 정치 재판에서 거론되었던 것이다. 약간 모자란 소시민 로자노프는 혁명가들이 "체르니셉스키와 교환하기 위해 황족의 새를" 생포하여 새장에 가두려 한다고 증언했다. 수발로프 백작은 이르쿠츠크 총독에게 전보를 쳤다. "망명자의 목적은 체르니셉스키 탈옥, 그와 관련된 모든 조치 강구 요망." 그 와중에 그와 함께 가석방된 크라솝스키가 탈주하는 (이후 타이가에서 강도에게 죽는) 사건이 발생하여, 위험한 유형수를 재수감하고 한 달간 서신 왕래 권리를 박탈할 충분한 빌미가 되었다.*

외풍으로 지긋지긋하게 고통받던 그는 털실 내복과 아스트라한 양털 모자를 한 번도 벗은 적이 없었다. 그는 바람에 실려 흔들리는 나뭇잎처럼 불안한 듯 비틀비틀 걸어 다녔고, 여기저기서 그의 날카로운 목소리가 들려왔다. 그의 논리적 추론 방식 — 스트란노륩스키의 기발한 표현에 따르면 "그의 장인과 동명인*의 방식인" — 은 더욱 굳어졌다. 그는 '사무실', 칸막이로 분리된 넓은 방에서 살았다. 좀 더 넓은 부분에 전체 벽면을 따라 연단 비슷한 낮은 판자 침상이 깔려 있었다. 거기에는 무대 위인 양(혹은 바로 동물원에서 우울한 맹수를 고향의 바위들 사이로 내놓는 것처럼) 침대와 자그만 책상이 있었는데, 사실 이것은 그의 생애 전체에 걸친 가구였다. 그는 정오에 일어나 온종일 차를 마시거나 누워서 계속 책을 읽다가 자정이 되면 비로소 본격적인 집필을 위해 앉았다. 왜냐하면 낮에는 그를 전혀 배려하지 않는 바로 옆방의 폴란드인-민족주의자들이 바이올린을 연주하며 삑삑대는 음악으로 그를 고문했던 것이다(그들은 직업상으로는 수레바퀴 제조상이었다). 겨울 저녁이면 그는 다른 유형수들에게 책을 읽어 주곤 했다. 언젠가 한번은 그가 '학문적' 이탈이 잦은 복잡하게 얽힌 이야기를 침착하고 유창하게 읽어 주었는데, 그가 보고 있는 것은 단지 텅 빈 노트임이 목격되기도 했다. 소름 끼치는 상징이다!

바로 이 시기에 그는 새로운 소설도 집필했다. 여전히 『무엇을 할 것인가』의 성공으로 충만해 있던 그는 새 소설에 기대하는 바가 컸다. 주로 돈을 기다렸는데, 해외에서 출판될 이 소설이 어떻게든 그의 가족에게 돈을 가져다주리라 믿었던 것이다. 『프롤로그』는 극히 자전적이었다. 이미 앞에서 이 책을 거론하며 올가 소크라토브나의 명예를 회복시키고자 하는 독특한 시도에 관해 언급한 바 있는데, 스트란노륩스키의 견해에 의하면, 동일한 시도가, 즉 작가 자신의 신원을 복권하려는 시도가 은닉되어 있다고 한다. 그도 그럴 것이, 작가는 한편으로는 볼긴의 영향력이 "고관대작들이 그의 아내를 통해 그에게 아첨할" 정도로 지대했음을(그가 '런던'과, 즉 신참 자유주의자들이 외경해 마지않던 게르첸과 연줄이 있으리라 짐작하고) 강조하면서도, 다른 한편으로는 볼긴의 의심 많음, 소심함, 비활동성("가능한 한 오랫동안 기다리고 또 기다리기, 가능한 한 조용히 기다리기")을 줄기차게 주장하고 있다. 완고한 체르니솁스키가 판사들에게 누차 반복했던 구절, "나는 나의 행동을 토대로 판단되어야 하는데, 아무런 행동도 없었고 있을 수도 없었다"를 공고히 하여, 논쟁에서 우위를 점하려 한 듯한 인상을 받게 되는 것이다.

『프롤로그』의 '가벼운' 장면에 대해서는 함구하는 것이 더 나을 듯하다. 그 병적이리만치 자세한 에로티시즘을 통해 아내에 대한 너무나 살랑살랑거리는 애정이 들려, 그중에서 아주 조금만 인용해도 극단적으로 모욕하는 듯 비칠 것이다. 대신 이 순수한 음, 그 시절 그가 그녀에게 보낸 편지들에 있던 음을 들어 보자. "사랑하는 당신, 내 삶의 빛이 되어 주어 고맙구려……", "나로선 너무 수지맞았던 이 운명이 당신의 삶을 너무 힘들게 했다는 생각만 들지 않는다면, 난 이곳에서도 이 세상 전체에서 가장 행복한 사람 중 하나라오, 오 사랑하는 벗이여……", "내가 당신에게 안겨 준 이 고통에 대해 날 용서할 수 있겠소……?"*

문학을 통한 수입이라는 체르니솁스키의 꿈은 실현되지 못했으니, 망명자들은 그의 이름을 악용했을 뿐만 아니라 그의 작품을 해적 출판하기까지 했다. 그를 탈옥시키려는 시도, 그 자체로는 용감해 보일지라도, "족쇄에 묶여 있는 거인"과 구원자들의 노력에 격노할 뿐인 진짜 체르니솁스키("이 신사들은 내가 말을 못 탄다는 사실조차 몰랐답니다"라고 훗날 그는 말했다)의 차이를 시대의 언덕에서 보고 있는 우리가 판단하기에 어리석어 보이는 이 시도는 그에겐 그야말로 치명적이었다. 이러한 내적 모순의 결과로 어이없는 일만 발생했던 것이다(그 특유의 뉘앙스는 우리에게 이미 익숙해진 지 오래다). 소문이 신빙성이 있다면, 헌병 장교로 가장하여 빌류이스크에 나타나 군 경찰서장에게 수인을 인도할 것을 요청한 이폴리트 미시킨은 군장을 오른쪽 어깨가 아닌 왼쪽 어깨에 부착함으로써 모든 일을 그르쳤다고 한다.* 그전에도, 즉 1871년에 로파틴의 시도가 있었는데, 이는 그야말로 황당무계함으로 점철되어 있다.* 러시아어 독해를 배운 마르크스에게 "der große russische Gelehrte(위대한 러시아 석학)"를 전달하기 위해 런던에서 갑자기 『자본론』 번역을 중단한 것도, 지리학회 회원을 가장하여 이르쿠츠크로 여행 온 것도(게다가 시베리아 주민들은 그를 익명의 검찰관으로 여겼다), 스위스로부터의 밀고에 의해 체포된 것도, 도주했다가 생포된 것도, 그리고 그가 동시베리아 총독에게 보낸 편지에서 납득하기 힘들 정도로 솔직히 자신의 계획을 밝히고 있는 점도. 이 모든 것들은 단지 체르니셉스키의 운명을 악화시킬 뿐이었다. 법적으로 그의 정주(定住)는 1870년 8월 10일에 시작되었어야 했다. 그러나 12월 2일이 되어서야 그는 다른 곳으로, 강제 노역지보다 훨씬 더 열악한 곳으로 판명된 빌류이스크로 이송되었다.

"신에 의해 아시아의 잊혀진 한지(閒地)로 — 스트란노륩스키는 말하고 있다 — 야쿠츠크 주의 오지로, 머나먼 북동쪽에 처박힌 빌류이스크는 강이 실어 온 거대한 모래사장 위에 세워진 작은 마을로, 타이가 관목으로 빽빽이 뒤덮인 이끼 낀 늪지로 끝없이 에워싸여 있었다." 거주자(5백 명)는 카자크인, 반(半)야만의 야쿠트인, 그리고 소수의 소시민이었다(이들 소시민에 대해서는 스테클로프가 극히 생생하게 "지역 사회는 몇 쌍의 관리와 몇 쌍의 성직자 그리고 몇 쌍의 상인으로 구성되었다"*라고 묘사하고 있는데, 마치 노아의 방주 이야기인 듯하다). 그곳에서 체르니셉스키에게는 가장 좋은 집이 할당되었는데, 빌류이스크의 가장 좋은 집은 감옥으로 판명되었던 것이다.* 축축한 감방의 문은 검은 비닐이 씌워져 있고, 말뚝에 밀착된 두 개의 창문은 쇠창살로 봉쇄되어 있었다. 다른 유형수가 없어 그는 절대 고독에 처해졌다. 절망, 무력감, 배신감, 나락과도 같은 부당하다는 느낌, 극지방 살림살이의 몰골 사나운 궁핍, 이 모든 것으로 인해 그는 거의 미칠 지경이었다. 1872년 7월 10일 아침이 밝을 무렵 그는 갑자기 온몸을 떨면서 "감히 순경 따위가 밤사이 문을 잠그다니 군주나 장관이 온 거야?"라고 투덜투덜 소리치며 쇠집게로 입구의 자물쇠를 부수기 시작했다.* 겨울이 될 무렵 그는 다소 안정되었다. 그러나 보고에 따르면 간간이…… 여기서 우리는 연구자의 자긍심이 되는 희귀한 연관성 중 하나를 만나게 된다.

언젠가, 정확히 1853년에 아버지는 그에게 (「이파티예프 연대기의 어휘 연구」와 관련하여) 편지를 쓴 적이 있다. "무슨 동화라도 쓰면 좋을 것 같구나…… 동화는 상류 사회에서 요즘도 여전히 유행한단다."* 몇 년이 흐른 뒤 체르니셉스키는 아내에게, 감옥에서 구상한 "교훈적인 짧은 동화"의 집필에 착수하려 하며, 이 동화에서 그녀가 두 명의 아가씨로 형상화된다고 쓰고 있다. "이것은 꽤 괜찮은 교훈적 동화가 될 거요 — (아버지의 리듬의 반복이다) — 만약 당신이, 손아래 아가씨의 여러 가지 왁자지껄한 장난을 묘사하면서 내가 혼자서 얼마나 깔깔거리고 웃어 댔는지 안다면……. 손위 아가씨의 애처로운 번민을 묘사하면서 내가 얼마나 연민으로 울어 댔는지 안다면……."* "체르니셉스키는 — 그의 간수들은 보고했다 — 밤마다 노래 부르고 춤추기도 하고 목 놓아 대성통곡하기도 한다."*

한 달에 한 번 야쿠츠크에서 우편물이 왔다. 페테르부르크의 잡지 1월호는 5월이 되어서야 받아 보았다. 병(갑상선종)이 진전되어 그는 책을 보고 스스로 치료하려 했다. 대학 시절에 겪었던, 기력을 소진시키는 위염이 새로운 증상을 더하여 재발했다. 경제 서적을 부치면 아버지가 좋아할 것이라 여긴 아들에게 그는 "난 '농민'으로 인해, '농민의 토지 소유'로 인해 속이 메스껍다"*고 쓰고 있다. 음식은 역겨울 정도였다. 그는 거의 죽만 먹었고, 그것도 냄비째 곧장 먹어서, 은수저는 20년이 흐르는 동안 냄비의 점토 표면에 부딪혀 거의 4분의 1이 닳았고, 그사이 그 역시 마모되었다. 따뜻한 여름날이면 그는 바지를 걷어 올리고 얕은 강물에 몇 시간씩 서 있었는데 그다지 효과적이지는 않은 듯했다. 혹은 모기 퇴치를 위해 머리에 수건을 둘둘 감아 러시아 아낙네 같은 모습으로 버섯 채취용 대바구니를 들고 숲 속 오솔길을 산책하곤 했으나 으슥한 깊은 곳까지 들어간 적은 한 번도 없었다. 그는 궐련 케이스를 낙엽송(그가 낙엽송과 소나무를 구분하기까지는 시간이 걸렸다) 밑에 놓고 오곤 했다. 채집한 꽃(그는 꽃 이름은 몰랐다)을 여송연 종이에 돌돌 말아 아들 미샤에게 보냈는데, 이렇게 해서 아들은 "빌류이스크 식물상(植物相)의 작은 표본집"을 가지게 되었다.* 바로 이런 방식으로 볼콘스카야 부인도 손자들에게 "나비 수집품, 치타*의 식물상"을 유산으로 물려준 바 있었다.* 어느 날은 그의 뜰에 독수리가 출현했는데…… "그의 간을 쪼러 날아왔겠지만 — 스트란노륩스키는 지적하고 있다 — 그에게서 프로메테우스를 발견하지는 못했다."

청년 시절 페테르부르크 운하의 질서 정연한 배치에서 느꼈던 만족감은 이제 뒤늦은 반향을 찾았다. 그는 할 일이 없어 운하들을 파 본 것인데, 그 결과 빌류이스크 주민들이 가장 좋아하는 길 중 하나를 거의 침몰시킬 뻔했다. 그는 야쿠트인들에게 예의범절을 가르치는 것으로 계몽의 욕구를 해소했지만, 원주민들은 이전처럼 20보 떨어진 곳에서 모자를 벗고 바로 그 자세로 순종적으로 굳어 버렸다. 실무적 능력, 분별력으로 인해 그는 물지게꾼에게 손바닥을 베는 궁형의 털손잡이 대신 멜대로 교체하라고 충고했지만 야쿠트인은 구습을 버리지 않았다. 사람들이 하는 일이라고는 그저 스투콜카 카드놀이*와, 중국산 면직물 가격에 대한 가열찬 토론이 전부인 마을에서 체르니솁스키는 사회 활동에 대한 그리움으로 구교도들을 찾았고, 그들의 처지에 대해 극도로 상세하고 긴 공식 서한(심지어 빌류이스크의 소문까지 포함해)을 써서 태연자약하게 군주 앞으로 보내며, 그들은 군주를 "성인으로 존경하니" 그들을 사면해 달라고 허물없이 제안했다.

그는 많은 작품을 썼으나 거의 전부를 소각했다. 그는 가족들에게 그의 '연구'의 성과물은 분명히 공명을 일으키며 받아들여질 거라 말했지만, 이 저작들은 재이자 신기루였던 것이다. 그가 시베리아에서 쓴 산더미 같은 산문들 중 『프롤로그』 외에 두세 편의 중편과 미완성 '중편소설군(群)'만 남았다……. 그는 시도 썼다. 시들은 구조상 과거 신학교에서 부과된 작시(作詩) 과제물과 별다를 바 없었는데, 당시 그는 다윗의 시를 개작했었다("내겐 단 하나의 임무만 있으니, 내 아버지의 양 떼를 보살피라. 또한 난 주를 찬양하기 위해, 어릴 적부터 찬송가를 불렀다네"). 1875년과(피핀에게) 그리고 또다시 1888년에(라브로프에게) 그는 「고대 페르시아 장시」를 보냈는데, 끔찍한 작품이었다!* 어떤 연은 대명사 '그들의'가 **일곱 번** 반복되어 있고("그들의 나라는 헐벗어, 그들의 몸은 피골이 상접했고, 그들의 누더기 사이로 그들의 갈비뼈가 보일 정도였다. 그들의 얼굴은 넓적했고, 그들의 얼굴선은 밋밋했으며, 그 밋밋한 윤곽에는 그들의 냉혹함의 낙인이 있었다"), 매우 낮게 드리운 태양 아래 이별하는 장면에서 나타나는 소유격의 기형적 연쇄("그들의, 피의 갈망의 고뇌의 읍소로부터")에는 연관성, 연결 고리에 대한 작가 특유의, 익숙한 지향이 반영되어 있다. 그는 피핀에게 정부의 뜻에 거슬러 문학에 전념하려는 강한 열망을 표현하면서 가슴을 에는 편지를 보내고 있다. "이 작품 — (영어에서 유래한 듯, 덴질 엘리엇이라는 서명이 쓰인 『푸른 산 아카데미』) — 은 높은 문학적 가치를 지니고 있다네……. 난 인내심이 강하지만 그 누구도 감히 내가 내 가족을 위해 일하는 것을 방해할 생각은 아예 하지 않았으면 하네……. 나는 러시아 문단에서 문체에 무심하기로 유명하지……. 물론 원한다면 나도 온갖 고상한 문체로 쓸 수 있지만 말이야."

> 울지라, 아! 릴리바에움*이여,
> 우리 모두 당신과 함께 웁니다.
> 울지라, 아! 아그리겐툼*이여,
> 우리는 증원 병력을 기다립니다.

"하늘의 여신에 바치는 (이) 송가는 뭐냐고? 엠페도클레스*의 손자의 단편소설에 나오는 일화라네……. 그렇다면 엠페도클레스의 손자의 단편은 뭐냐고? 『푸른 산 아카데미』에 나오는 수많은 단편 중 하나지." 켄터셔 공작 부인은 골콘다* 근처 푸른 산에 있는 자신의 작은 왕국을 방문하기 위해 사교계 친구들과 어울려 범선을 타고 **수에즈 운하를 거쳐**[강조는 나의 것] 동인도로 향했다. "그곳에서 그들은 지혜롭고 선량한 상류층 인사들이 하는 일(이야기 들려주기)을 하게 되고, 이 이야기가 바로 덴질 엘리엇이 『유럽 통보』 편집자에게 보내는 후속 이야기보따리에서 계속될 것이라네." (편집자 스타슐레비치는 이 이야기들 중 그 어느 것도 게재하지 않았다.)*

머리가 어지럽고 눈앞에서 글자들이 헤엄치다 사라진다. 그리하여 여기서 우리는 다시 체르니셉스키의 '안경 테마'를 택하게 된다. 그는 가족들에게 새로운 안경을 보내 달라고 요청했다. 그런데 각별히 일목요연하게 설명하려고 노력했음에도 불구하고 뒤죽박죽되어 반년 후 그는 "5도 혹은 5.25도 대신 4.5도"를 받았다.

교육열이 분출되어 그는 사샤에게는 페르마*에 대해, 미샤에게는 교황과 황제의 분쟁에 대해, 아내에게는 의학, 칼스바트, 이탈리아 등에 대해 썼다. 이는 당연한 결과로 귀결되어, '교훈적 편지'는 그만 써 달라고 요청받았다. 그는 이에 너무 화가 나고 상심해서 이후 반년 이상 전혀 편지를 쓰지 않았다(당국은 결코 그로부터 겸손한 청원서, 예컨대 하사관 도스토옙스키가 세미팔라틴스크에서 이 세계의 강자들에게 보낸 것과 같은 유형의 편지*를 받아 볼 수 없었다). "아빠한테 아무 소식이 없구나 — 1879년 올가 소크라토브나는 아들에게 쓰고 있다 — 그는 살아 있기는 한 걸까? 내 사랑."* 이 억양으로 그녀는 많은 것을 용서받으리라.

또 한 명의 '스키'로 끝나는 성을 가진 얼간이가 갑자기 단역으로 불쑥 등장한다. 1881년 3월 15일, 자칭 "당신의 무명의 제자 비텝스키", 경찰 자료에 의하면 스타브로폴* 지방 병원의 음주를 즐기는 한 의사가, 체르니솁스키가 차르 살해에 책임이 있다는 익명의 견해에 대해 전혀 불필요하게 격앙하여 반대하면서 빌류이스크의 그에게 전보를 보냈다. "당신의 저작들은 평화와 사랑으로 충만합니다. 당신은 이를(즉 살해를) 원했을 리가 만무합니다."* 그의 이 소박한 말 때문인지, 아니면 다른 이유에서인지 알 수 없으나 정부는 부드러워져 6월 중순에는 감옥 입주자에게 친절한 배려를 베풀었다. 그의 주거지 벽을 테두리 장식이 있는 *gris perle*(진줏빛의) 벽지로 바르고 천장은 옥양목을 발라, 국고에서 총 40루블 88코페이카, 즉 야코블레프의 외투나 뮤즈의 커피보다 조금 많은 금액을 지출했다. 이듬해에는 이미 체르니솁스키 유령에 대한 거래가 타결되어, '자원 경호단'과 '인민의 의지당' 집행 위원회가 즉위식 기간의 평화 유지에 대해 협상하면서, 즉위식이 무사히 거행되면 체르니솁스키를 방면하는 방향으로 결정되었다. 이렇게 그들은 차르와 그를 맞바꿨던 것이다.* 그리고 역의 경우도 일어났다(이것은 후에 소비에트 정권이 사라토프에서 알렉산드르 2세의 동상을 그의 동상으로 대체했을 때 그 물질적 대미로 표출되었다). 그로부터 한 해가 더 흐른 뒤 5월 그의 아들들의 이름으로 최고의 미문체에 신파 조의 청원서가 제출되었다(물론 그는 이에 대해 모르고 있었다). 법무부 장관 나보코프*는 이에 상응하는 보고서를 썼고, "군주는 체르니셉스키를 아스트라한으로 이송할 것을 윤허했다".

1883년 2월이 끝나갈 무렵(과중한 멍에로 둔해진 시간은 이미 그의 운명을 힘들게 끌어가고 있었다), 헌병들은 결정에 대해 일절 아무 말도 않고, 갑자기 그를 이르쿠츠크로 이송했다. 상관없었다. 빌류이스크를 떠나는 것 자체로 행복해서, 길고 긴 레나 강(굽이굽이가 볼가 강과 너무 유사한)을 따라가는 여름 여행 내내 노인은 자주 헥사미터를 읊조리며 춤을 추곤 했다.* 하지만 9월 말에 여행은 끝났고 그와 함께 자유의 느낌도 끝났다. 첫날 밤부터 이미 이르쿠츠크는 깊고 깊은 두메산골의 똑같은 감옥으로 느껴졌다. 아침 무렵 헌병대장 켈레르가 그에게 들렀다. 니콜라이 가브릴로비치는 책상에 팔을 괴고 앉아 곧바로 반응하지는 않았다. "군주께서 당신을 사면하셨습니다"라고 켈레르는 말했고, 상대방이 조는 듯, 알아듣지 못하는 듯하자 다시 한 번 더 크게 반복했다. "나를?" 노인이 갑자기 되묻더니 의자에서 일어나 전령의 어깨에 손을 올리고는 머리를 흔들며 흐느끼기 시작했다. 저녁에는 긴 병을 앓고 난 후 회복 중이기는 하지만 여전히 기력이 쇠한 것처럼, 온몸이 달콤한 안개로 가득 찬 것처럼 느끼며, 그는 켈레르와 차를 마셨고 쉴 새 없이 지껄이며, 그의 아이들에게 "다소 페르시아풍의 동화들을(당나귀, 장미, 강도 등에 관한)" 들려주었다(청자 중 한 사람은 그렇게 회상하고 있다). 5일 후 그는 크라스노야르스크*로, 그곳에서 다시 오렌부르크로 후송되었다. 만추의 저녁 6시, 그는 우편 마차를 타고 사라토프를 거쳐 갔는데, 그곳 헌병 사령부 근처 여인숙의 요동치는 어스름 속에서 등불이 너무나 바람에 흔들려, 뜻밖의 만남을 위해 황급히 달려온 올가 소크라토브나의, 따뜻한 스카프로 휘감긴 젊었다 늙었다 젊었다 하는 변화무쌍한 얼굴을 제대로 알아보지 못했다. 그리고 바로 그날 밤, 무슨 생각에 잠겼는지 알 수 없는 체르니솁스키는 좀 더 먼 곳으로 후송되었다.

스트란노륩스키는 탁월한 기교와 유난히 생생한 서술로(거의 측은지심의 발현이라 생각될 정도이다) 체르니솁스키의 아스트라한에서의 정주를 묘사하고 있다. 두 팔을 활짝 벌려 그를 환영하는 사람 하나 없었고, 심지어 그를 초대하는 사람도 전혀 없었다. 바로 곧 그는 유형 생활 중 그의 유일한 지주였던 원대한 구상들이 이제는 어리석으리만치 명징하고 완전히 괴괴한 정적 속에 녹아 사라져야 함을 깨달았다.

그의 시베리아 질병들에 아스트라한은 황열병을 더했다. 그는 자주 감기에 걸렸고, 그의 심장은 고통스럽게 떨렸다. 그는 지나치게, 그리고 지저분하게 흡연했다. 가장 심각한 것은 극도로 예민한 신경이었다. 그는 대화 중에 이상하게 벌떡 일어섰는데, 마치 체포 당일 치명적인 라케예프에게 선수 치며 서재로 돌진했을 때의 그 돌발적 몸짓의 잔재인 듯했다. 거리에서 그는 나이 든 직공으로 착각할 정도로, 등이 굽고 남루한 하복에 구겨진 군모를 쓰고 있었다. “실례합니다만……”, “그런데 당신 생각에는……”, “그런데 말이에요……” 우연히 지나가던 호사꾼들이 어리석은 질문을 퍼부으며 그에게 들러붙었다. 배우 시로보야르스키는 줄기차게 “결혼을 해야 될까요, 아님 안 해야 될까요?”라고 물어 댔다. 두세 개의 마지막 밀고들은 젖은 폭죽처럼 쉬쉬거렸다. 그는 현지의 아르메니아인들 — 소상인들 — 과 친분을 텄다. 식자층은 그가 사회 생활에 그다지 관심이 없는 것에 놀라워했다. "당신들이 원하시는 게 뭐죠? — 그는 시큰둥하게 대답했다 — 여기서 제가 뭘 알 수 있겠어요? 아시다시피 전 단 한 번도 공개 재판에도, 지방 의회에도 참석한 적이 없답니다……."

지나치게 큰 귀를 활짝 드러내고 정수리 바로 아래 '새 둥지' 스타일로 머리를 올려 반지르르하게 빗은 그녀가 여기 다시 우리와 함께 있다(그녀는 사라토프에서 사탕과 새끼 고양이들을 가져왔다). 긴 입술에는 예의 비웃는 듯한 희미한 미소가 걸렸고, 고뇌에 찬 눈썹 라인은 훨씬 더 날카로워졌으며, 소매는 이제 어깨 위가 부풀려 재단되었다. 그녀는 이미 오십을 훌쩍 넘었는데(1833~1918) 그 기질은 예전처럼 병적이리만치 그악스러워 조그마한 일에도 그녀의 히스테리는 발작에 이르렀다.

생애 마지막 이 6년 동안 가련하고 늙고 그 누구에게도 불필요한 니콜라이 가브릴로비치는 기계 같은 항구성으로 출판인 솔다톈코프에게 『게오르크 베버의 세계사』를 한 권, 한 권 번역해 보냈다.* 동시에 제어하기 힘든 오래된 표현 욕구에 의해 추동(推動)된 그는 점차 베버 사이로 자신의 생각을 삽입하려 했다. 그는 자신의 번역에 '안드레예프'라는 서명을 달았는데, 제1권에 대한 서평(『관찰자』, 1884년 2월 호*)에서 비평가는, 이것은 "일종의 익명이다, 왜냐하면 러시아에서 안드레예프는 이바노프나 페트로프만큼이나 많기 때문이다"라고 지적하고 있다. 뒤이어 무거운 문체에 대한 신랄한 비난과 짧은 질책이 이어졌다. "안드레예프 씨는 서문에서 러시아 독자에게는 예전부터 친숙한 베버의 장단점을 상술할 필요가 없었다. 이미 1850년대에 베버의 교과서가 나왔고 거의 동시에 E. 코르슈와 B. 코르슈의 번역으로 『세계사 편람』 세 권이 나왔다…….* 그는 선배들의 저작을 간과하지 말았어야 했다."

이 E. 코르슈는 독일 철학자들이 택한 어휘 대신 고대 러시아어 용어를 선호하던 사람으로('소청(訴請)', '고식지계(姑息之計)', '미혹(迷惑)' 등, 특히 마지막 단어는 그 스스로 따옴표의 엄호 속에 대중에게 선보였다), 이제 팔십 먹은 노인이 되었다. 그는 솔다툔코프의 동료였고 그 자격으로 '아스트라한 역자(譯者)'의 교정을 맡아 수정을 가했는데, 이것이 체르니솁스키를 격노케 했다. 체르니솁스키는 출판인에게 보낸 편지에서 그의 오래된 체계에 따라 예브게니 표도로비치 '격파'에 착수하여,* 처음엔 "러시아에서 나만큼 러시아 문학어를 잘 아는 사람이 없음을 보다 명확히 인지하는" 다른 사람에게 교정쇄를 넘길 것을 분연히 요구했고, 다음에는 자신의 뜻이 관철되자 그 특유의 '양각 논법(兩角論法)'을 사용했다. "진정 제가 이처럼 사소한 것에 신경 썼겠어요? 그러나 코르슈 씨가 계속 교정을 보고자 하신다면 수정을 가하지 않도록 요청해 주십시오. 그것들은 정말이지 얼토당토않거든요." 이에 못지않게 고통스러운 쾌락을 느끼며 그는, 선의로 올가 소크라토브나의 낭비벽을 고려하여 체르니솁스키에게는 월급(2백 루블) 형식으로 지불해 달라는 취지의 대화를 솔다툔코프와 나눴던 자하리인도 격파했다.* "당신은 음주 때문에 이성이 흐트러진 인간의 후안무치로 아둔해졌소"라고 체르니솁스키는 썼다. 그리고 자신의 논리 장치, 녹슬고 삐걱대지만 여전히 꿈틀거리는 장치를 가동시켜, 처음에는 자신이 불쾌해한 것은 자신이 축재(蓄財)를 원하는 도둑으로 간주되었기 때문이라고 이유를 달았지만, 나중에는 그의 분노가 사실 올가 소크라토브나를 위한 제스처였을 뿐이라고 해명했다. "제가 당신께 보낸 편지로 인해 그녀는 자신의 낭비벽에 대해 알게 되었는데, 그녀가 내게 완곡하게 표현하라고 청했을 때 내가 그녀의 말을 듣지 않은 덕분에 발작이 일어나지 않았소." 바로 이즈음에(1888년 말) 또 한 편의 간략한 서평 — 벌써 베버의 제10권에 대한 — 이 나왔다.* 그의 끔찍한 정신 상태, 상처받은 자존심, 노령의 괴팍스러움, 그리고 정적을 소리쳐서 제압하려는 최후의 절망적 시도(이는 폭풍우를 소리쳐서 제압하려 했던 리어 왕의 시도보다 훨씬 더 힘들었다), 이 모든 사항은 그의 안경을 통해 『유럽 통보』의 연분홍빛 표지 안쪽의 서평을 읽을 때 반드시 기억되어야 한다. "유감스럽게도, 러시아 번역가는 제6권까지만 역자로서의 단순한 의무에 충실했고, 이미 제6권 이후부터는 자신에게 새로운 의무…… 베버를 '정돈하기'라는 과제를 부과했음이 서문에서부터 밝혀진다. 저자가 '변복'을 한 이러한 번역에 대해 그에게 사의를 표할 리는 만무하다. 특히 베버처럼 권위적인 저자인 경우에는 말이다."

"이 무심한 발길질로 — 여기서 스트란노륩스키는 (은유를 다소 뒤섞으며) 말하고 있다 — 운명은 그에게 굴레 지운 응보의 사슬을 훌륭히 완결한 듯하다." 하지만 그렇지 않았다. 우리에게는 아직 또 하나의, 가장 끔찍하고 가장 완벽한 최후의 형벌을 고찰할 일이 남아 있다.

체르니셰프스키의 삶을 갈기갈기 찢어 놓은 광인들 중 최악은 그의 아들이었다. 물론 평생을 순하게 살면서 성심껏 세금 문제에 전념했던 동생 미하일은 아니다(그는 철도 업무를 보고 있었다). 그는 마치 아버지의 긍정적 속성을 이어받은 듯 선한 아들이었다. 왜냐하면 그의 탕아 형제가(윤리적 그림이 생겨난다) 자신의 『환상 단편』과 시답잖은 시집을 출간하는 동안(1896~1898),* 그는 경건하게 니콜라이 가브릴로비치 작품의 기념비적 출판을 시작하여 거의 완결시키고 1924년에 일반의 존경 속에서 죽었던 것이다. 이때는 알렉산드르가 죄 많은 로마에서 바닥이 돌로 된 작은 방에서 이탈리아 예술에 대한 초인적 사랑을 선언하고 영감의 광포한 불길 속에서 사람들이 자신의 말만 들었어도 삶이 달라졌을 텐데, 달라졌을 텐데, 라고 소리 지르며 요절한 지 10년 정도 더 흐른 뒤였다. 마치 아버지가 질색했던 모든 것으로부터 창조된 듯한 사샤는 청소년기를 벗어나자마자 온갖 기묘하고 공상적이며, 동시대인에게는 불가해한 것에 심취했으며(호프만과 에드거 포에 빠져들었고 순수 수학에 매료되었다), 좀 더 후에는 러시아에서는 선구적으로 프랑스의 "저주받은 시인들"*을 높이 평가했다. 아버지는 시베리아에서 굳어 지내는 바람에 아들의 성장 과정을 지켜볼 수가 없었고(그는 피핀가(家)에서 양육되었다), 나중에 알게 된 사실도 자기 식으로 해석했는데, 이는 사샤의 정신병이 그에게는 비밀로 부쳐졌기 때문에 더욱 그러했다. 그의 수학의 순수성은 점차 체르니셰프스키에게 거슬리기 시작했다. 그리하여 짐짓 유쾌한 농담으로 시작하여 나중에는 (너무나 좋게 화두를 꺼내는 체호프 주인공의 대화처럼 — "나이 든 대학생, 불치의 이상주의자가 말하기를……"*) 격분에 찬 욕설로 끝나는 아버지의 장문의 편지를 젊은이가 어떤 마음으로 읽었을지는 쉬이 상상이 간다. 그런데 그가 이 수학적 열정에 격분한 이유는 단지 그것이 비공리적 태도의 발현이기 때문만은 아니었다. 삶에서 뒤처진 체르니셰프스키는 온갖 새로운 것에 야유를 퍼부으며, 세상의 모든 개혁자, 기인, 실패자에게 분풀이했던 것이다.

인정 많은 피핀은 1875년 1월에 빌류이스크에 있는 그에게 대학생 아들의 미화된 형상을 보내며 라흐메토프의 창조자가 기뻐할 만한 일(사샤가 말이야, 운동하려고 반 푸드짜리 쇠공을 주문했다지 뭔가), 모든 아버지가 듣기 좋아할 만한 일들을 알렸다.* 피핀은 차분하고 온화하게 니콜라이 가브릴로비치와의 소싯적 우정을 회상하며(그는 체르니셉스키에게 많은 신세를 졌다), 사샤가 아버지와 똑같이 굼뜨고 모나며, 똑같이 소리 높여 커다랗게 웃는다는 것…… 등등을 알렸다. 1877년 가을, 사샤는 갑자기 넵스키 보병 연대에 입대했다가 현역 군인이 되지 못한 채 티푸스를 앓는다(그의 연이은 불행은 모든 것을 망가뜨리고 모든 것을 손에서 놓치고 마는 아버지의 유산의 독특한 반영이다). 페테르부르크로 돌아오자마자 그는 교습을 하고 확률론에 대한 논문을 출판하며 혼자 살았다. 1882년부터 정신 질환이 악화되어 여러 차례 그를 요양원에 입원시켜야 했다. 그는 공간을 두려워했다, 더 정확히는 다른 차원으로 미끄러지는 것을 두려워했다. 그래서 죽지 않기 위해 펠라게야 니콜라예브나 판 데르 플리트(처녀 적 성은 피피나)의 확실하고 견고한—유클리드 주름 속의—치마에 줄곧 매달려 있었다.*

이 일은 아스트라한으로 이주한 체르니셉스키에겐 여전히 비밀에 부쳐졌다. 그는 디킨스나 발자크에 나오는 성공한 부르주아에게나 어울릴 법한 가학적 완고함과 깐깐한 냉정함을 지니고, 편지에서 아들을 "어리석은 괴짜", "걸식하는 기인"이라 부르며, "걸인으로 남고" 싶어 한다고 비난했다.* 결국 피핀은 더 이상 참지 못하고 살짝 흥분하여 사촌에게 사샤가 비록 "냉정하고 계산적인 실무가"는 못 되었지만 대신 "순수하고 정직한 영혼은 얻었다"고 평했다.*

그리하여 사샤는 아스트라한으로 왔다. 니콜라이 가브릴로비치는 이 번쩍이는 퉁방울 눈을 보았고 이 얼버무리는 이상한 말투를 들었다……. 사샤는 석유상 노벨*에게서 일자리를 구해 화물을 바지선에 싣고 볼가 강을 따라 운송하는 업무를 맡아 여행하던 도중, 석유에 전 듯 푹푹 찌는 악마 같은 한낮에, 회계사의 머리를 쳐 군모를 떨어뜨리고 열쇠를 무지갯빛 강물에 던지고는 아스트라한의 집으로 돌아와 버렸다. 바로 그 여름, 『유럽 통보』에는 그의 시 네 편이 실렸고* 거기에는 재능의 섬광이 번뜩였다. "사앎이 쓰라리다 느껴질지라도 — (여기서 일부러 추가된 음절, '사앎'*에 관심을 기울여 보라. 이것은 실패자 유형 중 정신적으로 불안정한 러시아 시인들에게 극히 전형적인 특성으로, 마치 그들의 삶에서 노래로 시화할 그 무엇이 결핍되어 있음의 증표인 듯하다) — 비난하거나 심판하지 마라. 가슴 깊이 따스하고 다정한 마음을 지니고 태어난 너 자신의 죄이니. 그토록 자명한 죄를 인정하지 않는다면……."(바로 이 행만 진짜처럼 울린다).

아버지와 아들의 동거는 공동의 지옥이었다. 체르니셉스키는 끝없는 훈계로 사샤를 고통스러운 불면에 이르게 했고('유물론자'로서 그는 사샤의 장애의 주요 원인을 '비참한 물질적 상황'이라 간주할 정도로 광신적인 무모함의 소유자였다), 그 스스로도 심지어 시베리아에서도 경험하지 못한 고통을 느꼈다. 그 겨울, 사샤가 떠났을 때 — 처음에는 제자의 가족과 함께 하이델베르크로, 그 다음에는 "의사와 면담할 필요가 있어서" 페테르부르크로 간 듯하다 — 둘 모두 한결 숨쉬기가 편해졌다. 웃지 못할 사소한 불운이 사샤에게 연속으로 덮쳤다. 어머니의 편지(1888)에서 알 수 있듯이, "사샤가 나다니는 동안 그가 살던 집이 불탔고", 동시에 그가 지니고 있던 모든 것이 불타 버려 이제 완전히 궁핍해진 그는 스트란노륩스키(비평가의 아버지일까?)의 별장으로 이주하게 되었다.*

1889년 체르니셉스키는 사라토프로의 이주 허가를 받았다. 당시 그가 어떤 심경을 느꼈든 간에 감내하기 힘든 집안의 근심사로 인해 복잡한 심사(心思)였으리라. 늘 병적으로 전시회에 열광했던 사샤가 갑자기 악명 높은 파리 *Exposition universelle*[40]로 지극히 행복하고 완전히 정신 나간 여행을 떠난 것이다. 처음에 그는 베를린에서 옴짝달싹 못하게 되어, 그곳 영사 앞으로 송금하며 그를 귀가 조치하도록 요청해야 했다. 그러나 무슨! 사샤는 돈을 받자마자 파리에 당도했고, "경이로운 바퀴, 정교한 거대한 탑"을 실컷 관람했다. 그리고 또다시 무일푼으로 남겨졌다.

베버의 거작에 대한 체르니셉스키의 열병 같은 작업은(이는 그의 뇌를 강제 노동 공장으로 변환시키는, 사실 인간 사고에 대한 위대한 조롱이다) 예상외 지출을 감당하지 못했다. 그리하여 하루 종일 받아쓰게 하고 받아쓰게 하고 받아쓰게 하면서 그는 더 이상 불가능함을, 세계사는 더 이상 돈이 될 수 없음을 느꼈다. 게다가 사샤가 파리에서 사라토프로 들이닥친다는 공황 상태의 두려움이 그를 괴롭혔다. 10월 11일, 그는 아들에게, 어머니가 페테르부르크로 돌아올 여비를 보낼 것이라고 쓰면서 ― 누누이 ― 어떤 직업이든 잡아서 상관이 시키는 일은 무엇이든 하라고 충고했다. "네가 상관에게 하는 무식하고 어리석은 설교는 그 어떤 상사도 참을 수 없단다."(이렇게 '습자 교본의 테마'는 끝난다.) 그는 줄곧 몸을 떨고 중얼중얼하면서 봉투를 봉한 뒤 손수 편지를 부치러 역으로 갔다. 온 도시를 휘감던 매서운 바람은, 이미 첫 번째 골목에서부터 가벼운 차림으로 길을 재촉하던 성난 노인에게 불어닥쳤다. 다음 날 그는 고열에도 불구하고 촘촘한 활자로 **열여덟** 페이지를 번역했다. 13일에도 역시 계속하려 하였으나 설득당해 단념했다. 14일에는

40 국제 박람회.

헛소리가 시작되었다. "잉가(inga), 잉(ing)…… — (한숨) — 난 완전히 낙담해 있다……. 새 행으로……. 슐레스비히 홀슈타인에 약 3만 명의 스웨덴 병사를 파견할 수 있다면 덴마크의 모든 군대를 쉽게 궤멸시키고, 코펜하겐을 제외한 모든 섬을 점령할 수 있을 텐데, 코펜하겐은 완강하게 수비하겠지. 그러나 11월에, 9일은 괄호 안에 넣으세요, 코펜하겐도 함락되었다, 세미콜론을 넣으세요. 스웨덴인들은 덴마크 수도의 주민 전체를 밝은 은으로 바꾸어 애국적 당파의 열혈 분자들을 이집트로 추방했다……. 네, 네, 어디였었지……. 새 행으로……." 이렇게 그는 오랫동안 헛소리를 하며, 상상의 베버에서 자신의 상상의 자서전으로 옮겨 가기도 하고, "이 인간의 가장 미세한 운명이 정해졌고 그에게 구원이란 없다……. 그의 핏속에서는 미세하지만 고름의 입자가 발견되었고, 그의 운명은 정해졌다……"라고 꼼꼼하게 논하기도 했다. 그는 자기 자신에 대해 말했던 걸까? 그가 전 생애에 걸쳐 경험하고 이룬 모든 것을 비밀스럽게 망치는 이 입자를 그는 자신의 몸속에서 느꼈던 걸까? 사상가이자 근면가이고 명석한 지성의 소유자인 그는 자신의 유토피아에 속기사 부대를 거주시킨 채, 이제는 결국 자신의 **헛소리**를 비서가 받아쓸 지경까지 살았던 것이다. 17일 전날 밤 그는 졸중으로 쓰러졌고, 입속의 혀가 왠지 두꺼워진 듯 느꼈으며, 이후 곧 서거했다. 그의 마지막 말은 (16일 새벽 3시) "이상한 일이지, 이 책에서는 신이 단 한 번도 언급된 적이 없어"였다. 그가 속으로 되뇐 책이 정확히 **어떤** 책이었는지 알 수 없음이 애석할 따름이다.

이제 그는 베버의 죽은 전집들에 둘러싸인 채 누워 있고, 안경 집은 사람들에게 거치적거렸다.

파리에 최초로 합승 마차가 출현하고 사라토프의 사제가 자신의 기도서에 "7월 12일 오전 2시가 막 지나 아들 니콜라이가 태어났다……. 13일 아침, 미사 전에 세례를 받았고, 대부는 뱌좁스키(Fed. Stef. Vyazovski) 사제장……"이라고 기록했던 1828년 이후 61년이 흘렀다. 훗날 체르니셉스키는 이 성을 시베리아에서 쓴 중편의 주인공-낭독자에게 붙였다. 그리고 기묘한 우연의 일치로, 한 무명 시인이, 우리가 가지고 있는 정보에 의하면, N. G. 체르니셉스키에게 헌정되었다고 하는 시를 잡지 『세기』(1909년 11월)에 게재하면서, 바로 똑같은, 아니 거의 유사한(F. V...ski) 서명을 남기고 있다. 이 시는 형편없지만 흥미로운 소네트로 여기서 전부 인용한다.

과거를 찬미하기도 하고, 터놓고 비난하기도 하며,
너의 먼 후손은 너에 대해 뭐라 할까?
너의 삶은 끔찍했다고? 달리 살았으면 행복했으리라고?
넌 다른 삶을 기대하진 않았노라고?

너의 위업은 헛되이 끝난 것은 아니어서,
무미건조한 작품은 선의 시로 점화되고,
수갑 찬 죄수의 하얀 이마는
공기의 원형 월계관이 씌워지겠지?

제5장

「체르니솁스키의 생애」가 출간된 지 2주 후, 최초의 순진한 반향이 울려 퍼졌다. 발렌틴 리뇨프(바르샤바)는 다음과 같이 쓰고 있다.

보리스 체르딘체프의 새 책은, 무슨 연유에서인지 작가가 소네트(?)라고 명명한 **여섯 개의** 시행으로 시작된다. 이후 저명한 체르니솁스키의 생애에 대한 현란하고 별스러운 묘사가 이어진다.

작가에 의하면 체르니솁스키는 '지극히 선량한 사제장'의 아들로 태어나(그러나 언제, 어디에서 태어났는지는 언급되지 않았다) 신학교를 마쳤다. 그의 아버지가 네크라소프까지 감화시킬 정도로 성스러운 삶을 살다 별세한 후, 그의 어머니는 젊은이를 페테르부르크로 유학 보냈다. 여기서 그는 곧장, 거의 역에서부터 소위 당대 '사상의 군주'라 칭해졌던 피사레프, 벨린스키 등과 친교를 맺었다. 젊은이는 대학에 입학하여 기계 발명에 전념하고 많은 일을 하다가 류보비 예고로브나 로바쳅스카야와 최초의 로맨스를 경험하면서, 그녀의 예술 사랑에 전염되었다. 하지만 어느 날 파블롭스크에서 낭만적 치기로 어떤 장교와 충돌한 이후 사라토프로 돌아와야 했고, 그곳에서 그는 미래의 아내에게 청혼하고 곧 그녀와 결혼한다.

이후 모스크바로 돌아와 철학을 공부하고 잡지들에 참여하며 많이 쓰고(소설 『무엇을 할 것인가』), 당대 저명한 작가들과 친교를 맺는다. 체르니솁스키는 점차 혁명 과업에 연루되게 되고, 당시만 해도 아직 앳된 젊은이였던 유명한 파블로프 교수와 도브롤류보프와 함께 연설했던 격렬한 집회 이후, 국외로 떠나야 했다. 그는 얼마 동안 런던에 체류하며 게르첸과 협력하지만 이후 러시아로 귀환했다가 곧바로 체포된다. 알렉산드르 2세의 살해 기도 혐의로 체르니솁스키는 사형 선고를 받고 공개 처형된다.

이것이 바로 체르니솁스키 삶의 약사(略史)이다. 만약 작가가 그의 삶을 이야기하면서, 의미의 모호화를 초래하는 많은 불필요한 세부 묘사나 극히 다양한 테마에 대한 온갖 장황한 이탈을 삽입할 필요가 없다는 것을 깨달았다면 훨씬 좋았으리라. 가장 최악은 주인공의 교수형 장면을 묘사하고 주인공과 결별한 후에도, 작가는 이에 만족하지 못하고 이후 읽기 불편한 여러 지면들로 연장하면서, 만약의 경우에, 만약에, 예컨대 체르니솁스키가 처형당하지 않고 도스토옙스키처럼 유형에 처해졌다면 어떻게 되었을까 하는 식으로 논한다는 점이다.

작가는 일반적인 러시아어와는 다른 언어로 쓰고 있다. 그는 단어를 고안해 내기를 즐긴다. 가령 "운명은 전기 작가의 부족(!!)의 예견하에 분류 작업을 한다(?)"와 같은 길고 꼬인 문장을 선호하고, 혹은 등장인물의 입을 통해 장엄하지만 다소 비문(非文)인 금언 — 예컨대 "시인은 자기 노래의 주제를 스스로 택하며,

대중은 그의 영감을 주도할 권리가 없지요." — 을 말한다.

이 신변잡기적 서평과 거의 나란히 크리스토퍼 모르투스(파리)의 비평이 나왔다 — 지나는 이 비평에 너무 질려, 이후 그 이름이 거론될 때마다 눈이 휘둥그레지고 콧구멍이 긴장했다.

우리는 통상 젊은 신예 작가를 평할 때 — (모르투스는 침착하게 쓰고 있다) — 다소 난처함을 느낀다. 그를 침몰시키는 것은 아닌지, 혹은 지나치게 '피상적인' 지적으로 그에게 해가 되는 것은 아닌지 고민하게 되는 것이다. 필자가 보기에 이번 경우는 기우인 듯하다. 고두노프 체르딘체프는 기실 신예다. 그러나 극히 자신만만한 신예이기에 그를 침몰시키기는 녹록지 않아 보인다. 이제 막 출간된 이 책이 차후 '성공'의 예고편인지는 아직 미지수다. 그러나 설령 이것이 그 시작이라 할지라도 특별히 만족스러운 작품이라 인정하기는 힘들다.

미리 한 가지 단서를 달겠다. 고두노프 체르딘체프의 작품이 성공작인지 아닌지는 사실 전혀 중요하지 않다. 어떤 이는 좀 더 잘 쓰고 어떤 이는 좀 더 못 쓰지만, 결국 여정의 끝에서 이들 모두를 기다리는 것은 테마로, 이것은 "누구도 피해 갈 수 없다". 문제는 전혀 다른 데 있는 것으로 보인다. 비평가나 독자의 초미의 관심사가 책의 '예술적' 자질이나 재능의 정확한 측정이었던 황금시대는 영원히 흘러갔다. 우리의 문학은 — 내가 가리키는 것은 진정한, "의심의 여지 없는" 문학으로, 완전무결한 취향을 지닌 이는 나를 이해하리라 — 보다 단순하고 진지하며 건조한 것이 되었다. 이는 필시 예술을 희생시킨 결과이지만, 그 대신 문학은 (치포비치, 보리스 바르스키의 몇몇 시나 코리도노프의 산문 등에서*) 너무나 절절한 우수, 음악, '절망적인' 천상의 매력으로 울리기 시작한 까닭에, 사실 "지상의 지루한 노래"*에 대해 애석해할 필요는 없다.

1860년대의 저명한 활동가에 대해 집필하겠다는 의도 자체에는 비난의 소지가 없다. 집필한 것도 좋고, 출간된 것도 좋다, 그보다 형편없는 책들도 출간되었으니 말이다. 그러나 작가의 기본 정조나 사고의 '분위기'는 괴이하고도 불쾌한 우려를 양산한다. 이러한 책의 출현이 얼마나 시의적절했는지에 대해서는 논하지 않겠다. 어차피 자신이 원하는 바를 쓰고자 하는 인간은 그 누구도 말릴 수 없는 법이 아닌가! 하지만 나의 견해로는 — 그리고 비단 나만 그렇게 느끼는 것은 아니리라 — 고두노프 체르딘체프의 작품 기저에는 본질상 지극히 무례한 무언가가, 신랄하고 모욕적인 무언가가 자리한다. 물론 '60년대인들'에 대해 이런 저런 태도를 취하는 것은 순전히 그의 권리이지만(물론 이 역시 논쟁의 여지는 있다), 그는 그들을 '폭로하면서' 모든 섬세한 독자들에게 당혹감과 혐오감을 불러일으키지 않을 수 없었다. 이 모든 것이 얼마나 부적절했는지! 얼마나 시의적절하지 못했는지! 보다 정확하게 논지를 전개해 보겠다. 이러한 몰취향의 작업이 바로 지금, 바로 오늘 행해졌다는 사실 자체만으로도 우리 시대의 카타콤*에서 무르익은 의미심장하고, 쓰라리고, 설레는 무언가가 소멸된다. 아, 물론 '60년대인들', 그중에서도 특히 체르니셉스키는 자신의 문학적 판단에 있어 그릇된, 어쩌면 실소를 자아낼 수도 있는 진술을 적잖이 했다. 그러나 그 누가 이러한 죄로부터 자유로운가? 그리고 이것은 그다지 큰 죄도 아니지 않은가……. 그러나 그들의 비평의 전반적 '어조'에는 어떤 진리가 관통하고 있고, 극히 역설적으로 들리겠지만, 이 진리는 바로 오늘,

바로 지금에야 우리에게 친숙한 것, 이해 가능한 것이 되었다. 물론 여기서 내가 염두에 두는 것은 뇌물 수수자에 대한 공격이나 여성 해방…… 등이 아니다. 당연히 이것은 핵심이 아니다! 어떤 궁극의, 참진(眞)의 의미에서 그들의 요구와 우리의 요구가 일치한다고 말하면 내 말뜻을 정확히 이해할 수 있으리라(무릇 타인도 이해될 수 있으므로). 오, 나는 우리가 그들보다 더 섬세하고 영적이며 '음악적'이고, 우리의 최종 목표 — 그 아래로 우리의 삶이 흘러가는 찬연한 검은 하늘 밑에 — 는 단순히 '공동체'나 '독재자 타도'가 아님을 알고 있다. 그러나 그들도 그랬던 것처럼, 우리 역시 네크라소프나 레르몬토프를, 특히 레르몬토프를 푸시킨보다 더 친근하게 느낀다. 이렇게 극히 단순한 예를 드는 것은 바로 이 예가 곧장 우리가 그들과 인척임을 — 비록 친척까지는 아닐지라도 — 규정하기 때문이다. 그들이 일부 푸시킨 시에서 감지했던 냉랭함, 멋내기, '무책임함'은 우리에게도 들린다. 혹자는 우리가 좀 더 현명하며 민감하다고 반박할지도 모른다……. 좋다, 동의한다. 그러나 기실 중요한 것은 체르니솁스키의(벨린스키이든 도브롤류보프이든, 여기서 이름과 날짜는 중요하지 않다) '이성주의'가 아니라, 당대에도 현대처럼 정신적 선각자들은 하나의 '예술', 하나의 '리라'로는 만족할 수 없음을 이해했다는 데 있다. 우리들, 세련되고 피로한 후손들 역시 최우선적으로 인간적인 것을 원한다. 우리가 필요로 하는 것은 정신에 필수 불가결한 가치이다. 이러한 '유용성'은 그들이 설파했던 것보다 좀 더 고상하며, 아마 어떤 면에서는 심지어 보다 절실할 수도 있다.

논문의 본 주제에서 너무 이탈했다. 그러나 때로는 '주제 주변'을 배회하다가 주변의 옥토에서 훨씬 더 정확하고 진정성 있게 의견을 피력할 수도 있지 않은가……. 본디 모든 책에 대한 해석은 어리석고 무의미하다. 게다가 우리의 관심사는 '작가의 과제' 수행도, 심지어 '과제' 그 자체도 아니고, 단지 '과제'에 대한 작가의 태도인 것이다.

더 나아가, 과연 양식화된 언쟁과 인위적으로 소생된 생활 양식을 지닌 과거 영역으로의 이러한 유람이 진정 필요한 것인가? 체르니셉스키가 여인에게 어떻게 처신했는지 아는 것이 그 누구에게 중요하겠는가? 비통하고 연약하며 금욕적인 우리 시대에는 그런 유형의 짓궂은 탐색이나, 극히 호의적인 독자마저 외면하게 만드는 오만한 혈기로 침윤된 공허한 문학이 발 디딜 공간은 없다.

이후 서평이 쏟아졌다. 프라하 대학의 교수인 아누친은(잘 알려진 공인으로 빛나는 도덕적 순수성과 대단한 개인적 용기를 지닌 인물이며, 1922년 추방되기 직전, 권총 찬 가죽 재킷 인사들이 그를 체포하러 왔다가 고대 엽전 수집품에 정신이 팔려 그의 연행을 지체하자, 침착하게 시계를 가리키며 "여러분, 역사는 기다리지 않소"라고 말했다는 바로 그 아누친 교수다) 파리에서 발간되는 두툼한 잡지에 「체르니셉스키의 생애」에 대한 자세한 분석을 실었다.

작년에 — (그는 쓰고 있다) — 본(Bonn) 대학교의 오토 레더러(Otto Lederer) 교수의 흥미로운 책 『세 명의 독재자〔알렉산드르 무제(霧帝), 니콜라이 냉제(冷帝), 니콜라이 권제(倦帝)〕』가 출간되었다. 인간 영혼의 해방에 대한 열정적인 사랑과 인간 영혼의 박해자들에 대한 불타는 증오로 촉발된 레더러 교수는 몇몇 판단에 있어서는 편파적이었다. 예컨대 제위의 상징을 강력하게 구현하려는 러시아 국가 기구의 열정을 전혀 고려하지 않았던 것이다. 그러나 악의 적발 과정에서 나타나는 지나친 열기는, 심지어 맹목이라 할지라도, 여론에 의해 객관적 선으로 간주된 것에 대한 경미한 조롱보다는 — 아무리 기지 넘치는 것이라 할지라도 — 항상 좀 더 납득할 수 있고, 용인할 수 있다. 그런데 고두노프 체르딘체프 씨는 N. G. 체르니셉스키의 생애와 작품을 서술하면서 바로 이 두 번째 길, 절충적 독설의 길을 택했다.

작가는 분명 정통한 시각으로, 또 나름대로 성실하게 주제에 접근하고 있으며, 그에게 글쓰기 재능이 있는 것은 분명하다. 그가 진술한 몇몇 사고나, 사고의 대비는 단연 재치로 빛난다. 그러나 이 모든 것에도 불구하고 그의 책은 혐오스럽다. 이러한 인상에 대해 차분히 조명해 보기로 하자.

유명한 시대가 택해졌고 그 대표자 한 명이 선택되었다. 그런데 작가는 '시대'라는 개념을 숙지했을까? 아니다. 무엇보다 그에게는 **시간의 범주**에 대한 인식 자체가 없었고, 이 개념이 부재할 경우 역사는 현란한 점들의 자의적 회전으로, 자연에는 존재하지 않는 초록 하늘에서 물구나무선 보행자의 형상을 담은 일종의 인상주의파 그림으로 변모하게 된다. 하지만 그렇다고 이러한 기법(말이 나왔으니 이야기지만, 폼 나는 박학다식에도 불구하고 본 작품의 온갖 학문적 가치를 소멸시키고 마는)에 작가의 주된 실수가 있었던 것은 아니다. 그의 주된 실수는 그가 체르니셉스키를 묘사한 **방식**에 있다.

체르니셉스키가 현대의 젊은 유미주의자보다 시의 제 문제에 덜 정통했다는 사실은 전혀 중요하지 않다. 그가 자신의 철학적 관념에 있어 고두노프 체르딘체프 씨의 취향인 초월론적 민감성을 경원시한 것도 전혀 중요하지 않다. 중요한 것은 체르니셉스키가 예술과 학문을 바라보는 관점이 어떠했든 간에, 그것은 그 시대 선각자들의 세계관이었으며, 더욱이 사회사상의 전개와, 그 열기와, 그 건전한 행동력과 부단히 연관되었다는 점이다. 바로 이런 관점에서만, 이 유일하게 옳은 조명 아래에서만 체르니셉스키의 사상 체계는, 고두노프 체르딘체프 씨가 자신의 주인공을 악의적으로 조롱하는 무기로 사용했던, 1860년대와 전혀 무관한 근거 박약한 논거의 의미를 훨씬 능가하는 의의를 획득한다.

게다가 그는 주인공만 조롱하는 것이 아니다. 그는 독자도 조롱하고 있다. 저명한 체르니셉스키 권위자들 가운데 비실존 인물인 권위자를 삽입시켜 작가가 마치 그에게 도움을 청하는 듯한 양상을 취하는 것을 달리 어떻게 평가할 수 있단 말인가? 보기에 따라서는, 만약 고두노프 체르딘체프 씨가 체르니셉스키의 박해자 측의 열혈 지지자였다면, 체르니셉스키에 대한 조롱을 용서하긴 힘들어도 적어도 학문적으로는 이해할 수 있었을 것이다. 이는 최소한 하나의 관점일 수 있으며, 따라서 독자는 해당 작품을 읽으면서 작가의 편파적 관점을 끊임없이 수정하고, 그렇게 함으로써 진실에 이를 수도 있는 것이다. 그런데 애석하게도 고두노프 체르딘체프 씨에서는 수정할 것이 아무것도 없고, 관점은 "도처에 있으면서도 아무 데도 없다". 비단 이뿐만이 아니다. 독자가 글의 흐름을 따라 흘러 내려가다가 마침내 잔잔한 웅덩이, 체르니셉스키의 사상과는 대립되지만 분명히 작가가 수긍하는 듯하여 독자의 판단이나 안내에 기조가 될 만한 사고 영역에 상륙했다고 생각하는 순간, 작가는 갑자기 독자에게 의외의 일격을 가하고 그의 발밑에서 허상의 버팀목을 차 버려, 결국 또다시 체르니셉스키에 대항하는 출정에서 고두노프 체르딘체프 씨는 누구의 편인지, 예술을 위한 예술의 옹호자 편인지, 아니면 정부 편인지, 그도 아니면 독자가 아직 모르는 체르니솁스키의 또 다른 적들 편인지 알 수 없게 된다. 주인공에 대한 야유에 관한 한 작가는 온갖 방법을 섭렵한다. 그에겐 꺼릴 만큼 혐오스러운 세부 사항이란 없다. 그는 분명 이 모든 세부 사항이 젊은 체르니솁스키의 '일기'에 있다고 응수하리라. 그러나 거기서 세부 사항은 자신의 장소, 자신의 환경 속에, 응당의 순서와 관점에 따라, 훨씬 더 가치 있는 많은 다른 사고와 감정 사이에 자리했다. 그런데 작가는, 어떤 이가 오로지 머리카락, 손톱, 신체 배설물의 파편들을 공들여 조합해 인간 형상을 복원하려 했던 것처럼, 바로 이 세부 사항들을 입수하여 조립하고 있는 것이다.

다시 말해서, 작가는 자신의 책 전체에 걸쳐 자유 민주적 러시아의 가장 순수하고 가장 용감한 아들 중 한 명의 인격을 한껏 조롱하고 있다. 동시에 러시아의 다른 진보적 사상가들(그들의 역사적 실체에 대한 존경이 우리의 의식 속에 편재하는)에게도 덩달아 발길질을 보낸 것은 말할 것도 없다. 전적으로 러시아 문학의 인문적 전통 바깥에 위치한, 따라서 문학 전반의 바깥에 위치한 그의 책에는 사실상의 거짓은 없으나(앞에서 거론된 '스트란노륨스키'와 두세 개의 미심쩍은 사소한 사항과 몇몇 묘사를 제외한다면 말이다), 그 안에 자리한 '진실'은 지극히 편파적인 거짓보다 더 나쁘다. 왜냐하면 **이러한** 진실은 러시아 사회사상과 유리될 수 없는 보물 중 하나인 숭고하고 순결한 진리(이것이 없으면 위대한 희랍인이 'tropotos'*라 명명했던 것이 역사에서 사라진다)에 위배되기 때문이다. 오늘날에는 다행히 책을 불에 태우지는 않지만, 고백하건대 이러한 관습이 여전히 존재한다면 고두노프 체르딘체프 씨의 책은 마땅히 광장에서 불태워 질 제1후보라 할 것이다.

이후 콘체예프가 문학 연감 『탑』에 발표했다. 그는 침공이나 지진의 순간에 도주하는 장면을 묘사하며 이야기를 시작했다. 이때 생존자들은 손에 잡히는 대로 전부 들고 나오기 마련인데, 누군가는 반드시 커다란 액자 속의 오랫동안 잊고 지내던 친지의 초상화를 끌고 나온다는 것이다. "바로 이러한 초상화 중 하나가 — (콘체예프는 쓰고 있다) — 러시아 인텔리겐치아에게는 체르니셉스키의 형상이어서, 이것은 다른, 좀 더 일용할 물품들과 함께 자연스럽지만 돌발적으로 망명을 떠나게 되었다." 바로 이로써 콘체예프는 표도르 콘스탄티노비치의 책의 출현으로 야기된 *stupefaction*[41]을 설명했다("누군가 홀연 이 초상화를 강탈한 것이다"). 더 나아가 콘체예프는 사상적 고려를 단호히 배제한 채 책을 예술 작품으로 고찰 하며 그의 책을 과찬하고 있어서, 표도르 콘스탄티노비치는 비평을 읽으며 자기 얼굴 주변에 뜨거운 광채가 운집하고 팔에서는 수은주가 내달리는 것처럼 느꼈다. 논문은 다음의 구절로 끝나고 있다. "아! 이 환상적으로 재기 넘치는 글이 지닌 불꽃과 매력을 알아볼 이는 해외에선 채 열 사람도 안 되리라. 그리고 총 두 명의 그러한 평가자, 페테르부르크 쪽에 살고 있는 한 사람과 어딘가 머나먼 유형지에 살고 있는 다른 한 사람의 존재를 알 기회가 없었더라면, 나는 현 러시아에는 그러한 평가자가 단 한 명도 없다고 단언했으리라."

어용 기관지 『즉위(卽位)』도 「체르니셉스키의 생애」에 단평을 할

41 망연자실.

애하여, "볼셰비즘의 사상적 멘토 중 한 사람"에 대한 폭로의 모든 의미와 가치는 "참을성 강한 러시아 차르가 결국 주인공을 그리 멀지도 않은 곳으로 유형 보내자마자, 측은하지만 유해한 주인공 편으로 완전히 전향하는 작가의 싸구려 자유주의자 행세"에 의해 뿌리째 흔들린다고 지적하고 있다. "그리고 전반적으로 — 단평의 저자 표트르 렐첸코는 첨언한다 — 그 누구의 이목도 끌지 못하는 '순수한 영혼'에 대해 '차르 체제'가 보여 준 잔혹성을 기록하는 것은 이미 오래전에 중단되었어야 했다. 적(赤)프리메이슨 주의는 고두노프 체르딘체프 씨의 '작품'에 다만 기뻐할 뿐이다. 그런 성(姓) 씨의 인물이 오래전에 싸구려 우상으로 전락한 '사회적 이상'의 찬미에 열을 올렸다는 것이 통탄스러울 뿐이다."

'친(親)볼셰비즘' 일간지 「적기(適期)」(바로 베를린의 「신문」이 계속해서 '어용'이라 칭했던 바로 그 신문이다)의 체르니솁스키 탄생 백 주년 기념 특집 기사는 다음과 같이 끝나고 있다. "축복받은 우리 망명 사회도 동요하기 시작했다. 모 고두노프 체르딘체프 씨는 무대포로 무례하게 아무 데서나 닥치는 대로 자료를 끌어모아, 자신의 추악한 헐뜯기를 「체르니솁스키의 생애」로 사칭하여, 책 나부랭이를 급조했다. 프라하의 모 교수는 이 작품을 '재능 있고 성실한' 것으로 보기에 급급했고 모두들 사이좋게 이에 동조했다. 이 책은 호기롭게 쓰였고, 내적 스타일상으로 바실리예프의 '볼셰비즘의 임박한 종말'에 관한 사설과 대동소이하다."

최후의 평은 각별히 친절한 것으로, 바실리예프가 자신의 「신문」에서 표도르 콘스탄티노비치의 책에 대한 어떤 언급도 원천봉쇄했다는 점에서, 더욱이 그가 표도르 콘스탄티노비치에게(아무것도 묻지 않았음에도 불구하고) 만약 둘의 관계가 안 좋았더라면 기사가 게재된 후 「체르니솁스키의 생애」의 작가는 "완전히 초

전박살 나게" 될 글을 실었을 거라고 솔직히 이야기했다는 점에서 그러했다. 한마디로 책을 둘러싸고 판매를 촉진시키는 데 이로운, 스캔들의 폭풍우가 몰아치는 분위기가 에워쌌다. 동시에 온갖 공격에도 불구하고 고두노프 체르딘체프라는 이름은 소위 전면에 부각되어 각종 비난 여론의 폭풍 위로 부상하면서 모두의 목전에 또렷하고 굳건하게 자리 잡았다. 그러나 단 한 사람, 표도르 콘스탄티노비치가 이미 그 견해를 물을 수 없는 사람이 있었다. 알렉산드르 야코블레비치 체르니셉스키는 책이 출간되기 직전에 별세했다.

언젠가 프랑스 사상가 Delalande*(드랄랑드)는 누군가의 장례식에서 왜 모자를 벗지 않느냐(ne se découvre pas)는 질문을 받자 "죽음이 먼저 모자를 벗기를 기다리고 있소(qu 'elle se découvre la première)"라고 대답한 적이 있었지. 이에는 형이상학적 정중함이 결여되어 있긴 하지만 죽음은 더 이상의 가치가 없어. 두려움은 경외심을 낳고, 경외심은 제단을 세우며, 그 연기는 하늘로 올라가 거기서 날개의 형상을 취하고, 경배하는 두려움은 이 형상에 기도를 올리지. 종교와 인간의 사후 상태와의 관계는 수학과 인간의 지상 상태와의 관계와 같아. 둘 다 게임의 조건일 뿐이야. 신에 대한 믿음과 숫자에 대한 믿음이라는, 그리고 공간성의 진리와 공간의 진리라는. 난 죽음 그 자체가 삶 바깥의 영역에 속하는 것은 아니라는 걸 알아. 왜냐하면 문은 단지 집에서 나오는 출구일 뿐, 나무나 언덕처럼 주변 환경의 일부가 아니거든. 어떻게든 나와야 하겠지만 "그러나 나는 문을 소목장이나 목수가 만든 구멍 이상으로는 보지 않겠어"(Delalande, *Discours sur les ombres*, p. 45 et ante).* 재차 말하지만, 인간 이성에 오랫동안 익숙했던 여정이라는 불행한 관념(일종의 길로서의 삶)은 어리석은 환상일 뿐이다. 우리는 그 어디로도 가지 않고 집에 앉아 있는 것이다. 내세는 항상 우리를 에워싸고 있으며, 결코 어떤 여행의 끝에 있는 것이 아니다. 지상의 집에는 창문 대신 거울이 있고, 문은 일정 시간까지는 닫혀 있지만 공기는 틈새를 통해 들어온다. "우리의 몸이 분해되자마자 응당 펼쳐질 주변 세계를 차후 깨닫는 것에 대해, 우리의 틀에 박힌 감각으로 가장 쉽게 접근할 수 있는 이미지는 바로 영혼의 육안으로부터의 해방, 우리의, 찰나에 천지사방을 보는 하나의 자유로운 온전한 눈으로의 화현(化現)이다, 즉 우리 내면의 동참하에 이루어지는 초감각적 세계 통찰인 것이다"(위의 책, 64쪽). 그러나 이 모든 것은 단지 상징일 뿐이며, 이러한 상징은 사고가 면밀하게 이를 주시하는 순간, 사고의 짐이 되고 만다…….

이러한 세련된 무신론자의 도움 없이, 또한 대중 신앙의 도움을 받지 않고, 보다 단순하면서도 영적으로는 더욱 만족스럽게 이해할 수는 없을까? 종교에는 그 계시의 가치를 소멸시키는 뭔가 미심쩍은 보편적 접근성이 은닉되어 있기 때문이다. 영혼이 가난한 자가 천국에 들어간다면 그곳은 얼마나 즐거울지 가히 상상이 간다. 나는 그러한 자들을 지상에서도 충분히 보아 왔다. 그 밖에 누가 천상의 거주자가 될 수 있단 말인가? 수많은 히스테릭한 여자들, 더러운 수도승 무리, 일종의 신교도 공장의 수많은 장밋빛 근시안적 영혼들 — 정말 죽을 만큼 지루하구나! 나는 나흘째 고열에 시달려 이젠 책도 읽기 힘들다. 이상하기도 하지, 이전에는 야샤가 항상 내 주변에 있고 나는 혼령과 소통하는 법을 터득했다고 느껴 왔는데, 이제, 어쩌면 내가 죽어 가고 있는 마당에, 이런 혼령에 대한 믿음은 뭔가 지상적인 것, 결코 천상의 미국의 발견이 아니라 가장 낮은 지상의 감각과 관련된 것처럼 느껴지는구나.

어떻게든 보다 단순하게. 어떻게든 좀 더 단순하게. 아무튼 일거에. 단 한 번의 노력으로 난 문리(文理)를 깨치리라. 신(神)의 추구는 온갖 개들의 주인에 대한 동경이다 — "내게 주인을 주세요. 그리하면 그의 커다란 발아래 머리를 조아릴 터이니." 이 모든 것은 지상의 것이다. 아버지, 고등학교장, 대학 총장, 기업주, 차르, 신. 숫자들, 숫자들, 정말이지 가장, 가장 큰 수를 찾고 싶다, 기타 모든 것들이 뭔가 의미를 획득하고 어디든 올라가 자리 잡게 하기 위해서는 말이다. 아니다, 이런 방식으로는 두리뭉실한 막다른 길에 부딪힐 것이고 결국 만사가 지리멸렬해지리라.

물론 나는 죽어 간다. 등 뒤의 이 집게, 이 쇠심줄 같은 고통은 완벽하게 이해된다. 죽음은 뒤에서 슬그머니 다가와 옆구리를 움켜쥔다. 그런데 난 일생 동안 죽음을 생각했고, 설령 삶을 살았다 해도, 그것은 늘 읽을 수 없었던 이 책의 여백 위에서의 삶 아니었던가? 그 사람은 누구였더라? 아주 오래전에 키예프에서……. 세상에, 그의 이름이 뭐였지? 그는 자기가 모르는 언어로 쓰인 책을 도서관에서 빌려 책에 메모를 하고 펼쳐 놓아, 손님들이 그가 포르투갈어, 아람어*를 안다고 생각하도록 했었다지. *Ich habe dasselbe getan.*[42] 행복, 슬픔은 *en marge*[43] 감탄 부호이며 그 문맥은 알 길이 없다. 훌륭한 일이다.

삶의 자궁을 떠나는 일은 끔찍이도 고통스럽다. 출생에 겪는 죽음의 공포. *L'enfant qui naît ressent les affres de as mère.*[44] 가련한 나의 야센카*! 정말 이상하게도 나는 죽어 가면서 그 애로부터 멀어지고 있다, 정반대로 점점 더 가까워지리라, 더 가까워지리라…… 생각되던 이때에. 그가 최초로 한 말은 '파리'였지. 그러고

42 나도 똑같은 일을 했다.
43 여백 위의.
44 세상에 출현하는 아이는 어머니의 고통을 느낀다.

는 곧장 경찰에서 걸려온 전화 벨소리, "신원을 확인하세요"였지. 이제 난 어떻게 그를 두고 가지? 이 방에……. 그는 그 누구 앞에도 안 나타날 것이고, 그를 알아볼 이 역시 아무도 없으리라. 그녀도 결국 못 볼 테니 말이다……. 불쌍한 사센카.* 얼마였더라? 5천 8백…… 그리고 또…… 총액이……. 그다음에는? 보랴가 도와주겠지 — 아니, 안 도와줄는지도.

……괜찮아, 인생은 어차피, 결코 준비할 수 없는 시험을 준비하는 것 외에는 아무것도 아니야. "미물이나 영물이나, 죽는 건 매한가지로 두렵지." 진정 나의 모든 지인들이 이를 통과할 수 있을까? 불가능하지! *Eine alte Geschichte*.[45]* 그 아이가 죽기 전날, 사샤랑 내가 보았던 영화 제목이기도 하지.

오, 안 돼. 절대 안 돼. 그녀라면 얼마든지 설득할 수 있을 거야. 아니면 그녀는 어제 설득했던 걸까? 아니면 이미 오래전에? 어떤 병원에도 날 데려가지는 않을 거야. 난 여기 누워 있을 거야. 병원이라면 이제 그만, 충분해. 최후를 앞두고 또다시 정신 나가는 건 안 돼, 절대 안 돼. 난 여기 남을 거야. 생각들은 무거운 통나무인 양 굴리기가 정말 힘들구나. 죽기에는 몸 상태가 너무 안 좋구나.

"사샤, 그가 뭐에 관해 책을 썼지? 말해 봐요, 당신은 기억하잖아! 뭐라고들 했는데. 어떤 사제에 관한 거였나, 아니라고? 아, 당신은 결코 아무것도……. 안 좋군, 힘들어……."

이후 그는 혼수상태에 빠져 거의 한마디도 하지 않았다. 표도르 콘스탄티노비치가 그에게 다가가도록 허용되었고, 그의 푹 꺼진 뺨의 흰 수염, 윤기 없는 대머리, 시트 위에서 가재처럼 움직이는 회색 습진으로 뒤덮인 손을 영원히 가슴에 담았다. 다음 날 그

---

45 옛 이야기야.

는 죽었다. 그러나 바로 직전에 의식이 돌아온 그는 고통을 호소한 후(방은 커튼이 드리워져 어둑어둑했다), "얼마나 어리석은지, 당연히 이후에는 아무것도 없어"라고 말했다. 그는 한숨을 쉬고, 창밖의 철썩철썩 소리와 졸졸 소리에 귀를 기울이고는, 굉장히 또렷하게 "아무것도 없어. 이건 너무나 분명해. 비가 오고 있는 것처럼" 하고 되풀이했다.

그런데 창밖에는 봄 햇살이 지붕의 기와 위에서 노닐고 하늘은 몽환적으로 구름 한 점 없었다. 꼭대기 층의 세입자가 발코니 가장자리에 놓인 꽃에 물을 주었는데, 바로 이 물이 아래로 졸졸 흘러내리고 있었던 것이다.

카이저알레* 모퉁이에 위치한 장례식장 진열창에는 유인용인 듯 화장장 내부의 모형이 전시되어 있었다(마치 쿡이 풀먼의 모형을 전시하는 것처럼*). 자그마한 설교단 앞에 열 지어 선 꼬마 의자들, 거기에 앉아 있는 접힌 손가락만 한 인형들, 그리고 앞쪽으로 약간 떨어져 있는, 얼굴에 대고 있는 1제곱센티미터 손수건으로 알아볼 수 있는 미망인. 이러한 모형을 통한 독일식 현혹이 늘 재미있었던 표도르 콘스탄티노비치는 실제 화장장에 들어가는 것이 조금 꺼림칙했다. 그곳에서는 월계수 화분 아래에서, 실제로 시신이 들어 있는 관이 무거운 오르간 음악 소리에 맞추어 전형적 지옥인 소각로 속으로 곧장 내려갔다. 체르니솁스카야 부인은 손수건을 들고 있지 않았고 검은 베일 사이로 눈을 반짝이며 미동도 않고 똑바로 앉아 있었다. 친구와 지인들은 이런 상황에 일반적인 경직된 표정으로, 목 근육을 다소 긴장하고 눈동자만 움직였다. 변호사 차르스키는 진심으로 울먹였고, 공인으로서 장례식 경험이 많았던 바실리예프는 목사가 간간이 침묵하는 것을 예의 주시하고 있었다(알렉산드르 야코블레비치는 마지막 순간에 신교도임이 밝혀졌다). 기술자 케른은 무덤덤하게 코안경의 유리알로 어슴푸레 빛나고 있었고, 고랴이노프는 줄곧 칼라를 풀어 뚱뚱한 목을 드러냈지만 젖히지는 않았다. 체르니셉스키가(家)를 방문하곤 했던 여인들은 모두 함께 앉아 있었고, 작가들, 리시넵스키, 샤흐마토프, 쉬린도 함께 앉아 있었다. 표도르 콘스탄티노비치가 모르는 사람들도 많았다. 예를 들어 굉장히 시뻘건 입술에 금발의 구레나룻을 기른 깐깐해 보이는 신사(아마 고인의 사촌인 듯한)가 있었고, 무릎에 실크해트를 내려놓고 마지막 줄에 우아하게 앉아 있는 독일인들도 있었다.

장례식 직후, 장례 의전관의 제안으로 참석자는 모두 미망인에게 한 사람씩 다가가 위로의 말을 건네야 했는데 표도르 콘스탄틴노비치는 이 상황을 피하기로 마음먹고 거리로 나왔다. 모든 것이 촉촉하고 햇살에 반짝이며 벌거벗은 듯 선명했다. 어린 풀로 뒤덮인 거무스름한 축구장에서는 핫팬츠 차림의 소녀들이 체조를 하고 있었다. 화장장의 구타페르카빛 회색 돔 너머로 이슬람 사원의 청옥색 탑이 보이고 광장 맞은편에는 프스코프 양식의 하얀 교회의 초록색 돔이 반짝이고 있었다. 이 교회는 최근 길모퉁이의 집을 증축한 것인데, 건축상의 카무플라주 때문에 거의 별개 건물처럼 보였다. 공원 입구 테라스에는 역시 최근에 세워진 조잡한 권투 선수 동상 두 개가 권투의 상호 조화와는 완전히 상반되는 자세로 굳어져, 등을 오므려 숙인 둥근 근육의 우아함 대신 목욕탕에서 치고받는 두 명의 벌거벗은 군인이 생겨났다. 공터에서 나무들 너머로 띄운 연은 창공 위로 높이 붉은 마름모꼴로 날아올랐다. 표도르 콘스탄티노비치는 이제 막 재가 되어 증발한 사람의 형상에 생각을 집중하지 못하는 자신을 보고 놀라움과 애석함을 금치 못했다. 그는 애써 집중하여 바로 최근까지도 따스했던,

생생한 그들의 관계를 떠올리려 했지만 마음은 꿈쩍도 않고 졸린 듯 눈을 반쯤 감고 새장에 만족한 채 누워 있었다. 『리어 왕』에서 나온, 총 다섯 개의 'never'[46]로 구성되어 늘어진 행*이 그가 생각할 수 있는 전부였다. '이제 난 더 이상 결코 그를 볼 수 없지 않은가.' 그는 모방하며 생각했다. 그러나 이 가축몰이용 잔가지는 마음을 옮기지도 못한 채 부러졌다. 그는 죽음에 대해 생각하려 애썼지만, 그 대신 왼편의 구름이 비계처럼 엷고 연한 줄무늬가 들어간 부드러운 하늘은, 만약 하늘색이 연분홍색이었다면 햄과 닮았겠구나 생각하고 있었다. 그는 알렉산드르 야코블레비치가 삶의 모퉁이 너머로 어떻게든 연명하고 있다고 상상하려 했다. 바로 이때 그는 정교 교회 아래 세탁소 유리창 너머로 납작한 남성 바지가 악마 같은 에너지와 넘치는 증기로 마치 지옥에서처럼 고문당하는 것을 목격했다. 그는 알렉산드르 야코블레비치에게 뭔가, 하다못해 이전에 잠깐 스쳤던 치기 어린 못된 생각(자신의 책으로 그에게 불쾌한 깜짝 선물을 준비하려 했던)에 대해서라도 참회하려 했다. 그러다 갑자기 그의 머릿속에 쇼골레프가 무슨 연유에서인지 말했던 저급한 잡담 한 구절이 떠올랐다. "착한 친구가 죽으면 그들이 그곳에서 이곳의 나의 운명을 돌봐 줄 거라고 저도 모르게 생각하게 된답니다, 호-호-호." 이 뒤숭숭하고 모호한 마음 상태는 그로서는 이해하기가 힘들었다, 하늘에서부터, 호엔촐레른담 거리의 도로를 따라 덜거덕거리며 나아가는 노란 전차에 이르기까지(언젠가 이 길을 따라 야샤 체르니셉스키는 죽음을 향해 갔다) 대체로 모든 것을 이해하기 힘든 것처럼. 그러나 점차 자신에 대한 유감은 사라지고 일종의 안도감을 느끼며 — 마치 그의

46 결코 ~않다.

영혼에 대한 책임이 그가 아닌, 섭리를 아는 누군가에게 있기라도 한 것처럼 — 그는 이 모든 두서없는 생각들의 타래가 다른 모든 것, 즉 봄날의 바늘땀과 틈새, 공기의 주름, 조잡하지만 다양하게 교차하는 불분명한 소리의 실들과 마찬가지로, 다름 아닌 휘황찬란한 직물의 이면이며, 그 직물의 **표면**에는 그에겐 보이지 않는 형상이 점차 영글어 생생해지고 있음을 느꼈다.

그가 정신을 차려 보니 권투 선수 동상 근처였다. 주변 화단에는 찰리 채플린의 얼굴을 약간 닮은, 검은 반점이 있는 하얀 팬지꽃이 하늘거리고 있었다. 그는 밤에 지나와 두어 번 앉았던 벤치에 앉았다. 최근 들어 그들은 불안하여 처음에 은신했던 조용하고 어두운 거리에서 멀리 떨어진 곳까지 갔던 것이다. 옆에는 뜨개질하는 여인이 앉아 있었고, 그녀 옆에는 어린아이가, 위로는 털모자 방울에서 아래는 발목 끈에 이르기까지 몸 전체가 하늘색 털실로 휘감긴 채, 장난감 탱크로 벤치를 다림질하고 있었다. 관목에서는 참새들이 짹짹거렸고 이따금 모두 함께 잔디밭으로, 동상으로 급습하곤 했다. 포플러 싹 향기가 끈끈하게 퍼졌고, 광장 너머 저 멀리 둥근 화장장은 이제 배부른 듯, 말끔히 핥은 형상을 하고 있었다. 표도르 콘스탄티노비치는 멀리서 작은 형상들이 흩어지는 것을 볼 수 있었다……. 심지어 그는 누군가가 알렉산드라 야코블레브나를 모형 자동차까지 안내하는 것(내일은 그녀에게 들러야지), 전차 정거장 근처에서 지인들이 모여 웅성거리는 것, 잠깐 멈춘 전차 때문에 그들이 가려지는 것, 그리고 막이 걷히는 순간 그들이 마술처럼 가벼이 사라진 것을 알아볼 수 있었다.

표도르 콘스탄티노비치가 막 집으로 돌아가려는 순간, 뒤에서 혀짤배기 목소리가 그를 불렀다. 망명 비평계에서 매우 호평을 받고 있는 소설 『백발』(「욥기」에서 발췌해 제사(題詞)를 단)의 작가인 쉬린의 목소리였다.* ("오, 주, 아버지시여 — ? 각반을 찬 사업가들과 고급 창녀들은 브로드웨이를 따라 달러의 열병 같은 사각 소리를 내며, 밀치고 넘어지고 숨을 헐떡이며 황금송아지를 쫓아 달렸는데,* 황금송아지는 옆구리를 바스락대며 마천루 사이를 헤쳐 나와 기진맥진해진 자신의 얼굴을 전기가 흐르는 하늘로 향하며 울부짖었다. 파리 하층민의 지하층에서는 과거 항공술의 선구자였으나 현재 노쇠한 떠돌이인 라셰즈 노인이 늙은 창녀 불 드쉬프를 장화 발로 짓밟았다.* 오, 주여, 어찌하여 — ? 모스크바의 지하실에서 나온 사형 집행인은 개집 옆에 앉아 털북숭이 개를 구슬리며 "귀염둥이, 귀염둥이……" 하고 얼렀다.* 런던에서 신사 숙녀는 지미(Jimmie)를 추고, 칵테일을 홀짝이며, 거구의 흑인이 18라운드 후반부에 금발의 상대방을 카펫에 녹아웃시키는 무대를 바라보곤 했다. 여행자 에릭슨은 북극의 눈 사이, 텅 빈 비누 상자 위에 앉아 우울하게 생각했다, '북극일까, 아닐까?'* 이반 체르뱌코프*는 단벌 바지의 술 장식을 조심스레 잘라 다듬었다. 주여, 어찌하여 당신은 이 모든 것을 허용하시나이까?") 쉬린은 다부지고 땅딸막한 사람으로 불그스레한 스포츠머리에 항상 지저분하게 면도했으며 커다란 안경을 쓰고 있었는데, 그 너머로 두 개의 수족관 안인 듯, 시각적 자극에 완전히 둔감한 두 개의 작고 투명한 눈이 헤엄치고 있었다. 그는 밀턴처럼 눈멀고 베토벤처럼 귀멀고 베톤(Beton)처럼 눈귀 멀었다.* 성스러운 관찰력의 부재는 (이로부터 주위 세계에 대한 완전한 무지와, 명명 능력의 전무함이 생겨나는) 러시아의 이류 문사에게 웬일인지 꽤 자주 나타나는 자질로서, 여기에는 단재(短才)의 작가들이 공연히 제재를 훼손시키지 못하도록 그들에게 감각적 인식의 은총을 부여하지 않은, 뭔가 이로운 운명이 작동하는 듯하다. 물론 이러한 몽매한 인간의 내부에도 자신만의 작은 등불이 빛나는 경우가 있다. 의외의 수와 바꿔치기를 선호하는 지모가 탁월한 자연의 변덕으로, 내면의 빛이 놀랍도록 밝아 모든 홍안의 재능의 선망의 대상이 된 유명한 경우는 말할 것도 없고. 그러나 심지어 도스토옙스키마저도 왠지 늘 대낮에도 램프가 켜진 방을 상기시킨다.

지금 쉬린과 함께 공원을 가로질러 가면서 표도르 콘스탄티노비치는 별 뜻 없이 우스운 생각에 잠겼다. 그의 동행은 종종 인텔리겐치아가 자연과 단절되었음을 아무렇지도 않게 천진스레 한탄하지만, 정작 자신이 콧구멍이 막힌 귀머거리에 장님이면서 본인의 이러한 상태에는 전혀 신경 쓰지 않는다는. 얼마 전 리시넵스키가 말한 바에 의하면, 쉬린은 사업상의 미팅 장소를 동물원으로 정했는데, 한 시간가량 대화하고 나서 리시넵스키가 우연히 쉬린에게 하이에나 우리를 보라고 할 기회가 있었단다. 그런데 알고 보니 쉬린은 그때까지 동물원에 동물이 있다는 것도 전혀 깨닫지 못했고, 하이에나 우리를 슬쩍 쳐다보며 "맞아, 우리 같은 사람은 동물 세계를 잘 모르지"라고 무덤덤하게 말하고는 곧장 자신의 삶에서 특히 그를 흥분시키는 것, 재독일 러시아 문인 협회 이사회의 활동과 임원들에 관한 논의를 이어 갔단다. 현재 소위 "몇 가지 사건이 곪아 터졌기 때문에" 그는 이처럼 극도의 흥분 상태였던 것이다.

이사회의 회장은 게오르기 이바노비치 바실리예프로, 사실 이것은 모든 정황상 예정된 수순이었다. 소비에트 이전의 그의 유명세, 수년간의 편집 업무, 무엇보다 가장 중요한, 그의 이름을 유명하게 만든 거의 위협적일 정도의 불요불굴의 정직함. 거기에 그의 못된 기질, 호전적인 신랄함, 그리고 사회적 경험이 풍부함에도 불구하고 인간을 전혀 모르는 것 역시 이 정직함을 해치지 않고 오히려 뭔가 기분 좋은 톡 쏘는 맛을 더해 주었다. 이사회에 대한 쉬린의 불만은 그가 아닌, 나머지 다섯 이사를 겨냥한 것이었다. 가장 먼저, 이 중 여럿이 전문적 글쓰기와 무관했기 때문이었고(전체 협회원의 3분의 2도 그렇지만), 둘째, 그중 세 명은(총무와 부회장을 포함하여) 쉬린의 편파적 주장처럼 완전히 사기꾼은 아닐지라도, 적어도 수치스럽지만 모사가 필요한 일에 있어 분명 **필로멜라***였기 때문이었다. 협회 자금과 관련하여 꽤 흥미진진하고(표도르 콘스탄티노비치의 견해로는), 완전히 괘씸한(쉬린의 용어로 하면) 사건이 시작된 지 이미 오랜 시간이 흘렀다. 어느 회원이 보조금이나 대출금(이 둘의 차이는 대략 99년 임차권과 종신 소유권의 차이와 같다) 요청을 할 때마다 매번 이 자금에 대한 추적을 시작해야 했는데, 자금은 잡으려고만 하면 이상할 정도로 유동체, 무형체가 되어, 마치 늘 총무와 두 이사회 임원으로 대표되는 세 점 중간의 어딘가에 위치해 있는 듯했다. 이 자금 추적이 더욱 어려워진 것은 바실리예프가 오래전부터 이 세 명의 회원과 대화를 중단하고 서면으로 연락하는 것도 거부한 채, 최근에는 보조금과 대부금을 자신의 사재를 털어 충당하고 협회로부터 돈을 상환받는 일을 타인에게 위임했기 때문이었다. 결국 이 돈은 조금씩 겨우 뽑아내긴 했지만 이 역시 총무가 누군가로부터 차용한 것이 밝혀지면서, 이로 인해 신기루 같은 재정 상황이 달라진 것은 전혀 없었다. 협회 회원들, 특히 자주 원조를 청하던 이들은 눈에 띄게 예민해졌다. 한 달 후 총회를 소집하기로 했고, 쉬린 역시 거기 맞추어 결행안(決行案)을 준비했다.

"한때는 — 표도르 콘스탄티노비치와 오솔길을 산책하며, 교묘히 완만하게 미끄러지는 굽잇길을 기계적으로 따라가며 쉬린이 말했다 — 한때는 우리 협회 이사회에 들어오는 사람은 모두 포드탸긴, 루진, 질라노프*처럼 최고 점잖은 사람들이었는데, 몇 분은 돌아가시고 몇 분은 파리에 계시지요. 어찌어찌해서 구르만이 스며들었고 그 후 점차 자기 패들을 끌어들였지요. 이 세 사람에게는, 사람 좋지만 — 전 아무 말도 안 하겠습니다 — 둔해 빠진 케른과 고랴이노프의 전적인 무관심은(이들은 두 개의 진흙 덩이잖아요) 단지 보호막, 엄호물일 뿐이었어요. 게오르기 이바노비치와의 긴장 관계 역시 구르만에게는 무위에 대한 핑곗거리가 되었어요. 이 모든 것에 대한 책임은 우리들, 협회 회원들에게 있습니다. 우리의 나태함, 무사안일주의, 비조직성, 협회에 무관심한 태도, 사회 활동에의 명백한 부적합성 등이 아니었다면 구르만과 그 일당들이 해를 거듭하면서 자기 자신들, 그리고 그들과 의기투합하는 자들을 선출하는 일은 없었을 겁니다. 이제는 이 모든 것에 종지부를 찍어야 할 때입니다. 다가올 선거에도 여느 때처럼 그들의 명단이 돌아다닐 것입니다……. 여기서 우리도 우리의 명단, 백퍼센트 전문가 집단의 명단을 내놓아야 합니다. 회장은 바실리예프, 부회장은 게츠, 이사는 리시넵스키, 샤흐마토프, 블라디미로프, 그리고 당신과 나로 하고, 그리고 감사 위원회 역시 새롭게 구성해야 됩니다, 벨렌키와 체르니솁스키가 거기서 탈퇴한 마당이니 더더욱 그렇지요."

"오, 아니에요." 표도르 콘스탄티노비치는 말했다(죽음에 대한 쉬린 식의 정의에 잠깐 흥미를 느끼며). "저는 빼 주세요. 전 살아 있는 동안 그 어떤 이사회에도 안 들어갈 겁니다."

"잠깐만요!" 눈살을 찌푸리며 쉬린이 소리쳤다. "그건 양심적이지 못해요."

"반대로, 지극히 양심적이죠. 사실 제가 협회의 회원이 된 것도 방심했기 때문입니다. 솔직히 말해서, 이 모든 것에 초연한 콘체예프가 옳아요."

"콘체예프." 쉬린은 화가 나서 말했다. "콘체예프는 아무에게도 필요 없는 자영 수공업자로, 그에겐 아무런 이해관계가 없습니다. 그러나 당신은 협회의 운명에 관심을 가지셔야만 합니다. 직설적으로 말해 죄송합니다만, 거기서 돈을 끌어 쓰고 계시잖아요."

"바로 그거예요, 바로 그 때문입니다! 당신도 이해하시다시피, 제가 이사회에 들어가면 제 자신에게 지급하는 것이 불가능하지 않습니까."

"무슨 잠꼬대예요? 왜 불가능합니까? 전적으로 합법적인 절차인데요. 동료들이 당신의 요청을 심의하는 동안, 당신은 그저 일어나서 화장실이나 다녀오세요. 잠깐만 소위 평회원으로 돌아가는 거지요. 이건 모두 당신이 지금 막 궁리해 낸 군색한 핑곗거리에 지나지 않아요."

"당신의 새로운 소설은 어떻게 되어 갑니까?" 표도르 콘스탄티노비치는 물었다. "거의 끝나 가나요?"

"지금 제 소설 이야기를 하고 있는 게 아니잖습니까. 당신이 꼭 승낙해 주셨으면 합니다. 젊은 피가 필요합니다. 명단은 리시넵스키와 제가 끝없이 숙고하고 있습니다."

"그렇게는 절대 안 될 것 같습니다." 표도르 콘스탄티노비치는 말했다. "바보짓을 하고 싶지 않거든요."

"글쎄요, 사회적 의무를 바보짓이라 하시면……."

"제가 이사회에 들어가면 반드시 바보짓을 할 것이고, 의무를 존경하기에 거절하는 것입니다."

"매우 유감이군요." 쉬린은 말했다. "그럼 당신 대신 로스티슬라프 스트란니를 섭외할 수밖에 없단 말인가요?"

"물론이지요! 멋집니다! 전 로스티슬라프를 흠모한답니다."

"사실 그는 감사 위원회에 배정했었는데. 물론 또 한 명, 부슈가 있긴 합니다만……. 어쨌든 당신도 재고해 주세요. 결코 사소한 일이 아닙니다. 이 날강도들과 진짜 전투가 시작될 거예요. 나는 그들을 깜짝 놀라게 할 연설을 준비하고 있습니다. 꼭 생각해 보세요, 생각해 보시는 겁니다. 아직 한 달이나 남았잖아요."

이 한 달 동안 표도르 콘스탄티노비치의 책이 출간되고 두세 편 정도의 서평이 나왔기 때문에 그는 여러 명의 적대적 독자를 만나리라는 기쁜 예감을 품고 총회로 향했다. 여느 때처럼, 총회는 커다란 카페 위층에서 열렸고 그가 도착했을 때는 이미 모두 모여 있었다. 환상적으로 잽싼 웨이터가 기민하게 둘러보며 맥주와 커피를 날랐다. 협회 회원들은 자리를 잡고 앉아 있었다. 순수 문인들은 함께 무리 지어 있었고, 주문하지 않은 음식을 받은 샤흐마토프의 기운찬 '쯧쯧' 소리가 들려왔다. 이사회 임원들은 저 안쪽의 긴 탁자에 앉아 있었다. 육중한 몸의, 극도로 우울해 보이는 바실리예프는 기술자 케른과 고랴이노프와 함께 우측에, 다른 세 사람은 좌측에 앉아 있었다. 주요 관심사는 터빈이지만 한때 알렉산드르 블로크를 가까이 알고 지냈던 케른과, 과거 정부 부처의 관리로 『지혜의 슬픔』*과 이반 뇌제와 리투아니아 대사의 대화*를 멋지게 낭독하는(게다가 폴란드 억양을 훌륭하게 모사하며) 고랴이노프는 조용히 위엄 있는 자세를 취하고 있었다. 이미 오래전에 자신의 부정한 세 동료를 배신했던 것이다. 이 세 명 중 구르만(첫 음절에 강세가 있는)*은 커피빛 모반(母斑)이 머리 절반을 차지한 대머리에, 넓은 어깨가 삐뚤어진 뚱뚱한 남자로, 통통한 연보랏빛 입술에는 경멸 어린 언짢은 표정을 짓고 있었다. 그의 문학에의 관여는 독일의 어느 기술 참고서 출판사와의 지극히 상업적인 단기적 관계로 끝났다. 그의 인격의 주요 테마, 그의 존재의 줄거리는 투기(投機)로, 그는 특히 소비에트 어음에 열의를 보이고 있었다. 그의 옆에는 주걱턱에, 늑대처럼 번뜩이는 오른쪽 눈(왼쪽 눈은 태어날 때부터 실눈이었다), 그리고 완전히 금속 창고인 입을 가진 작지만 씩씩하고 민첩한 변호사가 앉아 있었다. 그는 약삭빠르고 괄괄한 사람으로 사람들을 계속해서 중재 재판으로 끌어들이는 일종의 싸움꾼이었는데, 이에 대해 그는 노련한 결투자로서 절도 있고 준엄하게 말하곤 했다(저는 그를 소환했습니다만, 그가 불응했습니다). 구르만의 두 번째 친구는 푸석푸석하고 칙칙한 피부에 나른한 표정을 하고 뿔테 안경을 쓰고 있었는데, 그의 전체 용모는, 자신을 습지의 완전한 평온 속에 내버려 두기만 바라는 온순한 두꺼비를 닮아 있었다. 그는 한때 어딘가에 경제 문제에 관한 단상(斷想)을 보낸 적이 있었다. 독설가 리시넵스키는 그의 이런 면까지 부정하며, 그의 유일한 인쇄 작품은 오데사 신문 편집국에 보낸 편지라고 장담했지만 말이다. 그 편지에서 그는 격분하여 못생긴 동명인과 자신은 다르다고 주장했는데, 후에 그 동명인은 그의 친척으로 밝혀졌고, 좀 더 후에는 분신으로, 마침내는 그 자신으로 밝혀져, 마치 여기에는 모세관 인력과 융합이라는 불가피한 법칙이 작용하는 듯했다.

표도르 콘스탄티노비치는 샤흐마토프와 블라디미로프 사이, 넓은 창문 옆에 자리 잡았다. 창 너머로 밤은 촉촉하게 어두워지면서, 오존빛-푸른색과 와인빛-빨간색의 두 가지 색조의 전광판 광고와(베를린식 상상력은 더 큰 숫자를 포용하지 못한다), 무수한 창을 통해 빠르고 환하게 내부를 밝히며 덜컥거리면서 고가(高架)를 따라〔그 밑에서는 삐걱거리는 서행 전차가 교각(橋脚)의 아치 사이로 계속 머리를 들이받았으나 출구를 찾지 못하고 있었다〕 광장 위를 미끄러지듯 지나가는 전동 열차로 빛나고 있었다.

그사이 이사회 회장이 일어나 총회의 의장을 선출할 것을 제안했다. 그러자 여기저기서 "크라예비치, 크라예비치 씨를 추천합니다"라는 소리가 터져 나왔다. 크라예비치 교수(물리학 교과서 편찬자*와는 무관한 인물로, 그는 국제법 교수였다), 니트 조끼를 입고 상의의 단추를 풀어 헤친 활동적이고 깡마른 노인은, 왼손을 바지 주머니에 찔러 넣고 오른손으로는 줄 달린 코안경을 흔들면서, 유난히 빨리 간부 회의 탁자를 휙 지나가 바실리예프와 구르만(느릿느릿 침울하게 호박 파이프 물부리에 궐련을 쑤셔 넣고 있는) 사이에 자리 잡고 앉았다가 곧장 다시 일어나 개회를 선언했다.

'그는 이미 다 읽었을까?' 표도르 콘스탄티노비치는 곁눈으로 블라디미로프*를 보며 생각했다. '알면 좋을 텐데.' 블라디미로프는 컵을 내려놓고 표도르 콘스탄티노비치를 보았지만 한마디도 하지 않았다. 그는 양복 상의 아래 주황색-검정색 목둘레선이 있는 스포티한 스웨터를 입고 있었고, 이마 양옆으로 벗어진 머리는 이마의 크기를 과장하고 있었으며, 커다란 코는 소위 뼈가 있었고, 희끄무레하니 노란 이들은 약간 들어 올린 입술 사이로 꺼림칙하게 반짝였으며 눈은 영리하지만 냉담하게 보고 있었다 — 아마도 그는 옥스퍼드 대학의 유학 경험과 자신의 의사(擬似) 영국풍을 자랑스러워하는 듯했다. 그는 이미 '거울 같은 문체'의 힘이나 속도 면에서 뛰어난 두 편의 소설을 쓴 작가로 이 문체는 표도르 콘스탄티노비치의 신경에 거슬렸는데, 이는 아마 그가 블라디미로프에게서 뭔가 동질감을 느꼈기 때문인 듯했다. 블라디미로프는 대화 상대로서는 이상할 정도로 매력적이지 않았다. 그는 냉소적이며 오만하고 냉정해서 우호적 토론을 가능케 하는 열린 마음이 없다는 평을 들었다 — 그러나 이런 유형의 평은 콘체예프나 표도르 콘스탄티노비치 자신도, 그리고 그 생각이 바라크나 술집이 아닌 개인 주택에 사는 사람이면 누구나 들어 온 터였다.

서기도 선출되었을 때 크라예비치 교수가 유명을 달리한 두 명의 회원에게 일어서서 경의를 표할 것을 제안했다. 이 5초간의 경직된 순간에 열외된 급사는 쟁반에 들고 온 햄 샌드위치를 누가 주문했는지 잊어버려 탁자들을 훑어보았다. 모두들 자기 방식으로 서 있었다. 예컨대 구르만은 얼룩 머리를 수그린 채 손바닥을 위로 하고 탁자에 기댔는데 이는 마치 주사위를 던진 후 손실에 망연자실하여 굳어 버린 듯한 형상이었다.

"여기예요." 샤흐마토프가 해제와 함께 쿵쿵거리며 다시 삶이 원상 복구하기를 초조히 기다렸다가 소리쳤다. 그러자 급사는 검지를 재빨리 들어 올리고(기억났던 것이다) 그에게 미끄러지듯 달려가 인조 대리석 위에 쾅 하며 접시를 놓았다. 샤흐마토프는 곧장 나이프와 포크를 십자 모양으로 들고 샌드위치를 자르기 시작했다. 접시 가장자리의 노란 겨자 방울에는 평상시처럼 노란 뿔이 솟아 있었다. 강청(鋼靑)색 머리카락 몇 올이 관자놀이로 비스듬히 올라가는, 샤흐마토프의 유순한 버전의 나폴레옹 식 얼굴이 특히 표도르 콘스탄티노비치의 마음에 드는 때는 바로 이러한 식도락의 순간이었다. 그의 옆에 앉아 레몬차를 마시고 있는 사람은 스스로 굉장히 레몬 향이 나는, 슬픈 아치 모양의 눈썹을 지닌 「신문」의 풍자가였다. 그의 필명은 포마 무르(Foma Mur)로, 그의 주장에 의하면, 이 필명은 "프랑스 소설 전체와 영문학 몇 페이지, 그리고 약간의 유대교 회의주의를 포함하고 있었다".* 쉬린은 재떨이에 연필을 깎고 있었는데, 선거 후보 명단에 '등장하기'를 거절한 일 때문에 표도르 콘스탄티노비치에게 무척 화가 나 있었다. 문인들 중에는 그 밖에도 털북숭이 손목에 팔찌를 한 다소 무서워 보이는 신사인 로스티슬라프 스트란니, 흑발에 양피지처럼 핏기 없는 여류 시인 안나 아프테카리,* 깡마르고 독특하게 조용한 젊은이로 외모 전체에서 마치 1840년대 러시아의 흐릿한 은판 사진 분위기를 풍기는 극 비평가, 그리고 물론, 아버지처럼 자상하게 표도르 콘스탄티노비치를 보고 있는 최고의 호인 부슈가 있었다. 표도르 콘스탄티노비치는 협회 회장의 보고를 건성으로 들으며, 시선을 부슈, 리시넵스키, 쉬린 그리고 여타 작가들로부터 참석자 전체로 차례차례 옮기고 있었다. 그중에는 커피 케이크 한 조각을 숟가락으로 야금야금 먹고 있는 스투피신 노인과 같은 몇몇 저널리스트와, 많은 리포터들, 쭈뼛쭈뼛 반짝이는 코안경을 쓰고 홀로 앉아 있는, 어떤 자질로 이 자리에 참석했는지 알 수 없는 류보비 마르코브나, 그리고 쉬린이 대충 편파적으로 '국외자'라고 칭했던 다수의 사람들이 있었다. 항상 떠는 하얀 손에 그사이 벌써 네 번째 궐련을 들고 있는 위엄 있는 변호사 차르스키, 언젠가 분트주의자 잡지에 추도사를 게재했던 수염이 덥수룩한 키 작은 세리, 맛으로 치면 사과 정과를 연상시키며 교회 성가대의 선창자 역을 열정적으로 수행하고 있는 상냥하고도 창백한 노인, 베를린 근교 소나무 숲 속, 거의 동굴 같은 곳에 은둔자로 살면서 그곳에서 소비에트 일화집을 집필했던 정체 모를 거대한 뚱뚱보, 말썽꾼과 젠체하는 실패자들의 개별 집단, 재산도 신분도 알려져 있지 않은 유쾌한 젊은이("체카 요원이지요"라고 쉬린은 간명하고도 음울하게 말했다), 그리고 과거 누군가의 비서였다는 부인과 저명한 출판인의 형제인 그녀의 남편 등등. 취중의 무거운 시선을 하고 아직 그 어떤 신문도 게재 의사를 밝히지 않은 폭로적-신비적 시를 쓰고 있는 일자무식 건달에서 시작해, 혐오스러울 정도로 작아 거의 휴대용 변호사 같은 프시킨에 이르기까지(그는 대화할 때 자신의 성(姓)에 알리바이를 대려는 듯, "난 그렇게 간주하지 않아요", "므분별"이라고 발음한다],* 이들 모두는, 쉬린의 견해에 의하면, 협회의 권위를 실추시키므로 즉각 퇴출시켜야 마땅한 존재들이었다.

바실리예프가 보고를 마치고 말했다. "이제 저는 협회 회장 직을 사임하고 재선에도 입후보하지 않을 의향임을 회원님들께 알립니다."

그가 앉았다. 일순 냉기가 흘렀다. 구르만은 슬픔으로 기진맥진하여 무거워진 눈꺼풀을 감았다. 전동 열차는 활로 베이스 현을 켜듯 미끄러져 갔다.

"이어서……." 크라예비치 교수가 눈에 코안경을 대고 일정을 본 후 말했다. "총무의 보고가 있겠습니다. 부탁합니다."

발걸음이 민첩한 구르만의 옆 사람은 곧장 거만한 말투를 쓰며 건강한 한쪽 눈을 번뜩이고 귀금속을 박은 입을 힘차게 비틀며 읽기 시작했다……. 숫자들이 불꽃처럼 쏟아져 나오고 금속성 단어들이 튀어 올랐다. "금번 회계 연도 ……가 시작되면서", "인출금은 ……이고", "감사받은 금액은 ……입니다" 등등. 그사이 쉬린은 궐련갑 이면에 재빨리 뭔가를 기입하고 합산한 다음 의기양양하게 리시넵스키와 눈빛을 주고받았다.

총무가 보고를 마치고 탁 소리를 내며 입을 다물자, 조금 떨어진 곳에서 감사 위원회 회원으로 얼굴은 마마를 앓아 얽은 자국이 있고 머리카락은 구둣솔처럼 검은 그루지야 출신 사회주의자가 일어나, 자신의 호의적 인상에 대해 간략하게 피력했다. 이후 쉬린이 발언권을 요청했는데, 순간 유쾌하고도 불안스러운 무례의 냄새가 확 풍겼다.

그는 가장 먼저 신년 무도회 관련 지출이 터무니없이 많다는 사실부터 지적했다. 구르만이 대답하려 하자…… 의장은 연필로 쉬린을 가리키며 진술을 마쳤는지 물으려 했는데…… 샤흐마토프가 자기 자리에서 "발언을 마치게 하세요. 가로막지 마세요"라고 소리쳤다. 그러자 의장의 연필은 마치 독침처럼 떨면서 그를 겨누다가 다시 쉬린 쪽을 향했는데, 쉬린은 인사를 하고 앉았다. 구르만은 힘겹게 일어나, 무시하듯 순순히 고통스러운 짐을 떠안고 말하기 시작했다……. 그러나 곧 쉬린이 끼어들었고 크라예비치는 종을 움켜잡았다. 구르만이 발언을 마침과 동시에 총무가 발언권을 청했지만 이미 쉬린이 일어나 말을 이어 나갔다. "프리드리히 거리에서 오신, 실로 존경해 마지않는 신사님의 해명은……." 의장은 종을 울려 발언권을 박탈하겠다고 위협하며 표현을 자제할 것을 요구했다. 쉬린은 다시 공손히 인사하고, 자신은 단 하나의 질문만 하면 된다고 말했다. "총무의 말에 의하면 자금은 총 3천76마르크와 15페니히라고 했는데, 이 돈을 지금 볼 수 있나요?"

"브라보!" 샤흐마토프가 소리쳤다. 그러자 가장 비호감 회원인 신비주의자 시인은 박장대소하다 거의 의자에서 떨어질 뻔했다. 총무는 하얀 눈처럼 창백해져서 속사포처럼 스타카토로 말하기 시작했다……. 그가 청중들의 엄청난 아우성 소리에 방해받으며 말하는 사이, 말쑥하게 면도하고 여윈, 왠지 아메리카 인디언을 닮은 슈프라는 신사가 자리를 벗어나 고무 밑창 덕에 소리 없이 이사회 탁자로 다가가 갑자기 빨간 주먹으로 탁자를 쾅 쳤는데, 종이 튀어 오를 정도였다. "당신은 거짓말을 하고 있어요." 이렇게 외치고 그는 다시 돌아가 자리에 앉았다.

사방팔방에서 소동이 벌어지면서, 쉬린은 원통하겠지만, 권력 장악을 꿈꾸는 또 하나의 파벌이 있다는 사실이 밝혀졌다. 이들은 바로 영원히 소외된 자들의 집단으로, 신비주의자도 인디언 모습의 신사도 키 작은 텁석부리도 그 밖의 몇몇 피골이 상접하고 정신적으로 불안정한 인사들도 여기에 속해 있었다. 이 중 한 명이 갑자기 쪽지를 보면서 그들만으로 구성된 새로운 이사진 후보 명단—결코 승인할 수 없는—을 읽고 있었다. 이제 교전 당사자들이 셋으로 늘었기 때문에 전투는 전혀 새로운, 상당히 복잡한 양상으로 전개되었다. “모리배”, “당신은 싸울 위인이 못 돼”, “당신은 이미 박살 났어” 등의 표현이 날아다녔다. 심지어 부슈까지 모욕적인 고함들을 압도하려고 더 크게 소리치며 말했다. 그러나 이것은 그의 천성적 스타일이 워낙 애매모호해서, 그가 이전 발표자의 견해에 전적으로 동감한다고 밝히고 앉기 전까지 아무도 그가 말하고 싶은 바가 무엇인지 이해하지 못했기 때문이었다. 구르만은 단지 콧구멍으로만 비웃음을 표하며, 자신의 궐련용 물부리 때문에 분주했다. 바실리예프는 자기 자리를 떠나 구석에 앉아서 신문을 읽는 척했다. 리시넵스키는 주로 온순한 두꺼비를 닮은 이사에게 벼락같은 말을 쏟아 냈다. 그러자 이 이사는 단지 양팔을 벌리며 막막한 시선을 구르만과 총무에게 보냈으나 정작 이들은 그를 외면했다. 마침내 신비주의자-시인이 비틀비틀 일어나 휘청거리며 땀투성이의 갈색 얼굴에 의미심장한 미소를 띠며 시로 말하기 시작하자, 의장은 격렬하게 종을 울려 휴정을 선언했고, 이후 투표에 착수하기로 했다. 쉬린은 바실리예프에게 달려가 구석에서 그를 설득하기 시작했다. 표도르 콘스탄티노비치는 갑자기 권태감을 느끼고 비옷을 찾아 거리로 나왔다.

그는 자기 자신에게 화가 났다. 이 야만적인 버라이어티 쇼를 위해, 저 별처럼 익숙해진, 지나와의 밀회를 포기했단 말인가! 당장 그녀를 보고 싶은 욕망은 역설적 실현 불가능성—그녀가 그의 머리맡에서 불과 2.5사젠 떨어진 곳에서 자지만 않았어도 그녀에게 다가가기가 좀 더 쉬웠을 텐데—으로 인해 더욱 그를 괴롭혔다. 고가를 따라 열차가 질주했고 맨 앞 차량의 환한 창문에서 시작된 여인의 하품은 마지막 차량에 있는 다른 여인의 하품으로 끝났다. 표도르 콘스탄티노비치는 기름으로 거무칙칙하고 요란스레 울리는 거리를 따라 조용히 전차 정거장으로 다가갔다. 뮤직홀의 전광판 광고는 수직으로 배열된 글자 사다리를 따라 달려 올라갔다. 글자들은 일시에 꺼졌다가 빛이 또다시 위로 올라갔다. 어떤 바벨의 단어가 하늘에 이를 수 있었을까……? 수조 개 색조들의 집합 명사일까? 다이아몬드달백합라일락회청하늘진사파이어청보랏빛 등 — 그 밖에도 얼마나 많은지! 그냥 한번 전화해 볼까? 주머니에는 동전 하나밖에 없으니 결단을 내려야 한다. 전화를 걸면 전차를 못 타는 건 매일반이지만, 전화를 걸었는데 허사라면, 즉 지나가 직접 받지 않는다면(어머니에게 그녀를 바꿔 달라는 것은 에티켓에 어긋났다), 집까지 걸어가는 것은 정말 속상하겠지. 한번 해 보지 뭐. 그는 호프집에 들어가 전화를 걸었고, 상황은 매우 신속하게 종료되었다. 전화가 잘못 걸렸는데, 바로 계속 쇼골레프가(家)로 잘못 전화 걸었던 익명의 러시아인이 늘 원했던 그곳이었다. 할 수 없지, 두 발로! 보리스 이바노비치라면 이렇게 말했으리라.

그가 다음 골목에 다가가자 항상 그곳을 지키고 있는 창녀들의 인형 기제가 작동하기 시작했다. 심지어 한 여자는 쇼윈도에서 머뭇거리는 귀부인인 척했다. 그녀가 황금 마네킹 위에 걸쳐진 이 분홍 코르셋들을 외우고, 외우고 있다는 것은 생각하기에도 우울했다……. "두센카." 다른 여자가 의아하다는 듯한 미소를 지으며 불렀다. 별가루가 흩날리는 따사로운 밤이었다. 그는 잰걸음으로 걸었고, 맨머리는 밤공기에 취한 듯 가벼웠다. 계속해서 그가 정원을 지나가자, 라일락 유령과 칠흑 같은 초록잎, 그리고 잔디밭 위로 퍼지는 경이로운 맨살의 향기가 떠다니고 있었다.

마침내 집 문을 조용히 걸어 잠그고 캄캄한 현관에 이르렀을 때, 그는 너무 더웠고 이마는 불덩이였다. 지나의 방문 위쪽, 간유리는 빛이 비치는 바다 같았다. 그녀는 침대에서 책을 읽는 모양이었다. 표도르 콘스탄티노비치가 이 신비의 창을 보며 서 있는 사이, 그녀는 기침을 하고 뭔가 바스락거리더니, 불이 꺼졌다. 얼마나 황당한 고문인가! 들어가자, 들어가자……. 누가 알겠는가? 쇼골레프 부부 같은 사람들은, 서민적인 인사불성의 순도 백 퍼센트의 잠을 자기 마련이니까. 지나의 결벽성. 손톱으로 톡톡 노크한다고 그녀가 문을 열어 줄 리는 만무하다. 하지만 그녀는 내가 어두운 복도에 서서 숨죽이고 있음을 알고 있으리라. 이 금단의 방은 최근 몇 달 동안 그에게는 질병이자 멍에이고 그 자신의 일부, 그러나 비대해지고 막힌 일부 — 밤의 기흉(氣胸) — 가 되었다.

그는 잠깐 서 있다가 까치발로 자기 방으로 들어갔다. 완전히 프랑스적 감성이다. 포마 무르. 자자, 자자. 봄의 무게도 전혀 무력하구나. 나 자신을 손아귀에 움켜쥐어야지(수도사적 칼람부르로구나). 그다음은 뭐지? 우리는 진정 뭘 기다리는 거지? 어쨌든 난 더 나은 아내는 찾지 못하리라. 그런데 대체 내게 아내가 필요하긴 한 걸까? "리라를 치워요, 뒤척일 자리도 없으니……." 아니야, 그녀라면 결코 이런 말은 안 할 거야, 바로 이게 중요한 점이지.

며칠 후, 너무 복잡해 보여서 '혹시 구성상의 실수가 있는 것은 아닐까' 반문하지 않을 수 없었던 문제의 해결책이, 간단하게 심지어 다소 어이없게 제시되었다. 최근 몇 년간 일이 계속 악화 일로로 치달았던 보리스 이바노비치가 정말 뜻밖에도 베를린 회사로부터 꽤 권위 있는 코펜하겐 대표 직 제안을 받았던 것이다. 적어도 1년, 만약 일이 순조로우면 영원히 정착할 예정으로, 그들은 두 달 후, 즉 7월 1일까지는 그곳으로 이주해야 했다. 마리안나 니콜라에브나는 웬일인지 베를린을 좋아해서(익숙해진 장소, 훌륭한 위생 환경 — 그녀 자신은 지저분했으면서 말이다) 떠나는 것이 울적했지만 보다 나은 생활 여건이 그녀를 기다린다는 생각에 울적함을 떨쳐 버릴 수 있었다. 그리하여 지나는 7월부터 홀로 베를린에 남아 트라움의 회사에 계속 다니다가, 쇼골레프가 코펜하겐에서 "그녀의 일자리를 찾아내면" "첫 번째 호출"에 곧장 그곳으로 달려가기로 결정되었다(그러니까 이것은 쇼골레프 부부의 생각이었고, 지나는 완전히, 완전히 다른 결정을 내리고 있었다). 이제 아파트 문제를 조율해야 했다. 쇼골레프 부부는 아파트를 팔고 싶지 않아 세놓을 만한 사람을 물색하기 시작했다. 그리고 적당한 사람을 찾았다. 사업적으로 굉장히 전도유망한 어느 젊은 독일인이 그의 약혼녀 — 평범하고 화장기 없는 얼굴에 초록색 외투를 입은, 살림 솜씨가 야무져 보이는 땅딸막한 처녀 — 를 동반한 채 아파트를(식당, 침실, 부엌 그리고 침대 속 표도르 콘스탄티노비치를) 둘러보고 흡족해했다. 그런데 그는 8월 1일 이후부터만 아파트를 임대하기로 했기 때문에 쇼골레프 부부가 떠난 후 한 달 동안 지나와 하숙인은 아파트에 좀 더 머무를 수 있었다. 그들은 날짜를 세기 시작했다. 50, 49, 30, 25, 각각의 숫자는 모두 자신만의 얼굴 — 벌집, 나무 위의 까치, 기사(騎士)의 실루엣, 젊은이 — 을 가지고 있었다. 그들의 밤의 밀회는 이미 봄부터 최초 거리의 주변(가로등, 보리수나무, 울타리)을 벗어났고, 이제 그들은 계속 확대되는 반경을 따라 도시의 멀고도 늘 새로운 변두리로 끝없이 배회했다. 그것은 때로 운하 위의 다리였고, 때로는 공원의 트렐리스(trellis)가 있는 총림으로 그 너머에는 불빛이 질주했으며, 때로는 진한 색의 대형 화물차가 서 있는 안개 낀 황무지 근처 비포장도로였고, 때로는 낮에는 도저히 찾을 수 없는 뭔가 기이한 아케이드였다. 이주 전의 습관의 변화, 흥분, 어깨의 나른한 통증.

신문들은 아직 풋풋한 여름에 대해 유난히 더울 거라 예측했는데, 실제로도 여름은 간간이 뇌우의 감탄사로 단절되는, 화창한 날들의 기나긴 말줄임표였다. 지나가 사무실의 악취 나는 열기에 지쳐 갈 즈음에(겨드랑이 밑이 땀으로 흥건한 하메케의 상의 하나만으로 차고 넘쳤는데…… 거기다 타이피스트들의 후끈 달아오른 목…… 먹지의 끈적거리는 검은빛이라니!), 표도르 콘스탄티노비치는 과외도 끊고 이미 오랫동안 밀린 하숙비 생각도 애써 외면한 채, 온종일 있을 작정으로 이른 아침부터 그뤼네발트로 갔다. 이전의 그는 결코 아침 7시에 일어난 적이 없었기 때문에, 이건 정말 괴상망측해 보였으리라. 그러나 이제 삶을 새롭게 바라보면서(여기에는 재능의 성숙, 새로운 작품의 예감, 지나와의 충만한 행복의 임박 등이 얼키설키 뒤섞였다) 그는 이러한 이른 기상의 신속함과 경쾌함, 행동의 분출, 3초 만의 착의(着衣)라는 이상적인 단순함에서 직접적인 쾌락을 경험했다. 셔츠, 바지, 맨발에 슬리퍼 — 그런 다음 무릎 담요에 수영복을 넣고 돌돌 말아 겨드랑이에 끼고 걸어가면서 오렌지와 샌드위치를 주머니에 넣으면, 이미 계단을 뛰어 내려오고 있었다.

수위는 현관 매트를 접어 문을 활짝 열어젖히고 그사이 또 다른 먼지투성이 매트를 아무 죄 없는 보리수나무 줄기에 힘껏 내리치고 있었다(왜 제가 매질을 당해야 하나요?). 아스팔트는 아직 집들의 파란 그림자 속에 있었다. 보도 위에는 개의 신선한 첫 배설물이 반짝이고 있었다. 어제 수리소 근처에 주차했던 검은 영구차는 조심스럽게 옆문으로 빠져나와 한적한 거리를 따라 돌아 내려가고 있었는데, 유리창 너머 차 안에는 인조 백장미 사이로 관 자리에 자전거가 놓여 있었다 — 누구 거지? 무슨 연유일까? 우유

가게는 벌써 열려 있는데, 게으른 담배상은 아직 자고 있었다. 태양은 거리 오른편에서 까치처럼 작고 빛나는 사물들을 택해 각양각색의 물체 위에서 노닐었고, 넓은 철로와 교차하는 그 길의 끝에서는 갑자기 기관차의 증기구름이 다리 오른쪽에서 출현하여 철도 가로보 위에서 흩어졌다가 곧장 맞은편에서 다시 하얗게 가물거리더니 나무들 사이의 빛줄기 속으로 띄엄띄엄 흘러갔다. 이윽고 표도르 콘스탄티노비치는 이 다리를 건너며, 여느 때처럼 철도 제방의 경이로운 시, 그 자유롭고도 다채로운 자연에 감탄했다. 아카시아와 버드나무 덤불들, 야생초들, 벌들, 나비들, 이 모든 것들이 외따로 떨어져, 아래로는 다섯 개 레일 사이로 반짝이는 탄진(炭塵)과 첨예하게 이웃한 채, 위로는 도시의 무대 뒤편, 아침 햇살에 문신한 등을 태우고 있는 낡은 집들의 칠 벗겨진 벽과는 행복하게 유리된 채, 무사태평하게 살고 있었다. 다리 건너 소공원 근처에서는 나이 지긋한 우체국 직원 두 명이 우표 자동판매기 점검을 마친 후 갑자기 장난기가 발동하여, 재스민 나무 뒤에서 차례차례 한 명씩 서로의 몸짓을 따라 하며 까치발을 하고, 하루 일을 시작하기 전에 벤치에서 눈을 감은 채 조용히 잠시 졸고 있는 세 번째 직원의 코를 꽃으로 간질이기 위해 살며시 다가가고 있었다. 여름 아침이 내게 — 단지 나만을 위한 걸까? — 선사한 이 모든 선물을 난 어떻게 사용해야 할까? 미래의 책을 위해 남겨 둘까? 아니면 실용적 지침서 '행복해지는 법'의 집필을 위해 즉각 사용할까? 아니면 보다 심오하고, 보다 주도면밀하게 접근할까? 이 모든 것 뒤에, 연기(演技)와, 광휘와, 나뭇잎의 진한 초록빛 분장 뒤에 **무엇이** 숨어 있는지 파악해 볼까? 분명 뭔가가 있지 않은가, 뭔가가 있다! 감사의 마음을 표하고 싶지만 감사할 대상이 없다. 이미 받은 기증품 목록만 해도 '미지의 인물'로부터 1만 일(日)이다.

그는 계속해서 철제 울타리를 지나고, 동굴 같은 그림자와 회양목과 담쟁이덩굴, 그리고 뿌려진 물이 진주처럼 맺힌 잔디밭이 있는, 은행가들의 별장의 깊숙한 정원들을 지나갔다. 그곳에서는 벌써 느릅나무들과 보리수나무들 사이로, 그뤼네발트 소나무 숲이 멀리 정찰을 보낸 첫 소나무들이 등장했다(아니면 반대로 연대에서 뒤처진 낙오자일까?). 빵집 배달부는 휘파람을 낭랑하게 불며 세발자전거 페달을 밟아 (언덕을) 오르며 지나갔고, 살수차는 바퀴 달린 고래처럼 천천히, 축축한 소리를 내며 아스팔트에 물을 넓게 펴서 뿌리며 기어갔다. 서류 가방을 든 어떤 사람이 주홍색으로 칠해진 쪽문을 쾅 닫고 미지의 직장으로 떠났다. 그의 발자국을 쫓아 표도르 콘스탄티노비치는 가로수 길로 나왔는데(아직도 여전히 호엔촐레른담 거리, 그 초입에서 불쌍한 알렉산드르 야코블레비치를 화장했던 바로 그 거리였다), 거기서 서류 가방은 자물쇠를 반짝이더니 전차를 향해 달려갔다. 이제 숲까지는 얼마 남지 않았고, 이미 그는 들어 올린 얼굴에 태양의 뜨거운 마스크를 느끼며 걸음을 재촉했다. 그는 스쳐 가는 울타리 때문에 눈을 깜박였다. 집들 사이로 과거 공터였던 곳에 작은 빌라가 세워지고 있었는데, 하늘이 장차 창이 될 구멍을 통해 응시하고, 우엉과 햇빛이 일의 느린 진척을 틈타 하얀 미완의 벽 안에 정착할 수 있어서, 벽은 명상에 잠긴 폐허처럼 보였다, 미래와 과거에 공히 사용되는 단어인 '언젠가'처럼. 표도르 콘스탄티노비치 맞은편에서 우유병을 든 젊은 처자가 걸어왔는데 그녀는 다소 지나를 닮은 데가 있었다. 아니 좀 더 정확히 말해, 많은 여인에게서 발견되지만 지나에게서 특별히 충만해지는 (분명하면서도 동시에 뭐라 설명하기 힘든) 매력의 일부를 지니고 있었다. 그리하여 이들 모두는 지나와 어떤 비밀스러운 친족 관계 안에 있었고, 비록 그가 이 친족의 특성을 말로는 도저히 표현하지 못한다 해도 그 혼자만은 이 관계에 대해 알고 있었다(이 친족 바깥에 위치한 여인은 그에게 고통스러운 혐오감을 불러일으켰던 것이다). 이제 그는 뒤돌아 그녀를 보고 예전부터 익숙한 나는 듯한 황금빛 라인을 포착하고, 채울 수 없기에 더 매력적이고 더 찬란한 불가항력적인 욕망이 몰려드는 것을 순간 느꼈다. 값싼 쾌락을 주는 시시한 악마여, '내 타입'이라는 끔찍한 말로 나를 유혹하지 마라. 이도 아니고, 이도 아니며, 이 너머의 그 무엇이다. 정의(定意)는 항상 유한할진대, 나는 더 먼 곳을 갈구하며, 장벽(단어와, 감정과, 세상의) 너머 무한을, 만물이, 만물이 하나 되는 무한을 찾는다.

가로수 길 끝으로 소나무 숲 가장자리가 푸르게 보이기 시작했다. 거기에는 화려한 주랑 현관으로 둘러싸인 파빌리온이 최근에 세워졌는데(그 아트리움*에는 한 세트의 화장실, 남성용, 여성용, 아동용이 있었다), 일단 이곳을 통과해야 — 현지 르노트르*들의 설계에 의해 — 기하학적 무늬의 길을 따라 고산 식물이 전시되어 있는, 이제 막 단장한 정원에 이를 수 있었고, 이 정원은 — 동일한 설계에 의해 — 숲으로 향하는 상쾌한 문지방 역할을 했다. 그러나 표도르 콘스탄티노비치는 문지방을 피해 왼쪽으로 틀었다, 그렇게 하면 좀 더 가까웠던 것이다. 아직 야생을 간직한, 소나무 숲 가장자리가 차로를 따라 끝없이 펼쳐졌지만, 시의 유지(有志)들로서는 불가피하게 후속 조치를 취해야 했다. 끝없는 울타리를 세워 이 모든 자유로운 접근을 원천 봉쇄함으로써 주랑 현관이 **필수적**(글자 그대로의, 가장 본연의 의미에서) 관문이 되게 했던 것이다. 내 그대 위해 멋지게 마련했건만, 그대는 유혹되지 않는군요, 그렇다면 이제 좋으실 대로(멋지게, 무조건, 명령*). 그러나 — 사고를 과거로 도약하여('f3-g1'*) — 이제는 후퇴하여, 이제는 호수 주변에만 운집해 있는 이 숲이(마치 털북숭이 조상으로부터 유리되어 점차 주변부에만 체모가 남아 있는 우리처럼), 현재의 도시 바로 심장부까지 펼쳐져 떠들썩한 공후의 오합지졸들이 뿔나팔, 개, 몰이꾼들과 함께 덤불숲을 쏘다녔던 때가 더 좋았을 것 같지도 않다.

내가 만난 숲은 아직 약동하고 풍요로웠으며 새들로 가득 차 있었다. 꾀꼬리와 비둘기와 어치가 출현했고, 까마귀는 날개로 헐떡거리며 쉭, 쉭, 쉭, 날아갔다. 붉은머리딱따구리는 소나무 줄기를 쪼고 있었다. 이것은 가끔, 내가 보기에, 다만 자기 내면의 톡톡 소리를 흉내 내는 것 같았는데, 그럴 때는 유난히 낭랑하고 호소력 짙은(암컷에게) 소리가 나왔다. 자연에는 의외의 장소에서 튀어나오는 기발한 속임수보다 더 고혹적이고 신묘한 것은 없으므로, 숲의 메뚜기(자신의 작은 모터를 감지만 끝내 시동이 걸리지 않아, 칙-칙-칙 멈춰 버린)는 펄쩍 뛰어내린 후 곧장 체위를 바꾸어, 자신의 검은 줄무늬 방향이 떨어진 침엽의(그리고 그 그림자와도!) 방향과 일치하도록 돈다. 그러나 신중해야 하니, 나는 아버지가 쓰셨던 글귀를 즐겨 떠올린다. "자연현상의 관찰 시 반드시 경계해야 할 점은, 관찰 과정에서 — 설령 아무리 주도면밀할지라도 — 우리의 이성, 이 앞서 나가는 수다스러운 통역관이, 은연중 관찰 과정 자체에 영향을 미치고 왜곡시키는 설명을 속삭이지 않도록 하는 것, 즉 도구의 그림자가 진리를 덮치지 않도록 하는 것이다."

친애하는 독자여, 제 손을 잡고 저와 함께 숲으로 들어갑시다. 보세요, 먼저 엉겅퀴와 쐐기풀과 분홍바늘꽃이 옹기종기 모여 있는, 바람길이 뚫린 공간이 있답니다. 그 사이로 쓰레기들도 보이지요. 가끔 망가진 녹슨 용수철이 튀어나온 누더기 매트리스가 보일 때도 있답니다. 그러나 꺼림칙해하지는 마세요. 자, 여기는 빽빽하게 우거져 어둑어둑한 전나무 숲이랍니다. 언젠가 저는 여기서 구덩이를 발견한 적이 있었는데, 그 안에는 늑대 혈통의 홀쭉한 낯짝의 강아지 시체가 놀랍도록 우아하게 몸을 웅크리고 두 발을 포갠 채 누워 있었답니다(죽기 전에 정성스럽게 판 구덩이였던 거죠). 자, 여기는 평범한 소나무들 밑에 덤불도 없이 갈색 침엽만 깔린 벌거벗은 언덕인데, 이 소나무들 사이에는 누군가의 나긋나긋한 몸으로 꽉 찬 해먹이 걸려 있답니다. 그리고 바로 여기 땅 위에는 버려진 램프 갓의 철대가 뒹굴고 있습니다. 좀 더 가면, 아카시아로 둘러싸인 모래밭이 있는데요, 그곳의 뜨겁고 끈적이는 잿빛 모래 위에서 속옷 차림의 여인이 끔찍한 맨다리를 쭉 뻗고 앉아 스타킹을 깁고 있고, 그녀 옆에는 아기가 사타구니를 먼지로 새까맣게 물들이며 놀고 있지요. 아직까지는 이 모든 곳에서 가로수 도로와 스쳐 지나가는 자동차의 라디에이터 불꽃이 보입니다. 그러나 좀 더 깊숙이 들어가야만 해요. 그러면 숲은 반듯해지고 소나무는 격조가 높아지며 발밑에는 이끼가 바드득거리지요. 여기서 분명 어떤 일 없는 부랑자는 얼굴을 신문으로 가린 채 잠을 청할 겁니다, 철학자는 장미보다 이끼를 선호하기 마련이니까요. 정확히 바로 이곳이 며칠 전에 경비행기가 추락한 곳입니다. 누군가 여인을 태우고 아침 창공을 드라이브하다가 지나치게 호기를 부려 핸들을 제어하지 못하고 윙윙, 와지직 부서지며 곧장 소나무 숲으로 떨어졌지요. 전 유감스럽게도 늦게 도착했답니다. 잔해는 이미 치워져 있었고 두 명의 기마 경관이 길 쪽으로 가고 있었지요. 그러나 아직은 소나무들 아래 무모한 죽음의 흔적이 확연해서, 소나무 한 그루는 경비행기 날개에 의해 위에서 아래까지 베어져 있었고, 개를 데리고 다니는 건축가 슈톡슈마이저는 아이와 유모에게 무슨 일이 일어났는지 설명해 주었지요. 그런데 며칠이 지나자 모든 흔적이 사라지고(단지 소나무 줄기의 노란 상처만 남았지요), 이미 바로 그 지점에서 아무것도 모르는 두 사람, 노인과 노파가, 노파는 브래지어만, 노인은 속바지만 입은 채 서로 마주 보며 간단한 체조를 하고 있었답니다.

좀 더 들어가면 그야말로 멋져졌다. 소나무들은 원기 왕성해졌고, 비늘로 덮인 분홍빛이 도는 줄기들 사이로 키 작은 마가목나무의 깃털 모양 잎과 참나무들의 암녹색 잎은 소나무 태양의 줄무늬를 생동감 있게 세분하고 있었다. 참나무 밀집지에서는 아래에서 올려다보면 그늘진 잎과 볕 드는 잎, 암녹색 잎과 선녹색 잎의 상호 교차가 마치 들쭉날쭉한 잎 가장자리들의 독특한 결합처럼 보였다. 나뭇잎 위에는 야성적인 복부에 하얀 줄무늬가 있는 큰멋쟁이나비가 때로는 자신의 적황색 실크를 햇빛에 애무했다가, 때로는 날개를 찰싹 붙이고 앉아 있더니, 갑자기 날아올라 사람의 땀내에 끌렸는지 내 벌거벗은 가슴 위로 앉았다. 좀 더 위쪽으로는 뒤로 젖힌 나의 얼굴 위에 소나무들의 꼭대기들과 줄기들이 복잡하게 그림자를 교차하여, 침엽이 마치 투명한 물속에서 흔들리는 해초처럼 보였다. 그리고 머리를 좀 더 뒤로 젖혀 뒤의 풀이(이러한 전복된 시각으로 보면, 필설로 형언할 수 없을 만큼 태곳적·시원적으로 푸르다) 아래쪽 어딘가로, 텅 빈 투명한 빛 쪽으로 자라는 것처럼 보이고 그리하여 풀이 세상의 정상이 되면, 나는 다른 행성(다른 인력, 다른 밀도, 다른 감각 형태를 지닌)으로 날아간 사람도 분명 놀라게 할 만한 감각을 포착하곤 했다. 특히 산책 나온 가족이 물구나무서서 걸어가고, 게다가 그들의 걸음이 기이하고 탄력적인 발차기가 되어, 던져진 공이 아찔한 심연으로 — 점점 더 조용히 — 떨어지는 것처럼 보일 때 더욱 그랬다.

좀 더 직진하여 나아가면 — 소나무 숲이 끝없이 펼쳐진 왼쪽도 아니고, 아기처럼 산뜻하게 러시아 향내를 풍기는 어린 자작나무 숲에 의해 소나무 숲이 끊기는 오른쪽도 아니라 — 숲은 또다시 성기어지고 관목도 사라지면서 모래 언덕을 따라 끝나는데, 그 아래로 넓은 호수가 빛기둥으로 불타올랐다. 태양은 맞은편 비탈을 형형색색으로 비추었고, 구름이 밀려들어 대기가 거대한 푸른 눈꺼풀인 양 감겼다가 천천히 열렸을 때, 한쪽 강변은 다른 강변에 늘 뒤처지면서 두 강변이 차례차례로 점차 흐렸다 개었다 했다. 맞은편에는 모래강변이 거의 없고 나무들은 모두 한데 어울려 울창한 갈대밭 쪽으로 내려왔으며, 좀 더 위쪽으로는 토끼풀과 괭이밥과 등대풀로 뒤덮여 있고, 아래쪽의 축축한 골짜기들로 몰려드는 생명력 넘치는 무수한 참나무와 너도밤나무가 테두리를 두르고 있는 뜨겁고 건조한 비탈들이 보였는데, 이 중 한 골짜기에서 야샤 체르니셉스키는 총을 쏘아 자살했다.

나 자신의 노력으로, 베를린 시민들이 '그뤼네발트' 하면 떠올리는 소박한 일요일의 단상(종이 쓰레기, 소풍객 무리)보다는 높은 수준으로 그 이미지를 격상시킨 듯한 이 숲의 세계로 매일 아침 들어올 때면, 이 무더운 평일 여름날에 숲의 남쪽으로, 더욱더 깊숙이, 야생의 비밀 장소로 향할 때면, 나는 나의 아가멤논 거리에서 3베르스타 떨어진 곳에 태초의 낙원이 있는 듯한 쾌감을 느꼈다. 햇빛의 자유로운 분출과 관목에 의한 방어가 환상적으로 결합된 내가 선호하는 한 장소에 이르면 나는 완전히 발가벗고 불필요해진 수영복을 목덜미 아래 괴고 무릎 담요 위에 반듯이 드러누웠다. 계속된 일광욕 덕에 몸 전체가 청동으로 도금되어 발뒤꿈치, 손바닥, 눈가 주름에만 자연색이 남게 된 나는 나 자신이 운동선수나 타잔이나 아담, 즉 나체의 시민만 빼고 뭐든 다 된 것처럼 느꼈다. 통상 나체에 수반되는 거북함은, 이미 오래전에 주위 세계의 색과의 관계를 상실하여 그 결과 인위적 부조화 상태에 놓인, 우리의 무방비 상태의 순백색을 자각한 데서 비롯된다. 그러나 태양의 영향력이 간극을 메워 우리와 자연에게 나체권(裸體權)을 동등하게 보장하면 구릿빛 신체는 이미 더 이상 수치심을 느끼지 않게 된다. 이 모든 것은 나체주의자의 팸플릿처럼 들릴 것이다. 그러나 진리 자체는 죄가 없다, 설령 그것이 가련한 자가 빌린 진리와 일치할지라도.

햇빛이 쏟아졌다. 태양은 그 커다란 매끈매끈한 혀로 줄기차게 나를 핥았다. 나는 점차, 내가 용해되어 투명해지고 불꽃으로 채워져, 불꽃이 존재하기에 비로소 내가 존재한다고 느끼게 되었다. 저작이 희귀 언어로 번역되듯, 나는 태양으로 번역되었다. 깡마르고 추위 타는 겨울의 표도르 고두노프 체르딘체프는, 마치 내가 그를 야쿠츠크 주로 유배라도 보낸 듯, 이제 나와는 완전히 유리된 존재가 되었다. 그는 나의 흐릿한 복사본이고 이 여름의 나는 그의 과장된 청동 복제품이다. 본디의 나, 즉 책을 쓰고, 단어, 색조, 사고의 유희, 러시아, 초콜릿, 지나를 사랑하는 나는, 웬일인지 해체되고 용해되어, 먼저 빛의 힘으로 투명해지더니, 다음에는 비단 같은 침엽과 천상의 초록 잎들, 모양이 달라진 무릎 담요의 알록달록한 직물에 기어오르는 개미들, 새들, 향기들, 쐐기풀의 뜨거운 숨결, 달궈진 풀의 살 내음, 푸른 하늘(거기서는 창공의 푸른 안개, 푸른 정수(精髓)로 뒤덮인 듯한 비행기가 저 높이높이서 윙윙거렸는데, 물속의 물고기가 축축하듯 비행기도 파랬다)이 있는 여름 숲의 온갖 몽롱함에 합류했다.

그런 식으로 완전히 용해될 수도 있었으리라. 표도르 콘스탄티노비치는 몸을 일으켜 앉았다. 땀의 개울이 매끄럽게 면도한 가슴을 따라 흘러 배꼽 저수지로 떨어졌다. 푹 꺼진 배는 갈색빛, 자개빛을 띠고 있었다. 머리카락의 반짝이는 검은 원을 따라 길 잃은 개미가 허둥지둥 기어 다녔다. 종아리는 반지르르했다. 발가락 사이에는 소나무 가시가 박혀 있었다. 그는 짧게 자른 머리와 끈적거리는 목덜미와 목을 수영복으로 닦았다. 다람쥐는 등을 둥글게 모으고 풀밭을 따라 이 나무에서 저 나무로 구불구불, 약간 서툴게 달리고 있었다. 참나무 관목, 딱총나무, 소나무 줄기들은 모두 눈부시게 아롱졌고, 결코 여름 낮의 얼굴을 범할 수 없는 자그마한 구름은 태양 옆을 더듬더듬 기어갔다.

그는 일어나서 한 발 내디뎠다. 그러자 즉각 잎 그림자의 가벼운 손이 그의 왼쪽 어깨 위에 놓였다가, 그가 한 발 더 내딛자 미끄러져 사라졌다. 표도르 콘스탄티노비치는 태양의 위치를 가늠하고 무릎 담요를 1아르신 정도 끌어당겨 잎 그림자가 그를 침범하지 못하게 했다. 나체로 움직이는 것은 놀라운 축복이었다, 특히 하복부의 자유가 그를 기분 좋게 했다. 그는 곤충 소리와 새들의 바스락 소리에 귀 기울이며 관목 사이를 지나갔다. 상모솔새는 생쥐처럼 참나무잎 사이로 미끄러져 사라졌고, 나나니벌은 발에 애벌레 시체를 들고 낮게 날았으며, 방금 전의 다람쥐는 간간이 긁는 소리를 내며 나무껍질 위로 기어오르고 있었다. 어딘가 그리 멀지 않은 곳에서 처녀의 목소리가 들렸다. 그는 자신의 팔을 따라 가만히 멈췄다가 늑골 사이 왼편 옆구리에서 규칙적으로 파닥거리는 그림자 얼룩에 시선을 멈췄다. 두 개의 쉼표 무늬 반점이 있는 짜리몽땅한 황금빛 작은 나비가 날갯죽지를 보트처럼 펴더니 참나무 잎 위에 앉았다가 홀연 저쪽으로 황금파리처럼 날아갔다. 이 숲 속의 나날 동안, 특히 친숙한 나비들이 가물거릴 때면, 표도르 콘스탄티노비치는 얼마나 자주 거대하고 끝없이 먼 다른 숲 — 그에 비하면 **이 숲**은 나뭇가지나 그루터기, 잡동사니에 불과한 — 에서의 아버지의 은거를 떠올렸는지 모른다. 그럼에도 불구하고 그는 여기서 지도상에 떡하니 펼쳐진 바로 그 아시아적 자유, 그리고 아버지의 긴 여정의 정신과 유사한 무언가를 체험했다. 그리고 이때 가장 힘들었던 것은, 이 자유와 녹음(綠陰), 그리고 행복한 볕 드는 어스름에도 불구하고 아버지가 끝내 돌아가셨음을 믿는 일이었다.

목소리들이 점차 가까이서 들리더니 옆으로 멀어졌다. 그의 허벅지에 슬그머니 앉은 등에가 뭉툭한 주둥이로 찔러 댔다. 이끼와 잔디와 모래는 각자 나름의 방식으로 맨발바닥과 소통했고, 햇빛과 그림자 역시 각각 상이하게 뜨거운 몸의 비단 위에 드리웠다. 자유분방한 폭염으로 예민해진 감각은 숲 속 요정과의 조우, 신화 속 신부 납치의 가능성으로 인해 애달았다. *Le sanglot dont j'étais encore ivre.*[47]* 지금 여기에 지나가, 혹은 그녀의 발레 단원 중 아무라도 함께 있을 수만 있다면, 그는 자신의 삶에서 1년을 — 심지어 윤년이라 할지라도 — 내놨으리라.

그는 다시 벌렁 누웠다가 또다시 일어섰다. 그는 뛰는 가슴을 안고 어떤 은밀하고 어렴풋한, 뭔가 기약하는 듯한 소리를 들었다. 그런 다음 수영복만 입고 무릎 담요와 옷은 관목 밑에 숨겨 놓고 호수 주변의 숲을 거닐기 위해 떠났다.

여기저기에서 평일에는 정도의 차이는 있지만 구릿빛의 몸들을 드문드문 만나게 된다. 그는 판에서 짐플리치시무스*로 변할까 두려워 자세히 보는 것은 피했다. 그런데 종종 나무줄기에 기대어 세워진 반짝거리는 자전거와 학생 가방 옆에, 외로운 요정이 스

47 여전히 나를 취하게 하는 흐느낌.

웨이드처럼 부드러운 다리를 거의 사타구니까지 드러낸 채 쭉 뻗고는 팔을 뒤로 받치고서 빛나는 겨드랑이를 태양에게 보여 주며 누워 있곤 했다. 유혹의 화살이 쉿 울리며 그에게 꽂히기도 전에, 그는 약간 떨어진 곳, 포획물(누구의?) 주변으로 마법의 삼각형을 이루는 등거리의 세 지점에 부동자세로 있는, 서로 모르는 세 명의 사냥꾼이 나무줄기 사이로 보이는 것을 알아챘다. 그들은 두 명의 젊은이와(이쪽 남자는 엎드려 있었고 저쪽 남자는 옆으로 누워 있었다), 조끼와 고무줄 소매 셔츠를 입고 풀 위에 굳건히, 영원히 꼼짝 않고 앉아 있는, 우울하지만 인내심 깊은 눈을 한 노신사였다. 한 점을 쏘아보는 이 세 시선은 마침내 태양의 도움으로, 오일 바른 눈꺼풀을 들지 못하는 가련한 독일 소녀의 검은 수영복에 구멍을 뚫을 기세였다.

그는 호수의 모래강변으로 내려왔다. 그러자 바로 여기서 그 자신이 그토록 촘촘히 엮어 갔던 매력적인 직물은 목소리들의 아우성 속에 완전히 산산조각 나고 말았다. 그는 지저분한 회색 모래 속에서 뒹굴고 있는 수영객들(소시민, 나태한 노동자)의, 삶의 동북풍에 주름지고 휘고 일그러진, 전라 혹은 반라의 몸을 — 후자가 더욱 끔찍하다 — 혐오스럽게 바라보았다. 저기, 호수의 좁고 어두운 후미를 따라 강변길이 난 곳에서는, 고단한 듯 내려앉은 철조망으로 지탱되는 말뚝 울타리에 의해 후미 지역이 길과 분리되어 있었다. 강변의 터줏대감들은 특히 이 말뚝 울타리 주변 장소를 선호했는데, 울타리 위에 바지를 멜빵으로 걸기가 편하기 때문이기도 했고(속옷은 먼지투성이 쐐기풀 위에 놓였다), 또한 등 뒤 울타리로 인해 막연히 보호받는 느낌이 들기 때문이기도 했다. 그리고 저기, 길이 좀 더 높아지는 곳에서는 흐드러지게 아래로 늘어진 너도밤나무들과 소나무들의 얼룩 그림자가 태양의 위치에 따라 다채롭게 밀려들고 군데군데 풀이 짓밟힌 거친 모래 비탈이 호수 쪽으로 경사져 있었다.

혹과 부푼 혈관으로 뒤덮인 노인의 회색 다리들, 누군가의 편평한 발바닥과 황갈색 토종 티눈, 돼지 같은 분홍색 똥배, 물로 인해 핼쑥해진, 쉰 목소리의 젖은 청소년들, 가슴의 지구본들과 묵직한 엉덩짝들, 푸르스름한 정맥이 튀어나온 늘어진 허벅지들, 닭살, 안짱다리 처녀들의 여드름투성이 견갑골들, 근육질 건달들의 튼튼한 목과 엉덩이들, 흡족해하는 얼굴들의 절망적이고 뻔뻔스러운 아둔함, 야단법석, 폭소, 파도 소리, 이 모든 것들은 언제라도 너무나 자연스럽고 가볍게 맹렬한 야유로 뒤바뀔 수 있는, 바로 그 명성 높은 독일식 온순함의 절정으로 합쳐졌다. 이 모든 것 위로, 특히 혼잡함이 극에 달하는 일요일이면 잊을 수 없는 냄새, 먼지, 땀, 진창, 불결한 속옷, 통풍 건조된 가난의 냄새, 훈연 건조한 싸구려 영혼의 냄새가 가득 찼다. 그러나 호수 자체는 맞은편의 선명한 초록 나무숲과 정중앙의 햇빛의 잔물결을 간직한 채 품위를 지켰다.

표도르 콘스탄티노비치는 갈대 사이로 비밀스러운 후미진 곳을 골라 헤엄치기 시작했다. 물속의 뜨거운 부유물, 그리고 눈에 비치는 햇빛의 불꽃. 그는 오랫동안 헤엄쳤다, 반 시간, 다섯 시간, 하루, 일주일, 또 일주일. 마침내 6월 28일, 오후 3시경에 다른 강둑으로 나왔다.

호반의 해조류에서 빠져나온 그는 곧장 참나무 숲에 이르렀고, 거기서 뜨거운 비탈로 올라갔는데, 그러자 곧 몸은 햇빛에 말랐다. 오른쪽에는 참나무 묘목과 검은딸기나무가 우거진 골짜기가 있었다. 표도르 콘스탄티노비치는 여기 오면 매번 그러했듯이 오늘도 밑바닥까지 내려왔다. 밑바닥은 여기서, 바로 여기서 총을 쏜

미지의 젊은이의 죽음에 대해 그에게 일말의 책임이라도 있다는 듯 그를 끌어당겼다. 그는 '알렉산드라 야코블레브나도 이곳에 오면 검은 장갑을 낀 자그마한 손으로 관목 사이를 부산히 더듬었겠지……' 하고 생각했다. 그 당시 그는 그녀를 몰랐기 때문에 이 모습을 볼 수는 없었다. 그러나 자신의 빈번한 참배에 대한 그녀의 이야기에 따라 참배는 분명 그런 식이었을 거라 느껴졌다, 뭔가에 대한 탐색, 잎들의 사각 소리, 콕콕 찌르는 양산, 반짝이는 눈, 흐느낌으로 떨리는 입술……. 그는 올봄에 그녀의 남편이 죽은 후 그녀를 — 마지막으로 — 만났던 장면과, 그녀의 탈속한 듯 찡그린 숙인 얼굴을 보면서 그를 덮쳤던 이상한 느낌을 떠올렸다. 마치 이전에는 결코 정식으로 그녀를 본 적이 없었고, 이제야 그 얼굴에서 그녀의 죽은 남편과 닮은 점을 발견했는데, 그의 죽음은 그때까지 숨겨져 왔던 모종의 장례, 혈연관계를 통해 그녀에게서 나타나고 있는 것처럼 느껴졌던 것이다. 다음 날 그녀는 리가에 사는 친척들에게 떠났다 — 그리고 이제는 이미 그녀의 형상, 아들에 관한 이야기, 그녀의 집에서 열린 문학의 밤들, 알렉산드르 야코블레비치의 정신 질환 등, 이 시효를 다한 모든 것들은 그 스스로 돌돌 말려, 십자로 묶인 삶의 두루마리처럼 종료되었고, 이 두루마리는 오랫동안 보관되겠지만, 늘 차일피일 일을 미루는 게으르고 배은망덕한 손은 결코 그것을 다시 풀지 않으리라. 그것이 정신의 헛간 귀퉁이에 이렇게 틀어박혀 사라지게 두진 않겠다는 공황 상태의 열망, 이 모든 것을 그 자신과, 자신의 영원성과, 자신의 진리에 적용하여, 그것이 새롭게 성장하는 데 일조하고 싶다는 열망이 그를 엄습했다. 방법은 있고, 단 하나의 방법이 있다.

그는 다른 비탈을 따라 올라갔다. 그곳 정상에는 다시 아래로 내려가는 오솔길 옆, 참나무 아래 벤치 위에 검은 양복을 입은 등이 구부정한 청년이 앉아, 명상에 잠긴 손에 지팡이를 들고 천천히 선을 긋고 있었다. '그는 분명 굉장히 덥겠지.' 벌거벗은 표도르 콘스탄티노비치는 생각했다. 앉아 있던 이가 힐끔 보았다……. 태양은 섬세한 사진사처럼 그의 얼굴을, 미간이 넓은 회색 근시안에 파리한 얼굴을 돌려서 약간 들어 올렸다. '개의 기쁨'* 스타일로 빳빳하게 풀을 먹인 칼라 깃 사이, 넥타이의 느슨한 매듭 위에서 넥타이핀이 반짝였다.

"아유 참, 많이도 타셨네요." 콘체예프는 말했다. "몸에 해로울 텐데요. 그런데 당신 옷은, 정말, 어디 있는 거죠?"

"저기." 표도르 콘스탄티노비치는 대답했다. "건너편 숲 속에 있답니다."

"훔쳐 갈 수도 있어요." 콘체예프는 지적했다. "'러시아인은 손이 크고 프러시아인은 손버릇이 나쁘다'라는 속담이 괜히 있는 게 아니에요."

표도르 콘스탄티노비치는 앉으며 말했다. "그런데 당신은 우리가 지금 있는 곳이 어딘지 아세요? 시인이었던 체르니셉스키 부부의 아들이 자살했던 곳이 바로 저기 검은딸기 숲 너머 아래쪽이랍니다."

"아, 바로 여기였군요." 별 관심 없이 콘체예프는 말했다. "어쩌겠어요? 그의 올가는 얼마 전에 모피상과 결혼하여 미국으로 떠났죠. 똑같은 창기병은 아니지만, 어쨌든……."*

"당신은 정말 안 더우세요?" 표도르 콘스탄티노비치는 물었다.

"전혀요. 저는 가슴이 약해서 늘 추위를 탄답니다. 그러나 물론 벌거벗은 사람이 옆에 있을 때는 양복점의 존재를 온몸으로 체감하지요. 그러면 몸은 어둠 속에 잠긴답니다. 반면 당신은 그렇게 벌거벗은 상태로는 그 어떤 정신노동도 **일절** 불가능해 보이는

데요?"

"그럴지도 모르지요." 표도르 콘스탄티노비치는 웃었다. "점점 더 자신의 피부 표면에서만 살게 되지요."

"바로 그거예요. 오로지 자기 몸을 순찰하고 태양을 추적하는 데 전념하게 되지요. 그러나 생각은 커튼과 카메라 옵스쿠라*를 좋아한답니다. 태양은, 그것이 비칠 때 그림자의 가치가 높아지기에 훌륭한 것이지요. 간수가 없는 감옥, 정원수가 없는 정원은, 제가 보기에는, 이상일 뿐입니다. 그런데 당신은 제가 당신의 책에 대해 쓴 글을 읽으셨나요?"

"읽었지요." 표도르 콘스탄티노비치는 벤치 위에서 그와 이웃 사이의 거리가 몇 인치나 되는지 가늠하고 있는 작은 자벌레*를 관찰하며 답했다. "읽다 뿐이겠습니까? 처음에는 당신께 감사의 편지를 쓰려 했지요 — 그러니까 자격 미달이라는 등등의 감동적인 인용구를 넣어서요 — 그러나 좀 더 후에 이것은 자유로운 사고 영역에 참을 수 없는 인간 냄새를 집어넣을 수도 있다는 생각을 했어요. 그리고 좀 더 후에는 제가 뭔가 잘 썼다면 저는 당신이 아니라 제 자신에게 감사해야 하고, 이와 똑같이 당신 역시 훌륭한 것을 이해할 수 있었다는 점에서 제가 아닌 바로 자기 자신에게 감사해야 한다고 생각했습니다. 어때요, 맞나요? 만약 우리가 서로에게 인사하기 시작하면 우리 중 한 사람이 멈추자마자 다른 한 사람은 화가 나서 씩씩거리며 떠나겠지요."

"당신이 구태의연한 진리를 말씀하실 줄은 몰랐네요." 콘체예프가 미소 지으며 말했다. "맞아요, 모두 맞습니다. 제 생애에 한 번, 딱 한 번 비평가에게 감사를 표한 적이 있었는데 그는 '글쎄요, **정말로** 굉장히 제 마음에 들었습니다'라고 답변했답니다 — 바로 이 '정말'이 평생 저를 깨어 있게 했습니다. 그런데 제가 당신에 대해

할 수 있었던 말을 전부 한 건 아니에요. 있지도 않은 결점을 가지고 당신을 너무들 비난해서, 비록 제게는 확실해 보이는 단점이지만 시비를 걸고 싶지 않았거든요. 게다가 당신의 다음 작품에서는 그것들이 제거되거나 아니면, 배아 상태의 점이 눈으로 변형되듯, 당신의 독자적인 자질 쪽으로 발현되겠지요. 당신은 동물학자시잖아요, 그렇죠?"

"어떤 면에선 그렇죠, 아마추어로서 말이지요. 그런데 그 단점은 어떤 것이지요? 그것이 제 자신이 알고 있는 것과 일치하는지 궁금하네요."

"첫째는, 단어에 대한 지나친 신뢰입니다. 당신의 단어들은 종종 필요한 사상을 밀반입하고 있습니다. 구문은 분명 훌륭할 수도 있겠지만, 그럼에도 불구하고 이것은 밀수품일 뿐이며 더욱더 중요한 것은 헛고생이었다는 것입니다, 합법적 통로가 이미 열려 있었거든요. 그런데도 당신의 밀수입자들은 애매모호한 문체의 비호하에 온갖 복잡한 계략으로 세금도 없는 물건을 수입하고 있는 것입니다. 둘째, 원전(原典)의 가공 과정이 다소 서툽니다. 당신은 마치 과거의 사건과 발화에 자신의 문체를 강요할지, 아니면 그 고유한 문체를 부각시킬지 결정하지 못하는 것 같더군요. 저는 일부러 당신 책의 몇몇 부분과 당신이 이용했을 판본으로 보이는 체르니셉스키 전집의 문맥을 대조해 보았는데, 지면들 사이에서 당신의 재를 찾아냈답니다. 셋째, 당신은 종종 패러디를 너무나 자연스러워지는 단계까지 도입하여, 패러디가 사실상 진짜 진지한 생각이 되기도 합니다. **이런** 단계에 이르면 패러디는 갑자기 어떤 괴벽에 대한 패러디가 아닌 바로 당신 자신의 괴벽이 되어 버린 의도치 않은 일탈 행위를 보여 줍니다. 바로 이런 유의 특성을 당신이 추적했음에도 불구하고 말이지요. 이것은 바로 혹자가 셰익스피어를 건성으로 낭독하는 배우를 패러디하다가 이에 심취하여, 정식으로 낭독해야 할 순간에도 얼결에 행을 와전하게 되는 경우와 같지요. 넷째, 몇몇 화제 전환 부분에서 기계적인 — 자동적인 정도는 아니지만 — 전환이 발견됩니다. 게다가 당신이 **자신의** 편리를 추구하여 보다 쉬운 길을 택하고 있음이 눈에 확 뜨입니다. 예컨대 어떤 곳에서는 단순한 언어유희가 화제 전환의 계기가 되고 있습니다. 다섯째, 마지막으로, 당신은 때때로 동시대인의 조롱이 주목적인 사건을 이야기합니다. 하지만 어느 여인이든 당신에게 머리핀처럼 그렇게 쉬이 사라지는 것은 아무것도 없을 것이라고 말할 겁니다, 유행이 조금만 바뀌어도 사용하지 않게 되는 것은 말할 것도 없고요. 생각해 보세요, 단 한 명의 고고학자도 그 정확한 용도를 모르는 날카로운 소품들이 얼마나 많이 발굴되었는지를 말이에요. 모름지기 진정한 작가는 모든 독자를 무시해야 합니다. 단 한 사람, 미래의 독자를 제외하고 말이지요. 결국, 그는 시간 속 저자의 반영일 뿐이거든요. 이것이 당신에 대한 제 불만의 총괄인 듯합니다만, 전반적으로 이것들은 사소하답니다. 당신의 장점이 내뿜는 빛 아래서 이것들은 완전히 퇴색하고 말지요. 저는 당신의 장점에 대해서도 좀 더 이야기할 수 있답니다."

"글쎄요, 그다지 흥미롭지 않네요." (투르게네프, 곤차로프, 살리아스 백작, 그리고로비치, 보보르킨이 쓴 것 같은*) 이 **장광설 동안** 시인하는 **표정**으로 고개를 끄덕이던 표도르 콘스탄티노비치가 말했다. "당신은 매우 훌륭하게 저의 단점을 규정하고 계십니다 — 그는 계속했다 — 그리고 이것들은 제가 제 자신에게 느끼는 불만과 일치합니다. 물론 저는 다른 순서를 취하여, 어떤 항목들은 결합되고 어떤 항목들은 보다 세분화되어 있기는 하지만요. 당신이 지적하신 단점 외에 저는 적어도 세 개 이상을 알고 있는

데, 어쩌면 이것들이 가장 핵심적인 것일지도 모르겠습니다. 단, 저는 당신에게 결코 이것들에 대해 말하지 않을 것이고, 저의 다음 책에서 그것들은 사라질 것입니다. 이제 당신의 시에 대해 이야기해도 될까요?"

"아니요, 그러지 않는 게 좋겠습니다." 콘체예프는 두려운 듯 말했다. "제 시들이 당신의 마음에 들었을 거라 짐작되는 바는 있습니다만, 저는 제 시들에 대한 토론을 생리적으로 못 견뎌 합니다. 저는 어렸을 적, 잠들기 전에 이해하기 힘든 장문의 기도문을 외웠었지요 — 돌아가신 저의 어머니, 신앙심이 돈독했으나 극히 불행한 여인이셨던 어머니께서 가르쳐 주신 거였지요(물론 어머니라면 이 두 개념은 양립할 수 없다고 말씀하셨겠지만, 그래도 '행복은 수도사가 되지 않는다' 또한 사실이잖아요). 저는 이 기도문을 오랫동안, 거의 청소년기에 이를 때까지 기억하고 반복했지요. 그러던 어느 날, 저는 그 뜻에 탐닉했고 모든 단어를 이해하게 되었지요. 그런데 그 뜻을 이해하자마자 곧장 기도문을 잊어버렸답니다, 마치 뭔가 복구 불능의 마법을 깨뜨린 것처럼요. 저는 제 시에서도 똑같은 일이 일어날 것만 같답니다. 만약 제가 그것을 이지적으로 생각하기 시작하면 즉각 시를 쓸 능력을 잃어버릴 것 같거든요. 제가 알기로 당신 역시 이미 예전에 자신의 시를 단어와 의미로 타락시켜, 앞으로 시 작업을 계속하기는 힘드실 것 같던데요. 당신은 지나치게 풍요롭고, 욕심이 많아요. 뮤즈는 가난하기에 매력적이랍니다."

"그런데 말이죠, 참 이상하게도" 하고 표도르 콘스탄티노비치는 말했다. "오래전 어느 날, 저는 이런 주제로 당신과 대화하는 것을 굉장히 생생하게 상상한 적이 있었습니다. 그런데 그 비슷한 일이 이루어졌군요! 물론 당신은 대놓고 저에게 맞추는 식으로 말씀하셨지만 말이에요. 사실상 당신을 전혀 모르면서, 당신을 너무 잘 알고 있다는 사실이 이루 형언할 수 없을 정도로 저를 기쁘게 합니다. 왜냐하면 이것은 그 어떤 우매한 우정이나 어리석은 호감이나 '시대사조'에도 종속되지 않고 한 다스의 강하게 결속된 범재(凡才)들이 공동 노력으로 '빛나는' 그 어떤 영적 단체나 시인 협회에도 종속되지 않는 유대 관계가 이 세상에 존재함을 의미하기 때문이지요."

"혹시 모르니, 당신에게 경고해야겠군요." 콘체예프는 솔직히 말했다. "우리가 닮았다는 데 너무 현혹되지 마십시오. 당신과 저는 많은 면에서 다릅니다. 저의 취향이나 기량은 전혀 다르지요. 예컨대 저는 당신의 페트를 못 견뎌 하고, 대신 당신이 무시하는 경향이 있는 『분신』과 『악령』의 작가를 열렬히 사랑합니다……. 그리고 저는 당신의 많은 부분 — 페테르부르크 스타일, 프랑스 취향, 당신의 신(新)볼테르주의, 그리고 플로베르에 대한 지나친 선호 — 이 싫습니다. 그리고 당신의, 미안합니다, 외설적인 스포티한 나체는 저를 정말 화나게 합니다. 그러나 이러한 단서만 전제된다면, 아마도 어딘가에서 — 이곳이 아닌 다른 차원에서(하긴 당신은 그곳을 저보다 어렴풋하게 인식하고 계시지만요) — 우리 존재의 뒤안길 어딘가에서, 매우 아득하고도 매우 신비스럽고 현묘하게 우리 사이에 다분히 성스러운 결속이 다져지고 있다고 분명히 말할 수 있을 것입니다. 그런데 아마 당신이 이 모든 것을 감지하고 말씀하시는 것은 제가 지면을 통해 당신의 책을 칭찬했기 때문인 것 같네요. 이 또한 종종 있는 일이지요."

"네, 알고 있습니다. 제 스스로도 이에 대해 생각했지요. 특히 제가 이전에 당신의 명성을 부러워했다는 것을 염두에 두면 말이지요. 그러나 양심적으로 말해서 — ."

"명성이라고요?" 콘체예프가 말을 가로챘다. "웃기지 마세요. 누가 제 시를 안답니까? 백 명, 백오십 명, 기껏, 기껏해야 이백 명의 추방자 지식인요? 그중 90퍼센트는 역시 제 시를 이해하지 못해요. 이는 명성이 아니라 지엽적인 성공이라 해야겠지요. 혹시 미래에 제가 만회할 수도 있겠지만, 그러나 퉁구스족과 칼미크족이 핀족의 질투 어린 시선 아래 나의 『전언』을 서로서로에게서 뺏는 데까지는 매우 많은 시간이 걸릴 겁니다."*

"그래도 위안은 되네요." 표도르 콘스탄티노비치는 골똘히 생각에 잠겨 말했다. "유산을 저당 잡히고 미리 즐거워할 수 있잖아요. 미래의 언젠가 나그네 몽상가가 바로 여기로, 이 강변으로, 이 참나무 밑으로 와서 앉아서, 이번에는 그가, 당신과 제가 언젠가 여기 앉았음을 상상하는 장면을 떠올리는 것만으로도 멋지지 않나요?"

"그러나 역사가는 냉정하게 우리가 결코 함께 산책한 적이 없고 거의 안면도 없었으며, 설사 만났다 해도 사소한 일상에 관해서만 담소를 나눴노라고 그에게 말할 겁니다."

"그래도 한번 시도해 보세요! 미래의 타인의 이 회고적 전율을 감촉하려 시도해 보세요……. 영혼의 모든 모골이 송연해질 겁니다! 무릇 우리의 야만적 시간 지각(知覺)에는 종지부를 찍는 것이 좋겠습니다. 제가 보기에, 만약 우리의 인쇄소들이 사전에 이웃 별로 이전되지 않으면 수조 년이 지나 지구가 얼어붙고 만물이 사라진다는 식의 대화가 오갈 때는 시간 지각이 특히 재미있어지는 것 같습니다. 혹은 영겁에 관한 허튼소리를 할 때도 그렇지요—'우주에 그토록 많은 시간이 할당되었다면, 그 멸망의 숫자는 분명히 **이미** 도래했을 거다, 이는 그 어떤 시간 단위에서도 이성적으로, 군대가 끝없이 행진하는 길 위에 놓인 달걀이 **온전하다**고 상상할 수 없는 것과 같은 이치다.' 이것은 얼마나 어리석은지요! 일종의 성장으로서 시간을 바라보는 우리의 그릇된 감각은 우리의 유한성에 기인하고, 이 유한성은 항상 현재의 차원에 머무르면서 과거라는 물의 심연과 미래라는 공기의 심연 사이에서 현재를 부단히 상승시키는 것을 의미하지요. 이렇게 하여 우리에게 존재란 미래의 과거로의 영원한 변형으로서(기실 환각의 과정이지요), 우리 안에서 일어나는 물적(物的) 변태(變態)의 반영으로서만 규정됩니다. 이런 상황에서 세계를 지각하려는 시도는 우리 스스로 이미 지각 불능의 것으로 창조했던 것을 지각하려는 시도로 귀착됩니다. 탐구적 사고가 다다르게 되는 이런 부조리함은 다만 사고가 인간에 귀속됨을 보여 주는 자연적인 종적(種的) 속성일 뿐이며, 반드시 답을 구하고자 추구하는 것은 닭죽을 놓고 꼬꼬댁거리기를 요구하는 것과 같습니다. 저에게 가장 유혹적인 견해인, 시간이란 없으며 모든 것은 일종의 현재로, 현재는 우리의 실명한 눈 바깥에 빛처럼 자리한다는 관점 역시, 모든 여타 견해들처럼 가망 없이 끝나는 가설입니다. '언젠가 크면 이해하게 될 거야 — ' 이것은 제가 알고 있는 가장 현명한 말입니다. 여기에 첨언하여, 자연은 우리를 창조할 때부터 쌍으로 보았다는 것(아, 결코 피할 수 없는, 말-소, 고양이-개, 들쥐-생쥐, 벼룩-빈대 식의, 이 저주받을 쌍관계여), 생체 구조의 대칭은 지구가 회전한 결과라는 것(충분히 오래 돌린 팽이는 분명 살아나서 성장하여 증식되기 시작할 것입니다), 그리고 비대칭, 불평등에 대한 우리의 갈망에서 진정한 자유를 찾는 절규, 원에서 벗어나고자 하는 갈망이 내겐 감지된다는 것 — "

"Herrliches Wetter — in der Zeitung steht es aber, dass es morgen bestimmt regnen wird."[48] 마침내 표도르 콘스탄티노비

48 "화창한 날씨군요, 그런데 신문에는 내일 비가 올 거라고 쓰여 있네요."

치와 벤치 위에 나란히 앉아 있던, 그에게는 콘체예프와 닮아 보였던 젊은 독일인이 말했다.

그렇다면 또다시 상상이었던가, 너무 애석하구나! 실재를 가장하기 위해 나는 그에게 고인이 된 어머니까지 지어냈구나……. 왜 그와의 대화는 현실로 피어나 실현되지 못하는 것일까? 아니면 이 또한 실현이며 더 나은 것은 불필요한 것일까……? 실제 대화는 환멸을 느끼게 할 뿐이어서? 말더듬의 그루터기, 헛기침의 깻묵, 자잘한 단어들의 퇴적물로?

"Da kommen die Wolken schon."[49] 콘체예프처럼 보이는 독일인이 서쪽에서부터 솟아오른 풍만한 가슴의 구름을 손가락으로 가리키며 계속 말했다. (분명 대학생일 거야. 아마도 철학이나 음악 계열 같은데. 야샤의 친구는 지금 어디 있을까? 여기 들를 리는 없겠지.)

"Halb fünf ungefähr."[50] 그는 표도르 콘스탄티노비치의 질문에 답하여 이렇게 덧붙이고, 자신의 지팡이를 챙겨 벤치를 떠났다. 그의 어둡고 구부정한 형상이 그늘진 오솔길을 따라 멀어져 갔다. 어쩌면 시인일지도? 독일에도 시인은 있으니까. 서툰 시인이어도, 그 고장 시인이어도, 어쨌든 고기 장수가 아닌 사람도 있어야지. 혹 고기의 가니시(garnish) 정도는 되지 않겠어?

그는 맞은편 강변까지 수영하여 돌아가는 것이 귀찮아졌다, 그래서 북쪽으로부터 호수를 휘감고 있는 길을 따라 터벅터벅 걸었다. 조심성 많은 소나무들의 노출된 뿌리가 침하하는 강변을 받치고 있는, 넓은 모래 경사길이 호수까지 나 있는 곳에는 다시 인파가 북적였고, 그 아래쪽 풀밭에는 태양 활동의 세 견본인 듯한 흰

49 "저기 벌써 구름이 나타났네요."
50 "4시 반 정도 된 듯합니다."

색, 분홍색, 갈색의 벌거벗은 시체 세 구가 누워 있었다. 좀 더 나아가자 호수 굽이를 따라 습지가 펼쳐졌고, 오솔길의 거무스름한, 거의 새까만 흙이 발바닥에 신선하게 달라붙었다. 그는 침엽으로 뒤덮인 비탈길을 따라 다시 위로 올라갔다가, 형형색색의 숲을 지나 자신의 소굴로 돌아왔다. 즐거우면서 우울했고, 화창하면서도 흐렸다 — 집에 돌아가고 싶지 않았으나 가야 될 시간이었다. 그는 '재미있는 거 보여 줄게' 하며 손짓해 부르는 것 같은 고목 옆에 잠깐 누웠다. 나무들 사이로 노래가 울려 퍼지더니, 이내 검은 드레스에 하얀 두건을 쓴 동그란 얼굴의 수녀 다섯 명이 잽싸게 걸어가는 것이 보였다. 여학생의 노래와 찬송가의 결합인 듯한 그 노래는, 한 명 한 명 번갈아 가며 수수한 꽃(가까이에 누워 있었지만 표도르 콘스탄티노비치에겐 안 보이는)을 꺾기 위해 걸어가며 몸을 구부렸다가, 굉장히 유연하게 몸을 쭉 펴는 동시에 다른 사람들을 따라잡아 보조를 맞추며 목가적 동작으로(엄지와 검지는 일순 한데 모으고 나머지 손가락들은 우아하게 구부려) 꽃의 환영을 유령 꽃다발에 넣는 동안 줄곧 그들 사이를 맴돌고 있었다 — 그러자 확연해졌다, 이 모든 것은 연극의 한 장면이지 않은가, 이 모든 것에는 얼마나 뛰어난 기량과, 얼마나 심오한 우아함과 기교가 있는지, 소나무 뒤에는 얼마나 뛰어난 감독이 숨어 있으며, 모든 것은 얼마나 잘 계산되어 있는지! 조금 흩어져 걷다가, 이제 다시 앞에 셋, 뒤에 둘로 열을 짓는 것, 앞서가던 한 명이 갑자기 감정이 샘솟는 듯 특별한 천상의 음을 내며 하늘을 향해 손을 약간 벌리자 뒤에 가던 한 명이 슬며시 웃는 것(굉장히 수도원식의 유머였던 것이다), 계속 어깨를 숙이고 손가락으로 풀줄기를 뽑는 동안 노랫소리는 점차 멀어지고 희미해지더니(그러나 풀줄기는 잠깐 흔들릴 뿐 여전히 햇빛에 반짝인다…… 어디서 전에 이런 일이 있었더라, 흔들린 게 뭐였었지?*), 마침내 모두들 까치발로 잰걸음으로 나무 뒤로 사라지고, 어떤 반라의 소년이 풀 속에서 자신의 공을 찾는 척하며 그들의 노래 한 소절을 기계적으로 대충 따라 하고 있는 것(음악가에게 익숙한 **익살스러운** 반복이다). 이것은 얼마나 멋지게 무대에 올려졌는지! 이 가볍고 신속한 무대, 이 날쌘 통행에는 얼마나 많은 노동이 들어갔는지, 막간 휴식 후에 얇은 실크 튀튀로 교체될, 이 무거워 보이는 검은 나사지(羅紗紙) 밑에는 어떤 근육이 있는지!

구름이 태양을 가리고 숲은 표류하다 점점 어두워졌다. 표도르 콘스탄티노비치는 옷을 놓아 둔 수풀로 향했다. 늘 순순히 옷을 잘 숨겨 주었던 관목 아래 구멍에는 단지 신발 한 짝만 있었다. 나머지 — 무릎 담요, 셔츠, 바지 — 는 모두 사라졌다. 실수로 열차의 창문 너머로 장갑 한 짝을 떨어뜨린 승객이, 적어도 습득자가 한 쌍을 다 가질 수 있도록 곧장 다른 한 짝을 떨어뜨렸다는 이야기가 있다. 그런데 이번 경우에 절취범은 정반대로 행동했다. 아마도 신발은 그에게 쓸모가 없었던 모양이다, 사실 밑창의 고무에 구멍이 나 있긴 했다, 그래도 자신의 희생양을 골탕 먹이기 위해 양쪽을 떨어뜨려 놓을 것까지야. 게다가 신발에는 'Vielen Dank'[51]라는 연필 메모가 쓰인 신문 조각이 남겨져 있었다.

표도르 콘스탄티노비치는 아무도, 아무것도 찾지 못한 채 주변을 빙빙 돌았다. 셔츠는 낡아서 어찌되든 상관없었지만, 러시아에서 가져온 체크 무릎 담요와 비교적 최근에 산 질 좋은 면바지는 조금 아까웠다. 바지와 함께 방세를 일부라도 지불하려고 그저께 구해 놓은 20마르크도 사라졌다. 그 밖에 연필, 손수건, 열쇠고리

51 매우 감사합니다.

가 없어졌는데, 열쇠고리가 왠지 가장 언짢았다. 만약 지금 집에 아무도 없으면, 십중팔구 그럴 듯싶은데, 집 안에 들어가는 것이 불가능하기 때문이다.

구름 가장자리는 눈부시게 불타올랐고 태양은 미끄러지듯 사라졌다. 태양이 너무나 뜨겁고 행복한 기운을 발하여 표도르 콘스탄티노비치는 속상한 마음을 잊고 이끼 위에 누워, 이어지는 설백(雪白) 덩어리가 푸른빛을 삼키며 접근하는 곳을 보기 시작했다. 태양은 그 속으로 유유히 들어가, 겹겹이 갈라지는 불꽃 테두리를 애도의 전율로 일렁이게 하며, 하얀 뭉게구름을 헤치며 날아갔다. 그 후 출구를 찾아 먼저 세 줄기 빛을 내보내고 이어 알록달록한 불꽃으로 피어나 눈을 채워, 눈은 마치 검은 말을 타고 질주하는 듯했다(그래서 어디를 보나 흑점들의 유령이 스쳐 지나갔다). 빛이 강해지고 약해짐에 따라, 숲의 모든 그림자가 가슴을 땅에 대었다가 손 짚고 일어나기를 반복하며 숨을 쉬었다.

그나마 조금 위로되는 것은 내일 아침이면 쇼골레프 부부가 덴마크로 떠나기 때문에 여분의 열쇠고리가 생긴다는 것이다. 즉 분실에 대해 말하지 않아도 되는 것이다. 그들은 떠난다, 떠난다, 떠난다! 그는 최근 두 달 동안 줄곧 상상해 왔던 것, 내일부터 시작될 지나와의 충만한 삶 — 해방, 욕망의 해소 — 을 상상했다. 그사이 태양으로 충전된 먹구름은 부풀어 오르는 옥색 혈관, 뇌우근(根)의 불타오르는 간지러움으로 채워져 커지더니, 자신의 모든 무겁고 단단한 장엄함으로 하늘과 숲과 자기 자신을 점령했다 — 이러한 팽창의 해소는 엄청난, 인간에게는 분에 넘치는 행복처럼 보였다. 바람이 그의 가슴을 타고 불어와 흥분을 서서히 누그러뜨렸다. 모든 것이 어둑어둑하고 후덥지근해졌고, 이제 서둘러 집에 가야 했다. 그는 다시 한 번 관목 밑을 뒤적이고 어깨를 으쓱하더니 수영복의 고무 허리줄을 꽉 조이고 귀로에 올랐다.

숲에서 나와 길을 건널 때 아스팔트 타르가 맨발바닥에 닿는 느낌은 참신한 기분 좋은 경험이었다. 더 나아가 보도를 따라 걷는 것 역시 흥미진진했다. 꿈결 같은 가벼움. 검은 펠트 모자를 쓴 나이 든 행인이 멈춰 서서 그를 뒤쫓아 바라보더니 거칠게 뭐라고 했다. 그러나 바로 이때 손실에 대한 행복한 보상으로, 손풍금을 들고 돌담에 기대어 앉아 있던 맹인은 여러 각도의 음을 짜내면서 아무 일도 없었다는 듯 적선을 구하며 웅얼거렸다(그래도 이상하지, 내가 맨발임을 그도 분명 들었을 것 아닌가). 전차 뒷부분에서 학생 두 명이 벌거벗은 사람에게 소리치며 지나갔고, 덜거덕거리는 노란 전차 때문에 놀라서 날아갔던 참새들은 레일 사이의 풀밭으로 되돌아왔다. 빗방울이 뚝뚝 떨어지기 시작했는데 마치 누군가가 그의 몸 여러 부위에 은전을 던지는 것 같았다. 젊은 경찰이 신문 가판대를 천천히 떠나 그쪽으로 건너왔다.

"그런 차림으로 도시를 활보하는 건 금지되어 있습니다." 그는 이렇게 말하며 표도르 콘스탄티노비치의 배꼽을 보았다.

"몽땅 도둑 맞았습니다." 표도르 콘스탄티노비치는 짧게 설명했다.

"그런 일이 일어날 리 없습니다." 경찰이 말했다.

"맞아요, 그럼에도 불구하고 일어났네요." 표도르 콘스탄티노비치는 고개를 끄덕이며 말했다. (이미 주변에는 몇 사람이 멈춰 서서 호기심에 가득 찬 얼굴로 대화를 엿듣기 시작했다.)

"당신이 도둑을 맞았든 아니든, 나체로 거리를 활보해서는 안 됩니다." 경찰은 화내기 시작하며 말했다.

"그러나 저는 어떻게든 택시 승강장까지 가야 되잖아요, 안 그렇습니까?"

"그런 몰골로는 안 된다니까요."

"유감스럽게도 저는 연기로 변하거나 옷을 자라게 할 수는 없는데요."

"그런 모습으로 활보하는 것은 안 된다고 하지 않습니까." 경찰이 말했다. ("전무후무한 창피한 일이야." 누군가 굵직한 목소리로 뒤에서 한마디 했다.)

"그렇다면" 하고 표도르 콘스탄티노비치는 말했다. "당신이 제게 택시를 불러 주는 수밖에 없겠네요. 그동안 저는 여기 서 있겠습니다."

"나체로 서 있는 것도 안 됩니다." 경찰이 말했다.

"수영복을 벗고 동상인 척하지요." 표도르 콘스탄티노비치가 제안했다.

경찰은 수첩을 꺼내고, 거기서 연필을 뽑다가 보도에 떨어뜨렸다. 기술공 같아 보이는 사람이 알랑대며 집어 주었다.

"성과 주소를 대세요." 경찰이 부글부글하며 말했다.

"표도르 고두노프 체르딘체프입니다." 표도르 콘스탄티노비치는 말했다.

"장난은 그만하고 자신의 이름을 말하세요." 경찰은 고함치기 시작했다.

상관인 다른 경찰이 다가와, 무슨 일인지 꼬치꼬치 캐물었다.

"숲에서 제 옷을 도둑맞았습니다." 표도르 콘스탄티노비치는 꾹 참고 말했다. 그러다 홀연 몸이 비로 완전히 축축해지는 것을 느꼈다. 몇몇 구경꾼은 차양 밑으로 달려갔고 그의 팔꿈치 옆에 서 있던 노파는 우산을 펴다가 그의 눈을 찌를 뻔했다.

"누가 훔쳤지요?" 상사가 물었다.

"전 누구인지 모를뿐더러, 중요한 것은, 전 거기에 전혀 관심이 없다는 겁니다." 표도르 콘스탄티노비치는 말했다. "당장 집에 가고 싶은데 당신들이 저를 제지하고 있네요."

갑자기 빗발이 굵어지더니 아스팔트를 강타했고 전체 표면 위로 여기저기 작은 초, 작은 초, 작은 초가 뛰어다녔다. 경찰들이(이미 젖어서 몽땅 헝클어지고 새까매진) 보기에 폭우는, 그것이 내릴 때 수영복 착용은 적절하진 않더라도 어쨌든 봐줄 만한 자연 현상인 모양이었다. 젊은 쪽이 재차 표도르 콘스탄티노비치의 주소를 알아내려 했지만 나이 든 쪽이 손을 저었다. 그리고 둘은 점잖은 걸음걸이를 약간 재촉하며 양품점 차양 밑으로 철수했다. 빛나는 표도르 콘스탄티노비치는 소란스러운 철썩 소리 사이를 달려 길모퉁이를 돌아 차 안으로 뛰어들었다.

그는 집에 도착하자 운전사에게 기다리라고 당부한 뒤, 오후 8시까지는 자동으로 출입문을 열어 주는 버튼을 누르고 층계를 뛰어올랐다. 문은 마리안나 니콜라예브나가 열어 주었고, 현관은 사람들과 짐들로 꽉 차 있었다. 양복 상의를 벗어 던진 쇼골레프와, 상자(아마 라디오가 들어 있는 듯한)와 씨름하는 두 남자, 종이 상자를 든 곱상한 모자 제조인, 철사 줄 몇 가닥, 세탁소에서 찾아온 시트 더미들…….

"당신, 미쳤군요!" 마리안나 니콜라예브나가 소리쳤다.

"부탁입니다, 택시 요금 좀 내주세요." 표도르 콘스탄티노비치는 말하고 차가운 몸을 사람과 짐 사이로 요리조리 비켜 나가, 마침내 트렁크의 바리케이드를 넘어 자기 방에 쏜살같이 들어갔다.

그날 저녁 식사는 다 같이 했는데 좀 더 나중에 카사트킨 부부와 발트 해의 남작 그리고 몇 사람이 더 올 예정이었다. 저녁 식사 도중 표도르 콘스탄티노비치는 오늘 자신에게 일어난 불운을 다소 과장되게 이야기했다. 쇼골레프는 마음껏 웃었고 마리안나 니콜라예브나는 (까닭이 있어) 바지 안에 얼마가 있었는지 궁금해 했다. 지나는 어깨를 으쓱하더니, 분명 표도르 콘스탄티노비치가 감기에 걸리지나 않을까 걱정되었는지, 이례적으로 공공연히 그에게 보드카를 권했다.

"자, 우리의 마지막 밤이군요!" 보리스 이바노비치가 큰 소리로 껄껄 웃으며 말했다. "당신의 성공을 위하여, 시뇨르. 며칠 전에 누가 그러는데, 페트라솁스키*에 대한 악의적 보고서를 갈겨 썼다면서요. 가상하군요. 있잖아요, 엄마, 저기 술병이 하나 더 있는데, 가져갈 필요 없지 않아요? 카사트킨 부부에게 드리구려."

"……그러니까 당신은 고아로 남겨지는 거네요 — (이탈리안 샐러드를 집어 들고 굉장히 지저분하게 먹어 치우며 계속해서 말했다.) — "우리의 지나이다 오스카로브나 양이 특별히 당신을 거둘 것 같지도 않은데. 안 그래요, 공주님?"

"……네, 친구, 인간의 운명, 세간의 운세는 그렇게 변합디다. 난들 행운이 갑자기 웃을 줄 알았겠수? — 톡, 톡, 톡, 부정 타지 않기를.* 올겨울만 해도 궁리했었잖소, '허리띠를 졸라맬까, 아니면 마리안나 니콜라예브나를 헐값에 팔아넘길까……?' 1년 반을 그럭저럭 당신과 함께 하나 되어, 표현이 실례되지 않는다면, 살았는데, 내일이면 아마도 영원히 헤어질 것 같군요. 운명은 인간을 가지고 놀지요. 오늘은 나리, 내일은 나인이랍니다."

저녁 식사가 끝나자 지나는 손님들을 배웅하러 아래로 내려갔고, 표도르 콘스탄티노비치는 소리 없이 자신의 방으로 물러났다. 방 안의 모든 것이 바람과 비로 인해 근심기·생기를 띠고 있었다. 그는 창틀을 슬쩍 닫았는데, 이내 밤은 "안 되지"라고 말했다. 그러고는 눈을 크게 뜨고 집요하게 공격을 비웃으며 재차 진격해 왔다. "타냐가 딸을 낳았다는 소식을 듣고 정말 기분이 좋았어요. 타냐! 덕분에, 어머니 덕분에 전 정말 기쁘답니다. 타냐에게는 며칠 전에 장문의 서정적인 편지를 썼는데, 왠지 주소를 잘못 썼다는 꺼림칙한 느낌이 드네요. '122' 대신 뭔가 다른 숫자를 열심히(운을 맞춰서요) 쓴 것 같아요. 전에도 이런 일이 있었는데, 왜 이런 일이 일어나는지 모르겠어요. 주소를 여러 번 쓰고 또 써서, 거의 자동적으로 정확히 쓰다가, 문득 정신을 차리고 의식적으로 바라보면 주소에 확신이 없어지고 그것이 낯설다는 걸 알게 되지요……. 아시다시피, 'potolok(천장)'이 'pa-ta-lok', 'pas ta lok(너의 옷이 아니야)', 'patolok(병리학자)' 등등이 되었다가, 'potolok(천장)'이 완전히 낯설고 당황스러운 'lokotop', 'pokotol'까지 이어지는 경우가 있잖아요.* 제가 보기에, **언젠가는** 삶 전체에도 그런 일이 일어날 것만 같아요. 어쨌든 타네치카*에게 매사 흥겹고 푸르른 레시노의 여름만 같기를 바란다고 전해 주세요. 내일이면 집주인 부부가 떠나요. 저는 혼이 나갈 듯 기뻐요. '**혼이 나간 듯한**' 상태는 밤에 지붕 위에 있는 것처럼 유쾌하지요. 한 달 더 아가멤논 거리에 머무르다 이후에 이사할 거예요……. 그다음은 어찌 될지 저도 모르겠어요. 그런데 저의 체르니솁스키는 제법 잘나가고 있어요. 정확히 누가 어머니께 부닌이 칭찬했다고 했어요? 제게는 이미 이 책에 대한 나의 분투, 이 온갖 사상의 작은 폭풍들, 그리고 펜의 고생이 까마득한 옛일처럼 느껴진답니다. 이제 저는 완전히 텅 비어 깨끗하고, 새롭게 하숙인을 받아들일 준비가 되어 있거든요. 그런데 저는 그뤼네발트의 햇빛 덕분에 집시처럼 탔어요. 뭔가 대강 윤곽이 그려졌답니다. 곧 유형들과, 사랑과, 운명과, 대화들이 있는 고전적인 소설을 쓰려고요 —"

갑자기 문이 열리더니 지나가 반쯤 들어와서, 문손잡이는 여전히 잡은 채 그의 책상 위에 뭔가 휙 던졌다.

"이걸로 엄마한테 지불하세요." 이렇게 말하고 실눈으로 그를 보더니 사라졌다.

그는 종이를 펼쳐 보았다. 2백 마르크였다. 상당한 금액 같았지만 얼핏 계산해도 바로 지난 두 달간의 80과 80, 그리고 식사를 제외한 다음 달의 35에 딱 맞아떨어지는 액수였다. 그러나 마지막 달에는 점심을 안 먹었는데 대신 좀 더 기름진 저녁이 나왔고, 그 밖에 10(아니면 15?)마르크를 미리 지불했는데 한편으로는 전화 통화료나 기타 소소한 것, 가령 오늘 택시비 같은 것을 지불해야 한다는 데 생각이 미치자 갑자기 모든 것이 복잡해졌다. 문제 해결은 그의 힘에 부치고 지루한 일이어서, 그는 돈을 사전 밑에 밀어 넣었다.

"—거기에는 자연 묘사도 있을 거예요. 어머니께서 제 작품을 몇 차례나 읽으셨다니 매우 기쁘지만, 이제는 잊으실 때입니다. 그건 단지 연습이자 샘플, 방학 전날의 작문일 뿐이거든요. 어머니가 정말 뵙고 싶네요, 그래서 아마 (반복하건대, 어떻게 될지 모르지만……) 파리로 어머니를 뵈러 갈지도 모르겠어요. 늘 내일이라도 당장 이 두통처럼 무거운 나라를 떠나고 싶답니다. 이곳의 모든 것은 낯설고 역겨우며, 이곳에서는 근친상간에 관한 장편, 둔하게 두드려 대고, 현란하게 화려하고, 조작된 지저분한 전쟁에 대한 이야기가 문학의 월계관이라 간주되며, 이곳에서는 문학이란 사실상 부재하며 부재한 지 오래고, 이곳에서는 극히 단조로운 민주주의의 습기로 — 역시 조작된 — 자욱한 안개로부터 늘 똑같은 장화와 철모가 튀어나오며, 이곳에서는 우리 조국의 사회적 주문(注文)이 사회적 사건으로 대체되고, 기타 등등, 기타 등등…… 훨씬 더 길게 쓸 수도 있지요. 그런데 흥미로운 점은 반세기 전에 트렁크를 든 모든 러시아 사상가들도 전적으로 똑같은 것을 갈겨 썼다는 거예요, 비판은 너무나 공공연해서 진부해질 정도랍니다. 대신 좀 더 이전, 19세기 중반의 황금기에는, 세상에, 얼마나 환호했었는지요! '자그마한 안락한 독일'이랍니다. 아, 작은 벽돌집들, 아, 아이들이 학교에 가는구나, 아, 농부가 말을 몽둥이로 때리지 않는구나! 별거 아니죠, 그는 자기만의 독일식 방식으로 외딴 구석에서 달군 철로 말을 괴롭히거든요. 맞아요, 오래전에 떠났을 거예요, 몇 가지 개인 사정만 없었다면 말이에요(이곳에서의 나의 멋진 고독, 나의 내부의 일상과 끔찍하게 추운 주변 세계와의 멋지고 유익한 대조는 말할 필요도 없고요, 추운 나라에서는 단열, 난방이 더 잘돼서 방 안이 훨씬 따뜻하잖아요). 그러나 이 개인 사정도, 아마 곧 이 사정들을 붙들고 '돈(錢)일'을 떠나게 되는 쪽으로 바뀔지도 모르지요. 그런데 우리는 언제 러시아로 돌아갈까요? 우리의 순진한 희망이 정착한 러시아인들에게는 얼마나 어리석은 감상으로, 얼마나 욕심 사나운 앓는 소리로 들릴까요? 아시다시피 우리의 향수는 역사적인 것이 아니라, 단지 인간적인 것일 뿐인데 말이죠. 하지만 그들에게 어떻게 이를 설명할 수 있겠어요? 물론 저는 다른 사람들보다는 러시아를 벗어나 사는 것이 좀 더 쉽답니다, 제가 돌아갈 것임을 분명히 알고 있기 때문이지요. 첫째, 러시아의 열쇠를 가져왔기 때문이고요, 둘째, 백 년 후든, 2백 년 후든 언제가 되든 상관없이, 저는 제 책들 안에서, 하다못해 연구자들의 행간 각주 안에서라도 그곳에서 살 것이기 때문입니다. 이건 이미 아마도 역사적, 역사·문학적 희망이 되겠네요……. '저는 불멸을 갈망합니다, 하다못해 불멸의 지상의 그림자라 할지라도요.' 오늘은 제가 쉼 없이 어리석은 말만 쓰는데(마치 쉼 없이 가는 무정차 열차처럼요), 이는 제가 건강하고 행복하기 때문이랍니다. 게다가 이 모든 것은 간접적으로 타냐의 아이와도 관련된답니다.

연감 이름은 '탑'이랍니다. 저한테는 없지만 어머니는 러시아 도서관 어디에서나 찾으실 수 있을 거예요. 올렉 삼촌한테서는 아무것도 안 왔어요. 삼촌이 언제 보내셨대요? 제 생각엔, 어머니께서 뭔가 혼동하신 듯해요. 자, 이제 끝낼게요. 건강하세요. 사랑해요, 안녕히 계세요. 밤이고 고요히 비가 왔다 — 비는 자신의 밤의 속도를 찾았고 이제 끝없이 내릴 수 있으리라."

현관이 작별 인사를 나누는 음성으로 채워지는 소리, 누군가의 우산이 떨어지는 소리, 지나가 부른 엘리베이터가 아래에서 쾅 하고 멈추는 소리가 들려왔다. 다시 모든 것이 고요해졌다. 표도르 콘스탄티노비치는 식당으로 들어갔는데, 쇼골레프는 한 켠에 자리 잡고 앉아 호두를 까서 씹고 있었고 마리안나 니콜라예브나는 식탁을 치우고 있었다. 그녀의 포동포동한 진분홍빛 얼굴, 반들거리는 콧방울, 연보라색 눈썹, 드러난 통통한 목덜미에서 빳빳한 푸른색으로 변하는 살구색 머리카락, 찻주전자 바닥의 남은 진액에 잠깐 시선을 적시는, 눈꼬리가 마스카라로 얼룩진 하늘색 동공, 반지, 석류석 브로치, 어깨 위의 꽃무늬 스카프, 이 모든 것들이 한데 어울려 거칠지만 진하게 칠해진, 다소 진부한 장르의 그림을 형성하고 있었다. 표도르 콘스탄티노비치가 얼마를 지불해야 되는지 묻자 그녀는 안경을 쓰고, 가방에서 숫자가 적힌 종이를 꺼냈다. 이에 쇼골레프는 놀란 듯 눈썹을 치켜올렸다. 그는 하숙인에게서 1코페이카도 받지 못할 거라 확신했는데, 본디 호인인지라, 바로 어제 아내에게 표도르 콘스탄티노비치를 너무 압박하지 말고 두 주 정도 뒤에 코펜하겐에서 그에게 가족들로부터 받아내겠다는 협박 편지를 보내자고 조언했던 것이다. 계산을 마치자 2백 마르크에서 표도르 콘스탄티노비치의 손에 남은 것은 3마르크 50페니히였다. 그는 잠자러 갔다. 현관에서 그는 아래층에서 돌아온 지나와 마주쳤다. 그녀는 손가락을 스위치에 대고 "어?" 하고 말했다. 대충 '지나가시려고요? 여기 불은 제가 끌 테니, 지나가세요'를 뜻하는, 질문 반 재촉 반의 감탄사였다. 그녀의 노출된 팔의 오목 파인 부분, 비로드 단화를 신은 반짝이는 비단 같은 다리, 수그린 얼굴. 불이 꺼졌다.

그는 누웠고 빗방울의 속삭임을 들으며 잠에 빠져들었다. 여느 때처럼 의식과 꿈의 경계에서 온갖 단어의 불합격품이 번쩍번쩍, 딸랑딸랑 위로 기어 나왔다. "크리솔라이트의 별 아래 크리스천의 밤이 크리스털처럼 크르르 부서지는 소리……"* — 그러면 그의 사고는 일순 경청하며 이들을 가져와 사용하려고 노력하며, 거기에 자신의 것을 덧붙이기 시작했다. "야스나야 폴랴나의 거장도 죽었고, 젊은 푸시킨도 죽었다……"* — 그런데 이것은 형편없었기에 운(韻)의 잔물결은 계속 달려갔다. "그리고 치과 의사 수폴랸스키*도, 아스트라한의 칸도 죽었고, 우리의 한스는 큐를 깨뜨렸다……."* 바람이 바뀌어 이제 'ㅈ'으로 나갔다. "브라질의 잔바람도 그려지고, 모진 바람의 제의(祭衣)도 그려졌다……"* — 여기에 다시 그의 사고가 계속해서 악어 같은 압운*의 지옥으로, '선(blago)'이 아니라 '사기(blague)'[52]*인 단어들의 지옥 협동조합으로 내려가며 만들어 낸 끝자락이 있었다. 이런 무의미한 대화를 뚫고 베갯잇 단추가 그의 뺨에 둥글게 박혀, 그는 반대편으로 뒤척였다. 그러자 어두운 배경 속에서 벌거벗은 사람들이 그뤼네발트의 호수 속으로 뛰어들었고, 적충류를 닮은 장식 문자 형태의 빛의 반점이 눈꺼풀 속 시야의 윗부분으로 비스듬히 날아올랐다. 그의 생각은 뇌 속의 어떤 꼭 닫힌 문 뒤에서 손잡이를 잡

52 사기, 거짓.

은 채 옆을 보며 누군가와 복잡하고 중요한 비밀을 논하기 시작했는데, 문이 잠깐 열렸을 때, 그저 어떤 책상, 책걸상, 환상 산호도* 에 대해 이야기하고 있었음이 밝혀졌다. 갑자기 짙어지는 안개 사이로, 이성의 마지막 초소 근방에서 전화벨 소리가 은빛으로 울렸다. 그러자 표도르 콘스탄티노비치는 엎드린 채 돌아누웠다가 쓰러졌다……. 벨 소리는 튕겨 나온 듯 그의 손끝에 걸렸다. 현관에서는 지나가 이미 수화기를 검은 케이스에 걸어 놓으며 서 있었다. 그녀는 놀란 것 같았다. "당신 전화였어요." 그녀가 소곤소곤 말했다. "이전 하숙집 주인인 Egda Stoboy(에그다 스토보이)* 부인이었어요. 빨리 집으로 오라네요. 그곳에서 누군가 당신을 기다린다나 봐요. 서둘러요." 그는 면바지를 껴입고 숨을 헐떡이며 거리를 따라 걸었다. 연중 이맘때의 베를린에서는 백야와 유사한 현상이 나타나곤 한다. 공기는 투명한 잿빛이고 안개 속의 집들은 비누거품 신기루처럼 떠다닌다. 야간 노동자 몇 명이 구석의 포장도로를 뜯고 있어, 통나무로 된 좁은 통로를 빠져나가야 했다. 입구에서 모두에게 호롱불이 배부되었는데, 이것은 출구 말뚝에 박힌 고리에 걸어 놓거나, 그냥 보도 위에 우유병과 나란히 두면 되었다. 그 역시 자기 병을 내려놓고 흐릿한 거리를 따라 달려갔다. 뭔가 믿을 수 없고, 불가능해 보이며, 초인간적으로 놀라운 일에 대한 예감이 행복 반 두려움 반의 눈송이가 되어 그의 가슴에 흩날렸다. 잿빛 어스름 속 김나지움 건물에서 검은 안경을 쓴 맹인 아이들이 쌍을 지어 나와 옆으로 지나갔다. 아이들은 밤에 공부했는데(경제적으로, 낮에는 시력이 있는 아이들로 채워지는 학교가 어두워지면), 그들과 동행한 목사는 레시노 마을의 비치코프 선생님을 닮아 있었다. 가로등에 기대 헝클어진 머리를 떨구고 꼭 끼는 고리바지를 입은 다리를 가위처럼 벌린 채 손을 호주머니에 집어

넣고, 마치 옛날 『잠자리』*의 한 페이지에서 나온 듯한 깡마른 취객이 서 있었다. 러시아 서점에는 아직 불이 켜져 있었다. 야간 운전사들에게 책을 교부하고 있었는데, 그는 노르스름한 불투명 유리창 너머로 페트리*의 검은 지도첩을 누군가에게 펼쳐 주고 있는 미샤 베레좁스키의 실루엣을 보았다. 밤마다 저렇게 일하는 건 분명 힘들 거야! 이전에 살았던 지역에 당도하자마자 다시 흥분이 그를 덮쳤다. 그는 뛰어서 숨이 가빴고 손안의 접힌 무릎 담요는 무겁게 느껴졌다. 서둘러야 되는데, 그는 거리의 배치를 깡그리 잊어버렸고, 잿빛 밤은 모든 것을 뒤섞어 명암의 상호 관계를 사진 음화에서처럼 교체시켜 버린 데다, 물어볼 만한 사람도 없었다, 모두 잤던 것이다. 갑자기 포플러 나무가 불쑥 나타났고, 그 뒤로 어릿광대의 보라색-빨간색 마름모꼴로 창문이 달린 높은 교회가 나타났다. 안에서는 밤 예배를 드리는 중이었고, 안경 코걸이에 솜을 댄, 상중(喪中)인 노파가 층계를 급히 올라가고 있었다. 그는 자신의 거리를 찾았다. 그런데 길 어귀 기둥에 그려진 손에는 긴 장갑을 끼워 우체국이 있는 맞은편 입구에서 진입할 것을 지시하고 있었다, 이쪽 입구는 내일의 경축 행사를 위해 깃발이 대량으로 걸리기 때문이란다. 그러나 그는 우회하다 길을 잃을까 두려웠고, 게다가 우체국은, 이곳은 나중에 들를 것이다 — 어머니께 **이미** 전보가 전송된 것만 아니라면 말이다. 그는 판지들, 상자들, 곱슬머리 장난감 병정을 차례차례 타고 넘어갔다. 그리고 낯익은 집을 발견했다. 그곳에서는 이미 노동자들이 문지방에서부터 보도 위까지 레드 카펫을 길게 깔고 있었다, 마치 네바의 강변도로에 있는 그의 저택 앞에 무도회 밤이면 깔렸던 것처럼. 그는 층계를 단숨에 올라갔고, 프라우 스토보이가 곧장 문을 열어 주었다. 그녀의 얼굴은 상기되었고 하얀 병원 가운을 입고 있었다. 그녀는 전에 간호사로 일한 적이 있었던 것이다. “너무 흥분하지 마시고” 하고 그녀가 말했다. “당신 방에 들어가서, 거기서 기다리고 계세요.” 그리고 “만반의 준비를 하셔야 될 거예요”라고 쩌렁쩌렁한 목소리로 덧붙이면서, 그가 살아생전 두 번 다시 들어오지 않을 거라 생각했던 그 방으로 그를 밀어 넣었다. 그는 중심을 잃고 그녀의 팔꿈치를 잡았는데 그녀가 뿌리쳤다. “어떤 분이 당신을 찾아왔는데,” 스토보이 부인이 말했다. “지금 쉬고 계세요……. 조금만 기다리세요.” 문이 쾅 닫혔다. 방은 완전히 그가 여태 여기서 쭉 살고 있었던 것 같은 모습이었다. 벽지의 백조와 백합꽃도 그대로였고, 티베트 나비(예컨대 *Thecla bieti**)가 경이롭게 그려진 천장도 그대로였다. 기대감, 공포, 행복의 한기, 오열의 복받침 — 이 모든 것들이 하나의 눈부신 흥분으로 뒤섞였고, 그는 움직일 기력도 없이 문만 집중해서 쳐다보며 방 한가운데 서 있었다. 그는 지금 들어올 사람이 **누구**인지 알고 있었고, 이제는 자신이 그때까지 이 귀환에 대해 의심했다는 생각에 아연해했다. 이러한 의심은 이제 그에게는 정박아의 멍청한 완강함, 미개인의 불신, 무식쟁이의 자기만족처럼 보였던 것이다. 그의 가슴은 처형 직전에 있는 사람의 그것처럼 터질 것 같았지만, 동시에 이 처형은, 그 앞에서 삶이 오히려 빛을 잃을 정도로 커다란 환희였기에, 그는 지금 생시에 일어난 일을 전에 급조된 꿈에서 보았을 때 느끼곤 했던 혐오감이 이해되지 않았다. 갑자기 **전율하는** 문 뒤에서(어딘가 저 멀리에서 또 다른 문이 열렸다) 익숙한 발자국 소리, 모로코가죽 실내화의 걸음소리가 들리고, 문이 조용히, 그러나 굉장히 힘차게 열리더니, 문지방에 아버지가 서 계셨다. 아버지는 황금빛 튜베테이카를 쓰고, 가슴에 궐련 케이스와 돋보기를 넣을 주머니가 있는 검은색 체비엇 모직 재킷을 입고 계셨다. 깊은 주름이 뻗어 나간 그을린 뺨은 유난히 말쑥하게 면도되었고, 검은 턱수염에는 흰 털 몇 올이 소금처럼 반짝거렸으며, 눈은 따스하고 텁수룩하게 주름망 사이에서 웃고 있었다. 그러나 표도르는 서서 한 발자국도 떼지 못했다. 아버지는 뭔가 말씀하셨는데 너무 조용히 말씀하셔서 알아들을 수가 없었다, 비록 이것이 그가 상처 없고 멀쩡한 진짜 인간으로 돌아오신 것과 어떻게든 관련되었음은 알 수 있었지만 말이다. 그럼에도 불구하고 가까워지는 것은 소름 끼쳤다. 너무 소름 끼쳐서 표도르는 들어온 사람이 자신 쪽으로 조금만 다가와도 죽어 버릴 것만 같았다. 어딘가 뒷방들에서는 어머니의 조심스러운 행복한 웃음소리가 울려 퍼졌고, 아버지는 무슨 결정을 내리거나 지면에서 뭔가 찾을 때 늘 하셨던 것처럼, 거의 입을 벌리지 않고 조용히 쩝쩝 소리를 내시고는⋯⋯ 다시 말하기 시작하셨다. 이것은 또 다시, 매사 순조롭고 평범하다는 것, 이것이야말로 다른 어떤 것이 아니라 진정한 부활이라는 것, 그리고 그가 만족한다는 것, 사냥과, 귀환과, 아들이 자신에 관해 쓴 책에 만족한다는 것을 의미했다. 그러자 마침내 만사가 편해졌고 빛이 쏟아져 들어왔으며, 아버지는 확신에 차서 기쁘게 팔을 벌렸다. 신음하며 흐느끼던 표도르는 그에게 다가갔다. 모직 재킷, 커다란 손바닥, 짧은 콧수염의 기분 좋은 따끔함을 한데 느끼는 동안, 살아서 계속 커져 천국처럼 거대해진 더없이 행복한 온기가 자라났고, 그 안에서 그의 얼어붙은 가슴은 녹아서 활짝 풀어졌다.

처음에는 이것저것 포개 놓은 느낌이나, 맥박 치며 위로 올라가는 흐릿한 줄무늬가, 마치 잊혀진 언어의 단어들이나 분해된 자동차의 부속들처럼 전혀 이해되지 않았다. 그러자 이 무의미한 혼돈으로 인한 공황 상태의 전율이 그의 영혼을 따라 흘렀다. 그는 관 속에서, 달 위에서, 생기 없는 비존재의 지하 감옥에서 잠을 깼던 것이다. 그러나 뇌 속의 무언가가 움찔거리자 생각은 가라앉아 서둘러 진실을 덧칠해 가렸다 — 그리고 그는 반쯤 열린 창문 커튼과, 창문 앞의 책상을 보고 있음을 깨달았다. 바로 이것이 이성과의 합의로, 이승의 일상의 연극, 찰나적 존재의 제복이었던 것이다. 그는 머리를 베개에 묻고, 사라져 버린 느낌 — 따사롭고 경이롭고 만사를 설명해 주는 — 을 뒤쫓으려 애썼다. 하지만 이제 그가 새로 꾼 꿈은 낮의 생활의 편린들로 기워지고 대충 짜깁기된 그저 그런 편집본이었다.

아침은 흐리고 서늘했으며, 뜰의 아스팔트에는 흑회색 웅덩이들이 있었고, 카펫을 터는 거슬리도록 단조로운 탕탕 소리가 울려 퍼졌다. 쇼골레프 부부는 짐을 다 꾸렸고, 지나는 직장에 나갔다가 오후 1시에 어머니와 만나 '파터란트'*에서 점심을 하기로 했다. 다행히 표도르 콘스탄티노비치에게는 합석을 권하지 않았다. 반대로 아파트의 야영장 분위기에 어리둥절해하며 실내 가운 차림으로 부엌에 앉아 있는 그에게 마리안나 니콜라예브나는 커피를 데워 주며, 그의 점심으로 이탈리아식 샐러드와 햄을 식료품실에 조금 남겨 두었다고 일러 주었다. 말끝에, 늘 전화를 잘못 걸던 바로 그 불운한 사람이 간밤에 또 전화했었는데, 이번에는 그가 굉장히 불안해했고 분명 무슨 일이 일어난 것 같았다는 이야기가 나왔다. 그리하여 무슨 일이었는지는 미지로 남겨졌다.

보리스 이바노비치는 구두 골이 들어 있는 구두들을 이 트렁크, 저 트렁크로 열 번을 옮겼는데, 모두 깨끗하고 반짝거렸다. 그는 신발에 관한 한 유별나게 깐깐했던 것이다.

이후 그들은 옷을 입고 나갔고 표도르 콘스탄티노비치는 오랫동안 기분 좋게 목욕하고 면도하고 발톱을 깎았는데, 특히 딱딱한 가장자리 아래까지 파고 들어가는 기분이 상쾌했다. 조각들이 욕실 여기저기 튀었다. 수위가 노크를 했으나 들어오지는 못했다. 쇼골레프 부부가 나가면서 미제 자물쇠로 문을 잠갔는데 표도르 콘스탄티노비치의 열쇠는 어디서 굴러다니는지 알 수 없기 때문이었다. 우편함 덧문을 딸그락거리더니 우체부가 보리스 이바노비치가 구독하는 베오그라드의 신문 「차르와 교회를 위하여」*를 우편함 속에 밀어 넣었고, 조금 뒤 누군가가 신장개업한 미용실 광고지를 밀어 넣었다(광고지는 보트처럼 불쑥 솟은 채 남겨졌다). 정확히 11시 반에, 이맘때면 산책하는 알사티안 셰퍼드가 크게 짖는 소리, 흥분해서 내려오는 소리가 계단에서 들렸다. 그는 손에 빗을 들고 발코니로 나와 날이 개었는지 보았다. 비는 오지 않았지만 하늘은 뿌여니 하얀 것이 암담했다—어제 숲 속에 누워 있을 수 있었다고는 상상조차 힘들 정도였다. 쇼골레프 부부의 침실에는 종잇조각이 나뒹굴었고 트렁크 한 개가 열려 있었는데, 맨 위에는 와플지 수건 위에 관장기가 놓여 있었다. 심벌즈와 북과 색소폰을 든, 음악으로 중무장한 콧수염 유랑 악사가 머리 위에 반짝이는 악기를 달고, 빨간 스웨터를 입은 원숭이와 함께 뜰로 들어와, 발장단을 맞추고 손가락을 튕기면서 오랫동안 노래 불렀다. 그러나 우마 사다리 위에 놓인 카펫에 가해지는 일제 사격 소리를 짓누르지는 못했다. 표도르 콘스탄티노비치는 조심조심 문을 밀치고 지나의 방으로 들어갔다. 그는 이전에 여기 들어와 본 적이 없었기에 홍겨운 집들이 같은 이상야릇한 기분으로, 힘차게 똑딱거리는 자명종과, 줄기가 기포로 뒤덮인 장미가 든 컵과, 밤에는 침대로 변하는 장의자와, 라디에이터에서 마르고 있는 스타킹을 한참 동안 바라보았다. 그는 가볍게 식사하고 자기 책상에 앉아 펜을 잉크에 적신 다음 백지 위에서 굳어 버렸다. 쇼골레프 부부가 돌아오고 수위가 다녀가고 마리안나 니콜라예브나는 향수

병을 깨뜨렸다 — 그러나 그는 여전히 노려보는 종이 위에 앉아 있다가 쇼골레프 부부가 역으로 출발하려고 채비하는 순간에야 정신이 들었다. 기차 출발 시간까지는 두 시간 정도 남았으나, 사실 역이 멀기는 했다. "흠 많은 나는 싸게싸게 도착하는 것을 좋아한답니다." 보리스 이바노비치가 외투 속으로 비집고 들어가기 위해 소매와 소맷부리를 잡으며 말했다. 표도르 콘스탄티노비치는 그를 돕고(보리스 이바노비치는 예의 바른 감탄사를 남발하며 아직 반만 끼운 채 휙 뛰는 바람에, 갑자기 구석에서 무시무시한 꼽추로 변했다), 곧이어 작별 인사를 하려고 마리안나 니콜라예브나에게 다가갔다. 그녀는 거울장 앞에서 얼굴 표정을 기묘하게 바꾸며 푸른 베일이 달린 푸른 모자를 쓰고 있었다(자신의 영상을 흐릿하게 함으로써 그럴싸하게 만들려는 듯이). 표도르 콘스탄티노비치는 갑자기 그녀가 이상하게 안쓰러워져서 잠시 생각한 후, 택시 타는 데까지 배웅하겠다고 제안했다. "좋아요, 부탁해요." 마리안나 니콜라예브나는 말하면서, 소파 위에 놓인 장갑 쪽으로 육중하게 달려갔다.

택시 승강장에는 차가 없었다, 사람들이 다 타 버린 것이다. 그래서 그는 광장을 가로질러 건너가 거기서 택시를 잡아 와야 했다. 마침내 집 앞에 차를 댔을 때는 쇼골레프 부부가 이미 트렁크들을 직접 챙겨 내려와 기다리고 있었다('무거운 짐'은 어제 부쳤다).

"자, 그럼, 신의 가호가 당신과 함께하기를." 마리안나 니콜라예브나가 구타페르카빛 입술로 그의 이마에 키스했다.

"사로치카, 사로치카, 전보를 쳐 다오!" 보리스 이바노비치가 장난스럽게 손을 흔들며 소리쳤다. 그리고 차는 커브를 돌며 떠났다.

"영원히." 표도르 콘스탄티노비치는 안도의 숨을 내쉬며 말하고, 휘파람을 불며 위로 올라갔다.

그제야 비로소 그는 아파트로 들어갈 수 없음을 깨달았다. 특히 우편함 덧문을 들어 구멍을 통해 현관 바닥에 별처럼 놓여 있는 열쇠고리를 보았을 때 속이 상했다. 마리안나 니콜라예브나가 문을 잠근 후 열쇠를 밀어 넣었던 것이다. 그는 올라갈 때보다 훨씬 더 천천히 층계를 내려왔다. 지나는, 그가 알기로는, 지금쯤 직장에서 역으로 나갈 준비를 하고 있을 것이다. 기차는 한 시간 반 이상 지나야 출발할 것이고, 버스 타는 데 한 시간 정도 걸리는 것을 감안하면, 그녀는(열쇠도) 대략 세 시간이 지나야 돌아올 것이다. 거리는 바람이 불고 흐렸는데 그는 찾아갈 사람도 없는 데다 맥줏집이나 카페라면 질색해서 거의 안 다녔다. 주머니에는 3마르크 50페니히가 있었고, 그는 담배를 샀다. 지나를 좀 더 빨리 보고 싶다는, 허기처럼 절절한 욕구가(모든 것이 허용되는 이제), 정말이지 거리와 하늘과 대기에서 모든 빛과 의미를 끌어당길 정도여서, 그는 타야 될 버스가 다니는 길모퉁이로 서둘러 갔다. 앞지퍼에는 똑딱이 단추가 부족하고 무릎은 툭 튀어나왔으며, 엉덩이는 어머니가 덧대 주시고 앞쪽은 얼룩이 진, 케케묵은 구겨진 양복을 입고 침실용 실내화를 신고 있다는 사실이 그에게는 전혀 아무렇지도 않았다. 햇볕에 그을린 몸과 깨끗한 셔츠의 풀어 헤친 칼라가 그에게는 왠지 유쾌한 면죄부가 되었다.

그날은 국경일이었다. 집집마다 창문에는 세 종류의 깃발 — 검정·노랑·빨강 깃발, 검정·하양·빨강 깃발, 그리고 단순한 빨간색 깃발* — 이 솟아 나와 있었다. 각각의 깃발은 뭔가 의미했는데, 무엇보다 우스운 것은 이 뭔가가 누군가를 자긍심이나 증오로 흥분시킬 수 있다는 점이었다. 길고 짧은 깃대에 크고 작은 깃발이 꽂혀 있었지만, 이 모든 시민적 흥분의 노출증은 도시를 조금이라도 더 매력적으로 만드는 데 일조하지 못했다. 타우엔트치엔 거리에서는 음울한 행렬이 버스를 지체시켰다. 맨 후방에는 서행하는 트럭 위에 검은 각반을 찬 경찰들이 타고 있었고, 깃발 중 하나에는 러시아어로 'За серб и Молт(세르비아인과 몰트를 위하여)'*라고 쓰여 있어서, 표도르는 잠깐 '여기 어디에 몰트인이 살지? 아니면 몰다비아인을 가리키는 건가?'라는 생각에 빠졌다. 갑자기 그는 러시아의 국가 축제, 긴 옷을 입은 군인들, 광대뼈 찬미, 레닌의 상의와 캡모자로 치장한, 아우성치는 상투적 문구가 쓰인 거대한 플래카드, 무지의 함성과 권태의 팀파니 소리와 노예적 장엄함 사이로 들리는 싸구려 진리의 과시용 앵앵 소리를 떠올렸다. 이것은 바로 충정 속에서 점점 더 그악스러워지는 호딘카 대관식* — 엄청난 크기의 하례품(애초 제안한 것보다 훨씬 컸던)과 멋지게 조직된 시체 운반이 있었던 — 의 영원한 반복이다. 그러나 범사에 초연하라, 세상만사 흘러가고 잊혀지리니. 그리고 또다시 2백 년 후에 야심만만한 실패자는 풍요를 꿈꾸는 숙맥들을 상대로 욕구 불만을 해소하리라(모두 각자 자기가 원하는 대로 살고 평등도 없고 권력 당국도 없는, 내가 꿈꾸는 세상이 오지 않는다면 말이다 — 그런데 여러분이 원치 않으면, 난 우기지 않겠다, 난 정말 아무래도 상관없다).

시 당국의 공사로 늘 외관이 훼손되어 있는 포츠담 광장(아, 낡은 엽서 속의 이 광장에서는 모든 것이 널찍하니 여유롭고 마부들은 기쁨에 차 있으며, 넓은 허리띠를 맨 여인들이 치맛자락으로 먼지를 쓸고 다닌다, 꽃 파는 여인들은 똑같이 뚱뚱하긴 하지만). 운터 덴 린덴 거리의 의사(疑似) 파리 양식. 그 뒤 상가 거리의 협소함. 다리와 거룻배와 갈매기들. 이급, 삼급, 백 번째 급 낡은 호텔들의 죽은 눈들. 이어 몇 분 더 타고 가니, 바로 역이다.

그는 지나가 살색의 조젯 드레스에 하얀 모자를 쓰고 층계를 달려 올라가는 것을 보았다. 그녀는 분홍빛 팔꿈치를 옆구리에 꼭 붙여 핸드백을 누르며 달려가고 있었다. 그가 쫓아가 반쯤 껴안자, 그녀는 그와 단둘이 만날 때 보여 주는 예의 그 상냥하고 불투명한 미소를 지으며, 바로 그 행복한 우수를 머금은 눈으로 돌아보았다. “자, 들어 봐요.” 그녀는 부산하게 말했다. “나 지금 늦었어요, 우리 빨리 달려요.” 하지만 그는 그들과 이미 작별 인사를 마쳤으니 아래에서 그녀를 기다리겠다고 대답했다.

지붕에 앉은 낮은 태양은 창공을 뒤덮은 구름(연초록빛 천장에서 파도 문양으로 해체된 듯, 이미 완전히 온화하고 초연한)에서 미끄러져 떨어지는 것 같았다. 저기, 구름의 좁은 틈새로 하늘이 붉게 타올랐고, 맞은편 창문과 금속 글자는 구리처럼 붉게 빛났다. 짐꾼의 긴 그림자는 손수레의 그림자를 끌어 그것을 자기 안으로 끌어 넣었으나 회전하자 그것은 다시 예각(銳角)으로 솟아올랐다.

“정말 보고 싶을 거야, 지노치카.” 이미 열차 안에서 마리안나 니콜라예브나가 말했다. “어쨌든 8월에 휴가를 받아 우리한테 오렴. 봐서 그대로 눌러앉을 수도 있을 거야.”

“그럴 것 같지는 않은데요.” 지나는 말했다. “아, 맞아. 오늘 제 열쇠를 드렸잖아요. 그건 가지고 가시면 안 되는데.”

“그건 현관에 두었단다……. 그리고 보리스의 것은 책상에……. 괜찮아, 고두노프 씨가 열어 주겠지.” 마리안나 니콜라예브나는 달래듯 말했다.

“자, 그럼, 잘 있어.” 보리스 이바노비치가 눈을 굴리며 아내의 통통한 어깨 너머로 말했다. “아 진카, 진카, 우리한테 꼭 와, 자전거도 타고 우유도 꿀꺽꿀꺽 마시자. 끝내줄 거야!”

기차가 덜컹거리더니 이윽고 기어가기 시작했다. 마리안나 니콜라예브나는 여전히 한참 동안 손을 흔들었다. 쇼골레프는 거북처럼 머리를 끌어당기고 있었다(아마 앉아서 기침을 했으리라).

그녀는 깡충깡충 뛰어 층계를 내려왔다. 이제 핸드백은 손가락 사이에 걸려 있었고 그녀가 표도르 콘스탄티노비치에게 부리나케 달려가는 동안, 마지막 햇빛의 구릿빛 광휘가 그녀의 동공에서 물결쳤다. 그들은 마치 오랜 이별 후에 그녀가 먼 곳에서 이제 막 도착한 것처럼 열렬히 키스했다.

"이제 저녁 먹으러 가요." 그녀가 팔짱을 끼며 말했다. "엄청 배고프죠?"

그는 고개를 끄덕였다. 어떻게 설명할 수 있을까? 내가 그토록 고대했던 그 의기양양하고 입담 좋은 자유 대신, 이 이상야릇한 쑥스러움은 어디서 온 것일까? 나는 그녀와 서먹서먹해졌거나, 아니면 나와 그녀, 즉 이전의 그녀는 이러한 자유에 적응할 수 없는 듯했다.

"왜 그래요? 왜 그렇게 시무룩해요?" 그녀는 잠시 침묵했다가 눈치 빠르게 물어봤다(그들은 버스 정거장까지 걸어갔다).

"'보리스 활달' 씨와 헤어지는 게 아쉬워서 그래요." 그는 감정의 어색함을 기지로 날래 버리려고 애쓰며 답했다.

"난 어제의 엽기적 사건 때문이라 생각했지요." 지나가 웃었다 — 그는 불현듯 그녀의 어조에서 뭔지 상기된 울림을 감지했는데, 이것은 그 자신의 망설임에 나름대로 상응하여, 한층 더 강조하고 강화시켰다.

"별말을. 비는 따사로웠고, 내 컨디션은 최상이야."

버스가 다가와, 그들은 승차했다. 표도르 콘스탄티노비치는 손바닥에 있던 표 두 장을 지불했다. "월급은 내일이 되어야 받을 수 있어서, 난 지금 겨우 2마르크밖에 없어요. 당신은 얼마 있어요?"

지나가 말했다.

"별로 없어. 당신이 준 2백 마르크에서 3마르크 50페니히가 남았는데, 그것마저 절반 넘게 써 버렸소."

"그래도 저녁 먹기엔 충분해요." 지나가 말했다.

"레스토랑에 가는 게 정말 괜찮은 생각일까? 난 별로거든."

"괜찮아요, 적응해야죠. 건강한 집밥은 이제 없어요. 난 달걀 프라이도 못하거든요. 어떻게 꾸려 갈지 궁리해야 해요. 어쨌든 지금은 내가 멋진 곳을 알아요."

몇 분간의 침묵이 흘렀다. 이미 가로등과 진열창에는 불이 들어오기 시작했는데, 미약한 빛 때문에 거리는 더욱 파리해지고 잿빛이 되었다. 그러나 하늘은 밝고 광활하고 플라밍고 깃털로 가장자리를 장식한 구름이 여기저기 떠 있었다.

"봐요, 사진이 나왔어요."

그는 그녀의 차가운 손가락에서 사진들을 잡았다. 사무실 앞 거리에서 다리를 꼭 모으고 꼿꼿하게 서 있는 밝은 지나와 그녀 앞에 내려진 건널목 차단기처럼 보도를 가로지르는 보리수나무 줄기의 그림자. 머리 주위로 태양의 왕관을 쓰고 창턱 위에 옆으로 앉아 있는 지나. 잘못 찍혀 얼굴이 어둡게 나온 일하고 있는 지나, 그 대신 전경(全景)을 차지한 캐리지 레버가 반짝이는 위풍당당한 타자기.

그녀는 사진들을 핸드백 속에 다시 집어넣고, 셀로판 케이스에 들어 있는 전차 월정기권을 꺼냈다가 다시 집어넣고, 손거울을 꺼내 이를 드러내어 앞니의 충전재를 살펴보더니 다시 집어넣고, 핸드백을 찰칵 잠근 후 무릎 위에 올려놓고, 어깨를 쳐다보더니 보풀을 털어 내고, 장갑을 낀 다음 머리를 창문 쪽으로 돌렸다. 이 모든 행위가 전광석화처럼 이루어져, 얼굴선의 움직임과 눈의 깜박임, 뺨 안쪽을 깨물고 빠는 행위를 수반한 채 이루어졌다. 그러나 이제 그녀는 부동자세로 앉아 있었고, 가녀린 목에는 힘줄이 드러나고, 흰 장갑을 낀 두 손은 핸드백의 반질반질한 가죽 위에 놓여 있었다.

브란덴부르크 문의 좁은 길이다.

포츠담 광장을 지나 운하로 다가가려는 순간, 광대뼈가 나온 중년의, 팔꿈치에 눈이 휘둥그레진 떨고 있는 개를 데리고 다니는 여인이(난 어디서 그녀를 보았더라?), 흔들흔들 유령과 싸우면서 출구를 향해 돌진하고 있었는데, 지나는 천상의 눈빛으로 그녀를 힐끗 올려보았다.

"누군지 알겠어요?" 그녀가 말했다. "로렌츠 부인이잖아요. 내가 통 전화를 안 해서 몹시 화난 모양이에요. 정말 아무짝에도 쓸모없는 부인이에요."

"당신 뺨에 새까만 게 묻었는데" 하고는 표도르 콘스탄티노비치가 덧붙였다. "조심해요, 더 번지지 않도록."

또다시 핸드백, 손수건, 손거울.

"곧 내려야 해요." 이윽고 그녀가 말했다. "음, 뭐라고 했어요?"

"아무것도 아니야. 좋아요, 당신이 원하는 데서 내립시다."

"여기예요." 그녀는 두 정거장을 더 가서, 그의 팔꿈치를 잡고 조금 일어났다가, 버스가 덜컥 하자 다시 앉았다가, 마침내 완전히 일어나 핸드백을 물에서 꺼내듯 낚아 올리며 말했다.

불빛은 제법 모양새를 갖추었고 하늘은 완전히 혼절했다. 어느 시민 잔치에서 돌아오면서, 뭔가 흔들며 뭐라 외쳐 대는 젊은이들이 탄 트럭이 지나갔다. 오솔길로 둘러싸인 크고 기다란 화단으로 이루어진, 나무가 없는 공원 한가운데에는 장미 군단이 피어 있었다. 이 소공원 맞은편의 레스토랑 야외 테라스(여섯 개의 테이블

이 놓인)는 위쪽에 피튜니아가 피어 있는 빛바랜 담장에 의해 보도와 분리되어 있었다.

옆에는 수퇘지와 암퇘지가 게걸스레 먹고 있고, 급사의 새까만 손톱이 소스에 닿아 있으며, 나의 맥주잔 금빛 테두리에는 어제 종기 난 입술이 달라붙어 있었다……. 알 수 없는 우수의 안개가 지나릴—그녀의 뺨, 가늘게 뜬 눈, 쇄골 사이 오목한 부분을—에워쌌고 그녀의 궐련이 내뿜는 희뿌연 연기도 한몫하는 듯했다. 행인들의 발소리가 깊어 가는 어둠을 짓이기는 듯했다.

별안간, 확 트인 밤하늘에, 매우 높이—.

"저길 봐요." 그가 말했다. "참으로 멋지네!"

세 개의 루비가 박힌 브로치가 검은 벨벳을 따라 유유히 미끄러져 갔다. 너무 높아 엔진의 굉음조차 들리지 않았다.

그녀는 입술을 약간 벌리고 위를 쳐다보며 웃었다.

"오늘일까?" 그도 위를 올려다보며 물었다.

이제야 비로소 그는, 이전에 그들이 만나는 동안 점차 굳어져 익숙해진 예속 상태(비록 이것이 뭔가 작위적인 것, 실상 중시해 왔던 만큼의 가치는 없는 어떤 것에 기반할지라도)에서 그녀와 함께 벗어날 수 있는 방법을 궁리하던 시기에 자신에게 기약했던 감정 상태에 진입했다. 이제는 이 455일 중 어느 날이든 왜 쇼골레프 부부의 아파트에서 일단 나와 둘이서 살림을 차리지 않았는지 의아하게 느껴졌다. 그러나 동시에 그는 기저 의식으로, 이러한 외적 방해는 단지 운명의 핑곗거리이자 가시적인 장치일 뿐임을 알고 있었다. 운명은 닥치는 대로 장애물을 후다닥 세우고 그사이 중요하고 복잡한 일에 전념하려 하는데, 이 일은 전개상의 지체를 내밀히 필요로 했고, 이 지체는 생활 속 장벽에 말미암은 것으로 보였던 것이다.

이제 (불빛으로 환해진 하얀 테라스에서 금빛으로 빛나는 지나 옆에서, 피튜니아의 부조 조명 바로 뒤의 오목하고 따사로운 어둠의 입회하에) 마침내 그는 운명의 장치들에 관해 생각하다가, 어제 저녁 어머니에게 살짝 언급했던 구상 중인 '소설'을 위한 실마리, 숨겨진 정신, 체스적 원리가 될 만한 것들을 찾아냈다. 바로 그것에 대해 그는 지금 말하기 시작했고, 마치 이것이 유일한 가장 훌륭하고 가장 자연스러운 행복의 표현이라는 듯 말했다. 한편 행복은 대중판에서는 공기의 비로드 같은 부드러움, 가로등 빛에 들어온 에메랄드빛 보리수나무 잎 세 개, 맥주의 냉기, 감자 퓌레의 달의 화산, 어렴풋한 말소리, 발소리, 구름의 폐허 사이로 뜬 별 등과 같은 사물에 의해서도 부차적으로 표현되었다.

"바로 이것이 내가 정말 하고 싶은 일이오." 그는 말했다. "운명이 **우리**에게 한 일과 뭔가 유사한 일이지. 생각해 봐요, 운명이 3년여 전에 어떻게 이 일에 착수했는지……. 우리를 엮으려는 첫 번째 시도는 엉성하고 거창했소! 가구 운반 건만 봐도 그래요. 여기에는 뭔가 '돈은 아깝지 않다'는 대범함이 있었소. 내가 막 입주한 집에 로렌츠 부부와 그들의 세간을 전부 운반하기란 장난이 아니잖소! 로렌츠 부인을 통해 당신과 나를 알게 한다는 구상은 치밀하지 못했지. 그런데도 가속도를 내기 위해 로마노프가 투입되어 그들의 파티에 나를 초대했소. 그러나 여기서 운명은 헛짚었지. 주선인 선택이 성공적이지 못했는데 그는 내가 달가워하지 않는 사람이었거든. 그래서 완전히 정반대의 결과가 생기고 말았지. 로마노프 때문에 나는 로렌츠 부부와의 만남을 기피하게 되었던 거요. 그리하여 결국 이런 거창한 구성은 엉망이 되어 버렸고 운명은 손바닥에 가구 트럭만 든 채 남겨졌으며, 지출은 보상받지 못했소."

"조심해요." 지나가 말했다. "그렇게 비난하면 이제 운명이 화나서 복수할 수도 있어요."

"좀 더 들어 봐. 운명은 두 번째로, 이미 좀 더 저렴하지만 승산 있는 시도를 했어요. 왜냐하면 나는 돈이 필요했고 그래서 제공된 일 — 모르는 아가씨를 도와 어떤 서류를 번역하는 것 — 을 당연히 덥석 붙들 것이기 때문이었지. 그러나 이 또한 불발이었소. 첫째, 변호사 차르스키 역시 부적합한 중개인으로 밝혀졌기 때문이고, 둘째, 난 독일어로 번역하는 것을 끔찍이 싫어하기 때문이지. 그리하여 또다시 좌절되었소. 그때서야, 즉 이러한 실패를 경험한 후에야 마침내 운명은 확실한 조치를 취하기로, 즉 당신이 사는 아파트로 나를 직접 이주시키기로 결정했고, 운명은 이를 위한 주선인으로 이제는 최초로 맞닥뜨린 사람이 아니라, 내가 좋아하면서도 또한 열정적으로 이 일에 착수하여 나에게 우물쭈물할 여지조차 주지 않을 사람을 선택했지. 사실, 마지막 순간에 모든 것을 망가뜨릴 만한 급정지가 걸리긴 했소. 허둥지둥하다가 — 혹은 인색하게 굴다가 — 운명은 내가 맨 처음 방문했을 때 당신이 있도록 손쓰지 못했어. 그래서 나는, 이해하겠지만, 사실 운명의 부주의로 새장을 탈출한 당신의 계부와 5분 정도 이야기하고 그의 어깨 너머로 어느 것 하나 매력적일 게 없는 방을 본 다음, 임대하지 않기로 결정했소. 그러자 나에게 즉각 당신을 보여 줄 수 없었던 운명은 궁여지책으로, 최후의 필사적인 작전으로서 의자 위에 놓인 당신의 푸르스름한 무도회 드레스를 보여 주었소. 그리고 이상하게도, 나 자신도 이유를 모르겠지만, 그 묘책은 맞아떨어졌고, 운명이 얼마나 안도의 한숨을 쉬었을지 가히 상상이 돼요."

"하지만 그건 내 드레스가 아니라 사촌 라이사의 것이었어요. 게다가 그녀는 매우 사랑스럽지만 완전히 추녀지요. 아마 뭔가 떼어 내거나 기워 달라고 맡겨 놨을 거예요."

"그렇다면 이건 정말 기발해. 얼마나 지략이 풍부한지! 자연과 예술에 있어 가장 매력적인 것은 모두 속임수에 기반하고 있소. 자, 봐요, 통 큰 상인의 기세로 시작하여 지극히 섬세한 터치로 마무리되고 있잖아. 이것은 실로 훌륭한 소설을 위한 스토리라인이 아닐까? 얼마나 멋진 테마인지! 그러나 집을 세우고 커튼을 달고, 작가로서의 열정과 번민이 있는 내 삶의 덤불숲으로 에워싸야 되겠지."

"좋아요, 그러나 선량한 친지들이 집단으로 처형되는 자서전이 나오겠네요."

"그런데 가령 내가 이 모든 것을 뒤섞고, 비비 꼬고, 혼합하고, 곱씹고, 되새김질하고…… 고유한 나만의 양념을 첨가하고, 나 자신으로 물들게 해서, 자전에서 오로지 티끌만 남게 하면 어떨까. 그러나 물론 이 티끌은 주황색 하늘 자체를 만드는 것이지. 그리고 지금 당장 이걸 쓰겠다는 것도 아니고, 앞으로도 오랫동안 준비할 거요, 아마 몇 년이 걸릴지도……. 어쨌든 우선은 다른 일에 착수할 거요. 한 고대 프랑스 현인을 내 식으로 일부 번역해 볼까 싶소. 그것은 어휘의 최종 정복을 위해서지, 그렇지 않으면 어휘는 여전히 나의 '체르니셉스키' 안에서 말하려 할 것이기 때문이오."

"아, 정말 멋져요 — 지나가 말했다 — 이 모든 게 정말 마음에 들어요. 내 생각에, 당신은 초유의 작가가 될 것이고 러시아는 당신을 그야말로 애타게 그리워하게 될 거예요. 그때는 이미 너무 늦은 거겠지요……. 그런데 당신은 날 사랑하기는 하나요?"

"지금 내가 하고 있는 말은 바로 일종의 사랑 고백이오." 표도르 콘스탄티노비치가 대답했다.

"나한테 '일종의'는 부족해요. 있잖아요, 당신과 함께 있으면 나는 때론 엄청나게 불행할 것 같아요. 그러나 사실, 난 아무래도 상관없어요. 부딪혀 볼 거예요."

그녀는 눈을 크게 뜨고 눈썹을 올리며 웃은 다음, 의자에 약간 기대어 턱과 코에 분을 바르기 시작했다.

"아, 그리고 당신에게 말하지만, 이 작품은 참으로 근사해요. 그 중 유명한 부분이 있는데, 헷갈리지만 않으면 암송할 수 있을 것 같으니, 내 말을 끊지 말아요. 번역은 아직 대충 한 것이오. 예전에 한 남자가 있었습니다……. 그는 독실한 기독교인으로 살아서, 때로는 말로, 때로는 행동으로, 그리고 때로는 묵언으로 많은 선(善)을 행했습니다. 그는 금식일을 지켰고, 산골짜기의 물을 마셨고(이것은 훌륭해, 그렇지?), 묵상과 철야로 영혼을 살찌웠으며, 순수하고 힘들고 지혜로운 삶을 살았습니다. 그런데 죽음이 임박했음을 감지했을 때, 그는 죽음에 대한 생각, 참회의 눈물, 작별과 애도 대신, 승려들과 검은 옷차림의 공증인 대신에, 곡예사들, 배우들, 시인들, 무용단, 세 명의 마술사, 톨렌부르크*의 한량-대학생들, 타프로바네*에서 온 여행자를 주연에 손님으로 초대했습니다. 그리고 감미로운 시와 가면과 음악 가운데서 포도주 잔을 비우고 초연한 미소를 띠며 죽었습니다……. 참으로 장엄하지 않소? 내게도 언젠가 죽어야 될 때가 온다면 바로 이렇게 죽고 싶소."

"딱 하나, 여자 무용수들만 빼고요." 지나가 말했다.

"그건 단지 흥겨운 모임의 상징일 뿐이라오……. 이제 갈까?"

"계산해야죠." 지나가 말했다. "웨이터를 불러요."

이후 그들에게 남은 것은 며칠 전 그녀가 보도에서 주운 새까매진 동전(행운을 가져다주리라)을 포함하여 11페니히였다. 그들이 길을 따라 걷는 동안, 그는 등을 타고 빠르게 흘러내리는 전율을 느꼈다. 그리고 또다시 감정의 어색함을, 그러나 이미 다른, 노곤한 양상으로 느꼈다. 집까지는 천천히 걸어서 20분 정도 걸렸고,

공기와 암흑과 만개한 보리수나무의 꿀 향기로 인해 명치끝이 아려 왔다. 이 향기는 캄캄한 신선함으로 대체되면서 보리수나무에서 보리수나무로 갈수록 옅어졌다가, 또다시 기다리는 천막 아래서 숨 가쁘고 취기가 도는 구름이 커져 갔다. 지나가 콧구멍을 오므리며 "아, 향기 좀 맡아 봐요"라고 말했다 — 그러자 다시 암흑이 옅어지고 또다시 꿀 향기가 짙어졌다. 정말 오늘일까, 정말 지금일까? 행복의 하중과 위협. 내 너랑 이렇게 천천히, 천천히 걸어가며 너의 어깨를 껴안을 때면, 만물은 하늘거리고 머리는 소리로 그윽하며, 터벅터벅 걷고만 싶고, 왼쪽 신발이 뒤꿈치에서 흘러 벗겨져, 우리는 느릿느릿 걷고, 꾸물꾸물 움직이고, 흐릿흐릿 희미해지다가, 이제 곧 완전히 사라지리라……. 그리고 언젠가 우리는 이 모든 것을 회상하리라. 보리수나무들도, 벽에 비친 그림자도, 밤의 길 위에서 긴 발톱으로 긁고 있는 누군가의 푸들도. 그리고 별도, 별도. 이제 광장이고 노란 시계가 달린 캄캄한 교회다. 그리고 이제 길모퉁이이고 — 집이다.

책이여, 안녕! 환영에게도 역시 죽음의 유예란 없는 법. 무릎 꿇던 예브게니는 몸을 일으키나, 시인은 저 멀리 떠나네. 여태 귀는 음악과 곧바로 결별하지도, 이야기를 그치지도 못하고…… 운명 자신은 아직 울리고 있네. 세심한 지성에는 한계가 없어, 내가 마침표를 찍은 바로 거기서, 존재의 연장인 환영은, 지면의 경계선 너머로, 내일의 구름처럼 푸르러지네. 그리고 행은 계속된다네.*

주

9 **『러시아 문법 교과서』** 『러시아 문법 교과서(*Учебник русской грамматики*)』는 표트르 스미르놉스키(Петр Владимирович Смирновский, 1846~1904)가 쓴 실제 러시아 문법 교과서로, 1898년 모스크바에서 최초로 출간되었다.

마지막 숫자 러시아의 날짜 표기는 일-월-년 순이므로 연도의 마지막 숫자가 전체 날짜 표기의 마지막 숫자이다.

아르신 러시아의 옛 척도 단위로, 1아르신은 약 71.12센티미터.

10 **아스트라한 가죽** 러시아의 아스트라한 지방과 중근동 지방에서 나는 새끼 양의 털가죽이나 혹은 그것을 본뜬, 광택 있는 까만 털이 꼬불꼬불한 직물.

사젠 러시아의 옛 척도 단위로, 1사젠은 약 2.134미터.

11 **할바** 꿀, 밀가루, 버터, 참깨, 때로는 견과류로 만든 매우 달콤한 터키식 과자.

야슈카 메쇽 당시에는 일반적으로는 잘 알려져 있지 않았지만 나보코프의 친지들 사이에서 사용된 표현인 듯하다. 야슈카 메쇽(Яшка Мешок)은 영어로 'Jack Sack'으로, '멍청이, 요령이 없는 사람, 어수룩한 병사'를 가리키는 'Sad Sack'과 연관된 듯하다.

14 **Clara Stoboy** 클라라 스토보이. 'Stoboy'는 'с тобой(너와 함께)'

라는 러시아어를 연상시킨다.

16 **프라우** Frau. '부인' 혹은 '여성'을 뜻하는 독일어.

이 제목은 '달의 몽상'에서부터 ~ 최근 몇 년간 관례가 되어 버린 '몽상'이라는 제목은 1900~1910년대의 데카당스풍 시집에 자주 등장했고, 이 시기의 '고상한 시'들에는 '라틴어' 제목이 특징적이었다.

21 **1900년 7월 12일** 7월 12일은 니콜라이 가브릴로비치 체르니셉스키(Николай Гаврилович Чернышевский, 1828~1889)와 율리우스 카이사르(B. C. 100~44)가 태어난 날이기도 하다. 러시아의 1860년대를 대표하는 사상가·문학자이자 잡계급 출신 혁명적 민주주의자들의 지도자였던 니콜라이 체르니셉스키는 이 책 『재능』의 주인공 표도르 고두노프 체르딘체프가 쓴 소설인 제4장 「체르니셉스키의 생애」의 주인공이다. 체르니셉스키는 문예 비평·철학·경제·정치의 광범위한 분야에서 활동했다. L. A. 포이어바흐의 영향을 받아 유물론적 미학을 주장하였고 1862년 투옥되었으며 1864~1883년까지 시베리아로 유배되었다가 고향인 사라토프에서 죽었다. 그는 1855~1862년에 잡지 『동시대인(*Современник*)』의 편집자로 일했으며, 투옥 중에 쓴 소설 『무엇을 할 것인가(*Что делать*)』(1863), 『프롤로그(*Пролог*)』(1871)와, 「현실에 대한 예술의 미학적 관계(Естетические отношения искусства к действительности」(1855), 「러시아 문학의 고골 시대 개관(Очерки гоголевского периода русской литературы)」(1856) 등의 평론으로 유명하다.

페댜 표도르의 애칭.

베레샤긴 러시아의 풍속화가 베레샤긴(Василий Васильевич Верещагин, 1842~1904)이 1812년 조국 전쟁 동안의 모스크바 화재를 소재로 하여 일련의 풍속화를 염두에 둔 것이다.

23 **영국 강변도로** 페테르부르크의 네바 강 왼편을 따라 의회 광장에서 니콜라옙스키 다리에 이르는 거리로, 이 영국 강변도로에서 멀지 않은 곳, 페테르부르크의 귀족들이 살던 지역에 나보코프의 부

모 집도 있었다.

소요트족 투바 지역에 거주하는 터키 민족으로 남시베리아의 미누신스크 분지를 중심으로 예니세이 강 상류와 그 부근의 사얀 산중턱에 거주하는 목축 기마 민족.

마노 석영, 단백석, 옥수의 혼합물로, 광택 있고 고운 적갈색이나 흰색 무늬를 띠며 보석이나 장식품, 조각 재료 등으로 사용된다.

24 **케리야** 중국 신장위구르 자치구 남서부의 허톈(和田) 지구에 위치하며, 광물, 특히 비취 가공업으로 유명하다.

25 **셔레이드 게임** 셔레이드(charade) 게임은 일종의 글자 수수께끼다. 18세기 프랑스에서 생긴 것으로 추정되는데, 문제를 내는 사람이 개별적으로 설명하는 단어에서 각각 다른 음절을 연결하거나 추측하여 단어나 구절을 알아맞히는 게임이다.

27 **언젠가 건강한 프랑스 시민이 ~ 역법 체계를 곧장 받아들였다** 프랑스 혁명에 적극 가담했던 수학자 질베르 롬(Charles-Gilbert Romme, 1750~1795)이 제안하여 프랑스 혁명기의 국민 공회에서 1793년 10월 초에 선포한 혁명력을 염두에 두고 있다. 혁명력은 1792년 9월 21일 공화국이 선포된 다음 날인 9월 22일을 원년(元年) 1월 1일로 하고, 1년을 12개월, 매달을 30일로, 10일을 1주로 하였으며, 연말에 남은 5일은 휴일로 삼았는데, 10년 후 나폴레옹 시대에 폐지되었다.

칼스바트 광천지(鑛泉地)로 유명한 체코슬로바키아 서부의 온천 도시. 여행자들은 컵을 하나씩 들고 다니면서 도시 어디에서든 온천수를 마신다.

28 **하피** 그리스·로마 신화에 나오는, 여자의 머리와 몸에 새의 날개와 발을 가진 괴물.

Monsieur Danzas 나보코프는 푸시킨을 상기시키는 단자스와 그의 친척들 이름을 작품에 삽입하고 있다. 콘스탄틴 단자스(Константин Карлович Данзас, 1801~1870)는 푸시킨의 귀족

학교 시절 동창으로 푸시킨이 단테스와 결투할 때 입회인이었다.

29 **표트르 대제** 1672~1725. 서구화를 통해 러시아를 유럽의 열강으로 확립시킨 차르이다.

31 **산갈리** '산갈리(Сангалли)'는 썰매를 제조했던 페테르부르크의 회사이다.

반(半)타브리체스키 페테르부르크의 타브리체스키 궁전 부근에 있는 타브리체스키 공원의 이름을 따서 유희적으로 명명한 가상의 공원.

32 **알렉산드롭스키 정원** 페테르부르크의 해군성 옆(즉 표도르의 집이 있는 영국 강변도로 가까이)에 위치한 이 공원에는 프르제발스키의 동상이 절벽 모양의 받침돌 위에 세워졌는데, 그 옆에는 청동 낙타가 있다.

니콜라이 미하일로비치 프르제발스키 Николай Михайлович Пржевальский(1839~1888). 러시아의 군인이자 지리학자, 탐험가. 4회에 걸친 내륙 아시아 탐험으로 몽골 고원, 간쑤, 칭하이, 티베트, 고비, 아라샨, 오르도스, 차이담, 타클라마칸, 로프노르, 중가리아 등지를 조사했고 내륙 아시아의 자연 조명에 많은 공헌을 했다. 동상에 "그는 표도르의 아버지와 동시대에 살았다"라고 쓰여 있다.

코칸트 우즈베키스탄 페르가나 주의 도시로 페르가나 계곡 서쪽 지역에 있다. 1740년 코칸트한국의 수도가 되어 계속 수도의 지위를 유지하다가 1876년에 러시아에 정복되었다.

아슈하바트 투르크메니스탄의 수도이자 아슈하바트 주의 행정 중심지로 코페트다크 산맥 북쪽 발치의 카라쿰 사막 가장자리의 아할 오아시스에 자리 잡고 있다.

시닌스키 알프스 일명 '서남의 알프스(Сининские Альпы)'로, 소비에트의 지리학자이자 중앙아시아 연구자인 그룸 그르지마일로(Г. Е. Грум-Гржимайло, 1860~1936)가 중국의 황허(黃河)와 시

난허(西南河) 사이에 위치한 산맥에 부여한 명칭이다.

36 **트레이만** 페테르부르크의 중심 거리인 넵스키 대로에 있는 '트레이만(Ф. Трейман)' 상호의 가게를 가리킨다.

38 **베르스타** 러시아의 옛 척도 단위로, 1베르스타는 약 1,067미터.

39 **둑스** 1893년 모스크바에 설립된 대규모의 자동차 회사로, 이 회사에서 생산된 자전거는 품질이 우수하기로 유명했다. "dux"는 "수석"의 뜻.

40 **고로드키** 러시아 전통 놀이의 하나로 일종의 나무토막 쓰러뜨리기 놀이이며 공식적으로 인정받은 스포츠 경기.

4음보 율격에 산책을 허용했던 푸시킨 스스로도~이 율격에 엄포를 놓는다 푸시킨의 시 「콜롬나의 작은 집(Домик в Коломне)」(1830)의 첫 행들, "4음보 약강격은 이제 지겨워, / 누구나 이 율격으로 시를 쓰지. 애들에게 장난감으로나 / 줘야 할 때가 온 거야"를 염두에 두고 있다. 여기에 "영예로운 4음보 약강격"으로 쓰인 『예브게니 오네긴(*Евгений Онегин*)』(1823~1831)의 한 행, "어머니는 창문 너머로 그에게 엄포를 놓는다"(제5장 2연)를 결합한 표현이다.

남성 운 남성 운(мужская рифма)은 행의 마지막 음절에 강세가 오는 운을 지칭한다.

여성 운 여성 운(женская рифма)은 행의 끝에서 두 번째 음절에 강세가 오는 운을 지칭한다.

약강격은~배반하지 않는다 약강격(ямб)은 율격의 기본 단위인 음보가 비강세 모음과 강세 모음 순으로 이루어진 시행으로, 약강격에서 마지막 음보의 짝수 음절은 반드시 강세를 받아야 하지만 나머지 음보의 짝수 음절에서는 강세가 생략될 수 있으며, 동시에 단음절어인 경우 비강세 음절에 위치해도 강세를 받을 수 있는데, 이러한 이탈 형식을 자주 사용했다는 의미로 해석된다.

43 **여행을 떠나기 위해 식솔들과 묵상하는 듯했다** 러시아인들은 여행을 떠나기 전, 가족들과 함께 잠깐 앉아 있는 관습이 있다.

Max Lux(맥스 룩스)였지. 동화 속 채소밭지기여, 이건 뭐지? 'Mak-s(양귀비씨입니다요). 그럼 저건? Luk-s(양파입지요), 왕자님 칼람부르(동음이의어에 의한 수사학적 말장난)적 유희를 담고 있다. 러시아에서 과거 농노들은 윗사람에게 이야기할 때 끝에 '-s' 음을 붙였는데, 이것이 'mak(양귀비)'와 붙어 Max로, 'luk(양파)'와 붙어 Lux로 발음되어 운송 회사 이름 Max Lux의 발음과 동일해지는 것에 착안하여, 동화 형식을 도입한 언어유희를 하고 있는 것이다.

44 **롱사르의 노파** 프랑스 시인 피에르 드 롱사르(Pierre de Ronsard, 1524~1585)의 『엘렌을 위한 소네트집(*Sonnets pour Helene*)』(1578)에 나오는 시 「그대 늙어 어느 저녁 난롯가(Quand vous serez bien vieille, au soir, à la chandelle...)」를 염두에 두고 있다. 나보코프는 이 시를 1922년에 러시아어로 번역한 바 있다. "그대 늙어 어느 저녁 난롯가 / 등불 아래 앉아 실을 감고 풀고 할 때, / 그대 내 시를 읽으며 놀라 말하게 되리. / '롱사르는 노래했네, 젊은 날의 아름다운 나를.' (…) 내 사랑과 그대의 오만한 경멸을 뉘우치리라, / 내 말을 들으시오, 내일을 기다리지 마시오, / 지금 당장 인생의 장미를 꺾으시오."

가치를 인정받은 것이다! 고맙다, 고국이여, 고결한~나는 포착하지 못했다 시 창작에 있어서 운의 형성 과정을 묘사하는 장면이다. 처음에는 '고국(ot**chizna**), 고결한(**chi**styy)', '광기(be**zu**mie)', '인정받은(pr**izn**an)' 등의 'ch, z' 등의 운에 집중하다가 점차 'l, k'로 이전하여 '행복한(s**ch**ast**li**vyy)', '날개 달린(**kryl**atyy)'을 선택하고, 이때 'i krylatyy(~고 날개 달린)'는 'ikry(종아리)와 laty(갑옷)'라는 칼람부르적 읽기를 허용하는데, 이 '종아리와 갑옷'이 표도르에게 로마 병사를 상기시켰던 것이다.

피로시키 러시아의 전통 빵으로, 채소, 고기, 소시지 등 다양한 소를 넣어 만든다.

46 **존 골즈워디** John Galsworthy(1867~1933). 자유주의와 인도주

의적 입장에서 사회 모순을 다룬 사실주의적 경향의 소설과 희곡 작품을 많이 썼으며 1932년에 노벨 문학상을 수상했다. 특히 장편 소설 『포사이트가(家) 이야기(*The Forsyte Saga*)』(1906~1921)로 유명하다.

48 **타나그라 화병** '타나그라'는 보통 기원전 4세기에서 3세기경 그리스 타나그라 지방의 분묘에서 많이 출토된 테라코타제 소상(小像)이나, 20세기 초에 유행했던 복사품을 가리킨다. '타나그라'풍의 화병은 크게 발달하지 않았다.

49 **알렉산드르 블로크** Александр Александрович Блок(1880~1921). 러시아 제2기 상징주의의 대표적 시인이자 극작가로, 솔로비요프 신학 사상의 영향을 받아 종교적 정감과 '영원한 여성상'을 그린 『아름다운 여인에 관한 시(*Стихи о Прекрасной Даме*)』(1904)에서 시작하여 러시아 혁명 이후 조국의 운명과 문화에 대한 깊은 사색을 담은 『조국(*Родина*)』(1906~1916)과 『러시아(*Россия*)』(1908), 그리고 10월 혁명 이후 구세계의 파멸과 신세계의 탄생을 노래한 장시 『열둘(*Двенадцать*)』(1918) 등의 작품으로 유명하다.

51 **니콜라이 구밀료프** Николай Степанович Гумилев(1886~1921). 러시아 아크메이즘의 주창자로 『진주(*Жемчуга*)』(1910), 『이국의 하늘(*Чужое небо*)』(1912), 『모닥불(*Костер*)』(1918) 등의 시집이 있다.

호세 마리아 데 에레디아 José María de Heredia(1842~1905). 프랑스 소네트 형식으로 이름을 떨친 시인이다. 단 한 권의 시집 『트로피(*Trophées*)』(1893)를 남겼는데, 여기에 118편의 소네트가 실려 있다.

명예와 선행의 절정에 있었지요~인용문을 와전하고 있었다 푸시킨의 시 「스탄스(Стансы)」(1826)의 서두로, 원래는 "명예와 선행을 기대하면서"인 것을 "명예와 선행의 절정에서"로 와전하고 있다.

52 **나르잔 탄산수** '나르잔'은 캅카스 지방의 지명으로, '영웅의 물'이란 의미를 가지고 있다.

53 **로카르노** 스위스 남부 티치노 주의 도시로 국제적인 관광·휴양지로 유명하며, 1925년에 로카르노 조약이 체결된 곳이다. 이 조약은 중부 유럽의 안전 보장에 관한 조약으로 영국, 프랑스, 독일, 이탈리아, 벨기에 5개국 간의 상호 안전을 보장하고 독일과 벨기에, 프랑스, 폴란드, 체코슬로바키아 사이에 독일 국경의 현상 유지, 상호 불가침, 중재 재판 따위를 규정하여 제1차 세계 대전 후의 유럽 안정을 꾀하였으나, 1936년에 독일에 의해 파기되었다.

로크아웃 노사 분쟁에서 사용자가 노동자의 쟁의 행위에 대항하기 위해 행하는 공장, 작업장, 사업소 등에 대한 일시적 폐쇄.

쿠르드족 이란·이라크·터키·시리아·구소련 등 5개국에 걸친 쿠르디스탄 지역에 살고 있는 비운의 민족으로, 중동 지역 곳곳에서 분리 독립 운동을 벌이고 있다.

파울 폰 힌덴부르크 Paul von Hindenburg(1847~1934). 독일의 군인이자 정치가였던 그는 제1차 세계 대전 당시 타넨베르크 전투에서 러시아군을 크게 물리치고 국민적 영웅이 되었으며, 1925년 독일 공화국의 제2대 대통령에 당선되고, 1932년에 재선되었다.

폴 팽르베 Paul Painlevé(1863~1933). 프랑스의 수학자이자 정치가로 미분 방정식과 함수론 분야에 업적을 남겼고, 총리를 두 차례 지냈으며 군제(軍制)를 재편하였다.

에두아르 에리오 Édouard Herriot(1872~1957). 프랑스의 정치가이자 급진사회당 총재로 여러 차례 수상 또는 각료가 되어 평화 외교를 추진하였고 제2차 세계 대전 후에는 국민 의회 의장이 되었다.

뒤집힌 Э 러시아어 모음 'Э'는 '뒤집힌 Э(Э-оборотное)'로도 불린다. '**He**rriot(에리오)'는 러시아어로 '**Э**рио'로 표기된다.

55 **오스발트 슈펭글러** Oswald Spengler(1880~1936). 독일의 역사가이자 철학가로 문화를 유기체로 보고 문화도 생성, 번영, 쇠

퇴, 몰락의 과정을 밟는다고 주장했다. 저서에 『서양의 몰락(*Der Untergang des Abendlandes*)』(1918~1922) 등이 있다. 서구 문화는 이미 몰락의 과정을 밟고 있다는 그의 사상은 1920년대 러시아 망명 작가들 사이에 굉장한 인기를 누렸다.

56 **삼각형에서 사다리꼴에 이르는 리듬 진행** 러시아 제2기 상징주의의 대표 시인이자 소설가인 안드레이 벨리(Андрей Белый, 1880~1934)의 『상징주의(*Символизм*)』(1910)에 나타난 시작법 이론을 염두에 두고 있다. 벨리는 약강격 운율에서 리듬의 풍요로움은 강세 위치에서의 비강세 음절의 출현에 의한 다양한 리듬 변체를 통해 달성된다고 하며, 이를 여러 가지 도형으로 도식화하고 있다. 나보코프는 1918~1919년에 벨리의 연구를 알게 되었고 그 주된 논지를 그대로 수용하였다. 보관된 그의 문서들 중에는 19세기 러시아 시인들과 자신의 초기 약강격 시에 나타난 강세의 도식과 표가 있다.

세르게이 예세닌 Сергей Александрович Есенин(1895~1925). 블로크와 벨리의 동시대인으로 서른 살에 자살했다. 뛰어난 신비적 전원시를 썼으며 농민 시인으로 알려져 있고 전설적인 무용수 이사도라 덩컨의 남편이었다.

블로크의 담청색 습지 블로크의 작품, 특히 『대지의 기포(*Пузыри земли*)』군(1904~1905)과 『밤 제비꽃, 꿈(*Ночная фиалка. Сон*)』군(1906)의 작품에서, 습지는 매우 중요한 역할을 한다.

아크메이즘 akmeizm. 1912~1913년에 일어난 러시아 시 문학의 모더니즘 유파로 선명한 색채, 웅혼한 시구, 소상성(塑像性)을 특징으로 한다. 아크메이즘이란 명칭은 '정상(頂上)', '꽃피는 힘'을 뜻하는 그리스어의 아크메(akme)에서 온 것으로, 원시적·생물적 자연의 찬미를 의미한다.

푸시킨의 팔꿈치 자국을 거의 식별하기 힘든 네바 강변의 화강암 난간 푸시킨의 『예브게니 오네긴』에서 작가가 주인공 예브게니와 네바 강변을 산책하는 장면(제1장 47~48연)의 삽화에서 푸시킨은 오네긴과 나란히 '화강암 난간'에 팔을 괴고 있는 모습으로 그려진다.

페온 пэон. 러시아 시작법 용어로, 4음절이 기본 단위가 되어, 하나의 강세 음절과 세 개의 비강세 음절로 형성된 율격을 가리킨다. 고대 그리스 시에서 아폴론 신의 찬미에, 이후 승리의 노래에 사용되던 율격에서 유래되었다.

57 **남자 친구를 '당신'이라 칭하는 돈호법(頓呼法)으로 채워지고 있다** 러시아어에서 2인칭 단수 대명사는 친한 친구나 연인 사이에는 '너(ты)', 격식을 차리는 경우에는 '당신(вы)'이 사용되는데, 친한 친구 사이에 '당신'이라는 호칭을 사용하고 있음을 풍자하고 있다.

그의 시에서는～운을 이루었고 러시아에서 운은 '강세 음절부터 그 이후까지'를 고려 대상으로 하는데, 야샤는 운의 조합에서 강세를 고려하지 않고 철자만으로 운을 맞추는 실수를 범하고 있음을 지적한 대목이다.

'oktiabr'(10월)'～시행에서 둘 값만 지불하고 세 자리를 차지했으며 러시아 시작법에서 율격 단위의 기본은 음절 수이며, 이 음절 수는 모음의 수로 상정된다. 'октябрь(10월)'에서 모음은 'о'와 'я' 둘뿐인데, 야샤는 마지막 연음 부호(ь)를 한 음절로 인정하여 이 단어를 3음절어로 간주하는 오류를 범하고 있음을 지적한 것이다.

'pozharishche(불탄 자리)'～대화재를 의미하고 있었던 것이다 러시아어에서 어미 '-ище'가 주로 '지대(至大)형'의 의미를 지닌 것에 유추하여, 야샤가 'пожарище(불탄 자리)'를 '대(大)화재'라고 착각한 점을 희화하고 있다.

브루블료프 브루블료프(Врублёв)는, 야샤가 화가의 이름을 혼동해서 아르누보 경향의, 악마를 주요 소재로 했던 러시아의 유명 화가인 브루벨(Михаил Александрович Врубель, 1856~1910)과 러시아의 위대한 성상 화가인 루블료프(Андрей Рублёв, 1360~1430)를 혼합하여 만든 이름이다.

58 **니콜라이 1세** 1796~1855. 1825~1855년까지 치세한 러시아의 차르로, 극단적인 반동 정치로 비판받았다. 보수주의자로서 폴란드, 헝가리 혁명을 진압하고 오스트리아와 연합하여 동유럽에 반혁명군을 파견하기도 했다. 국내에서도 정교 신앙·전제주의·민족주의의 3원칙하에 철저한 반혁명의 입장을 고수했다.

볼스크 러시아 볼가 강 유역에 위치한 사라토프 주의 마을.

개종자들에게 자신의 성씨를 부여하였단다 러시아의 작가이자 사상가인 니콜라이 체르니솁스키의 아버지 가브릴 체르니솁스키(Гавриил Иванович Чернышевский, 1793~1861)는 사라토프 주의 사제장으로, 1844년에 소년 징집병을 개종하기 위해 볼스크 시로 가서 15명의 유대인에게 세례를 베푼 적이 있다. 그는 이들에게 자신의 성과 가브릴로비치라는 부칭을 부여하였고, 이로부터 사라토프 주에는 개종자 '체르니솁스키들'이 생겼다.

60년대인 체르니솁스키와 피사레프, 도브롤류보프를 필두로 하는, 19세기 중반, 특히 1860년대를 대표하는 잡계급 출신의 혁명적 민주주의 성향을 지닌 작가·사상가·비평가군을 가리킨다.

59 **뾜테를 쓴 소설가~최고조로 발현된 어떤 특성을 찾아내었으리라** 야샤 체르니솁스키의 이야기에는 베를린에서 일어났던 러시아 망명계 대학생들의 집단 자살 사건이 반영되어 있다. 1928년 4월 19일 자 신문 「키(*Руль*)」에서 최초로 보도된 바에 따르면, 그뤼네발트 숲에서 스물한 살의 러시아 의대생 알렉세이 프렌켈(Алексей Френкель)이 여자 친구인 스물두 살의 미대생 베라 카민스카야(Вера Каминская)를 권총으로 쏴서 살해한 후 자살했다. 같이 죽기로 했던 다른 젊은 여인 타티야나 잔프틀레벤(Татьяна Занфтлебен)은 최후의 순간에 주저하여 친구들을 들판에 남겨 놓은 채 거리로 도망쳐 순찰을 돌고 있던 경찰들을 만나 이 사실을 알렸다. 개인적으로 프렌켈과 그 친구들을 알고 있던 철학자 세묜 프랑크(Семён Людвигович Франк, 1877~1950)는 「러시아 젊은

이들의 비극(Трагедия русской молодёжи)」에서 이들의 죽음을 "일부 러시아 망명계 젊은이들을 휩쓸고 있는 병적인 마음 상태를 보여 주는 유익한 지표"라고 칭했다.

62 **알브레히트 코흐** 이 이름은 고의적 속임수인 듯하다. 나보코프는 초고에서는 Б(영어의 B)로 시작하는 다른 성(姓)을 썼다가 지우고 코흐라는 성으로 바꿔 썼다.

콘체예프 가상의 시인으로 나보코프는 '콘체예프'라는 성을 랴잔의 성에서 착안했다고 한다. 'Кончеев'라는 성은 러시아어로 '끝(конец)' 혹은 '결말(окончание)'이라는 단어와 관련된 것으로 볼 수 있다. 콘체예프의 원형은 나보코프가 20세기 최고의 시인이라 극찬했던 호다세비치(Владислав Фелицианович Ходасевич, 1886~1939)이다.

초원과 밤과 달빛 속에 있는…… 원래는 푸시킨의 시 「아름다운 이여, 내 앞에서 노래하지 마오(Не пой, красавица, при мне...)」(1828)의 한 행이다.

부르슈 Bursch. 독일의 대학 학생회에 속하는 대학생을 지칭하는 말로, 이들 회원들은 결투, 음주에 참가했다고 한다.

63 **슈바르츠발트** 독일 남서부, 라인 지구대 동쪽의 바덴뷔르템베르크 주에 있는 검은 삼림 지대이다. 온천, 호수 따위가 많은 아름다운 관광 휴양지이며 다뉴브 강이 시작되는 곳이기도 하다.

옛 프랑스 극작가들의 등장인물들 간의~Y는 Z의 'amant(연모남)' 예컨대 몰리에르나 과거의 다른 프랑스 극작가들의 등장인물 목록에서 단어 'amante'와 그 남성형인 'amant'는 어떤 등장인물이 연모하거나 구애하는 대상을 뜻한다.

올랴는 미술사에 몰두했다(이것은 시대사적 맥락에서~전형적인 음조로 울렸다) 야샤 체르니셉스키 이야기의 모태가 되는, 베를린에서 집단 자살로 죽은 러시아인 여대생 역시 전공이 미술이었음을 염두에 둔 것이다.

65 **줄에 매달린 따뜻한 반지** 줄에 반지를 끼웠다가 줄을 끊지 않고 순식간에 반지를 넣고 빼는 마술을 염두에 둔 듯하다.

'블랙 레이디' 카드 하트 게임의 변형인 '블랙 마리아 하트(black maria hearts) 게임'에서 '스페이드 퀸'을 가리키는 듯하다.

66 **그뤼네발트** 베를린 서쪽에 있는, 베를린에서 두 번째로 큰 숲.

69 **『사이프러스함(*Кипарисовый Ларец*)』** 1910. 러시아 시인이자 비평가이며 러시아 상징주의의 제1세대인 안넨스키(Иннокентий Федорович Анненский, 1855~1909)의 사후 출간된 시집.

『무거운 리라(*Тяжелая лира*)』 1922. 베를린의 러시아 망명 문학계에서 영향력을 행사했던 러시아 시인이자 비평가인 호다세비치의 시집.

슈톡슈마이저 Stockschmeißer. '막대를 던지는 사람'의 뜻의 독일어. 즉 페르디난트 슈톡슈마이저는 바로 '개의 요구에 따라 나뭇가지를 호수에 던지고 있던 키 작은 남자'를 가리킨다.

70 **쿠르퓌르스텐담 거리** 베를린의 가장 번화한 거리로 오늘날 베를린 시의 주요 쇼핑센터이다.

71 **두세와 푸치니와 프랑스가 죽었고** 세계적 명성의 이탈리아 배우인 엘레오노라 두세(Eleonora Duse, 1858년생)와 전설적인 오페라 작곡가 푸치니, 그리고 프랑스의 소설가이자 평론가인 아나톨 프랑스(Anatole France, 1844년생)는 모두 레닌이 서거한 1924년에 유명을 달리했다.

에베레스트 정상에서는 어빈과 맬러리가 횡사했으며 영국의 등반가인 조지 맬러리(George Mallory, 1886년생)와 앤드루 어빈(Andrew Irvine, 1902년생)은 1924년 히말라야 등반 당시 실종되었다.

돌고루키 노인은 ~ 메밀꽃을 보기 위해 러시아로 갔다 파벨 드미트리예비치 돌고루코프 공(Павел Дмитриевич Долгоруков, 1866~1927)을 염두에 두고 있다. 그는 혁명 이후 프랑스에 망명했지만 여러 차례 불법으로 소비에트에 건너가 조국을 여행하다가,

1927년 체포되어 총살당했다.

에밀 쿠에 Emile Coué(1857~1926). 긍정적 자기 암시에 기초한 자기 치료 요법을 도입하여 응용 심리학에 큰 영향을 끼친 프랑스의 약사이자 심리학자.

장쭤린 張作霖(1876~1928). 20세기 초 중국의 군인이자 정치가. 만주 지역의 군벌로 동북 3성을 지배했으나 1928년 일본 관동군에 의해 암살당했다.

투탕카멘 Tutankhamun. 이집트 제18왕조 제12대 왕으로 18세에 요절하여 알려진 것이 거의 없었으나 '왕가의 계곡'에 있는 그의 왕묘를, 1922년 고고학자 하워드 카터(Howard Carter)가 발굴하면서 유명해졌다.

73 **베르쇼크** 옛날 러시아의 길이 단위로, 1베르쇼크는 약 4.4센티미터.

75 **바바 야가** 러시아 민화에 나오는, 빗자루를 타고 다니는 마귀할멈.

79 **안토콜스키의 소크라테스** 러시아 조각가 안토콜스키(Марк Матвеевич Антокольский, 1842~1902)의 가장 뛰어난 작품 중 하나인 「소크라테스의 죽음(Смерть Сократа)」(1875)을 염두에 둔 것이다. 죽어 가는 소크라테스는 의자에 앉아 있고 그의 두 발은 앞으로 쑥 내민 형상을 취하고 있다.

81 **카나리엔포겔** Kanarienvogel. '카나리아 새'를 뜻하는 독일어.

상수시 공원 Sans-Souci Park. 베를린 근교 포츠담 시에 위치한 공원이자 궁전.

카이저와 차르의 만남 1907년 독일 황제(카이저) 빌헬름과, 러시아 황제(차르) 니콜라이 2세의 만남을 염두에 둔 듯하다.

84 **네덜란드의 영광** Dutch Glory. 빨간 장미의 한 품종.

복자 아놀드 얀센 General Arnold Janssen. 빨간 장미의 한 품종으로 '말씀의 선교 수도회' 창시자인 복자 아르놀트 얀센의 이름을 따서 명명되었다.

85 **6푸드** 러시아의 무게 단위로, 1푸드는 16.38킬로그램. 따라서 6푸

드는 거의 1백 킬로그램이 된다.

86 **올빼미 당원들** 주로 소금 밀매업자들로 이루어진 이들은 1793년 프랑스 서부에서 반란을 일으켜 방데의 왕당파와 합세했다. 올빼미(브르타뉴어로 chouan)는 원래 실패로 끝난 이 반란의 지도자 장 코트로(1757~1794)의 별명이었으나 후에 그 추종자들에게까지 붙여진 것이다.

빌나 빌뉴스의 옛 이름으로 리투아니아의 수도.

87 **리비에라** 지중해와 접해 있는, 이탈리아의 라스페지아에서 프랑스의 칸에 이르는 해안 휴양지로 유명하다.

89 **카론** 그리스 신화에 등장하는, 저승으로 가는 강의 나루터를 지키는 늙은 뱃사공으로 스틱스 강과 아케론 강을 건너 저승에 이르도록 도와준다.

90 **이조라의 선물** 표도르 콘스탄티노비치가 콘체예프에 대해 느끼는 감정이 푸시킨의 소비극 「모차르트와 살리에리(Моцарт и Сальери)」(1830)에서 살리에리가 모차르트에 대해 지녔던 질투심과 비교되고 있다. 이 작품에서 살리에리가 모차르트를 죽이기 위해 지니고 다녔던 독약 이름이 '이조라의 선물'이었다.

랴잔 러시아 모스크바 남동쪽, 오카 강 연안에 있는 도시.

「현대 시에서의 메리의 목소리」 크리스토퍼 모르투스(Christopher Mortus)는 허구의, 영향력 있는 러시아 망명 작가의 필명으로 'Mortus'는 '사자(死者)'의 뜻이다. 논문 제목 '현대 시에서의 메리의 목소리'는 푸시킨의 소비극 「역병 기간 중의 향연(Пир во время чумы)」(1830)의 여주인공 메리가 부르는 노래와 관련된다. 실제로 20세기 초 러시아 시에서 푸시킨의 여주인공 메리의 우울한 목소리는 많은 반향을 남기고 있다.

92 **표트르 쿠지미치 코즐로프** Петр Кузьмич Козлов(1863~1935). 러시아의 군인이자 탐험가로, 고비 사막, 티베트, 중앙아시아의 각 지역을 탐험하였으며, 프르제발스키의 탐험대에 참가하였고, 서하

시대(西夏時代)의 도시인 카라호토를 발굴했다. 그의 저작들은 『재능』 제2장의 주요 원전이 되고 있다.

부슈 게르만 이바노비치 부슈는 허구의 인물로 리가 출신의 작가로 그려지는데, '부슈(Bush)'라는 성은 독일의 유명한 '부슈 서커스'를 연상시키면서 이 인물의 희극성을 암시하고 있다.

리가 라트비아의 수도.

암피르 양식 제정 미술을 모방하여 창조된 건축 양식으로 화려하고 웅장하며 제국의 위대함을 과시한다.

외로운 동반자 리가 사람인 부슈가 러시아어 발음이나 표현에 어눌하여, '외로운 여행자(**putnik**)'를 의도했으나 '외로운 동반자(**sputnik**)'로 표현한 데서 희극적 효과가 발생한다.

93 **루이 드브로이** Louis de Broglie(1892~1987). 1929년 노벨 물리학상을 수상한 프랑스의 이론 물리학자로 1920년대 양자 역학의 개척 시대에 드브로이 물질파의 개념을 주창하여, 양자 역학의 입자 및 파동 이중성 개념에 도움을 주었다.

95 **"막." 부슈는 마지막 음절에 가벼운 강세를 주며 외쳤다** 러시아어로 '막'은 'за́навес'로, 마지막 음절이 아닌 첫 음절에 강세가 온다.

97 **게마흐트** Gemacht. '약속한 겁니다'를 뜻하는 독일어.

샤를로텐부르크 베를린의 서부 지역으로 프리드리히 1세의 왕비인 소피 샤를로텐의 여름 별궁인 샤를로텐부르크 궁이 있다.

98 **Riza Abbasi** 리자 이 아바시(Riza-i Abbasi, 1565~1635)는 가장 유명한 페르시아 세밀화가로, 이란의 샤 아바스 1세 치하에서 융성했던 이스파한의 미술 학교 교장을 지냈으며 화가 겸 서예가였다.

무릎을 꿇은 채 새끼 용과 싸우고 있는 코가 크고 콧수염이 더부룩한…… 바로 스탈린이잖아요! 독일에서 간행된 앨범 『동방 이슬람의 세밀화(*Miniaturmalerei im islamischen Orient*)』(1923)를 염두에 두고 있는 듯하다. 수록된 작품 중 '공공 도서관, 페테르부르크'라는 주해를 달고 있는, 리자 이 아바시가 그린 페르시아 세밀화 「뱀」이 있었는데, 여기에 등장한 콧수염이 더부룩한 남자가 실제로 놀랍도록 스탈린을 닮았다고 한다.

신이시여~이 속담에서 맹인 순례자의 신격화를 본답니다 역시 칼람부르적 유희를 담고 있는 표현이다. 속담 "На Тебе, Боже, что мне негоже(신이시여, 제게 불필요한 것을 바치나이다)!"는 원래 탐욕스러운 인간이 자신에게 불필요해진 물건이나 아주 미미한 물건을 보시함으로써 생색내는 것을 조롱하는 의미를 담고 있다. 그런데 여기서 'негоже(불필요한)'가 우크라이나어의 'небога(맹인 순례자)'의 호격(呼格) 형태인 'небоже(맹인 순례자시여)'와 동음인 것에 착안하여, 이 'небоже(맹인 순례자시여)'가 '신(бог)'의 호격인 'Боже(신이시여)'와 유사음을 통해 비슷한 지위를 획득하고 있다고 말장난하고 있는 것이다.

'실러와 공적과~작은 화합물을 허용하신다면 말이지요 푸시킨의 시 「10월 19일(19 октября)」의 한 행, "실러와 명예와 사랑에 대하여(О Шиллере, о славе, о любви)"와 블로크의 시 「무용과 공적과 명예에 대해서(О доблестях, о подвигах, о славе...)」의 첫 행을 혼합한 구절이다.

99 **페가수스는 얼룩무늬** 러시아 미래주의의 대표 시인 마야콥스키(Владимир Владимирович Маяковский, 1893~1930)의 시 「우리의 행진(Наш марш)」(1917)의 한 행, "나날의 황소는 얼룩무늬이고"를 변형하여 인용하고 있다.

두 명의 일리이치이다 러시아 사실주의 작가 곤차로프(Иван Александрович Гончаров, 1812~1891)의 소설 『오블로모프(*Обломов*)』(1859)의 주인공인 일리야 **일리이치** 오블로모프와, 혁명가이자 정치가인 블라디미르 **일리이치** 레닌을 가리킨다.

크리놀린 과거 여자들이 치마를 불룩하게 보이려고 안에 입던 틀.

축축한 벤치 말이지요 곤차로프의 소설 『절벽(*Обрыв*)』(1869)의 유명한 연애 장면(제4부 제12장), 즉 다 썩어 가는 정자의 벤치에서 여주인공 베라가 마르크 볼로호프에게 몸을 허락하는 장면을 염두에 두고 있다.

사색의 순간 라이스키의 입술에 장밋빛 수분이 빛으로 일렁이던 것 곤차로프가 『절벽』의 주인공인 미래 화가가 될 소년 라이스키에게서 창조적 기질이 발현되는 장면을 묘사하는 장면을 가리킨다. "그는 자기 자리에 앉아 그리고, 지우고, 또다시 지운다. (…) 단지 입술만이 겨우, 겨우 눈에 뜨일 정도로 움직이며, 입술에는 장밋빛 수분이 빛으로 일렁인다."(제1부 제6장)

피셈스키의～손으로 자신의 가슴을 문지르는 것 러시아 사실주의 소설가이자 극작가인 피셈스키(Алексей Феофилактович Писемский, 1821~1881)의 소설 『40년대 사람들(*Люди сороковых годов*)』(1869)의 다음 장면을 가리킨다. "'어떻게 말씀드려야 할까요?' 네베도모프는 또다시 몸을 쭉 펴더니 자신의 가슴을 문지르기 시작했다."(제2부 제18장)

100 **똑같은 피셈스키에서 무도회가 열리는 동안～벨벳 장화를 서로 던지는 장면을 읽지 않으셨나요?** 『40년대 사람들』에서 주인공이 지방 귀족들의 무도회장 현관에서 "상당히 이상한 장면"을 목격하게 되는 부분을 가리킨다. "하인들이 끔찍하게 더럽고 낡은 여성용 벨벳 장화를 서로 던지며 즐기고 있었고, 주인공이 들어가는 바로 그 순간 장화 한 짝이 한 하인의 얼굴에 떨어졌다."(제3부 제11장)

'아볼론'이란…… 러시아 민중의 구체적 일상을 구어체로 실감 나게 표현한 것으로 유명한 러시아 작가 레스코프(Николай Семенович Лесков, 1831~1895)의 중편 「왼손잡이(Левша)」(1881)의 '스카즈(сказ)' 양식을 염두에 둔 것이다. 이 작품에선 희극적 효과의 창출을 위해 학술, 문학 용어가 왜곡되고 있다. 예컨대 화자는 아**폴**론 **벨**베데르스키를 '아**볼**론 **폴**베데르스키'로 부른다.

『성직자들』 레스코프의 장편 『성직자들(*Соборяне*)』(1872)의 주인공은 '덕망 높은 사제'인 사벨리 투베로조프이다.

잘 여문 자두빛의 긴 옷을 걸친 서늘하고 조용한 갈릴리의 유령은 어떤가요 『성직자들』에서 사벨리 투베로조프는 잠에서 깨어나 방금 꾼, 예수 그리스도가 나타난 경이로운 꿈을 회상하려 애쓰며, "그 옆에 잘 여문 자두빛의 긴 옷을 걸친 서늘하고 조용한 누군가가 서 있는 것"처럼 느낀다.(제17장)

포마드라도 바른 듯~비춰 주는 번개는 어떤지요? 레스코프의 중편 「불사신 골로반(Несмертельный Голован)」(1880)의 두 묘사 장면을 염두에 두고 있다. "포마드라도 바른 듯 푸르스름한 인두에 탁한 거품으로 가득 찬 입을 지닌 (…) 거대한 개의 얼굴"과 "어두운 밤, 번개 빛이 비칠 때 갑자기 보게 되는 수많은 물건들, (…) 손잡이에 마그네슘이 얼룩처럼 남겨진 은수저와 찻잔처럼……."

레프 톨스토이는~전답을 맨발로 걷는 것은 얼마나 황홀했을까! 나보코프는 톨스토이가 연보랏빛을 특별한 예술적 장치로 사용했다고 언급한 시클롭스키(В. Шкловский)의 『레프 톨스토이의 소설 '전쟁과 평화'의 소재와 양식(*Материал и стиль в романе Льва Толстого 'Война и мир'*)』(1928)을 알고 있었던 듯하다. 또한 나보코프는 회상록 작가들이 증언하는 톨스토이의 습관을, 연보랏빛-청색을 톨스토이처럼 지각하고 있는 부닌(И. Бунин)의 시 「Пахарь(농부)」(1903~1906)에 나타난 형상과 동일시하고 있다. "따스한 밭이랑 벨벳을 / 맨발로 밟는 것은 얼마나 좋은가 // 연보랏빛 파란 흑토의 바다에서 / 난 그만 길을 잃었네……."

101 **'음, 음, 음' 킁킁거리는 강아지** 체호프의 단편 「점박이(Белолобый)」(1895)에 나오는 강아지를 염두에 두고 있는 듯하다.

크림산(産) 술병 체호프의 중편 「지루한 이야기(Скучная история)」(1889)의 여주인공 카탸의 책상에는 늘 크림산(産) 샴페인인 "꽤 질 낮은 포도주"가 놓여 있다.

베들람의 베들레헴으로의 전도 '혼란, 아수라장, 정신 병원'을 뜻하는 'Bedlam'이라는 명사는 원래 런던의 정신 병원 'St. Mary of Bethlehem'에서 유래했다. 즉 'Bedlam'은 'Bethlehem'의 왜곡으로 생겨났고 이제 다시 'Bedlam'이 'Bethlehem'으로 역전되었다는 것이다.

모르투스의 표현처럼 미리 한 가지 단서를 달지요 그는 이 책 제4장, 고두노프 체르딘체프가 쓴 「체르니솁스키의 생애」의 서평을 쓴 작가로, 이 글귀는 그의 서평에서 따온 것.

'카라마조프가'~당신의 접근법을 따르자면 말이지요 『카라마조프가의 형제들(*Братья Карамазовы*)』(1879~1880) 제5권 제2장의 세부 묘사를 언급하고 있다. 도스토옙스키의 묘사 기교의 탁월함을 보여 주는 장면 중 하나로 고두노프 체르딘체프는 정자에서 알료사와 드미트리가 만나는 부분을 예로 든 것이다. 정자에서 드미트리가 등장할 때 주변의 모든 것이 생명력에 넘치고, (…) 정자에는 초록색 목제 탁자 위에 코냑 한 병과 술잔이 놓여 있었다, (…) 그러나 다음 날 알료사가 드미트리를 만나리라는 기대를 안고 똑같은 장소에 갔을 때 드미트리는 없고 모든 것은 낡고 시들어 보이는데, (…) 탁자 위에 어제의 코냑 잔의 둥근 흔적이 남아 있었다.

미역취 가지 끝에 노란색 꽃을 피우는 국화과의 여러해살이풀.

검은 비단의 희끄무레한 광택 투르게네프의 『아버지와 아들(*Отцы и дети*)』(1862) 제14장에서 아르카디 키르사노프가 방금 무도회에서 만난 오딘초바 부인을 감탄하며 바라보는 장면을 가리킨다. "검은 비단의 희끄무레한 광택으로 뒤덮인 그녀의 몸은 그에게는 얼마나 날씬하게 보였는지!"

토끼 자세 『아버지와 아들』 제25장에서 투르게네프는 '개가 우아하게 누워 있는 자세'를 이렇게 묘사하고 있다.

악사코프에 대해서는 이미 말할 것도 없다, 이것은 치욕 그 자체다 회상록과 소설을 혼합한 새로운 장르 시도와 사실주의적 서술로 유명한 러시아 소설가 악사코프(Сергей Тимофеевич Аксаков,

1791~1859)의 수기 「나비 수집(Собирание бабочек)」(1859)을 염두에 두고 있다. 나보코프는 『다른 언덕(*Другие берега*)』〔영어 제목: '말하라, 기억이여(Speak, Memory)'〕에서 이 작품에 대해 혹평을 가하고 있다.

레르몬토프의 '낯익은 시체' 러시아 낭만주의의 거봉인 레르몬토프(Михаил Юрьевич Лермонтов, 1814~1841)의 시 「꿈(Сон)」(1841)의 마지막 연에 나오는 "낯익은 시체(знакомый труп)"를 가리킨다.

102 **표도르 튜체프** Фёдор Иванович Тютчев(1803~1873). 러시아 낭만주의를 마감하는 시인으로, 러시아의 대표적 형이상학 시인, 철학 시인, 명상 시인으로 평가받고 있다.

창을 이중으로 하여, 괜히 방을 식게 하진 마아, 질긴 희망일랑 이별하고, 길일랑 쳐다보지도 마아 러시아 사실주의의 대표 시인이자 『동시대인』의 발행인으로 유명한 네크라소프(Николай Алексеевич Некрасов, 1821~1878)의 시 「불행한 사람들(Несчастные)」(1856)의 한 연이다. 나보코프는 네크라소프의 원래 시에서 1행과 3행의 마지막 철자 '-й'를 '-ю'로 변형시키고 있다. 그 결과 여성(강약) 운이 강약약운으로 대체되면서 모음 추가로 인해 운이 길게 늘어지고 있다. Загородись двойною ра́мою(←й: 네크라소프) / Напрасно горниц не студи, / Простись с надеждою упря́мою(←й: 네크라소프) / И на дорогу не гляди!

강약약운 дактилическая рифма. 행의 끝에서 세 번째 음절에 강세가 오고 비강세 음절이 두 개 이어지는 운을 말한다.

어스름해진 초원에서 울려 퍼지네 러시아 상징주의에 지대한 영향을 미친 순수시의 옹호자이자 러시아 시에서 인상주의적 기법을 실현한 것으로 유명한 시인 페트(Афанасий Афанасьевич Фет, 1820~1892)의 「저녁(Вечер)」(1855) 두 번째 행, "어스름해진 초원에서 울려 퍼지네"를 가리킨다.

행복의 이슬 페트의 「날 수줍다 비난하지 마오(Не упрекай, что я смущаюсь...)」(1891) 마지막 연의 한 행, "밤은 행복의 이슬로 흐느끼네"를 염두에 두고 있다.

숨 쉬는 나비 페트의 시 「나비(Бабочка)」(1884) 2연에서 나비의 이야기를 염두에 두고 있다. "나 여기 가벼운 꽃 위에 앉아 / 이렇게 숨을 쉰다."

구름 언저리는 어떻게 숨 쉬는지……! 러시아 상징주의 제1세대 시인인 발몬트(Константин Дмитриевич Бальмонт, 1867~1942)의 시집 『우리 태양처럼 되자(*Будем как солнце*)』(1903) 중 「그녀는 아무 비난 없이 몸을 맡겼다(Она отдалась без упрека...)」의 4행이다.

꿈같은 위안의 구름 블로크의 시군 『기로(Распутья)』(1903)의 시 「꿈같은 위안의 구름(Облака небывалой услады...)」.

'B'로 시작하는 5인조 러시아어 자음 Б로 시작하는 러시아 은세기의 다섯 명의 대시인인 발몬트, 벨리, 블로크, 브류소프(Валерий Яковлевич Брюсов, 1873~1924, 제1세대 상징주의자), 부닌(Иван Алексеевич Бунин, 1870~1953, 러시아 최초 노벨 문학상 수상자인 소설가이자 시인)을 가리킨다.

103 **저는 어렸을 때부터 ~ 강하고 섬세한 audition colorée를 지녔거든요** 나보코프는 『다른 언덕』에서 자신의 색청 감각을 상세히 묘사하며 러시아어의 거의 모든 알파벳 자모에 색깔을 대입시키는데, 이는 고두노프 체르딘체프의 묘사와 거의 일치한다.

소네트 프랑스 상징주의 시인 장 아르튀르 랭보(Jean Nicholas Arthur Rimbaud, 1854~1891)와 그의 소네트 「모음들(Voyelles)」(1883)을 염두에 두고 있다. 이 시에서는 문자와 색깔 사이의 공감각적 관련이 그려지고 있다.

м 영어의 m.

마이코프의, 창틀에서 제거된 솜 이른바 '예술을 위한 예술'의 옹호자인 시인 마이코프(Аполлон Николаевич Майков, 1821~1897)의 「봄이다! 첫 창틀이 드러나고(Весна! выставляется первая рама...)」(1854)를 언급하고 있다. 러시아에서는 겨울을 대비하여 내창과 외창 사이에 솜을 두껍게 넣었다가 봄이 오면 이 솜을 꺼내어 버리는데, 이 솜이 지저분해진 것을 묘사하는 것이다.

ы 영어의 'y' 발음에 상응하는 모음.

sienne brûlée 구운 시에나토(土), 대자(代赭)석의 빛과 같은, 황갈색과 적황색에 가까운 어두운 붉은색 안료.

세피아색 원래 오징어의 먹물에서 추출한 것으로, 암갈색의 그림물감을 가리킨다.

구타페르카색 열대 지방에서 자라는 구타페르카 나무의 수액을 말린 고무질로 노르스름하거나 갈색을 띤다.

ч 영어의 'ch' 음에 해당하는 자음.

с 영어의 s.

104 **Buchstaben von Feuer** 하인리히 하이네의 『노래책(*Buch der Lieder*)』(1827) 중 발라드 「발타사르(Balthasar)」에서 발타사르 왕의 만찬 장면의 인용. 만찬 동안 비밀스러운 손이 벽에 수수께끼 같은 예언을 새겨 놓는다.(「다니엘서」 5장)

그리고 취객들 사이를 천천히 지나가며…… 블로크의 「미지의 여인(Незнакомка)」(1906)의 8연 1행.

마부여, 말을 재촉하지 마오 니콜라이 리테르(Николай Риттер)의 시 「마부여 말을 재촉하지 마오(Ямщик, не гони лощадей)!」(1905)에 펠드만(Яков Фельдман)이 곡을 붙여(1914), 1910년대에 굉장한 인기를 누렸던 러시아 로망스. 그녀는 시에서 이런 감상적 로망스, 유행 가요풍만 좋아했다는 것을 지적하고 있다.

106 **젬스트보** земство. 1864년 지방 제도 개혁에 따라 설치되어 1917년까지 존속된 러시아의 지방 자치 기관이다.

오르도스 중국 내몽골 자치구의 중남부에 위치한 고원 지역으로 북쪽과 서쪽은 황허 강이, 남쪽은 만리장성이 둘러싸고 있다.

111 **홀 밀크와 엑스트라슈타르크** 탈지하지 않은 전유(全乳, Vollmilch)와 고농축 우유(extrastark)를 가리킨다.

116 **노르 특급** Nord Express. 1896년에 도입된 국제 열차로 파리, 브뤼셀, 베를린을 거쳐 페테르부르크까지 연결했다. 나보코프는 1906년에 이 노르 특급을 타고 페테르부르크에서 파리까지 여행한 적이 있다.

피루엣 pirouette. 발레에서 한쪽 발로 서서 빠르게 도는 것.

117 **멜리토폴** 우크라이나 자포로제 주에 있는 도시로, 제2차 세계 대전 중 소련군과 독일군의 최대 접전지 중 하나였다.

122 **이사악 레비탄** Исаак Ильич Левитан(1860~1900). 리투아니아의 가난한 유대인 가정에서 태어난, 러시아의 가장 위대한 풍경화가. 1891년부터 이동파 회원이 되어 사실주의 회화의 발전에 주력하고, 특히 조국 러시아의 대자연을 사랑하여, 인간의 감정을 자연 속에서 노래한 서정적 풍경화를 잘 그렸다. 「자작나무 숲(Березовая роща)」(1885~1889), 「황금의 가을(Золотая осень)」(1895), 「블라디미르로 가는 길(Владимирка)」(1892) 등의 작품으로 유명하다.

126 **그리고리 라스푸틴** Григорий Ефимович Распутин(1869~1916). 니콜라이 2세 치하의 요승으로 시베리아 빈농의 아들로 태어나, 1904년 고향을 떠나 신비적인 편신교(鞭身教) 일파에 가입, 각지를 순례하고 농민으로부터 성자라는 평판을 들었다. 1907년 페테르부르크를 방문하여 황후 및 니콜라이 2세의 총애를 받으며 궁정에 세력을 가진 후, 종교 및 내치·외교에 관여했다. 생활이 몹시 방종해지고 황후를 좌지우지하면서 폐단을 자행하다가, 결국 그 악영향을 제거하려는 귀족의 일단에 의해 1916년에 살해당했다.

로스티슬라프 스트란니 스트란니는 러시아어로 '이상한, 기이한'의 뜻을 지녀('странный'), 결국 그의 필명은 '이상한 로스티슬라프'

가 된다.

129 **『안젤로』, 『아르즈룸 여행』** 『안젤로(*Анджело*)』(1833)와 『아르즈룸 여행(*Путешествие в Арзрум*)』(1835)은 모두 푸시킨의 작품.

내게 국경은 뭔가 신비로운 면이 있었다. 어릴 적부터 여행은 내가 가장 좋아하는 꿈이었다 『아르즈룸 여행』 제2장에서 인용.

fraxini 푸른띠뒷날개나방의 학명, Catocala fraxini Linnaeus에서 종명(種名)을 가리킨다.

arborea 일본, 시베리아, 러시아에 서식하는 솔나방과(科)의 나방으로, 학명은 Epicnaptera arborea Blocker, 신칭(新稱)은 Phyllodesma japonica arborea Blocker이며, 나뭇잎을 닮아 눈에 잘 띄지 않는 것이 특징이다.

131 **곡물이 ~ "실로 ~ "그들은 ~ 속삭였던가!** 위의 세 구절 모두 『아르즈룸 여행』에서 인용되었다.

132 **그리고리 예피모비치 씨의 저서들** 러시아의 지리학자·탐험가·곤충학자이자 중앙아시아 연구자인 그리고리 예피모비치 그룸 그르지마일로(Григорий Ефимович Грум-Гржимайло, 1860~1936)의 『중국 서부 탐험기(*Описание путешествия в Западный Китай*)』(1896~1907)를 염두에 두고 있다.

대공 니콜라이 미하일로비치 로마노프(Николай Михайлович Романов, 1859~1919) 대공을 가리킨다. 그는 저명한 역사학자이자 황실 역사 협회 회장으로 곤충학에도 일가견이 있었고, 그의 10권짜리 저작 『인시류에 관한 회상록(*Mémoires sur les lépidoptères*)』(1884~1901)은 프랑스어, 영어, 독어로 발간되었다.

바실리 게르마노비치 크류게르 가상의 인물인 듯하다.

아비노프 러시아의 곤충학자이자 화가로 중앙아시아의 나비를 대량 수집한 아비노프(Андрей Николаевич Авинов, 1884~1949)를 염두에 두고 있다. 그는 1917년 혁명 이후 미국으로 건너가, 피츠버그의 카네기 자연사 박물관 관장이 되었다.

베리티 이탈리아의 의사이자 곤충학자인 베리티(Ruggero Verity, 1883~1959)를 가리킨다.

본하스 곤충학자인 오토 방 하스(Otto Bang-Haas, 1882~1948)를 가리킨다. 그는 곤충 수집품 거래 회사를 소유했던 아버지 안드레아스 방 하스(Andreas Bang-Haas, 1946~1925)의 사후, 그 회사의 경영자가 되었다.

트링 런던에서 5백 킬로미터 정도 떨어진 도시로, 이곳에는 위대한 동물학자였던 설립자의 이름을 딴 '월터 로스차일드' 자연사 박물관이 있다.

133 **신이시여, 무의미하고 무자비한, / 러시아의 폭동을 보지 않게 하소서** 푸가초프 난을 소재로 한 푸시킨의 소설 『대위의 딸(*Капитанская дочка*)』(1836) 제13장에 나오는 금언.

'푸가초프'의 전체 페이지를 마치 철봉인 양 산책할 때 들고 나갔다 이 부분은 푸시킨의 전기적 사실을 기반으로 한 비유다. 많은 회상록 작가의 증언에 의하면, 푸시킨은 근육의 힘을 강화하기 위해 미하일로프스코예 영지에서 무거운 철봉을 손에 들고 산책하기를 즐겼다고 한다.

쇼닝이 죽은 침대를 산 카롤리나 슈미트가 걸어오고 있었다 푸시킨의 미완 중편 「마리야 쇼닝(Мария Шонинг)」을 가리킨다. 이 소설은 실제 독일에서 일어난 유아 살해 혐의로 파란을 일으켰던 형사 사건을 토대로 창작적 요소를 가미하여 집필되었는데, 여기 등장한 카롤리나 슈미트는 가상의 인물이다.

시메온 브이린을 닮은 역참지기가 자기 집 창가에서 파이프를 피우고 있었고, 똑같이 봉선화 화분이 놓여 있었다 푸시킨의 중편 「역참지기(Станционный смотритель)」(1830)의 화자는 주인공과의 첫 만남을 묘사하면서 그의 집 창가에 있는 '봉선화 화분'에 주목한다. 원래 이 주인공은 초고에는 '삼손 브이린'이었는데 1920년대까지 많은 판본에서 '시메온 브이린'이라 잘못 인쇄되었고, 나보코프는 이 잘못된 인쇄를 조롱하기 위해 의도적으로 '시메온 브이린'이라 쓰고 있다.

사라판 소매가 없고 허리띠가 달린 긴 옷으로 러시아의 전통 여성 의상.

귀족 아가씨-농사꾼 처녀의 하늘색 사라판은 오리나무 덤불 속에서 아른거렸다 푸시킨의 중편 「귀족 아가씨-농사꾼 처녀(Барышня-крестьянка)」(1830)에서, 알렉세이 베레스토프가 자기 마음에 든 농사꾼 처녀 아쿨리나(사실은 귀족 아가씨 리자가 변장한 것)를 만나러 왔을 때 "관목 속에서 아른거리는 푸른색 사라판을 보고 사랑스러운 아쿨리나를 향해 달려가는" 장면을 연상시킨다.

그는 실체가 몽상에 길을 내주면서~정신 상태에 놓여 있었다 『대위의 딸』 제2장에서 그리뇨프의 예지몽이 시작되는 장면을 '나'를 '그'로 바꾸어 그대로 인용하고 있다.

칼라치 빵 둥근 모양의 흰, 슬라브의 전통적 빵으로, 다양한 제식에 사용되었다. 고리나 타원형 모양은 행운과 번영의 상징이었다.

가치나 시의 수이다 마을 푸시킨의 영지 미하일로프스코예의 마부였던 표트르는 푸시킨이 사랑했던 유모 아리나 로디오노브나를 회상하면서 "그녀는 가치나 시의 수이다 마을에서 왔잖아요. 거기서는 모두들 그렇게 노래하듯 말한답니다……"라고 쓰고 있다. 가치나는 페테르부르크 주의 작은 도시이며 수이다는 가치나 지역에 위치한, 푸시킨의 외증조부인 한니발의 영지였다.

이곳에서 아폴로는 이상이며 저곳에서 니오베는 슬픔이다 푸시킨의 시 「예술가(Художник)」(1836)에서 인용한 시구이다. 그런데 그리스·로마 신화에 등장하는 아폴로와 니오베라는 이름은 동시에 나비의 명칭으로, 아폴로는 아폴로모시나비(Parnassius **apollo** Linnaeus)를, 니오베는 은점표범나비(Fabriciana **niobe** Linnaeus)를 가리키며, 나보코프는 바로 이런 언어유희를 의도했던 것이다.

13일간의 차이를 감안해도 베를린은 이미 6월 초순이었다 당시 러시아와 세르비아 등 동방 정교회 국가들은 그레고리력 대신 율리우스력을 사용했다. 현재 러시아에서 구력(舊曆)이 된 율리우스력은 신력(新曆)인 그레고리력에 비해 13일이 늦다.

134 **A. N. 수호쇼코프** 가상의 인물, 『과거와 사색(*Былое и думы*)』을 쓴 알렉산드르 이바노비치 게르첸의 초상에 근거한 듯하다.

135 **아담 베르나르트 미츠키에비치** Adam Bernard Mickiewicz(1798~1855). 폴란드 최고의 낭만주의 시인이자 작가.

아, 아니야, 난 삶이 지겨운 게 아니야~나 자신도 뭔가 할 일이 있으리니 푸시킨의 미발표된 시와 발표된 시들을 교묘하게 조합한 시.

136 **에카르테** 두 명이 하는 매우 단순한 카드 게임으로, 19세기에 프랑스와 영국에서 유행했으나 이후 사양길에 접어들었다.

모이카 거리 페테르부르크 모이카 운하 근처의 거리로, 푸시킨이 만년에 살았던 집이 박물관으로 공개되고 있다.

립 밴 윙클 미국 작가 워싱턴 어빙(Washington Irving, 1783~1859)의 단편 「립 밴 윙클(Rip Van Winkle)」(1819)의 주인공으로, 그는 마법에 걸려 20년 동안 잠을 자다 깨어나, 전혀 다른 시대를 살게 된다.

137 **이러 알드리지** Ira Aldridge(1805~1867). 아프리카 출신의 영국 흑인 배우로, 특히 오셀로 역으로 명성을 얻었으며 러시아에서도 몇 차례 순회공연으로 인기를 얻었다.

138 **「독(毒) 나무」, 「눌린 백작」, 「이집트의 밤」** 모두 알렉산드르 푸시킨의 작품으로 「독(毒) 나무(Анчар)」(1828)는 서정시, 「눌린 백작(Граф Нулин)」(1825년 집필, 1827년 간행)은 서사시, 「이집트의 밤(Египетские Ночи)」(1835년 집필 시작)은 미완성 중편소설이다.

139 **『*Lepidoptera Asiatica*』** 정확한 명칭은 Horae Societatis Entomologicae Rossicae.

140 **피셔 폰 발트하임** Fischer von Waldheim(1771~1853). 독일의 과

학자이자 곤충학자로 모스크바 대학 교수로 초빙되었다.

에두아르 메네트리에 Édouard Ménétries(1802~1861). 프랑스의 곤충학자이자 동물학자로 러시아 과학 아카데미를 위해 방대한 양의 나비를 수집하고, 이후 페테르부르크로 건너와 아카데미 박물관에서 근무했다.

알렉산더 에버스만 Alexander Eduard Friedrich Eversmann (1794~1860). 독일 출신의 의사이자 생물학자, 자연 과학자로 카잔 대학의 동물학, 식물학 교수로 재직했다.

니콜라이 홀로드콥스키 Николай Александрович Холодковский (1858~1921). 저명한 동물학자이자, 괴테의 『파우스트』 번역자로도 유명하다.

샤를 오베르튀르 Charles Oberthür(1845~1924). 프랑스의 곤충학자로 『곤충 연구(*Études d'entomologie*)』(1876~1902)와 『비교 인시류 연구(*Etudes de lépidoptérologie comparée*)』(1904~1925) 등의 간행자이다.

존 리치 John Henry Leech(1862~1900). 영국의 곤충학자로 한국, 중국, 일본의 나비를 연구했으며 런던 곤충 학회 회원이었다.

아달베르트 자이츠 Adalbert Seitz(1860~1938). 독일의 동물학자이자 인시류학자로, 1906~1954년에 걸쳐 슈투트가르트에서 간행되어 미완으로 끝난 16권짜리 백과사전 『세계의 대형 나비(*Die Gross-Schmetterlinge der Erde*)』의 편집 주간이자 주 저자였다.

Trans. Ent. Soc. London 『런던 곤충 학회지』. 정확한 명칭은 *The Transactions of the Entomological Society of London*.

오토 슈타우딩거 Otto Staudinger(1830~1900). 독일의 곤충학자이자 수집 곤충의 상인으로 『구북구(舊北區) 지역의 인시류 목록(*Catalog der Lepidopteren des Palaearctischen Faunengebietes*)』(1861)의 작성자이다. 이 『목록』에는 과학적 토대가 약한 학술 용어 체계가 사용되어 그룹 그르지마일로와 같은 학자의 비판을 받았다.

141 **페르가나** 동·남·북 세 방향이 산맥으로 둘러싸인 분지로 그 중앙을 시르 강이 흐른다. 오늘날의 우즈베키스탄 페르가나 주(州)와 타지키스탄 레니나바드 주가 이 지역에 해당된다. 유사 이전부터 이란계 주민에 의한 농경 문화가 발달하여 동서 교통의 요지였다.

고비 해 세계에서 다섯 번째 큰 사막으로 몽골과 중국에 걸쳐 있는 고비 사막(Gobi Desert)은 태곳적에는 바다였다고 한다.

142 **가바르니** 프랑스 오트피레네 데파르트망(Department)에 있는 마을로 피레네 산맥 가브드포 계곡에 있다. 피레네 산맥 중에 있는 최대 빙하권곡(氷河圈谷)의 소재지로 널리 알려져 있고, 권곡의 입구로서 관광지이며 등산의 근거지이다.

143 **『대위의 딸』에 나오는 토끼털 외투** 『대위의 딸』 제2장에서 그리뇨프가 푸가초프에게 준 토끼털 외투를 염두에 두고 있다.

144 ***Tartarin de Tarascon*** 프랑스 작가 알퐁스 도데의 3부작 『타라스콩의 타르타랭(*Tartarin de Tarascon*)』(제1부, 1872), 『알프스의 타르타랭(*Tartarin sur les Alpes*)』(제2부, 1885), 『타라스콩 항구(*Port-Tarascon*)』(제3부, 1890)의 주인공으로, 그는 제1부에서는 사자 사냥을 위해 알제리로 떠나고, 제2부에서는 몽블랑에 오르며, 제3부에서는 마을 주민들을 이끌고 신천지 개척을 위해 떠나지만 사기를 당하고 비참한 죽음을 맞는다.

146 **하랄** 노르웨이의 국왕 하랄 3세(1015~1066)를 가리킨다. 그는 어린 시절 조국에서 쫓겨나 비잔틴과 노브고로드를 전전하다 키예프에서 야로슬라프 대공의 딸 엘리자베타와 결혼하고, 이후 이탈리아, 소아시아, 영국, 북아프리카 등지를 돌며 혁혁한 공을 세웠다.

147 **베이징 주민들이 거리에 온갖 오물을 투척하여, 이곳 거리를 지나노라면 앉아 있는 독수리를 좌우로 늘 볼 수 있다** 랴피나(M. A. Ляпина)의 『프르제발스키의 동아시아와 중앙아시아 여행(*Путешествие Н. М. Пржевальского в Восточной и Центральной Азии*)』(1898)

을 인용하고 있다. 랴피나는 실제로 프르제발스키가 티흐메뇨프(M. *П. Тихменев*)에게 쓴 1871년 1월 14일 자 편지에 등장하는 '앉아 있는 독수리'가 배변을 지칭하는 표현이었음을 전혀 이해하지 못했다.

쵸르나야 레츠카 페테르부르크 교외에 위치한 강으로, '검은 강'이라는 뜻.

X. V. 바라놉스키로 왠지 부활절을 연상시켰다 X. V. 바라놉스키는 러시아어로 X. B. Барановский로 이름의 약어 X. B.는 Христос Воскрес(예수 부활하셨다)의 약어와 일치한다.

148 **플로리앙의 우화** 프랑스의 시인이자 작가이며 아카데미 프랑세즈의 회원이었던 플로리앙(Jean-Pierre Claris de Florian, 1755~1794)의 우화 「귀뚜라미」를 가리킨다. 이 작품에서 화려한 나비 *petits-maîtres*(멋쟁이)는 결국 자신의 경박함 때문에 죽는다.

149 **베르니** 알마아타 시의 옛 이름.

150 **샤르트뢰즈** 브랜디와 약초를 섞어 만든 연녹색 또는 황색의 리큐르의 일종.

151 **나비를 먹는 원숭이를 관찰했던 진화론자** 영국의 곤충학자-다윈주의자로 나비의 의태를 연구한 카펜터(G. D. Hale Carpenter, 1882~1953)의 『의태(*Mimicry*)』(1933)에 기록된 실험을 염두에 두고 있다. 카펜터는 의태의 진화를 증명하기 위해 두 마리 원숭이에게 다양한 나비를 제공하고, 보호색을 띠는 여러 종에 대한 그들의 반응을 관찰했다.

152 **"우리의 작은멋쟁이나비"～"영국인의 '화장한 숙녀', 프랑스인의 '미인'** 작은멋쟁이나비(Vanessa cardui Linnaeus)는 영국에서는 'Painted Lady', 프랑스에서는 'la Belle-dame'이라는 이름을 지니고 있다.

153 **Tutt** 제임스 투트(James William Tutt, 1858~1911), 영국의 나비 연구가로 5권으로 구성된 『영국 인시류의 자연사(*Natural History*

of the British Lepidoptera)』(1899~1904)의 저자이다.

orpheus Godunov 가상의 나비. 실제로 orpheus라는 이름을 지닌 나비가 두 종이 있으나, 하나는 필리핀에서 발견되는 호박색 부전나비과의 Cheritra orpheus(C. & R. Felder, 1862)이고, 다른 하나는 사하라 남부에서 발견되는 박각시나방과의 Theretra orpheus(Herrich-Schäffer, 1854)이다. 아시아의 모시나비과(科) 몇몇 종은 진회색을 띠는데, 오르페우스 고두노프는 고두노프 체르딘체프가 톈산(天山) 산맥에서 발견한 종이었다는 점으로 미루어, Parnassius tianschanicus erebus를 염두에 둔 듯하다.

154 **린네** Carolus Linnaeus(1707~1778). 스웨덴의 식물학자. 생물의 종(種)과 속(屬)을 정의하는 원리와 생물들의 명명에 필요한 일정한 체계를 만들어, 오늘날 사용하는 생물 분류법인 이명법의 기초를 마련했다.

155 **스벤 헤딘** Sven Hedin(1865~1952). 스웨덴의 탐험가이자 민속학자, 박물학자이자 티베트와 인도, 중국의 연구가. 베를린 대학에서 F. 리히트호펜의 영향을 받아 중앙아시아 탐험을 결심했고, 1885~1923년에 페르시아, 메소포타미아 및 중앙아시아, 고비 사막 등을 탐험하였으며, 1902년에는 로프노르 부근에서 고대 도시 누란의 유적을 발견하기도 했다.

156 **코스탸** 콘스탄틴의 애칭. 그런데 러시아어에서 해골을 뜻하는 '코스티(Кости)'와 발음이 비슷해, 여기서 '해골 앞에서 벌벌 떠는 것 같았다'라는 뜻의 언어유희가 발생한다.

몽테크리스토 공기총 이름.

158 **「베네치아를 떠나는 마르코 폴로」** 마르코 폴로의 책 『동방견문록』에 실린, 저자 미상의 권두 삽화.

프르제발스크 키르키스스탄의 카라콜 강 연안에 위치한 도시. 1869년 러시아의 군사 및 행정의 전초 기지로 건설되어 카라콜이라 불리다가, 1889년 이곳에서 죽은 러시아의 탐험가 프르제발스키의 이름을 따 프르제발스크로 개명되었지만, 1921~1939년에 다시 카라콜이라는 이름을 되찾았다.

사르트족 투르키스탄에 사는 이란계 터키족.

159 **칼미크족** 중국의 신장웨이우얼 자치구 톈산 북로 지방, 볼가 강 하류, 카스피 해 서북만 일대에 살고 있는 서몽골 종족.

딘-코우 티베트에 위치한 것으로 상정되는 가상의 도시.

계속해서 나는 산맥을 본다. 톈산(天山) 산맥이다 아버지의 톈산 산맥 탐험을 묘사하는 장면은 주로 그룸 그르지마일로의 『중국 서부 탐험기』, B. И. 로보롭스키의 『동톈산 산맥과 난산 산맥 여행기(*Путешествие в Восточный Тянь-Шань и Нань-Шань*)』), 프르제발스키의 『자이산 호에서 하미를 지나 티베트와 황허의 발원지까지(*Из Зайсана через Хами в Тибет и на верховья Желтой реки*)』, 『캬흐타에서 황허의 근원지까지(*От Кяхты на истоки Желтой реки*)』, 『몽골과 탕구트족의 지대(*Монголия и страна тангутов*)』, 『이닝에서 톈산 산맥을 넘어 로프노르까지(*От Кульджи за Тянь-Шань и на Лоб-нор*)』, 그리고 П. К. 코즐로프의 『중앙아시아의 러시아 여행자(*Русский путешественник в Центральной Азии*)』, 『몽골과 캄(*Монголия и Кам*)』에서 세부 묘사를 차용하고 있다.

160 **3사젠** 약 6미터.

165 **사흐트레벤과 알렌** 자전거로 아시아를 여행하던 알렌(Thomas Gaskell Allen)과 사흐트레벤(William Lewis Sachtleben)이라는 두 미국인은 3년간의 이스탄불 여행을 거쳐 1891년경 베이징에 도착했다. 이들은 이 여행에 관해 『자전거로의 아시아 횡단(*Across Asia on a bicycle*)』(1894)에서 쓰고 있다.

버틀러의 큰배추흰나비의 포타닌 변종(變種) 포타닌(Григорий Николаевич Потанин, 1835~1920)은 러시아의 탐험가이자 자연과학자이고, 버틀러(Arthur Gardiner Butler, 1844~1925)는 영국

인 곤충학자이다. 포타닌이 최초로 기록한 변종 나비 Pieris butleri var. potanini Alph를 가리킨다.

프르제발스키의 가젤 영양과 슈트라우흐의 꿩 프르제발스키에 의해 최초로 발견되고 기록된 가젤 영양과, 프르제발스키가 최초로 발견하여 러시아의 저명한 동물학자 슈트라우흐(Александр Александрович Штраух, 1832~1893)의 이름을 따서 명명한 꿩.

166 **타네그마 고원** 칭하이(青海) 고원의 티베트식 명칭.

쿠쿠눠얼 호수 중국 칭하이 성(青海省) 동부에 있는 중국 최대의 염호(鹽湖)인 칭하이 호(青海湖)를 가리킨다. 쿠쿠눠얼(庫庫諾爾)은 몽골어로 '푸른 바다'를 뜻한다.

컁당나귀 티베트에 서식하는 야생 들당나귀.

엘위스의 호랑나비 영국의 식물학자이자 곤충학자인 엘위스(Henry John Elwes, 1846~1922)의 이름을 따서 명명된 희귀종 나비로 Chinese Gloss Swallowtail를 가리킨다. 엘위스는 시베리아 등지를 여행하면서 새로운 종의 백합을 발견하기도 했다.

167 **독재자 슈신** 중국의 폭군으로 역사적 기록은 남아 있지 않다.

장안 중국 주(周)나라 무왕(武王)이 세운 호경(鎬京)에서 비롯되어, 그 뒤 한(漢)나라에서 당(唐)나라에 이르기까지 약 1천여 년 동안 단속적이지만 국도(國都)로 번영한 유서 깊은 도시로 명조에 시안(西安)으로 명칭이 바뀌어 현재까지 이 이름으로 불린다.

타치엔루 중국과 티베트의 국경 지역에 위치한 도시로, 현재는 캉딩으로 불리며 중국의 쓰촨 성(四川省)에 속해 있다.

168 **오, 연꽃 속의 보석이여, 오!** 티베트 불교의 대표적 만트라인 '옴마니반메훔(Om Mani Padme Hum)'에 대한 해석이다.

별의 평원 중국 칭하이 성 위수(玉樹)에 있는 분지 형태의 습지를 가리킨다. 중국어로는 '별이 잠드는 바다'라는 뜻의 '싱쑤하이(星宿海)', 티베트어로는 '별의 평원'이란 뜻의 '칼마 탄', 몽골어로는 '별의 벌판'이란 뜻의 '오돈 탈라'로 다양하게 불린다.

169 **로프노르** Lob-Nor. 중국어로 '뤄부포(羅布泊)'로 불리며, 중국 신장웨이우얼(新疆維吾爾) 자치구 타림 분지와 타클라마칸 사막의 동쪽에 위치한 염호이다. 몽골어로는 '로프노르(Lop Nor)'로 불리며 '많은 강물이 흘러드는 호수'라는 뜻이다. 한(漢)나라 때는 '푸창하이(蒲昌海)'로 불렸다.

타림 강 중국 신장웨이우얼 자치구를 흐르는 강이다. 허톈 강(和闐河)과 예얼창 강(葉爾羌河), 카스거얼 강(喀什噶爾河), 퉈스한 강(托什罕河) 등 네 강이 퉈리커(托里克) 부근에서 합류하여 타림 강이 된 다음 동쪽으로 흘러 뤄부포 호(羅布泊湖)로 유입한다. 중국 최대의 내륙 하천으로 건조 지역을 흐르기 때문에 물길이 마르거나 바뀌는 일이 잦다.

사막에 정복당한 타림 강은~를 만들었다 중국의 고대 문헌에 기록된 로프노르의 고증('누란'이라는 환상의 도시가 '로프노르'라는 염호 가까이 존재했었다는 기록)과 관련된 고고학적 논쟁을 반영하고 있다. 프르제발스키는 타림 강 유역을 두 차례 조사한 후, 중국 고대 문헌에 기록된 로프노르가 바로 자신이 발견한 타이터마 호(台特馬湖)라고 주장하여 고고학계에 파문을 일으킨다. 많은 찬반 논의를 일으킨 가운데, 독일의 지리학자이자 지질학자인 리히트호펜(Ferdinand von Richthofen, 1833~1905)은 문헌에 의하면 로프노르는 염호였는데 타이터마 호는 담수호라는 점을 들어 그를 반박한다. 이후 많은 탐험가들이 이 문제에 관심을 갖지만 의견 일치를 보지 못하던 중, 리히트호펜의 제자 스벤 헤딘이 스승의 영향과 격려로 자연스럽게 신비로운 고대 도시에 관심을 가지고, 1900년경 타클라마칸 사막을 탐험하던 중 로프노르의 호수 바닥이라고 여겨지는 소금의 마른 흔적을 발견하고 그 근처에서 옛 도시 누란의 흔적도 발견했다. 그는 로프노르 호수는 이동한다는 가설을 발표하여, 프르제발스키가 발견한 로프노르는 좀 더 후기의 것이며 좀 더 고대의 것은 이미 말랐다고 주장하면서, 그들 모두의 견해가 옳다고 말했다. 현재 그의 발견이 정설로 받아들여지는 가운데, 프르제발스키의 제자인 코즐로프는 스승의 주장을 일관되게 계승하면서 "현재 지명으로 카라-코슌-쿨(Kara-koshun-kul)은 바로 나의 스승의 로프노르이며 고대 문헌에 나타난 진짜 로프노르다"라고 주장했다. 나보코프는 '카라-코슌-쿨'을 '카라-코숙-쿨(Kara-koshuk-kul)'로 쓰고 있다.

투르판 Turfan, 吐魯番. 톈산 산맥 동쪽에 있는 투르판 분지의 북쪽에 위치한 오아시스 도시이다.

롭 사막 현재의 고비 사막으로, 한때 마르코 폴로의 카라반이 거쳐 갔다.

로보롭스키의 외로운 흰나비 러시아의 지리학자, 중앙아시아 탐험가이자 민속학자로 프르제발스키의 조수이자 제자였던 로보롭스키(Всеволод Иванович Роборовский, 1856~1910)를 기념하여 한때 Pieris roborowskii로 불렸던 Pieris deota de Niceville 나비를 가리킨다.

171 **페스찬카** 가상의 마을로, 러시아어로 '페스찬카(Песчанка)'는 '모래(песок)땅' 정도의 의미를 지닌다.

172 **베슈메트** 목깃이 빳빳하고 가슴과 허리 부분이 꼭 끼며 무릎까지 내려오는, 동캅카스나 중앙아시아의 민족 의상.

튜베테이카 중앙아시아 사람들이 쓰던 수놓은 작은 모자.

174 **3목 두기** 두 사람이 아홉 개의 칸 속에 번갈아 가며 ○나 ×를 그려 나가는데 세 개의 ○나 ×를 한 줄에 먼저 그리는 사람이 이기는 게임.

「갈매기」 불라니나(Е. А. Буланина, 1876~1941?) 작시의 로망스 「갈매기」는 제1차 세계 대전 중에 영웅시풍으로 개사된 몇몇 버전을 가지고 있었다.

알렉세이 페오나 Алексей Николаевич Феона(1879~1949). 오페레타 배우로, 1911년 처음으로 페테르부르크의 오페레타에 등장했다.

「보바는 적응했다」 극작가이자 배우인 미로비치(E. A. Мирович, 1878~1952)의 희극.

175 **아틸라 왕** Attila(406~453). 훈족 최후의 왕으로, 카스피 해에서 라인 강에 이르는 대제국을 건설한 가장 강력한 왕이었다.

아이페트리 산 Ai-Petri. 우크라이나 크림 반도에 있는 해발 1,234미터의 기암절벽으로 이루어진 산.

야일라 Yayla. 우크라이나 크림 반도의 고산 초원 지대.

뱀눈나비 크림 지방에서 러시아의 곤충학자인 쿠즈네초프(Николай Яковлевич Кузнецов, 1873~1948)에 의해 최초로 포획되어 1909년에 기록된 Hipparchia euxina 나비를 염두에 두고 있다.

176 **여러 권으로 구성된 서적** 아마도 자이츠에 의해 출간된 『세계의 대형 나비』를 염두에 둔 듯하다.

177 **내시** 눈을 감았을 때 생기는, 안구 안에 위치한 시각 형상, 즉 눈의 밖에 주어진 자극 패턴을 지각하는 것이 아니라 눈의 내부에 있는 것을 보는 '내시 현상(內視現象, Entoptic phenomenon)'을 가리킨다. 여기서 '내시(Entoptic)'는 러시아어로 'энтоптический'인데, 그것은 발음상 '새(птица)'를 연상시킴으로써 '떼'라는 단어를 이어 쓰면서 마치 '특정 새의 떼'를 지칭하고 있는 듯한 인상을 자아내며 희극적 효과를 일으킨다. 전체적으로 이 대화는 칼람부르에 의한 말장난으로 동물학, 식물학과 관련되어 있다.

180 **활짝 열린 동공** 푸시킨의 시 「예언자(Пророк)」(1826)에 대한 암시이다.

182 **바로는 쓰고 있다(Exploration catholique 1923)** 바로(Barraud) 역시 가상의 선교사이다.

183 **베레좁스키** 나보코프는 아마도, 아시아에서 활동했고 그의 수집품 중 희귀종 조류들이 현재 모스크바 대학의 동물 박물관에 소장

되어 있는 러시아 동물학자 베레좁스키(M. M. Березовский)를 염두에 두었던 듯하다.

185 **세미팔라틴스크** 카자흐스탄 공화국 동북부에 위치한 세미팔라틴스크 주(州)의 주도(州都).

악-불라트 알마티에서 수십 킬로미터 떨어진 고산에 위치한 악-불락(Ak-Bylak)을 연상시키는 가상의 마을.

세미레치예 카자흐스탄의 남쪽에 위치한 지역으로, '세미레치예(семиречье)'는 러시아어로 '일곱 개의 강'을 뜻한다.

옴스크 러시아 연방 중서부에 있는 주.

투르가이 주 카자흐스탄 서북부에 위치하며 주로 카자흐 고지의 서쪽 가장자리와 투르가이 고원 일부가 포함된다. 주요 강은 북쪽으로 흐르는 이심 강과 남쪽으로 흐르는 투르가이 강이다.

오렌부르크 러시아 연방 오렌부르크 주의 주도. 오렌부르크 주는 우랄 산맥 남단 지역에 걸쳐 있고 동쪽으로는 평평한 투르가이 고원까지 펼쳐져 있다. 이 주는 특히 푸가초프 난 때 주요 전략 목표가 되었던 곳이다.

에멜리얀 이바노비치 푸가초프 Эмельян Иванович Пугачёв (1726?~1775). 예카테리나 2세 치하의 러시아에서 일어난 대농민 반란(1773~1775)의 주동자로, 스스로를 표트르 3세라 칭하고, 농노 해방, 인두세 폐지 등을 주창하며 그 세력을 볼가·우랄 유역까지 확대했으나, 결국 정부군에 패하고 1775년에 사형당했다. 푸시킨은 이 반란을 『푸가초프 이야기(*История Пугачёва*)』(1833, 출판은 1834)에서 역사적으로 검토하고 있고, 이어서 이 난을 배경으로 역사 소설 『대위의 딸』을 집필했다.

"너의 소임은 무엇이냐"라고 푸가초프는 천문학자 로비츠에게 물었었다 ~ 다가갈 수 있도록 목을 매달았었다 로비츠(Georg Moritz Lowitz, 1722~1774)는 수학자이자 천문학자 겸 지도 제작자. 『푸가초프 이야기』 제8장에서 나오는 일화.

백군 러시아의 10월 혁명으로 집권한 볼셰비키에 대항하여 싸운 반혁명 세력을 말한다. 백색은 원래 왕당파의 색깔로서, 적색을 상징으로 삼는 볼셰비키나 붉은 군대와 대비되어 명명되었다. 러시아 내전에서 볼셰비키가 승리함에 따라 이들은 해외로 망명하거나 또는 볼셰비키에 체포되어 처형당했다.

라브르 코르닐로프 탐험가이자 러일 전쟁, 제1차 세계 대전, 러시아 내전의 영웅이었던 코르닐로프(Лавр Георгиевич Корнилов, 1870~1918)를 가리킨다. 러시아 혁명 당시 반혁명 지도자로, 1917년 러시아 혁명 정권을 뒤엎기 위해 쿠데타를 일으켰으나 실패하고, 1918년 러시아 내전이 시작되자 백군(白軍)을 지휘하였으나 1918년 예카테리노다르 전투에서 전사했다. 1901년 장교 시절에 소규모 탐험대를 이끌고, 그때까지 유럽인들은 전혀 가 보지 않은, 동페르시아의 'Dasht-i-Naumed(절망의 사막)'를 7개월에 걸쳐 탐험했다.

186 **젊은 그리뇨프가 지도로 만든 연(鳶)처럼 말이다** 푸시킨의 『대위의 딸』 첫 부분으로, 주인공을 형성시킨 가정 교육을 보여 주는 한 에피소드를 가리킨다. 프랑스인 가정 교사 보프레가 술에 취해 잠든 사이 그리뇨프는 지도를 잘라 연을 만들고 있는데, 갑자기 그의 아버지가 방으로 들어와 아들의 귀를 잡아당기고 가정 교사를 쫓아낸다. 이 에피소드를 통해 고두노프 체르딘체프 또한 초보적 지리 교육만 마쳤을 뿐이며 아버지가 그의 지리 수업에 불만을 가질 수도 있음이 암시된다.

187 **라다크** 인도 대륙 북부 잠무카슈미르 주에 속하는 카슈미르 동부 지역. '고갯길의 땅'이란 뜻의 이름처럼 지리적 폐쇄성으로 인해 오랫동안 문명의 손길을 타지 않았고, 티베트 불교를 믿으며 티베트 방언을 쓰는 '라다키'들의 삶 속에는 티베트의 문화와 풍속이 고스란히 살아 있다.

190 **야볼** Jawohl. '네, 그렇습니다'를 뜻하는 독일어.

196 **푸시킨 거리에서 고골 거리까지의 거리와 같았다** '푸시킨 거리'와 '고골 거리'는 페테르부르크의 총 3킬로미터에 이르는 넵스키 대로에서 뻗어 나온 첫 번째 거리와 마지막 거리이다.

199 **Le gros grec d'Odessa, le juif de Varsovie ~ Et sur son sein rêvait leur amour passager** 아푸흐틴(Алексей Николаевич Апухтин, 1840~1893)의 「한 쌍의 적다마(赤多馬)」(Пара гдедых) 중 한 연의 프랑스어 번역. "오데사 출신의 희랍인과 바르샤바 출신의 유대인, / 젊은 기수와 백발의 장군, / 이들은 모두 말에서 사랑과 위안을 구하여, / 그 품에서 잠든다." 그런데 아이러니하게도 원래 이 시 「한 쌍의 적다마」는 시인이자 로망스 작곡가였던 도나우로프(Сергей Иванович Донауров, 1838~1897)의 프랑스어 로망스 「가련한 말들(Pauvres chevaux)」의 러시아어 번역이었다.

200 **ex-tas(엑스-대야)** 러시아어 'таз'는 'tas(타스)'로 발음되며 '대야'의 뜻이다.

「예언자」 푸시킨의 시.

「회청색(灰靑色) 그림자」 튜체프의 「회청색 그림자가 어우러지면……(Тени сизые смесились...)」(1835)의 축약 제목. 이 시에도 역시 나비 테마가 등장한다. "나방의 비밀스러운 날갯짓이 밤공기 사이로 들리네……."(5~6행)

이 시에서는 형편없고 난감한 'gentlman'이 등장하는가 하면, 'kovër(양탄자)'와 'cër(귀하)'가 운을 맞춘다 블로크의 「가을 저녁. 유리창의 빗소리 들으며……(Осенний вечер был. Под звук дождя стеклянный...)」(1912)를 염두에 두고 있다. 이 시의 1연에서는 영어의 'gentleman'이 'e'가 생략된 채 'джентльмен(gentlman)'으로 표기되어 있고, 또한 2연에서 영어의 'sir'가 러시아어로 'сэр'가 아니라 'сёр'로 잘못 표기되었는데 이 'сёр(cër)'가 'ковёр(kovër)'와 운을 맞추고 있음을 지적한 것이다.

『뇌우가 끓어오르는 잔』 자아 미래파 시인인 이고리 세베랴닌

(Игорь Северянин, 1887~1941) — 본명은 로타료프(Игорь Васильевич Лотарёв) — 의 시집 『뇌우가 끓어오르는 잔(*Громокипящий Кубок*)』(1913)을 가리킨다. 나보코프는 세베랴닌의 시에 대해 시종일관 적대적인 관심을 보이고 있었다.

201 **니콜라이 카람진** Николай Михайлович Карамзин(1766~1826). 러시아의 역사가이자 소설가로, 러시아 최초의 감상주의 소설 『가련한 리자(*Бедная Лиза*)』(1792)를 집필하면서 귀족적 감상주의의 대표자가 되었다.

202 **투르게네프 식으로 헬리오트로프 향기가 났다** 투르게네프의 소설 『연기(*Дым*)』(1867)에서 헬리오트로프(짙은 자색의 꽃에 강한 향을 가진 한해살이풀)의 "강렬하고 매우 상쾌한 익숙한 향기"는 주인공에게 첫사랑을 떠올리게 한다(제6~8장). 주인공 리토비노프는 첫사랑 이리나에게, 무도회(그와의 결별의 계기가 된)에 참석할 것을 권하면서 헬리오트로프를 선물한다.

203 **휴지** цезура, 주로 긴 시행(詩行)의 중간에 오며, 단어 간 경계와 일치한다.

pechál'nyy(애절한) 'печальный'에서 마지막 철자 'й'는 반자음으로, -y, -j, -i 등으로 다양하게 음차된다. 나보코프는 영역본에서 -y 식 표기를 따르고 있어 한국어 번역본에서도 이렇게 표기하고 있지만 마지막 철자는 모음이 아니므로 음절이 되지 못한다. 따라서 pechál'nyy는 3음절어로 가운데 강세가 있는 약강약 형태가 되는 것이다. 이후 인용되는 예에서도 -y로 음차된 й는 음절이 되지 못함을 염두에 두어야 한다.

무아레 무늬 Moire. '물결무늬'라는 프랑스어에서 유래된 용어로, 같은 모양, 같은 굵기의 선이나 도형을 투명한 판 위에 일정한 간격으로 규칙적으로 그려 놓고 두 겹으로 겹쳐 앞의 무늬를 약간 움직이면 빛의 간섭이 생겨 물결 모양의 무늬가 나타나는 것을 가리킨다.

이리 보면 약강약격이고 저리 보면 약강격이 된다는 것도 알고 있었다 러시아 시의 음절 강세 시작법(силлабо-тоника)에는 3운각 율격에 강약약격(дактиль), 약강약격(амфибрахий), 약약강격(анапест)이 있고, 2운각 율격에 약강격(ямб), 강약격(хорей)이 있다.

통계 체계 안드레이 벨리의 『상징주의』를 염두에 두고 있다.

204 **수심에 어려 하릴없이~뜰은 하마 반쯤 시드누나** 4음보 약강격에서 강세가 누락되어 한 행이 두 개의 강세로만 이루어진 드문 형식으로 구성된 연의 예를 보여 주고 있다. "Заду́мчиво и безнадёжно / распространя́ет арома́т / и неосуществи́мо не́жно / уж полуувяда́ет са́д."

리듬 구조를 형상화하자 커피 분쇄기들, 광주리들, 쟁반들, 화병들 안드레이 벨리가 운율 도식으로부터의 이탈을 표시하는 '그래픽 형상'에 부여했던 명칭 중에는 큰 광주리, 작은 광주리, 작은 집, 지붕, 층계 등이 있었다.

3강세 돌니크 러시아 강세 시작법(тоника) 중의 하나인 '돌니크(дольник)'는 강세 음절 사이에 위치한 비강세 음절의 수가 하나 혹은 두 개인 시 형식으로, '3강세 돌니크'는 한 행에 강세 음절의 수가 세 개인 돌니크를 가리킨다.

205 **「난 대담해지고 싶어」의~인위적인 4음보 약강격을 선보였던 시기였는데** 발몬트의 시집 『우리 태양처럼 되자』에 나오는 시 「난 소망한다(Хочу)」는 바로 2음보 강세 음절 뒤의 휴지부에 비강세 음절이 추가로 중첩된 4음보 약강격으로 쓰였다. "Хочу́ быть, де́рзким, хочу́ быть сме́лым, / Из со́чных гро́здий венки́ свида́ть...(난 대담해지고 싶어, 난 용감해지고 싶어, / 싱싱한 송이로 화관을 엮어……)."

블로크의 리듬의~나의 시 속으로 슬그머니 잠입했다 이 구절은 명백히 자전적인 성격을 띤다. 스트루베(Г. П. Струве)가 지적하고 있는 것처럼, 1920년대 나보코프의 시는 블로크에서 억양이나 이미지, 전형적인 모티프들을 차용하고 있다.

보나파르트의 그림자가 ~ 골동품상 슈톨츠를 찾아오는 것처럼 영역본에 이 이야기가 원래 독일의 이야기에서 나온다고 밝히고 있다.

206 **'veter(바람)'는 짝이 없었지만 ~ 생격 형태(vetra)는 기하학자(geometra)를 초대하였다** 러시아의 대표적 망명 작가이자 시인이었던 이바노프(Георгий Владимирович Иванов, 1894~1958)의 시 「무거운 백조는 울어 대며 기어가고(Визжа, ползет тяжелая лебедка...)」(1916)에서는 'v**eter**(바람)'와 's**etter**(세터 개)'가 운을 맞추고 있고, B. 브류소프의 시 「뜰이 바다에 맞닿은 그곳에(Где подступает к морю сад...)」(1898)에서는 크림 반도에 위치한 산 'Ai-P**etri**(아이페트리)'와 명사 'veter(바람)'의 전치격 형태인 'v**etre**(바람에서)'가 운의 쌍이 되고 있으며, 블로크의 시 「열도에서(На островах)」(1909)에서는 'v**ete**r'의 생격 형태인 'v**etra**(바람의)'와 'geom**etra**(지리학자를)'가 운을 이루고 있다.

이종 표본들에게 할여된 ~ 운을 맞출 수 있다는 것을 알았다 이바노프의 시 「쿠즈민에게(M. Кузмину)」(1912)에서는 "pereli**styvayu**(난 책장을 넘기네)"와 "amet**istovaya**(자수정빛의)"가 쌍을 이루고, 안넨스키의 시 「자수정(Аметисты)」(1910)에서는 'ne**istov**(격정적)'와 'amet**istov**(자수정빛)'가 운을 이루고 있다.

209 **『붉은 처녀지』** *Красная новь*. 1921~1942년에 걸쳐 모스크바에서 간행된 소비에트의 문예·학술 잡지.

『현대의 수기』 *Современные записки*. 1920~1940년에 파리에서 간행된, 러시아 망명계의 가장 권위 있는 문예·사회·정치 잡지.

『죽은 혼』 타락하고 부패한 러시아 관료주의 사회를 신랄하게 비판하고 있는, 고골의 『죽은 혼(*Мертвые души*)』(1842)을 가리킨다.

210 **풀코보** 상트페테르부르크 남쪽 18킬로미터 떨어진 곳으로, 1839년에 프리드리히 게오르크 빌헬름 폰 스트루베(Friedrich Georg Wilhelm von Struve)가 설립한 러시아에서 가장 오래된 천체 관측소와 천문대가 있다.

211 **널 뭐라 부를까? 넌 반(半)므네모지네, 너의 이름에도 반광(半光)이 있누나** “널 뭐라 부를까?”에서 이 문단 끝까지(“맹세해 다오……”)는 표도르 콘스탄티노비치가 여주인공 지나 메르츠에게 바치는 시이다. 그녀의 이름 ‘지나(Зина)’는 므네모지네(Мнемозина)라는, 그리스 신화에서 ‘기억’의 신이자, 제우스와의 사이에 9명의 뮤즈의 여신을 낳은 티탄족 여신의 이름과 절반이 비슷하다는 것이다. 또한 그녀의 성(姓), ‘메르츠’는 러시아어로 ‘희미하게 반짝이다’를 뜻하는 ‘мерцать’라는 동사를 연상시킨다는 것이다.

정오가 되자 열쇠 꽂는 소리 들리고~러시아 산문의 뮤즈여, 『모스크바』의 작가의 양배추 강약약격과 영원히 결별하라 ‘정오가 되자~갖다 놓았다’까지의 구절은 러시아어 원문에서 강약약격의 운율을 지닌 산문으로 쓰였는데, 바로 이 강약약격 운율의 산문으로 대부분이 쓰여진 안드레이 벨리의 『모스크바』(1926~1932)를 패러디하고 있다. 여기서 단어 ‘양배추(капýстный)’는 단어 ‘식료품(продýкты)’과 율격상 동일하여 대체 가능하다.

212 *L’oeil regardait Caïn* 빅토르 위고의 『세기의 전설(*La Légende des siècles*)』(1859~1883) 제1집에 삽입된 시 「양심(La conscience)」(1859)의 마지막 행으로, “도처에서 카인을 응시하고 있는 끔찍한 눈”은 아벨을 살해한 후 그의 양심의 가책을 구체화한 것이다.

213 **보르시치** 토마토, 양파, 쇠고기, 버섯 등을 넣어 푹 삶은 러시아의 대표적 수프.

214 **사건은 결말로 가는 것 같아요!~스스로 판단해 봐요, 동방의 일본 역시 참지 못하고—.** 1927년 5월의 영국과 소련의 국교 단절에 대해 이야기하고 있다. 국교 단절은 구볼셰비키이자 코민테른 요원이었던 힌축(Л. М. Хинчук, 1868~1938?)이 운영하던, 소련의 한 상사의 런던 주재 사무실을 영국 경찰이 수색한 데서 비롯되었다. 그런데 쇼골레프가 힌축 사건 이전에 발생한 것으로 언급하고 있는, 폴란드에서 러시아 망명자 코베르다가 주폴란드 소련 대사 보이코프(П. Л.

Войков)를 살해한 사건은 '힌축이 당한' 지 한 달 후인 1927년 6월 7일에 일어났었다.

215 **완충국** 1920~1930년대에 소련과 서쪽 국경을 접했던 발트 해 연안 국가 — 에스토니아, 라트비아, 리투아니아 등 — 를 지칭한다.

폴란드 회랑 서프로이센과 포즈난 지방 북부 지역으로 폴란드에서 발트 해에 이르는 통로라는 데서 온 말이다. 제1차 세계 대전 이후 베르사유 조약에 의해 폴란드령이 되었다.

단치히 오늘날 폴란드의 그단스크로, 단치히 자유시는 베르사유 조약에 의해 독일에서 분리되어, 국제 연맹의 보호와 지배하에 놓인 협의(狹義)의 단치히 및 그 주변 지역(1920~1939)을 가리킨다.

굴라시 쇠고기와 양파, 양배추, 감자, 당근, 콩, 토마토 같은 채소류를 깍둑썰기해 파프리카 가루 등의 향신료로 양념하여 끓인 헝가리식 수프 혹은 스튜.

키셀 러시아식 디저트로 전분을 첨가해 걸쭉하게 만든 달콤한 과일 푸딩.

그가 과거 시제에서 ~ 모든 돌발적 행동에는 바보 같은 지속성의 뉘앙스가 덧붙여졌다 러시아의 동사에는 '상'이라는 문법 범주가 있는데, 완료상은 주로 1회적 사건이나 완료된 사건에, 불완료상은 반복되거나 진행 중인 사건에 사용된다. 그런데 이 제자는 1회적 사건을 묘사할 때 불완료상을 사용함으로써, 일회적 사건에 반복이나 진행의 느낌이 추가되어 우스꽝스럽게 들리는 것을 지적하고 있다.

영어의 '또한'을 독일어식으로 '따라서'로 사용했고 'also'는 영어에서는 '또한', 독일어에서는 '따라서'의 뜻이다.

의복 영어의 'clothes'를 가리킨다.

217 **영화관 정문 위에는 턴아웃 자세로 서서 지팡이를 옆으로 뻗어 ~ 마분지로 오려 만든 검은 괴짜가 조성되어 있었다** 찰리 채플린을 염두에 둔 것이다. 나보코프는 생애 말에 이르러, 1920년대에 보았던 찰리 채플린의 영화를 회심의 미소를 띠며 회상했는데, 당시 히틀러 이전

의 독일에서 찰리 채플린은 굉장한 인기를 누렸다.

219 **왕의 실험** 중세 연금술에서 금을 만들거나 혹은 불사약으로 사용되는, 철학자의 돌(Lapis Philosophorum)이라 불리는 화금석(化金石)을 얻는 과정을 '왕의 실험'이라 불렀다.

파커의 『영혼의 여행』 필시 나보코프의 의도적 장난으로 가상의 인물, 가상의 책인 듯하다.

220 **로버트 스티븐슨** Robert Louis Stevenson(1850~1894). 스코틀랜드 태생의 소설가·수필가·시인.

221 **단테 식 휴지** 단테(Dante Alighieri, 1265~1321)의 『신곡(*La Divina Commedia*)』(1310~1314) 중 '지옥(Inferno)' 편 제5곡에 등장하는 비련의 연인 파올로와 프란체스카가 책을 읽다가 격정적으로 첫 키스를 나누는 장면을 염두에 두고 있다.

222 **러시아 서점** 1920~1930년대 베를린에 있었던 러시아 서점 겸 도서관인 'Des Westens'를 염두에 두고 있다. 비텐베르크 광장은 서베를린에 위치한 광장으로 1889~1892년 사이에 조성되었으며 광장의 코너에는 유럽 최대의 카데베 백화점이 있다.

223 **『연기』** 투르게네프의 장편 『연기(煙氣)』의 마지막 장에서 주인공 리토비노프가 3년간 자신의 영지에 칩거하다가 2백 베르스타 떨어진 거리에 살고 있던 전 약혼녀 집에 가는 길에 과거의 지인 다섯 명을 차례차례로 만나게 되는 장면을 가리킨다.

224 **『터널』** 독일의 언론인이자 작가인 켈러만(Bernhard Kellerman, 1879~1951)의, 숱한 화제를 불러일으킨 공상 과학 소설 『터널(*Der Tunnel*)』(1913)을 가리킨다.

바실리 로자노프 Василий Васильевич Розанов(1856~1919). 러시아의 종교 철학가이자 작가로, 「도스토옙스키의 대심문관 전설(Легенда о Великом Инквизиторе Ф. М. Достоевского)」(1894)이라는 논문으로 문단의 주목을 받기 시작한 그는 금욕주의로서의 그리스도교를 공격하고, 성(性)과 출산의 순리에 충실하려는 구약 성서적·반이교적인 종교 철학을 주장한 것으로 유명하다.

225 **『아폴론』** *Аполлон*(1909~1917). 니콜라이 구밀료프, 안나 아흐마토바, 오시프 만젤쉬탐을 중심으로 하는 러시아 아크메이즘 시인들의 구심점이 되었던 문학 잡지.

마리야 바슈키르체바 Мария Константиновна Башкирцева (1860~1884). 러시아의 여류 화가인 바슈키르체바의 사후 간행된 『일기(*Дневник*)』(1887)는 당시 엄청난 파장을 불러일으켰다. 그녀의 『일기』는 서평 작가 모르투스가 말하는 '인생 기록'에 가장 부합한 예로 제시될 수 있으며, 이 때문에 모르투스는 그녀를 숭배하여 그녀의 묘 옆에서 살고 있는 것으로 설정되었다.

226 **발렌틴 리뇨프** 가상의 문인으로, 그 성은 푸시킨 초상화의 작가로 알려진 아마추어 화가 알렉산드르 로기노비치 리뇨프(Александр Логинович Линёв, 1843~1862)에서 따왔다는 설이 있다.

흘레스타코프가 사실은 검찰관이었다는 천진난만한 견해를 강하게 고수했을 수도 있다 고골의 풍자 작품 『검찰관(*Ревизор*)』(1836)의 주인공 흘레스타코프는 페테르부르크 출신의 말단 관리에 불과하지만, 돈이 없어 밀린 숙박비를 지불하지 못한 채 지방 도시에 머물다가 검찰관으로 오인받자, 이를 활용하여 자신을 최고위직 검찰관으로 사칭하며 마을 주민들을 속인다. 이에 군수를 비롯한 지역 지도자급 인사들은 모두 흘레스타코프의 비위를 맞추느라 급급하고 급기야 흘레스타코프는 시장의 딸과 결혼까지 준비하다 떠나는데, 흘레스타코프가 친구에게 보낸 편지를 몰래 뜯어본 우편국장에 의해 그가 가짜 검찰관이라는 사실을 알고 경악에 빠진 주민들 앞에 진짜 검찰관이 도착했다는 소식이 전해지면서 극은 끝난다.

227 **『별』과 『붉은 불꽃』** 레닌그라드의 월간 잡지 『별(*Звезда*)』(1924~)과 『불꽃(*Огонёк*)』(1923~)을 지칭하는데, 특히 후자의 잡지명에는 소비에트의 클리셰인 '붉은'을 삽입하고 있다.

체스 잡지 『8×8』이 있었다~기사에는 '체르니셉스키와 체스'라는 제목이

달려 있었다 1928년, 소비에트 잡지 『64. 노동자 클럽에서의 체스와 서양 바둑(*64. Шахматы и шашки в рабочем клубе*)』에 노비코프(А. Новиков)의 논문 「체르니솁스키의 생애와 작품에 있어서의 체스(Шахматы в жизни и творчестве Чернышевского)」가 게재되었는데 여기에는 "저명한 사상가이자 혁명가"이고 "체스 경기의 진정한 애호가"인 체르니솁스키의 초상화도 함께 실렸다. 체르니솁스키의 탄생 백 주년을 기념하여 쓰인 이 논문에는 체르니솁스키의 청년 시절 일기에서 꽤 많은 부분이 인용되었다.

228 **인도와 브리스틀** 체스 콤비네이션에서는 문제 해결을 위한 전략을 기술 혹은 테마라 지칭한다. 인도 테마는 백이 스테일메이트를 피하기 위해 자기편 메이저 기물에 대한 공격 라인을 차단하고 체크메이트를 하는 방식이고, 브리스틀(Bristol, 영국 에이번 주의 도시) 테마는 백의 공격하는 기물(룩과 비숍)을 보드 가장자리로 퇴각시켜 퀸의 필요 영역을 확보함으로써 퀸이 흑 킹을 체크메이트할 수 있도록 하는 것을 가리킨다.

229 **스페니쉬 워크** 스페니쉬 워크(Spanish walk)는 승마 용어로서 앞발을 직각으로 곧게 뻗치며 걷는 보행 방식을 가리킨다. 체스 오프닝의 가장 인기있는 유형으로 나이트와 비숍을 급히 전개시키는 루이 로페즈(스페인 게임)를 가리키는 듯하다.

230 **어찌하여 그대는 이런 삶에까지 이르게 되었는가** 네크라소프의 시 「남루한 여인과 성장한 여인(Убогая и нарядная)」(1859)의 한 구절이다. "그녀를 불러 물어보자. / '어찌하여 그대는 이런 삶에까지 이르게 되었는가?'"

이것은 개가 아니라 사자다 불완전한 예술 작품을 야유하는 속담으로, 옛날 한 화가의 일화에서 유래되었다. 이 화가는 교회의 주문으로 사자를 그렸는데 자기 그림에 자신이 없었던 터라 사람들이 혼동할 것을 우려하여 "이것은 개가 아니라 사자다(се лев, а не собака)"라는 메모를 써 놓았다고 한다.

232 **로자노프가 말했던 듯하다** 로자노프가 실제로 이런 발언을 했다는 증거는 없으나, 그는 자신의 작품 『고독(*Уединенное*)』(1912)이나 『낙엽(*Опавшие листья*)』(1913~1915)에서 체르니솁스키에 대해 언급하고 있다. 『고독』에서 그는 체르니솁스키의 "들끓는 힘"이 "문학, 평론, (…) 산문으로 향해지자, 그는 의자들을 차례차례 부수고, 탁자들을 부수는 등 (…), 무릇 '허무주의'를 실행했고, 그 외 아무것도 할 수 없었다"고 쓰고 있다. 이어 그는 『낙엽』에서 체르니솁스키를 "달빛 인간"으로 규정하고, 이로써 당대 젊은이들에 대한 그의 영향력을 설명하고 있다.

『누구의 죄인가』 *Кто виноват*. 1841~1846년에 집필되고 1847년에 간행된 게르첸의 소설.

핀 걸기 핀이란 공격받고 있는 기물이 움직이면 뒤에 있는 중요한 기물을 잃어 움직일 수 없게 되는 상황을 가리킨다. 특히 뒤의 기물이 킹이면 상황은 심각해진다.

루복 러시아 대중 판화이자 민속화.

233 **자동차 회사 이름** 독일의 자동차 제조 회사인 다임러 벤츠(Daimler Benz)를 염두에 두고 있다.

살아 있는 검은지빠귀가 두 번째 글자 'A' 위에 앉아서~'Д' 위에 앉았으면 첫 장(章)의 장식 문자가 나올 수 있었는데 말이다 이 소설의 러시아어 제목 'ДАР (DAR)'를 연상시키고 있다.

235 **어둠의 주선율과 부선율** 러시아어로는 원래 "темы и ноты темнот"로, 'темнота(암흑)'라는 단어를 이분하여 "темнота의 тема(테마)와 нота(음조)"라는 식으로 음성 장난을 하고 있다.

236 **만개한 보리수나무 아래 가로등이 반짝이네.~맹세해 다오** 이 부분은 제3장 첫 부분에서 시작된 지나에게 바치는 시, "(…) 맹세해 다오……"에서 이어지는 시구이다.

어둠속에서 홀연,~게오르기 출코프에게 헌정되었다 "어둠 속에서 홀연, (…) 더 검어라"까지는 5음보 약강격의 무운시이다. 블로크는 『자유로운 생각(*Вольные мысли*)』 시군(詩群)을 이 율격으로 써서, 러시아 상징주의 시인이자 소설가, 비평가였던 출코프(Георгий Иванович Чулков, 1879~1939)에게 헌정했다. 주인공 표도르는 바로 이 시를 양식화하여 지나에게 바치는 시를 쓰고 있는 것이다.

238 **괴테가 별이 반짝이는 하늘을~"여기 내 양심이 있다!"고 말했던 것을 기억하라** 의도적으로 잘못 인용하고 있는 듯하다. 사실은 칸트의 『실천 이성 비판(*Kritik der praktischen Vernunft*)』(1788) 마지막 부분의 "점점 더 커져 가는 경탄과 외경으로 마음을 채우는 두 가지 것이 있다. 그것은 내 위에 별이 반짝이는 하늘과 내 안의 도덕률이다"라는 경구를 상기시키고 있다.

240 **저는 좀 더 오랫동안, 가능한 한 오랫동안 타지에 있으렵니다~제 자신, 무상한 이내 몸은 러시아어로부터 떠나 있을 것입니다** 고골이 러시아 낭만주의 시인 주콥스키(В. А. Жуковский, 1783~1852)에 보낸 1836년 6월 28일 자 편지의 일부.

스위스에서 산책 중에 그렇게 썼던~오솔길을 지나가던 도마뱀들—"악마의 새끼들"—을 쳐서 죽이곤 했다 고골은 주콥스키에 보낸 1836년 10월 31일 자 편지에서 자신의 스위스 체류에 대해 쓰면서 "벽을 타고 도망가던 도마뱀들을 지팡이로 쳐서 죽였다"고 적고 있다.

247 ***L'homme qui assassina*** 해군 장교의 체험을 바탕으로 많은 이국 취향의 작품을 쓴 프랑스 소설가 클로드 파레르(Claude Farrère, 1876~1957)의 『살인을 한 자(*L'homme qui assassina*)』(1906)를 가리킨다.

248 **『시온 장로들의 의정서』** *The Protocols of the Elders of Zion*. 유대인의 세계 정복 계획을 담은 책이다. 원래는 러시아 비밀경찰에 의해 날조되어 러시아에서 1903년에 최초 출판된 이후 여러 언어로 번역된, 유럽의 뿌리 깊은 반유대주의인 '홀로코스트'로 인해 만들어진 위서라는 시각이 있다.

249 **진카** 지나의 애칭.

스완 프랑스 소설가 마르셀 프루스트(Marcel Proust, 1871~1922)의 대하소설 『잃어버린 시간을 찾아서(*À la recherche du temps perdu*)』(1913~1927)의 주인공.

251 **러시아어를 후음으로 왜곡시키는 것** 히브리어의 후음 악센트를 흉내 내어 러시아어를 왜곡시키고 있는 것을 가리킨다.

253 **트라움과 바움과 케제비어(~완벽한 독일식 목가시다)** 트라움, 바움, 케제비어는 독일어로 각각 'Traum(꿈)', 'Baum(나무)', 'Käse(치즈)+Bier(맥주)'를 뜻한다.

디 그네디게 프라우 die gnädige Frau. '마님'을 뜻하는 독일어.

254 **황후** 나폴레옹 3세의 황후인 외제니 황후(Eugénia María de Montijo de Guzmán, 1826~1920).

아리스티드 브리앙 Aristide Briand(1862~1932). 프랑스 수상을 11회, 외상을 10회 역임한 프랑스 정치가. 베르사유 조약의 실시, 배상 문제 협정, 부전(不戰) 조약 체결 등의 공로를 인정받아 1926년 노벨 평화상을 수상했다.

사라 베르나르 Sarah Bernhardt(1844~1923). 프랑스의 전설적인 연극배우이자 영화배우.

루트비히와 츠바이크들의 저작들에 본질적으로 거의 뒤지지 않는 '위인'의 전기 소설(傳記小說)이라는 최신 유행 장르에 따라 쓰인, 에밀 루트비히와 슈테판 츠바이크의 다수의 저작들을 염두에 두고 있다. 에밀 루트비히(Emil Ludwig, 1881~1948)는 스위스의 유대인 작가로, 그의 작품은 27개 언어로 번역되었는데, 이것은 '초상화가'로서의 극적 구성에 심리 분석을 구사하여 원전(原典)의 문장을 효과적으로 몽타주한 위인의 전기 소설 덕분이었다. 『비스마르크』, 『괴테, 어느 인간의 역사』, 『나폴레옹』, 『루스벨트』, 『3인의 초상화: 히틀러, 무솔리니, 스탈린』 등의 대표작이 있다. 슈테판 츠바이크(Stefan Zweig, 1881~1942)는 오스트리아의 소설가, 각본가, 언론인이며, 특히 전기 작가로 이름을 떨쳤다. 나치가 정권을 잡자 외국으로 망명하여, 최후의 대작인 『발자크』를 완성하지 못한 채 브라질에서 젊은 아내와 같이 자살했다. 프로이트의 심리학을 응용하여 쓴 우수한 단편들이 많은데, 그중에서도 「감정의 혼란」이 유명하다. 그와 동성(姓) 작가인 아르놀트 츠바이크(Arnold Zweig, 1887~1968)는 전기를 쓰지 않았지만 사회 문제를 다룬 사실주의 작가로 유명하다. 독일계 유대계 작가인 그는 유대 민족 통일 운동을 추진하였고 동독의 문예 아카데미 회장, 동서독일 펜클럽 회장을 역임하였다. 대표작으로 단편 「클라우디아를 둘러싼 이야기」 등이 있다.

클레망소 프랑스의 정치가이자 언론인이며 의사인 조르주 클레망소(George Clemenceau, 1841~1929)를 염두에 두고 있다. 상원 의원과 수상 겸 내무 장관을 지냈으며 육군 장관이 되어 제1차 세계 대전에서 프랑스를 승리로 이끌었다. 또한 파리 강화 회의에 프랑스 전권 대표로 참석하였고 베르사유 조약을 강행하였다.

accent aiqu(악상테귀) 프랑스어에서 e 위에 붙는 기호. [′](accent aiqu, 악상테귀)가 붙으면 é는 [e]로 발음된다.

255 **코트부스** 독일 브란덴부르크 주에 있는 소도시.

256 ***L'inutile beauté*** 모파상의 단편 제목.

낙원의 새 러시아 전설에 나오는 여인의 얼굴과 가슴에 새의 몸을 지닌 신화적 동물로 그리스 신화의 세이렌에 근간한다. 이 새는 러시아어로는 '시린(Сирин)'으로, 작가 나보코프의 필명이기도 하다.

257 **젊은 영혼을 품속이 아닌 발톱 속에 넣어 데려갈 거요** 레르몬토프의 시 「천사(Ангел)」(1832)의 한 구절, "그는 젊은 영혼을 품 안에 넣어 데려갔다, 우수와 눈물의 세계를 위해"를 암시하고 있다.

259 **티어가르텐 공원의 돌부채를 든 공주상이 있는 장미원** 티어가르텐 공원은 베를린 중심에 있는 숲의 공원으로, 베를린 동물원 북쪽에서부터 브란덴부르크 문에 이르는 길이 약 4킬로미터, 폭 1킬로미터에 걸친 방대한 규모를 자랑한다. 이곳 장미원에는 아우구스타 빅토리아 공주의 조각상이 있는데, 실제로는 부채가 아니라 서류를

손에 들고 있다.

261 **예술세계파** 선배 격인 '이동파'에 대해 "예술을 사회사상에 종속시킨다"고 비판하며 1890년대부터 러시아 미술계에 등장한 유파로, 순수한 예술적 가치, 영원한 진리와 아름다움의 매개로서의 예술에 대한 신념을 지녔으며, 베누아, 브루벨, 박스트, 소모프 등으로 대표된다.

스톨리핀 Пётр Аркадиевич Столыпин(1862~1911). 1906~1911년 러시아의 내무상과 수상을 역임했다. 그는 1905년 러시아 혁명 뒤 제정 러시아의 전반적인 정치·경제를 안정시키고 농민들의 법적·경제적 지위를 향상시키기 위해 광범위한 농지 개혁을 실시했으며, 농민 반란과 혁명 세력 탄압에 극히 단호하고 보수적인 입장을 취한 것으로 유명하다.

262 **콘스탄틴 바튜슈코프** Константин Николаевич Батюшков(1787~1855). 푸시킨 등장 이전의 러시아 낭만주의 시인.

안톤 델비크 Антон Антонович Дельвиг(1798~1831). 푸시킨의 친구로 역시 시인이었다.

264 **루소는 형편없는 식물학자였고** 프랑스의 저명한 계몽주의 사상가이자 작가인 장 자크 루소가 쓴 식물학 관련 저서인 『식물학에 관한 편지(*Lettres élémentaires sur la botanique*)』(1771~1773)를 가리킨다. 루소는 당대 최고의 철학자라는 명성에 어울리는 수많은 철학 서적 외에, 『마을의 점쟁이』라는 오페라를 작곡했으며 『음악 사전』을 출판했다.

체호프에게 치료받지는 않았을 겁니다 체호프는 의과 대학에 들어가 1884년 의사 자격을 얻어, 의사로서의 활동과 문인으로서 창작 활동을 병행했다.

『밀에 대한 주해(註解)』 체르니솁스키는 영국의 경제학자이자 철학자인 존 스튜어트 밀의 『정치 경제학 원리(*Principles of Political Economy*)』(1848)를 러시아어로 번역하여 1860~1861년에 걸쳐

『동시대인』에 게재하면서 방대한 주해를 달았다.

볼린스키와 아이헨발트 러시아 모더니즘의 초기 사상가이자 문학 비평가인 볼린스키(Аким Львович Волынский, 1863~1926)와 아이헨발트(Юлий Исаевич Айхенвальд, 1872~1928)는 공리주의 미학에 대한 비판적 발언으로 유명하다. 볼린스키는 『러시아의 비평가들(*Русские критики*)』(1896)에서 체르니셉스키, 도브롤류보프, 피사레프와 기타 1860년대의 '혁명적 민주주의자들'의 이론과 논쟁하고 있다. 아이헨발트는 「벨린스키에 대한 논쟁(Спор о Белинском)」(1914)에서 그의 문학적 권위나 지적인 성숙에 대해 회의를 제기하며, 벨린스키의 관점이 '저속한 공리주의' 쪽으로 경도되었음을 폭로하고 있다.

266 **바이런 자신의 시에서 발췌한 꿈이 태연스럽게 바이런에 끼워 넣어지지** '전기 소설'의 대표작 중 하나인 앙드레 모루아의 『바이런(*Byron*)』(1930)을 암시하고 있다. 이 작품에서는 바이런의 시에서 인용된 구절이 포함된 내적 독백 기법이 사용되고 있다.

267 **비사리온 벨린스키** Виссарион Григорьевич Белинский(1811~1848). 러시아의 사상가·작가·문학 비평가. 서구주의자인 벨린스키는 러시아 급진주의 인텔리겐치아의 아버지라 불리며, 특히 푸시킨·레르몬토프·고골·도스토옙스키에 대한 그의 분석은 근대 러시아 문학 비평의 초석이 되었다.

니콜라이 미하일롭스키 Николай Константинович Михайловский(1842~1904). 러시아의 문학 비평가이자 정치 평론가로 나로드니키(인민주의) 운동의 정초자. 미하일롭스키는 Н. Г. 체르니셉스키와 Н. А. 도브롤류보프가 세운 비평 전통에 입각해 작가를 사회 윤리의 판관으로, 문학을 양심의 표현으로 간주했다.

사상의 군주 자신이 속한 사회에서 큰 영향력을 지닌 권위 있는 인물을 지칭하는 표현으로, 원래 푸시킨의 시 「바다에게(К морю)」(1824)에서 푸시킨이 바이런과 나폴레옹을 가리켜 "우리의 사상의 군주(Властитель наших дум)"라 칭한 데서 유래되었다.

에마 보바리처럼 플로베르의 소설 『마담 보바리(*Madame Bovary*)』(1857)의 여주인공 에마는, 어떤 대중 소설에 의해 선인장이 유행하게 되었을 때, 자신을 흠모하는 레옹이 루앙에서 가져온 선인장 화분을 늘어놓기 위해 창가 난간에 선반을 달았다.

자연의 만상(萬象)은 아름답다 ~ 기형적 현상(연체동물, 구더기, 적충류 등)을 제외하면 말이다 벨린스키의 논문 「1842년 3월 25일 상트페테르부르크 황실 대학 기념식에서 객원 교수인 철학 박사 니키텐코가 행한, 비평에 관한 연설(Речь о критике, произнесенная в торжественном собрании Императорского Санкт-Петербургского университета, марта 25-го дня 1842 года, экстраординарным профессором, доктором философии А. В. Никитенко)」(1842)로, 다소 부정확하게 인용되어 있다.

얼음 위에서 몸부림치는 물고기처럼 고군분투하는 그는 때때로 지극히 치욕스러운 상황에 처해진다 도스토옙스키에 대한 미하일롭스키의 논문들에서는 실제로 이와 같은 구절을 찾을 수 없다.

유리 스테클로프 Юрий Михайлович Стеклов, 원래 성은 Нахамкис(1873~1941). 러시아 사회 민주주의자로 1903년 이후 볼셰비키 당원이 된 그는 사회 평론가이자 정치가, 역사학자였다. 러시아 마르크시즘의 역사와 19~20세기 초 혁명 운동에 관한 저술, 체르니솁스키 전기 『체르니솁스키-그의 생애와 활동(*Н. Г. Чернышевский, его жизнь и деятельность*)』(1~2권, 1928)으로 유명한데, 이 전기는 『재능』 제4장의 주요 원전이 된다.

잡계급인(雜階級人) 잡계급(雜階級)은 19세기 러시아의 귀족 계급과 농민·서민 계급 사이의 중간 계급으로, 지식인을 비롯하여 출신과 직업이 다양하며 진보 성향을 지닌 사람들을 일컫는 말이다. 주로 승려, 상인, 소시민, 하급 관리, 몰락한 귀족 출신으로 교육받은 식자층을 지칭한다.

268 **여기엔 무화과나무 잎도 없고…… 관념론자는 곧장 불가지론자에게 손을 내민다** 레닌의 『유물론과 경험 비판론(*Материализм и эмпириокритицизм*)』(1909)에 나오는 구절.

인물은 기형적이고 괴기하며, 성격은 중국 연등의 그림자이며, 사건은 실현 불가능하거나 어리석다 작가이자 극작가, 문학 비평가인 폴레보이(Н. А. Полевой, 1796~1846)가 고골의 『검찰관』에 대해 쓴 논문에서(『러시아 통보(*Русский вестник*)』, 1842, 제1호)에서 인용. 이 글귀는 폴레보이가 고골의 『죽은 혼』에 대해 쓴 서평에서도 반복된다(『러시아 통보』, 1842, 5~6호).

스카비쳅스키와 미하일롭스키의 '체호프 씨'에 대한 견해와 전적으로 일맥상통했다 러시아의 주요 나로드니키 비평가인 스카비쳅스키(Александр Михайлович Скабичевский, 1838~1910)와 미하일롭스키가 체호프에 대해 쓴 논문들을 염두에 두고 있다. 이들은 모두 체호프 작품에 대한 경멸적 태도, 소원함의 표시로 체호프를 부를 때 '씨'를 붙였다. 스카비쳅스키의 논문 「체호프 씨에게 이상은 있는가(Есть ли у г. Чехова идеалы)?」(1895)와 미하일롭스키의 논문 「부자(父子), 그리고 체호프 씨에 관하여(Об отцах и детях и о г. Чехове)」(1890)가 그 대표적인 예이다.

앵두 같은 산딸기빛 입술 1860년대 '잡계급' 문학 대표자의 한 사람인 니콜라이 포먈롭스키(Николай Герасимович Помяловский, 1835~1863)의 중편 「소시민의 행복(Мещанское счастье)」(1861)에서 인용한 구절이다("앵두 같은 산딸기빛 입술이 오므라들었다"). 이 작품은 잡계급 지식인의 사회적·윤리적 자각과, 비열한 지주 귀족의 환경과의 충돌, 좌절의 비극을 그리고 있다.

네크라소프가 시골에서 산책했으면서도 쇠파리를 땅벌로 불렀다가~(말들은 "모닥불 연기 아래에서 말벌로부터의 피난처를 찾는다") 알았을 때 네크라소프의 「낙담(Уныние)」(1874) 제10연 4행과 제11연 4행.

『러시아의 여인들』 네크라소프의 장시 『러시아의 여인들(*Русские*

женщины)』(1872) 제1부 「트루베츠카야 공작 부인(Княгиня Трубецкая)」에서 인용.

알렉산드르 이바노비치 게르첸 Александр Иванович Герцен (1812~1870). 필명은 이스칸데르(Искандер). 소련의 사상가·작가로 러시아 사회주의의 선구자 중 한 사람이다. 모스크바 대학 수학과를 나와 1834년 혁명 운동에 종사하다 체포되어 1840년까지 우랄에 유배되었다. 석방된 후 페테르부르크에 거주, 벨린스키·바쿠닌 등과 사귀고 헤겔 철학에 몰두했다. 농노제에 대해 예리한 비판을 가한 소설들을 썼는데 그중에도 『누구의 죄인가(*Кто виноват*)?』(1841~1846)가 제일 유명하며 헤겔 철학의 혁명적 해석을 확립한 『자연 연구에 관한 서한(*Письма об изучении природы*』(1845~1846) 등을 썼고 1847년 망명하여 프랑스·이탈리아·스위스 등지로 방랑하다가 1848년 2월 혁명 발발과 동시에 파리로 귀환, 1852년 런던으로 이주했다. 1855년 런던에서 잡지 『북극성(*Полярная звезда*)』을, 1851년에는 신문 「종(*Колокол*)」을 발행하여 본국에 밀송, 전제 정부와 싸우고, 1852년부터 자전적 회상록 『과거와 사색(*Былое и думы*)』(1852~1868)을 썼다. 사회주의 사상의 귀중한 문헌인 동시에 저명한 서유럽의 혁명적 여러 사건 고찰의 기록인 『피안에서(*С того берега*)』(1851)도 있다.

우스운 프랑스식 어법으로 "난 태어난다(I am born)"로 시작하는 그의 자전적 신상 기록이 그 증거로 남아 있다 영어에서는 프랑스어(Je suis né)에서와 달리 과거 시제 "나는 태어났다(I was born)"로 시작해야 됨을 염두에 두고 있다. 게르첸은 1861년 8월 15일 호에츠키(Ш.-Э. Хоецкий)에게 보낸 편지에서 이러한 실수를 범하고 있다.

'거지(beggar)'와 '남색자(男色者, bugger—영어에서 가장 흔한 욕)'의~반짝이는 결론을 도출하는 것을 보면서 게르첸은 자신의 자전적 회상록 『과거와 사색』에서 영국에 대해 다음과 같이 쓰고 있다. "'beggar(거지)'보다 더 심한 욕을 모르는 이 나라는 무방비의 가난

한 외국인일수록 더욱 박해했다."(제5장 제1노트)

269 **그의 산문을 비난하는 것이 옳단 말인가?** 실제로 레르몬토프의 초기 산문에서는 우물 바닥에 있는 악어의 비유가 두 번 나타난다. "저 밑바닥에서 (…) 맑고 투명한 미국 우물의 깊은 곳에 있는 독기 띤 악어 같은 설명할 길 없는 우수가 일어났다"(「바딤(Вадим)」 제9장), "그런 하녀는 (…) 미국의 환한 우물 밑바닥에 있는 악어와 유사하다."(「리고프스카야 공작 부인(Княгиня Лиговская)」 제3장)

1826년 검열 규정의 제146항에서 엄격하기로 유명했던 1826년 검열 조항 제176항(제146항이 아닌)을 인용하고 있다. "검열관은 여타 문학 작품의 검열 시, 전체 검열 규칙을 이행하면서, 특히 저작들에서 순수 도덕성이 견지되었는지, 다만 상상의 아름다움으로 대체되지 않았는지 예의 주시한다."

불가린의 건의 서한 처음에는 보수적이었던 불가린(Фаддей Венедиктович Булгарин, 1789~1859)은 검열관 니키텐코(А. В. Никитенко)에게 보낸 1834년 10월 31일 자 편지에서, 자신의 소설 『참사관 추힌의 비망록(*Памятные записки титулярного советника Чухина...*)』(1835) 제1장에 대한 지적에 반박하며 다음과 같이 요청하고 있다. "제게 30분만 할여하셔서, 당신을 당혹하게 한 인물들을 제가 어떻게 마무리하면 좋을지, 원하시는 바를 적어 주시면 감사하겠습니다. 제2장은 아직 집필 중이니 당신이 원하시는 색깔을 인물들에게 입힐 수 있거든요."

셰드린 · 안토노비치 살티코프 셰드린(Михаил Евграфович Салтыков-Щедрин, 1826~1889. 급진주의적 성향의 러시아 소설가이자 풍자 작가)이 도스토옙스키의 병을 조롱했다고 언급되고 있지만, 사실 『동시대인』에 게재된, 도스토옙스키의 간질에 대한 조롱이 담긴 칼럼 「칼새에게(Стрижам)」는 체르니솁스키의 『동시대인』 내의 최측근 동료 중 한 명이었던 안토노비치(Максим Алексеевич Антонович, 1835~1918)가 쓴 것이었다. 바로 그해

1864년, 『동시대인』 7월 호에 안토노비치는 도스토옙스키를 비판하는 또 한 편의 글 「한량들의 축전(Торжество ерундистов)」에서, 자신의 적대자의 연설이 "매 맞아 죽어 가는 짐승의 병적인 악의"로 물들어 있다고 말했다.

나드손을 해쳤던 부레닌 보수적 성향의 신문 「신시대(*Новое время*)」의 주간이자 칼럼니스트였던 부레닌(Виктор Петрович Буренин, 1841~1926)은 자신의 기사에서 진보적 진영의 작가들을 비판하며 비열한 인신공격을 서슴지 않았다. 나드손(Семен Яковлевич Надсон, 1862~1887)은 네크라소프의 흐름을 이어받은 민주주의적 시인으로 출발했으나 점차 나로드니키 운동의 좌절과 정치적 탄압으로 조성된 인텔리겐치아의 비관적 기분을 반영하며, 우수 어린 색채로 상징주의의 선구자가 되었다. 그는 결핵으로 생을 마감했는데, 부레닌은 1886년 말에, 이 결핵으로 죽어 가는 나드손에게도 무자비한 공격을 가했다.

바르폴로메이 자이체프 Варфоломей Александрович Зайцев (1842~1882). 유물론적 사회 평론가, 문학 비평가로, 피사레프의 추종자였으며 『러시아의 말(*Русское слово*)』의 편집 주간이었다.

271 **스테판 라진** Степан Тимофеевич Разин(1630~1671). 러시아의 농민 반란 지도자로 1670년 알렉세이 1세의 학정과 봉건 영주들의 수탈에 맞서 봉기를 일으킨 카자크 지도자이다. 스텐카 라진(Стенька Разин)으로도 불린다.

베즈드나 역에서는 포고 후 민중을 향해 발포되었다 1861년에 일어난 대규모 농민 시위 중 하나를 염두에 두고 있다. 토지 분배 없이 해방만 시키는 농노 폐지법에 불만을 품은 카잔 현 스파스키 군 베즈드나(Бездна) 마을의 농민들이 봉기를 일으켰다가, 파견된 군대에 의해 무참히 진압되어 51명이 죽고 3백 명 이상이 부상당했다.

베즈드나 역과 드노 드노(Дно)는 프스코프 주의 작은 도시로, 이곳 철도역에서, 1917년 2월 27일 봉기한 군인들은 차르의 기차를 억류하고 강제로 니콜라이 2세로 하여금 제위에서 물러나겠다는 서명을 하게 했다. 여기서 드노(Дно)는 러시아어로 '바닥'을 뜻하고, 앞의 역 베즈드나(Бездна)는 '바닥이 없는 심연'을 뜻해서, 표도르는 이후 러시아가 '바닥 없음'에서 '바닥' 사이를 오가게 될 것이라고 특유의 언어유희로 풍자하고 있다.

277 **아이에겐 저녁 식사를, 아버지에겐 관을** 네크라소프의 시 「내가 어두운 밤거리를 따라(Еду ли ночью по улице темной...)」(1847)에서 "아이에겐 작은 관과 아버지에겐 저녁 식사를 가져왔다"를 변형하여 인용하고 있다. 이 시는 남편을 먹이고 아이의 장례를 치르기 위해 몸을 파는 가련한 여인을 소재로 하고 있다.

279 **블레즈 파스칼이 직관적으로 인지한 바 있지라** 블레즈 파스칼(1623~1662)의 『팡세(*Pensées*)』(1657~1658 집필) 중, 물질의 최소 입자, "자연의 최후의 소우주"를 다루고 있는 230편을 염두에 두고 있다. "나는 그 안에서 새로운 심연을 보기를 원한다. 나는 가시적인 우주뿐만 아니라 이 최소의 원자 범위 안에서 자연에 대해 포착되는 무한을 묘사하고 싶다. 우리는 그 안에서 우주의 무한성을 볼 수 있고, 각각의 우주는 가시적 세계에서와 동일한 비율로 자신만의 창공, 행성, 지구를 지니고 있다."

아~안~녕, 루이자, 얼굴의 눈물을 닦아요, 모든 총알이 젊은이를 맞히는 건 아니니 1860년대에 만들어진 독일의 행진곡으로, 빌리발트 알렉시스(Willibald Alexis)가 지은 시 「프리데리쿠스 렉스(Fridericus Rex, 프리드리히 2세의 라틴식 표기)」에 카를 뢰베(Carl Löwe)가 1837년에 선율을 붙인 곡에 페르디난트 라데크(Ferdinand Radeck)가 완성시킨 행진곡이다.

281 **아델라이다 스베토자로바~책도 있었다** 아델라이다 스베토자로바와 헤르만 란데는 모두 가상의 작가.

283 **키파리소프, 파라디조프, 즐라토룬느이** 러시아어로 각각 '사이프러스 나무', '낙원', '황금빛 달'을 의미하는 이들 성(姓)은 일견 낙원의

이미지를 창출하는 전형적인 신학교 식 성의 양식화라고 생각되겠지만 키파리소프와 즐라토룬느이는 1844년에 체르니셉스키와 함께 사라토프 신학교를 다녔던 동급생이고, 파라디조프는 러시아어로 낙원을 뜻하는 단어 'рай'를 영어로 옮겨 'paradise'로부터 만든 성이다.

사라토프 러시아 남서부 볼가 강 중류 연안에 있는 항구 도시.

바브키 놀이 러시아의 전통 민속놀이로 발굽뼈를 쓰러뜨려 따는 놀이.

284 **헥사미터** 6음보의 시행으로 대개 강약약격이다. 6음보 강약약격의 시행은 그리스의 시 형식으로서, 그리스어·라틴어로 쓴 서사시와 교훈시에서 가장 많이 쓰인 율격이다.

285 **"인간은 그가 먹는 것이다"~우리가 채택한 정서법 덕에 훨씬 멋져지긴 한다** 원래 포이어바흐의 글로("Der Mensch ist, was er ißt"), 러시아어로는 "Человек есть то, что ест"이다.

자바이칼리예 바이칼 호수 동쪽 혹은 동남쪽 지역.

야쿠츠크 주 1920년까지 존재했던 구소련의 행정 단위로, 현재 러시아 극동부의 야쿠티야 공화국(사하 공화국)을 가리킨다. 수도는 야쿠츠크로, 레나 강 중류 서안에 있는 하항(河港) 도시이다. 1632년에 요새가 건설되었으며, 17세기부터 18세기 전반까지 러시아 제국의 극동 식민을 위한 거점지였고, 정치적·종교적 망명지였다.

286 **제2의 예수는 우선적으로 물질적 빈곤을 퇴치하리라(바로 여기에~것이다)** '절친한 친구'는 체르니셉스키가 페테르부르크 대학 재학 시절 가깝게 지냈던 바실리 페트로비치 로보돕스키(Василий Петрович Лободовский)를 가리킨다. 체르니셉스키는 1849년 5월 28일 자 일기에서 로보돕스키와 나누었던 대화, "제2의 구세주", "예수는 도덕과 사랑을 설파하기보다 인류를 빈곤으로부터 먼저 구원했어야 했다" 등을 기록하고 있다. 이 시기에 그는 실제로 인류에 도움이 되고자 영구 동력 장치 발명에 수년간 몰두했다.

전기 작가들은 그의 가시밭길을 복음서의 이정표에 따라 표시하고 있다(~주지의 사실이다) 스테클로프가 집필한 체르니솁스키 전기 『체르니솁스키-그의 생애와 활동』 제7장의 제목이 '수난의 길'이다.

프세볼로트 코스토마로프 창기병 부대 기병 소위이자 번역가·시인이었던 프세볼로트 드미트리예비치 코스토마로프(Всеволод Дмитриевич Костомаров, 1839~1865)를 가리킨다. 그는 혁명운동에 가담하면서 체르니솁스키를 만났고, 1861년 8월 불온서적의 비밀 인쇄라는 죄명으로 체포되었으며 이때부터 '제3부'(비밀경찰 활동을 위해 니콜라이 1세가 1826년에 만든 차르 직속 기구)에 열성적으로 협조하기 시작했다. 체르니솁스키에 대한 모든 죄목은 사실상 코스토마로프의 위증과 그가 날조한 문서에서 비롯된 것이었다.

수인(囚人)과의 만남을 기피했던 유명한 시인 네크라소프를 염두에 두고 있다. 체르니솁스키의 동료이자 동지였던 그는 체르니솁스키가 유배되기 전날 공식적인 면회 허가를 받았지만 조심스럽게 외국으로 떠났을 뿐만 아니라 다른 사람들까지 송별회에 가지 못하도록 설득했다고 한다.

게르첸은~"십자가의 동지"라 명명한다 체르니솁스키에 내려진 선고와 관련해 게르첸이 「종」(1864, 제186호)에 발표한 논문의 주해에서 인용.

지상의 노예들(차르들)에게 그리스도를 상기시키기 위해 보내졌음 체르니솁스키에게 헌사된 것으로 알려진, 네크라소프의 시 「예언자(Пророк)」(1874)의 마지막 행.

「십자가의 강하」라는 그림을 떠올렸지. 렘브란트였지? 체르니솁스키의 사촌이었던 미하일 니콜라예비치 피핀(Михаил Николаевич Пыпин, 1851~1906)은 고인이 된 체르니솁스키의 몸을 닦으면서 "어디서 보았는지는 기억나지 않지만 '십자가로부터의 강하'를 묘사한 어떤 위대한 화가의 그림이 연상되었다"고 쓰고 있다.

287 **빌류이스크** 러시아 동부 사하 공화국 중남서부의 하항 도시. 빌류이 강(레나 강의 지류)에 접해 있고, 제정 러시아 시대의 유배지로 알려짐.

288 **철도역이 건립되는 현장을 몇 시간이고 바라보며 고대해 마지않던 바로 그 기차를 말이다** 1845~1851년에 건설된 페테르부르크의 니콜라예프 역(현 모스크바 역)을 말하고 있다. 건설 중인 이 역사(驛舍) 맞은편에서 벨린스키를 만났던 도스토옙스키의 회상에 의하면, 벨린스키는 자주 이곳에 와서 건설 과정을 지켜보았고, 드디어 철로가 하나라도 건설되었다는 생각에 안도감을 느꼈다고 말했다고 한다.

반쯤 실성한 피사레프(후배)가 검은 마스크에 초록색 장갑을 끼고~그 철도역을 보았던 것이다 러시아의 혁명적 민주주의자, 예술 비평가, 유물론 철학자이며, 『러시아의 말』의 편집인이었던 피사레프(Дмитрий Иванович Писарев, 1840~1868)는 사촌인 라이사 코레네바(Раиса Александровна Коренева)에게 반하여, 그녀가 퇴역 소위 예브게니 가르드네르(Евгений Николаевич Гарднер)와 1862년 5월 초 결혼식을 올리자, 니콜라예프 역(일설에 의하면 차르스코예 셀로 역)에서 스캔들을 일으켰다. 즉 절망과 질투심으로 얼굴에 마스크를 쓰고 가르드네르에게 재빨리 다가가 그의 얼굴을 채찍으로 때렸던 것이다.

페르페툼 모빌레를 둘러싼 소동은~도해를 첨부한 편지를 결국 태워 버리고 말았던 1853년에 이르기까지, 대략 총 5년간 지속되었다 1853년 1월 9일 사라토프에서 체르니솁스키는 자신의 영구 동력 장치 설계도의 결함을 발견하고, 일기에 "이 모든 것을 중단하고, (…) 이 어리석은 짓의 흔적을 완전히 없애기로 했다. 그리하여 학술원에 보내는 편지도 찢어 버렸다"고 쓰고 있다.

289 **스트란노륩스키** 체르니솁스키에 관해 쓰고 있는 가상의 전기 작가. 나보코프는 '기이한 것을 좋아하는'이라는 뜻의 'Страннолюбский'라는 의미심장한 성을 실존 인물인, 수학자이자 교육자인 알렉산드

르 스트란노륩스키(Александр Николаевич Страннолюбский, 1839~1903)로부터 차용하고 있다. 그는 체르니솁스키의 아들인 알렉산드르에게 수학을 가르치기도 했다.

291 **이반 이즐레르** Иван Иванович Излер(1811~1877). 페테르부르크 교외에 있는 '인공 광천수 온천'의 소유주. 이 '이즐레르의 연회'에 대해 체르니솁스키는 부모님에게 쓴 1849년 8월 23일 자 편지에 기록하고 있다.

『피크위크 페이퍼스』 *The Pickwick Papers*(1837), 찰스 디킨스의 처녀작.

「주르날 데 데바」 「논쟁지(Journal des débats)」. 1789~1944년에 걸쳐 파리에서 간행된 일간지로, 당시 가장 권위 있는 신문으로 평가됨.

이리나르흐 브베덴스키 체르니솁스키가 아들 미하일에게 쓴 1877년 4월 25일 자 편지에서 인용. 이리나르흐 브베덴스키(Иринарх Иванович Введенский, 1813~1855)는 유명한 영국 소설 번역가로, 체르니솁스키의 대학 재학 시절 후견인이었으며 그를 자신의 진보적 문학 서클에 가입시키기도 했다.

292 **animula, vagula, blandula...** 로마의 오현제 중 한 사람인 하드리아누스 황제(P. Aelius Hadrianus, 76~138)가 죽음의 자리에서 읊조렸다는, 자신의 영혼에 바친 시의 한 구절.

로보돕스키 부부! 친구의 결혼은 우리의 스무 살 주인공에게는~극히 강렬한 인상을 남긴 사건 중 하나였다 1848~1853년에 기록된 체르니솁스키의 일기는 로보돕스키의 결혼에 대한 장황한 서술로 시작된다. 로보돕스키의 신부인 나데즈다 예고로브나(Надежда Егоровна)는 그에게 강한 인상을 주었고 이후로도 오랫동안 '순수한 애정'의 대상이었을 뿐만 아니라 비밀스러운 탄식의 대상이기도 했다.

시민 처형 18~19세기에 러시아 제국 혹은 기타 국가에서 행해졌던 불명예 형벌의 한 종류로, 모든 권리(관직, 계급 특권, 재산권)의 박탈의 상징으로 수형자의 머리 위에서 장검을 둘로 부러뜨려 공개적으로 모욕하는 의식이 거행된다. 체르니셉스키의 시민 처형은 1864년 5월 19일에 행해졌다.

293 **바실리 로보돕스키가 자신의 장광설을 늘어놓은 「신변잡기」에서～그는 방심하여 실수했던 것이다** 1904~1905년에 출간된 로보돕스키의 자전적 수기 「신변잡기(Бытовые очерки)」에서 인용. 이 글에서 체르니셉스키는 '크루세돌린'이라는 이름으로 형상화되고 있다.

"평온에 번민하며 내가 거듭 흘렸던 어리석은 눈물을 내게 상기시키지 말라"고 호소하며～실제로 눈물을 흘리는데 네크라소프의 시 「볼가 강에서 — 발레즈니코프의 유년 시절(На Волге — Детство Валежникова)」(1860)의 제2연 17~19행. 체르니셉스키는 자신의 자전적 수기 초판본에서 네크라소프의 이 시 제2연 10~19행을 인용하고 있다.

294 **대학생 체르니셉스키는 이에 대해 기록하면서 그 스스로도 연민으로 기진맥진해진다** 부모님께 보낸 1847년 1월 29일 자 편지에서 체르니셉스키는 같은 학부 친구인 글라즈코프의 장례식 장면과, 특히 이전에 고인을 몰랐으면서도 병원에서 2주간 밤낮으로 간호했던 타타리노프에 대해 자세히 언급하고 있다.

「별장에서의 밤들」 Ночи на вилле(1839). 고골의 자전적 미완성 습작. 볼콘스카야 공작 부인의 로마 별장에서 결핵으로 죽어 가는 친구 이오시프 비엘고르스키의 침상에서 밤을 지새우는 고골의 모습이 그려지고 있다.

선교사 홈드레스의 상표.

스카프도 안 두르고 앉아 있었는데, '선교사'였고, 물론 앞쪽이 약간 파여, 목 아랫부분이 조금 보였다 1848년 10월 13일 자 일기에서.

최근의 문학적 전형인 숙맥-소시민의 말투와 유난히 닮은 문체이다 소련의 풍자 작가 조시첸코(Михаил Михайлович Зощенко,

1895~1958) 특유의 '스카즈' 기법을 염두에 둔 것으로, 그는 엉뚱한 말의 오용과 조어의 남발을 통해 희극적 인상을 창출하고 평범한 소시민의 구어를 재현했다.

295 **바실리 페트로비치는 몸을 뒤로 돌린 채 의자 위에 무릎 꿇고 앉아 있었다~즉 그녀가 남편의 그림자에 가려져 미광(微光)이었지만, 그래도 뚜렷했다** 1848년 8월 8일 자 일기에서.

296 **넵스키 대로의 '융커'와 '다치아로' 화랑의 진열창에는~그는 집으로 돌아와 자신이 관찰한 바를 적었다** 화랑의 진열창 그림을 관람하는 것은 체르니셉스키의 학창 시절 주된 취미였다. 본문의 이어지는 내용은 1848년 8월 11일 자 일기에서 발췌한 것이다. "넵스키 대로에 그림을 보러 나갔는데 '융커' 화랑에는 많은 새로운 미인들이 출현하였다. 그중 특히 두 여인을 오랫동안 쳐다보았는데 (…) '나데. 예고'보다 못하다는 것을 발견했다. 그녀의 얼굴에서는 불만족스러운 점을 찾을 수 없었는데, 이 두 그림에서는 너무 많았다. 특히 코는 거의 잘 그려지는 법이 없었는데, 특히 한 여인은 미간이……."

칼라브리아 이탈리아 남부의 주. 남단의 칼라브리아 반도에 있고, 주도는 카탄차로이다.

감청색 바닷속으로 가라앉는 자홍색 태양이며 네크라소프의 시 「정문 입구에서의 숙고(Размышления у парадного подъезда)」(1858)의 한 구절, "자홍색 태양이 감청색 바닷속으로 가라앉는 것을 관조하며"의 인용.

프리네 Phryne. 기원전 4세기, 고대 그리스 아테네에 살았던 지성과 미모를 겸비한 당대 최고의 헤타이라(최상층의 매춘부). 비너스 여신에 버금가는 아름다움으로 여신처럼 숭배받았으며 불경죄를 저질렀음에도 "아름다운 것은 모두 선하다"는 이유로 법정에서 용서받은 여인.

297 **그가 석사 논문을 그야말로 단숨에~결국 그 논문으로 석사 학위를 취득했다는 사실이 더 놀랍다** 체르니셉스키는 석사 논문을, 물론 3일은

아니지만 스테클로프가 지적하고 있듯이 매우 빨리 "거의 단숨에" 썼다. 아버지에게 보낸 편지로 판단하건대, 그는 1853년 8월 17일 이후에 논문 집필을 시작했는데, 9월 11일에는 이미 초고를 완성하여 검토를 부탁한 것으로 보인다. 논문 심사는 1855년 5월 10일에 있었고 모든 단계를 통과했는데, 마지막에 민중교육부 장관이 1858년 가을까지 승인을 미뤄 체르니셉스키는 1859년 2월 11일이 되어서야 석사 학위를 취득하게 된다.

때로는 미슐레의 첫 페이지로 인해~그리고 때로는 이들 모두로 인해 웬일인지 가슴이 이상야릇하게 뛰었다 1848년 10월 13일 자 체르니셉스키의 일기에서. 바로 이날 체르니셉스키는 헤겔의 헌신적 제자였던 독일 철학자 미슐레(Karl Ludwig Michelet, 1801~1893)의 『칸트로부터 헤겔까지의 독일의 최근 철학 체계사(*Geschichte der letzten Systeme der Philosophie in Deutschland von Kant bis Hegel*)』(1837~1838)를 읽었다. 바로 직전에 그는 거의 두 달 동안 프랑스의 정치가이자 역사가인 기조(François Pierre Guillaume Guizot, 1787~1874)의 『영국 혁명사(*L'Histoire de la révolution d'Angleterre*)』(1828), 『프랑스 문명사(*L'Histoire de la civilisation en France*)』(1829~1832)를 탐독했다.

눈물이 서서히 눈에서 흘러내렸다 1848년 8월 31일 자 체르니셉스키의 일기에 토대. 이전에도 체르니셉스키는 일기에서 자신이 자주 "파우스트에서 나오는 마가레트의 노래—Meine Ruh ist hin(나의 안식은 사라지고)—를 부른다"고 언급하고 있다. 이 곡은 프란츠 슈베르트가 괴테의 『파우스트』 제1부에서 가사를 가져와 곡을 붙인 가곡 「물레 잣는 그레트헨(Gretchen am Spinnrade)」을 일컫는 것이다.

298 **니콜라이 가브릴로비치는 고골의 가련한 주인공들의 민첩한 속보로 질주했다** 등불지기의 형상은 고골의 페테르부르크 이야기 중 「넵스키 대로(Невский проспект)」의 마지막 장면을 연상시킨다. 또한 단

편 「외투(Шинель)」에서 새 외투를 입은 주인공 아카키 아카키예비치의 변화된 걸음걸이, "민첩한 속보"가 연상된다. 이 장면에서도 가로등, 등유, 닫힌 상점 등이 그려지고 있다.

299 **헤어 셔츠** 과거 종교적인 고행을 하던 사람들이 입던, 말·낙타 등의 털을 섞어 짠 마소직(馬巢織)의 거친 천으로 만든 셔츠.

『빌헬름 텔』 *Wilhelm Tell*(1804). 프리드리히 실러의 생애 마지막 희곡이자 최대의 걸작.

자신의 낡은 바지를 기우려고 꾀를 내는 장면~긁어 내기 시작했다 1849년 7월 16일 자 일기에서. 레몬 외에 거의 모든 세부 사항을 그대로 인용하고 있다.

잉크는 체르니솁스키의 본성으로~문자 그대로 잉크 속에 빠져 있었다 그의 성 '체르니솁스키(Чернышевский)'는 '검은(чёрный)'이라는 단어를 내포하고 있어, 이름 자체가 이미 검정 잉크와 연관된다는 것이다.

300 **그는 끊임없이 동료들을 돕겠다고 끼어들어~퉁명스레 말하곤 했다** 유형지 알렉산드롭스키 공장에서 체르니솁스키와 함께 강제 노역을 했던 작가이자 정치가 니콜라예프(Петр Федорович Николаев, 1845~1912)의 회상기 「니콜라이 가브릴로비치 체르니솁스키의 유형지 체류에 대한 개인적 회상(Личные воспоминания о пребывании Николая Гавриловича Чернышевского на каторге)」(1906)에 근거하고 있다. 체르니솁스키는 너무 일에 서툴러, 그가 다칠까 두려워 모두들 그를 밀어냈고 그를 농담으로 '선의 축'이라 불렀다고 한다.

자신을 끌채로 건드린 젊은 마부에게~마부의 머리채 한 줌을 뽑았다는 것이다 1848년 11월 15일 자 일기에서.

푸시킨이 결투 직전 레모네이드를 단숨에 들이켠 곳도 바로 그곳이었고 기록에 의하면 넵스키 대로와 모이카 강변도로가 만나는 지점에 위치한 볼프 제과점에서 푸시킨은 그의 입회인인 단자스와 함께 레모네이드(혹은 물)를 마신 후, 제과점에서 나와 마차를 타고 결투 장소로 향했다고 한다.

페롭스카야와 그 동지들이 운하로 나가기 전 각자 1인분씩 시킨 곳도 바로 그곳이었다 소피아 페롭스카야(Софья Львовна Перовская, 1853~1881)는 명문 귀족 출신이지만 혁명 운동에 가담하여, 능수능란한 변장술로 경찰을 따돌리고 의술을 익혀 농민들에게 천연두 접종을 해 주고 가난한 산업 노동자를 헌신적으로 가르쳤으며 마침내 '인민의 의지당'으로 불리는 테러리스트 조직에 가담하여 알렉산드르 2세 암살을 주도했다. 그녀는 도망갈 수 있었음에도 불구하고 체포되어, 연인인 농노의 아들 젤랴보프와 함께 27세의 나이로 교수대에서 생을 마감했다. 바로 이 알렉산드르 2세 암살 당일인 1881년 3월 1일, 그녀와 동지들은 넵스키 대로의 고스티니 드보르 백화점 맞은편 건물 지하 1층에 자리한 안드레예프 제과점에 모여 결행 시기를 기다렸다고 한다.

"근처에 제과점도 있다고요? 호도 파이가 있는지 모르겠네요, 마리야 알렉세예브나, 제 입맛에는 이게 최고의 파이 같습니다" 『무엇을 할 것인가』에서 주인공 로푸호프가 베라의 집에 방문하여 베라의 어머니 마리야 알렉세예브나에게 환심을 사기 위해 술과 빵을 사라고 돈을 내미는 장면에서 나온 대사이다.

301 **차르가 표현했던 것처럼, "소요가 이미 우리에게 위임된 러시아에까지 이르렀다"** 서유럽 혁명과 관련하여 니콜라이 1세가 1848년 3월 14일 발표한 성명서에서 약간의 수정을 가하여 인용. "오만불손함이 무분별하게도 신이 위임하신 우리의 러시아까지 위협하고 있다."

Indépendance Belge 1831년부터 간행된 벨기에의 보수적 일간지.

카프시뉴 거리에서는 총성이 울리고~루이 필리프는 마차를 타고 뇌이의 가로수 길을 따라 도주하기에 이르렀다 1848년 프랑스 혁명을 가리키는 것으로, 체르니솁스키는 외국 신문과 잡지를 통해 혁명의 추이를 예의 주시했다.

거의 무쇠를 먹고 산 나는 죽고 싶을 만큼 소화 불량에 시달렸다~줄줄 읽어 대며 피우고 또 피웠다…… 네크라소프의 희극 「불량품(Забракованные)」(1859)에서 인용.

302 **언젠가 한번 그는 대변이 급해~진정한 순수함에 대해 스스로와 논할 태세였다** 이 일화는 1848년 10월 7일 자 일기에서 발췌.

꿈속에서 "굉장히 밝은 금발의"~자신 안에 털끝만큼의 육체적 상념도 발견할 수 없을 때 얼마나 기뻐하고 있는지! 1849년 7월 14일 자 일기에서 발췌. 잡계급 출신 젊은이와 그를 비호하는 상류층 여인의 사랑은 장 자크 루소의 소설 『신엘로이즈(*Julie, ou la nouvelle Héloïse*)』(1761)와 『고백록(*Les Confessions*)』(1770; 1782 출간)의 줄거리와 일치한다. 『고백록』을 러시아어로 번역했던 체르니셉스키는 젊은 시절에 루소주의자의 면모를 지녔다.

303 **난 이 아가씨가 마음에 들었다, 마음에 든 것이다~이렇게 한 시간 넘게 흘러갔다** 1878년 3월 8일 아내에게 보낸 편지에서 인용.

부바르와 페퀴셰가 앙굴렘 공작의 삶의 기록에 착수하면서 그의 삶에서 다리(橋)가 얼마나 중요한 역할을 하는지 놀랐던 것처럼 말이다 귀스타브 플로베르의 소설 『부바르와 페퀴셰(*Bouvard et Pécuchet*)』(1881)의 동명의 두 주인공은 프랑스 왕 샤를 10세의 아들인 앙굴렘 공작(Angoulême, 1775~1844)의 전기를 준비하면서 개요에 "차후 이 작품에서는 공작의 삶에 다리가 어떤 역할을 했는지 반드시 언급해야 한다"고 기록하고 있다.

"당신은 파리에서 사셨어야 했는데."~'민주주의자'라 들었기에 진심으로 말했던 것인데 1852년 2월 20일 자 일기에서.

304 **「현재 나의 행복이 되는 여인과 나의 관계에 대한 일기」** 체르니셉스키 스스로 1853년 사라토프에서 쓴 일기를 이렇게 명명하고 있는데, 이 글에는 1853년 4월, 그의 아내가 된 올가 소크라토브나 바실리예바(Ольга Сократовна Васильева, 1833~1918)와의 관계가 상

세히 기록되어 있다. 이 사적인 글은 자기만의 약어와 기호를 사용하여 굉장히 빨리 쓰여져, 1862년 체르니셉스키가 체포될 당시 압수된 이 글의 내용을 완벽하게 해독하지 못한 조사 위원회는 이 일기에 강한 의심을 품었다.

남편이 사르디니아 지역에서 체포되어～"기절해 쓰러진" 이스칸데르의 아내에 관해 이야기한다 1853년 2월 19일, 체르니셉스키가 올가 소크라토브나에게 고백하는 장면에 대한 인용이다. 이스칸데르는 A. И. 게르첸의 필명으로, 그의 아내 나탈리아 알렉산드로브나(Наталья Александровна, 처녀 적 성은 Захарьина, 1817~1852)에 관한 일화가 언급되고 있다.

마르크 알다노프 Марк Алданов. 마르크 알렉산드로비치 란다우(Марк Александрович Ландау, 1889~1957)의 필명. 1919년에 망명한 러시아 작가로, 나보코프가 호의를 보인 소수의 문우(文友) 중 한 명.

305 **그의 구애는 다소 독일풍으로 실러의～자신의 머리 위에 놓기를 간절히 원했으니** 1853년 4~6일 자 일기에서.

그로스파터 무도회에서 추는 독일의 옛 춤. 독일어로 'Großvater'이며 '할아버지'란 뜻.

306 **체르니셉스키는 이 기회를 포착하여, 그에게는～일기 전체가 소설가가 지어낸 허구라고 주장하기 시작했다** 체르니셉스키가 원로원 조사 위원회에서 내린 기소문에 반박하여 제출한 청원서 제12항을 서술하고 있다.

307 **프티죄** petits-jeux. '작은 게임', '실내 게임'을 뜻하는 프랑스어.

주인공(볼긴)이 자신에게 임박한 위험에 대해 아내에게 말하며 결혼 전에 했던 경고를 언급하는 부분을 더한다면 『프롤로그』의 주인공 알렉세이 이바노비치 볼긴(Алексей Иванович Волгин)은 스물두 살의 언론인으로 못생기고 둔해 보인다. 반면 그의 아내 리디야 바실리예브나 볼기나(Лидия Васильевна Волгина)는 매력적이고 호기심이 많고 재기발랄하여 그녀 주변에는 늘 숭배자가 넘친다. 볼긴은 아내에게 "러시아 민중의 상황이 좋지 않아" 영향력 있는 언론인은 온갖 불쾌한 일을 당할 수 있다고 자신의 미래에 대한 우려를 밝힌다.

308 **알렉산드르 피오레토프** Александр Фиолетов. 체르니솁스키의 사라토프 신학교 동급생이다. 그의 동생 피오레토프는 아무런 정보가 없는 것으로 보아 허구의 인물인 듯하다.

국민 공회 La Convention Nationale(國民公會). 1792~1795년에 걸쳐 프랑스 혁명의 최종 단계에서 구성된 의회.

니콜라이 가브릴로비치는 곧장 흥분하며, 칠판으로 다가가~점점 더 흥분하여 각각의 당원들이 앉았던 자리까지 표시하는 것이다 사라토프에서 친구였던 벨로프(E. A. Белов)의 목격담.

309 **산악파** Montagnards. 프랑스 혁명기의 국민 공회 좌파(左派)로, 자코뱅당의 대표들이며 로베스피에르의 지지자들.

310 **아마란토간의 『실내 마술』에 대한 서평을 통해 알 수 있듯이~최고의 요술인 "물을 체로 운반하기"에 직접 수정을 가하기도 했다** 『실내 마술 혹은 물리학과 화학에 기초한 오락적 요술과 실험. 아마란토프 작(*Комнатная магия, или Увеселительные фокусы и опыты, основанные на физике и химии. Сочинение Г. Ф. Амарантова*)』에 대한 서평을 가리킨다.

Dictionnaire des idées reçues 『부바르와 페퀴셰』의 부록으로 집필된 작품. 특정 단어에 대한 작가 고유의 뜻과 해석-관념을 사전처럼 쓴 글로, 고정 관념과 언어의 허위성을 고발하면서 날카로운 웃음을 유발한다. 이 사전의 제사 중 하나가 라틴어 잠언, "민중의 목소리는 신의 목소리이다"이다.

『관념과 실제의 비평 사전』을 편찬하리라 꿈꾸었다~그가 완성할 대작에 관해 말하고 있다 페트로파블롭스카야 요새에서 아내에게 보낸 1862년 10월 5일 자 편지에서 그는 구상 중인 대작들을 언급하는

데, 이 중에는 여러 권으로 구성될 『관념과 실제의 비평 사전』도 포함되어 있었다.

311 **죽기 1년 전 브로크하우스 사전을 알게 되었고, 거기에서 자신의 꿈이 이미 실현되었음을 보았다** 실제 사실과 차이가 있다. 체르니셉스키는 시베리아에서부터 이미 브로크하우스 백과사전의 10번째 판본을 가지고 있었고, 1884년(죽기 5년 전) 가을에는 아스트라한에서 새 판본을 주문하여 입수했다. 1888년, 즉 죽기 1년 전에 그는 이 백과사전을 러시아 독자를 위해 개작해야겠다고 구상했다.

언론 활동 초창기에 이미 그는 레싱에 대해 쓰고 있는데 『레싱, 그 시대와 생애와 활동(*Лессинг, его время, его жизнь и деятельность*)』(1856~1857)을 가리킨다. 여기서 체르니셉스키는 독일의 비평가, 극작가이자 계몽 철학자인 레싱(Gotthold Ephraim Lessing, 1729~1781)을 자신의 이상적인 전기(傳記)적 분신으로 그리면서 자신과 그를 동일시하고 있다.

"우리의 젖값인 양, 나의 의지에 반하여"라고 네크라소프에게 쓰고 있다……. 1857년 2월 7일 자 네크라소프에게 보낸 편지에서.

312 **체르니셉스키는 1850년대에 자살을 생각했고 심지어 술도 마셨던 것 같다** 1856년 11월 5일 자 네크라소프에게 보낸 편지에서 체르니셉스키는 "개인적으로는 제 사적인 문제가 세상의 문제보다 좀 더 중요합니다. 사람들이 투신자살하고 권총으로 자살하고 술에 취하는 것은 세상의 문제 때문이 아니거든요, 저 역시 이것을 경험해 보았습니다……"라고 고백하고 있다.

"그녀들은 현명하고 교양 있고 선량한데, 전 몰상식하고 사악한 바보라는 것을 저도 알아요." 올가 소크라토브나는 흐느끼며 남편의 친척인 피핀가(家) 여인들에 대해 말했다 체르니셉스키의 사촌 누이인 예브게니야 니콜라예브나 피피나(Евгения Николаевна Пыпина)와 펠라게야 니콜라예브나 피피나(Пелагея Николаевна Пыпина)에 관해 올가 소크라토브나가 한 말이다. 체르니셉스키는 이 말을 이들 자매의 오빠이자 자신의 가장 친한 친구인 알렉산드르 니콜라예비치 피핀(Александр Николаевич Пыпин, 1833~1904)에게 보낸 편지에서 옮기고 있다.

"이 히스테릭한 여자, 참기 힘든 기질의 괴팍한 기센 여자"에겐 너그럽지 않았다 바르바라 알렉산드로브나 피피나(Варвара Александровна Пыпина)의 『체르니솁스키의 삶과 사랑-성찰과 회상(*Любовь в жизни Чернышевского. Размышления и воспоминания*)』(1923)을 염두에 둔 듯하다. 이 책에서는 올가 소크라토브나의 힘든 성격—정신적 불균형, 불안정, 히스테릭, 과민, 의심 많은 성격 등—이 부각되고 있다.

그녀는 어떻게 접시를 던져 댔는지! 체르니솁스키 가족 내의 스캔들에 대해 제3부의 비밀 요원이 1862년 1월 27일 상부에 보고한 바에 의하면, 올가 소크라토브나는 "그렇지 않아도 다혈질인 그를 점점 더 자극하며 계속해서 남편과 싸우고, 결국 부부 사이에는 가끔 욕설로 끝나는, 극히 불쾌한 장면이 연출되곤 했다."

파블롭스크 러시아 연방 북서부 상트페테르부르크 주의 도시.

이반 표도로비치 사비츠키 Иван Федорович Савицкий(1831~1911). 참모 본부의 퇴역 대령으로, 스텔라라는 가명으로 혁명 운동에 참여했다.

카나셰치카 니콜라이의 애칭.

벽감(壁龕) 침대를 놓기 위해 벽면을 우묵하게 들어가게 해서 만든 공간.

카나셰치카는 알고 있었어요~하지만 그는 창가에서 무심히 글만 쓰고 있었답니다 1880년대 중반, 올가 소크라토브나와의 대화 내용을 전한 바르바라 알렉산드로브나 피피나의 증언을 따르고 있다.

314 **셸구노프의 황당할 정도로 순진한 언급에 따르면, 플레트뇨프는 젊은 학자의 발표에 감동받지도, 그의 재능을 파악하지도 못했다……** 언론인이자 『동시대인』의 동인, 혁명 음모의 공조자였던 니콜라이 바실리예비

치 셸구노프(Николай Васильевич Шелгунов, 1824~1891)의 회상기 「과거와 현재로부터(Из прошлого и настоящего)」(1884~1885)에 근거하고 있다. 저명한 비평가이자 시인이며 푸시킨의 친구였던 표트르 알렉산드로비치 플레트뇨프(Петр Александрович Плетнев, 1792~1865)는 당시 페테르부르크 대학 총장으로 재직하였고 체르니셉스키의 논문 심사에 참여했다.

315 **아름다운 것은 삶이다~사건을 장식하는 경우이다** 체르니셉스키의 학위 논문 「현실에 대한 예술의 미학적 관계」의 중심 내용을 풀어 쓰고 있다.

겐리흐 세미라츠키 Генрих Ипполитович Семирадский(1843~1902). 아카데미파 화가로 역사와 성서를 주제로 대작을 즐겨 그렸는데, 사회악의 고발로 유명했던 단편 작가 프세볼로트 가르신(Всеволод Михайлович Гаршин, 1855~1888)은 「세미라츠키의 새로운 그림 '기독교인 횃불'(Новая картина Семирадского 'Светочи христианства')」(1877)이라는 논문에서 그의 작품을 비판한다.

316 **알렉산드르 드루지닌** Александр Васильевич Дружинин(1824~1864). 러시아 문학 비평가이자 소설가. 19세기 중반 소위 '미학적' 비평의 대표자로, 체르니셉스키 진영에 적대적인 작가들을 규합했다.

종려나무 할바 할바와 관련된 속담, "아무리 할바를 말해도 입안이 달콤해지지는 않는다"와 "종려나무 죽"(사순절의 여섯 번째 주일인 종려주일에 먹는, 종려나무 꽃봉오리를 넣어 끓인 죽)을 합성하여 만든 표현. 이때 러시아어에서 '종려나무(верба)'는 발음이 'verba'로, 라틴어의 'verbum(말, 말씀)'으로 재해석되면서, "종려나무 할바"가 "질리도록 달콤한 말과자"를 의미하게 되는 언어유희다.

『조국의 기록』(1854)의 지면에서 어떤 참고 사전을 비판하면서 스타르쳅스키(А. Старчевский)의 편집으로 편찬된 『참고 백과사전(*Справочный энциклопедический словарь*)』(1847~1855) 제7권에 대한 서평(『조국의 기록(*Отечественные записки*)』, 1854, 제97호)을 가리킨다.

라비린트 크레타의 미노스 왕이 괴물 미노타우로스를 유폐하기 위하여 다이달로스에게 명하여 만든, 한번 들어가면 다시 나오지 못하는 전설상의 미궁(迷宮).

로럴 월계수 혹은 월계관.

니농 드 랑클로 Ninon de Lenclos(1615~1705). 미모와 교양을 겸비한 프랑스의 유명한 사교계 여성으로, 그녀의 살롱에는 수많은 저명인사가 모여들었다.

질베르 뒤 모티에 드 라파예트 후작 Gilbert du Motier de Lafayette (1757~1834). 프랑스의 군인이자 정치가로 미국의 독립 전쟁 때 활약했다.

알랑송 레이스 얇은 그물망에 구슬, 금속이나 진주로 장식된 질 좋은 수제 레이스로, 프랑스의 유명한 레이스 산지 알랑송에서 유래.

317 **"조명……. 열기구에서 거리로 떨어지는 사탕~이는 의아한 일인가?" 등등** 1856년 『동시대인』 제7호의 '해외 소식'란에 실린 단편(斷片)들의 몽타주.

사실 니키틴이 시를 형편없이 써서가 아니라~그 어떤 권리도 없었기 때문이었다 이반 사비치 니키틴(Иван Саввич Никитин, 1824~1861)은 시인이자 산문 작가로, '흑토 지대'인 보로네시에서 양초 공장을 소유한 상인 가정에서 태어났다. 체르니셉스키는 니키틴의 시집에 대한 서평을 쓴 바 있다.

요하임 하인리히 캄페 Joachim Heinrich Campe(1746~1818). 독일의 교육자이자 아동 작가.

혹 누군가가 주의를 기울여 어느 보잘것없는~작품의 구절들과 그 가치상 별반 차이 없는 구절들을 꽤 많이 모을 것 안넨코프(Павел Васильевич Анненков, 1812~1887)가 간행한 푸시킨 전집에 대해 체르니솁스키가 쓴 논문에서 인용.

318 **마네의 그림에서 여자 투우사의 분홍빛 물레타는 빨간색이었을 때보다도 더 부르주아 황소를 자극했다** 프랑스의 화가 에두아르 마네의 「투우사 복장을 한 마드무아젤 빅토린의 초상」(1862)을 가리킨다. 이 작품은 당대 「풀밭 위의 식사」(1863) 못지않게 센세이션을 불러일으켰다. 이 그림에서 물레타(투우사가 사용하는 막대에 매단 붉은 천)는 일반적인 붉은색이 아니라 분홍색이다.

카잔 전체가 로바쳅스키를 알고 있단다～사람들은 이 시에 대해 옆구리가 아플 정도로 깔깔깔 비웃어 댔단다 1878년 3월 8일에 아들들에게 보낸 편지에서 인용했는데, 카잔 출신의 러시아 수학자 로바쳅스키(Николай Иванович Лобачевский, 1792~1856)와 독일의 생리학자이자 물리학자인 헬름홀츠(Hermann Ludwig Ferdinand von Helmholtz, 1821~1894)의 비(非)유클리드 기하학이 "무지의 소치인 미개한 환상"이라 명명된다. "평행선의 공리가 없는 기하학"과 함께 동사가 없는 시 역시 바보 같은 장난이라고 평하는데, 이때 A. 페트의 시 「속삭임, 수줍은 숨결(Шепот, робкое дыханье...)」(1850)을 「사각사각, 수줍은 숨결(Шелест, робкое дыханье...)」로 잘못 인용하고 있다.

319 **그는 톨스토이 못지않게 페트도 싫어해서, 1856년 그가 『동시대인』을 위해 투르게네프에게 아첨하며 보낸 편지에서～그리고 조야한 칭찬이 이어진다** 1856년 말로 추정되는, 날짜가 불분명한 투르게네프에게 보낸 편지에서 인용.

1855년 어느 날 푸시킨에 대해～'푸른 음'이라는 예를 제시했다 사실 체르니솁스키가 "전혀 무의미한 표현"의 예로서 '푸른 음'을 제시한 것은, 푸시킨에 관한 논문이 아니라 「철학에 있어서의 인류학적 원리(Антропологический принцип в философии)」(1860)에서이다.

울리는 푸른 시간 블로크의 시군 『대지의 기포』의 「만추, 확 트인

하늘(Осень поздняя. Небо открытое...)」(1905)의 마지막 단어들 ("звонко-синий час").

푸른 지느러미의 강꼬치고기든 푸른 지느러미를 지닌 강꼬치고기 러시아 고전주의 시인 데르자빈(Гаврила Романович Державин, 1743~1816)의 송가 「예브게니에게-즈반카의 삶(Евгению. Жизнь званская)」(1807)의 한 구절, "푸른 지느러미를 지닌 / 그곳의 알록달록한 강꼬치고기는"에서 착안하여, 체르니셉스키는 안넨코프가 간행한 푸시킨 전집에 관한 논문에서 "위대한 작가는 푸른 지느러미의 강꼬치고기로 쓸지, 푸른 지느러미를 지닌 강꼬치고기로 쓸지 고민할 시간이 없다"고 쓰고 있다.

다윈을 무능하다고 비난하고 월리스를 어리석다고 비난했다 앨프리드 러셀 월리스(Alfred Russel Wallace, 1823~1913)는 찰스 다윈에 앞서 자연 선택을 통한 진화의 개념을 주창한 영국의 자연주의자이자 탐험가이며, 지리학자, 인류학자이자 생물학자. 1881년 4월 1일 아들 미하일에게 보낸 편지에서 체르니셉스키는 월리스를 어리석다고 평하고 있다. 다윈에 대한 체르니셉스키의 비난은 아들들에게 보낸 편지에서 여러 차례 나타난다.

카피르 남아프리카 공화국 케이프 주의 카프라리아에 거주하는 원주민의 총칭. 대부분 반투어족에 속한다.

320 **1855년 어떤 잡지를 검토하며~지나치게 전문적이라며 단호히 배격하고 있다** 프로롤프(Н. Фролов)에 의해 모스크바에서 간행된 『부동산과 여행 매점-지리 전집(*Магазин землевладения и путешествий. Географический сборник*)』 제3권(1854)에 대한 서평을 염두에 두고 있다.

체르니셉스키가 시에서 3음각 율격이 2음각 율격보다 우리 언어에 보다 고유한 것임을 증명하려 시도했다는 것은 극히 시사적이다(『동시대인』, 1856) 1854년 가을 체르니셉스키는 시형론과 관련된 두 편의 논문, 「2음절과 3음절 중 어느 음보가 러시아 작시법에 보다 고유한

가(Какие стопы — 2-сложные или 3-сложные — свойственнее русской версификации)?」와 「헥사미터에 대해(О гекзаметре)」를 썼는데 『조국의 기록』 편집진에 의해 거부당했고 현재 남아 있지 않다. 이 글에서 나보코프가 정확히 재현하고 있는 체르니셉스키의 시형론적 담론은 1855년 『동시대인』(제3, 4호)에 게재된 체르니셉스키의 두 편의 논문 — 안넨코프가 간행한 푸시킨 전집에 관한 논문과 레온티예프의 『명시선(*Пропилеи*)』에 대한 서평 — 에 실린 것이다.

「농부」 러시아의 농민 시인 콜초프(Алексей Васильевич Кольцов, 1809~1842)의 2음보 약약강격으로 쓰인 시 「농부여, 그대 왜 잠들어 있는가(Что ты спишь, мужичок)」를 염두에 둔 것이다.

단어들은 완전히 귀인으로, 2음각 율격에서도 종종 침묵하는 전치사나 접속사와 같은 천민이 아니다 약약강격으로 쓰인 네크라소프의 시 「가슴은 고통으로 갈기갈기 찢기고(Надрывается сердце от муки...)」(1862년 혹은 1863년)에서 2음절어가 '약약' 위치에 자리하면서 강세를 받지 않는 경우를 가리킨다. 이때 이 단어들은 러시아 시작법에서 비강세로 간주될 수 있는 전치사나 접속사와는 달리, 명사·부사 등 완전한 단어들임이 강조되고 있다. 위에서 열거한 단어들은 다음의 행들의 처음에 위치한다. "**Плохо** верится в силу добра", "**Внемля** в мире царящие звуки", "**Чувству** жизни ты вся предана, -" "**В стаде** весело ржет жеребенок", "**Птицы** севера вьются, кричат", "**Грохот** тройки, скрипенье подводы."

321 **산의 나라, 장미의 나라의, 한밤중 평원의 딸이여(V stranegór, v strane róz, ravnin pólnochi dóch')"(아내에게 쓴 시, 1875)** 1875년 3월 18일 올가 소크라토브나에게 보낸 편지에서 인용. 체르니셉스키가 그녀의 생일을 맞이하여 쓴 축하 시의 일부. 약약강격에서 2음절어가 약약 위치에 연속으로 세 번 위치하면서 비강세의 기록이 세워지고 있다는 것이다.

아펠레스 Apelles(B.C. 360?~315?). 알렉산드로스 대왕 시대의 그리스 궁정 화가.

아펠레스의 작업실을 둘러본 제화공은 지질한 제화공이었던 푸시킨의 경구시(警句詩) 「구두 수선공-우화(Сапожник-Притча)」(1829)에 대한 암유(暗喩)이다. 이 시에서 아펠레스의 작업실을 방문한 구두 수선공은 아펠레스의 그림에 이런저런 비판을 가하는데 참다 못한 아펠레스가 "친구, 구두 위로는 평하지 말게나" 하고 말한다.

존 스튜어트 밀 John Stuart Mill(1806~1873). 영국의 철학자이자 경제학자, 정치가로 『자유론(*On Liberty*)』(1859)의 저자.

322 **자신이 실수했던 사실을 회상하도록 몰아붙였던 것은 그저 노인 특유의 애교였을까?** 밀에 대한 주해서(註解書)에서 자신이 범한 실책에 대해서 그는 1877년 4월 21일 아들들에게 보낸 편지에 기록하고 있다.

예고르 표도로비치 헤겔보다 안드레이 이바노비치 포이어바흐가 더 선호되었다 게오르크 빌헬름 프리드리히 헤겔(Georg Wilhelm Friedrich Hegel, 1770~1831)과 루트비히 안드레아스 포이어바흐(Ludwig Andreas Feuerbach, 1804~1872)의 이름을 장난스럽게 변형하고 있다. '예고르 표도로비치 헤겔'은 벨린스키가 1841년 3월 1일 보트킨(В. П. Боткин, 1811~1869, 러시아 문학 비평가이자 번역가)에게 쓴 편지에서 농담으로 '예고르 표도로비치' 헤겔로부터의 이탈을 선언한 데 착안한 것이고, '안드레이 이바노비치 포이어바흐'는 포이어바흐의 두 번째 이름인 **안드레아스(→ 안드레이)**와 유명한 법학자였던 그의 아버지 파울 요한 안젤름 리터 폰 포이어바흐(Paul Johann Anselm Ritter von Feuerbach)의 두 번째 이름 **요한(→ 이바노비치)**을 합성해서 만들었다.

323 **레닌은 "지구는 인간 감각의 종합"이라는 이론을 "지구는 인간이 출현하기 전에 이미 존재했다"는 이론으로 반박했다** 레닌의 『유물론과 경험 비판론(*Материализм и эмпириокритицизм*)』(1908)에서 인용.

"우리는 이제 칸트의 불가지(不可知)의 물자체(物自體)를 유기 화학의 도움으로 ~ "우리도 모르는 사이 콜타르에 알리자린이 존재한 고로, 사물은 우리의 인식과 독립하여 존재한다"고 사뭇 진지하게 덧붙였다 레닌의 『유물론과 경험 비판론』 제2장의 주된 명제들.

우리는 나무를 보고 있고 다른 사람도 동일한 사물을 보고 있다 ~ 그리하여 우리 모두는 사물을 실제 존재하는 그대로 본다 1878년 4월 6일 아들들에게 보낸 편지에서 부분적으로 인용하고 있다.

「철학에 있어서의 인류학적 원리」 체르니솁스키의 주요 철학 논문으로 원시 유물론의 주요 개념이 서술되어 있다.

체르니셰프스키는 보습과 쟁기를 구분하지 못했고, 맥주와 마데이라를 혼동했으며 마데이라 와인은 마데이라 섬에서 생산되는 알코올 성분이 높은 포도주를 가리킨다. 체르니솁스키는 아내에게 보낸 편지들에서 자주 "늙은 말과 망아지를, 쟁기와 보습을 구별하지" 못했다고 고백하고 있다. 또한 그는 언젠가 손님으로 가서 "평범한 러시아 맥주"를 마데이라로 착각했던 사건도 언급하고 있다.

그것들(시베리아 타이가 지역의 꽃들)은 러시아 전 지역에 걸쳐 피는 것과 동일한 유형이다 1881년 11월 1일 아내에게 보낸 편지에서.

324 **고골의 페트루슈카의 냄새** 고골의 『죽은 혼』에서 치치코프의 하인 페트루슈카는 "항상 자기만의 독특한 공기, 고유한 냄새"를 풍기고 다녀, 치치코프는 그에게, "헤이, 이봐, 알 수 없는 노릇이야, 땀나는 거야? 목욕탕이라도 다녀와"라고 말한다.(제2장)

존재하는 모든 것은 합리적 헤겔의 『법철학(*Philosophy of Rightt*)』(1821)에서 경구 형식으로 표현된 헤겔 철학의 주요 공리 중 하나이다. "합리적인 것은 현실적이고, 현실적인 것은 합리적이다."

「공동체적 소유」 체르니솁스키의 논문 「공동체적 소유에 반대하는 철학적 편견에 대한 비판(Критика философских предубеждений против общинного владения)」(1858)을 염두에 두고 있는데, 본문에서 언급한 삼단 논법의 예가 제시되어 있다.

325 **『신성 가족』에서 다음과 같이 천명하고 있는 마르크스로 ~ 시로 번역해 본다** 마르크스의 『신성 가족(*Die heilige Familie*)』(1845)의 다음 구절을 시로 풀어 5음보 약강격 무운시로 번역한 것이다. "인간의 본원적 선과 인간의 동등한 이지적 재능, 경험과 습관과 교육의 전능함, 외적 상황이 인간에 미치는 영향, 산업의 지대한 의의, 향유의 인정 등에 관한 유물론적 학설과, 공산주의 및 사회주의의 필연적 연관을 감지하는 데에는 결코 커다란 통찰력이 필요하지 않다."

바르나울 러시아 알타이 주의 주도. 오비 강에 위치한 하안 도시로 편리한 교통망에 힘입어 러시아 혁명 후, 대공업 도시로 발전하였으며, 알타이의 공업 생산 대부분이 이곳에 집중되어 있다.

스테클로프는, 체르니셉스키가 ~ 이는 바르나울의 장인 폴주노프와 와트의 관계와 같다고 간주한다 스테클로프는 『체르니셉스키에 대한 첨언(*Ещё о Н. Г. Чернышевском*)』(1930)에서 "물론, 그 누구도 체르니셉스키와 마르크스가 동격임을 증명하지는 못했다. (…) 이는 체르니셉스키의 천재성에도 불구하고 러시아의 삶의 후진성 때문에 불가능했다. 그러나 국가의 후진성이 탁월한 개인의 발전까지 막지는 못한다. (…) 러시아의 경제적 발전의 미약함에도 불구하고 러시아의 장인 폴주노프는 1766년, 바르나울에서 와트와 거의 동시에 증기 기관차를 만들었다"라고 쓰고 있다.

독일인을 질색했던 바쿠닌의 평에 의하면 "뼛속까지 프티 부르주아"인 러시아의 무정부주의자인 바쿠닌(Михаил Александрович Бакунин, 1814~1876)은 독일의 시인 게오르크 헤르베크(Georg Herwegh, 1817~1875)에게 보낸 편지에서 마르크스와 엥겔스에 대해 "그들은 발끝에서 머리끝까지 촌스러운 부르주아였다"라고 쓰고 있다.

der große russische Gelehrte 『자본론(*Das Kapital*)』 제2판 서문에서 마르크스는 체르니셉스키에 대해 이렇게 평하고 있다.

326 **라츠키는 완전히 오판하여 ~ "텅 빈 강둑에서 신대륙을 개척하러 나아가**

고자 항해하며 지나가는 거대한 배(마르크스의 배)를 바라보고 있는" 인간과 비교하고 있다 예브게니 랴츠키(Евгений Александрович Ляцкий, 1868~1942)는 러시아 문학사가로 체르니셉스키에 관해 많은 저서를 집필했다. 랴츠키의 『시베리아에서의 체르니셉스키-가족과의 서신 왕래(*Чернышевский в Сибири. Переписка с родными*)』(1913) 서문에 나오는 비유를 풀어 쓰고 있다.

빌류이 강 러시아 연방의 야쿠티야 공화국을 통과해 흐른다. 시베리아 동부의 가장 긴 강으로 레나 강의 지류이다.

보긴 했지요, 그러나 읽지 않고 페이지를 차례차례 찢어 종이배(강조는 나의 것)를 만들어 빌류이 강을 따라 띄워 보냈답니다 1884년 아스트라한에서 체르니셉스키를 만났던 에르텔(А. И. Эртель, 1855~1908)이 전한 체르니셉스키의 말이다.

1850년대부터 1888년(1년을 깎아내렸다)에 이르는 동안 완전한 철학적 유물론의 수준에 머물러 있는, 진실로 위대한 유일한 작가 『유물론과 경험 비판론』 제4장 제1절의 첨언 부분에서 인용하고 있다.

네, 분명 공통점이 있었어요. 명료한 문체와 역동적 언변……~그리고 마지막으로 이 두 사람의 도덕적 풍모에 있어서도요 러시아 마르크스주의 혁명가이자 예술 이론가인 루나차르스키(Анатолий Васильевич Луначарский, 1875~1933)는 레닌의 부인인 크룹스카야(Надежда Константиновна Крупская, 1869~1939)와 나눈 대화를 『Н. Г. 체르니셉스키』(1928)에 삽입된 논문 「체르니셉스키의 탄생 기념일에(К юбилею Н. Г. Чернышевского)」에서 회고하고 있다.

스테클로프는 체르니셉스키의 논문 「철학에 있어서의 인류학적 원리」를 "러시아 공산주의 최초의 철학적 마니페스트"로 명명하고 있다 스테클로프의 『체르니셉스키에 대한 첨언』에서 인용.

327 **전문 철학자인 유르케비치에게는 그를 격파하는 것이 너무 쉬웠다~『동시대인』에 재인용하고 있다** 러시아 종교 철학자이자 블라디미르

솔로비요프의 스승이었던 팜필 유르케비치(Памфил Данилович Юркевич, 1827~1874)는 논문 「인간 정신학 중에서(Из науки о человеческом духе)」—『키예프 신학 아카데미 논문집(*Труды Киевской Духовной Академии*)』(1860, 제4호)에 게재했다가 『러시아 통보』(1861, 제4호)에 그 일부를 다시 게재했다—에서 「철학에 있어서의 인류학적 원리」에 혹평을 가했다. 체르니셉스키는 이 혹평에 대해 칼럼 「토론의 아름다움-최초 수집품, '러시아 통보'에서 수집한 아름다움(Полемические красоты. Коллекция первая. Красоты, собранные из 'Русского вестника')」에서 "나는 논문의 3분의 1 이상을 재인용할 권리가 없다. 나는 이 권리를 전적으로 행사해야 한다"라고 반어적으로 예고하며, 유르케비치의 논문에서 많은 구절들을 재인용하고 있다.

그의 손이 막노동을 하는 동안, 그의 머리는 범인류적 문제에 대해 고민한다 「철학에 있어서의 인류학적 원리」에서 인용.

328 **푸리에의 세계, 열두 개의 정념의 조화~푸리에가 우리의 인력과 뉴턴의 중력 사이에 설정한 상응 관계는 특히 매혹적이어서** 생산자 협동조합인 팔랑주(phalange)에 기반한 사회의 건설을 주장한, 프랑스의 공상적 사회주의자 샤를 푸리에(Charles Fourier, 1772~1837)의 주된 명제들을 반어적으로 열거하고 있다.

수 sou, 프랑스 화폐. 푸리에의 증언에 의하면, 지방인 리옹에서는 14수에 똑같은, 아니 더 나은 사과를 백 개나 살 수 있었다는 것이다.

seculorum novus nascitur ordo 베르길리우스의 제4 전원시(이 작품은 훗날 그리스도에 관한 예언으로 해석되어 '메시아적 전원시'라고도 불림)에서 인용. 그런데 체르니셉스키는 부정확하게 인용하고 있다: "Magnus ab integro saeclorum nascitur ordo (…) Iam nova progenies caelo demittitur alto〔시대의 위대한 질서가 새로이 탄생하도다. (…) 이제 높은 천계(天界)에서 새로운 세대가

내려오도다).”

우리가 정말 키케로나 카이사르의 시대에～새로운 세계가 출현하는 시대에 산다면 어떨까……? 1848년 10월 10일 자 일기에서.

329 **어떤 새로운 시대정신이 불기 시작했다는 것인지 난 정말 알고 싶다～단지 하인들이 무례해졌을 뿐, 나머지는 예전과 똑같다** 주바토프 장군은 살티코프 셰드린의 풍자 작품군(群) 『순진한 이야기(*Невинные рассказы*)』와 『산문으로 된 풍자(*Сатиры в прозе*)』에 계속해서 등장하는 인물로 보수주의자이다. 주바토프가 쓴 칼럼 「독자에게(К читателям)」에 나오는 그의 한 항변을 인용하고 있다.

달 Владимир Иванович Даль(1801~1872). 러시아의 민속학자, 작가이자 의사로, 러시아어 주해 사전의 편찬자.

빌뉴스의 주지사 나지모프 앞으로 발행된 최초의 칙서! 1857년 11월 20일, 농노 개혁의 서막을 알리는 알렉산드르 2세의 칙령을 가리킨다. 이 칙령은 빌뉴스의 주지사였던 블라디미르 나지모프 장군(Владимир Иванович Назимов, 1802~1874)에게 내려진 것으로, 그는 이전에 러시아 제국 북서쪽의 주들부터 농노 해방을 개시할 것을 제안한 바 있다.

평화 중재자와 온유한 자에게 약속된 축복으로～행복감 속에서 제위에 오른다…… 체르니솁스키의 논문 「농촌 생활의 새로운 조건에 관하여(О новых условиях сельского быта)」에서 인용.

330 **비서 스투덴츠키** 과거 사라토프 신학교의 학생으로 체르니솁스키의 비서로 일했던 사람은 스투덴스키(Студенский)였다. 나보코프는 의도적으로 스투덴츠키(Студентский)로 바꾸어 ‘대학생(студент)’을 연상시키고 있는 듯하다.

『동시대인』에 게재할 논문을 쓰거나 다른 뭔가를 읽으며 여백에 메모를 했다 체르니솁스키의 발의로, 자유주의 경향의 독일 역사학자인 프리드리히 슐로서(Friedrich Christoph Schlossers, 1776~1861)의 『세계사』 번역에 착수했는데, 그는 편집인이자 역자로 이 작업에 동참했다. 네크라소프와 사실혼 관계였던 여류 작가 파나예바(Авдотья Яковлевна Панаева, 1820~1893)는 자신의 『회상록(*Воспоминания*)』(1889)에서 체르니셉스키가 비서에게 번역을 받아쓰게 하면서 사이사이에 글도 쓰고 다른 책도 읽는 모습을 기록하고 있다.

331 **드미트리 그리고로비치** Дмитрий Васильевич Григорович (1822~1899). 고골의 자연주의와 벨린스키의 비판적 사실주의 계보를 잇는 작가로, 도스토옙스키와 체호프를 발견하는 데 공헌했다. 「마을(Деревня)」(1846), 「불행한 안톤(Антон Горемыка)」(1847) 등의 작품이 있다.

투르게네프, 그리고로비치, 톨스토이는 자기들끼리 온갖 방식으로 조롱하며 그를 '빈대향 신사'라 불렀다 투르게네프가 보트킨에게 보낸 1855년 7월 9일 자 편지에서.

스파스코예에서 투르게네프와 그리고로비치가 보트킨, 드루지닌과 함께 실내 소극(笑劇)을 써서 상연한 적이 있었다 1855년 5월 말, 투르게네프는 위의 작가들을 자신의 영지인 스파스코예로 초대하여 실내 소극을 써서 상연했는데 후에 그리고로비치가 중편 「의전(儀典) 수업(Школа гостеприимства)」(1855)으로 개작했고, 여기서 체르니셉스키가 희화된 모습으로 그려지고 있다.

바로 이 '라가'로부터 7년 후에 라케예프('저주받은 자'를 체포한 헌병 대령)가 나왔고 투르게네프가 드루지닌과 그리고로비치에게 보낸 1855년 7월 10일 자 편지에서 인용. '라가'(러시아식 발음은 '라카')는 고대 유대식으로 '바보 천치 녀석', '쓸데없는 인간', '썩을 놈' 등을 뜻하는 욕이다. 투르게네프는 아마도 신약의 "자기 형제를 가리켜 바보〔라가〕라고 욕하는 사람은 중앙 법정에 넘겨질 것이다"(「마태오의 복음서」 5장 22절)를 통해 이 단어를 기억했던 듯하다. 이때 'raka(라카)'와 체르니셉스키를 체포한 헌병 대령 'Rakeev(라케예프)'의 발음이 유사해지면서 언어유희가 발생한 것이다.

332 **투르게네프는 도브롤류보프가 『전야』에 대해 독설을 퍼부어 떠났던 것이다** 혁명 민주주의 경향의 러시아 사상가이자 문학 비평가인 도브롤류보프(Николай Александрович Добролюбов, 1836~1861)가 『동시대인』(1860, 제3호)에 게재했던 논문 「투르게네프 씨의 새로운 중편-'오늘이라는 날은 언제 오는가?'(Новая повесть г. Тургенева. (Когда же придет настоящий день?))」를 염두에 두고 있다. 투르게네프는 교정쇄 상태에서 이 논문을 미리 읽고 격분하여, А. Я. 파나예바의 『회상록』에 의하면, 네크라소프에게 도브롤류보프와 자신 중 누구를 택할 것인지 선택하라고 최후통첩을 했다고 한다. 네크라소프는 도브롤류보프를 택했고 이는 투르게네프가 『동시대인』의 편집진과 절연하게 된 계기가 되었다.

"그의 말이, 어리석은 불쾌한 일에 대해 말하고 있는 카랑카랑한 불쾌한 목소리가~구석 자리에서 노발대발하고 있답니다"라고 썼다 1856년 7월 2일, 톨스토이가 네크라소프에게 보낸 편지에서.

"귀족들은 신분상 아랫사람들과 이야기할 때, 혹은 아랫사람들에 대해 이야기할 때면 거친 천민이 되어 갔다"고 지적하고 있다 스테클로프의 『체르니솁스키-그의 생애와 활동』에서 인용.

톨스토이를 반박하는 온갖 어휘가~"저속한 엉덩이를 덮지 못하는 자신의 꼬리를 자랑하는 어리석은 공작새의 오만함" 등—에 대해 실컷 이야기했던 것이다 체르니솁스키가 투르게네프에게 보낸 1857년 1월 7일 자 편지에서.

오스트롭스키 러시아 국민 연극의 발전에 초석을 다진 극작가 알렉산드르 오스트롭스키(Александр Николаевич Островский, 1823~1886)를 가리킨다. 대표작으로 『뇌우(*Гроза*)』(1860), 『숲(*Лес*)』(1871) 등이 있다.

두디시킨(『조국의 기록』)은 분개하여~"당신에게 시란 시 형식으로 개작된 정치·경제의 장(章)들이군요") 『조국의 기록』 편집인으로 일했던(1860~1866) 언론인이자 비평가인 두디시킨(Степан Семёнович

Дудышкин, 1820~1866)의, 『동시대인』을 겨냥한 정책 기사(『조국의 기록』, 1861, 제8호)에서 인용.

신비주의 진영의 적수들은(예컨대 코스토마로프 교수) 체르니셉스키의 '매력'에 대해, 악마와 흡사한 용모에 대해 이야기했다 역사학자인 니콜라이 코스토마로프(Николай Иванович Костомаров, 1817~1885)는 사라토프와 페테르부르크 시절 체르니셉스키의 지인이었는데, 두 사람은 1850년대 말부터 시각차를 보여 절교했다. 코스토마로프는 사후 출판된 『자서전(*Автобиография*)』(1922)에서 "체르니셉스키가 자신이 진짜 악마인 듯 행세한 많은 예"를 회상하고 있다.

333 **블라고스베틀로프(자신을 멋쟁이라 여기며～교회지기 스타일의 독일식 옷차림에 대해 이야기했다** 60년대인이자 사회 평론가인 블라고스베틀로프(Григорий Евлампиевич Благосветлов, 1824~1880)는 사라토프 신학교와 페테르부르크 대학 시절 체르니셉스키의 친구로, 급진적인 잡지 『러시아의 말』의 편집인이자(1860~1866) '토지와 자유당'의 비밀 회원이었다. 그의 혁명가적 입장과는 상반되는 개인적 부와 사치의 추구에 대해서는 많은 회상록 작가들이 언급하고 있다. 체르니셉스키를 비하하는 본문의 평가는 그가 폴론스키(Яков Петрович Полонский, 1819~1898, 러시아 시인이자 소설가)에게 보낸 1859년 5월 1일 자 편지에서 인용.

체르니셉스키가 구(區) 경찰서에서의～잡지에 천편일률적이라는 낙인을 남긴 것은 시인하면서도 1857년 7월 27일, 네크라소프가 투르게네프에게 보낸 편지에서 인용.

체르니셉스키는 네크라소프와의 첫 만남을 이미 익숙한 예의 꼼꼼함, 면밀함으로 묘사했다～발걸음 수까지 포함하여 제공하면서) 알렉산드르 피핀은 1883년 11월 28일과 12월 24일의 편지에서, 체르니셉스키에게 1850년대에 대해, 특히 당대의 주요 작가들에 대해 회고록을 써 달라 요청했고, 이에 체르니셉스키는 네크라소프, 도브롤류보프, 투르게네프에 대한 단편적인 수기를 썼다.

334 **그대의 날들이 암울했다 말하지 마오~아, 기다려 다오! 나의 무덤이 임박했으니……** 네크라소프의 시 「무거운 십자가가 그녀의 운명에 드리우고(Тяжёлый крест достался ей на долю...」(1855)의 제5, 6연 중 마지막 행만 제외한 채 인용하고 있다.

"말하지 마오, 그는 신중함을 잊었고, 그 스스로 자신의 운명에 책임지게 될 것이라고" 등등 네크라소프의 시 「예언자」의 도입 부분을 구두점만 변형하여 인용하고 있다. "말하지 마오, '그는 신중함을 잊었다! / 그는 스스로 자신의 운명에 책임지게 되리라!'"

335 **에브도키야 라스톱치나** Евдокия Петровна Растопчина(1811~1858). 여류 시인이자 작가. 그녀의 두 권짜리 시집에 대한 서평에서 체르니솁스키는 줄곧 조롱 투로 말하고 있다.

아브도티야 글린카 Авдотья Павловна Глинка(1795~1863). 여류 시인이자, 작곡가 표도르 글린카의 아내. 1850년대에 통속 소설로 등단했으며 그중 「폴리나 백작 부인(Графиня Полина)」(1856)에 대해 체르니솁스키는 『동시대인』에서 야유를 퍼붓고 있다.

부정확하고 별 뜻 없는 재잘거림 푸시킨의 『예브게니 오네긴』 제3장 제29연에서 인용한 구절.

위고는 그를 대경실색하게 한 반면 스윈번은 경탄을 자아냈다 앨저넌 스윈번(Algernon Charles Swinburne, 1837~1909)은 영국의 시인이자 평론가. 체르니솁스키는 1877년 4월 25일 아들 미하일에게 쓴 편지에서, 빅토르 위고의 드라마는 그의 소설이나 시와 마찬가지로 어리석기 그지없어 전혀 재능이 없는데, 그보다 열 배나 더 재능 있어 보이는 영국 시인 스윈번이 마치 위고를 스승인 양 찬사하는 것을 보니 우습다고 적고 있다.

플로베르라는 성은 프랑스어로 'o'를 사용하여 적혀 있었는데 즉 'Fl**au**bert'로 적혀 있어야 했는데, 부정확하게 'Fl**o**bert'로 적혀 있었다는 것이다.

플로베르를 자허마조흐나 슈필하겐보다도 아래 단계로 간주했다 자허마조흐(Leopold von Sacher-Masoch, 1836~1895)는 성적 심리를 다룬 소설을 주로 써서 '마조히즘'이라는 용어를 탄생시킨 오스트리아의 소설가. 슈필하겐(Friedrich von Spielhagen, 1829~1911)은 독일의 대중 작가로 사회 소설을 주로 씀. 체르니셉스키는 1878년 5월 14일 아들 미하일에게 보낸 편지에서, 이 두 작가가 플로베르나 여타 인기 있는 프랑스 작가보다 훨씬 더 뛰어나다고 쓰고 있다.

평균적인 프랑스인이 베랑제를 사랑했던 것처럼 그 역시 베랑제를 사랑했다 「러시아 문학의 고골 시대 개관」에서 체르니셉스키는 19세기 프랑스 문학이 형편없다고 평하면서 단 하나의 예외로 베랑제(Pierre-Jean de Béranger, 1780~1857, 시인이자 샹송 작사가)를 거명하고 있다. 수년이 지나 1883년 8월 10일, 아들 알렉산드르에게 보낸 편지에서도 동일한 평가를 내리고 있다.

콘드라티 릴레예프 Кондратий Федорович Рылеев(1795~1826). 시인이자 12월 당원으로, 교수형을 당한 다섯 명의 주동자 중 한 사람이다.

세상에, 당신은 지금 이 남자가 시적이지 않다고 말씀하시는 건가요?~눈물 흘리며 베랑제와 릴레예프를 낭독했던 것을 알고 계신가요? 스테클로프 자신이 직접 한 말이 아니라 M. 안토노비치의 회상록 중 한 구절을 발췌하고 있다.

아스트라한 러시아 연방 남서부 아스트라한 주의 주도. 볼가 강의 하구 삼각주에 있는 하항 도시로 카스피 해로부터 1백 킬로미터 떨어져 있다. 지명은 그리스어로 '숙영지(宿營地)의 별'이라는 뜻이다. 13세기의 취락 아시타르흐한이 도시의 기원으로 1460년대부터는 아스트라 한국(汗國)의 수도였으며, 1556년 뇌제(雷帝) 이반 4세에게 점령당해 러시아에 합병되었다.

336 **아스트라한에서 그와 나눈 대화를 통해~가장 훌륭한 현대의 소설가가**

누구인지 묻는 집요한 질문에 대해 그는 막심 벨린스키를 거명했다 '톨스토이 백작'과 벨린스키에 대한 체르니솁스키의 진술은 아스트라한에서 그를 만났던 60년대인 중 한 사람인 판텔레예프(Л. Ф. Пантелеев, 1840~1919)의 『회상록(*Воспоминания*)』에 근거하고 있다.

청년 시절의 일기에 "정치 문학이야말로 최고의 문학이다"라고 썼다 1848년 12월 10일 자 일기에서.

"문학은 특정 사상 유파의 시녀가 되지 않을 수 없다"~"역사는 단지 미적 관념으로만 창조된 예술 작품은 모르기 때문이다"라고 말하면서 벨린스키를 계승하고 있다 「러시아 문학의 고골 시대 개관」에 포함된 7번째 논문과 9번째 논문에 나오는 구절들이다.

"조르주 상드는 당연히 유럽 시인의 명부에~"발군의 예술가인 세르반테스, 월터 스콧, 쿠퍼뿐만 아니라~무한히 중대한 가치를 지닌다"고 간주했던 벨린스키를 벨린스키의 「고골의 장시 '죽은 혼'에 관한 해명에 대한 해명(Объяснения на объяснения по поводу поэмы Гоголя "Мертвые души")」(1842)에서 다소 부정확하게, 약간 생략한 채 인용하고 있다.

고골의 형상은, 예컨대 디킨스나 필딩 혹은 스턴과 비교할 때 극히 미미하다 아내에게 보낸 1877년 8월 30일 자 편지에서.

"오, 루시여!"라는 고골의(동시에 푸시킨의) 환성은 『죽은 혼』 제1권 마지막 부분의 유명한 감탄("루시여, 넌 대체 어디를 향해 달려가는가? 답을 다오")과 푸시킨의 『예브게니 오네긴』 제2장의 라틴어 제사(題詞)의 익살맞은 번역("오, 루시여!")을 병기시키고 있다.

337 **나데즈딘—'문학(literature)'에서~고골이 원칙과 같은 가치를 모르는 것에 대해 애석해했다** 나데즈딘(Николай Иванович Надеждин, 1804~1856)은 비평가이자 미학자로 잡지 『망원경(*Телескоп*)』의 편집인이었으며 라쟌의 신학교를 졸업했다. 체르니솁스키는 「러시아 문학의 고골 시대 개관」에서 그를 시대를 앞서간 선구적 사상가

이자 벨린스키의 직접적 계승자로 평하고 있다. 즉 푸시킨 시대에 오로지 나데즈딘만이 "사물을 올바른 관점으로 이해할 줄 알았다"는 것이다. 논문 「고골의 저작과 서한(Сочинения и письма Н. В. Гоголя)」(1857)에서 체르니솁스키는 고골이 젊었을 적에 나데즈딘의 진보적 '개념'을 수용하지 못하고 푸시킨과 그의 서클의 유해한 영향 아래 있었음을 애석해했다.

여기 사제 마트베이, 이 음울한 익살꾼도 그에게 푸시킨과 의절하라고 신의 이름으로 간구했던 것이다…… 『친구와의 서신 교환선(*Выбранные места из переписки с друзьями*)』(1847)이 출간된 후, 고골의 편지 친구 중 한 명인 르제프의 사제장 마트베이 콘스탄티놉스키(Матвей Александрович Константиновский, 1792~1857)는 작가에게 보다 엄격한 도덕을 요구했다. 그는 1852년 1~2월에 모스크바에서 고골을 만나 "이단자이자 이교도"인 푸시킨과 의절하고 창조 활동을 중단하라고 호소했다.

벨린스키는 페초린을~기관차에 비유했다 오류다. 사실 벨린스키는 「현대의 영웅-M 레르몬토프의 저작(Герой нашего времени. Сочинение М. Лермонтова)」(1840)에서 레르몬토프의 『현대의 영웅』의 주인공 페초린을 '기관차(паровоз)'가 아니라 '기관선(пароход)'에 비유하고 있다.

"그대는 희생양이 되어 쓰러졌네" "그대는 희생양이 되어 쓰러졌네(Вы жертвою пали)"는 작자 미상의 가사에 곡을 붙인 1870년대의, 혁명의 진혼곡이다.

안녕히, 우리의 동지여! 그댄 오래 살진 못했지~우리 가운데 추억으로 영원하리라 레르몬토프의 시 「말없이 줄지어 서 있었네(В рядах стояли безмолвной толпой...)」(1833)의 마지막 행.

축축한 시형 미완의 장시 「아이들을 위한 동화(Сказка для детей)」에서 레르몬토프는 원래 '축축한 시형(влажный стих)'이 아니라 '축축한 운(влажные рифмы)'에 대한 자신의 애착을 이야기하고 있다. "나는 (…) 예컨대 ю와 같은 축축한 운에 완전히 빠져 있다."

338 **5음보격 『보리스 고두노프』에 끼어든 6음보격 행에 대해서도 ~ 다섯 번이나 반복된 것에 대해서도 그를 비난하라** 나보코프는 『재능』의 영역본에서 보다 구체적으로, 『보리스 고두노프』 제9장에서, 「역병 기간 중의 향연」 제21행에서 오류가 나타나고 있다고 밝히고 있다. 또한 「눈보라(Мятель)」의 16개 행 안에서 해당 단어가 5회 반복되었다고 구체화하고 있다.

헌병대장 벤켄도르프나 제3부의 수장인 폰 포크의 푸시킨에 대한 태도를 명철하게 비교하고 있다 알렉산드르 벤켄도르프(Александр Христофорович Бенкендорф, 1783~1844)는 러시아 장군이자 정치가로, 나폴레옹 전쟁 때 활약했으며 후에 니콜라이 1세의 경찰대장으로 복무했다. 폰 포크(Максим Яковлевич Фон-Фок, 1777~1831)는 제3부의 수장이자, 헌병대장 벤켄도르프의 최측근으로, 그는 보고에서 푸시킨을 "색욕에 먹힌 야심가" 혹은 "아무 생각이 없지만 모든 걸 할 수 있는" 경박한 인간으로 규정하고 있다.

『전쟁의 수사학』의 작가인 톨마초프를 반복했을 뿐이었다 야코프 바실리예비치 톨마초프(Яков Васильевич Толмачев, 1779~1873)는 페테르부르크 대학 교수로 수사학 관련 저서를 집필했다. 그의 제자로 작가이자 문학 비평가였던 파나예프(Иван Иванович Панаев, 1812~1862)는 『문학적 회상록(*Литературные воспоминания*)』(1861)에서 "야코프 바실리예비치는 모든 살아 있는 것, 현대적인 것에 대해 뿌리 깊은 증오를 지니고 있었다"고 말하면서 톨마초프의 푸시킨에 대한 위의 평을 거론했다.

"단지 바이런의 빈약한 모방자일 뿐"이라고 칭하면서 아내에게 보낸 1877년 8월 30일 자 편지에서.

보론초프 백작의 표현("바이런 경의 빈약한 모방자") 미하일 보론초프(Михаил Семенович Воронцов, 1782~1856)는 노보로시스크 주지사이자 베사라비아 총독으로, 푸시킨에 대한 적대적 태도로 유명했다. 그는 러시아 외무 장관이었던 네셀로데(Карл Васильевич Нессельроде, 1780~1862)에게 보낸 1824년 3월 28일 자 편지에서 푸시킨을 "바이런 경의 빈약한 모방자"라 칭하고 있다.

도브롤류보프가 즐겨 떠올렸던 "푸시킨에게는 탄탄하고 심도 깊은 교육이 부족하다"는 생각은 도브롤류보프는 논문 「알렉산드르 세르게예비치 푸시킨(Александр Сергеевич Пушкин)」(1962)에서 푸시킨의 "이론 교육의 경미함"에 대해 쓰고 있다.

보론초프가 했던 지적, 지식을 확장하기 위해 부단히 노력하지 않고서는 진정한 시인이 될 수 없는데, 그에게는 바로 지식이 모자라다 보론초프가 장군이자 정치가였던 키셀료프(Павел Дмитриевич Киселев, 1788~1872)에게 보낸 1824년 3월 6일 자 편지에서 인용.

예브게니 오네긴을 제작했다 해도 천재가 되기에는 역부족이다 대화체 형식으로 쓰인 나데즈딘의 논문 「폴타바-알렉산드르 푸시킨의 장시(Полтава. Поэма Александра Пушкина)」(『유럽 통보』, 1829, 제8호)에서 한 대담자의 독설을 약간 수정하여 인용하고 있다.

"시를 썼다고 대업을 성취했음을~우바로프 Сергей Семенович Уваров(1786~1855). 1833~1849년에 민중교육부 장관으로 재직하면서 정교 신앙, 전제주의, 민족주의의 3대 원칙을 골자로 한 관제 국민주의를 주창하고 반동적 교육 정책을 폈으며, 중앙 검열 위원회의 수장이었다. 1830년대에 이르러 그와 푸시킨의 관계는 점차 적대적으로 되었고 위의 발언은 푸시킨의 죽음에 즈음하여 그가 구두로 한 말이다.

339 **'작은 다리'는 이미 푸시킨이 의도했던 바가 아니라 오히려 독일식의 'Füßchen(작은 발)'을 의미했다** 'Füßchen'은 '작은 다리'를 뜻하는 독일어. 푸시킨의 '작은 다리'가 '귀여움, 사랑스러움'을 의도한 예술적 형상이었다면, 1860년대의 맥락에서 그것은 독일식 실용주의적 사고방식으로 그저 '크기가 작은 다리'로 해석되었다는 것.

340 **"푸시킨이 백성에 둘러싸여 나온다"** 푸시킨의 『보리스 고두노프』 제

22장의 첫 번째 지문.

"저속한 수다"—「근자에 이교도들은 이스탄불을 찬양하네」에 대한 체르니솁스키의 평 페트로파블롭스카야 요새에서 집필된 미완의 「킹레이크의 크림 전쟁(Крымская война по Кинглеку)」(1863)에서, 체르니솁스키는 푸시킨의 시 「근자에 이교도들은 이스탄불을 찬양하네(Стамбул гяуры нынче славят...)」의 도입 부분을 인용한 뒤, "독자여, 이것은 완전한 수다 그 자체다, 이것은 단지 공허하고 무의미하며 저속한 수다일 뿐이다"라고 평하고 있다.

가장 독설적인 비평들을 다시 읽으니~만약 내가 그들을 비웃고자 한다면 아무런 주해도 없이 그것을 재인용하는 것보다 더 나은 묘책을 찾아내지는 못할 것이다 보통 '비평에 대한 반박(Опровержение на критики)'(1830)이라는 축약 제목으로 인쇄된 푸시킨의 수기에서 인용.

"난 쾌락의 부름에 응했다, 마치 전투의 부름에 응하기라도 하듯이"—잘못 인용하였다 푸시킨의 "**그**는 쾌락의 부름에 응했다, 마치 전쟁의 날에, 강렬한 전투에 응하는 것처럼(**Он при́нял вы́зов** наслажде́нья, / **Как при́нимал во дни́ войны́ / Он вы́зов я́ркого сраже́нья**)"을 체르니솁스키는 "**난** 쾌락의 부름에 응했다, 마치 전투의 부름에 응하기라도 **하듯이**(**Я** при́нял вы́зов наслажде́ния, **как вы́зов би́твы при́нял бы**)"로 인용하고 있다. 인용된 푸시킨 시의 율격인 4음보 약강격에서는 8음절에 반드시 강세가 와야 하는데, 체르니솁스키는 비강세 단어인 'бы(~듯이, ~텐데)'를 위치시킴으로써 고전적 율격을 왜곡하고 있음을 지적하고 있다(또한 인용된 시의 첫 행에서 모음 и가 추가되면서(наслажде́ния) 5음보 약강격이 되는 실수도 범하고 있다).

341 **부콜 라브로프** Вукол Михайлович Лавров(1852~1912). 언론인이자 번역가로 『러시아 사상』 편집자.

342 **"여기 당신을 위한 테마가 있습니다~대중은 그의 영감을 주도할 권리가**

없지요" 「이집트의 밤」 제2장의 인용으로, 주인공 차르스키는 이탈리아 사람으로 즉흥 시인이다.

343 **『호각』에서 레르몬토프를 패러디하며 피로고프를 조롱했다는 것 정도다** 『호각(*Свисток*)』은 『동시대인』의 부록으로 풍자적 성격을 지니며 도브롤류보프의 기획으로 만들어졌다. 도브롤류보프는 정기적으로 이 『호각』에 시의성 짙은 패러디나 시를 게재했는데, 보통 유명한 러시아 시를 희극적으로 반복하는 형태를 취했다. 한 예로 레르몬토프의 「나 홀로 길을 나서네(Выхожу один я на дорогу...)」를 패러디한 「생각에 잠겨 학급을 나서네(Выхожу задумчиво из класса...)」에서 저명한 의사이자 교육자인 피로고프(Николай Иванович Пирогов, 1810~1881)가 학교의 체벌 문제에 타협하는 입장을 취한 것에 대해 조롱하고 있다.

레비츠키 『프롤로그』의 주인공인 교육 대학의 학생 블라디미르 알렉세예비치 레비츠키(Владимир Алексеевич Левицкий)는 호색한으로 그려진다. 가장 먼저 볼기나 부인에게 관심을 보이고, 이후 일라톤체프가(家)에서 가정 교사로 근무하면서 그 집의 하녀인 메리(Мери), 유부녀인 아뉴타(Анюта), 이웃집 지주의 정부인 농노 나스탸(Настя)와 정분이 난다.

두라츠키 게임 현재 두락(Durak) 게임으로 알려진 두라츠키(Дурачки, '바보'라는 뜻) 카드 게임은 러시아에서 유행하는 실내 게임이다. 게임 룰에 따라 자신이 카드를 내지 못하면 '두락(바보)'이 된다.

스타라야 루사 노브고로드 주 스타로루스키 군의 중심지.

344 **1859년 초 니콜라이 가브릴로비치의 귀에~결혼하려 한다는 소문이 들렸다** 도브롤류보프의 올가 소크라토브나와 그의 여동생에 대한 연정은, 도브롤류보프가 보르듀고프(И. Бордюгов)와 주고받은 편지들과 체르니솁스키가 알렉산드르 피핀에게 보낸 1878년 2월 25일 자 편지에 근거하여 서술되었다.

그는 '게르첸을 격파하러'~「종」에서 바로 이 도브롤류보프를 공격했던 일을 책망하러 런던으로 떠났다 체르니셉스키가 런던으로 잠깐 여행을 떠난 것은 1859년 6월로, 게르첸이 「종」에 『동시대인』의 급진적 성향, 특히 도브롤류보프를 겨냥하여 「매우 위험하다(Very Dangerous)!!!」라는 극히 논쟁적인 글을 게재한 직후였다. 그러나 실제로 이 여행에 대해서는 알려진 바가 거의 없다.

345 **나탈리아 알렉세예브나 투치코바 오가료바** Наталья Алексеевна Тучкова-Огарева(1829~1913). 오가료프(Николай Платонович Огарев, 1813~1877, 시인이자 혁명적 민주주의자로, 런던으로 이주한 후 게르첸과 함께 「종」을 창간)의 부인으로 영국으로 망명 온 후 남편과 헤어지고 게르첸과 사실혼 관계에 있었다. 그녀는 자신의 『회상록(*Воспоминания*)』(1890)에서 게르첸과 체르니셉스키의 만남을 기록하고 있는데, 본문의 장면은 투치코바의 묘사를 상세히 인용한 것이다.

346 **"저도 이만한 아이들이 있는데 거의 못 보지요~빅토르는 그곳에서 곧 사망하고 만다.〕** 체르니셉스키는 아버지에게 보낸 1860년 9월 5일자 편지에서 자기 아이들의 이름을 혼동하고 있다. 이와 관련해 나중에 올가 소크라토브나는 "아빠가 거짓말만 했다"라고 말하고 있다. 빅토르는 1860년 11월 19일 사라토프에서 성홍열로 죽었다.

셸구노프는 회상하고 있고 셸구노프의 회상기에는 체르니셉스키가 성명서 「귀족의 농노에게 지지자가 보내는 인사(Барским крестьянам от их доброжелателей поклон)」의 저자로 직접 거명되고 있다. "나는 성명서 '군인에게', 체르니셉스키는 성명서 '민중에게'를 써서 코스토마로프에게 인쇄하라고 넘겼다. 우리 사이에 대화는 별로 없었고 성명서에 대해서는 더욱 그랬다."

블라디슬라프 코스토마로프 원래는 프세볼로트 코스토마로프인데 나보코프는 다분히 고의적으로 이름상의 실수를 범하고 있는 듯하다(546쪽 '프세볼로트 코스토마로프' 참조). 이는 이 책 제5장에서 고두노프 체르딘체프의 책에 대해 꼼꼼한 비평가들이 몇 가지 오기를 발견한 것을 정당화하기 위한 것으로 보인다.

라스토프친 정치가이자 작가로, 나폴레옹 침공 당시 모스크바 총독이었던 라스토프친 백작(Федор Васильевич Растопчин, 1763~1826)은 일부러 평민의 문체로 쓴, 그가 '전단'이라 부른 민중을 향한 호소문을 배포했다.

바로 이거였제, 완전-진짜 자유란 것이……~다만 한 동리에서 불란이 인다고 그것이 뭔 소용이겄소? 「귀족의 농노에게 지지자가 보내는 인사」에서 인용.

'불란(bulga)'이라는 단어는 볼가 강 주변의 어휘이므로 달(Даль)의 사전에 따르면, 'булга'는 '불안, 동요, 소요'를 뜻하는 단어로 '심비르스크'(현재의 울리야노프스크 주로 볼가 강에 면해 있다)의 표징을 지닌다.

체르니솁스키는 1861년 7월~중심 요원 5인—'지하' 단체의 핵심—을 구성하자고 제안했다 체르니솁스키가 비밀 단체 '토지와 자유당'의 사상적 고무자(鼓舞者)였던 것은 분명하지만, 그가 실제 참여했는지의 여부는 현재까지도 논의가 분분하다. '토지와 자유당'의 최초 지도자 중 한 사람이었으나 혁명 운동에서 곧장 이탈했던 슬렙초프(Александр Александрович Слепцов, 1835~1906)는 체르니솁스키가 이 단체의 발기인이었으며 중앙 비밀 요원 5인 중 한 명이었다고 증언했다. 그러나 그의 증언은 일련의 다른 증언들에서 번복된다.

347 **니콜라이 가브릴로비치의 요리사로 일한 사람은 수위의 아내로~헛되이** 제3부의 비밀 요원들의 보고에는 스파이들의 신상 명세도 밝혀져 있다. 실제로 스파이는 '매수된' 수위와 그의 아내로, 그녀는 체르니솁스키의 요리사로 배치되었다. 다만 여자 스파이의 신장, 나이, 얼굴색, 이름(뮤즈)은 문헌상으로 밝혀진 바 없고, 이는 나보코프의 창작에 의한 것이다.

"갑자기 말쑥하게 면도한 혈기 왕성한 신사가 나왔는데"~(체르니솁스키의 외모는 여전히 잘 알려지지 않았던 것이다) 이 목격자는 러시아의 언론인이자 작가, 변호사인 레인가룻트(Николай Викторович Рейнгардт, 1842~1905년 이후)로, 그는 도브롤류보프의 장례식장에서 자신의 오랜 우상이었던 체르니솁스키를 처음 보았다고 한다. 그 외 도브롤류보프의 장례식에 대해서는 А. Я. 파나예바, И. И 파나예프를 비롯, 많은 회상록 작가들이 기록을 남기고 있다. 체르니솁스키가 도브롤류보프의 장례식에서 낭독했던 연설문은 남아 있지 않아, 나보코프는 위에 언급된 원전들을 토대로 체르니솁스키가 『동시대인』에 게재한 추도사 「도브롤류보프(Н. А. Добролюбов)」의 마지막 부분을 더하여 재구성했다.

도브롤류보프의 조야한 시 죽음 직전 도브롤류보프가 쓴 시를 가리킨다. "다정한 벗이여, 나 죽어 간다오, / 정직했기에. / 대신 나 분명히, 내 고향에까지 / 알려지리라……."

349 **이 광포한 무리는 피, 폭동을 갈망하고 있습니다~우리를 체르니솁스키로부터 구해 주소서** 제3부에 도착한 익명의 편지에서 인용.

고적함, 첩첩산중, 수많은 호수와 습지, 필수품의 부족……~독보적인 인내심마저도 지치게 한다 체르니솁스키는 『러시아 황립 지리학회 시베리아 분회 기요(*Записки Сибирского отдела Императорского Русского Географического общества*)』에 대한 서평을 쓰면서, 셀스키(И. С. Сельский)의 「야쿠츠크에서 스레드네콜림스크까지의 여정기(Описание дороги от Якутска до Среднеколымска)」를 인용하고 있다.

당국이, 예컨대 "음악 부호 아래 악의적인 글이~전문가에게 상당한 보수를 지불하고 이 악보의 해독을 위임했을 때 1851년 3월 15일 모스크바 검열 위원회의 지시 사항 중에 음악 부호 아래 악의적인 글이 은닉되어 있을 수 있으니, 조금이라도 의심되면 위원회와 안면이 있는 음악 전문가에게 해독을 의뢰하라는 내용이 있었다.

주세페 가리발디 Giuseppe Garibaldi(1807~1882). 사보이 왕가 주도의 이탈리아 통일을 이룩하는 데 공헌한 장군.

카밀로 카보우르 Camillo Benso di Cavour(1810~1861). 사보이 왕가 주도의 이탈리아 통일을 이룩했으며 통일 왕국의 초대 총리를 지냄.

가리발디 혹은 카보우르에 관한 기사나~집요하게 반복했을 때 이탈리아에서 일어난 사건을 평한 『동시대인』의 당대 정치 개관과 카보우르 백작에 대한 추도 기사를 염두에 두고 있다.

"체르니솁스키의 특수 기법"을 사실상 정확히 재현하였다 실제로 코스토마로프(정확한 이름은 블라디슬라프가 아닌 프세볼로트)는 조사 위원회를 위해 상세하게 "체르니솁스키의 문학 활동 분석"을 작성했고, 이 글에서 특히 『동시대인』에 특징적인, "명민한 독자라면 훤히 볼 수 있는 말줄임, 암시의 기법"을 통한 "검열 속이기" 기법을 지적하고 있다.

350 **교수였던 또 다른 코스토마로프는 어디에선가 체르니솁스키가 체스를 마스터처럼 둔다고 말한 바 있다** 니콜라이 이바노비치 코스토마로프(572쪽 '신비주의 진영은~이야기했다' 참조)의 『자서전』 초판 내용과 관련하여 체르니솁스키는 "실제로 우리는 체스를 두기는 했다(다만 내가 체스를 '마스터처럼 둔다'는 그의 생각은 부질없다). 사실 당시에도, 그 이후에도 나의 체스 실력은 형편없어서 체스의 고수들은 나와 한판만 두고 나면 더 이상 두려 하지 않았다"고 회상하고 있다.

모세 멘델스존 Moses Mendelssohn(1729~1786). 독일의 계몽 철학자이자 비평가, 성서 번역가로, 작곡가 펠릭스 멘델스존의 할아버지.

레싱과 멘델스존이 체스 판을 중심으로 규합했음을 상기하고 체르니솁스키는 레싱에 관한 글에서, 철학자 멘델스존이 "뛰어난 체스 기사"로서 레싱에게 추천되었고 이후 그들은 "체스판을 매개로 가까워졌다"고 언급하고 있다.

문학 정치 서클로, 루아제의 집에 위치했다 고두노프 체르딘체프는 스테클로프가 범한 실수를 반복하고 있다. 실제로 체스 클럽은 루아제의 집(현재 모이카 강변도로 61번지)이 아니라 넵스키 대로 15번지, 옐리세예프의 집에 위치했다. 루아제의 집에서는 바로 뒤에 언급될 '문학의 밤' 행사가 개최되었다.

니콜라이 세르노 솔로비요비치 Николай Александрович Серно-Соловьевич(1834~1866). 사회 평론가이자 '토지와 자유당' 회원으로 1860년대 지하 혁명 활동에 적극 참여하였고, 체르니솁스키와 같은 날 체포되어 유형 중에 생을 마감했다.

바실리 쿠로치킨 Василий Степанович Курочкин(1831~1875). 시인·번역가이자 언론인으로 혁명 운동과 깊이 연루되었고, '토지와 자유당' 중앙 위원이었다.

니콜라이 크롤 Николай Иванович Кроль(1822~1871). 시인이자 사회 평론가로 그의 음주벽에 대해서는 많은 회상록 작가들이 언급하고 있다.

351 **미하일 미하일로프** Михаил Илларионович Михайлов(1829~1865). 시인이자 번역가, 사회 평론가이자 혁명가로, 성명서 작성과 유포라는 죄목으로 1861년에 유형에 처해졌다.

블라디미르 오브루체프 Владимир Александрович Обручев(1836~1912). 1860년대 혁명 운동의 참가자로, 비밀 단체 '대러시아인(Великоросс)' 회원이었던 그는 1862년에 체포되어 유형에 처해졌다.

루빈시타인은 극히 선동적인 행진곡을 찬연하게 연주했고 저명한 피아니스트이자 작곡가인 루빈시타인(Антон Григорьевич Рубинштейн, 1829~1894)은 이날 행사에서 아우구스트 폰 코체부가 쓴 축제극 「아테네의 폐허」(1811)에 삽입된 베토벤의 행진곡을 연주했다.

파블로프 교수는 루시의 천년 역사를 설하면서~(그의 말을 들었고 그는 즉각 추방당했다) 플라톤 파블로프(Платон Васильевич Павлов, 1823~1895). 역사학자, 사회 활동가이자 페테르부르크 대학 교수. 그는 루아제의 집에서 공개 강연을 통해 대중적 인기를 얻었고 이로 인해 유형당했다.

네크라소프는 도브롤류보프에게 헌정하는~'강력한' 시를 낭독했고 오류다. 이 강연회에서 네크라소프는 M. И. 미하일로프가 번역한 하르트만(Moritz Hartmann)의 시 「하얀 천(Белое покрывало)」을 낭독했다.

그는 눈을 깜박이고 미소를 머금으며 잠시 서 있었다 이하 체르니셉스키의 연설 장면은 주로 이날 강연회에 참석했던 작가 보보리킨(Петр Дмитриевич Боборыкин, 1836~1922)의 회상록을 토대로 하고 있다. 그 외에도 그루지야 출신 사회 평론가이자 사회 활동가인 니콜라제(Николай/Нико Яковлевич Николадзе, 1843~1928)의 회상록도 참고하고 있다.

르시코바, 「60년대 여인의 수기」 나보코프의 고의적인 거짓말로 보인다. '60년대 여인의 수기(Записки шестидесятницы)'라는 제목의 회고록은 예카테리나 주콥스카야(Екатерина Жуковская) 작(作)이었고(1932), 이 회고록에는 체르니셉스키의 강연에 대한 언급이 전혀 없다.

352 **자, 보세요, 자물쇠가 돌아가면 가방은 잠깁니다~매우, 매우 귀엽지요** 체르니셉스키가 페트로파블롭스카야 요새에서 집필했던 미완성 작 「알페리예프(Алферьев)」에서 인용.

니콜라제의 증언에 의하면~체르니셉스키의 신중함을 알아보고 이를 인정하게 되었다고 한다 니콜라제는 1850년대 말에서 1860년대 초 페테르부르크 대학에서 수학하며 학생 시위에 가담했는데, 「1860년대의 추억(Воспоминания о шестидесятых годах)」(1927)에서 체르니셉스키의 성공적이지 못했던 데뷔 연설과, 며칠 후 파블로프 교수가 유배된 후에야 체르니셉스키를 이해하게 된 당시 상황을 기록하고 있다.

"아케이드로 가 주세요!" 『무엇을 할 것인가』의 매우 짧은 마지막 장의 시작 부분에서 상복 차림의 부인이 "아케이드로 가 주세요" 라고 외친다. 그리고 그녀 옆에 서른 살가량의 남자가 앉아 있는데, 이 남자는 오랜 출타를 마치고(감옥인지 해외인지 알려지지 않았다) 막 페테르부르크로 돌아온 체르니셉스키로 추측된다. 이 인용을 통해 도스토옙스키 테마가 도입된다. 도스토옙스키는 체르니셉스키와 그의 후계자인 허무주의자들을 겨냥하여 풍자적 중편을 썼는데, 그 제목이 "악어-이상한 사건 혹은 '아케이드'에서의 돌발적 사건"(1865)이었다.

353 **그 바람 불던 봄날의 사건은 급속히 번져 갔다. 불이다!** 1862년 5월 16일에 시작되어 2주간 지속되었던 페테르부르크 대화재의 진범은 아직까지 밝혀지지 않았다. 5월 28~30일 사이에 폰탄카 운하, 사도바야 거리, 체르니쇼프 골목(현 로모노소프 거리)에 위치한 아프락신 시장 등에서 수천 채의 건물이 불탔다.

약국 창에 걸린 형형색색 유리공에 거꾸로 비쳤다 순식간에 사라졌다 네크라소프의 장시 중 소방대의 출동을 묘사하고 있는 『날씨에 대하여(*О погоде*)』(1865)에서 인용.

그사이 도스토옙스키는 달려서 도착했다~체르니셉스키에게로 달려와 이 모든 것을 중지해 달라고 발작적으로 간청하기 시작했다 여기서 언급되는 도스토옙스키와 체르니셉스키의 회동은 필시 아프락신 시장에서 화재가 일어나기 며칠 전에 이루어진 것으로 보인다. 첫 만남에 대한 두 사람의 기억이 불일치한 가운데, 나보코프는 체르니셉스키의 기억—체르니셉스키의 자전적 수기 「도스토옙스키와 나의 만남(Мои свидания с Ф. М. Достоевским)」(1888)—을 따르고 있다.

요원들 역시 신비한 두려움에 싸여~"체르니셉스키 집의 창문에서 웃음소리가 들렸다"고 밀고했다 1862년 6월 5일 자 밀고장에는 "화재가 한창이던 28일, (…) 체르니셉스키 집에 매우 많은 인사들이 집결했다. (…) 그들은 굉장히 흥겹게, 줄곧 커다랗게 웃어 대서, 열린 창을 통해 이 소리를 들은 이웃 주민들은 몹시 놀랐다"고 적혀 있다.

"성(性)이 키스 비슷하게 발음되는" 모 류베츠키 류베츠키(Любецкий)라는 성은 '사랑(Любовь)'이라는 단어를 상기시킨다. 이 류베츠키와 관련된 사건은 제3부의 1862년 보고에 기록되어 있다.

354 **7월 5일, 그는 자신의 소송 건으로 제3부에 출석해야 했다** 오류다. 실제로 체르니셉스키가 제3부의 수장인 알렉세이 리보비치 포타포프 소장(Алексей Львович Потапов, 1818~1886)을 만난 날짜는 1862년 6월 16일이었다. 그리고 레인가릇트의 회상에 따르면, 체르니셉스키는 '외국'이 아니라 '사라토프'로 가도 되는지를 문의했다고 한다.

어느 날 대규모 연회에서 게르첸은 부주의하게도~러시아로 떠날 채비를 하고 있던 베토시니코프에게 편지를 전했다 게르첸은 이 치명적 실수에 관해서 자신의 『과거와 사색』에 기록하고 있다. 그의 실수로 체포된 파벨 베토시니코프(Павел Александрович Ветошников, 1831~186?)는 시베리아 유형에 처해졌고 이후 돌아오지 못했다.

355 **미하일 무라비요프 백작** Михаил Николаевич Муравьев(1796~1866). 러시아 차르 니콜라이 2세의 외무 장관으로 농노 해방의 극단적 반대자였고, 1863년 리투아니아 지방에서 일어난 폴란드인의 봉기를 잔인하게 진압하여 '사형 집행인'이라는 별명을 얻었다. 체르니셉스키의 『프롤로그』에서 차플린(Чаплин) 백작으로 형상화된다.

표트르 보코프 Петр Иванович Боков(1835~1915). 의사로 체르니셉스키의 가장 친한 친구 중 한 명이다. 동시대인들의 증언에 의하면 『무엇을 할 것인가』의 로푸호프의 원형이라고 한다.

안토노비치('토지와 자유당' 회원으로 체르니셉스키와는 절친한 사이였음에도 불구하고 체르니셉스키 역시 이 단체에 연루되었을 거라고는 생각조

차 해 본 적이 없는) 슬렙초바(М. Н. Слепцова)의 회상기 「다가올 폭풍우의 항해사(Штурманы грядущей бури)」(1933)에는 안토노비치(542쪽 '셰드린·안토노비치' 참조)가 '토지와 자유당' 회원이었고, "그는 체르니솁스키 체포 당일 그와 함께 있었으면서도, N. G. 또한 '토지와 자유당'에 연루되었을 것이라고 생각조차 해 보지 않았다"고 기록되어 있다. 체르니솁스키의 체포 장면은 주로 안토노비치의 회상을 토대로, 약간의 디테일이 가미되어 구성되었다.

푸시킨의 관을 수도에서 사후 유배지로 운반했던 바로 그 라케예프였던 것이다 М. И. 미하일로프의 회상에 의하면, 헌병 대령 라케예프(Федор Спиридонович Ракеев)는 "아세요, 저 역시 역사의 한 페이지가 되었지요. (…) 푸시킨의 시신을 호송하는 임무가 제게 떨어졌답니다. 저 혼자 그를 묻었다고 할 수도 있지요"라고 말했다고 한다.

356 **안토노비치의 오싹한 추측에 의하면 그것은 삼킨 종이였다** 안토노비치는 결코 이런 발언을 한 적이 없고, 이것은 나보코프의 창작이다.

357 **여류 작가 코하놉스카야～"울부짖는 철면피한 무지렁이"가 제거되었던 것이다** 슬라브주의자인 여류 작가 나데즈다 코하놉스카야(Надежда Степановна Кохановская, 실제 성은 Соханская, 1825~1884)가 슬라브주의자 시인인 이반 악사코프에게 보낸 편지에서 인용.

피사레프는 『러시아의 말』에서 그의 번역에 대해 쓰면서 프세볼로트 드미트리예비치 코스토마로프와 시인이자 소설가인 표도르 베르크(Федор Николаевич Берг, 1840~1909)가 함께 번역한 선집을 다루고 있는 피사레프의 논문 「자유로운 러시아의 역자들(Вольные русские переводчики)」(1862)을 염두에 두고 있다.

로버트 번스 Robert Burns(1759~1796). 스코틀랜드의 민족 시인.

358 **푸틸린(형사)** 유명한 형사 이반 푸틸린(Иван Дмитриевич Путилин, 1830~1893)은 체르니솁스키 사건의 조사에 적극 관여

했고 코스토마로프와의 "상당히 좋은 친분 관계"를 십분 활용, 그를 설득하여 소식통, 염탐꾼으로 만들었다. 푸틸린에게 보낸 코스토마로프의 위서(僞書)에는 다양한 서명이 달려 있었는데, 스테클로프가 지적하고 있듯이, 때론 전혀 다른 필체로 쓰여 있었고, 심지어는 체르니셰프스키의 필체와 유사한 것도 있었다.

페오판 옷체나셴코 '옷체나셴코(Отченашенко)'라는 성은 주기도문의 첫 구절, "하늘에 계신 우리 아버지"에서 '우리 아버지(Отче наш)'를 연상시킨다.

잔인한 왕 벤체슬라우스 벤체슬라우스 왕(Wenceslaus, 907~929)은 보헤미아의 그리스도교인 통치자로, 왕위를 노린 동생 볼레슬라우스(Boleslaus)에게 살해되었는데, 죽는 순간에 "사랑으로 동생을 용서한다"고 외쳤다. 이에 가톨릭교회는 그를 순교자로 추앙했고, 그는 슬라브인 최초로 성인품에 올랐다. 한편, 형을 죽이고 왕위에 오른 동생은 '잔인한 볼레슬라우스 1세(Boleslaus I the Cruel)'라는 별명을 얻었다. 19세기에 J. M. 닐은 크리스마스 캐럴 「착한 왕 벤체슬라우스(Good King Wenceslaus)」를 지어 그의 덕을 노래한 바 있는데, 코스토마로프는 이것을 교묘하게 합성하여 "잔인한 왕 벤체슬라우스"로 서명하는 장난을 치고 있다는 것이다.

타마라 여제 그루지야의 여제(1160~1213)로 그루지야의 황금시대에 치세했다.

알렉세이 니콜라예비치 정부의 각본에 따라 체르니셰프스키의 유죄를 증명하는 위조 편지의 수신인은 웬일인지 혁명 운동과는 전혀 무관했던 시인 알렉세이 니콜라예비치 플레셰예프(Алексей Николаевич Плещеев, 1825~1893)였다.

360 **게르비누스와 매콜리 번역에 착수했다** 페트로파블롭스카야 요새에서 독일의 역사가·정치가인 게오르크 고트프리트 게르비누스(Georg Gottfried Gervinus, 1805~1871)의 『19세기사 입문(*Einleitung in die Geschichte des XIX Jahrhunderts*)』(1853)과

영국의 역사가이자 정치가인 토머스 매콜리(Thomas Babington Macaulay, 1800~1859)의 『영국사(*History of England*)』(1849~1861)를 번역했다.

363 **네크라소프는 데무트 호텔에서~마차에서 두루마리를 잃어버렸는데** 『무엇을 할 것인가』의 필사본 분실에 관해서는 A. Я. 파나예바의 『회상록』에 자세히 기록되어 있다. 이외에도 나보코프는 네크라소프가 『상트-페테르부르크 시경 휘보』에 냈던 분실물 공고를 참고하고 있다.

364 **3월 23일에 코스토마로프와의 대질 심문이 있었다** 날짜상의 오류가 보인다. 코스토마로프와의 대질 심문은 1863년 3월 19일에 이루어졌다.

365 **팔랑스테르** Phalanstery. 푸리에가 제시한 공동체 모델로 공동체의 구성원들이 모여 사는 주택 단지를 가리킨다. 집단 공동체를 뜻하는 팔랑주와 수도원을 뜻하는 모나스테르를 합한 말.

'사창가 팔랑스테르'로 귀결된다고 지적하고 있다 게르첸이 오가료프에게 보낸 1867년 8월 8일 자 편지에서 인용.

「텔리에의 집」 모파상의 단편 「텔리에의 집(La Maison Tellier)」(1881)을 염두에 두고 있다.

366 **「초록 소음」** 네크라소프의 시 「초록 소음(Зелёный шум)」(1863).

『세레브랴니 공』에 대한 냉소적 책망 시인이자 극작가·소설가인 알렉세이 톨스토이(Алексей Константинович Толстой, 1817~1875)의 역사 소설 『세레브랴니 공(*Князь Серебряный*)』(1862)에 대해 야유하는 논문이 1863년 『동시대인』 제4호에 익명으로 실렸는데, 저자는 살티코프 셰드린이었다.

논문 「러시아 소설에 관한 숙고」 피사레프의 논문 「러시아 소설에 관한 숙고(Мысли о русских романах)」는 원로회에 압수되었다가 나중에 그에게 반납되어, 2년이 지난 후에야 『러시아의 말』에 '새로운 유형(Новый тип)'(1865)이라는 제목으로 게재되었다.

367 **기꺼이 나의 삶에 빛을 비추고 온기를 주고자 하는 여인은～라이사가 자신의 잘생긴 무사의 목을 껴안으며 거절했던 바로 그 사랑을** 러시아 문학사가 솔로비요프(Евгений Андреевич Соловьев, 1863~1905)의 『피사레프, 그 생애와 문학 활동(*Д. И. Писарев, его жизнь и литературная деятельность*)』(1893)을 가리킨다. 솔로비요프는 이 두 예를 모두 인용하고 있다. 청혼 편지의 수신인은 리디야 오시포브나라는 여인이다. 라이사는 라이사 코레네바 가르드네르로 피사레프가 사랑했던 여인을 가리킨다(547쪽 288번 주석 참조).

368 **"악동" 혹은 "완전히 어리석은, 얼빠진 수렁"이라고 낙인찍었다** 체르니셉스키가 페트로파블롭스카야 요새 사령관이었던 소로킨에게 보낸 1863년 3월 10일과 12일 자 편지에서 인용.

트베르 러시아 연방 서부 트베르 주의 주도. 모스크바 북서쪽 160킬로미터 지점, 볼가 강과 트베르차 강의 합류점에 위치한 하항 도시.

머리가 세고, 죽는다 해도 난 나의 증언을 번복하지 않겠다 렘케(Михаил Константинович Лемке, 1872~1923)의 『1860년대 러시아의 정치 과정(*Политические процессы в России 1860-х гг.*)』(1923)에 의하면, 1863년 4월 12일 코스토마로프와 두 번째 대질 심문을 마친 후, 체르니셉스키는 위원회를 향해 "나를 오랫동안 더 억류하여, 내 머리가 세고 죽는다 할지라도, 나는 이전의 증언을 번복하지 않겠소"라고 진술했다고 한다.

369 **플레셰예프** 러시아 문예학자인 사쿨린(Павел Никитич Сакулин, 1868~1930)은 『19세기 러시아 문학사(*История русской литературы XIX века*)』(1908~1910) 제3권에서 도스토옙스키의 플레셰예프에 대한 출처가 불분명한 진술을, 원전을 밝히지 않은 채 인용하고 있다. "도스토옙스키는 플레셰예프에 대해 시니컬하게 말하고 있다. '그는 멋진 시인이긴 하나 어느 모로 보나 금발이다.'"

"야만적 무식쟁이"로부터 국무 회의의 "백발의 악당"—분명 같은 편이었

을—에게 전해졌고 “야만적 무식쟁이”, “백발의 악당”이라는 표현은, 게르첸이 체르니솁스키에 내려진 판결에 대해 「종」(1864, 제186호)에 게재한 논문에서 인용.

370 **뷔르누** 가장자리에 술 장식과 자수 등이 놓인 아라비아풍의 망토형 외투.

371 **자, 『무엇을 할 것인가』의 작가를 위해 잔을 들어라……** 19세기 말 인기 있었던 대학생들의 노래 「우리의 황금시대(Золотых наших дней...)」(최초본은 1850년대)를 염두에 두고 있다. 이 노래의 후기 판본에는 체르니솁스키에 관한 연이 추가된다. “『무엇을 할 것인가』의 작가의 건강을 위해, 그의 주인공들을 위해, 그의 이상을 위해(За здоровье того, / Кто《Что делать》писал, / За героев его, / За его идеал)!”

이기주의라는 관념은 상품 생산의 발전과 관련된다는 카우츠키의 추론 카우츠키(Karl Johann Kautsky, 1854~1938)의 『윤리와 유물사관(*Ethik und materialistische Geschichtsauffassung*)』(1906)에서 인용.

체르니솁스키의 책에서 대중은～플레하노프의 결론 게오르기 플레하노프(Георгий Валентинович Плеханов, 1856~1918)의 『저작집(*Сочинения*)』 제5, 6권에서 인용.

372 **카라코조프 추종자들** 1866년 4월 4일, 알렉산드르 2세를 암살하려다 체포된 드미트리 카라코조프(Дмитрий Владимирович Каракозов, 1840~1866)와, 그와 함께 체포된 혁명 서클 ‘지옥(Ад)’과 ‘조직(Организация)’ 동지들을 가리킨다.

라흐메토프 『무엇을 할 것인가』의 등장인물로 플롯 전개에는 중요한 역할을 하지 못하나 사상적 측면에서는 주인공 격인 인물이다. 그는 소위 ‘특별한 인간’의 대표자로, “극히 엄격한 삶의 방식을 고수하고”, “타인에 영향을 미칠 수 있는 사람들과 교제하며”, “집에 거의 있지 않고 늘 유랑하고”, “민중이 먹는 음식만 먹고”, “혁명적 투쟁을 위해 개인적인 행복과 사생활을 포기하는" 이상적인 혁명가로 제시된다.

373 **아이처럼 튀어나온 넓은 이마와 종지처럼~페롭스카야의 찰나 같은 운명** 소피아 페롭스카야(553쪽 '페롭스카야와 그 동지들이~그곳이었다' 참조)의 '브나로드 운동'에 대해 묘사하고 있다.

완두빛 외투 당시 비밀경찰복 색깔이 완두빛인 데서 유래된 '비밀경찰'의 은어였다.

374 **이르쿠츠크** 러시아 바이칼 호(湖) 서쪽과 북쪽에 걸쳐 있는 이르쿠츠크 주의 주도.

카다야 시베리아의 남동부, 치타 주의 칼간스키 군에 있는 마을.

네르친스크 역시 치타 주에 위치한 도시로, 해발 고도 6백 미터인 오로크마 고원 위에 있다.

'공작 의사'라니! 파블리노프(Павлинов)라는 성은 '공작새(павлин)'라는 단어를 포함하고 있다.

375 **그가 있는 시베리아로 올가 소크라토브나가 온다는 것이었다~요리사로 일했던 한 폴란드 유형수가, 고인이 된 주인이 즐겨 먹던 과자를 구웠다** 아들 미하일 체르니솁스키의 회상록에서 인용. 이 회상록에는 체르니솁스키 가족의 벗인 예브게니 미하일로비치 파블리노프(Евгений Михайлович Павлинов) 의사와 이르쿠츠크에 있는 프랑스어식 이름의 호텔('러브호텔과 회사')과 "반쯤 취해 있는 헌병대장 흐멜렙스키(Хмелевский)", 그리고 과거 카보우르의 요리사였던 폴란드인 등에 대해 기록되어 있다.

안드레이 크라솝스키 Андрей Афанасьевич Красовский(1822~1868). 60년대인-혁명가로 체르니솁스키와 같은 시기에 알렉산드롭스키 공장에 유배되었다. 그는 탈주했다가 타이가에서 강도에게 살해된 것으로 알려져 있었으나, 후에 밝혀진 바로는 길을 잃고 지도를 잊어버린 후 자살했다고 한다.

376 **"그 양반은 늘 계속해서 쓰고 또 쓰기만 한답니다!"라고 답했다** 나보코

프는 정치수 П. Ф. 니콜라예프의 회상기에서 두 구절을 적절히 조합하고 있다. 니콜라예프는 체르니셉스키의 첫인상이 “극히 평범한 얼굴, 금테 안경을 쓴 반(半)장님인 잿빛 눈, 성긴 아마빛 턱수염, 약간 헝클어진 긴 머리카락” 등이 자신의 집에 가끔 방문했던 교회지기와 무척 닮았다고 쓰고 있다, 한 페이지 뒤에서 니콜라예프는 체르니셉스키가 세 들어 사는 “꽤 거칠어 보이는 반쯤 취한 교회지기”에게 하숙인의 건강을 물었더니 “그 양반은 늘 계속해서 쓰고 또 쓰기만 한답니다!”라고 답했다고 기록하고 있다.

약간 모자란 소시민 로자노프는 혁명가들이~위험한 유형수를 재수감하고 한 달간 서신 왕래 권리를 박탈할 충분한 빌미가 되었다 체레포베츠 시의 소시민 이반 글레보비치 로자노프(Иван Глебович Розанов)는 서구 유럽에서 정치 망명자들을 만나고 돌아온 직후 국경에서 체포되었다. 그는 소스라치게 놀라 체르니셉스키를 탈옥시키려는 음모에 대해 거짓 진술을 했다. 조사 위원회는 곧 로자노프가 자신의 죄를 덜기 위해 “이 모든 거짓말을 꾸며 냈다”는 결론에 이르지만, 그사이 헌병대장 표트르 수발로프 백작(Петр Андреевич Шувалов, 1827~1889)은 이르쿠츠크 총독에게 전보를 보냈고, 그로 인해 체르니셉스키에 대한 억압이 커졌던 것이다.

장인과 동명인 체르니셉스키의 장인 이름은 소크라트 바실리예프(Сократ Васильев)로 ‘소크라트’는 ‘소크라테스’의 러시아어 발음이다.

378 **“사랑하는 당신, 내 삶의 빛이 되어 주어 고맙구려……”~“내가 당신에게 안겨 준 이 고통에 대해 날 용서할 수 있겠소……?”** 아내에게 보낸 1869년 4월 29일과 1871년 1월 12일 자 편지에서 인용.

소문이 신빙성이 있다면~이폴리트 미시킨은 군장을 오른쪽 어깨가 아닌 왼쪽 어깨에 부착함으로써 모든 일을 그르쳤다고 한다 1875년에 있었던, 나로드니키-혁명가인 이폴리트 미시킨(Ипполит Мышкин, 1848~1885)의 체르니셉스키 탈옥 시도의 실패에 대해선 스테클로프의 『체르니솁스키-그의 생애와 활동』 제2권 참조.

1871년에 로파틴의 시도가 있었는데, 이는 그야말로 황당무계함으로 점철되어 있다 게르만 로파틴(Герман Александрович Лопатин, 1845~1918)은 혁명가로, 『자본론』의 최초 러시아어 역자이자 '인민의 의지당' 집행 위원회 위원이었다. 본문에서 열거된 그의 엽기적 모험은 스테클로프의 『체르니솁스키-그의 생애와 활동』 제2권에서 인용되었다.

379 **지역 사회는 몇 쌍의 관리와 몇 쌍의 성직자 그리고 몇 쌍의 상인으로 구성되었다** 스테클로프의 『체르니솁스키-그의 생애와 활동』 제2권에서.

빌류이스크의 가장 좋은 집은 감옥으로 판명되었던 것이다 아내에게 보낸 1872년 1월 31일 자 편지에서 체르니솁스키 스스로 빌류이스크 감옥을 "도시에서 가장 좋은 집"이라 칭하고 있다.

380 **1872년 7월 10일 아침이 밝을 무렵~소리치며 쇠집게로 입구의 자물쇠를 부수기 시작했다** 실제 극심한 신경 쇠약으로 인한 발작은 1872년 7월 15일 밤에 일어났으며, 기타 세부 사항은 실제와 동일하다(스테클로프의 『체르니솁스키-그의 생애와 활동』 제2권에서).

무슨 동화라도 쓰면 좋을 것 같구나…… 동화는 상류 사회에서 요즘도 여전히 유행한단다 1853년 10월 30일, 아버지 가브릴 체르니솁스키가 니콜라이 체르니솁스키에게 보낸 편지에서.

이것은 꽤 괜찮은 교훈적 동화가 될 거요~손위 아가씨의 애처로운 번민을 묘사하면서 내가 얼마나 연민으로 울어 댔는지 안다면…… 아내에게 보낸 1883년 3월 10일 자 편지에서.

체르니솁스키는—그의 간수들은 보고했다—밤마다 노래 부르고 춤추기도 하고 목 놓아 대성통곡하기도 한다 빌류이스크에서 체르니솁스키에게 붙인 헌병 셰핀(Щепин)의 아내의 증언이다(스테클로프의 『체르니솁스키-그의 생애와 활동』 제2권에서).

"난 '농민'으로 인해, '농민의 토지 소유'로 인해 속이 메스껍다" 아들 알렉산드르에게 보낸 1878년 4월 24일 자 편지에서, 체르니솁스키는 아들이 소포로 보낸 농민 문제 연구서에 관해 "이 주제로 인해 속이 메스껍다"고 쓰고 있다.

381 **채집한 꽃(그는 꽃 이름은 몰랐다)을 여송연 종이에~"빌류이스크 식물상(植物相)의 작은 표본집"을 가지게 되었다** 말린 꽃은 사실 아들이 아닌 아내에게 보냈다. 다만 아들 미하일이, 체르니솁스키가 아내에게 보낸 1878년 11월 5일 자 편지의 주석을 달면서 "꽃들은 완벽한 상태로 도착했다. 꽃은 하나하나 조심스럽게 여송연 종이에 돌돌 말려 있었다. 나는 이 모든 꽃을 각기 다른 종이에 붙여 놓았다. 그러자 빌류이스크 식물상의 작은 표본집이 만들어졌다"고 썼던 것이다.

치타 러시아 남동부 치타 주의 주도이다. 이르쿠츠크 동쪽 6백 킬로미터, 헤이룽 강의 지류인 인고다 강과 치타 강이 합류하는 지점의 시베리아 철도변에 위치한다.

바로 이런 방식으로 볼콘스카야도 손자들에게 "나비 수집품, 치타의 식물상"을 유산으로 물려준 바 있었다 네크라소프의 장시 『러시아의 여인들』의 제1장 「볼콘스카야 공작 부인(Княгиня М. Н. Волконская)」에서 인용.

스투콜카 카드놀이 매우 단순한 카드 게임의 일종.

382 **1875년과(피핀에게) 그리고 또다시 1888년에~「고대 페르시아 장시」를 보냈는데, 끔찍한 작품이었다!** 1875년 5월 3일, 알렉산드르 피핀에게 보낸 편지의 추신에서 체르니솁스키는 중세 페르시아 시인풍으로 장시 「엘-셈스 엘-레일라 나메(Эль-Шемс Эль-Леила Наме)」 혹은 「밤의 태양의 책(Книга солнца ночи)」을 쓰고 있다고 말하면서, 이 장시에서 본문에 뒤이어 인용된 두 구절을 발췌해 적고 있다. 이후 1880년대 말, 그는 이 장시 일부를 산문으로 개작하여 중편소설군(群) 『스타로벨스카야 공작 부인 댁의 저녁(*Вечера у княгини Старобельской*)』에 포함시키기로 마음먹고 이 구상에 대해 『러시

아 사상』 편집인인 B. M. 라브로프에게 쓴 1888년 12월 29일 자 편지에 밝히고 있다. 그러나 장시도 단편소설군도 생전에 출간되지 못했다.

383 **릴리바에움** Lilybaeum(릴리베오). 이탈리아 시칠리아 섬 트라파니 남부인 보에오 곶(또는 릴리베오 곶)에 자리 잡은 도시로 현재의 마르살라. 시라쿠사 참주인 디오니시오스 1세가 앞바다에 있는 모티아 섬(지금의 산판탈레오 섬)을 침략하여 파괴한 후, 그 섬에 살던 카르타고인들이 기원전 397~396년에 세운 릴리바에움은 시칠리아 섬에서 카르타고인들의 주요 본거지를 이루었으며, 에피루스 왕 피루스와 로마군의 잇따른 공격을 잘 막아 냈지만 제1차 포에니 전쟁이 끝날 무렵인 기원전 241년 로마의 공격에 굴복했다.

아그리겐툼 Agrigentum(아그리젠토). 이탈리아 시칠리아 섬 남부 해안에 있는 도시로 아그리젠토 주의 주도이다. 고대에 부유한 도시였던 아그리젠토는 젤라에서 온 그리스 식민지 개척자들이 기원전 581년경에 세웠다. 아그리젠토는 철학자이자 정치가인 엠페도클레스가 태어난 곳으로, 참주 정치 아래 예술의 중심지를 이루었다. 이 도시는 아테네와 시라쿠사 간의 전쟁에서 중립을 지켰으나, 기원전 406년 카르타고에 의해 약탈당한 뒤 사실상 복구되지 못했다. 기원전 210년 마침내 로마에 정복되었다.

엠페도클레스 Empedocles(B.C. 493~433). "만물은 지·수·화·풍의 원소로 구성되어 있다"고 주장한 그리스 철학자. 시칠리아 출신인 그는 뛰어난 웅변가이자 정치가, 시인이자 생리학자였다.

골콘다 인도 남부 안드라프라데시 주 중북부의 하이데라바드 도시 지구에 있는 요새로, 폐허가 된 도시.

"이 작품—(영어에서 유래한 듯, 덴질 엘리엇이라는 서명이 쓰인 『푸른 산 아카데미』)—은 높은~편집자 스타슐레비치는 이 이야기들 중 그 어느 것도 게재하지 않았다 알렉산드르 피핀에게 보낸 1875년 5월 3일 자 편지와, 『유럽 통보』의 편집자 미하일 스타슐레비치(Михаил

Матвеевич Стасюлевич, 1826~1911)에게 보낸 편지에서 인용되고 있다. 스타슐레비치에게 보낸 편지에서 체르니셉스키는 자신의 새로운 시와 산문 작품들에 대해 말하면서 이들을 가상의 영국 작가 '덴질 엘리엇 씨'라는 이름으로 출판할 것을 제안하고 있다.

피에르 드 페르마 Pierre de Fermat(1601~1665). 프랑스의 수학자.

384 **하사관 도스토옙스키가 세미팔라틴스크에서 이 세계의 강자들에게 보낸 것과 같은 유형의 편지** 군대에 끌려간 도스토옙스키가 자신이 처한 상황을 개선하고자 직속상관뿐만 아니라 페테르부르크의 고위직 비호자에게 보낸 충성 편지와 청원서를 염두에 두고 있다.

아빠한테 아무 소식이 없구나 — 1879년 올가 소크라토브나는 아들에게 쓰고 있다 — 그는 살아 있기는 한 걸까? 내 사랑 올가 소크라토브나가 아들 알렉산드르에게 보낸 1879년 7월 12일 자 편지에서.

스타브로폴 러시아 연방 남서부에 있는 스타브로폴 주의 주도. 대캅카스 산맥 북쪽 측면에 있다.

"당신의 저작들은 평화와 사랑으로 충만합니다. 당신은 이를(즉 살해를) 원했을 리가 만무합니다" 스타브로폴의 의사인 비텝스키(В. Д. Витевский)의 전보와 관련된 기이한 사건에 대해서는 스테클로프의 『체르니셉스키-그의 생애와 활동』 제2권 참조. 비텝스키가 음주를 즐겼는지의 여부는 언급되지 않고 있다.

'자원 경호단'관 '인민의 의지당' 집행위원회가 ~ 이렇게 그들은 차르와 그를 맞바꿨던 것이다 1881년 알렉산드르 2세 살해 이후 왕실 귀족들이 치안 유지를 위해 비밀경찰 '신성 친위대'를 창설했는데, 안전 유지, 소위 '자원 경호'가 주요 임무였다. 신성 친위대는 중재인을 통해 해외에 주둔한 '인민의 의지당' 집행 위원회와 알렉산드르 3세의 즉위식 동안 안전 보장을 위한 협상을 시도했는데, 이때 '인민의 의지당'에서 내건 협상 조건 중 하나가 체르니셉스키의 석방이었다.

385 **드미트리 니콜라예비치 나보코프** Дмитрий Николаевич Набоков (1827~1904). 이 책 『재능』의 저자의 할아버지로, 알렉산드르 2세

시대에 법무부 장관을 지냈다(1878~1885).

여름 여행 내내 노인은 자주 헥사미터를 읊조리며 춤을 추곤 했다 이르쿠츠크로의 여행 장면은 주로 Л. Ф. 판텔레예프의 『회상록』(574쪽 366번 주석 참조)에 토대를 두고 약간의 세부 묘사가 창작되었다. 예컨대 "노래하고 춤을 추었다"가 "헥사미터를 읊조리며 춤을 추었다"로, 켈레르의 아이들에게 들려준 『천일 야화』가 "다소 페르시아풍의 이야기들"로 바뀌었다.

386 **크라스노야르스크** 러시아 시베리아 중남부, 크라스노야르스크 지구의 행정 중심 도시.

387 **솔다톈코프에게 『게오르크 베버의 세계사』를 한 권, 한 권 번역해 보냈다** 솔다톈코프(Козьма Терентьевич Солдатенков, 1818~1901)는 모스크바의 출판인으로, 체르니솁스키는 생애 말년 그를 위해 독일 역사학자 게오르크 베버(Georg Weber, 1808~1888)의 대작 『세계사(*Allgemeine Weltgeschichte*)』(1857~1880)를 번역했다. 제1권 번역은 1885년 12월에 출간되었고 마지막 제12권은 체르니솁스키 사후 네베돔스키(В. Неведомский)가 1890년에 번역, 출간하였다.

『관찰자』, 1884년 2월 호 출판 연도가 부정확하다. 이 서평은 페테르부르크의 잡지 『관찰자(*Наблюдатель*)』 1886년 제2호의 '신간 소개'란에 게재되었다.

388 **E. 코르슈와 B. 코르슈의 번역으로 『세계사 편람』 세 권이 나왔다……** 예브게니 표도로비치 코르슈(Евгений Федорович Корш, 1810~1897)와 그의 동생 발렌틴(Валентин, 1828~1883)은 언론인이자 번역가, 사회 평론가였다. 그들은 베버의 초기 저술 『세계사 편람(*Lehrbuch der Weltgeschichte*)』(1847~1848)을 1859~1861년에 번역, 출간했고, 특히 예브게니 코르슈는 솔다톈코프의 번역 출판 업무 분야의 협력자였다.

예브게니 표도로비치 '격파'에 착수하여 본문에 인용된 편지는 체르니솁스키가 솔다톈코프의 출판 업무를 관리하는 유머 작가 바리셰프

(Иван Ильич Барышев, 1852~1911)에게 보낸 1888년 12월 9일과 1889년 1월 12일 자 편지에서 인용.

선의로 올가 소크라토브나의 낭비벽을 고려하여 ~ 대화를 솔다톤코프와 나눴던 자하리인도 격파했다 알렉산드르 자하리인(Александр Васильевич Захарьин, 1834~1892). 피핀가(家)와 체르니솁스키가(家)의 가까운 지인으로 1860년대 혁명 운동에 가담했다. 체르니솁스키가 유형지에서 돌아온 후 페테르부르크와 모스크바에서 그의 문학 업무를 담당했다. 1888년 말에 그는 올가 소크라토브나의 끝없는 낭비벽으로부터 보호하고자, 체르니솁스키가 솔다톤코프로부터 받는 사례금 처리에 개입하려 했다. 이것이 가정 내 다툼을 야기했고 이에 체르니솁스키는 먼저 자하리인을 혹독하게 비난하고, 나중에 아내를 달래기 위해 일부러 공격했노라 자백한 듯하다.

389 **한 편의 간략한 서평 — 벌써 베버의 제10권에 대한 — 이 나왔다** 이 서평은 『유럽 통보』 1888년 제11호 표지의 3쪽(서지 목록란)에 인쇄되었다.

『환상 단편』과 시답잖은 시집을 출간하는 동안(1896~1898) 아들 알렉산드르 체르니솁스키(1854~1915)는 길지 않은 『환상적 이야기(*Фантастические рассказы*)』(1900)와 시집 『빛이 있으라! 과거와 현재로부터(*Fiat lux! Из дней былых и этих дней*)』(1900)를 출간했다.

390 **저주받은 시인들** 프랑스의 상징주의 시인 그룹 — 베를렌, 랭보, 말라르메 등 — 을 가리킨다.

너무나 좋게 화두를 꺼내는 체호프 주인공의 대화처럼 — "나이 든 대학생, 불치의 이상주의자가 말하기를……" 체호프의 단편 「지인의 집에서(У знакомых)」(1898)의 주인공 세르게이 세르게이치 로세프(Сергей Сергеич Лосев)를 염두에 두고 있다. 그는 속물이며 수다쟁이에 낭비자로, "나이 든 이상주의자-대학생"으로 사칭하고 있다.

391 **인정많은 피핀은 1875년 1월에~모든 아버지가 듣기 좋아할 만한 일들을 알렸다** 알렉산드르 피핀이 체르니솁스키에게 보낸 1875년 1월 2일 자 편지에서.

펠라게야 니콜라예브나 판 데르 플리트~치마에 줄곧 매달려 있었다 알렉산드르 피핀의 누이인 펠라게야 니콜라예브나 판 데르 플리트(Пелагея Николаевна Фан-дер-Флит, 1837~1915). 알렉산드르 체르니솁스키는 오랫동안 그녀의 가족과 살았는데, 친척들의 회상에 따르면 알렉산드르가 정신적인 발작을 일으킬 때 그를 진정시킬 수 있는 사람은 그녀뿐이었다고 한다. "그는 온종일 아이처럼 그녀의 옷을 붙들고 다녔다."

편지에서 아들을 "어리석은 괴짜", "걸식하는 기인"이라 부르며, "걸인으로 남고" 싶어 한다고 비난했다 B. H. 피피나에게 보낸 1883년 11월 14일, 12월 9일 자 편지에서.

결국 피핀은 더 이상 참지 못하고~"순수하고 정직한 영혼은 없었다"고 평했다 알렉산드르 피핀이 체르니솁스키에게 보낸 1844년 3월 7일 자 편지에서.

석유상 노벨 등유와 석유 제품을 팔던 회사.

392 **『유럽 통보』에는 그의 시 네 편이 실렸고** 『유럽 통보』 1884년 제6호에 게재됨.

사앎 러시아어로 삶은 'жизнь'인데 율격을 맞추기 위해 음을 삽입하여 'жизень'으로 변형시키고 있는 것을 풍자하고 있다.

어머니의 편지(1888)에서 알 수 있듯이~별장으로 이주하게 되었다 올가 소크라토브나가 체르니솁스키에게 보낸 1888년 8월 4일 자 편지에서.

399 **치포비치, 보리스 바르스키의 몇몇 시나 코리도노프의 산문 등에서** 잡지 『수(*Числа*)』를 중심으로 활동했던 문인들로 나보코프에 적대적이었던 니콜라이 오추프(Николай Оцуп), 게오르기 아다모비치(Георгий Адамович), 보리스 포플랍스키(Борис Поплавский),

게오르기 이바노프(Георгий Иванов), 유리 테라피아노(Юрий Терапиано) 등의 이름을 교묘하게 조합한 가상의 문인들.

지상의 지루한 노래　레르몬토프의 「천사(Ангел)」(1831) 마지막 행, "지상의 지루한 노래는 천상의 음을 대신할 수 없었네"에서 인용.

카타콤　초기 기독교 시대의 비밀 지하 묘지. 그리스도교도가 박해를 피했던 은신처이기도 하다.

404 **tropotos**　고대 희랍어에서 드물게 사용된 단어로, '갤리선에 노를 대는 데 사용한 가죽 매듭'의 뜻. 아마 의도적으로 잘못 인용함으로써 가짜 학식을 보여 주고 있는 듯하다.

407 **Delalande**　드랄랑드(프랑스어). 나보코프가 『사형장으로의 초대(*Приглашение на казнь*)』(1935~1936) 영역본 서문에서 밝히고 있듯이 "우울하고 광적이며, 현명하고 재기발랄하며 매혹적이고, 모든 면에서 감탄스러운 피에르 드랄랑드"는 그가 만들어 낸 허구의 인물이다. 이 현인의 성은 18세기 프랑스의 저명한 천문학자 드랄랑드(Joseph Jérôme Lefrançois de Lalande, 1732~1807)와 관련이 있는 듯하다. 그에 대해서는 카람진의 『러시아 여행자의 편지(*Письма русского путешественника*)』(1791~1801)에서도 언급되어 있다.

Delalande, Discours sur les ombres, p. 45 et ante　드랄랑드, 『그림자에 관한 담론』, 45쪽 이전.

409 **아람어**　3천 년 전까지 거슬러 올라가는, 서(西)셈족에 속하는 아람인의 언어. 부분적이기는 하지만 성서의 기록에도 사용되었으며, 기원전 10세기 전후에는 근동 모든 지역에서 사용된 국제어다. 복음서에 따르면 예수와 그 제자들이 아람어를 사용했다고 한다.

야센카　야센카는 야샤와 함께 알렉산드르의 애칭.

410 **사센카**　사샤, 사센카는 남성 이름 알렉산드르와 여성 이름 알렉산드라 모두의 애칭이다. 여기서는 체르니셉스카야 부인인 알렉산드라를 가리킨다.

Eine alte Geschichte 하이네의 시 「한 총각이 한 처녀를 사랑했으나(Ein Jungling liebt ein Madchen...)」에서 인용한 구절이다. "옛 이야기지만 / 항상 새롭게 되풀이되니(Es ist eine alte Geschichte, / Doch bleibt sie immer neu)." 원 시에서 '영원히 새롭게 되풀이되는 옛이야기'는 짝사랑을 가리킨 것이었다.

411 **카이저알레** 프란츠 요제프 1세 황제를 기념하여 붙인 베를린의 거리 명칭으로. 전에는 로툰데 남문까지 이어졌으나 현재는 박람회장 입구까지 연결되어 있다.

마치 쿡이 풀먼의 모형을 전시하는 것처럼 영국인 토머스 쿡이 차린 '토머스 쿡과 아들(Thomas Cook & Son)'이라는 여행사와, 미국의 발명가 조지 풀먼의 이름을 딴 '풀먼' 침대차를 가리킨다.

413 **총 다섯개의 'never'로 구성된 늘어진 행** 제5막 제3장에서 리어 왕이 임종 직전에 죽은 코델리아에게 하는 말을 가리킨다. "개도 말도 쥐에게도 생명이 있건만 / 너는 숨을 쉬지 않는구나! 너는 다시는 돌아오지 않을 거야. / 결코, 결코, 결코, 결코, 결코!"

415 **망명 비평계에서 매우 호평을 받고 있는 소설 『백발』의 작가인 쉬린의 목소리였다** 가상의 소설가 쉬린의 소설에서 발췌한 이 단편은, 당대 소비에트와 망명계 문단에서 유행했던 일련의 상투적 테마(주로 부패한 서구의 비판과 관련된)와 문체 양식에 대한 패러디들의 몽타주다.

각반을 찬 사업가들과 고급 창녀들은 브로드웨이를 따라~황금송아지를 쫓아 달렸는데 마야콥스키의 반미(反美) 시 「소환(Вызов)」(1925)에 대한 패러디적 모방이다. 또한 필냑(Борис Пильняк, 1894~1938)의 『오케이: 미국 소설(*О'кей! Американский роман*)』(1931)을 익살스럽게 흉내내고 있다.

노쇠한 떠돌이인 라셰즈 노인이 늙은 창녀 불 드 쉬프를 장화발로 짓밟았다 'Père-Lachaise(페르 라셰즈)'는 파리의 공동묘지 이름이고, 'Boule de suif(불 드 쉬프)'는 모파상의 동명 소설 「비곗덩

어리(Boule de suif)」의 여주인공인 창녀의 비칭이다. 야놉스키(Василий Яновский, 1906~1989)의 『세상(*Мир*)』(1931)과 기타 작품에도 이러한 장면이 자주 나오는데, 나보코프는 이를 통해 야놉스키의 진부한 "자연주의"를 조소하고 있다.

모스크바의 지하실에서 나온 사형집행인은 개집 옆에 앉아 털북숭이 개를 구슬리며, "귀염둥이, 귀염둥이……" 하고 얼렀다 나보코프는 자신의 미발표 논문 「소비에트 산문의 빈약함에 대한 소견과 그 한 원인에 대한 규명 시도(Несколько слов об убожестве советской беллетристики и попытка установить причину одного)」(1926)에서 당대 소비에트 작가들이 도스토옙스키를 비속화한 상투적인 상황을 선호하여 무자비와 연민을 결합시키는 경향이 있음을 지적한다. 그리고 그 예로 세이풀리나(Лидия Николаевна Сейфуллина, 1889~1954)의 「부엽토(Перегной)」에서 농부가 지주를 살해한 뒤 길 잃은 염소를 쓰다듬는 장면을 거론한다(그런데 실제로 이 작품에서는 공산주의자인 주인공이 두 명의 현지 인텔리겐치아를 살해한 직후, 갓 태어난 새끼 양을 쓰다듬는다). 또한 자먀틴(Евгений Замятин, 1884~1937)의 유명한 단편 「용(Дракон)」(1918)도 암시되는데, 「용」에서는 잔악무도한 볼셰비키 사형집행인이 꽁꽁 언 참새를 얼른다.

여행자 에릭슨은 북극의 눈 사이~북극일까, 아닐까? 1920~1930년대 소비에트 문학에서 북극 테마는 널리 유행했다. 라브레뇨프(Борис Андреевич Лавренёв, 1891~1969)의 「백(白)의 파멸(Белая гибель)」(1929)의 한 등장인물이 노르웨이 출신 북극 탐험가 에릭슨이었다.

이반 체르뱌코프 체호프의 희극적 단편 「관리의 죽음(Смерть чиновника)」(1883)의 주인공 회계 검사관인 이반 드미트리치 체르뱌코프에서 차용된 이름이다.

밀턴처럼 눈멀고 베토벤처럼 귀멀고 베톤(Beton)처럼 눈귀 멀었다

칼람부르에 의한 언어유희를 보여 준다. "베톤처럼 멍했다"에서 콘크리트를 뜻하는 '베톤(бетон)'은 '베에토벤(БЕТховен)+밀턴(МильТОН)'에서, '멍했다'인 'глуп'는 '귀멀고(ГЛУх)+눈먼(слеП)'에서 합성된 음 구조를 보여 준다. 이 구절은 1952년 판본에서 추가된 유일한 구절이다.

417 **필로멜라** 그리스 신화에 나오는 아테네의 왕 판디온의 딸이자 프로크네의 동생으로, 형부인 트라키아의 왕 테레우스에게 겁탈당한 뒤 혀를 잘린다. 이후 필로멜라와 프로크네는 복수하기 위해 테레우스에게 아들 이티스를 죽여 그 고기를 먹게 한다. 화가 난 테레우스는 도끼를 들고 두 자매를 쫓고, 제우스는 이들을 불쌍히 여겨 필로멜라는 나이팅게일로, 프로크네는 제비로 변신시켰다.

418 **포드탸긴, 루진, 질라노프** 나보코프 자신의 세 소설에서 등장하는 인물들이다. 노(老)시인 안톤 세르게예비치 포드탸긴은 『마셴카(*Машенька*)』(1926)의, 아동 문학 작가인 이반 루진은 『루진의 방어(*Защита Лужина*)』(1929~1930)의, 시사 평론가이자 정치가인 미하일 플라토노비치 질라노프는 『공적(*Подвиг*)』(1931~1932)의 주인공이다.

420 **『지혜의 슬픔』** 러시아의 극작가이자 시인인 그리보예도프(Александр Сергеевич Грибоедов, 1795~1829)의 운문 희극 『지혜의 슬픔(*Горе от ума*)』(1822~1824)을 가리킨다.

이반 뇌제와 리투아니아 대사의 대화 러시아의 시인이자 소설가, 극작가인 알렉세이 톨스토이(Алексей Константинович Толстой, 1817~1875)의 비극 『이반 뇌제의 죽음(*Смерть Иоанна Грозного*)』(1866) 중 제3막 제2장.

구르만(첫 음절에 강세가 있는) 러시아어에서 '식도락가, 미식가'를 의미하는 단어 'гурмáн'은 2음절에 강세가 오는데, 여기서 강세를 1음절로 옮겨 성(姓)을 창출한 말장난이다.

422 **물리학 교과서 편찬자** 러시아의 물리학자이자 교육자로, 물리학, 수

학 교과서 저자인 크라예비치(Константин Дмитриевич Краевич, 1833~1892) 교수를 가리킨다.

블라디미로프 나보코프는 『재능』의 영역본 서문에서, 바로 이 소설가 블라디미로프 안에서(고두노프 체르딘체프가 아닌) "1925년경 자신의 사소한 흔적들이 나타난다"고 쓰고 있다. 블라디미로프의 성, 외모, 영국식 교육 그리고 그의 산문의 특성("거울 같은 문체") 등은 그가 작가의 대변인임을 보여 주고 있다.

423 **프랑스 소설 전체와 영문학 몇 페이지, 그리고 약간의 유대교 회의주의를 포함하고 있었다** 프랑스어의 필명 'Foma Mur'는 두 명사, '여성(femme)'과 '사랑(amour)'의 결합 명사처럼 발음된다. 뿐만 아니라 이 필명은 영국의 낭만주의 시인인 토머스 모어(Thomas Moore의 러시아식 표기는 Фома Мур)와 연관되고, 동시에 예수의 열두 제자 중 의심 많은 토마스 사도(Thomas the Apostle의 러시아식 표기 역시 Фома)와 관련된다.

424 **안나 아프테카리** 그녀의 성 '아프테카리'는 러시아어로 '약사(аптекарь)'를 뜻하는 단어로, 여기서 '양피지처럼 핏기 없는 약사'라는 반어적 언어유희가 발생한다.

425 **그는 대화할 때 자신의 성(姓)에 알리바이를 대려는 듯, "난 그렇게 간즈하지 않아요", "므분별"이라고 발음한다** '프시킨'은 대문호 '푸시킨'의 희극적 모방으로, 프시킨은 모든 '우'를 '으'로 발음함으로써 자신의 성을 정당화하고 있다는 것이다.

434 **아트리움** 중정(中庭)의 한 종류, 유리 지붕의 넓은 홀.

앙드레 르노트르 Andre Lenotre(1613~1700). 베르사유 궁과 트리아농 궁의 정원을 설계한 프랑스의 조경 예술가.

멋지게, 무조건, 명령 러시아어에서는 'каз'음이 반복되어 희극적 효과를 의도하고 있다('казисто, казенно, приказ).

f3-g1 당대 체스에서 나이트의 행마법을 가리키는 용어로, f3에서 g1으로의 이동, 즉 출발 위치로의 후퇴를 가리킨다.

441 *Le sanglot dont j'étais encore ivre* 프랑스 상징주의 시인인 스테판 말라르메(Stephane Mallarme, 1842~1898)의 시 「목신의 오후(L'après-midi d'un faune)」(1876)에서 인용. 에로틱한 테마는 주인공의 몽상에 상응한다.

짐플리치시무스 판(fan)은 말라르메의 「목신의 오후」의 주인공으로 그리스·로마 신화의, 머리에 염소의 뿔이 나고 염소의 다리를 지닌 반인반수의 목신(牧神). 짐플리치시무스는 독일의 소설가인 그리멜스하우젠(Hans Jacob Christoph von Grimmelshausen, 1621~1676)의 풍자 소설 『짐플리치시무스(*Simplicissimus*)』(1669)의 동명의 주인공(라틴어로 '천치'라는 뜻).

445 **개의 기쁨** 빳빳한 칼라를 칭하는 러시아식 은어.

어쩌겠어요? 그의 올가는 얼마 전에 모피상과 결혼하여 미국으로 떠났죠. 똑같은 창기병은 아니지만, 어쨌든…… 『예브게니 오네긴』을 가리키고 있다. 『예브게니 오네긴』에서 올가 라리나는 렌스키가 죽은 직후 창기병과 결혼하여 그와 함께 연대로 떠난다.(제7장 8~12연)

446 **카메라 옵스쿠라** 여기서 광학 기기의 라틴명인 '카메라 옵스쿠라(camera obscura)'는 용어라기보다는 '암실'이라는 원래 문자 그대로의 의미로 사용된다. 이 용어를 사용함으로써 나보코프는 자신의 동명 소설 『카메라 옵스쿠라(*Камера обскура*)』(1932)에 대한 자기 지시를 의도한 듯하다.

자벌레 자나방의 애벌레(A measuring worm)로 몸은 가늘고 길며, 녹색 또는 회갈색이다. 가슴에 세 쌍, 배 끝에 한 쌍의 발이 있는데, 움직일 때 머리와 꼬리를 붙였다 떼었다 하는 것이 마치 자로 재는 모습과 흡사하다.

448 **투르게네프, 곤차로프, 살리아스 백작, 그리고로비치, 보보르킨이 쓴 것 같은** 나보코프는 저명한 고전 작가인 투르게네프와 곤차로프, 이류 산문 작가인 그리고로비치(Дмитрий Васильевич Григорович, 1822~1899)와 보보르킨(Петр Дмитриевич Боборыкин,

1836~1921)과 나란히 1920년대에 구식 취향의 대명사로 악명 높았던 역사 소설가인 살리아스 백작(Евгений Андреевич Салиас-де-Турнемир, 1840~1908)을 나란히 열거하고 있다.

451 **웃기지 마세요. 누가 제 시를 안답니까? ~ 그러나 퉁구스족과 칼미크족이 핀족의 질투 어린 시선 아래 나의 『전언』을 서로서로에게서 뺏는 데까지는 매우 많은 시간이 걸릴 겁니다** 푸시킨의 시 「나는 경이로운 기념비를 세웠네(Я памятник себе воздвиг нерукотворный...)」(1836)의 제3연을 암시하고 있다. "나에 관한 소문은 위대한 러시아 전체에 퍼지리라 / 그리하여 여기 존재하는 모든 종족들이 나를 부르리라, / 슬라브족의 당당한 자손들도, 핀족도, 아직은 미개한 퉁구스족도, / 초원의 벗 칼미크족도."

455 **그러나 풀줄기는 잠깐 흔들릴 뿐 여전히 햇빛에 반짝인다…… 어디서 전에 이런 일이 있었더라, 흔들린 게 뭐였었지?** 이 답은 아마도 제2장의, 표도르가 아버지와 헤어진 후 초원에 나갔을 때 보았던 들국화인 듯하다. "여전히 힘센 호랑나비가 갑주(甲胄)를 펄럭이며 들국화 위로 내려앉았다가 뒷걸음질 치듯 떠나자, 나비가 떠나간 꽃은 몸을 쫙 펴고 흔들리기 시작했다."

460 **페트라셉스키** 쇼골레프는 체르니셉스키를, 불온 서클을 조직한 이유로 1849년에 체포된 페테르부르크의 문인 미하일 바실리예비치 페트라셉스키(Михаил Васильевич Петрашевский, 1821~1856)와 혼동하고 있다.

톡, 톡, 톡, 부정 타지 않기를 러시아인들은 '나는 건강하다' 등의 좋은 말을 하고 나면 반드시 나무를 세 번 두드려야 부정 타지 않는다고 믿는 관습이 있다.

461 **'potolok(천장)'이 'pa-ta-lok' ~ 'lokotop', 'pokotol'까지 계속되는 경우가 있잖아요** 러시아어에서 'o'는 강세를 안 받을 경우 'a'처럼 발음된다. 이로 인해 철자가 혼동되기 쉬운 단어를 예로 들고 있다.

타네치카 타냐, 타네치카는 모두 타티아나의 애칭.

465 **크리솔라이트의 별 아래 크리스천의 밤이 크리스털처럼 크르르 부서지는 소리……** 동일음의 반복을 통한 운의 형성 과정을 보여 준다. "Хрустальный хруст той ночи христианской под хризолитовой звездой..."

야스나야 폴랴나의 거장도 죽었고, 젊은 푸시킨도 죽었다…… 역시 동음 반복을 통한 운의 형성을 보여 준다. "И умер исполин яснополянский, и умер Пушкин молодой..." 여기서 야스나야 폴랴나는 톨스토이의 영지로, 곧 '야스나야 폴랴나의 거장'은 톨스토이를 뜻한다.

수폴랸스키 불가코프의 소설 『백위군(*Белая гвардия*)』(1925)의 등장인물로, 장갑 부대 소위이자 시인이며 문예학자인 수폴랸스키를 가리키는 듯하다. 이것은 불가코프의 다른 작품 『젊은 의사의 수기(*Записки юного врача*)』)(1925~1926)와 『칸(汗)의 횃불(*Ханский огонь*)』(1924)을 환기시키는 단어들이 이웃한 것과 관련된다.

그리고 치과 의사 수폴랸스키도, 아스트라한의 칸도 죽었고, 우리의 한스는 큐를 깨뜨렸다…… 역시 동음이 반복되고 있다. "И умер врач зубной Шуполянский, астраханский, ханский, сломал наш Ганс кий..." 여기서 "한스가 큐를 깨뜨렸다……(сломал наш Ганс кий)"는 체호프의 『벚꽃 동산』 제3막의 야샤의 대사, "에피호도프가 당구 큐를 부러뜨렸답니다……!(Епиходов бильярдный кий сломал!...)"를 환기시키고 있다.

브라질의 잔바람도 그려지고, 모진 바람의 제의(祭衣)도 그려졌다…… '즈'음이 반복되고 있다. "изобразили и бриз из Бразилии, изобразили и ризу грозы..."

악어 같은 압운 두운에 의한 언어유희다. "аллигаторские аллитерации."

사기(blague) '축복, 선, 이익'을 뜻하는 러시아어 단어 'благо'의 발음(blago)과 프랑스어에서 '농담, 기만, 허풍, 엉터리'를 뜻하는 'blague'의 음은 유사하나, 뜻이 유리되는 데서 발생하는 언어유희.

466 **책상, 책걸상, 환상 산호도** 역시 음성반복에 의한 언어유희다. "… стульях, столах, атоллах."

Egda Stoboy(에그다 스토보이) 하숙집 주인의 이름은 원래 'Clara Stoboy(클라라 스토보이)'이다(485쪽 14번 주석 참조). 그런데 여기서는 'Egda Stoboy'로 바꾸고 있는데, 이 이름은 러시아어로 '(В)сегда с тобой'를 강하게 연상시켜 '항상 너와 함께 있다'라는 의미를 지니게 된다.

467 **『잠자리』** *Стрекоза*. 1879~1908년에 페테르부르크에서 간행된 주간 유머 잡지.

에두아르드 페트리 Эдуард Юльевич Петри(1854~1899). 페테르부르크 대학의 지리학·인류학 교수. 그의 감수하에 중학생용 '학습 지도' 등 여러 지도가 간행되었다.

468 **Thecla bieti** *Esakiozephyrus bieti*(Oberthür, 1886), 자줏빛 부전나빗과의 일종으로 작고 희귀종이며, 인도, 티베트, 중국에서 발견된다. 샤를 오베르튀르가 1886년 기록한 것으로, 타치엔루 근처에서 이 나비를 최초로 발견한 프랑스인 티베트 선교사 펠릭스 비에트를 기념하여 명명하였다.

470 **파터란트** Vaterland. '조국'을 뜻하는 독일어.

471 **「차르와 교회를 위하여」** 1921~1930년까지 베오그라드에서 작가이자 보수 성향의 정치가였던 미하일 수보린(Михаил Алексеевич Суворин, 1860~1936)에 의해 간행된 군주제 지지 성향의 신문 「신시대(Новое время)」를 가리킨다. 그의 아버지인 언론인이자 극작가였던 알렉세이 수보린(Алексей Сергеевич Суворин, 1834~1912) 역시 비슷한 정치 성향의 동명의 신문을 페테르부르크에서 간행한 바 있다.

473 **검정·노랑·빨강 깃발, 검정·하양·빨강 깃발, 그리고 단순한 빨간색 깃**

발 1920~1930년대 초 독일의 주요 정치 세력에 상응한다. '검정·빨강·노랑' 기는 바이마르 공화국의 공식적 상징으로(나보코프는 '검정·노랑·빨강' 순으로 쓰고 있다), 이 깃발 아래서 민주정 옹호자들이 시위했는데, 우익도 좌익도 이 국기를 인정하지 않고, 각각 독일 제국의 '검정·하양·빨강' 기와, 혁명의 빨간색 기를 내세웠다.

474 **За серб и Молт(세르비아인과 몰트를 위하여)** 원래는 구소련 국기를 상징하는 'За Серп и Молот(낫과 망치를 위하여)'라 쓰였어야 했다. 그런데 두 개의 오타를 허용하여 'Серп(낫)'가 'Серб(세르비아인)'로 되고, 'Молот(낫)'가 'Молт'로 되면서 '몰트'가 무슨 민족인가 하고 궁금해했다는 언어유희이다.

호딘카 대관식 1896년 5월 30일, 러시아의 마지막 차르 니콜라이 2세의 대관식이 모스크바 근교 호딘카 들판에서 거행될 예정이었다. 이에 앞서 정부는 대관식에서 선물을 배포할 것이라 발표했고, 수많은 군중들이 선물에 혹하여(사실 선물 상자는 푸짐해서 빵, 당밀 과자, 소시지, 컵 등이 들어 있었다) 축제 장소로 지정된 호딘카 들판으로 몰려들어 30일 새벽 5시, 그 수가 50만 명 선에 이르렀다. 당시 현장에 투입된 1천8백 명의 경찰로는 질서 유지가 역부족이어서 군중들은 서로 밀치고 밀리다가, 공식 집계로 1,389명의 사망자, 1천3백 명의 부상자가 발생했다. 이후 정부의 태만함과 준비 소홀에 대한 국민의 분노가 극에 달했다.

483 **톨렌부르크** 가상의 지명. 독일어에서 'toll'은 '무분별한, 광기의, 미친'의 뜻이고, 'burg'는 '도시'를 의미하므로, 톨렌부르크는 '미친 도시'의 뜻을 지닌다.

타프로바네 고대·중세의 지리학자들이 실론 섬(스리랑카의 옛 이름)을 부르던 명칭.

484 **책이여 안녕! 환영에게도 역시 죽음의 유예란 없는 법~그리고 행은 계속된다네** 마지막 문단은 '오네긴 연'으로 쓰였으며, 『예브게니 오네긴』의 대단원을 연상시킨다.

삶의 문학으로의 승화: 불멸의 꿈꾸기

박소연(서울대학교 인문학연구원)

I 문화의 소우주로서의 『재능』

나보코프의 러시아어 시기를 마감하는 『재능』은 작가 스스로 자신이 가장 좋아하는 최고의 러시아어 소설이라고 고백했던 것처럼, 나보코프의 전작 중에서 특별한 위치를 차지한다. 이 작품은 자신을 작가로 성장시킨 러시아 문학에 대한 감사의 헌시(獻詩)이자 자신의 정신과 영혼의 뿌리가 된 어린 시절의 추억을 선사한, 돌아갈 수 없는 조국 러시아에 대한 절절한 연시이다.

구상에서 완성까지 5년이 걸린(1933~1937년) 『재능』은 또한 그의 전 작품 중에서 최장의 집필 기간이 소요된 가장 난해한 소설로도 유명하다. 나보코프는 1934년 4월, 자신이 20세기 최고의 시인이라 간주했던 호다세비치에게, "『절망』 이후 지금 제가 쓰고 있는 소설은 끔찍하게 힘든 작품입니다"라고 쓰고 있다. 이러한 작가의 고충은 그대로 독자의 몫으로 전가되어 『재능』은 결코 잠시도 한눈팔 수 없는, 철저한 집중을 요구하는 게임의 상황으로 독자를 이끈다.

소설 『재능』은 다수의 문학적 인용과 문화·역사적 인유뿐만 아니라 정치, 철학, 미술, 자연과학 등에 이르는 나보코프의 방대한 백과사전적 지식이 녹아 있는 문화의 소우주이다. 그러나 나보코프의 해박함은 독자가 『재능』의 세계에 녹아드는 과정에서 겪는 가장 초보적 장애일 뿐이다. 탐미주의자, 유미주의자로서 나보코프의 면모가 유감없이 발휘된 다양한 소설 구성 기법들, 기만과 속임수로 점철된 소설 구성 원칙, 심지어 한 문장 안에서 일어나는 시제·시점의 예기치 않은 변화, 현실과 상상의 복잡한 교차, 객관적 묘사와 내적 독백의 융합, 작가의 목소리와 타인의 목소리의 결합 등, 극도로 복잡한 서사 구조가 한순간의 방심도 허용치 않는다. 거기에 다양한 유형의 언어유희가 한몫 거든다. 칼람부르, 애너그램, 모노그램은 기본이고, 상충되는 형용어구의 병치로 인한 의미의 모호성, 산문 안에 녹아 있는 시의 운율과 리듬, 한마디로 소설 작법을 총망라한 교과서라 할 만하다.

그러나 러시아 문학의 정통자가 아닌 일반 독자가 『재능』을 읽으면서 겪는 가장 큰 어려움은 나보코프의, 독자에 대한 과대평가 혹은 불친절함에 있다. 나보코프 스스로 영문판 서문에서 "소설의 여주인공은 지나가 아니라 러시아 문학이다"라고 밝히고 있을 정도로 소설 전체에 러시아 문학에 대한 담론이 녹아 있음에도 불구하고, 나보코프는 『재능』의 독자들이 러시아 문학(비단 러시아 문학에 한정된 것은 아니지만!)에 정통한 최고의 대담자, 작가의 분신과도 같은 콘체예프라고 상정하고 있기에 구태여 친절히 설명할 필요를 느끼지 못한다. 따라서 독자들은 스스로의 힘으로 인용된 시행이 푸시킨의 시행과 블록의 시행의 결합임을 포착해야 하고 인용된 편지의 한 구절에서 이름이 거론되지 않아도 고골임을 알아채야 하며, 시인이나 시집의 제목이 없어도 랭보의 「모음들(Voyelles)」에 대한 언급임을 알아야 한다. 나보코프의 문학

게임을 푸는데 있어서 일천한 지식은 독자를 좌절시키는 것이다.

바로 이런 이유로 특히 비러시아권 독자들에게 『재능』은 나보코프의 소설 중에서 가장 도전하기 힘든 소설이었고, 그의 전체 저작에서 지니는 중요성에도 불구하고 가장 서평이 적고 가장 덜 연구된 작품이었으며, 때로는 저평가되기도 했다. 1963년 『재능』의 영역본이 발간된 후, 19, 20세기 러시아 지성사, 문화사에 대한 깊은 이해를 지니지 못한 영미권 독자들의 『재능』에 대한 비판은, "부분 부분은 탁월하게 쓰여졌으나 전체적으로 짜임새가 없고, 단편적인 에피소드들로 구성되어 전체적으로 통일성이 결여되어 있다"는 것으로 수렴되었다. 종합적인 이해틀을 지니지 못한 독자로서는 다양한 에피소드들을 아우르는 통일성을 포착하고 이 고도로 조직적인 소설을 이해하는 것이 무리였던 까닭이다. 때문에 나보코프 연구가들은 한결같이 『재능』은 굉장히 방대한 학문적 안내서, 그 표면적 서사의 흐름 바깥의 정보를 필요로 한다는 데에 동의한다. 『재능』의 한국어 번역본 뒤에 첨부된 일견 지나치게 방대해 보이는 주해와, 본 해설의 존재 이유는 바로 여기에 있으리라. 모든 작품 해석에 있어 의당 그러하듯 독자는 스스로 『재능』의 수수께끼를 풀어 나가야 옳지만, 독자들이 "자기 식의 재해석에 완전히 심취한 채 (…) 기차를 잘못 탄 것을 끝에서 두 번째 장에 가서야 아는" 리뇨프와 같은 단견의 비평가가 되지 않도록 하는 것, 독자가 미궁 속에서 너무 헤매지 않고 나보코프의 기교의 유희를 즐길 수 있도록 최소한의 설명을 제공하는 것이 바로 해설자의 의무일 것이다. 특히 재독, 삼독을 해도 정확한 플롯마저 파악하기 힘든 작품이기에 독자들이 전체 작품의 흐름과 구성을 이해할 수 있도록 돕는 한도 내에서 객관적 참고 자료를 제공하는 것은 독자의 창조적 주관에 의한 독자적 해석 행위에 전혀 걸림돌이 되지 않을 것이라 판단되기 때문이다.

소설이라는 게임의 창조자 나보코프는 문제를 내놓으면서 명민한 독자는 감지할 수 있는 해결의 단초도 함께 제공한다. 그것은 가장 먼저 제목일 수 있다. 러시아어 제목 'дар(dar)'는 원래 '주다, 선사하다'라는 뜻의 동사 'дарить(darit)'에서 파생된 명사로, '선물' 혹은 '재능'의 뜻을 지닌다. 영역본의 제목 'gift' 역시 '재능'과 '선물'의 의미를 포괄한다. 두 단어 모두 '하늘이 주신 선물로서의 재능'을 함의하는 것으로, 한국어에는 정확히 상응하는 단어가 없다. '천분(天分)'이라는 단어가 그나마 근사치의 개념을 담고 있는데, 한국인의 의식 속에서 '직분'을 강하게 연상시켜, 이 역시 적절한 번역어는 못 된다. 나보코프는 이 소설에서 'дар'라는 단어는 총 8번 사용하는데, 의미상 '재능'으로 번역되는 것이 더 적절한 경우가 7번이고 나머지 1번의 경우에만 '선물'로 번역된다. 나보코프가 제목 'дар'에서 '재능'을 우선적으로 의도했다고 여겨지는 대목이다. 언어의 마술사인 나보코프는 무엇을 깨달아 그것을 "дар"라는 단어에 담고자 했을까? 그가 이 단어로 궁극적으로 의도한 바는 무엇이었을까? 이 답은 해설이 끝나는 지점에서 밝혀질 수 있을 것이다.

II 구조 분석: 예술가 소설(künstlerroman), 메타픽션으로서의 『재능』

『재능』은 1920년대 후반 베를린에서 살고 있는 젊은 러시아 문인 표도르 고두노프 체르딘체프의 삶에서 3년 3개월을 다루고 있다. 나보코프 스스로 훗날 『러시아 미인 외 단편들』에서 밝히고 있듯이, 소설의 시간은 정확히 1926년 4월 1일에 시작하여 1929년 6월 29일에 끝난다.

소설의 사건은 상호 연관된 세 가지 차원에서 전개되는데, 가장 기본적인 차원이 표도르의 일상생활로, 그의 베를린 거리와 공원의 산책, 동료 망명 문인들과의 교류, 현지 독일인들과의 괴리 등이 그려지고, 여기에 중요한 사건으로서 운명의 연인 지나 메르츠와의 만남과 사랑, 성이 체르니셉스키인 러시아인 부부와의 우정이 묘사된다. 그리고 소설의 시간에 선행하는 사건들이 과거로의 회고를 통해 제시된다. 표도르에게 그것은 혁명 이전 러시아에서의 행복했던 어린 시절, 유명한 탐험가로 혁명 시기에 행방불명된 아버지의 여행이고, 지나에게는 어머니의 과거, 아버지에 대한 회상, 타이피스트로서의 자신의 애환이며, 체르니셉스키 부부에게는 삼각관계로 인한 아들 야샤의 자살이다.

그다음 차원은 표도르 고두노프 체르딘체프의 작가로서의 3년 3개월 간의 여정과 관계된다. 여기에는 그가 어린 시절에 쓴 시집, 젊은 데카당 시인 야샤 체르니셉스키의 극적인 자살에 관한 단편, 미완성으로 끝난 아버지에 대한 전기, 그리고 마지막으로 그의 첫 번째 성숙한 작품인 「체르니셉스키의 생애」의 사전 연구, 출판, 뒤이은 비평이 포함된다. 표도르가 쓴 텍스트는 전체 소설의 3분의 1 이상을 차지하는데, 이 삽입 텍스트들은 다양한 장르를 포괄할 뿐만 아니라 — 개인적 편지와 서정시에서 시작하여 회고록과 문학 전기에 이르기까지, — 창조 과정의 전 단계를 제시하고 있다. 의식 속에서 구상 중이지만 아직 기록되지 않은 시, 초안, 미완의 필사본, 원고, 출간된 책, 그리고 심지어 야샤 체르니셉스키의 자살에 관한 단편의 경우에는, 주인공의 전기에서 "실제" 사실이 아닌 가상의 사실까지도 포함된다. 즉, 창조적 구상의 최초 잉태와 자료 작업 등, 창조의 역사가 소설 속에 미리 제시되어 있다. 뿐만 아니라 자주 삽입 텍스트가 독자, 비평가, 그리고 후험적으로 표도르 자신에 의해 어떻게 받아들여지는지도 그려진다. 예컨대, 1장에서 만우절 농담으로 인해 존재하지 않은 자신의 시집에 대한 서평을 표도르가 상상하는 과정은 스스로 쓰는 서평에 다름 아니며, 5장에서 「체르니솁스키의 생애」에 대한 표도르 자신의 평은 콘체예프의 서평과, 이어지는 콘체예프와의 상상의 대화를 통해 밝혀진다.

영문판 서문에서 『재능』의 플롯을 기술하면서 나보코프는 그 근간을 표도르의 예술적 발전으로 보고 있다.

> 그 여주인공은 지나가 아니라 러시아 문학이다. 1장의 슈젯은 표도르의 시에 집중되어 있다. 2장은 표도르의 문학적 발전에 있어서 푸시킨으로의 돌진이고 아버지의 동물 탐험을 묘사하려는 시도를 담고 있다. 3장은 고골로 옮겨가나, 그 진정한 중심은 지나에게 헌정된 사랑 시이다. 체르니솁스키에 관한 표도르의 책, 소네트 안의 나선은 4장을 책임지고 있다. 마지막 장은 앞의 모든 테마를 결합하고, 표도르가 언젠가 쓰리라 꿈꾸고 있는 책 ― 『재능』 ― 의 윤곽을 그리고 있다.

이후 『재능』은 künstlerroman(예술가 소설), "예술가로서의 성장 과정에 있는 예술가의 초상"으로 해석되는 경향이 굳어졌고, 해석의 초점은 자연스럽게 표도르의 작품들에 모아지면서 그 예술적 추구의 내적 동인을 밝히는 데 집중되었다.

표도르가 쓴 가상의 문학이라는 소설의 두 번째 차원과 긴밀히 관련되면서 그의 작가적 역량의 성장 동인을 밝히는 것이 소설의 세 번째 차원, 즉 문학 비평적 차원이다. 바로 이 차원의 주인공이 러시아 문학으로, 여기서는 표도르를 작가로서 성장시키는 러시아 작가와 작품이 때로는 노골적으로, 때로는 은밀하게 제시된다. 동시에 표도르의 러시아 문학에 대한 고유한 관점과 견해가 지속적으로 노출되어 『재능』은 거의 소설과 비평의 혼합물이라는 인상을 불러일으킨다. 이 차원의 핵심은 러시아 작가와 문학 작품, 더 나아가 러시아 문화에 대한 대규모의 환기와 토론으로 러시아 문학의 광범위한 대상에 대한 패러디가 이루어지기도 한다. 패러디의 대상은 때로는 동시대 망명 문학이기도 하고, 때로는 상징주의 시와 산문이기도 하며, 때로는 유명 작가들의 양식이나 장치를 모방하는 아류 문인이기도 하다.

『재능』에는 연대기적으로 데르자빈에서 시작하여 에렌부르크와 알다노프에 이르기까지 암시되고 있는데, 논의는 대부분 19세기 작가들에 집중된다. 소설의 모든 장에서는 문학 비평에 할여된 길고 짧은 구절이 발견된다. 1장에서는 콘체예프와의 토론에서 19세기 러시아 작가들의 기벽과 상대적인 가치가 논의되는데, 곤차로프, 피셈스키, 레스코프, 톨스토이, 푸시킨, 체홉, 고골, 투르게네프, 도스토옙스키, 악사코프, 레르몬토프, 튜체프, 네크라소프, 페트, 상징주의자들, 거기에 추가로 아르투르 랭보가 거론된다. 작가들과 인용문들은 그야말로 휙휙 지나가고, 각 인용이 끝나면 언급된 작가들 각각에 관련된 의견이 제시된다. 그러나 서사가 너무 모호해서 논지가 명징하게 드러나지 않으며, 콘체예프의 발언과 표도르의 발언이 거의 구별되지 않은 채 대화가 진행되는데 결국은 상상의 대화였음이 밝혀진다. 이 상상의 대화의 요지는 대략 문학적 묘사의 기량, 즉 탁월한 "시각적" 이미지를 산출할 수 있는 능력에 따른 일군의 러시아 작가들의 선별로 볼 수 있다. 바로 이 부분이 나보코프 자신의 강점이었기에 자신과 유사한 선배들을 거론한 것이리라.

1장은 표도르의 문학 발전 과정에서 시에서 '전기'로 이전하는 단계이다. 체르니셉스카야 부인의 주문으로 쓰게 된 「야샤의 전기」는, 그러나 어머니의 기대와는 달리 패러디로 점철된다. 야샤는 "시대의 증상"으로서, 망명 문단의 전형적 초상인 젊은 시인이다. 그는 유럽의 몰락을 예언한 슈펭글러에 열중하며, 삼각관계로 인해 결국 자살자-시인을 모방하여 자살하고 만다. 여기서 표도르의 비판의 칼날은 재능 없는 시인인 야샤와 더불어, 그의 노트에 남겨진 "삼각형에서 사다리꼴에 이르는 리듬 진행"의 주창자인 상징주의 시인 안드레이 벨리에게도 향한다. 또한 1장 마지막에 등장하는 독일계 문인 게르만 이바노비치 부슈의 상징주의 희곡 역시, "의미의 불가해성과 공존할 수 없는 기묘한 발음"으로 인해 그로테스크하게 희화되고 있다.

2장에서 표도르는 푸시킨을 연구하며 작가로서의 역량을 키운다. 문학-비평적 차원에서 2장은 푸시킨의 장으로, 여기에는 푸시킨이 1860년대까지 살았다는 가정을 담은 일종의 전기적 판타지와, 푸시킨의 두 편의 초고 시를 나보코프가 과감하게 재구성해서 완성한 시, 『아르즈룸 여행』에 대한 흥미로운 반추, 『대위의 딸』의 은닉된 인용, 푸시킨의 미완성 단편 「마리아 쇼닝」에서 나온 구절들의 기발한 삽입이 포함된다.

2장에서 이루어진 표도르의 시에서 산문으로의 발전 과정은 주인공이 푸시킨의 산문을 재발견하고 『아르즈룸 여행』에서 성스러운 영감의 자극을 받아 산문작가로 변하는 것으로 시작된다. 그는 아버지처럼 '여행에 대한 열정을 지닌 화자'가 쓴 여행기인 『아르즈룸 여행』을 보고 아버지의 전기를 쓰겠다는 구상을 한다. 이때 푸시킨의 『아르즈룸 여행』은 다큐 자료를 사용하는 전략의 원천이 되기도 한다. 아버지에 관한 이야기의 대부분은 그룸 그르지마일로의 『중국서부탐험기』 외 여러 탐험기들(프르제발스키의 『자이산 호에서 하미를 지나 티베트와 황하의 발원지까지』, 『캬흐타에서 황하의 근원지까지』, 『이닝에서 톈산 산맥을 넘어 로프노르까지』, 니콜라이 미하일로비치 대공의 『인시류에 관한 회상록』)에서 발췌한 인용문이 유연하게 서술 속으로 삽입된 것이다. 이들 책은 지리적 실재, 풍광의 디테일, 생물학적 종의 묘사, 탐험의 여정 등 「아버지의 전기」의 원천임이 쉽게 드러난다. 게다가 구뿐만 아니라 문장 전체가 그대로 인용되기도 하는데, 나보코프는 때로는 다큐 원전을 푸시킨의 『아르즈룸 여행』에서 차용한 부분과 몽타주하기도 한다.

이리하여 2장 내내 표도르는 푸시킨에 탐닉하고 "푸시킨 산문의 속삭임"에 귀기울여, "푸시킨이 피 속으로 들어오고", "푸시킨의 목소리는 아버지의 목소리와 뒤섞인다." 육신의 아버지와 문학의 아버지가 하나로 결합되는 셈이다. 「아버지의 전기」는 아버지의 도착과 출발, 자연, 그의 도착에 대한 가족의 갈망이 주를 이루고, 표도르는 어린 시절 내내 아버지가 옆에 있다는 상상력을 가동시켜, 상상력을 통해 예술적 능력을 발전시켰음이 암시된다. 즉, 자연과학자로서의 아버지는 표도르에게 관찰하는 법과 상상력의 중요성을 알려 주었고, 문학의 아버지 푸시킨은 "단어의 정확성과 어군의 명료성을" 가르쳤던 것이다. 표도르는 아버지의 "가르침의 달콤함"을 감사한 마음으로 회상하는데, 이는 그가 아들에게 관찰하는 법을 가르치고 자연 안에 있는 특별한 것을 보여 주어 자신만의 독특한 발견을 나누면서, 아들이 극히 개인적인 안목을 발전시킬 수 있도록 도와주었기 때문이다. 문학 분야에서 이러한 교훈을 표도르는 푸시킨에서 얻었던 것인데, 표도르는 푸시킨을 모방하기 위해서가 아니라, 자신의 고유한 특별한 재능을 푸시킨의 소리굽쇠에 맞추어 발전시키고자 푸시킨을 정독하는 것이다. 두 아버지가 서술의 대상이 되는 2장은 유일하게 표도르의 패러디적 야유가 부재하는 장이다.

3장은 두 개의 문학적 중심을 지닌다. 서두에서는 시 창작 과정에 대한 자세한 묘사가 나오는데, 이 과정에서 러시아 작시법의 원리가 논의되고 러시아 상징주의자들과 푸시킨 사이의 관련이 예증된다. 뒷부분은 표도르의 「체르니솁스키의 생애」를 위한 연구와 집필과 관련되는데, 이것이 표도르가 러시아 19세기의 문학 비평을 조사하고 비평가이자 소설가로서의 체르니솁스키의 가치에 대해 숙고하게 만드는 계기가 된다. 그런데 나보코프의 플롯 규정에 따르면 이 장은 "고골"과 "지나에게 헌정된 사랑 시"가 중심인데, 푸시킨의 영향이 의도적으로 노출되었던 2장과 달리 고골의 서브텍스트는 은닉되어 있어 오로지 명민한 독자만이 감지할 수 있을 뿐이다. 2장 마지막에서 거주지의 변화가 '푸시킨 거리에서 고골 거리만큼의 차이'로 비유되고 있을 뿐, 3장에서 고골에 대한 직접적인 언급은 거의 없다. 그런데 표도르의 책상에 놓여 있는 책들 가운데에서 고골의 『죽은 혼』이 발견되고, 지나가 부엌에 있음을 알아채고 그녀와 가까워지려는 욕망을 억누르며 표도르가 의식적으로 읽고 있는 글은 바로 고골이 주콥스키에게 쓴 편지이다. "저는 좀 더 오랫동안, 가능한 한 오랫동안 타지에 있으렵니다. 비록 저의 사상과, 저의 이름과, 저의 작품들은 러시아에 속한다 할지라도, 제 자신, 무상한 이내 몸은 러시아어로부터 떠나 있을 것입니다." 결국 표도르는 부엌으로 나가고 지나와의 로맨스가 시작되어 그의 창조적 자기실현(「체르니솁스키의 생애」, 『재능』)으로 나아간다. 여기서 고골이 지닌 『재능』에서의 구조적 역할이 드러난다. 고골은 뒤이어 전개되는 지나에 대한 사랑 테마, 망명 테마로의 움직임을 연결하는 구조상의 고리이기도 했던 것이다. 특히 5장에서 지나의, "러시아는 그야말로 당신을 애타게 그리워하게 될" 거라는 진단은 고골의 편지에서 드러난 문학의 테마와 추방의 테마의 결합에 다름 아니다.

지나는 『재능』의 또 다른 여주인공이지만 소설의 중반부터 등장한다. 그전에 자주 은밀하게 등장하긴 하나, 이는 재독을 통해서만 밝혀진다. 3장의 처음, 소설이 시작된 지 2년이 지난 후 표도르가 쇼골레프의 집으로 이사 갔을 때에도 지나의 역할은 모호한 채로 남겨진다. 표도르는 침대에 누워 첫 담배를 물며 시를 쓰는데, 이 시의 헌정의 대상은 "반(半)므네모지네"라 호명된다. 여기서 지나와 관련된 멋진 이름 수수께끼가 시작된다. 므네모지네는 기억의 여신으로 제우스와의 사이에 아홉 명의 딸을 낳는데 이들이 바로 영감의 샘 카스틸리안의 수호신인 뮤즈들이다. 여기서 "지나"라는 이름은 "므네모지네"라는 이름의 절반이라는 것인데, 이러한 음성유희는 러시아어에서 그 효과가 배가 된다. 러시아어에서 지나는 'Зина(Zina)'로 그야말로 므네모지네, 'Мнемозина(Mnemozina)'의 절반인 것이다. 그런데 여기서 수수께끼는 끝나지 않는다. 지나의 정식 이름 지나이다는 그리스어로 'Ζηναις'(Zenais), "제우스의"라는 뜻이다. 즉, 지나는 절반은 므네모지네, 절반은 제우스가 되는 셈으로, 결국 그들의 딸 뮤즈인 것이다. 이러한 사실은 특히 표도르가 이어진 시구에서 지나의 입술을 "뜨거운 샘"으로 비유한 데서 확고해진다. 그리하여 지나는 표도르의 뮤즈가 되어 그가 재능을 발현하는 데 일조한다. 실제로 그녀는 연애 초기부터 표도르가 「체르니솁스키의 생애」를 쓰도록 유도하고, 집필 기간 내내 들어주며 탁월한 러시아어 실력으로 수정해 주는 등, 뮤즈이자 이상적인 독자의 역할을 충실히 수행한다.

3장에서도 역시 패러디는 은닉된 채 나타난다. 3장 시작 부분에서 하숙집의 분위기를 묘사하는 구절, "정오가 되자 열쇠 꼽는 소리 들리고, 자물쇠 소리 유별나게 쾅쾅 울렸다. (…) 『모스크바』의 작가의 양배추 강약약격과 영원히 결별하라"는 산문처럼 줄글로 쓰여 있지만 사실은 운문으로, 안드레이 벨리의 음악적 산문에 대한 패러디이다. 뒤이어 표도르는 자신의 과거 시작(詩作) 훈련 과정을 회고하며 "쓸모없는 가짜, 둔재(鈍才)의 가면과 재능의 죽마(竹馬)"를 지닌 러시아 상징주의에 대해 비판을 가한다. 그 밖에도 3장에서는 콘체예프의 시집에 대한 서평의 저자 크리스토퍼 모르투스가 "환영에 대한 관념적이고 감미로운 소품"보다는 설사 재능이 없을 지라도 "인생 기록"이 낫다는 논지로 콘체예프를 비판하는데, 이 서평에 대한 표도르의 반응, 즉 패러디적 태도는 4장으로 표출된다. 형식적으로는 그들의 제안에 따라 "인생 기록"을 쓰고 있으나 내용은 철저히 "인생 기록" 형식에 대한 조롱으로 일관하고 있는 것이다.

4장 「체르니솁스키의 생애」는 3장의, "모든 것을 패러디와의 경계선 상에 위치한 것처럼 쓰겠다"는 표도르의 구상을 철저히 실현한다. 4장은 고골의 완벽한 숙달의 결과인 듯, 체르니솁스키, 도브롤류보프, 피사레프 등 모든 등장인물이 고골의 인물들처럼 그로테스크한 모습으로 희화된다. 또한 전체 장은 진지한 사회적, 철학적, 문학적 문제들을 다루고 있음에도 불구하고 매우 우스꽝스럽다. 때로는 서술이 진행되는 방식이 독자에게 노출되는데, 이런 면에서 나보코프가 영문판 서문에서 4장을 "소네트 안의 나선"으로 규정한 것은 흥미롭다. 「체르니솁스키의 생애」는 한 무명 시인이 체르니솁스키에 헌정한 소네트를 둘로 나누어 마지막 6행이 서두에, 앞의 8행이 말미에 놓여 전체를 에워싸고, 본문이 되는 체르니솁스키의 전기는 중요한 테마들—근시, 습자교본, 장교, 제과점, 영구동력기 등등—이 나선형으로 반복되는 방식으로 구성된다. 이러한 조치의 결과로 지도자이자 사상가인 체르니솁스키 안에서 정직하고 용감하나 근시안적이고 어리석은 인간이라는 거의 고골식의 그로테스크한 성격이 분출되며, 이 인간의 희비극적인 불행한 삶은 실수와 환멸, 배반, 손실과 박탈의 연속으로 그려진다. 그런데 화자는 이러한 테마들의 전개 방식에 대해 계속 독자들에게 알려 주는데, 이로 인해 실제 사실에 기초한 전기임에도 불구하고 주인공의 삶에서 파생된 테마가 그 사건 자체보다 중심이 되는 허구의 느낌이 강한 전기가 형성된다. 즉, "삶이 예술보다 우월하다"는 체르니솁스키의 유물론적 주장은, 삶의 사실 자체보다 실제 사건을 예술로 구성해 나가는 구조 원리에 주안점이 주어짐으로써 "예술이 삶보다 우월해질 수 있다"는 반증에 의해 전복된다. 이리하여 『재능』의 미학적 관념은 체르니솁스키의 이론, 혹은 실증주의 미학 전반에 대해, 즉 예술을 "가치"나 "유용성"의 측면에서 중시하는 수많은 '모르투스들'에 대해 논쟁적으로 반대하며 "삶과 문학은 동등하며, 상호 가역적이다"라고 주장한다.

5장은 「체르니솁스키의 생애」에 대한 망명 문단의 일련의 비평들로 시작한다. 가장 먼저 등장하는 바르샤바의 리뇨프는 책의 요점을 파악하지 못해 표도르의 러시아어 실력이 약하다는 증거로 하필 푸시킨에서 인용한 구절을 예로 든다. 이어서 파리의 신비주의자 크리스토퍼 모르투스는 문학에서 '가치'나 '유용성'이 중요하다는 이유를 들어 이 책을 비판하고, 이어서 존경받는 자유주의

자, 프라하대학의 아누친 교수는 이 책이 러시아 문학의 인도주의적 전통 바깥에, 따라서 문학의 바깥에 위치해 있다고 비난한다. 이어서 콘체예프는 유일하게 이 책을 순수 문학으로서 다루면서 긍정적인 평가를 한다. 뒤이어 군주제주의자 잡지는 표도르를 "싸구려 자유주의자 행세"를 한다고 비난하는 데 반해, 친소비에트 잡지는 이 책을 "체르니솁스키에 대한 추악한 헐뜯기"로 정의 내린다. 이들 서평의 저자들은 당대 러시아 망명 문단의 다양한 군상, 유파를 대변하는 것으로, 표도르는 문학을 다른 어떤 목적을 위한 수단으로 보는 모든 경향이나 유파를 야유하고 있다.

이들 망명 문인들은 문인 협회 회의에서 규합하는데, 이 모임은 범재들의 결속, 바보들의 연대를 상징한다. "밀턴처럼 눈멀고 베토벤처럼 귀멀고 베톤(Beton)처럼 눈귀 먼" 소설가에서, "취중의 무거운 시선을 한 일자무식 건달"인 신비주의자-시인에 이르기까지, 고골의 소설에나 등장할 법한 인물들이 줄을 잇는다(나보코프가 스스로 자신의 분신이라 일컫는 블라디미로프만 열외다). 그중에서도 표도르의 패러디의 칼날이 가장 예리하게 겨누는 대상은 도스토옙스키의 아류 작가인 쉬린이다. 그의 소설 『백발』은 몇몇 영향력 있는 작가들의 진부한 주제와 조야한 전형적 기법들의 뒤범벅으로, 한마디로 당대 산문들에 대한 패러디 전서와도 같다. 표도르는 쉬린을 통해 당대 소비에트에서 유행하던 도스토옙스키 아류 작가들뿐만 아니라 "왠지 늘 대낮에도 램프가 켜진 방을 상기시키는" 도스토옙스키 자신도 조롱하고 있다. 동시에 1920년대의 소비에트 소설가, 보리스 필냐, 예브게니 자먀틴, 일리야 에렌부르크, 콘스탄틴 페딘과, 1930년대에 인기 있었던 두 명의 망명 작가, 바실리 야놉스키와 보리스 테미랴제프를 겨냥하고 있다. 전체적으로 각 구절마다 위치와 장소가 급격히 바뀌는 혼성모방의 몽타주 기법(뉴욕-파리-모스크바-런던-북극)은 필냐의 중편 「제3의 수도」와 에렌부르크의 『트러스트 D. E.』, 테미랴제프의 『사소한 것들에 관한 이야기』를 조롱한 것이다. 특히 『사소한 것들에 관한 이야기』에서는 신에게 반복하여 호소하는 독백을 찾을 수 있다[오, 주, 아버지시여 —? (…) 오, 주여, 어찌하여 —? … 주여, 어찌하여 당신은 이 모든 것을 허용하시나이까?"]. "털북숭이 개"를 부드럽게 얼르고 있는 모스크바의 살인자는 자먀틴의 유명한 단편 「용」을 암시하는데, 「용」에서는 잔악무도한 볼셰비키 사형집행인이 꽁꽁 언 참새를 얼른다. "달러의 열병 같은 사각 소리를 내며 황금송아지를 쫓아 달"리는 미국인에 대한 부조리한 은유적 폭로는 필냐의 『오케이: 미국 소설』을 익살스럽게 흉내 내고 있다. 늙은 창녀 불 드 쉬프를 장화발로 짓밟는 파리의 노쇠한 떠돌이인 라셰즈 노인은(모파상의 동명소설 『비계덩어리(*Boule de suif*)』의 명백한 인유) 야놉스키의 진부한 "자연주의"를 조소한 것으로, 야놉스키의 『세상』과 기타 작품에는 유사한 장면이 많이 등장한다.

5장에는 저자의 분신이라 할 수 있는 콘체예프의 입을 통한 표도르의 자기비판도 존재한다. 그뤼네발트의 숲 속에서 표도르는 콘체예프와 만나 「체르니셉스키의 생애」의 단점 다섯 가지를 듣고, 자신이 스스로 지녔던 불만과 일치한다고 시인하는데, 물론 이 대화 역시 상상 속에서 이루어진 것으로 판명된다. 콘체예프와 만나기 직전 표도르는 에피파니적 경험을 통해 자신의 창조력의 비상을 느끼며, "삶의 두루마리"를 풀어 그것이 사라지게 두지 않겠다는 결심을 한다. 그리고 소설 마지막에서 지나에게 나중에 이 테마로 "작가로서의 나의 열정과 번민이 있는 나의 삶의 덤불숲"으로 에워싸서 "멋진" 자전적 소설을 창조하겠다고 말한다. 이것은 1장의 "언젠가 이러한 장면으로 시작하는 소설을 쓰리라"라는 구절과 맞물리며, 이 순간 우리가 거의 다 읽은 텍스트의 구조와 정확히 상응하면서 역설적으로 텍스트의 위상을 변화시킨다. 이전에 텍스트는 표도르에 관한 책으로 간주되었던 것인데 이제는 표도르의 미래의 책, 일종의 가상의 미래에 실현된 구상으로서 간주되는 것이다. 그러할 때 반복해서 읽을 경우 소설은 메타픽션, 혹은 자기 자신과 창작에 관한 이야기의 성격을 띠게 된다. 5장 마지막 문단이 산문의 형식으로 줄글로 쓰여 있지만 "오네긴 연"(약강4음보격의 율격에 AbAb CCdd EffE gg의 운 형식을 갖춘)으로 쓰인 것도 이와 무관하지 않다. 푸시킨의 운문소설의 대단원을 인용함으로써 나보코프는 자신의 소설의 열린 결말과 『예브게니 오네긴』의 열린 결말을 연관시켜, 『재능』이 푸시킨의 소설에서 연마된 시적 모델의 발전과 복잡화로서 구축되었음을 강조하고 러시아 문학의 최고봉으로서 푸시킨에게 마지막 경의를 표하고 있는 것이다.

III 은닉된 논쟁: 실화 소설(roman à clef)로서의 『재능』

『재능』은 나보코프의 전체 저작 중에서 소위 시사성이 있는 문학에 가장 근접해 있다. 러시아 망명 문단의 좁은 세계 안에서 논쟁의 중심이 되었던 사건, 사상, 핵심적 이슈 등이 은닉된 채 다루어지고 있는 것이다. 때문에 동시대인들은 『재능』을 풍자적인 실화소설(roman à clef)로 간주했고, 그 안에서 망명 문인들의 초상을 발견했다. 내막을 알고 있는 소수의 사람들은 이 소설 속에 위장된 인물들을 쉽게 눈치챌 수 있었던 것이다. 그들은 크리스토퍼 모르투스의 형상 안에서, 나보코프와 호다세비치의 공공연한 적대자인 게오르기 아다모비치의 형상을, 때로는 아다모비치와 지나이다 기피우스가 합성된 모습을 보았다. 표도르 연배의 천재적 시인인 콘체예프 안에서는 나보코프의 영원한 문학적 동지인 블라디슬라프 호다세비치의 형상이 찾아졌고, 모르투스의 표도르와 콘체예프에 대한 공격에서 아다모비치의 태도에 대한 명백한 패러디가 찾아졌다.

나보코프는 표도르에 적대적인 세계관 유형을, 망명 비평계와 철학계에서 영향력을 행사했던 일군의 사상과 그 대표자들을 염두에 두면서 대립시켰는데, 그 주된 표적은 모르투스의 원형인 아다모비치를 필두로 하는 파리의 작가·시인 그룹, 1930년대 초, 잡지 『수(*Числа*)』의 핵심이 되었던 게오르기 이바노프, 니콜라이 오추프, 보리스 포플랍스키, 유리 테라피아노 등이었다. 이 잡지의 편집진과 저자들은 현대인은 소외된 존재, 역사적 대격변에 환멸을 느낀 희생양이며, 신과 의미와 미가 사라진 잔인하고 끔찍하고 적대적인 세계에서 고통받고 있고, 현존하는 지옥에서 벗어날 유일한 방법으로서의 죽음으로의 지향과, 영원한 소멸로서의 죽음에 대한 두려움 사이에서 망설이고 있다는 데 의견을 같이했다. 그들의 주장에 의하면 이러한 상황에서 예술가의 의무는 "좋은 시"를 쓰는 것이 아니라 절망 속에서 "가장 중요한 것", 즉 세계와 신과 인간의 파멸에 대해 이야기하는 것으로, 다시 말해 자신의 불안을 "인생 기록"으로 남기는 것이었다. 특기할 만한 것은 바로 이로부터 러시아 문학 전통의 재평가도 이루어졌다는 점이다. 아다모비치와 오추프(『재능』에서는 치포비치로 변형됨)는 해방된 개인의 정신이 우주적 로고스보다 우세하다고 확신하며, 예술·언어의 무용론, "문학의 종말"이라는 개념을 설파했고, 그들의 제자로 파리의 호텔에서 죽은 채 발견된 시인 포플랍스키는 이러한 견해를 더욱 발전시켰다. 그리하여 러시아 문학에서 아폴론적 아름다움과 예술적 척도는 항상 푸시킨과 관련되었기에, 이제 그들은 푸시킨의 유산에 반대하는 캠페인을 벌였다. 그들의 논리에 의하면 푸시킨은 심연을 이해하지 못했던 것이다. 그리하여 푸시킨은 "세계의 심연"을 감지하지 못한, 세기에 낯선 "조화로운 예술가"로서 권좌에서 끌어내려지고, 레르몬토프에서 시작하여 현대의 "인생 기록"의 작가들이 극구 칭찬되었다.

『수』의 문인들의 죽음에 대한 집착은 젊은 망명 작가들 사이에서 유행했지만, 몇몇 사상가들과 작가들, 특히 『수』의 적대자인 호다세비치, 블라디미르 베이들레, 게오르기 페도토프를 격분시켰는데, 『재능』은 이러한 논란을 반영하고 있다. "진솔한 눈물겨운" 고백, 절망과 흥분에 이끌려 쓰게 된 인생 기록에 대한 모르투스의 열렬한 찬미를 조롱하면서 나보코프는 호다세비치가 『수』를 맹렬히 공격했던 것과 마찬가지로 동일한 적에 대해 공격하고 있는 것이다.

나보코프는 『재능』에서 문화적 연속성의 가치를 거부하고 푸시킨을 폐위시킨 『수』의 작가들의 노력을 조롱하면서, 그들의 독트린이 체르니셉스키의 진부하고 조야한 예술관과 닮았음을 암시한다. 모르투스는 스스로 「체르니셉스키의 생애」에 대한 서평에서 체르니셉스키를 위시한 60년대인들이 자신들에게 "친숙하고 이해가능하며", "그들의 요구와 자신들의 요구가 일치"하고, 그들 역시 "레르몬토프를 푸시킨보다 더 친근하게 느낀다"는 점에서 자신들과 그들은 "인척"이며, 그들 역시 문학에서 "최우선적으로 인간적인 것"을 원하며 "정신에 필수 불가결한 가치"와 "효용성"을 필요로 한다고 말하고 있는 것이다. '모르투스들'과 60년대인들과의 관련은 표도르가 「체르니셉스키의 생애」를 집필하게 된 동기에서도 드러난다. 표도르가 러시아 서점에서 우연히 구입한 체스 잡지 『8×8』에 수록된 소비에트에서 제작된 체스 문제들의 조야함에 실망하고 러시아의 상태에 대해 "언짢음"을 경험한 후, 그 잡지에 게재된 「체르니셉스키와 체스」라는 논문에 실린 체르니셉스키의 일기와 사진을 보면서 이러한 조야함의 원천, "치명적인 결함"을 찾아내려고 열망하는 데에서 비롯된 것이다. 그가 보기에 러시아 문화의 이러한 후퇴의 원인은 1840년대, 아니면 1860년대에 있었던 것이다.

「체르니셉스키의 생애」 전체에서 표도르의 체르니셉스키에 대한 태도는 통렬한 조롱으로 일관되어, 체르니셉스키는 계속해서 상식과 클리셰의 노예로서 그려진다. 체르니셉스키의 사고 자체에, 모든 복잡하고 개인적인 것을 공익이라는 단순한 개념으로 귀결시키는 도식적이고 단면적인 사고 체계 자체에 "치명적인 결함"이 은닉되어 있음이 암시되는 것이다. 더 나아가 벨린스키에서 고리키와 공산주의 사상가에 이르기까지 다양한 신념을 지닌 수많은 "진보적" 작가들과 사상가들뿐만 아니라 문학을 자신의 사상을 유포시키는 유용한 수단으로 보고 문학을 "이러저런 군단의 영원한 속국"으로 변형시키는 드미트리 메레쥬콥스키, 지나이다 기피우스와 같은 반공산주의자들까지도 포함하여 조롱되고 있다.

이러한 눈먼 멘토-사상가들, 19세기에는 근시의 체르니셉스키, 당대에는 "불치의 눈병"으로 고통받는 비평가 모르투스로 대변되는 이들이 가르치는 자들 또한 우매한 자들이었다. 이들은 삶의 다양성을 "일반 개념"이라는 죽은 도식에 맞춤으로써 그 충실한 제자들은 살인자(소피야 페롭스카야)나 자살자(포플랍스키와 '야샤 체르니셉스키')가 되고 마는 것이다. 이 제자들의 삶의 표상은 바로 젊은 시인 야샤 체르니셉스키의 역사로 표출된다. 야샤는

『수』의 처방에 따라 "전체의 길"을 선택하고, 진실되나 진부하고 비문법적인 "인생 기록"을 쓰고, 결국은 자살한다. 그런데 '야샤의 이야기'는 실제로 그뤼네발트 숲에서 일어난 러시아계 망명인 대학생들의 집단 자살 사건, 여자 친구를 총으로 쏘고 자살한 의대생과 같이 죽기로 했다가 포기하고 도망친 여자의 이야기라는 실화에 토대한 것으로, 저명한 철학자인 세묜 프랑크는 이 사건을 "일부 러시아 망명계 젊은이들을 휩쓸고 있는 병적인 마음 상태를 보여 주는 유익한 지표"라고 칭했다. 즉, 당시 이 '야샤의 역사'는 일반적으로 "시대의 증상"으로서 간주되었던 것인데, 나보코프는 「야샤의 이야기」에서 유행하는 그릇된 사상에 의해 몽롱해진 개별 영혼의 무력함의 표현으로 보고 조롱하는 것이다. 결국 「체르니솁스키의 생애」가 당대 모르투스들의 선조 이야기로 1860년대 급진적 인텔리겐치아라는 지적 환경을 반영했다면, 「야샤의 이야기」는 모르투스들의 후배의 이야기로 망명 인텔리겐치아들의 전형적인 특성을 반영했던 것이다.

개성을 억압하는 학파와 유파의 집단주의적 교훈은 미학에서도 똑같이 파괴적인 것으로 판명된다. 그리하여 성인이 된 표도르는 유년 시절에 감탄해 마지 않았던 러시아 은세기의 시를 "기형적이고 유해한 학파"로 규정하는데 이는 그것이 그에게 모방을 부추겼기 때문이다. 그러나 아버지와 푸시킨에서 배운 경험은 상상력과 개성을 강조하는 것으로, 획일화된 규범으로 창조성을 압박하는 집단주의의 전횡에 대해 자신의 독자성을 지켜 낸 방법이 되었다. 나보코프는 모든 진정한 예술가는 자주적이며, 복제가 불가능한 개인적 시각과 언어를 지니고 있다고 간주했다. 이들은 "그 어떤 우매한 우정이나 어리석은 호감이나 '시대사조'에도 종속되지 않고 한 다스의 강하게 결속된 범재(凡才)들이 공동 노력으로

'빛나는' 그 어떤 영적 단체나 시인 협회에도 종속되지 않는다." 이들을 결합시키는 것은 "다분히 성스러운 결속", 창조적 지향의 동류성이었던 것이다. 바로 이 때문에 두 체르니솁스키의 전기(「체르니솁스키의 생애」, 「야샤의 이야기」)는 각각의 시대와 장소를 특징지웠다면, 두 명의 고두노프 체르딘체프의 전기(「아버지의 전기」, 『재능』)는 시대의 정신을 초월하는 개인적 진리를 창조하려 했던 것이다. 표도르는 문학, 아버지는 인시류를 통해서.

『재능』에 은닉된 또 다른 논쟁은 1930년대 망명 작가들과 비평가들 사이에서 제기된 중대한 문제, "문학은 망명 상황에서 어떻게 살아남을 것인가?"와 관련된 것이었다. 보다 우세한 관점은 비관주의와 패배주의였다. 마르크 슬로님은 고국의 상실은 예술적 발전을 지연시키고 창조적 불임과 정체를 가져오기 때문에 망명 문학은 사라질 운명이라고 선언했고, 아다모비치는 해외 문학에서는 공동체의 열정이 부재하며 러시아와 대화할 수 있는 능력이 부족하다고 개탄했다. 블라디미르 바르샵스키는 젊은 망명 작가의 비극적 운명은 그 어떤 인간적·사회적 결속도 없는 완전한 진공 상태에 처해 있다는 점으로, 그는 무인도에 있는 사람보다 더 외롭고 외부 세계로부터 더 소외되어 있으며, 그에게는 절대적 격리에 대한 괴로움을 표현하는 것 외에 다른 방법이 없다고 주장했다. 가이토 가즈다노프는 망명 문학은 완전히 메마르고 불모인 것으로 밝혀졌는데, 그것은 독자의 부족, 사회-심리적 토대의 부족, 도덕적 이해의 결여 때문이라고 말했다. 표도르 스테푼은 망명 문학은 사소한 기억에 집착하거나 중요한 국가적 기억을 배반함으로써 그 어떤 중요한 것도 생산할 수 없다고 주장하고, 정치적 관점을 통일하고 격리에 대한 치료책을 공동의 목적을 위한 봉사에서 찾으라고 호소했다.

나보코프는 이들의 공통된 견해에 반대하고 유일하게 호다세비치의 견해에 동조했다. 호다세비치는 「망명기의 문학」이라는 논문에서 망명 문학의 실패의 원인은, 망명이라는 사실에 의미를 부여하고 그것을 새로운 감수성, 새로운 사상, 새로운 문학 형식을 연마하고 발전시킬 수 있는 토대로 활용할 수 있는 능력의 부족에 있다고 주장했다. 젊은 망명 작가의 대표적 예인 『재능』의 표도르는 바로 이 호다세비치의 망명 문학의 살길을 위한 제언을 충실히 이행하기 위해서 무엇을 해야 되는지를 보여 준다. 러시아와 격리된 채, 집과 아버지와 첫사랑을 잃고 지인들과 떨어져, 자신에게 적대적인 베를린이라는 "진공 상태"에서 사는 가난한 표도르는 새로운 문학 형식 창조를 모색하며, 창조적 연금술의 재료로서의 세상이라는 "경이로운 시"에 계속해서 감사한 마음으로 감탄하며 "아직 뭔지는 모르지만 뭔가 새롭고, 멍에로만 느껴 왔던 자신의 재능에 전적으로 화답하는 진정한 것의 창작"을 이미 추구하는 것이다.

여기서 『재능』의 슈젯 구축 방식이 흥미를 끈다. 소설의 슈젯은 일상적 차원에서의 손실과 실패에 대한 창조적 차원에서의 "은밀한 보상"이라는 테마 위에 구축된다. 『재능』의 주요 사건은 표도르가 계속해서 불쾌한 일을 당하면서 시작하지만 각각의 일은 재능의 포상으로 후하게 보상되는 것으로 귀결된다. 표도르의 시집에 대한 찬사평이 실렸다는 실망스런 만우절 농담은 그의 기억 속에서 자신의 과거 시들 뿐만 아니라 미완성 시들까지도 소생시키는 계기가 되며, 열쇠의 부재로 집으로 들어갈 수 없어 거리를 헤매지만 텅 빈 거리의 가로등 흔들림은 갑자기 그의 영혼에 자극을 주어 "주요한, 기실 유일무이하게 중요한 표도르"는 추방이라는 "잔인한 머나먼 거리"에 감사하는 시를 완성하게 되는 것이다. 뿐만 아니라 외상으로 구입한 체스 잡지에 대한 실망은 체르니셉스키에 관한 책의 구상으로 발전된다. 이렇듯 '창조라는 선물로 보상되는 일상의 손실'이 표도르의 운명에서 일어나는 모든 중요한 사건들의 기저 메커니즘임이 확인되면서, 이 메커니즘이 표도르에게 가장 고통스러운 손실, 즉 열렬히 사랑하는 아버지의 죽음과 열렬히 사랑하는 러시아로부터의 격리에도 작용될 수 있음이 시사된다.

표도르는 아버지에 대한 "전기"를 통해 자신에게 소중한 형상을 세세하게 부활시킴으로써 거의 환생시키는데, 5장에서 거의 살아 있는 인간의 모습으로 나타난 아버지가 아들에 대해, 아들이 자신에 대해 쓴 책에 만족을 표시하는 것은 바로 이런 맥락에서 해석될 수 있다. 창조를 통한 부모의 영혼의 환생은 추방 상황에서 러시아의 문화를 간직할 수 있는 방법에 대한 힌트도 제공한다. 표도르는 체르니셉스키를 희화하여 모방하며 망명 문학의 주요 문제에 답하면서 생각한다. "이제 무엇을 할 것인가? (…) 내 옆에 내 안에 들러붙은 조국, 내 눈 속, 내 피 속에 살면서 모든 삶의 희망의 배경에 깊이와 거리를 부여하는 조국을 제외하고는 그 어떤 조국과도 결별해야 되는 건 아닐까? 언젠가 난 글쓰기를 잠시 멈추고 창 너머로 러시아의 가을을 보게 되리라." 이제 그가 바라보는 러시아는 지극히 풍요로운 기억 속의 러시아로, 바로 이 때문에 러시아는 (그의 아버지와 마찬가지로) "항상 그와 있을 수 있다." 표도르는 상상 속의 러시아를 여행하여 그 문화적 기억을 연구하고 러시아에 관한 시와 산문을 씀으로써 러시아 문학을 소생시키는 것이다. 이런 의미에서 러시아의 상실은 그에게는 획득으로 판명되고, 추방이라는 "잔인한 머나먼 거리"는 좋은 것으로 밝혀진다. 동시에 표도르의 공식 속에서 고독은 "내부의 일상과 끔찍이 추운 주변 세계"와의 멋진 대조를 일으켜 창조에 적합한 환경을 제공한다. 이렇듯 모든 손실을 창조로 승화하면서 『재능』의 주인공은 삶과 운명을 감사하게 수용하며 그 안에서 미래의 불멸의 약속을 본다. 바로 이것이 망명 상황에서 창조 의식을 지닌 젊은 작가가 자신과 러시아의 불멸을 쟁취하기 위해 찾아낸 새로운 문학 양식이었고, 바로 이 점을 나보코프는 영문판 서문에서 분명히 밝히고 있는 것이다.

> 볼셰비키 혁명 초창기에 소비에트 러시아로부터 대탈출의 중요 부분이었던 인텔리겐치아의 대거 유출은 오늘날 어떤 신화적 종족의 방랑처럼 보이며, 나는 사막의 먼지 속에서 그들의 상형문자를 발굴하고 있는 듯하다.

이와 아울러 표도르 문학의 발전 선과 19세기 문학의 발전 선이 서로 동일하게 발전하는 것도 주인공의 문학 발전을 통해 러시아 문학의 발전을 기억하고 문화적 연속성의 가치를 확인하려는 나보코프의 의도와 무관하지 않다. 표도르의 시 창작 단계는 러시아 시에서 푸시킨의 시대에 상응하며, 푸시킨의 다큐 산문으로의 이행(『아르즈룸 여행』 창작기)은 표도르의 "푸시킨 시대의 리듬과 아버지의 삶의 리듬과 혼재하는" 아버지의 여행에 대한 책, 즉 산문으로의 이행 시기와 일치한다. 또한 이어지는 고골에의 매료, 그리고 60년대인(체르니셉스키)에 대한 표도르의 책 집필 역시 19세기의 문학 발전사를 그대로 반영한 것이다.

IV 전기소설(biographics romancées)로서의 『재능』

『재능』을 난해한 소설로 만드는 또 다른 요인은 나보코프의 독특한 전기 양식의 추구에서 찾아진다. 『재능』은 전기 양식에 대한 다양한 실험의 공간으로 그 안에는 크고 작은 전기가 있다. 짧게는 가상의 사실을 가미해 소설의 느낌을 준 망명 젊은이의 초상을 그린 '야샤의 전기'와 가상의 회상록 작가인 수호쇼코프가 쓴 푸시킨에 관한 단편적 전기 판타지가 있고, 좀 더 길게는 완벽한 인간의 전기는 글이나 편지 등을 그대로 인용하는 방식으로 구성되어야 한다는 원칙에 의거하여 수많은 인용으로 점철된 '아버지의 전기'가 있다. 그리고 전기 양식에 대한 가장 실험적인 구성 원리를 제안한 '체르니셉스키의 전기'가 있고, 『재능』 자체도 소설 마지막에서 이루어진 표도르의 선언, '언젠가 이 테마로 멋진 자전적 소설을 쓰리라'는 다짐에 의해 결국 '표도르의 전기'로 밝혀진다.

그중에서 「체르니셉스키의 생애」는 가장 핵심적으로 전기의 구조 양식에 대한 실험을 감행한다. 4장을 이해하기 위해서 독자는 이미 체르니셉스키의 생애는 물론 1840년대에서 1860년대에 이르는 러시아 지성사, 문학사에 통달하고 있어야 한다. 나보코프는 독자가 이 모든 사실에 정통해 있다는 전제 하에 '전기 형식에 대한 유희'를 하고 있기 때문이다. 나보코프 스스로 『말하라 기억이여』에서 밝히고 있듯이, 그가 전기에서 가장 중요하게 생각하는 것은 "한 사람의 삶 속에 있는 주제적 무늬를 이해하는 것"이다. 때문에 표도르는 체르니셉스키의 삶을 묘사하면서 매끄러운 연대기적 순서를 따르지 않고 체르니셉스키의 삶의 패턴을 밝히려 집중하면서 몇 가지 되풀이되는 테마들 — '습자교본', '근시와 안경', '여행', '천사의 투명함', '장교', '제과점', '영구동력기' 등 — 을 발견한다. 그리고 테마열을 형성하는 반복적 상황, 외관상 관련되지 않은 사건들 사이의 의미적 관련을 밝히며 서술을 진행한다. 화자는 1인칭 시점을 사용하여 자신의 작품 구성 방식을 독자에게 줄곧 반어적이고 장난스러운 목소리로 알리기까지 한다. "난 테마를 길들였고, 테마들은 나의 펜에 익숙해져, 내가 웃으며 멀어지라 해도 그들은 언제든 또다시 나의 손으로 되돌아오기 위해 부메랑이나 매처럼 원을 그리며 나아가고 있으며, 설사 몇몇 테마가 나의 지면의 수평선 너머로 멀리 날아가더라도, 바로 이 테마가 날아왔듯이 곧 되돌아올 것이기에 나는 불안하지 않다."

그러나 표도르의 실험은 이것이 전부가 아니었다. 그가 의지했던 체르니셉스키의 전기 작가 중 한사람인 스트란노륩스키가 5장에서 가상의 인물로 밝혀지면서, 4장의 많은 전기적 사실들이 예술적 '변형'에 처해진 것으로 판명되는 것이다. 「체르니셉스키의 생애」는 『체르니셉스키 전집』 외에, 체르니셉스키의 일기와 편지, 유리 스테클로프가 쓴 전기 『N. G. 체르니셉스키: 그 생애와 활동』을 근간으로 구성되며, 여기에 체르니셉스키의 동시대인들의 회상록이나 다큐 원전들이 광범위하게 추가된다. 그런데 어떤 인용은 몇 가지 원전의 완전한 몽타주일 뿐만 아니라 '변형'되기도 하는데, 이러한 원전의 가공 방식은 작가의 분신인 콘체예프에 의해서도 비판되고 있다. 그러나 "지면들 사이에서 당신의 재를 찾아냈다"는 콘체예프의 지적은 결국 그 분신성으로 인해 작가가 자신의 원전 가공 방식을 드러낸 것으로 해석된다.

이러한 기법의 "드러내기"는 형식주의자들의 미학적 장치와 맥을 나란히 하여, 「체르니셉스키의 생애」의 구성 원칙과 시클롭스키나 에이헨바움과 같은 형식주의자들의 기법과의 상관관계에 대해서는 많은 연구가들에 의해 확인되었다. 이들의 연구에 의하면,

나보코프는 전기적 사실을 왜곡하거나 날조한 것이 아니라 몇몇 기록 문서 자료들을 콜라주하여 예술적으로 '변형'하고 있으며, 다만 몇몇 회고록 작자들이 남겨 놓은 공백을 예술적으로 의미 있는 세부 묘사로 채워 나간 것이다. 즉, 익명에 이름을 부여하고 사물에 색깔을 부여하고 예술적으로 의미 있는 디테일을 추가하고 수사적 비유를 사용하여 기록되지 않은 진술을 재건하고 묘사를 극적으로 표현한 것이다.

"소네트 안의 나선"이라는 나보코프의 구조 개념 역시 형식주의자들의 미학적 개념과 무관하지 않다. 나보코프가 형식주의적 관념을 사용하는 데 있어서 그 선배격인 문인은 바로 호다세비치였는데, 그는 예술의 발전을 규정하면서 '나선에 가까워지는 곡선'이라는 개념을 사용하고 있는 것이다. 이 "나선" 개념을 나보코프는 체르니셉스키의 일대기에 적용하여, 익명의 소네트의 뒤 6행을 서문격으로 서두에, 앞의 8행을 묘비명 형식으로 말미에 위치시킨 다음, 그 가운데에서 연대기상으로 매우 느슨하게 결합된 테마들을 "나선" 형태로 회전시키다가, 마지막에 죽음의 장면과 출생 통지를 동시에 서술하면서 고리 형태로 묶고 있다. 이렇게 하여 "체르니셉스키의 일대기를 익명의 소네트에 의해 채워지는 고리 모양으로 구성하여 그 결과 유한성으로 인해 만물의 원형(圓形)적 본성에 위배되는 책의 형태보다는 둥근 테를 따라 도는, 즉 하나의 무한한 문장"을 만든다는 표도르의 구상은, "애초 평면적인 직사각형의 종이에는 실현 불가능해 보여" 반신반의했던 지나가 "마침내 원이 형성되는 것을 보고" 기뻐할 정도로 완벽하게 실현되는 것이다. 결국 「체르니셉스키의 생애」는 형식적인 실험으로서는 완벽한, 모르투스인들의 선조라는 부정적인 인물에 대한 긍정적인 전기적 양식화였던 것이다.

표도르가 「체르니솁스키의 생애」에서 행했던 전기 양식의 실험 결과는 그대로 『재능』의 구조에 반영된다. '다 읽혀진 소설이 동시에 서술이 끝난 뒤 주인공에 의해 쓰여진 소설"이라는 가능성이 시사되면서 『재능』 자체도 원 구조를 형성하는데, 이 역설적 구조를 연구자들은 "뫼비우스 띠" 혹은 "자신의 꼬리를 무는 뱀"이라는 흥미로운 개념으로 정의 내린다. 『재능』에는 전체를 아우르는 거대 원 안에 자신 만의 원 형태를 지닌 다양한 에피소드들이 포함된다. 예컨대, 표도르의 『시집』 역시 '잃어버린 공'에서 시작하여 '되찾은 공'으로 끝나는데, 표도르는 이 구조가 지닌 "현시대에 유행할 만한 자질로서 시집에 나타난 순환의 가치"를 가상의 서평 저자가 주목했으리라 기대한다. 또한 소설의 첫날이 열쇠의 부재로 시작했던 것처럼 소설의 마지막 날 역시 (표도르와 지나는 모르지만 독자는 알고 있는) 열쇠의 부재로 끝난다 — 그리하여, 둘만의 사랑 약속을 실현할 아파트로 들어갈 수 없게 된다! — 는 사실 또한 전체 원 구조와 관련된 흥미로운 유희이다.

「체르니솁스키의 생애」에서보다 은닉된 형태이긴 하지만 『재능』에서도 역시 서술 차원에서 장치의 "드러내기" 기법이 관찰된다. 이것은 서술 시점의 변화에서 두드러진다. 『재능』의 주요 부분에서 작가의 서술은 주로 비인칭 시점에서 이루어지며 표도르의 시점에 근접한다. 그런데 때때로 비인칭 화자는 갑자기 주인공과 거리를 두기도 한다. 시간상으로 거리를 두거나("그 당시 베를린의 수위들은 대체로 뚱뚱한 아내를 둔 부유한 망나니였으며"), 기대나 예상 등의 논평을 가하면서("체르니솁스키 부부의 불행이 마치 희망으로 너덜너덜해진 그[표도르] 자신의 슬픔이라는 테마에 대한 야유적 변주 같다고 뒤숭숭하게 생각했다. 그리고 아주 오랜 시간이 흐르고 나서야 […] 이해할 수 있었다."), 혹은 암시적 저자가 독자에게 직접 말을 거는 형식으로("친애하는 독자여, 제 손을 잡고 저와 함께 숲으로 들어갑시다.") 저자는 자신의 존재를 드러낸다. 비인칭 서술의 매끄러운 흐름에 이러한 예기치 않은 이탈은 바로 숨겨진 창조자, 저자를 드러내는 책략으로 기능한다.

서술 시점 차원에서의 저자의 드러내기는 3인칭 화자와 1인칭 화자의 복잡한 교차에서도 나타난다. 『재능』은 간혹 1인칭으로 서술되기도 하는데, 이는 표도르의 다소 혼동스러운 '나'와 '그'로의 분리이다. 그러나 소설이 진행됨에 따라 점차 1인칭, 3인칭 화자의 관계도 안정되어 5장에서는 그 교차가 보다 일관되게 통제된다. 표도르가 작가로서 성장하면서 특히 1인칭 화자의 부분에서는 그가 자신의 작품을 반추하는 장면이 많이 나오는데, 5장의 그뤼네발트 산책 장면에서 1인칭 화자의 목소리는 좀 더 확신에 차게 되고, 더 이상 과거 자신의 창작에 대한 반성 어린 사색이 아니라 미래의 창조 행위에 대한 선언으로 발전한다. 이후 놀랍게도 1인칭 화자는 표도르와 유리되기 시작하면서 진행 중인 이야기의 허구성이 밝혀진다. 소설의 마지막에 이르러 지나와 엄마의 열쇠에 관한 대화 부분은 이제 표도르가 모르는 사실도 존재함을 시사함으로써 표도르를 전지적 작가가 아닌 주인공으로 위치시키는 것이다. 그리하여 소설 끝에서 1인칭 화자는 주인공 표도르로부터 완전히 분리되어 갑자기 오네긴 연을 인용하여 어조와 운율을 바꾸더니, 전체 책이 자신의 창조물임을 선언하기에 이른다. "책이여, 안녕! (…) 내가 마침표를 찍은 바로 거기서, (…) 그리고 행은 계속된다네." 결국 『예브게니 오네긴』에서 화자와 주인공과의 관계가 『재능』에서도 반복됨이 암시되어, 푸시킨의 소설에서 1인칭 화자가 그러했듯 『재능』의 화자 역시 주인공과 때로는 유리되었다가 때로는 다정한 '우리'의 관계를 형성하여, 주인공-표도르, 저자-표도르와 유리된 독립된 저자로서의 위상을 분명히 하는 것이다.

그리하여 우리는 오네긴 연을 재독의 코드로 상정하고 『재능』을 다시 읽을 때, 처음부터 제3의 전지적 시점(표도르의 시점이 아닌)의 존재가 자주 1인칭 복수형 '우리'를 사용하여 등장했었음을 확인하게 된다. 예컨대, 표도르가 미래의 하숙집을 살펴보는 장면("자그맣고 기다란 방이 우리 앞에 펼쳐지더니 굳어 버렸다."), 고골을 읽는 장면("그러나 우리는 독서 중이며 또한 계속 독서하리라."), 그리고 소설의 첫날 산책하는 장면("이제, 마침내, 우리가 저녁 식사를 했던 공원에 왔다.") 등에서 이미 '우리'는 나타나고 있었던 것이다.

그리하여 그뤼네발트 숲에서의 계시와 뒤이어 소설을 쓰겠다는 표도르의 약속은 『재능』을 수년간의 준비 작업이 끝난 후 쓰여진 미래의 표도르 책, 즉 그 자신의 자서전으로 다시 읽게 만드는 약호가 되었고, 두 번째 읽기가 끝난 후 소위 주인공의 작가로의 변신 역시 또 다른 의도된 속임수라는 결론에 이르게 된 후, 우리는 세 번째 재독의 코드를 찾아낸 것이다. 오네긴 연으로 쓰여진 마지막 문단, 지금까지 은닉되어 온 작가 "나"는 처음으로 공개적으로 자기 자신에 대해 밝히며 완결된 소설과 푸시킨 식으로 작별을 고하며 그 재독과 재조명의 축제에 초대했던 것이다.

한 문장 안에서 "그"가 "나"로 이전되는 복잡한 서술 시점의 구조에 상응하여 현실과 상상의 교체 방식 또한 텍스트를 더욱 복잡하게 만든다. 예컨대, 표도르가 다른 주인공의 마음속으로 이전할 때 독자에게 아무런 경고도 없이 이루어져, 알렉산드르 체르니셉스키가 아들 야샤에 대해 상상하는 내용이 그대로 표도르의 상상인 것처럼 제시된다. 동시에 회상이나, 꿈 혹은 상상의 사건들이 직접 경험되는 현실로서 제시되는가 하면, 주인공의 직접 경험으로 제시되는 것이 차후 그가 예술적으로 개조한 것으로 판명되기도 한다. 예를 들어, 콘체예프와의 두 번의 대화는 처음에는 진지하게 독자를 집중시키지만 별안간 상상인 것을 드러낸다. 즉, 다시 읽으면 교묘하게 정련된 속임수인 것이다. 표도르의 아버지에 대한 꿈 역시 마찬가지이다. 마지막 장면까지 독자는 그것이 꿈인지 모른다. 이렇게 아무런 신호 없이 현실의 사건과 꿈 혹은 상상의 사건 사이에 이전이 이루어짐으로써 상상과 현실 사이의 경계가 흐릿해지는 효과가 창출된다.

상상과 현실의 경계 와해는 시간 혹은 시제 경계의 와해로 나아간다. 시제의 교체 역시 독자에게 아무런 예고도 하지 않은 채, 한 문장 안에서 현재에서 과거로, 혹은 반대 방향으로 이루어지는 것이다. 그 가장 뚜렷한 예는 어머니가 베를린에 도착하기 전날 표도르가 러시아에 대해 회상하는 시작과 끝에서 나타난다. 가족영지를 산책하는 상상 속에서 표도르는 전나무들 사이로 걸어가며 전나무들에 눈이 덮이는 모습, 눈이 내리는 형상을 묘사하는데, "눈은 곧추 조용히 내렸고, 그렇게 3일을, 5개월을, 9년을 내릴 수 있었다 — 그리고 이미 전방에는 하얀 반점이 촘촘히 박힌 빛줄기 사이로 점점 다가오는 흐릿한 노란 얼룩이 어렴풋하게 보이더니 갑자기 초점 거리에 들어오며 흔들리다가 형체를 갖추어 전차로 변했"다. 이렇게 한 문장 안에 과거와 현재가 공존함으로써 현재와 과거의 동일시 효과를 일으켜, 표도르의 기억은 과거를 생생히 복구함으로써 거의 현재로서 지각된다. 이어지는 현재와 과거의 전이는 반대 방향으로 일어난다. 표도르는 베를린의 거리에서 판매용으로 모아 놓은 크리스마스트리용 전나무들을 밀치고 여름의 러시아 영지로 걸어 나오는데, 역시 기억은 현재의 지각만큼이나 강렬하고, 이는 어머니가 베를린에 도착한 후 시간의 와해를 느끼는 표도르의 경험과 연결된다. "과거의 빛은 현재를 완전히 따라잡아 포화점에 이르도록 완전히 푹 적시어, 모든 것은 바로 이 베를린에서의 3년 전과 똑같아졌고, 러시아에서의 한때와도, 과거와도 영원한 미래와도 똑같아졌다."

표도르가 간단히 언급한 시간의 문제는 나보코프의 많은 다른 저작들의 중심 테마로, 지상의 존재가 초월적 차원에 대해 지니는 관계에 대한 그의 성찰과 겹쳐진다. 콘체예프와의 두 번째 상상의 대화에서 표도르는 "일종의 성장으로서 시간을 바라보는 우리의 그릇된 감각은 우리의 유한성에 기인한다"고 주장하고, "모든 여타 견해들처럼 가망 없이 끝나는 가설이긴 하지만", 자신에게 가장 유혹적인 시간관, "모든 것은 일종의 현재로, 현재는 우리의 실명한 눈 바깥에 빛처럼 자리한다는 관점"을 밝힌다. 즉, 표도르에게 시간의 순차적 진행이란 무의미하며 모든 것은 현재이고 시간은 허상이다. 이때 표도르가 염두에 둔 것은 물리적 현실이 아닌 "유한성"을 극복한 정신적 현실로, 바로 이 정신적 현실의 무시간성이 논의의 중심이 되고 있는 것이다. 그런데 이 무시간성은 이승과 저승, 지상의 차원과 초월적 차원, 이세계와 저세계의 관련을 드러내는 매개인 것으로 밝혀진다. 이는 5장의 가상의 철학자 드랄랑드의 『그림자에 관한 담론』에서 발췌한 구절에 의해 확인된다. 드랄랑드는 "재차 말하지만, 인간 이성에 오랫동안 익숙했던 여정이라는 불행한 관념(일종의 길로서의 삶)은 어리석은 환상일 뿐이"라며 표도르의 시간관을 거의 그대로 반복하고, 이어서 이러한 시간관을 곧장 내세에 관한 생각과 연결시킨다. "내세는 항상 우리를 에워싸고 있으며 결코 어떤 여행의 끝에 있는 것이 아니다. 지상의 집에는 창문 대신 거울이 있고, 문은 일정 시간까지는 닫혀 있지만 공기는 틈새를 통해 들어온다. 우리의 몸이 분해되자마자 응당 펼쳐질 주변 세계를 차후 깨닫는 것에 대해, 우리의 틀에 박힌 감각으로 가장 쉽게 접근할 수 있는 이미지는 바로 영혼의 육안으로부터의 해방, 우리의, 찰나에 천지사방을 보는 하나의 자유로운 온전한 눈으로의 화현이다, 즉 우리의 내면의 동참 하에 이루어지는 초감각적 세계 통찰인 것이다"라고 말한다.

이렇듯 이세계와 저세계가 공존하는 나보코프의 세계상은, 많은 연구가들에 의해 밝혀진 것처럼, 그노시스파나 신플라톤주의 학파의 세계상과 매우 유사한 것이었다. 『재능』에서 저세상은 악과 추악함이 없는 완전한, "이세계"의 영적 원형이며, 인식은 기억과 감각적 지각을 지닌 채로 자신에게 시공을 종속시켜 지상의 존재라는 감옥에서 벗어나 죽음을 극복할 때 신성한 충만함을 달성하게 된다. 그리고 이것은 삶의 연속이 되는 것이다. 이리하여 『재능』의 세계에서 죽음은 더 이상 죽음이 아니며, 사후 부활, 영생, 불멸의 단초가 된다. 또한 문학 창작을 비롯한 모든 예술 행위는 '상위 단계의 하위 단계로의 유출'로서 해석되며, 창조적 지성은 초지상적인 시각을 통해 '상위 단계로 귀환'하기 위해 노력하는 것이다.

작품의 저세상적 근원, 창조 과정에 있어서 저세상의 관여에 대해서 표도르는 자주 언급한다. 그는 지나에게 "신기한 것은 다음 작품에서 뭘 다룰지도 모르면서 왠지 그 작품을 기억하는 듯한 느낌이 든다"고 말하고, 어머니에게 아버지에 관한 책이 "나에 의해 이미 쓰여졌"음을 느낀다고 말한다. 또한 시 창작은 "천 명의 대담자" 중에 "진짜 목소리"를 찾아 받아쓰는 것으로 그려진다. 즉, 예술가로서 표도르의 일은 저세상에 존재하는 작품을 초월적 시각으로 관찰하고 필사하는 것, 즉 '유출'의 과정에 다름 아니다. 문학 창조의 '유출' 양상은 표도르가 역시 고도의 예술 형식으로 간주했던 체스 문제의 작성 과정에서도 나타난다. 표도르는 "고안은 어떤 다른 세계에서 이미 체현되었고, 자신은 바로 그 세계로부터 이 세계로 옮길 뿐이라고 확신"했던 것이다.

아버지가 사후 넘어가서 불멸의 삶을 살고 있는 것으로 판단되는 저세계와 창조적 직관으로 저세계를 투시하는 표도르가 사는 이세계와의 상관성을 보여 주는 수많은 라이트모티프들이 『재능』을 관통하고 있다. 아버지와 관련되는 '무지개', '나비', '안개', '발자국', '여행', '물'의 심상과 '빛'의 이미지, 표도르와 관련되는 '어린 시절의 질병'과 저세계의 '투시', '직물'의 '이면'과 그 포착, 그리고 '집-방-문-열쇠', '체스' 등의 모티프들이 표도르와 지나를 에워싸는 그물망이 되어 복잡하게 발전하며, 표도르의 운명을 도와주는 힘의 원천인 아버지의 저세상적 근원을 밝히고 있다. 표도르는 아버지를 통해 저세계에 관련되었으며 그 세계에 대한 비밀스런 지식을 지니고 있는 것이다. 『재능』에서도 라이트모티프들은 「체르니셉스키의 생애」에서처럼 각각 독립적으로 회전하며 반복되고, 이들은 일견 느슨해 보이는 『재능』의 플롯의 기저가 되는 중요한 그물망을 형성하여, 「체르니셉스키의 생애」에서 테마가 그랬던 것처럼 표도르의 운명을 패턴화하는 무늬로 작용한다.

이렇듯 「체르니셉스키의 생애」에서 행해진 삶의 '무늬 찾기', '현실과 허구의 조합', '원구조'로서의 전기 양식 실험은 『재능』에서 보다 복잡하게, 보다 은닉된 방식으로 표출되었다. 그러나 전기의 형식 실험에 그친 「체르니셉스키의 생애」와는 달리, 『재능』은 신플라톤주의적 세계관을 도입하여 '예술을 통한 불멸의 획득으로서의 전기'라는 철학적 기반을 다지고 있다. 『재능』은 삶에서 죽음이나 손실과 같은 불가피한 현상을 예술을 통해 적절히 다루는 방식을 탐구해 나가는 과정, 즉 손실에 예술적으로 대응하고 그것을 미적으로 변형하는 능력의 발전을 묘사하고 있는, 창조적 형안을 지닌 긍정적 주인공의 긍정적인 전기적 양식화였던 것이다.

V 불멸의 꿈꾸기로서의 『재능』

이제 우리는 해설 처음에 제기한, 제목 'dar'와 관련된 수수께끼로 돌아갈 수 있게 되었다. 소설 전체에서 단어 'dar'는 '재능'과 '선물'의 의미 중 푸시킨에서 인용한 "이조라의 선물(Дар Изоры)" 외에 모든 경우에 '재능'으로 번역된다. 뿐만 아니라 '신이 주신 선물'의 속뜻을 지닌 구절이 나오는 문장에서도 '선물'이 'dar'가 아닌 러시아어에서 선물을 뜻하는 보다 일상적인 어휘인 'подарок(podarok)'이 사용됨으로써 'dar'는 단순한 '선물' 이상의 의미를 지니고 있음이 분명해진다. 한편 단순히 재능을 뜻하는 경우에는 'talent'라는 단어가 보다 빈번히 사용됨으로써 'dar'는 단순한 선물도 단순한 재능도 아닌, '재능'에 방점이 찍힌 '선물', 즉 '하늘이 주신 선물로서의 재능'의 함의가 강조됨을 알 수 있다. 바로 이러한 의미에서의 제목 "재능"이 우리가 『재능』이라는 게임을 푸는 데 있어서 열쇠가 된다. 나보코프는 언어유희의 대가답게 제목과 관련된 유희를 통해 소설 해석의 힌트를 본문 안에 숨겨 놓은 것이다.

1장에서 단어 '재능'은 표도르의 시 창작 과정에서 반복된다. 표도르는 운을 맞추기 위해 재능에 여러 형용사를 붙여 적당한 단어 결합을 찾는다. "고결한 재능", "날개 달린 재능", "독자적인 재능" 등. 이때 단어 '재능'은 전체 5장 중에 가장 빈번히 등장함에도 불구하고 차후 자신의 시 창작 기법에 대한 표도르의 비판과 연관되면서 단순한 클리셰로 인식된다.

2장에서 어머니와 집으로 돌아가는 전차 안에서 표도르는 "이제껏 그가 쓴 시들, 단어의 틈새, 시의 누수를 심히 혐오스러운 듯 떠올"리고, "아직은 뭔지 모르지만 새롭고, 멍에로만 느껴 왔던 자신의 재능에 전적으로 화답하는 진정한 그 무엇을 창작하기 위해" 노력하고 있는 자신을 느낀다. 그리하여 이제 그는 시에서 산문으로 이전하여 아버지의 전기를 쓴다.

3장에서 '재능'이라는 단어는 표면적으로 언급되지 않는다. 그러나 표도르는 "젊음을 온통 지루하고 공허한 일인 너절한 외국어 교습에 소진하고 있"다는 "서늘한 상념"을 떨치지 못하고, 자신이 "수백만 중 한 명 꼴로" 탁월하게 잘 가르칠 수 있는 것이 무엇인지를, 즉 "특별하고 희귀한 인간 유형"인 자신이 어떤 분야에 재능이 있는지를 성찰한다. 첫째 그것은 "사고의 다층성"으로 대상을 감각적으로 지각하는("수정처럼 환히" 보기) 동시에 그와 연상되는 형상들을 상상과 기억 속에서 재현할 수 있는 능력이다. 둘째, 그것은 "삶의 티끌"에 대한 연민의 마음으로, 즉 미미한 것을 소위 연금술적 증류를 통해 "귀중하고 영원한 것"으로 변형하여 예술 안에서 보존할 수 있는 능력이다. 셋째, 이것은 "꿈이나 행복의 눈물이나 머나먼 산의 형태로" 모습을 드러내는 비밀한 다른 세계에 대한 "지속적인 자각"이다.

"사고의 다층성"이란 예술가가 창조하는 이미지는 한순간, 한 의식에서의 다양한 현상과 기억의 집합임을 의미하며 이는 "현실의 무시간성" 개념을 상기시킨다. "연금술적 증류"는 "예술의 불멸성"을 시사하며, 비밀한 다른 세계에 대한 지속적인 자각이란, 예술의 불멸이 '저세계'에 대한 인식을 기반으로 함을 강조한다. 즉, 표도르가 지닌 이 세 가지 강점은 바로 나보코프가 강조하는 창조적 의식의 근본적인 세 가지 자질이었던 것이다. 표도르가 이를 가르치고자 하나 희망하는 제자가 없다고 개탄하는 것은, 창조성의 본질에 대해 배우려 하지 않는 당대 망명 문인들에 대해 가하는 일침으로 해석될 수 있다. 그러나 아직 표도르는 자신의 재능에 대한 확신을 하지 못하고, "난 그저 단순히 귀족 교육의 잔여물을 팔다가, 여가 시간에는 시나 끄적거리는 가난한 러시아 젊은이고, 이것이 고작 나의 작은 불멸의 전부인걸" 하고 자조 상태에 머무른다.

「체르니셉스키의 생애」의 집필, 출간, 비평과 관련된 모든 소동이 끝난 뒤, 표도르는 삶을 새롭게 바라보게 된다. "여기에는 재능의 성숙, 새로운 작품의 예감, 지나와의 충만한 행복의 임박 등이 얼키설키 뒤섞"인다. 이후 소설은 "재능의 성숙" 과정의 조명에 초점이 맞추어지고, 그것이 "새로운 작품"과 "지나와의 사랑"과 어떻게 관련되는지를 보여 준다. "재능의 성숙"을 느끼는 표도르가 가장 먼저 하는 일은 "낙원"과도 같은 그뤼네발트 숲의 산책이다. 그는 여름날 그뤼네발트 숲으로 가는 도중, 형형색색의 자연과 우체국 직원들의 평화로운 장난을 바라보며 감탄한다.

> 여름 아침이 내게 (…) 선사한 이 모든 선물('podarok'!)을 난 어떻게 사용해야 할까? 미래의 책을 위해 남겨둘까? (…) 이 모든 것 뒤에, 연기(演技)와, 광휘와, 나뭇잎의 진한 초록빛 분장 뒤에 무엇이 숨겨져 있는지 파악해 볼까? 분명 뭔가가 있지 않은가, 뭔가가 있다! 감사의 마음을 표하고 싶으나 감사할 대상이 없다. 이미 받은 기증품 목록만 해도 '미지의 인물'로부터 1만 일(日)이다.

표도르의 생일이 1900년 7월 12일이고, 현재 192*인 것을 기억할 때 익명의 존재는 신이며 그로부터 기증받은 '선물'은 바로 그의 삶, 10,000일이다(분명히 '신의 선물'의 뜻이지만, 'dar'가 아닌 'podarok'을 쓰고 있어 'dar'의 함의를 생각하게 한다). 그는 이제 재능이 향하는 대상이 자신의 삶인 것은 느끼지만, 아직 '선물로서의 삶'으로 무엇을 할지 모른다.

이후 표도르는 숲 속 깊숙이 들어와 "책을 쓰고, 단어, 색조, 사고의 유희, 러시아, 초콜릿, 지나를 사랑하는 나"가 우주 전체를 관통하는 빛 속에서 녹아내리는 초월적인 에피파니의 순간을 경험한다. 그리고 곧바로 이 숲을 통해, 특히 "친숙한 나비들이 가물거릴 때면" 아버지가 계신 다른 숲을 생각하고 "아시아적 자유, 그리고 아버지의 긴 여정의 정신과 유사한 무언가"를 체험하며 "아버지가 끝내 돌아가셨음을" 믿지 못한다. 여기서 에피파니 경험과 아버지에 대한 생각은 표도르의 '저세상과의 접촉'을 시사하며 그의 재능이 저세상에 근원을 둔 창조력을 장착하게 되었음을 의미한다.

뒤이어 야샤가 자살한 장소를 지나가다가 베를린에서의 최근 삼 년간의 삶을 떠올리며, "이 시효를 다한 모든 것들"의 "두루마리"가 "정신의 헛간의 귀퉁이에 이렇게 틀어박혀 사라지게 두지는 않겠다는 공황 상태의 열망, 이 모든 것을 그 자신과, 자신의 영원성과, 자신의 진리에 적용하여, 그것이 새롭게 성장하는 데 일조하고 싶다는 열망"에 사로잡힌다. 그리고 "방법은 있고, 단 하나의 방법이 있다"고 외친다. 즉, 창조력을 갖춘 표도르는 베를린에서의 3년간의 생활이라는 소재를 영원으로 만드는 '재능의 표출 방식'을 결정한 것이다. 그리고 그날 저녁 어머니에게 쓴 편지를 통해, 우리는 그 방식이 다름 아닌 소설임을 알게 된다. "뭔가 대강 윤곽이 그려졌답니다. 곧 유형들과, 사랑과, 운명과, 대화들이 있는 고

전적인 소설을 쓰려구요, (…) 거기에는 자연묘사도 있을 거예요." 그리고 표도르는 어머니에게 계속해서 쓴다.

> 물론, 저는 다른 사람들보다는 러시아를 벗어나 사는 것이 좀 더 쉽답니다, 제가 돌아갈 것임을 분명히 알고 있기 때문이지요. 첫째, 러시아의 열쇠를 가져왔기 때문이고요, 둘째, 백 년 후든, 2백 년 후든 언제가 되든 상관없이, 저는 제 책들 안에서, 하다못해 연구자들의 행간 각주 안에서라도 그곳에서 살 것이기 때문입니다. (…) '저는 불멸을 갈망합니다, 하다못해 불멸의 지상의 그림자라 할지라도요.'

표도르는 이제 소설을 통해서 불멸의 삶과 러시아로의 귀환의 꿈을 이룰 것임을 다짐하며, 더 이상 자조 섞인 "작은 불멸"이 아닌 완전한 불멸에 대한 확신을 지니게 된 것이다. 이러한 확신은 바로 뒤에, 빛, 열기, 용해 등의 이미지로 그뤼네발트의 계시를 그대로 반복하고 있는 꿈속에서 '완벽한' 아버지를 만나 그의 부활을 확인하는 것으로 이어진다. 즉, 그는 예술 창조를 통해 영원의 의미를 장착하여 부재와 죽음을 극복할 수 있음을 믿게 된 것이다.

그리하여 자신의 재능의 표출 방식까지 결정한 표도르는 이제 자신의 삶이라는 소재를 마치 처음부터 다시 시작하는 듯, 재독하기 시작한다. 이전에는 우연적이고 무의미하며 연관되지 않아 보였던 사건들을 회고적으로 반추하며 그는 이 사건들을 자신과 지나를 연결시키려는 운명의 지극히 복잡하고 점점 더 기발해져 가는 시도로서 해석하고, 여기서 "'소설'을 위한 실마리, 감춰진 정신, 체스적 원리가 될 만한 것들을 찾아"낸다. 그리고 "이 모든 것을 뒤섞고, 비비 꼬고, 혼합하고, 곱씹고, 되새김질하고…… 고유한 나만의 양념을 첨가하고, 나 자신으로 물들게 해서, 자전에서 오로지 티끌만이 남게" 하겠다고 선언한다. 이는 우리가 "전기소설의 『재능』"에서 확인했던 다양한 전기 양식의 실험을 예견케 하는 발언이다.

결국 나보코프는 "재능"이라는 제목 안에 소설 『재능』의 해석의 단초를 숨겨 놓았던 것으로, '재능'이라는 단어는 '하늘이 주신 선물로서의 삶'을 감사한 마음으로 받아들여 '하늘이 주신 선물로서의 재능'을 통해 불멸의 삶으로 승화시킨다는 메시지를 담고 있었던 것이다. 이러한 모든 창조 행위의 주인공의 이름 표도르가 그리이스어로 'Θεόδωρος', 즉 '신의 선물'을 뜻하는 것 또한 이러한 주제 의식을 강조하는 나보코프의 힌트이다.

이제 우리는 『재능』을 단순히 시에서 소설로 발전해 나가는 예술가의 성장 과정으로 보는 기존의 단선적인 해석의 한계를 벗어나, 『재능』은 훨씬 더 복잡한 구조이며, 삶의 의미와 운명의 섭리를 이해하는 작가로서의 자신의 목소리를 찾아가는 성장 과정으로 보는 것이 옳음을 확인했다. 『재능』은 나보코프 스스로 밝히고 있듯이, "가장 훌륭하고 가장 향수 어린 작품"이자(BBC와의 인터뷰), 작가 자신의 "망명 생활의 슬픔과 기쁨"이 가장 잘 드러난 작품이다(『말하라, 기억이여』). 방랑하는 "신화적 종족" 러시아의 흔적인 "상형문자"를 찾기 위한 처절한 노력, 즉 아버지로 표상되는 러시아의 불멸 탐색의 성과물이었던 것이다.

결론적으로, 소설 『재능』은 자신에게 주어진 "선물로서의 삶"을 불멸의 삶으로 승화시키기를 염원하는 작가가 자신의 "재능"에 가장 합당한 문학이라는 도구를 사용하여 자신의 목표인 불멸을 추구해 나아가는 궤적과 그 결과물에 다름 아니다. 이를 위해 작가는 자신을 성장시켜 준 토대로서의 러시아 문학을 다시 한 번 소환하여 추억을 향유하고, 특히 푸시킨과 고골에게 감사의 염을 표한다. 온갖 문학 장르들을 실험하고, 특히 전기가 '만들어지는' 기법을 실험하여, 결국 실제의 사실과 상상의 사실이 혼재하고, 기억이 상상으로 인하여 풍요로워지며 과거와 현재와 미래가 공존하고, 운명의 무늬를 체화하는 형식의 전기를 이루어 낸다. 그리고 독자에게 미로와도 같고 체스 문제와도 같은 유희로서의 작품을 "선물"로 제시한다.

주석과 해설에는 너무나 많은 참고 문헌(Александр Долинин, Ирина Паперно, Сергей Давыдов, Vladimir E. Alexandrov, Yuri Leving, D. Barton Johnson, John Burt Foster, Jr, Julian W. Connolly, Simon Karlinsky, Anat Ben-Amos, Marina Kostalevsky, Nassim W. Berdjis, Omry and Irena Ronen, Paul D. Morris, Pekka Tammi, W.W. Rowe, Stephen H. Blackwell 외)을 참고, 인용했음을 밝힌다.

* * * * * * *

문학 해석은 무궁한 다양성을 허용한다. 독자가 콘체예프와 같은 형안의 비평가는 못 될지언정 리뇨프와 같은 엉터리 비평가가 되지 않게 해야겠다는 노파심에서 자세한 주석에 이어 문학사적인 설명을 담은 긴 해설을 썼다. 그러나 이것은 해석의 가능성을 제한하려는 시도는 아니다. 기본적인 골격을 이해한 후 자신의 상상력의 나래를 펴 재독해도 『재능』은 무궁무진한 해석의 가능성을 허용하기 때문이다. 끊임없는 재독을 통해 묘미를 느껴 보기 바란다.

영문판 서문에서 나보코프 스스로 인정했듯이 "너무나 많은 러시아의 뮤즈들이 소설의 관현악에 참여하고 있어 번역을 특히 어렵게 만들었다". 여기에 역자를 더욱 힘들게 한 것은 복잡하게 꼬인 나보코프의 말투를 그대로 따라 그의 문장 본연의 맛을 살려야 할지, 한국어 독자가 이해 가능한 문장으로 바꿔야 될지, 그 경계선을 어디로 정해야 될지에 관한 고민이었다. 그런데 어차피 이 작품을 읽겠다고 손에 든 독자는 나보코프의 악명 높은 문장에 대해 익히 알고 그의 최고 역작의 난해함과 심오함을 느껴 보리라 작심한 '준비된' 독자일 것이라는 판단에서, 번역의 이해 가능성을 중시하는 '친절한 범인'인 역자가 내린 결정은 '불친절한 천재'의 묘미는 살리되 주해로서 이해를 돕자는 절충안이었다. 이는 나보코프의 번역관에 일치하는 부분이기도 하다. 「번역의 문제: 오네긴의 영어 번역」에서 나보코프는 원작의 주제와 의미를 가장 잘 전달해 줄 수 있는 방법은 정확한 직역과 구체적인 해설과 주석이라고 말하고 있는 것이다. 이는 스스로 번역한 『예브게니 오네긴』이 텍스트 자체보다 해설과 주석이 더욱 많은 비중을 차지하게 된 이유이다.

주석을 다는 일도 만만치 않았음을 고백한다. 특히 그야말로 전기적 사실과 허구의 사실이 뒤얽힌 신명나는 유희였던 「체르니솁스키의 생애」는 사실 매 행에 주석을 달 수 있을 정도였으니 말이다. 그러나 나보코프의 예술관을 이해하기 위해서는 필요하다는 판단 하에 출처가 분명한 경우는 주로 밝혔다. 가끔은 4장의 주인공 체르니솁스키의 번역 스타일대로 한 문장, 한 문장 주를 달고 있는 내 자신의 모습이 "지성에 대한 조롱인 듯" 보이기도 했지만, 실제와 허구라는 외줄 위에서, 언제 나보코프가 의도한 낚싯줄에 걸려 떨어질지 모르는 아슬아슬한 곡예를 하고 있는 독자에게 조금이나마 튼실한 줄을 제공한다는 마음으로 인내했다.

돌이켜보면 『재능』의 번역은 "번역가는 작가를 능가하는, 아니 적어도 작가와 동등한 재능을 가지고 있어야 한다"(『러시아 문학 강의』)는 나보코프의 기대를 충족시키지 못한 '재능 없는' 역자로서의 자신의 한계를 절감하게 하는 참으로 지난한 작업이었다. 그러나 그에 따르는 환희도 못지않았다. 이전에는 무심히 넘겼던 하늘의 구름 모양이, 산들거리는 나뭇잎의 표정 하나하나가, 나뭇잎 위에 앉아 있는 나비의 몸짓 하나하나가 눈에 들어왔다. 자연과 주변 현상에 대한 예민해진 감각을 되살려 준 나보코프에 감사한다.

휴일을 반납하고 늘 바쁜 척 유난스러웠던 역자를 묵묵히 이해해 준 가족들, 특히 바쁜 엄마를 대신해 체스를 배워 '뿌듯한 미소'와 함께 용어를 설명해 준 사랑스런 딸 수민이와, 나보코프 전공자로서 매번 역자를 환희의 세계로 인도해 주신 김 엘레나 선생님, 그리고 늘 웃는 얼굴로 용기를 복돋아 주시던 미하일 보르듀곱스키 선생님, 이분들의 격려와 도움이 없었다면 과연 이 번역을 마칠 수 있었을지……, 살면서 만나게 되는 고마운 인연에 다시 한 번 감사하게 된다. 지나와의 만남의 과정에서 운명의 작용을 느끼고 감탄하는 표도르처럼…….

어쩌면 우리 모두의 인생은 한 편의 소설이고, 우리는 그 주인공으로서 혹은 서술자로서 인생이라는 한편의 소설을 쓰고 있는 것은 아닐까. 그 안에 있는 신이라는 이름으로 대변되는 우주의 섭리를 느끼는 정도는 각자의 감득력의 차이, 혜안의 차이가 아닐까라는 가장 반(反)나보코프적인 순진하고도 감상적인 생각이 스치는 것은 범인으로서의 한계일까. 아무쪼록 나보코프의 문학적 업적에 누가 되지 않기를, 나보코프에게 관심이 있는 모든 독자에게 조금이나마 신선한 지적 자극을 안겨 줄 수 있기를 간절히 고대한다. 나보코프의 미로의 길이를 조금 연장하는 행위가 아닌, 조금이나마 탈출구에 대한 힌트를 줄 수 있는 작업이었기를…….

판본 소개

소설 『재능(*Дар*)』은 1933년에 집필이 시작되어 1935~1937년 베를린에서 대부분이 쓰이고, 마지막 장이 1937년 프랑스의 리비에라에서 완결된다. 『재능』은 파리에서 발간된 망명 문단의 권위적 문예지인 『현대의 수기(*Современные записки*)』에 1937~1938년(제63~67호)에 걸쳐 제4장을 제외하고 제1, 2, 3, 5장이 최초로 연재된다. 제67호에는 '제4장'이라는 제목 아래 두 줄로 간략하게 편집자의 주해 — "소설의 주인공이 쓴 「체르니셉스키의 생애」로 전적으로 이루어진 제4장은 저자의 동의하에 생략되었다" — 가 달려 있다. 편집진은 제4장을 체르니셉스키에 대한 가당찮은 풍자라 간주하여 출판을 막았다. 제4장을 포함한 『재능』의 무삭제판 단행본은 1952년이 되어서야, 즉 소설 집필이 시작된 지 거의 20년이 흐른 후에야 뉴욕의 '체호프 출판사(Издательство имени Чехова)'에서 간행되었다.

이후 미국에서 자신의 인지도를 높이기 위해 『재능』을 영어로 번역해 줄 사람을 물색하지만 쉽게 찾지 못하던 중 아들 드미트리가 번역에 착수한다. 드미트리는 제1장을 번역한 후 성악 가수라는 직업상의 급한 업무로 인해 번역을 완결하지 못하고 마이클 스캐멀(Michael Scammell)이 나머지 제2~5장을 이어서 번역한다. 이 전체 다섯 장의 번역을 나보코프는 몽트뢰(Montreux)에서 꼼꼼히 감수하여, 영역본 『재능(*The Gift*)』이 1963년에 간행된다(New York: G.P. Putnam's Sons).

1975년에 작가가 수정한 개정판이 나오고(Ann Arbor: Ardis), 이 판본은 나보코프 탄생 1백 주년을 기념하여 1995~2001년에 걸쳐 페테르부르크의 심포지엄 출판사(Издательство 'Симпозиум')에서 간행된 『블라디미르 나보코프, 러시아 시기 전집, 전5권: 탄생 1백 주년, 1899~1999(*Владимир Набоков, собрание сочинений русского периода в пяти томах: столетие со дня рождения, 1899~1999*)』 중 제4권 『블라디미르 나보코프(V. 시린): 1935~1937』에서 채택된다. 본 번역은 아르툐멘코 톨스타야(Н.И. Артеменко-Толстая)의 편집으로 돌리닌(А. А. Долинин)이 서문을 쓰고, 스코네츠나야(О. Ю. Сконечная), 돌리닌(А. А. Долинин), 레빙(Yuri Leving), 글루샤녹(Г. Б. Глушанок)이 주해를 단 이 판본을 사용하였다(СПб: 'Симпозиум', 2004). 권말에 수록된 주해 중 독자가 본문을 이해하는 데 필요하다고 판단되는 부분은 본 번역본에서도 역시 주해로 첨가했다. 주해에서 사소한 실수가 발견되긴 하였으나(인물의 부칭이나 출생 연도 등), 이 주해가 없었다면 역자는 아직도 늪 속에서 헤매고 있을 것이라 시인한다. 해석 과정에서 난해했던 부분은 영어본도 참조했다. 물론 외국어로는 번역이 불가능한 언어유희나 예로 든 시가 러시아본과 차이가 있고, 시작법 등에 관련된 구절이 상당 부분 생략되어 번역에 직접적인 도움이 되지는 않았으나 내용의 이해에 있어서는 일조한 바 컸다.

블라디미르 나보코프 연보

1899~1919 러시아

1899 4월 22일(구력으로는 4월 10일, 여권상으로는 4월 23일) 블라디미르 블라디미로비치 나보코프는 페테르부르크 모르스카야 거리 47번지에서 어머니 옐레나 이바노브나(처녀 적 성은 루카비슈니코바)와 아버지 블라디미르 드미트리예비치 나보코프 사이에서 태어났다. 친할아버지 드미트리 니콜라예비치 나보코프는 알렉산드르 2세와 3세 치세하에 8년간 법무 장관을 지냈고, 루카비슈니코프가(家)는 광산 사업을 하던 백만장자 가문으로 외가와 친가 모두 명망 있는 집안이었다. 이 두 집안의 시골 영지는 페테르부르크 근교에 서로 인접해 있었고, 거의 매년 여름을 지내던 이 시골 영지는 이후 나보코프의 기억 속에서 '진정한 러시아', '낙원'의 형상으로 존재한다.

1900 첫째 남동생 세르게이 출생. (그는 1945년 나치 수용소에서 굶어 죽는다.)

1901 어머니는 아이들을 프랑스 포에 있는 자신의 남동생 바실리(루카 삼촌으로 더 알려진)의 집으로 데려간다. (1916년 루카 삼촌은 나보코프에게 막대한 유산을 상속하나 망명과 함께 무의미해진다.)

1902 첫 영어 가정 교사 레이철 양이 나보코프 집으로 온다. 영국 숭배자였던 나보코프의 아버지는 자녀들에게 러시아어보다 영어를 먼저

가르칠 정도로 영어를 중시했다. 이후 프랑스어, 러시아어는 물론 테니스, 회화, 승마, 복싱 등 다양한 과목에 걸쳐 수많은 가정 교사들이 나보코프가에 등장한다. 이러한 자유로운 분위기에서 이루어진 최상의 가정 교육은 나보코프가 테니셰프 학교에 입학한 이후에도 계속된다.

1903 첫째 여동생 올가 출생. (『말하라, 기억이여』에서 나보코프는 자신의 첫 기억은 1903년부터 시작된다고 쓰고 있다.)

1905 스위스 출신 프랑스어 가정 교사 '마드무아젤'이 나보코프의 집으로 와서 1912년까지 머무른다.

1906 둘째 여동생 옐레나 출생.

1908 첫 국회의 국회 의원이었던 아버지가 동지들과 발표한 정치적 성명서로 인해 90일간 투옥된다. 그는 카데트(입헌민주당, 후에 인민자유당으로 개명)의 일원으로 전제 정치에 반대하는 노선을 걸었다.

1911 당시 페테르부르크 최고의 김나지움 중 하나로 현대적이고 자유로운 분위기를 지닌 테니셰프 학교에 입학하여 1917년까지 재학한다. 이 시기에 그의 관심 분야는 극도로 다양해져, 인시류에 심취하기도 하고 체스에도 조예가 깊어져 직접 체스 문제를 만들기도 한다. 이는 체스 문제 작성과 문학적 창작 사이의 고유한 관련을 느끼게 된 계기가 된다. 그림에 대한 재능도 뛰어나 그를 가르쳤던 저명한 화가 도부진스키는 그를 화가로 만들고 싶어 할 정도였다. 화가가 되지는 않았지만 색과 빛과 형태를 지각하는 능력은 그의 문학에 지대한 영향을 미친다. 둘째 남동생 키릴 출생. (그는 1964년 뮌헨에서 심장 마비로 죽는다.)

1914 첫 시를 쓴다.

1916 첫 시선집 『시집(*Стишки*)』(68편의 시)을 페테르부르크에서 자비로 출간.

1917 혁명 이후 제헌 의회 소속이었던 아버지는 자신의 가족들을 그때까지는 자유로웠던 크림 지방으로 보내기로 결정하고, 먼저 장남 블라디미르와 차남 세르게이를 얄타 부근에 있는 친지들의 영지로 보내

고, 뒤이어 여동생들과 어머니를 보낸다. 자신도 나중에 크림으로 합류한다.

1919~1939 유럽

1919 볼셰비키가 크림 지방으로 돌진해 오자, 3월에 나보코프의 가족은 배를 타고 세바스토폴을 떠나 콘스탄티노플을 경유하여 런던으로 간다.

1919~22 나보코프와 동생 세르게이는 케임브리지 대학의 트리니티 칼리지와 크라이스트 칼리지에 입학하고, 나보코프는 프랑스 문학과 러시아 문학을 전공한다. 가족들은 일시적으로 영국에 거주한다.

1920 8월 나보코프의 가족은 베를린으로 이주하고 그곳에서 아버지는 러시아 신문 「키(Руль)」의 편집인이 된다. (바로 이 「키」에 나보코프의 최초 프랑스 시, 영국 시 번역들과 최초 산문이 실린다.)

1922 3월 28일 베를린에서 아버지가 강연 중인 친구 파벨 밀류코프를 보호하려다 극우파 러시아인의 총에 맞아 살해된다. 6월 나보코프는 케임브리지 대학을 졸업하고 베를린의 가족들에게로 이주한다. 이후 망명자로서의 고단한 삶이 시작되어 외국어, 테니스 강습 등으로 생계를 유지하고, 체스 문제를 내어 보수를 받기도 했다. V. 시린이라는 필명으로 집필 활동을 시작하고, 미국으로 떠나기 전까지 그의 모든 작품은 이 필명으로 발표된다. 로맹 롤랑의 「콜라 브뢰뇽(Colas Breugnon)」의 러시아어 번역본 출간.

1923 어머니와 누이 옐레나는 프라하로 이주하여 망명자의 미망인에게 지급되는 연금을 받는다. 시집 『송이(*Гроздь*)』(36편)와 『천상의 길(*Горний путь*)』(128편) 발간. 베를린의 잡지 『경계(*Грани*)』에 존재하지 않는 영국 작가 비비언 칼름부르드(Vivian Calmbrood; Vladimir Nabokov의 애너그램)의 「방랑자들(*Скитальцы*)」 제1막의 러시아어 번역본 발표. 『이상한 나라의 앨리스』의 러시아어 번역

본 출간. 5월 8일 미래의 아내 베라 예프세예브나 슬로님을 베를린의 가장무도회에서 만남. 「키」에 2막극 「죽음(Смерть)」(5월 20일)과 단막극 「할아버지(Дедушка)」(10월 14일)를 발표.

1924 최초 5막 희곡 『모른 씨의 비극(*Трагедия господина Морна*)』을 완성하여 4월 6일 「키」에 그 일부를 발표. 단막극 「극지방(Полюс)」을 「키」(8월 14일, 16일)에 발표.

1925 4월 25일 베라 슬로님과 베를린에서 결혼. 9월 「키」에 단편 「격투(Драка)」 발표. 첫 번째 장편 『마셴카(Машенька)』 집필.

1926 베를린의 '단어(Слово)' 출판사에서 『마셴카』 출간〔영역본 『메리(*Mary*)』는 마이클 글레니가 번역하고 저자가 감수하여 1970년에 출간(New York, Toronto: McGraw-Hill)〕. 희곡 「소비에트에서 온 사람(Человек из СССР)」 집필.

1927 1월 1일 「키」에 「소비에트에서 온 사람」 발표.

1928 두 번째 장편 『킹, 퀸, 잭(*Король, дама, валет*)』이 베를린의 '단어'사에서 발간〔영역본 『*King, Queen, Knave*』는 아들 드미트리가 번역하고 저자가 감수하여 1968년에 간행(New York: McGraw-Hill)〕. 단편 「크리스마스 이야기(Рождественский рассказ)」를 「키」(12월 25일)에 발표.

1929 아내와 함께 파리로 갔다가, 피레네 동부로 나비 채집 여행을 떠남. 세 번째 장편 『루진의 방어(*Защита Лужина*)』 집필 시작. 『루진의 방어』를 문예지 『현대의 수기(*Современные записки*)』 제40~42호에 연재.

1930 베를린의 '단어'사에서 『루진의 방어』 단행본 출간〔영역본 『*The Defense*』는 마이클 스캐멀이 번역하고 저자가 감수하여 1964년에 간행(New York: G.P. Putnam's Sons)〕. 15편의 단편과 24편의 시로 이루어진 단편집 『초르브의 귀환(*Возвращение Чорба*)』이 '단어'사에서 출간. 중편 「스파이(*Соглядатай*)」를 『현대의 수기』 제44호에 발표. 네 번째 장편 『공적(*Подвиг*)』 집필.

1931 『현대의 수기』(1931~1932, 제45~48호)에 『공적』 연재.

1932 『공적』이 파리의 '현대의 수기'사에서 단행본으로 발간〔영역본 『*Glory*』는 아들 드미트리가 번역하고 저자가 감수하여 1971년에 출간(New York: McGraw-Hill)〕. 다섯 번째 장편 『카메라 옵스쿠라(*Камера обскура*)』를 『현대의 수기』(1932~1933, 제49~52호)에 연재.

1933 『카메라 옵스쿠라』가 파리의 '현대의 수기'사와 '포물선(Парабола)'사의 공조로 단행본으로 출간〔영역본 『*Laughter in the Dark*』는 저자가 직접 번역하고 개작하여 1938년에 간행(New York: The Bobbs-Merrill Company)〕. 장편 『재능(*Дар*)』 집필 시작.

1934 여섯 번째 장편 『절망(*Отчаяние*)』을 『현대의 수기』 제54~56호에 연재. 5월 10일 외아들 드미트리 탄생.

1935 일곱 번째 장편 『사형장으로의 초대(*Приглашение на казнь*)』를 『현대의 수기』(1935~1936, 제58~60호)에 연재.

1936 『절망』 단행본이 베를린의 '페트로폴리스(Петрополис)'사에서 출간〔작가 자신이 번역한 첫 영역본 『*Despair*』(London: John Long Limited)는 1937년에, 역시 작가 자신이 번역한 두 번째 영역본 『*Despair*』(New York: G.P. Putnam's Sons)는 1966년에 출간〕.

1937 나치의 위협이 커지면서 나보코프 부부는 파리로 떠난다(나보코프의 아내 베라는 유대계였다). 프랑스 문예지 『누벨 르뷔 프랑세즈(*La Nouvelle Revue Francaise*)』와 연관되어 장 폴랑과 제임스 조이스를 만나고, 프랑스어로 푸시킨에 관한 에세이 「푸시킨, 혹은 진실과 핍진(Pouchkine, ou le vrai et le vraisemblable)」 발표. 『재능』 제1, 2, 3, 5장을 『현대의 수기』(1937~1938, 제63-67호)에 연재.

1938 『사형장으로의 초대』가 파리의 '책의 집(Дом книги)'사에서 단행본으로 출간〔영역본 『*Invitation to a Beheading*』은 아들 드미트리가 번역하고 저자가 감수하여 1959년에 간행(New York: G.P. Putnam's Sons)〕. 중편 「스파이」에 12편의 단편을 추가하여 동명의 단행본으로 파리에서 '러시아의 수기(Русские записки)'사에서 출간[영역본 『*The Eye*』(New York: Phaedra)는 1965년 간행]. 두 편의 희곡 「사건(Событие)」(3막 희극)과 「왈츠의 발명(Изобретение вальса)」

(3막 희비극) 완성. 「사건」은 『러시아의 수기』 4월 호에, 「왈츠의 발명」은 11월 호에 발표됨. 첫 번째 영어 소설 『세바스천 나이트의 참 인생(*The Real Life of Sebastian Knight*)』 집필 시작. 이는 나보코프가 점차 러시아어 독자의 상실을 느끼며 문학 창작을 계속할 수 있는 유일한 방법은 영어로 글을 쓰는 것이라 절감한 결과였다. 이후 미국으로 건너가면서부터는 자서전의 러시아어 번역본 『다른 강변(*Другие берега*)』과 『롤리타』의 러시아어 번역본 집필을 제외하고 더 이상 러시아어로 글을 쓰지 않는다.

1939 프라하에서 어머니 별세. 프랑스어로 「마드무아젤 오(Mademoiselle O.)」 집필. '롤리타의 최초 원형이 되는' 중편 「매혹자(Волшебник)」가 집필되나 사후에 출간(『별(*Звезда*)』 1991년 제3호에 게재; 영역본 「The Enchanter」는 아들 드미트리의 번역으로 1986년에 간행(New York: G.P. Putnam's Sons)).

1940~1960 미국

1940 미완의 장편 중 일부 「고독한 왕(Solus Rex)」을 『현대의 수기』 제70호에 발표. 나보코프 일가는 미국으로 이주. 나보코프는 뉴욕 자연사 박물관에서 일하기 시작하면서 나비에 관한 논문을 발표하기 시작한다. 에드먼드 윌슨과 친교를 맺고 그를 통해 『뉴요커(*The New Yorker*)』지를 비롯한 여러 유명 잡지에 소개되어 기사를 기고한다. 이제 그는 V. 시린이라는 필명을 버리고 본명 블라디미르 나보코프로 글을 쓴다.

1941 『세바스천 나이트의 참 인생』 간행(Norfolk, Connecticut: New Directions). 스탠퍼드 대학 서머스쿨에서 첫 강의를 시작. 일주일에 3일은 웰슬리 칼리지에서 비교 문학을 강의한다(~1948년까지).

1942 뉴욕에서 발간된 『뉴 저널(*Новый журнал*)』 제1호에 「고독한 왕」 제2부 「세계의 끝(Ultima Thule)」을 발표. 하버드 대학 비교 동물학

박물관의 곤충학 특별 연구원으로 취직하여, 1948년 코넬 대학에 교수로 취직될 때까지 근무한다. 이 시기에 그는 라틴 아메리카의 블루 나비에 대한 획기적인 논문들을 써서 인시류학자로서의 명성을 쌓았고 각지를 여행하며 나비를 채집하는 열정을 보였다. 그는 이 시기를 어른이 된 후 가장 기쁘고 활력이 넘쳤던 시기로 기억한다.

1944 고골 연구서 『니콜라이 고골(*Nikolai Gogol*)』 출간(Norfolk, Connecticut: New Directions). 『세 명의 러시아 시인: 푸시킨, 레르몬토프, 튜체프 시선집(*Three Russian Poets: Selections from Pushkin, Lermontov and Tyutchev*)』 출간(Norfolk, Connecticut: New Directions).

1945 나보코프 부부 미국 시민권 획득.

1947 1945~1946년에 걸쳐 집필되었던 장편 『좌경선(*Bend Sinister*)』 출간(New York: Henry Holt and Company). 단편집 『아홉 편의 단편(*Nine Stories*)』(Norfolk, Connecticut: New Directions) 발간.

1948 뉴욕 주 이타카 코넬 대학의 러시아·유럽 문학 교수가 됨(~1958년). 1941년 스탠퍼드 서머스쿨 강의를 위해 작성을 시작하여 1958년 코넬 대학에서 고별 강연을 할 때까지 계속 보완되었던 그의 강의록이 사후 네 권의 책이 되어 영어로 발간된다〔『율리시스 강의(*Lectures on Ulysses*)』(Bloomfield Hills, Mich.: Bruccoli Clark, 1980); 『문학 강의(*Lectures on Literature*)』(1980), 『러시아 문학 강의(*Lectures on Russian Literature*)』(1981), 『돈키호테 강의(*Lectures on Don Quixote*)』(1983); 네 권 모두 프레드슨 바우어즈(Fredson Bowers) 편집으로 뉴욕에서 간행(New York: Harcourt Brace Jovanovich/Bruccoli Clark)〕.

1951 하버드 대학에서 초빙 강사 자격으로 문학을 강의(~1952년). 자서전 『확증(*Conclusive Evidence*)』(New York: Harper and Brothers) 출간〔러시아어 번역 『다른 강변(*Другие берега*)』(New York: Издательство имени Чехова)이 1954년에 간행; 다시 영어본 개정판 『말하라, 기억이여(*Speak, Memory*)』(1966)로 발간〕.

1952 제4장을 포함한 『재능』의 무삭제본이 뉴욕의 '체호프 출판사(Издательство имени Чехова)'에서 발간〔1975년에 개정판(Ann Arbor: Ardis)이 나옴; 영역본 『*The Gift*』는 아들 드미트리, 마이클 스캐멀이 번역하고 저자가 감수하여 1963년에 발간(New York: G.P. Putnam's Sons)〕. 러시아어 시선집 『시집 1929~1951(*Стихотворения 1929~1951*)』이 파리의 '운(Рифма)'사에서 간행.

1955 장편 『롤리타(*Lolita*)』가 미국의 4개 출판사에서 출판 거부당해 파리의 '올랭피아 프레스(Olympia Press)'사에서 발간[나보코프 자신이 러시아어로 직접 번역한 『롤리타(*Лолита*)』는 1967년에 출간(New York: Phaedra)]. 「번역의 문제: 영어로 쓰인 '오네긴'(Problems of Translation: 'Onegin' in English)」을 『파르티잔 리뷰(*Partisan Review*)』에 발표.

1956 단편집 『피알타에서의 봄(*Весна в Фиальте*)』(New York: Издательство имени Чехова) 출간〔1931~1939년까지 집필된 14편의 단편 모음집으로, 이 단편들은 영어로 번역되어 단편집 『나보코프의 다스(*Nabokov's Dozen*)』(1958), 『러시아 미인 외 단편들(*A Russian Beauty and Other Stories*)』(1973), 『독재자는 파괴되었다 외 단편들(*Tyrants Destroyed and Other Stories*)』(1975)에 분산 수록〕.

1957 장편 『프닌(*Pnin*)』 발간(Garden City, New York: Doubleday & Company).

1958 레르몬토프의 『현대의 영웅(*Hero of Our Time*)』이 아들 드미트리와 나보코프에 의해 번역되어 출간(Garden City, New York: Doubleday & Company). 『나보코프의 다스(*Nabokov's Dozen*)』 출간(Garden City, New York: Doubleday & Company). 미국에서 『롤리타』 간행(New York: G.P. Putnam's Sons).

1959 영어 시집 『*Poems*』 출간(Garden City, New York: Doubleday & Company). 『롤리타』의 성공으로 경제적 여유를 지니게 되면서 교수직을 접고 집필에 전념한다.

1960~1977 스위스

1960 미국을 떠나 스위스 몽트뢰의 팰러스 호텔로 이주. 『이고리 원정기(*The Song of Igor's Campaign*)』를 영어로 번역하여 출간(New York: Random House/Vintage Books).

1962 1957~1961년에 집필한 장편 『창백한 불꽃(*Pale Fire*)』 출간(New York: G.P. Putnam's Sons). 스탠리 큐브릭 감독의 영화 〈롤리타〉 상영. 나보코프의 사진이 『뉴스위크(*Newsweek*)』지 커버를 장식한다.

1964 푸시킨의 『예브게니 오네긴(*Eugine Onegin*)』을 영역하여 방대한 주석을 달아 네 권으로 출간〔New York: Bollingen Foundation; 1975년 개정판 출간(Princeton: Princeton University Press)〕.

1966 개정판 자서전 『말하라, 기억이여』 출간(New York: G.P. Putnam's Sons). 단편집 『나보코프의 4중주(*Nabokov's Quartet*)』 출간(New York: Phaedra)

1969 장편 『아다 혹은 열정: 가족 연대기(*Ada or Ardor: A Family Chronicle*)』 출간(New York: McGraw-Hill). 나보코프의 사진이 『타임(*Time*)』지 커버를 장식한다.

1971 시집 『시와 문제(*Poems and Problems*)』 출간(New York: McGraw-Hill; 39편의 러시아어·영어 시, 14편의 영어 시, 18개의 체스 문제로 구성).

1972 장편 『투명한 물체들(*Transparent Things*)』 발간(New York: McGraw-Hill).

1973 『러시아 미인 외 단편들(*A Russian Beauty and Other Stories*)』 발간(New York: McGraw-Hill; 러시아어 단편에서 아들 드미트리, 시몬 카를린스키가 영역하고 저자가 감수한 13편의 단편들). 인터뷰와 비평, 에세이와 서한 모음집인 『굳건한 견해(*Strong Opinions*)』 출간(New York: McGraw-Hill).

1974 큐브릭이 사용하지 않은 대본 『롤리타: 영화 대본(*Lolita: A Screenplay*)』 간행(New York: McGraw-Hill). 장편 『어릿광대를 보

라!(*Look at the Harlequins!*)』 출간(New York: McGraw-Hill). 장편 『오리지널 오브 로라(*Original of Laura*)』의 집필을 시작하나 미완으로 남음〔아들 드미트리는 불태우라는 아버지의 유언에도 불구하고 편집하여 출간한다(London: Penguin Classics, 2009)〕.

1975 『독재자는 파괴되었다 외 단편들(*Tyrants Destroyed and Other Stories*)』 간행(New York: McGraw-Hill; 러시아어 단편에서 아들 드미트리가 영역하고 저자가 감수하였거나 영어로 쓰인 14편의 단편들).

1976 『석양의 디테일 외 단편들(*Details of a Sunset and Other Stories*)』 간행(New York, McGraw-Hill; 러시아어 단편에서 아들 드미트리가 영역하고 저자가 감수하였거나 영어로 쓰인 13편의 단편들).

1977 7월 2일 스위스 로잔에서 서거.

새롭게 을유세계문학전집을 펴내며

을유문화사는 이미 지난 1959년부터 국내 최초로 세계문학전집을 출간한 바 있습니다. 이번에 을유세계문학전집을 완전히 새롭게 마련하게 된 것은 우리가 직면한 문화적 상황에 적극적으로 대응하기 위해서입니다. 새로운 을유세계문학전집은 세계문학의 역할이 그 어느 때보다 중요해졌다는 인식에서 출발했습니다. 오늘날 세계에서 타자에 대한 이해는 우리의 안전과 행복에 직결되고 있습니다. 세계문학은 지구상의 다양한 문화들이 평등하게 소통하고, 이질적인 구성원들이 평화롭게 공존할 수 있는 문화적인 힘을 길러 줍니다.

을유세계문학전집은 세계문학을 통해 우리가 이런 힘을 길러 나가야 한다는 믿음으로 만들어졌습니다. 지난 5년간 이를 준비하기 위해 많은 노력을 기울였습니다. 세계 각국의 다양한 삶의 방식과 문화적 성취가 살아 있는 작품들, 새로운 번역이 필요한 고전들과 새롭게 소개해야 할 우리 시대의 작품들을 선정했습니다. 우리나라 최고의 역자들이 이들 작품 속 한 문장 한 문장의 숨결을 생생히 전하기 위해 심혈을 기울였습니다. 또한 역자들은 단순히 번역만 한 것이 아니라 다른 작품의 번역을 꼼꼼히 검토해 주었습니다. 을유세계문학전집은 번역된 작품 하나하나가 정본(定本)으로 인정받고 대우받을 수 있도록 최선을 다했습니다. 세계문학이 여러 경계를 넘어 우리 사회 안에서 주어진 소임을 하게 되기를 바라며 을유세계문학전집을 내놓습니다.

을유세계문학전집

BC 458 **오레스테이아 3부작**
아이스퀼로스 | 김기영 옮김 |77|
수록 작품: 아가멤논, 제주를 바치는 여인들, 자비로운 여신들
그리스어 원전 번역
서울대 선정 동서고전 200선
시카고 대학 선정 그레이트 북스

BC 434/432 **오이디푸스 왕 외**
소포클레스 | 김기영 옮김 |42|
수록 작품: 안티고네, 오이디푸스 왕, 콜로노스의 오이디푸스
그리스어 원전 번역
「동아일보」 선정 '세계를 움직인 100권의 책'
서울대 권장 도서 200선
고려대 선정 교양 명저 60선
시카고 대학 선정 그레이트 북스

1191 **그라알 이야기**
크레티앵 드 트루아 | 최애리 옮김 |26|
국내 초역

1225 **에다 이야기**
스노리 스툴루손 | 이민용 옮김 |66|

1241 **원잡극선**
관한경 외 | 김우석·홍영림 옮김 |78|

1496 **라 셀레스티나**
페르난도 데 로하스 | 안영옥 옮김 |31|

1595 **로미오와 줄리엣**
윌리엄 셰익스피어 | 서경희 옮김 |82|
미국대학위원회 선정 SAT 추천 도서

1608 **리어 왕 · 맥베스**
윌리엄 셰익스피어 | 이미영 옮김 |3|

1630 **돈 후안 외**
티르소 데 몰리나 | 전기순 옮김 |34|
국내 초역 「불신자로 징계받은 자」 수록

1670 **팡세**
블레즈 파스칼 | 현미애 옮김 |63|

1699 **도화선**
공상임 | 이정재 옮김 |10|
국내 초역

1719 **로빈슨 크루소**
대니얼 디포 | 윤혜준 옮김 |5|

1749 **유림외사**
오경재 | 홍상훈 외 옮김 |27, 28|

1759 **신사 트리스트럼 섄디의 인생과 생각 이야기**
로렌스 스턴 | 김정희 옮김 |51|
노벨연구소 선정 100대 세계 문학

1774 **젊은 베르터의 고통**
요한 볼프강 폰 괴테 | 정현규 옮김 |35|

1799 **휘페리온**
프리드리히 횔덜린 | 장영태 옮김 |11|

1804 **빌헬름 텔**
프리드리히 폰 쉴러 | 이재영 옮김 |18|

1813 **오만과 편견**
제인 오스틴 | 조선정 옮김 |60|

1817 **노생거 사원**
제인 오스틴 | 조선정 옮김 |73|

1818 **프랑켄슈타인**
메리 셸리 | 한애경 옮김 |67|
뉴스위크 선정 세계 명저 100
옵서버 선정 최고의 소설 100
미국대학위원회 선정 SAT 추천 도서

1831 **예브게니 오네긴**
알렉산드르 푸슈킨 | 김진영 옮김 |25|

파우스트
요한 볼프강 폰 괴테 | 장희창 옮김 |74|
서울대 권장 도서 100선
미국대학위원회 SAT 권장 도서

1835 **고리오 영감**
오노레 드 발자크 | 이동렬 옮김 |32|
서머싯 몸 선정 세계 10대 소설
연세 필독 도서 200선

1836 **골짜기의 백합**
오노레 드 발자크 | 정예영 옮김 |4|

1844 **러시아의 밤**
블라지미르 오도예프스키 | 김희숙 옮김 | 75 |

1847 **워더링 하이츠**
에밀리 브론테 | 유명숙 옮김 | 38 |
서머싯 몸 선정 세계 10대 소설
서울대 선정 동서 고전 200선
미국대학위원회 SAT 권장 도서

제인 에어
샬럿 브론테 | 조애리 옮김 | 64 |
연세 필독 도서 200선
미국대학위원회 SAT 권장 도서
BBC 선정 영국인들이 가장 사랑하는 소설 100선
「가디언」 선정 가장 위대한 소설 100선

1850 **주홍 글자**
너새니얼 호손 | 양석원 옮김 | 40 |

1855 **죽은 혼**
니콜라이 고골 | 이경완 옮김 | 37 |
국내 최초 원전 완역

1866 **죄와 벌**
표도르 도스토예프스키 | 김희숙 옮김 | 55, 56 |
미국대학위원회 SAT 권장 도서
하버드 대학교 권장 도서

1880 **워싱턴 스퀘어**
헨리 제임스 | 유명숙 옮김 | 21 |

1886 **지킬 박사와 하이드 씨 · 존 니컬슨**
로버트 루이스 스티븐슨 | 윤혜준 옮김 | 81 |

1888 **꿈**
에밀 졸라 | 최애영 옮김 | 13 |
국내 초역

1889 **쾌락**
가브리엘레 단눈치오 | 이현경 옮김 | 80 |
국내 초역

1896 **키 재기 외**
히구치 이치요 | 임경화 옮김 | 33 |
수록 작품: 섣달그믐, 키 재기, 탁류, 십삼야, 갈림길, 나 때문에

체호프 희곡선
안톤 파블로비치 체호프 | 박현섭 옮김 | 53 |
수록 작품: 갈매기, 바냐 삼촌, 세 자매, 벚나무 동산

1899 **어둠의 심연**
조지프 콘래드 | 이석구 옮김 | 9 |
수록 작품: 어둠의 심연, 진보의 전초기지, 『청춘과 다른 두 이야기』 작가 노트, 『나르시서스호의 검둥이』 서문
미국대학위원회 SAT 권장 도서
연세 필독 도서 200선

1900 **라이겐**
아르투어 슈니츨러 | 홍진호 옮김 | 14 |
수록 작품: 라이겐, 아나톨, 구스틀 소위

1903 **문명소사**
이보가 | 백승도 옮김 | 68 |

1908 **무사시노 외**
구니키다 돗포 | 김영식 옮김 | 46 |
수록 작품: 겐 노인, 무사시노, 잊을 수 없는 사람들, 쇠고기와 감자, 소년의 비애, 그림의 슬픔, 가마쿠라 부인, 비범한 범인, 운명론자, 정직자, 여난, 봄 새, 궁사, 대나무 쪽문, 거짓 없는 기록
국내 초역 다수

1909 **좁은 문 · 전원 교향곡**
앙드레 지드 | 이동렬 옮김 | 24 |
1947년 노벨문학상 수상

1914 **플라테로와 나**
후안 라몬 히메네스 | 박채연 옮김 | 59 |
1956년 노벨문학상 수상

1915 **변신 · 선고 외**
프란츠 카프카 | 김태환 옮김 | 72 |
수록 작품: 선고, 변신, 유형지에서, 신임 변호사, 시골 의사, 관람석에서, 낡은 책장, 법 앞에서, 자칼과 아랍인, 광산의 방문, 이웃 마을, 황제의 전갈, 가장의 근심, 열한 명의 아들, 형제 살해, 어떤 꿈, 학술원 보고, 최초의 고뇌, 단식술사
서울대 권장 도서 100선
연세 필독 도서 200선
미국대학위원회 SAT 권장 도서

1919 **데미안**
헤르만 헤세 | 이영임 옮김 | 65 |

1920 **사랑에 빠진 여인들**
데이비드 허버트 로렌스 | 손영주 옮김 | 70 |

1924 **마의 산**
토마스 만 | 홍성광 옮김 |1, 2|
1929년 노벨문학상 수상
서울대 권장 도서 100선
연세 필독 도서 200선
「뉴욕타임스」 선정 '20세기 최고의 책 100선'
미국대학위원회 SAT 권장 도서

송사삼백수
주조모 엮음 | 김지현 옮김 |62|

1925 **소송**
프란츠 카프카 | 이재황 옮김 |16|

요양객
헤르만 헤세 | 김현진 옮김 |20|
수록 작품: 방랑, 요양객, 뉘른베르크 여행
1946년 노벨문학상 수상
국내 초역 「뉘른베르크 여행」 수록

위대한 개츠비
프랜시스 스콧 피츠제럴드 | 김태우 옮김 |47|
미 대학생 선정 '20세기 100대 영문 소설' 1위
모던 라이브러리 선정 '20세기 100대 영문학' 중 2위
미국대학위원회 추천 '서양 고전 100선'
「르몽드」 선정 '20세기의 책 100선'
「타임」 선정 '20세기 100대 영문 소설'

서푼짜리 오페라 · 남자는 남자다
베르톨트 브레히트 | 김길웅 옮김 |54|

1927 **젊은 의사의 수기 · 모르핀**
미하일 불가코프 | 이병훈 옮김 |41|
국내 초역

1928 **체벤구르**
안드레이 플라토노프 | 윤영순 옮김 |57|
국내 초역

마쿠나이마
마리우 지 안드라지 | 임호준 옮김 |83|
국내 초역

1929 **베를린 알렉산더 광장**
알프레트 되블린 | 권혁준 옮김 |52|

1930 **식(蝕) 3부작**
마오둔 | 심혜영 옮김 |44|
국내 초역

1930 **안전 통행증 · 사람들과 상황**
보리스 파스테르나크 | 임혜영 옮김 |79|
원전 국내 초역

1934 **브루노 슐츠 작품집**
브루노 슐츠 | 정보라 옮김 |61|

1935 **루쉰 소설 전집**
루쉰 | 김시준 옮김 |12|
서울대 권장 도서 100선
연세 필독 도서 200선

1936 **로르카 시 선집**
페데리코 가르시아 로르카 | 민용태 옮김 |15|
국내 초역 시 다수 수록

1937 **재능**
블라디미르 나보코프 | 박소연 옮김 |84|
국내 초역

1938 **사형장으로의 초대**
블라디미르 나보코프 | 박혜경 옮김 |23|
국내 초역

1946 **대통령 각하**
미겔 앙헬 아스투리아스 | 송상기 옮김 | 50 |
1967년 노벨문학상 수상 작가

1949 **1984년**
조지 오웰 | 권진아 옮김 |48|
1999년 모던 라이브러리 선정 '20세기 100대 영문학'
2005년 「타임」 선정 '20세기 100대 영문 소설'
2009년 「뉴스위크」 선정 '역대 세계 최고의 명저' 2위

1954 **이즈의 무희 · 천 마리 학 · 호수**
가와바타 야스나리 | 신인섭 옮김 |39|
1952년 일본 예술원상 수상
1968년 노벨문학상 수상

1955 **엿보는 자**
알랭 로브그리예 | 최애영 옮김 |45|
1955년 비평가상 수상

1955 **저주받은 안뜰 외**
이보 안드리치 | 김지향 옮김 |49|
수록 작품: 저주받은 안뜰, 몸통, 술잔, 물방앗간에서, 올루야크 마을, 삼사라 여인숙에서 일어난 우스운 이야기
세르비아어 원전 번역
1961년 노벨문학상 수상 작가

1962 **이력서들**
알렉산더 클루게 | 이호성 옮김 |58|

1964 **개인적인 체험**
오에 겐자부로 | 서은혜 옮김 |22|
1994년 노벨문학상 수상

1967 **콜리마 이야기**
바를람 샬라모프 | 이종진 옮김 |76|
국내 초역

1970 **모스크바발 페투슈키행 열차**
베네딕트 예로페예프 | 박종소 옮김 |36|
국내 초역

1979 **천사의 음부**
마누엘 푸익 | 송병선 옮김 |8|

1981 **커플들, 행인들**
보토 슈트라우스 | 정항균 옮김 |7|
국내 초역

1982 **시인의 죽음**
다이허우잉 | 임우경 옮김 |6|

1991 **폴란드 기병**
안토니오 무뇨스 몰리나 | 권미선 옮김 |29, 30|
국내 초역
1991년 플라네타상 수상
1992년 스페인 국민상 소설 부문 수상

1996 **아메리카의 나치 문학**
로베르토 볼라뇨 | 김현균 옮김 |17|
국내 초역

2001 **아우스터리츠**
W. G. 제발트 | 안미현 옮김 |19|
국내 초역
전미 비평가 협회상
브레멘상
「인디펜던트」 외국 소설상 수상
「LA타임스」, 「뉴욕」, 「엔터테인먼트 위클리」 선정 2001년 최고의 책

2002 **야쿠비얀 빌딩**
알라 알아스와니 | 김능우 옮김 |43|
국내 초역
바쉬라힐 아랍 소설상
프랑스 툴롱 축전 소설 대상
이탈리아 토리노 그린차네 카부르 번역 문학상
그리스 카바피스상

2005 **우리 짜르의 사람들**
류드밀라 울리츠카야 | 박종소 옮김 |69|
국내 초역

2007 **시카고**
알라 알아스와니 | 김능우 옮김 |71|
국내 초역